POSTKARTEN AN DORA

CLARA GABRIEL

IMPRESSUM

Für Dora

Ich habe es dir versprochen

Clara Gabriel

Köbbinghauser Hammer 20

58840 Plettenberg

post@claragabriel.de

ISBN 978-3-00-057272-2

Covergestaltung © Traumstoff Buchdesign traumstoff.at

Covermotive © NemesisINC und

R. Fletcher shutterstock.com

Lektorat, Satz: Claudia Pietschmann /

www.ebooks-perfekt.de

TEIL I

Doch arm ist der, dem nichts mehr fremd ist,
dem nie der Kopf mehr geht im Kreis,
der jedes Wortes Lüge weiß
und durch Erfahrung so gehemmt ist,
dass sein Gefühl zu Eis gerann
und er sich nie vergessen kann.

Alexander Puschkin, Jewgeni Onegin

PROLOG

SCHLEUSINGEN, JANUAR 1905

Die Postkarte musste eine weite Reise hinter sich haben. Der Karton sah ein wenig abgegriffen aus und verströmte einen leisen Geruch nach Ferne und Salz. Das Bild einer Nymphe zierte die Vorderseite. Es handelte sich bestimmt um eine berühmte Schauspielerin, sonst hätten sich nicht so viele Leute für die Karte interessiert. Sie war offensichtlich schon durch zahlreiche Hände gegangen.

»Kann es endlich losgehen?« Wilhelms Stimme riss Dora aus ihren Gedanken.

»Ja, ich bin gleich so weit, Moment.«

»Beeil dich, das Licht ist gerade gut.« Der Fotograf klang genervt.

Irgendetwas stimmte da nicht. Dora starrte in den Spiegel. Die Spiegel-Dora starrte zurück: Ein pausbäckiger Backfisch mit kupferbraunem Haar und einem kleinen Schmollmund, der stets den Eindruck erweckte, sie sei beleidigt. Die lebhaften grünen Kulleraugen sprangen wie vorwitzige Laubfrösche aus ihrem Gesicht und verliehen ihr etwas Kindliches, dabei war sie schon sechzehn. Auch sonst war sie spät dran. Erst vor einem Jahr war sie in das »gefährliche Alter« gekommen, wie ihre Mutter es nannte, und ihr Körper hatte sich endlich an den richtigen Stellen gerundet. Normalerweise trug Dora einen Zopfkranz, wie alle jungen Mädchen im Ort. Doch jetzt war ihr hüftlanges Haar zu Rollen und Wellen aufgetürmt, als hätte ein Seevogel auf ihrem Kopf sein Nest gebaut. Sie hatte sich wirklich Mühe gegeben, damit es so aussähe wie bei der Frau auf dem Bild. Trotzdem, irgendetwas war anders. *Ist ihr Haar kürzer?* Dora kroch förmlich in die Postkarte, um es deutlicher zu erkennen, bis ihre Nasenspitze fast das Papier berührte. Aber das veranlasste die Schauspielerin auch nicht dazu, sich umzudrehen, damit Dora ihre Frisur besser imitieren konnte.

Am Leib trug Dora nichts außer ihrer Unterwäsche aus festem Leinen und etwas, das an eine Tunika erinnerte. Ihre Brüste zeichneten sich wie zwei frische Augustäpfel unter dem weißen Stoff ab. Es handelte sich um eine alte Gardine, der Muff der Vergangenheit strömte aus ihren verschlissenen Rändern. Dora hatte sie so kunstvoll über ihrem Leibchen drapiert, dass sie glatt als Kleid durchgehen würde. Nur ihre knielangen Unterhosen lugten darunter hervor. Es musste so reichen, besser bekam sie es nicht hin. Dora ähnelte der Frau sogar ein wenig. Gewiss, sie war keine klassische Schönheit, dafür war ihre Nase etwas zu kräftig. Doch sie war groß und schlank, durchaus hübsch. *Wenn bloß diese vermaledeiten Hamsterbäckchen nicht wären!* Dora krauste die Nase, kniff ihre Augen zu Schlitzen zusammen und blies die Wangen auf. Sie seufzte, warf einen letzten Blick in den Spiegel und trat hinter dem hölzernen Paravent hervor in Wilhelms Atelier. Eigentlich war es nur ein Lagerraum, der an den winzigen Laden anschloss. Mit Stoffbahnen, spanischen Wänden, einer Standuhr, einer Chaiselongue und viel Geschick hatte er den kahlen Raum in die Illusion eines kleinen Salons verwandelt, wie eine Theaterkulisse. Wer selbst keine gute Stube besaß, konnte sich hier ablichten lassen, ohne sich eine gesellschaftliche Blöße zu geben.

Wilhelm stand mit der Kamera fast im Laden. Seine Schultern berührten beinahe die Tür, damit er alles ins Bild bekam. Mit ihrem Stativ erinnerte seine Kamera Dora immer an eine dreibeinige Spinne. Der dunkle Faltenbalg bildete den Körper, in dessen Mitte die gewölbte Linse ruhte wie ein kaltes, totes Auge. Wilhelm sah auf und runzelte die Stirn. »Das geht so nicht!«

»Findest du nicht, dass ich der Frau ähnlichsehe?«

»Doch, doch, freilich. Es ist nur …«

»Ich finde, es sieht schon irgendwie wie eine Tunika aus! Besser bekomme ich es nicht hin!«

»Ja, schon … aber sie trägt kein Leibchen.« Mit einem schiefen Grinsen nickte Wilhelm in Richtung Doras langer Unterhose und fügte hinzu: »Und auch keine Beinkleider. Die müssen weg! Sonst sieht es nicht echt aus.«

Dora verschwand wieder hinter dem Paravent und stieg aus ihrer Unterhose, das weiße Leinen raschelte leise. Das Leibchen war schon schwieriger unter dem Stoff herauszubekommen. Sie tastete nach den Haken, die es zusammenhielten, und wand sich hin und her wie ein junger Aal, bis sie es mit einer Hand hervorzog. Mit der anderen Hand hielt sie den Stoff hoch. Dann zupfte sie ihn zurecht, bis nirgendwo mehr Haut hervorlugte. Jetzt war sie unter dem zarten Batist vollkommen nackt. Sie faltete die Unterwäsche und legte sie auf ihren Faltenrock und die Bluse. Dora ging noch in Kinderkleidern. Die Mutter drängte sie zwar ins Korsett, doch der Vater war ihr Verbündeter gegen das Diktat des Schnürmieders. Er nannte es »ungesund«. Wenn er wüsste, was sie hier tat … Windelweich würde er sie mit dem Rohrstock schlagen. Dora verdrängte den Gedanken an den Vater, er hielt eh nie etwas von ihren Plänen. Und außerdem war sie heute frei. So frei, wie ein Mädchen in ihrem Alter an einem Mittwochvormittag nur sein konnte. Der Vater war am Gymnasium und unterrichtete, Emma war in der Schule und die Mutter war nach Ilmenau zu Doras Bruder gereist; Carls Frau erwartete ihr erstes Kind.

Wilhelm hantierte auf der anderen Seite des Paravents an der Kamera. Mit einem Klappern fiel etwas zu Boden. »Bist du bald fertig?«

»Ja, ich bin bereit.« Ein Zittern schwang in Doras sonst so klarer Stimme. Sie atmete einmal tief durch und lächelte ihrem Spiegelbild zu.

»Steh nicht nur so rum. Mach irgendwas!« Wilhelm und das tote Auge der Kameraspinne starrten sie an. Dora kam sich auf einmal entsetzlich nackt vor. Er hatte sie schon öfter fotografiert, aber noch nie so. In Doras Alter war es schon höchst unanständig, allein mit einem Mann zu sein. Dass sie noch nicht einmal mehr Unterwäsche trug, war unsittlich, nahezu ungeheuerlich. Was tat sie hier bloß? Schützend schlang sie die Hände um die Schultern und kreuzte die Arme vor der Brust, in der das Herz auf einmal viel zu schnell stolperte und schlug. Die Kälte der harten Fußbodendielen kroch in ihre

Füße und kletterte die nackten Fesseln empor. Gleichzeitig schoss ihr das Blut in die Wangen. Sie zog die Arme noch etwas fester um sich.

»Na los, nun mach schon!«

Sie rief sich das Bild der Nymphe ins Gedächtnis. Auf ihrer Schulter trug sie eine Schale in Form einer Muschel, aus der sich ein Schwall Wasser in ein Becken zu ihren Füßen ergoss. Dora löste die Arme und imitierte die Pose.

»Nein, das sieht komisch aus, du hast ja keine Schale!«

Dora legte die Unterarme hinter den Kopf, verschränkte die Hände im Nacken und warf sich ins Hohlkreuz. Dann drehte sie sich ins Profil und hob die Fersen, bis sie auf Zehenspitzen stand.

»Ja, das ist gut. Nicht wackeln!«

»Weiß ich doch!«

»Und auch nicht reden. Lächeln!«

Dora lächelte. Wilhelm drückte den Auslöser. Sie hörte das metallische *Klicken*, mit dem der Augenblick für die Ewigkeit gefangen wurde, gefolgt von einem leiseren Klicken.

Klick! – Klick. Sie atmete durch.

»So, Moment ...« Wilhelm fummelte unter dem schwarzen Tuch herum, das an der Rückseite der Kamera befestigt war. Links und rechts über seiner Nasenwurzel standen zwei feine Linien, Ausdruck seiner Konzentration. Das war der heikelste Moment. Wenn jetzt etwas schiefging, war alles für die Katz! Er musste vorsichtig sein, wenn er die lichtempfindliche Platte, die sich im Innern der Kamera verbarg, aus einem Schlitz im Gehäuse zog. Neulich hatte er eine Platte fallen lassen, als er sie in den Sack aus dichtem schwarzem Tuch verfrachtete. Das Tageslicht hatte sie zerstört und die Magie, mit der Wilhelm später, nachdem er die Platten entwickelt hatte, umhüllt von rotem Licht und Chemikaliendünsten, ein Abbild von Dora auf ein weißes Blatt Fotopapier zaubern würde, war unmöglich. Sie hatte ihn schon oft dabei beobachtet. Trotzdem kam es ihr noch immer wie ein Wunder vor, wie die Schatten zusammenkrochen, auf dem Papier langsam Gestalt annahmen und sich zu einem Bild verdichteten. Als würden die Fotos von innen heraus gemalt, wie von Geisterhand. Dora hätte ihm stundenlang dabei zusehen können, Wilhelm war ein richtiger Künstler.

»So, es kann weitergehen.«

»Und was soll ich jetzt machen?«

»Was weiß denn ich? Du wirst doch mal die große Schauspielerin in Amerika!«

Dora rollte mit den Augen. Er neckte sie bloß. In Wahrheit war Wilhelm der Einzige, der sie verstand. Der Einzige, mit dem sie über ihre Träume reden konnte und der nicht sofort abwinkte, wenn sie wieder davon anfing. Denn Dora träumte davon, Schauspielerin zu werden. Sie wollte ans Theater und auf großen Bühnen stehen. Genau wie ihr großes Idol, Edna May, die »Belle of New York«. Einfach nur fort von hier, am besten nach Amerika. Und Wilhelm hörte zu, geduldig ertrug er ihre Schwärmereien für bekannte Darstellerinnen. Ja, er verlieh ihren Träumen sogar noch Futter, indem er Postkarten von Berühmtheiten oder exotischen Orten für Dora sammelte. Wie die Karte heute.

Also, welche Position sollte sie nun einnehmen? Was würde Edna tun? Dora dachte an ein Bild, das sie von ihr in der Zeitung gesehen hatte, und warf sich wieder in Pose.

»Ja gut so, halt still, nicht bewegen! Lächeln!«

Dora lächelte. *Klick*! – *Klick*.

Die Nymphe war schön, so modern, so … ach, sie war einfach nur umwerfend! Obwohl sie kaum älter als Dora sein konnte. Und sie trug definitiv kein Korsett unter ihrem Kleid!

»So schön wäre ich auch gerne mal«, hatte Dora geseufzt, als sie die Postkarte vorhin zum ersten Mal sah.

»Bist du doch.«

»Meinst du?«

»Na, freilich!«, hatte der Wilhelm gesagt und sein Wilhelm-Lächeln gelächelt. »Soll ich es dir beweisen?«

Ob er sie wirklich genauso schön fand? Eigentlich war er ja mit Selma verlobt, der Tochter vom Fleischer. Selma war neunzehn und sehr hübsch mit ihrem langen blonden Zopf. Genauso blond wie Wilhelm war sie. Doch schon seit einiger Zeit kam Dora nicht mehr nur her, um sich die Nase platt zu drücken an Wilhelms kleinem Schaufenster, das er ständig neu dekorierte. Und sie hoffte auch nicht nur auf eine neue Postkarte. Dora sehnte sich nach seinem Blick, seinem Lächeln, einer zufälligen Berührung. Wenn sie abends im Bett lag, konnte sie gar nicht mehr schlafen. Weil sie immerfort an ihn denken musste und ihr Herz dann so laut schlug.

Wilhelm schob die nächste Platte in die Kamera und warf ihr

einen seltsamen Blick zu. Seine Hand fuhr durch seinen dichten Schopf, der schon ganz wirr zu allen Seiten abstand. Überhaupt wirkte er heute etwas fahrig, als fürchte er, erwischt zu werden. Dabei hatte er extra ein Schild an die Eingangstür gehängt, er sei außer Haus. Niemand würde stören. Seine Augen huschten hin und her wie Eichhörnchen, die einen Wintervorrat anlegen. Er war wahrscheinlich einfach nur genau so nervös wie sie.

Dora nahm wieder Haltung an. Sie kam sich beinahe wirklich wie eine Schauspielerin vor, wie sie sich so drehte und streckte, Posen imitierte und sehnsüchtig die Augen zur Kamera aufschlug. Fast war es Dora, als stünde sie auf einer Bühne und könnte den tosenden Applaus des Publikums hören, der durch das Theater brandete. Auch wenn ihr Publikum nur aus Wilhelm bestand. Sie gefiel ihm, das konnte sie in seinen Augen lesen. Und es gefiel ihr, ihm zu gefallen. Ihre Posen wurden kecker, sie neckte ihn mit Blicken und Gesten. Dora streckte die Arme wieder, bis sie dastand wie eine Ballerina, wie sie es zu Hause vor dem Spiegel immer tat. Sie versuchte, eine Pirouette zu drehen. Sie kippelte. Um sich zu stabilisieren, ruderte sie mit den Armen wie ein aufgeregter Schwan, der in Panik aus dem See flüchtet. Mit einem Kichern plumpste sie zurück auf die Fußsohlen. Sie hob die Arme erneut mit der unbeholfenen Anmut der Jugend, als hielte sie einen Spiegel, in dem sie ihre Schönheit bewunderte.

»Ja, das ist gut«, murmelte Wilhelm. »Warte!« Er verschwand hinter der spanischen Wand und rumorte in einer der Kisten, in denen er die Requisiten aufbewahrte. Dann tauchte er mit einem triumphierenden Lächeln wieder auf, trat an Dora heran und reichte ihr einen Handspiegel. Seine Finger zitterten, als ihre Hände sich berührten. Er schluckte. Ein dünner Schweißfilm glitzerte auf seiner Oberlippe.

»Weißt du eigentlich, wie schön du bist, Dora?«

Doras Herz setzte einen Schlag aus, sie wünschte sich, er würde sie küssen.

Mit einem Ruck drehte er sich um. »Los, weiter! Das ist die letzte Aufnahme.«

Dora hob den Spiegel und betrachtete sich darin: Ihre Laubfroschaugen glitzerten. Eine zarte Röte überhauchte ihre Wangen. Sie gefiel ihm also! Jetzt war sie sich sicher, sie hatte es gesehen. Als er sich von ihr abwandte, hatte Dora die Wölbung in seiner Hose bemerkt. Ihre Freundin Bertha sagte immer, das sei das deutlichste Zeichen, dass man einem Jungen gefiel. Ein seltsames Kribbeln breitete sich in Doras Magen aus und erfasste ihr Herz. Was war das für ein Gefühl? Ganz neu und seltsam legte es sich auf Doras Gemüt. Es schmeckte herrlich, nach Triumph und Sieg. Nach ... Macht! Genau, das war es, Dora fühlte sich mächtig. Sie hatte ihn bezirzt, den schönen Wilhelm. Ein wissendes Lächeln umspielte ihre Lippen.

Klick! – Klick.

»Das war großartig. Warte, ich bringe nur schnell die Platten in die Dunkelkammer.«

Als Wilhelm zurückkam, trug er eine Flasche Sekt und zwei Gläser. »Das hast du gut gemacht. Lass uns darauf anstoßen! Ich glaube, die Bilder werden richtig gut!«

Mit kräftigem Schwung zog Wilhelm an dem Korken, der mit einem *Plopp* der Enge des Flaschenhalses entkam, und schenkte ihr ein Glas ein. Dora hatte noch nie zuvor Alkohol getrunken, doch sie traute sich nicht, nein zu sagen. Der Sekt prickelte kühl in ihrem Mund, und sie genoss das Kribbeln im Magen.

Sie leerte das Glas, er schenkte ihr nach. Sekt und Macht kribbelten fast gleich, wie Dora fand. Und beides stieg einem ein wenig zu Kopf. Ihr wurde ganz kicherig.

Wilhelm beugte sich zu ihr. Sein Atem strich über Doras Wange. Sie erschauderte. In seinem Blick funkelten tausend Sterne, und dann küsste er sie. Ihre Beine fühlten sich auf einmal weich an, wie Pudding. Doch Wilhelm hielt Dora sicher im Arm, zog sie fest an seine Brust. Seine Lippen schmeckten nach Sekt. Er schob Dora zur Chaiselongue, dirigierte sie mit seinem Körper dorthin. Als sie das weiche Polster in ihren Kniekehlen spürte, sank sie herab und lehnte sich zurück auf das staubige Möbel. Nur der dünne Stoff trennte seine Hände von ihrer Haut. Sie wanderten warm über das zarte Gewebe, suchten und fanden den Weg zwischen die einzelnen Bahnen. Die Beule in seinem Schritt drückte gegen ihren Oberschenkel. Wilhelm ließ von ihren Lippen ab und nestelte an seiner Hose.

»Komm Dora, sei ein bisschen gut zu mir!« Seine Stimme klang rau. Er lag nun ganz auf ihr. Sein Ding drängte und pochte gegen ihre Scham, die sich auf einmal ganz klebrig anfühlte. Dann kam der Schmerz. Sie dachte, er würde sie zerreißen mit seinem Ding, als er es in sie reinsteckte. Spürte, wie wirklich etwas in ihr riss, und schrie auf. Wilhelm hielt ihren Mund zu. Er sah sie an, mit großen Augen, als staune er selbst über das, was er gerade tat. Der Schmerz verflog und hinterließ nur ein leises Ziehen. Wilhelm bewegte sich in ihr, murmelte etwas an ihrem Hals, was sie nicht verstand. Dora sah an ihm vorbei. Hoch zu den Dachfenstern. Es hatte angefangen zu schneien. Dicke Flocken tanzten über ihr durch den fahlen Winterhimmel. Wie kalte Sterne fielen sie herab und Dora ließ sich mit ihnen fallen. Der Schnee breitete eine ferne Decke über sie, die keinen Schutz bot. Weich, so weich. Windelweich würde der Vater sie schlagen.

KAPITEL 1

JUNI 1905

Dora verließ nach ihrer Mutter das Haus und wartete ab, bis sie den Schlüssel im Schloss zwei Mal gedreht hatte. Der Himmel über Schleusingen hatte fast die gleiche Farbe wie Doras wadenlanger Faltenrock, in einem makellosen Blau überspannte er die mächtige Bertholdsburg und den Markt. Hübsche Fachwerkhäuser drängten sich um das Viereck des Platzes, an dessen Stirnseite das altehrwürdige Rathaus thronte, ein Stück darunter die Burg, als trüge sie den Marktplatz auf ihren Schultern. *Oder als hätte sich der Adel abgewandt,* überlegte Dora, *dem einfachen Volk den Rücken gekehrt.* Hinter ihr schnaufte ihre Mutter. Es waren nur wenige Schritte von ihrem Haus in der Burgstraße zum Markt. Doch Therese Neumann hatte ihr Korsett wie immer eng geschnürt und trug eine altmodische Tournüre unter ihrem langärmeligen Kleid aus schwarzer Seide, ein altmodisches Gestell aus Metallreifen, das die Röcke bauschte, ergänzt durch ein Rosshaarkissen, das zum Aufpolstern des Hinterteils gedacht war. Die Tournüre wog bestimmt fünf Kilo und klapperte leise bei jedem Schritt. In ihrem Aufzug wirkte die Mutter immer etwas aus der Zeit geraten, und die Hitze machte ihr schwer zu schaffen. Dora hob die Nase und schnupperte: In der warmen Frühsommerluft mischten sich die Gerüche der Marktstände mit dem

Aroma der Linden, die den Platz säumten. Sie standen dieses Jahr in früher Blüte und ihre Kronen waren schwer von Bienen, deren Summen sich mit dem Geschnatter der Marktfrauen zu einem geschäftigen Brummen mischte. In vier Tagen hatte sie Geburtstag, dann würde sie siebzehn werden. Hoffentlich hielt das Wetter und es zog kein Gewitter auf.

»Nicht so schnell!«, keuchte die Mutter.

Dora verlangsamte ihren Schritt. Es hatte auch sein Gutes, dass die Mutter schlecht zu Fuß war. So blieb ihr mehr Zeit, um die Auslagen in den Schaufenstern zu betrachten. Der Korbmacher lächelte ihr freundlich zu, als sie vorüberging, und hob grüßend seine Kappe.

»Jetzt reicht's!« Die Mutter fasste Dora an der Hand und zog sie mit sich in einen Laden. Die Lang- und Kurzwarenhandlung Anton Rauche & Söhne bot so ziemlich alles, was das Herz der selbst schneidernden Hausfrau begehrte. Hier gab es Stoffe und Garne, Häkchen und Ösen, bunte Bänder und Knöpfe. Und eben auch …

»Wir brauchen ein Backfischkorsett!«, verlangte die Mutter in einem Tonfall, der genauso gut hätte sagen können: »Morgen geht die Welt unter!«

Frau Rauche verkniff sich einen Kommentar, doch ihre Zustimmung war ihr anzusehen. »Guten Tag Frau Oberstudienrat. Sehr gern.« Sie musterte Dora noch einmal von oben bis unten und verschwand im Lager. Kurz darauf kehrte sie mit einem weißen Schnürmieder zurück. »Das sollte wohl erstmal ausreichen«, bemerkte sie mit Blick auf Doras ungeschnürte Taille.

»Ich will das nicht!«, protestierte Dora. Es war ungehörig, ihrer Mutter in der Öffentlichkeit zu widersprechen. Trotzdem fuhr Dora fort: »Du weißt, was Dr. Winkler sagt …«

Dr. Bertram Winkler war ihr Hausarzt und ein alter Freund ihres Vaters. Er gehörte der Lebensreformbewegung an und setzte sich für die freie Körperkultur ein. Er war einer der Redner auf dem Kongress der »Vereinigung zur Verbesserung der Frauenbekleidung« vergangenes Jahr in Dresden gewesen und hatte sich mit Vehemenz dafür eingesetzt, dass keine Frau mehr als sieben Pfund Unterwäsche am Leib tragen sollte. Das Korsett hielt er schlicht für ein Folterinstrument, er sagte, es schade der Gesundheit ungemein.

»Es ist mir egal, was Dr. Winkler sagt!«, zischte die Mutter.

»Sonst noch etwas?« Frau Rauche war die Situation sichtlich unangenehm.

»Ja, einen halben Ballen grauen Wollstoff, einen halben Ballen Elsässer Haustuch, acht Meter Seide, schwarz. Und je zwei Rollen Garn, schwarzes und weißes, drei Meter Gummilitze, zwei Dutzend Häkchen und Ösen und ein Dutzend Knöpfe, schwarze«, spulte die Mutter herunter, als hätte sie die Liste vor langer Zeit schon auswendig gelernt.

»Eine große Anschaffung. Geht das Mädchen bald in Stellung?« Frau Rauches Neugier war bekannt.

»Ja, sie geht bald nach Braunschweig, an das Lehrerinnenseminar.«

Dora merkte, wie sehr die Mutter sich bemühte, stolz zu klingen, obwohl sie nicht viel von den Plänen des Vaters hielt. Sie hätte Dora lieber unter der Haube gesehen, statt in einer Ausbildung.

Dora erschrak, sie wollte nicht nach Braunschweig! Ihr Vater hatte die Leiterin des Braunschweiger Seminars letzten Herbst auf einer Konferenz von Pädagogen kennengelernt und sie gebeten, Dora die Prüfungen zum Abitur abzunehmen. Doch er hatte in letzter Zeit nicht wieder davon gesprochen. Sie bekam nur noch auf einem halben Ohr mit, wie ihre Mutter und Frau Rauche die Stoffe befühlten. Es ärgerte sie, dass es anscheinend schon beschlossene Sache war. Ihre Eltern hatten wie immer über ihren Kopf hinweg entschieden, und sie war wieder einmal die Letzte, die davon erfuhr. Dabei ging es doch um ihr Leben und ihre Zukunft. Und das Lehrerinnenseminar war so ziemlich das Schlimmste, was Dora sich vorstellen konnte. Dort ging es fast noch strenger zu als bei den Nonnen: Nicht nur, dass die Mädchen noch keusch sein sollten, wenn sie in das Seminar eintraten. Nein, auch danach, in einer festen Stellung, wurde von dem »Fräulein Lehrerin« erwartet, dass sie gefälligst auch ein Fräulein bliebe. Ehelosigkeit war die Grundvoraussetzung für die Ausübung des Berufs. Sollte eine Lehrerin doch einen Mann finden, der ihr den Bund fürs Leben antrug, verlor sie umgehend ihre Stelle und sämtliche Altersbezüge. Für viele junge Damen war das Lehrerinnen-Zölibat sogar erstrebenswert, es schützte sie vor einer ungewollten Vermählung. *Aus der Keuschheit wird wohl nichts mehr*, dachte Dora mit einem grimmigen Lächeln, doch das war nicht das Problem. Es wusste ja niemand, dass sie keine Jungfrau mehr war, und auch an einer baldigen Eheschließung war sie nicht interessiert. Aber es würde bedeuten, sich in ein Leben zu fügen, das sie nicht führen wollte. Und alle Träume von der Schauspielerei für immer zu begraben. Ihre Kehle wurde eng, sie bekam einen Kloß im Hals, wenn sie nur daran dachte. Sie wollte auf keinen Fall nach Braunschweig. Sie musste zu Wilhelm. Er musste ihr helfen!

»DASS DU MICH so blamieren musst!«, zischte die Mutter, als sie wieder auf der Straße standen.

»Entschuldige bitte, Mutter.« Dora senkte den Kopf. Sie wollte jetzt keine Szene auf offener Straße riskieren.

Ihre Mutter wischte sich einen Schweißtropfen von der Stirn, die Sonne stand inzwischen hoch am Himmel. »Lauf, wir brauchen noch Waschpulver. Und zwei Pfund Gallseife. Aber geh zum Hoffmann!«

Darauf hatte Dora gewartet. Es gab auch Waschmittel und Seife am Markt. Doch nach den Ausgaben gerade dachte die Mutter wahrscheinlich an die Rechnung, die sie von den Rauches am Ende des Jahres präsentiert bekäme. Da galt es, an anderer Stelle zu sparen. Der Laden der Hoffmanns war billiger als der Krämerladen am Markt. Und Wilhelms Atelier war nur ein paar Meter weiter die Straße hinauf.

»Und trödele nicht, wir haben zu nähen!«, rief die Mutter ihr nach, als Dora sich umwandte und losging.

Die Bertholdstraße verlief parallel zur Klosterstraße, wo ihr Vater am Henneberg'schen Gymnasium wahrscheinlich gerade die Unterprima mit lateinischen Deklinationen quälte. Dora war den Weg schon oft gegangen, immer mit klopfendem Herzen, nicht nur aus Freude, sondern vor allem aus Angst, erwischt zu werden.

Sie erinnerte sich genau, wie sie in Wilhelms Laden gekommen war, zwei Tage, nachdem er die Aufnahmen gemacht hatte. Zwei lange Tage und Nächte hatte sie nur an ihn gedacht und es kaum abwarten können, zu ihm zu gehen und die Bilder zu sehen. Doch als sie die Aufnahmen schließlich sah, war sie entsetzt. Im Zwielicht des Ateliers war ihr gar nicht aufgefallen, wie durchsichtig der Stoff war. Doch auf dem Bild erkannte sie, dass er ihren Körper mehr entblößte, als ihn zu verdecken. Er ließ ihre Brustwarzen durchscheinen und das Dreieck Flaum zwischen ihren Beinen. Sie hatte die Hände vor die

Augen geschlagen und wollte die Bilder gar nicht mehr anschauen. »Sie sind schrecklich, du musst sie verbrennen.«

Der Wilhelm hatte leise gelacht. »Ich finde sie gar nicht schrecklich. Sie gefallen mir. Du gefällst mir.« Er hatte ihre Wange gestreichelt und sie geküsst. Er hatte sie überredet, neue Bilder zu machen und danach wieder mit ihr geschlafen und gesagt, sie hätten jetzt ein kleines Geheimnis. Seitdem hatte sie immer wieder Ausflüchte gesucht, um von zu Hause fortzukommen, immer neue Ausreden, um zu ihm zu gehen und Aufnahmen zu machen. Sie wusste: Er war immer noch mit Selma verlobt, aber er war ihr Freund und jetzt sowas wie ihr Liebhaber. Dora hoffte, er würde ihr nun helfen. Er musste ihr Geld leihen, damit sie von hier fortgehen könnte. Sie würde es ihm zurückzahlen, wenn sie eine Stelle als Schauspielerin gefunden hatte.

SIE BEEILTE sich und erledigte ihre Besorgungen. Als sie mit zwei Papiertüten voller Waschmittel und Seife aus dem Laden der Hoffmanns trat, fielen ihr zwei Jungen auf, die auf einer Mauer saßen und feixten, als Dora vorüberging. Der eine hielt eine Postkarte in der Hand und der andere Junge zeigte mit dem Finger auf sie und lachte. Dora überkam eine schlechte Ahnung. Sie ließ die Papiertüten fallen. In einem kleinen Handgemenge rang sie dem Jungen die Karte ab und starrte auf ein Bild von sich. Mit einem neckischen Lächeln zeigte sie dem Betrachter ihre Brüste. Es fühlte sich an, als würde all ihr Blut in ihre Füße sacken. Ihr Magen ballte sich zu einem eisigen Klumpen zusammen. Sie zog den Jungen am Ohr. »Wo hast du das her?«

»Au! Vom Fotografen. Und ich will sie zurück, ich habe fünfundzwanzig Pfennige bezahlt!«, jammerte der Junge.

Fünfundzwanzig Pfennige waren verdammt viel Geld für einen kleinen Jungen. Das war ja wohl der Gipfel! Wilhelm verkaufte die Karten nicht nur an kleine Jungs, er verdiente auch noch prächtig daran.

Eine heiße Welle durchfuhr Doras Körper. Wutentbrannt stieß sie die Tür zu Wilhelms Laden auf, sodass sie krachend an die Wand flog und die Bilderrahmen im Schaufenster klapperten. Das Glöckchen über der Tür läutete fröhlich.

»Einen Moment bitte!«, rief er von hinten. Kurz darauf erschien sein blonder Schopf in der Durchgangstür. »Dora, hallo! Ich habe gerade keine Zeit, ich habe Kundschaft!« Wilhelm nickte nach hinten zum Atelier.

Dora knallte die Postkarte auf den Ladentisch und funkelte ihn an. »Kannst du mir das erklären?«

»Ich habe zu tun, komm später wieder.«

»Nein, ich verlange jetzt eine Erklärung!« Sie zitterte vor Wut und stemmte die Fäuste in die Seite, um sie unter Kontrolle zu bekommen, aus Angst, sie würde ihn sonst schlagen.

Er wand sich. »Nun, weißt du … ich brauche doch Geld für meine Hochzeit mit Selma. Wenn ich nicht mindestens viertausendfünfhundert Mark im Jahr verdiene, willigt ihr Vater nie in die Ehe ein.«

Dora starrte ihn an. Sie hatte gewusst, dass er verlobt war. Aber trotzdem: Er war so süß zu ihr gewesen und hatte ihr Komplimente gemacht. Und es hatte doch auch Spaß gemacht, sich zu verkleiden, es war aufregend gewesen, für ihn zu posieren, ihn zu necken. Sie dachte, es hätte ihm auch etwas bedeutet. Doch er hatte sie benutzt und verraten, es war ihm nur um Geld gegangen.

»Ich dachte, es sei unser Geheimnis …« Ihre Stimme brach. Dora spürte, wie ihre Augen feucht wurden. Sie wollte jetzt nicht weinen, nicht vor ihm. »Wie konntest du mir das antun?«

Seine Augen hatten wieder diesen kalten Glanz, wie Eis, und sein Lächeln war voller Hohn. »Na komm, es hat dir doch gefallen, du wolltest es doch auch!«

Dora spürte, wie etwas in ihr zerbrach. Das Trugbild ihrer Hoffnung, das sie die letzten Monate aufgebaut hatte, zerbarst in tausend Stücke. Die Scherben bohrten sich tief in ihr Herz, stachen hinein, dass der Schmerz sie fast wahnsinnig machte. Am liebsten hätte sie es herausgerissen, ihr Herz, nur damit es nicht mehr schlüge, für ihn, der sie so verraten hatte.

Die Tränen sprangen ihr nun doch aus den Augen und es war Dora egal, sollte er doch sehen, wie sehr sie litt.

»Hör zu, es tut mir leid, ja. Aber mach jetzt hier bitte kein Theater!« Er klang genervt.

»Du Schwein!« Sie erinnerte sich daran, warum sie hergekommen war und straffte die Schultern. »Ich will meinen Anteil, fünf Mark pro Motiv!«

Er lachte höhnisch auf. »Wieso sollte ich dir Geld geben?«

»Nun, soweit ich weiß, ist es strafbar, so etwas zu verkaufen. Und ich bin minderjährig. Wenn ich meinem Vater alles erzähle, geht er bestimmt zur Polizei und zeigt dich an. Dann gehst du ins Gefängnis und kannst deine Verlobung mit Selma vergessen.«

»Das würdest du nicht tun.« Wilhelm war bleich geworden.

»Doch, würde ich!« Sie sah ihm fest in die Augen. Was hatte sie zu verlieren?

Er öffnete die Kasse und nahm das Geld aus der Lade. »Hier, nimm, mehr habe ich nicht.« Er hielt ihr eine Hand voll Kleingeld hin.

Er lügt, schoss es ihr durch den Kopf, denn seine Augen huschten immer wieder zu einer Zigarrenkiste unter dem Ladentisch.

»Und jetzt verschwinde, ich habe zu tun!« Mit diesen Worten wandte er sich um und ging wieder nach hinten. Dora schniefte und stopfte das Kleingeld in ihre Schürzentasche. Sie zögerte einen Moment. Dann schnappte sie die Zigarrenkiste und huschte nach draußen. Von den Jungen war nichts mehr zu sehen. Sie hob ihre Tüten mit dem Waschpulver auf und rannte nach Hause. Sie lief so schnell, sie konnte. Die Tränen nahmen ihr die Sicht, sie wollte nur weg. Hauptsache weg von ihm.

KAPITEL 2

»Muss das denn wirklich sein?« Heinrich Neumann warf seiner Frau einen tadelnden Blick zu und stieg ins Bett. Er war die letzten eineinhalb Stunden Augen- und Ohrenzeuge geworden, wie Therese mit seiner Tochter um das Anlegen des Korsetts gestritten hatte. Dabei wusste sie, wie er darüber dachte.

»Ja, es muss sein. Du warst ja nicht dabei. Sonst hättest du gesehen, wie der Korbmacher sich den Hals verrenkt hat!« Therese hatte sich bettfertig gemacht und trat hinter dem Wandschirm hervor. Sie trug einen Morgenmantel über ihrem Nachthemd, auch jetzt war sie darunter geschnürt. Heinrich wusste, dass ihre Muskeln durch die Jahre im Korsett geschwächt waren. Ohne die Stütze des Mieders konnte Therese ihren Körper nicht mehr aufrecht halten.

»Du weißt selbst, dass es ungesund ist«, sagte er leise, als sie ins Bett schlüpfte.

Er hatte seine Frau schon lange nicht mehr nackt gesehen. Doch er wusste, dass sie unter ihrem Korsett aussah wie ein haarloser alter Affe. Sein Freund Bertram hatte ihm Fotografien gezeigt, die er als Anschauungsmaterial von dem Kongress in Dresden mitgebracht hatte. Sie belegten die Auswirkungen des Schnürens in aller Deutlichkeit: die gequetschten Rippen, die schwache Mitte mit den verschobenen Organen, den deshalb vorstehenden Unterbauch. Die Frauen auf den Bildern erinnerten Heinrich auf frappierende Art an Orang-Utans.

»Ungesund hin oder her. Sie wird sich anständig kleiden, wenn sie nach Braunschweig geht, wie alle anderen Mädchen auch.« Energisch strich Therese ihre Decke glatt.

Heinrich seufzte. Irgendwie hatte sie ja recht, aber er fürchtete, Dora würde auch so schon genug auffallen, egal, was sie anhätte. Sie war schon immer ein besonderes Kind gewesen, sein Augenstern. Keines seiner Kinder lernte so mühelos und leicht wie Dora, auch keiner der Knaben, die er am Gymnasium unterrichtete.

»Glaub mir Heinrich, es wird Zeit! Das Kind gerät sonst außer Kontrolle. Sie ist frech und vorlaut, du hast es ja heute selbst gehört. Wenn ich nur dran denke, wie die Frau Rauche mich angeschaut hat.«

»Ach, Therese, das ist das Ungestüm der Jugend.« Gewiss, das Mädchen war etwas wild, aber war es ihr zu verdenken? Sie war fast nur unter Jungen aufgewachsen. Dora hatte nur ihre drei älteren Brüder als Spielkameraden gehabt, bevor die kleine Emma gekommen war. Wie immer wurde Heinrich wehmütig, wenn er an früher dachte. Da waren sie noch eine große glückliche Familie gewesen und seine Frau hatte damals noch gelacht. Doch dann war Hilmar an Typhus gestorben und Franz, sein Zweitältester, hatte sich im Winter 1897 ein Bein gebrochen, drei Tage vor Weihnachten. Der Bruch hatte sich entzündet und das Blut vergiftet. Der Junge hatte das neue Jahr nicht mehr erlebt.

So hatte der Tod dafür gesorgt, dass die Ordnung in der Neumannschen Kinderschar zerschlagen wurde und sie den Pfeifen einer arg ramponierten Orgel glich. Nur der Älteste, Carl, war ihnen geblieben, Dora und die kleine Emma. Therese hatte sich gegrämt und war über den zu frühen Tod zweier Söhne bitter geworden.

»Sie ist kein Kind mehr, Heinrich. Gott bewahre, dass sie uns Schande bereitet.« Therese blickte zum Kreuz über dem Türstock und bekreuzigte sich. Sie frömmelte noch mehr als früher, sehr zu seinem Verdruss. Auch jetzt murmelte sie neben ihm, in ihren Händen drehte sich der Rosenkranz. Heinrich verabscheute diesen ganzen abergläubischen Unfug, den die Pfaffen predigten und mit dem die Volksschullehrer den Kindern die Hirne verdrehten, mit ihrem ewigen Katechismus. Noch nicht einmal zu Hause hatte er seine Ruhe davor. Aber er war ja selbst schuld, was hatte er auch eine Katholikin geheiratet?

»Du wirst sehen: Amalie Bernhard ist eine ausgezeichnete Pädagogin. Sie wird einen guten Einfluss auf das Kind haben. Ich werde ihr gleich morgen früh schreiben und um Doras baldige Aufnahme bitten.« Heinrich löschte das Licht.

»Es wird Zeit«, wiederholte Therese in die Dunkelheit hinein. »Ich sage es ja immer. Man muss aufpassen, dass sie den Anstand wahren, wenn sie in das gefährliche Alter kommen! Du weißt, wie schnell es gehen kann.«

TRÄNEN STRÖMTEN über Doras Gesicht und tränkten den Bezug ihres Kissens, so heiß wie der Hass auf Wilhelm, der in ihr brannte. Zumindest musste sie nicht leise sein und konnte ihrem Kummer freien Lauf lassen. Seit Carl aus dem Haus war, hatte sie ihr eigenes Zimmer, deshalb musste sie auf die schlafende Emma keine Rücksicht nehmen. Wie konnte sie nur so dumm sein? Sie hatte ihn geliebt, den schönen Wilhelm mit seinen Künstlerhänden. Hatte geglaubt, es wäre etwas Besonderes zwischen ihnen. Dabei hatte er sie nur benutzt, ihre Gefühle verraten und verkauft und daraus Profit geschlagen. Sie wusste: Dies war die Wahrheit, aber ihr Herz weigerte sich, zu glauben, dass er es wirklich nur des Geldes wegen getan hatte. Wilhelm hatte ihr geschmeichelt, nicht nur mit schönen Worten, sondern vor allem mit seiner Reaktion auf ihren Anblick. Mit seiner Erregung, die immer weiter stieg, bis die Luft im Atelier förmlich knisterte und er es gar nicht mehr abwarten konnte, die letzte Aufnahme zu machen und endlich zu ihr zu kommen. Wie er sie dann angeschaut hatte, mit diesem Blick … In diesen Momenten gehörte er nur ihr. Da war er der Schwache gewesen und sie die Mächtige, da hatte sie es in der Hand gehabt, ihn zu erlösen. Im wahrsten Sinne des Wortes, denn Wilhelm hatte irgendwann Angst bekommen, er könne sie »dick machen«, wie er es nannte. Deshalb hatte er Dora gezeigt, wie sie es ihm mit der Hand machen sollte oder mit dem Mund.

Dora wischte die Tränen fort und erhob sich umständlich von ihrem Bett. Dieses dumme Korsett war einfach nur hinderlich! Sie wusste wirklich nicht, wie es all die Frauen die ganze Zeit damit aushielten. Die Mutter hatte verlangt, sie solle es über Nacht tragen, damit sie sich im Liegen daran gewöhne. In das weiße Leinen waren dünne Metallstäbe eingearbeitet, die bei jedem Atemzug in die

Rippen stachen. Es quetschte ihren Bauch, sodass sie das Gefühl hatte, sie müsse gleich ihr Abendbrot erbrechen, so eng hatte ihre Mutter die Schnüre gezogen. Ihr Vater, der ihr sonst immer beigestanden hatte, wenn es um ihre Kleidung ging, hatte nur mit den Achseln gezuckt angesichts der tobenden Mutter. Sie hatte ihn gebeten, nein, angefleht, sie nicht nach Braunschweig zu schicken, stattdessen nach Meiningen ans Theater, dort gab es eine Schauspielschule. Aber bei der Frage ihrer Berufswahl war er unerbittlich. Er habe nicht all die Abende damit verbracht, ihr eine höhere Bildung zu vermitteln, damit sie das alles vergeude, indem sie Texte aufsage in einer Truppe von fahrendem Volk. Seine Tochter würde keine Hupfdohle, sondern Lehrerin und damit Schluss. Hupfdohle! Er hatte doch keine Ahnung. Dora hielt den Atem an und lauschte in die Dunkelheit. Es rührte sich nichts mehr im Haus, wahrscheinlich schliefen alle längst. Die Dielen knarrten leise, als Dora auf Zehenspitzen zur Kommode schlich und sich auf ein Knie sinken ließ. Behutsam öffnete sie die unterste Schublade. Unter einem Stapel Nachthemden verbarg sie die Zigarrenkiste. Ihr war heute Mittag in der Eile kein besseres Versteck eingefallen. Die Kiste war recht schwer und in ihrem Innern klimperte es leise, als Dora damit zu ihrem Bett zurückhuschte. Sie betrachtete den Deckel im Schein ihrer Petroleumlampe und strich sanft mit dem Finger darüber. »Tropenschatz Fehlfarben« war in das dünne Holz gebrannt, daneben das Bild einer Palme. Ihr Herz schlug schneller, als sie das Kästchen öffnete. Das Balsaholz verströmte noch immer den leisen Geruch der billigen Stumpen, doch nun lagen im Innern Postkarten, Abzüge der Bilder von ihr. Drei Karten waren lose, die anderen sauber gebündelt mit einem Streifen gelben Papier; 3 Mark hatte der Wilhelm mit Bleistift darauf geschrieben. Dora löste die Banderolen. Jedes Päckchen enthielt zwölf Karten, drei unterschiedliche Motive à vier Bilder. Da waren die Aufnahmen, die Wilhelm zuerst gemacht hatte. Dann Bilder, auf denen Dora als Geisha posierte, dann als Spanierin verkleidet. Und schließlich auch die Aufnahmen, auf denen sie zusammen mit Fanny zu sehen war, der Tochter vom Spengler. Wilhelm hatte sie eines Tages mit ins Atelier gebracht, und sie hatten wieder Sekt getrunken, zu dritt. Dann hatte er die Mädchen aufgefordert, sich zu küssen und ihre Brüste zu streicheln und auch davon Bilder gemacht.

Sähe man immer nur das erste Motiv jeder Serie, könnte man mich tatsächlich fast für eine Schauspielerin halten, dachte Dora. Die Aufnahmen waren wirklich gut, Wilhelm hatte sie aufwändig von Hand koloriert und die Kostüme, die er von weiß Gott woher mitgebracht hatte, waren mit der Zeit immer besser geworden. Nur dass Dora eben von Bild zu Bild immer nackter wurde. Sie schämte sich für die Fotografien, fühlte sich bloßgestellt und der Gedanke, dass er sie verkaufte und das auch weiter tun würde, ließ sie schaudern. Aber sie hatte es auch genossen, wenn sie ehrlich war. Es hatte ihr einen Vorgeschmack darauf gegeben, wie es wohl sein würde, wenn einen jeder anschaute und bewunderte, weil man berühmt war. Sie schämte sich dafür, aber selbst das hatte ihr gefallen, auf eine komische, verdrehte Art. Sicher, es war nicht richtig; er hatte sie benutzt, ihre Gefühle verletzt, sie gedemütigt und ausgelacht. Und trotzdem hatte sie es gemocht.

Zuunterst in der Zigarrenkiste lag ein in Stoff gewickeltes Bündel. Dora öffnete es und pfiff leise durch die Zähne. Sie zählte 63 Mark und 80 Pfennige, zusammen mit dem Kleingeld aus seiner Kasse kam sie auf insgesamt 69 Mark glatt. Das war mehr, als sie jemals auf einem Haufen gesehen hatte. Die Mutter zählte das wenige Kleingeld immer sparsamst ab und die meisten Händler schickten sowieso am Ende des Jahres eine Rechnung. Dora konnte froh sein, wenn sie mal einen Groschen bekam, um sich auf dem Rummel ein Eis zu kaufen oder eine schöne Spange für ihr Haar. Für ihre Verhältnisse war sie jetzt quasi reich, so fühlte sie sich zumindest. Sie verdrängte das schlechte Gewissen, das kurz in ihr aufkeimte, denn Fanny war ja auch auf den Bildern. Aber sollte Fanny doch sehen, wie sie selbst zu ihrem Anteil käme. Und außerdem: War das überhaupt das ganze Geld? Oder hatte Wilhelm das Kästchen zwischendurch geleert, und es handelte sich bloß um einen Teil, am Ende sogar nur die Tageseinnahmen? Dora wurde mulmig bei dem Gedanken, wie viele Karten er wohl verkauft haben mochte. Es war nur eine Frage der Zeit: Irgendwann würde jemand die Karten zu Gesicht bekommen, der wusste, wer Dora war, und es dem Vater verriet. Es wäre besser, sie wäre dann nicht mehr hier. Sie musste gehen, jetzt, noch heute Nacht. Geld hatte sie ja nun, aber wie weit würde das reichen? Würde es genug für einen Fahrschein sein, für eine Schiffspassage nach Amerika? Vermutlich nicht, sonst müssten die Auswanderer nicht so lange sparen. Aber es war ein Anfang, und sie war kein Familienvater, der die Kosten für mehrere Fahrscheine aufbringen musste. Sie könnte erstmal nach Berlin gehen oder noch besser nach Hamburg und sich eine Anstellung suchen. Wie lange konnte es schon dauern, bis sie das Geld für die Passage zusammenhätte, einen Monat, vielleicht zwei? Egal, es würde schon langen, für den Anfang. Mit fliegenden Fingern zog sie sich an, raffte ein paar Kleidungsstücke zusammen und stopfte sie in die Reisetasche, die sie bekommen hatte, um die Fahrt nach Braunschweig anzutreten. Viel passte nicht hinein, aber Dora besaß auch nicht viel. Sie nahm ihr Postkartenalbum vom Regal. Schon vor Jahren hatte sie ein Geheimfach angelegt, indem sie die letzte Seite an den Kanten mit dem Einband verleimt hatte, damit sie eine Tasche bildete. Darin ließ sie nun das Geld und Wilhelms Postkarten verschwinden. *Falsch, es sind meine,* korrigierte sie sich. Und egal, wie schrecklich sie waren, sie waren ein Teil von ihr und Dora würde sie mitnehmen, als Mahnung. Die Bilder würden sie immer daran erinnern, sich nie wieder in einen Mann zu verlieben und sich ausnutzen zu lassen. Wenn, dann würde sie diejenige sein, die die Männer benutzte und um den Finger wickelte. Sie wusste ja nun, wie es ging und wofür sie entflammten. Sie öffnete das Fenster und hielt ihre Tasche nach draußen, beugte sich weit vor, um den Abstand zu verkürzen und ließ los. Mit einem dumpfen Geräusch plumpste die Reisetasche auf das Kopfsteinpflaster im Hof. Dora hielt den Atem an und lauschte in die Dunkelheit, doch im Haus blieb alles still, nichts rührte sich. Sie huschte zurück, zog den Leinenbezug von ihrem Federbett und verknotete ihn mit dem Bettlaken. Das eine Ende band sie an ein Bein der schweren Kommode, prüfte die Knoten und ließ das andere Ende ihres provisorischen Stricks aus dem Fenster gleiten. Er reichte nicht bis zum Boden, es fehlte ein ganzes Stück. Ihr Zimmer lag im ersten Stock und sie schätzte die Höhe auf gute dreieinhalb Meter, trotzdem, das musste reichen, dann würde sie halt das letzte Stück springen. Dora setzte sich auf das schmale Fensterbrett und schwang die Beine nach draußen. Von hier aus betrachtet kam es ihr nun doch ganz schön hoch vor, aber es gab keinen anderen Weg. Sie betete, die Knoten mögen halten, stemmte die Füße gegen die Wand und lehnte sich ein Stück zurück, ließ sich vorsichtig tiefer sinken, bis sie sicher war, dass das Laken ihr Gewicht tragen würde. Ihr Herz schlug bis zum Hals und sie machte einen zittrigen Schritt nach unten, hing nun voll in der Luft. *Gut, es hält, nächster Schritt,* sprach sie sich Mut zu. Dieses elende Schnürmieder behinderte sie, es war nun wirklich nicht dazu gemacht, um darin aus Fenstern zu steigen. Dora verfluchte innerlich das hinderliche Korsett, hob den linken Fuß an, suchte nach Halt, als plötzlich über ihr ein Geräusch ertönte. Mit einem lauten Rumpeln glitt die Kommode über die Bodendielen und krachte gegen den Fensterrahmen, das Laken gab nach. Sie sackte runter, schlug gegen die Hauswand, verlor den Halt und stürzte ab. Einen absurd klaren Moment lang dachte Dora, sie würde es schaffen und einfach auf den Füßen landen. Doch dann kam sie auf und knickte um. Ein stechender Schmerz durchfuhr ihren Knöchel. Sie strauchelte, und fiel unsanft auf ihr Hinterteil. Ihre Zähne schlugen aufeinander, der Schmerz in ihrem Steißbein raubte ihr den Atem. Dora schüttelte benommen den Kopf und rappelte sich hoch, versuchte, aufzustehen und den Fuß zu belasten. Es tat weh, aber es ging, anscheinend war der Knöchel nicht gebrochen, sondern nur verstaucht. Trotzdem, es schmerzte höllisch. Sie humpelte rüber zu ihrer Tasche, als auch schon die Tür zum Hof aufflog. Ihre Eltern stürmten hinaus, beide im Nachthemd, der Radau musste sie geweckt haben. Dora erstarrte, war vor Schreck wie gelähmt.

»Wo willst du hin?« Die Stimme der Mutter klingelte schrill in ihren Ohren.

»Fort«, spie Dora ihr entgegen, »einfach nur weg.«

»Still, ihr weckt noch die Nachbarn!«, zischte der Vater und zog sie mit sich ins Haus.

»Was hast du dir nur dabei gedacht?« In seiner Stimme schwang neben Wut auch eine Spur von Enttäuschung.

»Ich will keine Lehrerin werden, das weißt du doch«, flehte Dora ihn an. »Lass mich ans Theater gehen, Vater, bitte!«

»Heinrich!«, keifte die Mutter. »Hol den Stock!«

Der Vater ging, um seinen Rohrstock zu holen. Erst jetzt realisierte Dora, welches Donnerwetter ihr nun bevorstand. *Das Geld!*, schoss es ihr durch den Kopf. Sie warf einen verzweifelten Blick auf ihre Reisetasche, in der das Album mit den verräterischen Bildern steckte. Doch die Mutter war viel zu aufgebracht, um davon Notiz zu nehmen. Sie war ganz bleich und ihre Lippen schmal vor Zorn, nur noch zwei dünne, bebende Striche. Der Vater kam zurück, in seiner Hand hielt er den Stock aus gesottener Weide.

»Dreh dich um!« verlangte er. »Den Rock hoch und die Unterhose runter!«

Doras Hände bebten, als sie der Aufforderung nachkam. Sie warf ihrem Vater einen flehenden Blick zu. Er starrte seine Frau an, dann Dora, ihren nackten Hintern und schien einen Moment beinahe erstaunt, als begriffe er erst jetzt, dass sie kein kleines Mädchen mehr war. Dann gab er sich einen Ruck. »Beug dich vor!«

Mit zitternden Fingern klammerte sich Dora an die Kommode, streckte ihm ihr entblößtes Hinterteil entgegen und hielt den Atem an, in ihren Ohren rauschte das Blut. Sie kannte den Stock. Zwar nicht so gut wie ihre Brüder, aber gut genug, um zu fürchten, was jetzt kam. Es war schon Jahre her, dass sie das letzte Mal gezüchtigt worden war. Trotzdem ließ die Erinnerung daran einen kalten Schauer über ihre Arme laufen. Mit einem zischenden *Wuuuusch* zerteilte die biegsame Weidenrute die Luft und klatschte auf Doras Haut. Der Schmerz war schier unerträglich, mit einem heißen Glühen biss er sich in ihr Fleisch, und sie schrie gepeinigt auf. *Das ist alles nur Wilhelms Schuld,* dachte Dora. *Wenn er nicht gewesen wäre und seine Fotos, wäre alles ganz anders gekommen.*

DORA LAG in ihrem Bett und schluchzte in ihr Kissen. Die Striemen auf ihrem Hinterteil brannten wie Feuer. Doch schlimmer als die Schmerzen brannten die Wut und Enttäuschung in ihr. *Ich war so nah dran! Es hätte klappen können, wenn ich besser vorbereitet gewesen wäre.* Doch das nützte nun nichts mehr. Die Mutter hatte sie eingesperrt und die Tür von außen zwei Mal abgeschlossen. Und an einen Sprung aus dem Fenster war nicht mehr zu denken. Ihr verstauchter Knöchel war inzwischen auf das Doppelte seiner üblichen Größe angeschwollen und pochte dumpf. Zum Glück hatten die Eltern das Geld nicht entdeckt. Ihre Mutter hatte für das Album nur ein verächtliches Schnauben übrig, als Dora es zurück ins Regal stellte. Ein triumphierendes Lächeln hatte ihre Lippen umspielt und Dora hatte gespürt, wie sehr es die Mutter genoss, ihr dabei zuzusehen, wie sie die Tasche wieder auspackte und ihre Träume begrub. Die Eltern glaubten wohl, durch die Tracht Prügel sei ihr Wille gebrochen.

Ihr werdet schon sehen, dachte Dora grimmig, *ihr könnt mich nicht ewig einsperren.* Spätestens, wenn sie nach Braunschweig geschickt wurde, war sie frei. Dann würde sie einfach auf dem Weg dorthin verschwinden und niemals dort ankommen. Niemand würde sie aufhalten, auf ihrem Weg auf die großen Bühnen der Welt!

KAPITEL 3

Au!«

»Halt still, dann steche ich dich auch nicht!«, zischte die Mutter durch die Stecknadeln, die sie zwischen ihre Lippen geklemmt hatte, und rammte eine weitere Nadel in eine Falte.

»Mir ist so warm. Und ich bekomme keine Luft!«

Inzwischen war es August geworden und vor dem Fenster des elterlichen Schlafzimmers leuchtete ein strahlender Sommertag. Trotz des schönen Wetters trug Dora lange Beinkleider, ein Leibchen, Kniestrümpfe, das Backfischkorsett, zwei Unterröcke und einen Anstandsrock aus warmem Flanell unter ihrem neuen Kleid. Sie hatte immer noch Stubenarrest und in den vergangenen Wochen hatte die Mutter sie mit der Näherei gequält: Dora hatte gemessen, geschnitten, genäht und gesäumt, während sie in dauernder Angst schwebte, jemand könne Wilhelms Karten entdecken und die nächste Tracht Prügel stünde ihr bevor. Sie bekam von der Welt draußen nichts mit, ihr Leben spielte sich nur noch im Haus ab und drehte sich allein um dieses schreckliche Kleid. Die Mutter hatte peinlich darauf geachtet, dass sie sich an die Nähanleitung im »Blatt der Hausfrau« hielt. »Ein Schwarzseidenes für jeden Anlass«, lautete die Beschreibung des Modells. Nun war es fast fertig, die Mutter steckte gerade die letzten Änderungen ab. Für Dora war es das verhasste Symbol ihrer beendeten Jugend. Sie warf einen missmutigen Blick in den Spiegel. Das Kleid war scheußlich. Es machte sie alt und das Friedhofschwarz der

Seide ließ ihre Haut fahl wirken, auch wenn es zu ihrer Stimmung passte. Sie seufzte schwer. »Ich sehe aus wie eine alte Krähe!«

»Du bist undankbar! Sechs Mark haben wir bezahlt, hörst du, sechs Mark den Meter …« Und dann setzte die Mutter wieder zu dem Monolog an, den sie Dora in den letzten Wochen so oft gehalten hatte: »Billige Seide macht keine Freude, denn sie reißt und spleißt schon beim Nähen. Aber ein Kleid von guter Qualität hält ein Leben lang, wenn du ordentlich damit umgehst und es pflegst!«

Dora hörte gar nicht richtig hin. Sie hatte sowieso nicht vor, ihr Leben lang das gleiche Kleid anzuziehen. Wenn sie es erst geschafft hatte und eine gefeierte Schauspielerin war, würde sie nur noch die neuesten Modelle tragen. Und sie würde eine Schneiderin beauftragen, sich um die lästige Arbeit zu kümmern.

Die Mutter schien zufrieden mit ihrem Werk. »Wenigstens hast du nun etwas Anständiges an, wenn du das Haus verlässt!«

»Es steht doch noch gar nicht fest, wann ich gehe.«

»Doch, übermorgen, deshalb müssen wir uns sputen!«

»Übermorgen?« Doras Herz machte einen kleinen Hüpfer, obwohl sie sich ärgerte, dass sie es mal wieder als Letzte erfuhr. Aber sei es drum, in zwei Tagen wäre sie also frei. Ob der Vater schon ein Billett für den Zug besorgt hatte?

Die Mutter nestelte in ihrer Schürzentasche und brachte eine Karte zum Vorschein. »Da, schau!«

Eigentlich liebte Dora Postkarten, aber dies war die scheußlichste Karte, die sie je gesehen hatte: ein Telegramm. Ein Eselsohr zierte eine Ecke des braunen Kartons und neben der Adresse des Vaters prangte ein Fettfleck. »Werter Herr, bin um 9 dort, Gruß A.N.« Telegramme wurden nach aufgegebenen Buchstaben bezahlt und waren so kurz wie möglich, daher der knappe Ton. Doch der Inhalt ergab für Dora keinen Sinn.

»Was soll das heißen?«

»Der Vater hat eine Begleitung für dich gefunden, damit du nicht wieder auf dumme Gedanken kommst.«

So ein Mist! Der Vater hatte doch tatsächlich eine Anstandsdame aufgetan, die sie nach Braunschweig bringen sollte. Dora spürte ein kaltes Ziehen in ihrem Magen. »A.N.?«, fragte sie und bemühte sich um einen neutralen Tonfall.

Die Mutter strahlte über das ganze Gesicht. »Stell dir nur vor, er hat Ja gesagt!«

»Er?«, fragte Dora alarmiert. Na großartig! Der Vater hatte also einen Bekannten beauftragt, vermutlich Lehrer und steinalt.

»Alfred von Nathusius, ein Verwandter von Paul, er ist auf der Durchreise!« Paul war der Ehemann ihrer Cousine Wilma. Wilma war vier Jahre älter als Dora und dumm wie Stroh. Trotzdem hatte sie es irgendwie fertiggebracht, den Sohn eines Strumpffabrikanten auf sich aufmerksam zu machen und zu heiraten. Paul hatte ein lahmes Bein, ein Geburtsfehler, und Wilma hatte große Brüste. Anders konnte es sich Dora nicht erklären, warum ein Sohn aus adligem Hause ihre Cousine hätte haben wollen? Auf jeden Fall hatte Wilma über Stand geheiratet und war gesellschaftlich aufgestiegen, deshalb diente sie der Mutter stets als leuchtendes Beispiel. »Es gäbe ja eine Möglichkeit, dass du nicht nach Braunschweig musst«, setzte Therese Neumann listig an und senkte verschwörerisch die Stimme. »Weißt du, eine Ausbildung ist eh die reinste Zeitverschwendung für ein Mädchen, wenn du mich fragst. Irgendwann kommst du sowieso und willst heiraten und dann war alles für die Katz.«

»Ich bin doch noch viel zu jung zum Heiraten«, warf Dora ein.

»Du könntest dich verloben, mit dem Sohn vom Direktor Orth vielleicht?«

»Was, der? Ich kenne ihn doch gar nicht.«

»Wenn du nur ein bisschen mehr wie deine Cousine wärst.« Die Mutter seufzte. »Aber du eiferst ja lieber diesem Flittchen nach, dieser Edna!«

»Edna May ist kein Flittchen!«, fauchte Dora. »Sprich nicht so von ihr, sie hat es zu mehr gebracht als du!«

»Was willst du damit sagen?« Die Augen der Mutter waren zu schmalen Schlitzen geworden.

Dora wusste, dass sie jetzt besser ihren Mund hielt, aber in zwei Tagen wäre sie sowieso von hier fort. Sie wollte bloß ein einziges Mal ihre Meinung sagen. »Na, zumindest steht Edna auf eigenen Beinen und führt ihr eigenes Leben, statt nur auf einen standesgemäßen Mann zu lauern und sich ein Kind machen zu lassen, wie du und Wilma.«

»Pass auf, was du sagst!« Die Lippen der Mutter waren nur noch ein dünner Strich, ihre Nase stach hervor wie der Schnabel eines Habichts.

Obwohl Dora wusste, dass es gefährlich war, hatte sie sich in Rage geredet. »Es ist doch wahr oder etwa nicht? Ich habe nachgerechnet, Carls Geburtstag ist nur sechs Wochen nach eurem Hochzeitstag.«

Die Ohrfeige war so heftig, dass Doras Kopf gegen den Kleiderschrank knallte. *So muss es sein, in den Himmel zu kommen,* schoss ihr durch den Kopf. Erst war alles schwarz geworden und nun tanzten tausend Sterne vor ihren Augen.

»Du redest schon genau so verkommen wie diese Dirnen, diese Schauspielerinnen!«, sie spie das Wort förmlich aus, »die du so bewunderst!«

Mit dem Keifen der Mutter kam der Schmerz. Dora rieb sich die Stelle am Hinterkopf, wo ihr Schädel Bekanntschaft mit dem Schrank gemacht hatte.

»Wenn du so weitermachst, wird es kein gutes Ende mit dir nehmen!«

Sie funkelte ihre Mutter herausfordernd an. »So wie bei dir?« Dora wusste: Sie ging endgültig zu weit, doch sie wollte ihre Meinung nicht zurückhalten, das hatte sie schon viel zu lange getan. »Schau dich doch an. Früher warst du vielleicht einmal jung und hübsch, aber jetzt bist du nur noch eine welke Vettel, die unzufrieden ist, weil sie es zu nichts gebracht hat in ihrem Leben. Ich werde niemals so enden wie du!«

»Du liederliches, kleines Ding.« Diesmal nahm die Mutter selbst den Stock und bewies erstaunliches Geschick darin, genau die Stellen zu treffen, die gerade erst wieder verheilt waren. Der beißende Schmerz trieb Dora die Tränen in die Augen, aber sie ertrug es klaglos. Das schien die Mutter nur noch mehr anzustacheln, doch Dora biss die Zähne zusammen, sie gönnte ihrer Mutter den Triumph nicht. *Nur noch zwei Tage,* wiederholte sie im Stillen immer wieder zwischen den Schlägen wie ein Gebet. Nur noch zwei Tage, dann würde ihr niemand mehr vorschreiben, was sie zu tun oder zu sagen hatte. *Nur noch zwei Tage, dann bin ich frei!*

AM SAMSTAG, dem 26. August 1905 gingen sie zum Bahnhof. Alle kamen mit, um sie zu verabschieden, auch die Mutter und Emma.

Dora trug ihr neues Reisekleid. In der langärmeligen Jacke war ihr jetzt schon zu warm, obwohl es erst dreiviertel neun war. Es würde ein heißer Tag werden. Für ihren Vater war es auf jeden Fall ein wichtiger Tag. Er schaute alle paar Sekunden auf seine Taschenuhr, bis der Zug endlich einfuhr. Dora überkam ein Kribbeln, als die Lok den Bahnsteig entlang kroch, die Waggons schoben sich an ihr vorbei, und mit einem schnaufenden Ruck kam der Zug zum Stehen. Die Türen wurden geöffnet, Ankommende traten auf den Bahnsteig und Abreisende beeilten sich, einzusteigen. Ein hochgewachsener Mann Anfang dreißig entstieg dem Waggon der ersten Klasse und schritt auf sie zu. Er trug Uniform: einen dunkelblauen Waffenrock und schmale weiße Hosen, die in kniehohen Stiefeln steckten.

»Herr von Nathusius, es ist mir eine Ehre.« Der Vater schüttelte ihm die Hand.

Es war zum Piepen: Ihr sonst so liberaler Vater kroch förmlich vor dem Offizier, er schien beinahe unterwürfig. Ihre Mutter stupste sie aufmunternd in die Seite und warf ihr einen vielsagenden Blick zu. Nur Emma nahm überhaupt keine Notiz von dem Fremden, sondern klammerte sich an Doras Arm. Ihr Ärmel war schon ganz durchnässt von Emmas Tränen, und sie hatte Mühe, ihre kleine Schwester zu beruhigen. Dora betrachtete den Mann. Er war jünger, als sie erwartet hatte. Sein langes Gesicht wirkte ernst und strahlte eine gewisse Strenge aus. Er trug den Schnurrbart wie der Kaiser, die Enden mit Pomade gezwirbelt, wie es gerade Mode war. Seine Augen waren blau, erkannte Dora, als er sich an sie wandte, ein milchiges Blau, wie der Himmel an einem diesigen Tag.

Er reichte ihr steif die Hand. »Guten Tag, Fräulein Dorothea. Gestatten Sie, mich vorzustellen: Alfred von Nathusius, sehr erfreut!«

Dora knickste artig, die Mutter zupfte an ihrem Kleid, als wolle sie einen Fussel entfernen. »Und benimm dich anständig, hörst du?«

Ihr Vater beäugte die Schulterklappen des Offiziers. »Leutnant, nicht wahr?«

»Jawohl, Herr Oberstudienrat! Kürassierregiment ›von Seydlitz‹.«

»Großartig, meinen Glückwunsch!« Der Vater legte ihm die Hand auf die Schulter. Eine unangemessene Geste der Vertrautheit, wie Dora fand. »Was die Fahrtkosten betrifft …«

»Machen Sie sich darum bitte keine Sorgen, ich bin ja sowieso auf der Durchreise und habe ein Abteil der ersten Klasse für mich allein reserviert.«

»Vielen Dank, das ist wirklich zu freundlich von Ihnen. Und für die Weiterfahrt nach Braunschweig«, der Vater zog ein Mäppchen aus der Tasche und reichte es dem Offizier, »war ich so frei, das Geld für die Billets in einem gesonderten Umschlag hinzuzufügen.«

Entsetzt beobachtete Dora, wie das Mäppchen in Nathusius' Innentasche verschwand. Darin waren ihre Papiere! Ihre Geburtsurkunde, die schriftliche Arbeitserlaubnis ihres Vaters sowie Geld für den Schulbesuch und Logis in einem Mädchenpensionat. Sie hatte gehofft, der Vater würde ihr die Papiere geben, aber nun lagen sie sicher an der Brust des Offiziers. Jetzt hatte Dora wirklich ein Problem. Ihm zu entwischen, wäre das eine, aber ohne ihre Dokumente war sie aufgeschmissen.

Nathusius verbeugte sich leicht. »Herr Oberstudienrat, ich gebe Ihnen hiermit mein Ehrenwort, dass ich Ihr Fräulein Tochter wohlbehalten nach Braunschweig bringen werde, gleich nächste Woche.«

»Nächste Woche?«, fragte Dora verständnislos.

»Du wirst eine Weile bei seiner Familie in Halberstadt wohnen, bevor er dich ans Seminar bringt«, erklärte die Mutter und nestelte wieder an Doras Kleid. »Mach ihm halt schöne Augen«, raunte sie, »er ist unverheiratet.«

»Wer von uns beiden kommt jetzt auf dumme Gedanken?«, zischte Dora.

Therese Neumann bedachte ihre Tochter mit einem grimmigen Lächeln, bevor sie laut hinzufügte: »Und putz immer ordentlich deine Schuhe, hörst du?«

Dora spürte, wie ihr das Blut in die Wangen schoss. Es war ihr peinlich, wie ein kleines Kind behandelt zu werden, noch dazu vor einem Fremden.

Emma klammerte sich mit tränennassem Gesicht an Doras Taille. »Schreibst du mir?«

»Natürlich!« Dora machte sich los und stieg in den Zug. Sie warf einen letzten Blick zurück auf ihre Familie und blinzelte, damit sie nicht auch noch anfing, zu weinen. »Lebt wohl!«

Der Zug quälte sich langsam den Rennsteig hinauf. Dora empfand die Landschaft vor dem Fenster als unwirtlich, die Gleise zogen sich zwischen den dunklen, hohen Tannen an schroffen Felsen entlang, die steil abfielen und den Blick auf schmale, düstere Täler freigaben, in denen klamm und grau noch der Nebel hing. Es war vielleicht das letzte Mal, dass sie ihre Familie gesehen hatte, wurde ihr bewusst. Mit einem Mal empfand sie die Enge der Täler auch in ihrer Kehle, es schnürte ihr den Hals zu, wenn sie daran dachte, dass sie ihre Schwester vielleicht nie mehr wiedersehen würde, wenn sie wirklich ging. Dora starrte aus dem Fenster und hing trüben Gedanken nach. Sie wog ab, was nun mehr Gewicht hatte, die Angst vor der Einsamkeit oder ihr Wunsch nach Freiheit und einem selbstbestimmten Leben? Nein, sie würde den Wunsch niemals aufgeben, eine Schauspielerin zu werden. Doch dafür musste sie an ihre Dokumente kommen. Sie musterte den Offizier von der Seite. Anscheinend betrachtete er das als Aufforderung zur Konversation.

»Wussten Sie, Fräulein Dorothea, dass dies die erste Zahnstangenbahn im Kaiserreich ist?«, bemerkte er angesichts der Steigung, als der Zug die Höhenrücken des Thüringer Waldes erklomm. »Schauen Sie doch!«, rief er, als sie das Viadukt in Angelroda passierten und die Landschaft plötzlich zwanzig Meter unter ihnen vorbeizog. Doch Dora antwortete nur einsilbig, und anscheinend wusste er nichts mit einem bockigen Mädchen anzufangen, also verlief ihre Reise schweigend und die Atmosphäre im Abteil blieb gespannt.

In Plaue mussten sie in den Zug nach Erfurt wechseln, und Dora war froh, der Enge des Abteils zu entkommen, wenn auch nur kurz. Das Abteil im nächsten Zug war ebenso wie das letzte mit Nussholz vertäfelt und die Sitzbänke hatten dicke Polster, die mit flaschengrünem Plüsch bespannt waren. Trotzdem spürte Dora in ihrem Hintern jede einzelne Sprungfeder, bei jeder Bahnschwelle, über die der Waggon rumpelte. Die Striemen, die die Züchtigung auf ihrer Haut hinterlassen hatte, schillerten inzwischen in allen Schattierungen von Lila bis Grün. Sie würden noch tagelang zu sehen sein und Dora an ihre Aufmüpfigkeit erinnern. Sie verzog das Gesicht.

Nathusius bemerkte es. »Ist alles in Ordnung, Fräulein Dorothea? Sitzen Sie nicht bequem, sollen wir den Platz tauschen?«

»Nein danke, es geht schon.« Er sollte auf keinen Fall erfahren, dass die Mutter sie gezüchtigt hatte wie ein ungehorsames Kind. Sie wandte sich wieder ihrem Album zu, aber heute konnte sie sich nicht daran erfreuen.

»Sammeln Sie Ansichtskarten?«, wollte er wissen.

»Ja, schon von klein auf, seit ich sechs Jahre alt war. Schauen Sie, dies war meine erste.«

»Oh, aus New York! Das ist die Freiheitsstatue, oder?«

»Ja, waren Sie schon einmal in Amerika?«

»Nein, ich war noch nie außerhalb des Reichs. Das Reisen ist doch arg beschwerlich.«

Dora seufzte. »Ich würde schrecklich gern reisen und die Welt sehen.«

»Ich glaube nicht.« Er lächelte umsichtig. »Wir reisen doch gerade. Und Sie machen ein Gesicht wie sieben Tage Regenwetter!«

»Das ist ja wohl ein Unterschied, ob ich nach Braunschweig reise oder nach Amerika.«

»Waren Sie schon einmal in Braunschweig?«

»Nein, bisher noch nicht. Dies ist meine erste Reise.«

»Aha, na bitte. Dann fangen Sie doch erstmal klein an, es muss ja nicht gleich Amerika sein.« Nathusius öffnete seine Reisetasche und entnahm ihr ein Lederetui mit Putzzeug. Er zog seinen Säbel aus dem Futteral, tröpfelte einige Tropfen Waffenöl auf einen Lappen und fuhr behutsam über die Klinge. Das Sonnenlicht reflektierte auf dem blanken Stahl und warf hübsche Muster an die Wände des Abteils. Ein Strahl hellen Lichts fuhr in ihre Augen. Dora sah von ihrem Album auf und blinzelte.

»Habe ich Sie geblendet, Fräulein Dorothea? Entschuldigen Sie bitte!«

Der Säbel schien schon alt zu sein. Der Griff war mit rotem Leder bezogen, filigrane Metallstäbe wanden sich darum zu einem Korb, der die Hand des Kämpfers schützte. Die Klinge zeigte einige Scharten und Kratzer, als wäre schon manche Schlacht damit gefochten worden. Es war etwas darauf eingraviert, Dora beugte sich vor, um es entziffern zu können: »Viribus unitis.«

»Der Wappenspruch unserer Familie, es bedeutet …«

»Mit vereinten Kräften.«

Er sah sie verblüfft an. »Sie sprechen Latein?«

»Ja, und Griechisch. Ich soll Lehrerin werden, schon vergessen?«

»Ach ja richtig, ein vortrefflicher Beruf.« Nathusius nickte anerkennend. »Ihr Vater scheint ein moderner Mann zu sein.«

»Wie kommen Sie denn darauf?«

»Na, weil er Ihnen eine Ausbildung ermöglicht. Sehr ungewöhnlich für eine junge Dame, finden Sie nicht?«

Dora empfand ihren Vater nicht gerade als modern, aber er hatte recht, die meisten Väter kümmerten sich nicht sonderlich um die Ausbildung von Töchtern. Für gewöhnlich wurden Mädchen nur dazu erzogen, möglichst bald unter die Haube zu kommen, genau, wie ihre Mutter es auch immer gewollt hatte.

»Nun, sein Wunsch entspringt wohl eher der Tradition, er ist ja selbst auch Lehrer.«

Nathusius legte den Kopf schräg und sah sie forschend an. »Das klingt nicht gerade begeistert.«

»Um ehrlich zu sein, ist Lehrerin das Langweiligste, was ich mir überhaupt vorstellen kann.«

»Was wäre denn weniger langweilig?« Es schien ihn zu amüsieren, um seinen Mund spielte ein feines Lächeln.

Dora zögerte, schließlich kannte sie ihn kaum. Also was gingen ihn ihre Träume an? Aber andererseits würde sie ihn nach der gemeinsamen Fahrt eh nie wiedersehen. »Ich würde gern ans Theater gehen und Schauspielerin werden«, murmelte sie leise. Sie hob ihr Album und deutete auf Ednas Bild direkt neben der Karte aus New York, Dora hatte ihre größten Schätze auf einer Seite vereint.

»Wer ist das?«

»Edna May, die bekannte Schauspielerin.«

»Hm, sehr hübsch.«

»Ich wäre gern so wie sie«, seufzte Dora und strich mit dem Finger über Ednas Gesicht.

»So hübsch?«, hakte er nach.

Was sollte das heißen, fand er sie etwa nicht hübsch? »Nein, Schauspielerin! Aber mein Vater sagt, das sei kein ordentlicher Beruf für ein anständiges Mädchen.«

Nathusius nickte. »Da muss ich Ihrem Vater beipflichten!«

»Warum glauben immer alle, Schauspielerei sei kein anständiger Beruf?«

»Na, weil ...« Er unterbrach sich. »Es ist ja auch egal, auf jeden Fall ist Lehrerin der bessere Beruf für Sie!«

»Und warum glauben immer alle, sie wüssten, was das Beste für mich ist?«, fuhr Dora auf. »Es ist doch mein Leben!«

»Wir alle müssen uns fügen«, sagte er bestimmt, »in das Leben, das unsere Eltern für uns vorgesehen haben.«

»Das heißt, Sie sind nicht gern beim Militär?«

»Doch, schon, man kann es weit bringen und der Dienst verschafft einem ein hohes Ansehen«, antwortete er ausweichend.

»Aber?«

Nathusius straffte die Schultern. »Kein Aber, so ist es nun mal. Ich bin der dritte Sohn meines Vaters. Mein ältester Bruder wird einmal die Firma erben, der andere kümmert sich um die Produktion, was bleibt mir da schon? So ist es halt an mir, der adligen Verpflichtung nachzukommen und Kaiser und Reich zu verteidigen.« Er zuckte mit den Achseln. »Außerdem ist mein Vater auch nur ein zweiter Sohn und hat damals auch bei den Halberstädtern gedient. Es gibt also in meiner Familie auch so eine Tradition, wie Sie sehen.«

»Aber was würden Sie denn lieber tun?«

Nathusius schüttelte unwirsch den Kopf. »Die Frage stellt sich doch gar nicht. Es gibt kein ›lieber tun‹, man muss halt seine Pflicht erfüllen.«

»Trotzdem, was würden Sie machen, wenn Sie könnten?«, hakte Dora nach.

Er lächelte. »Sie erinnern mich an meine Schwester Carla, die stellt auch so neugierige Fragen. Wissen Sie, mein Vetter, der hat's gut. Manchmal beneide ich ihn, er wird einmal ein ganzes Gestüt erben. Wenn ich später einmal aus dem Dienst scheide, würde ich auch gern ein eigenes Gestüt aufbauen und Pferde züchten.«

»Warum machen Sie das dann nicht einfach?«

»Wissen Sie, was das kostet? Das sind nur ferne Träumereien, und bis dahin ist es noch ein weiter Weg. Solange bin ich bei den Kürassieren, dann bin ich wenigstens in der Nähe von Pferden.«

Es war ihr schon aufgefallen, dass er jedes Mal aus dem Fenster sah, wenn draußen Pferde auf einer Weide grasten. Dann waren seine Augen voller Sehnsucht und Verlangen. »Sie mögen Pferde wirklich gern, nicht wahr?«

»Oh ja, sie sind mein Ein und Alles. Sind Sie schon einmal geritten?«

Dora schüttelte den Kopf. »Nein, noch nie.«

»Ich kann es Ihnen beibringen, wenn Sie wollen. In der Remise müsste noch der Damensattel meiner Schwester liegen. Vielleicht können wir nächste Woche mal ausreiten, was meinen Sie?«

»Ja, sehr gern.« Dora bemühte sich um ein aufrichtiges Lächeln. Nächste Woche wäre sie nicht mehr da, also würde es nie dazu kommen. Sie empfand einen Stich bei dem Gedanken, denn sie würde wirklich gerne mit ihm ausreiten. »Es muss ein schönes Gefühl sein, auf einem Pferd zu sitzen.«

»Es ist das beste Gefühl, das man sich nur vorstellen kann. Wenn man über ein Feld jagt, in vollem Galopp, dann fühlt man sich so ... frei!« Er wirkte viel wacher und frischer, seine Augen leuchteten förmlich.

»Ich würde es nur zu gern probieren.«

»Ah, wir erreichen gleich Erfurt.« Er packte sein Putzzeug weg und Dora klappte ihr Album zu. Als sie es zurück in ihre Reisetasche stecken wollte, fiel eine der Postkarten aus dem Geheimfach. Sie bückte sich und griff danach, doch er war schneller.

»Oh ...« Nathusius starrte auf das Bild in seiner Hand und eine leichte Röte kroch über sein Gesicht. Gott sei Dank war es eines der harmloseren Bilder, wie Dora mit einem inneren Stoßseufzer erkannte. Die Dora auf dem Bild lächelte neckisch in die Kamera und hatte die obersten Knöpfe ihrer Bluse geöffnet. Sie präsentierte dem Betrachter ihr Schlüsselbein, und die Wölbung ihrer Schulter ließ erahnen, dass sie unter der Bluse nackt war. Sie könnte sich ohrfeigen! Dora riss ihm die Karte aus der Hand und stopfte sie zurück in das Album.

»Was ist das?«, fragte er ein bisschen dämlich.

»Eine große Dummheit!«, fauchte Dora.

»In der Tat ...« Er schluckte.

»Hast du noch nie etwas Dummes gemacht?« In ihrem Ärger war ihr das »Du« herausgerutscht.

Er quittierte es mit einem kleinen Lächeln. »Doch, das habe ich. Das kannst *du* mir glauben. Und nun komm, wir sind da.«

DER ERFURTER BAHNHOF bestand aus mehreren flachen, langgestreckten Hallen und dem dreistöckigen Hauptgebäude, dessen Uhrturm schon von Weitem zu sehen war. Es wimmelte nur so vor

Menschen. Sie mussten das Gleis wechseln, deshalb rief Alfred einen Gepäckträger herbei. Der picklige Junge konnte mit ihren Koffern keine große Mühe haben, Dora hatte nur den einen Holzkoffer und auch Alfred reiste mit kleinem Gepäck. Trotzdem tat der Junge, als hätte er schwer zu schleppen, wahrscheinlich hoffte er so auf ein höheres Trinkgeld. Alfred reichte ihr galant den Arm und führte Dora durch die Menschenmenge. Ihr fiel auf, wie die Leute ihn ansahen: Die Männer zogen respektvoll den Hut und grüßten, wenn sie vorübergingen, und die Damen plusterten sich auf und machten ihm schöne Augen. Es musste an Alfreds Uniform liegen. Dora kam sich neben ihm fast schäbig vor in ihrem einfachen grauen Reisekleid. Doch Alfred schien keine Notiz davon zu nehmen, weder von ihrem Kleid noch von den Blicken der Frauen. Er war es anscheinend gewohnt, dass alle Welt ihn anstarrte. In Doras Kopf kreiste unablässig die Frage, wie sie es anstellen sollte, an ihre Dokumente zu kommen? Vielleicht würde er im nächsten Zug die Jacke ablegen, doch wie sollte sie unbemerkt ihre Papiere nehmen? Vielleicht sollte sie es ohne versuchen und einfach so fortgehen. Doch andererseits konnte sie das Geld in dem Mäppchen gut gebrauchen. Sie musste einen Weg finden, an seine Jacke zu gelangen.

Dora blickte von ihrem Buch auf. Alfred hatte sie angesehen. Er fuhr ertappt zusammen, wandte den Blick zum Fenster und tat, als betrachte er die Landschaft.

»Du hast an die Postkarte gedacht, stimmt's?«

Er wurde rot. »Nun, äh, das Bild ... es ist sehr gewagt für dein Alter, findest du nicht? Wer hat es gemacht?«

»Ich will nicht über ihn sprechen, er ist es nicht wert.«

Er sah sie an und in seinem Blick lag etwas wie Sorge, aber auch etwas anderes, dunkleres. Zumindest sah er sie jetzt nicht mehr an, als sei sie bloß ein Kind, wie Dora zufrieden bemerkte.

»Also wenn du meine Schwester wärst, dann hätte ich dich dafür übers Knie gelegt! Warum hast du das gemacht?«

»Ich wollte zumindest einmal wie eine Schauspielerin aussehen.«

Er lachte trocken auf. »Ha, Schauspielerin, das ist gut!«

»Ich sagte ja, es war eine große Dummheit. Warst du noch nie verliebt?«, fuhr sie ihn an.

»Doch schon, aber das ist lange her.« In seinen Augen stand Wehmut.

»Bist du deshalb noch nicht verheiratet? Weil dir eine das Herz gebrochen hat?«

Er hob erstaunt die Augenbrauen, sein Lächeln war spöttisch. »Wer sagt denn, ich sei unverheiratet?«

»Meine Mutter. Aber keine Sorge, ich habe kein Interesse!«

»Wie schade.« Noch immer leuchtete Spott in seinen Augen. »Dann bist du die Erste, die ich nicht allein schon mit meiner Uniform bezirzen kann.«

»Natürlich, du hast sicher reichlich Auswahl.« Dora bemerkte selbst, wie spitz das klang.

»Und ob! Meine Mutter stellt mir ein feines Fräulein nach dem anderen vor.« Er rollte die Augen.

»Ach so, dann war also bisher keine fein genug, wie?«

Er lachte schallend. »Nein, es ist wohl eher so, dass ich ihnen nicht fein genug bin. Dafür haftet meinem Titel wohl ein zu frischer Stallgeruch an, wenn du verstehst, was ich meine.«

»Nein, ich verstehe nicht.«

»Nun, mein Urgroßvater bekam den Adelstitel im Jahre 1840 für besondere Verdienste in der Schafzucht verliehen.« Er grinste. »Für die wirklich feinen Leute von altem Blut sind wir also nicht mehr als ein paar bessere Bauern. Und es ist wahr: Wenn sich die Familie trifft, drehen sich die Tischgespräche meist um Schweinehälften und Wollpreise.«

»Und gab es kein Fräulein, das nicht ganz so fein war?«

»Ich sage ja, du erinnerst mich an meine Schwester, genau so forsch. Also schön, wenn du es genau wissen willst …« Er zählte es an den Fingern auf: »… eine war sehr still und langweilig. Die Nächste plapperte dafür in einem fort von ihren Handarbeiten. Und wieder die Nächste hatte ein Gesicht wie ein Pferd, auch einen ähnlich langen Stammbaum.«

Dora kicherte, weil sie sich vorstellte, wie das Pferdefräulein wohl aussähe. »Ich dachte, du magst Pferde?«

»Ja, aber nicht am Esstisch!« Er grinste schief. »Es war halt einfach noch nicht die Richtige dabei, wie man so schön sagt.«

»Und was war mit der einen, in die du verliebt warst?«

»Ach, das ist schon lange her.« Seine Augen wurden dunkel, als ob ein alter Schmerz sich hineingeschlichen hätte. Er schluckte hart und räusperte sich. Dora befürchtete schon, sie wäre zu indiskret gewesen, aber dann begann er doch, mit leiser Stimme zu erzählen: »Ihr Name war Liliana und sie war das schönste Mädchen in Zirke, ach was, in ganz Posen. Wir waren zur Hochzeit eines Vetters gereist, eigentlich kein direkter Vetter. Der Bruder meines Ururgroßvaters hat nach der Teilung Polens ein altes Rittergut gekauft und sich dort niedergelassen. Liliana war Magd bei einem der Bauern des Gutes und brachte einen Korb mit Enteneiern. Zwei Tage vor der Hochzeit, da sah ich sie zum ersten Mal. Sie war schon sechzehn und hatte wundervolle ...«, er unterbrach sich, »... prächtige Haare, ein warmes Rotgold, wie flüssiger Bernstein und alle Burschen im Dorf waren vernarrt in sie. Ich konnte mein Glück kaum fassen, dass sie sich für mich interessierte, ich war ja erst fünfzehn, ein Knabe noch.« Alfred hielt inne und sein Blick verlor sich in der Ferne.

»Was ist geschehen?«

»Nach der Hochzeit gab es ein großes Fest mit Musik und Tanz, alle haben gefeiert und gelacht, bis spät in die Nacht. Das ganze Dorf war auf den Beinen. Sie hat meine Hand genommen und mich hinter die Scheune gezogen, und dann hat sie mich geküsst und mir erlaubt, ihre Bluse zu öffnen und ...« Er stockte, sein Körper ruckte nach vorn, doch sein Blick ging immer noch durch Dora hindurch. »Auf einmal war da der Bauer, bei dem sie Magd war. Er hat geschrien, auf Polnisch, ich konnte es nicht verstehen. Und dann hatte er auf einmal seine Peitsche in der Hand, eine große Bullenpeitsche mit derbem Riemen. Er hat ausgeholt und ich bin zurückgesprungen, als er zuschlug. Ich werde das Geräusch nie vergessen, dieses widerliche Klatschen, als er Liliana traf. Sie hat die Hände vors Gesicht geschlagen, aber das Blut strömte zwischen ihren Fingern hervor. Sie sah aus wie ein Kind, das mit beiden Händen Johannisbeerkompott genascht und sich bekleckert hatte. Und wie sie geschrien hat, hoch und schrill, diese Schreie haben mich nächtelang verfolgt. Der Bauer sagte, ich solle bloß abhauen, und ich bin fortgelaufen. Aber nur bis zur Ecke, dann habe ich mich umgesehen.« Alfreds Stimme brach, er knetete unablässig seine Hände und das Entsetzen über das Erlebte stand ihm ins Gesicht geschrieben. Dora glaubte schon, er würde nicht weitererzählen, da es ihn zu sehr schmerzte, als er mit brüchiger Stimme fortfuhr: »Der Bauer hat Liliana zu Boden geworfen. Dann hat er seine Hose aufgeknöpft und sich auf sie gelegt, er hat sie vergewaltigt. Und ich habe nichts getan, habe nur dagestanden und zugesehen. Aber ich konnte nichts tun, ich war wie gelähmt, verstehst du?« Alfreds Stimme hatte einen flehenden Ton angenommen, es war, als bitte er Dora mit seinen Augen, ihm die Absolution zu erteilen. Vergebung auszusprechen für eine alte Schuld, die er all die Jahre mit sich herumgetragen hatte. »Ich bin zu meinem Onkel gelaufen, habe ihm erzählt, was sein Bauer tat. Habe ihn gebeten, den Bauern davon abzuhalten, ihn angefleht, Liliana zu helfen. Doch der Onkel hat nur gesagt: ›Zu mehr als zum Bumsen ist eine Polackin auch nicht gut.‹ Das käme nun davon, dass ich mich auf ein Mädchen ohne Stand eingelassen hätte, es solle mir eine Lehre sein. Und es war mir eine Lehre, denn für meinen Fehler hat Liliana teuer bezahlt. Ich sah sie noch ein letztes Mal bei unserer Abreise. Als unsere Kutsche durchs Dorf fuhr, wollte sie sich verstecken, damit ich ihr Gesicht nicht sehen konnte. Doch sie war nicht schnell genug, als sie sich umdrehte, erkannte ich die Narbe, ein hässlicher roter Wulst. Sie zog sich über ihre Wange bis zum Kinn, quer über ihre schönen Lippen, mit denen sie mich geküsst hatte. Sie war für immer entstellt. Und es war einzig und allein meine Schuld!«

»Du bist nicht schuld daran, schließlich war es der Bauer, der ihr das angetan hat.«

»Doch, bin ich. Ich hätte mich vor sie stellen und sie beschützen müssen wie ein Mann. Aber ich war zu feige und bin fortgelaufen wie ein kleines Kind. Das werde ich mir niemals verzeihen.«

»Das ist doch Unsinn, du kannst nichts dafür.«

Alfred schüttelte den Kopf. »Ich hätte mich niemals auf ein Mädchen unter Stand einlassen dürfen. Nur, weil ich mich nicht im Griff hatte, ist sie dafür bestraft worden. Ich habe sie ins Unglück gestürzt. Vielleicht ist das der Grund, warum ich noch ungebunden bin, vielleicht nehme ich die Liebe einfach ernster als mancher Zeitgenosse. Für mich ist es kein Spiel.«

»Das ehrt dich, Alfred«, antwortete sie sanft.

»Trotzdem macht es nichts ungeschehen. Aber wie du siehst: Auch ich habe so manche Dummheit in meinem Leben begangen.«

»So tragen wir wohl beide unsere Wunden, nicht wahr?«

»Wir sollten an einem so schönen Tag nicht von solchen Dingen sprechen. Außerdem sind wir gleich da.«

DER BAHNHOF von Halle an der Saale war das prächtigste Bauwerk, das Dora jemals gesehen hatte. Ihr blieb vor Staunen der Mund offenstehen, als sie den Zug verließen, und Alfred musste sie sanft weiterschieben. Es gab eine geflügelte Redensart: »Ein jeder Deutsche kennt Halle, aber leider nur den Bahnhof!« *Vielleicht liegt es gar nicht nur daran, dass Halle einer der wichtigsten Verkehrsknotenpunkte des Reiches ist, sondern auch an der Schönheit des Bahnhofsgebäudes,* dachte Dora. Immer wieder sah sie hoch zur Decke, einer gigantischen quadratischen Kuppel, die beinahe schwerelos auf den mächtigen Säulen aus gelbem Sandstein schwebte, die sich entlang der großen Haupthalle zogen. Der Bahnhof erinnerte Dora an eine Kathedrale, nur, dass hier dem Gott des Fortschritts und der Bewegung gehuldigt wurde. Es gab eine ganze Reihe von Geschäften und Kiosken, eine Buchhandlung, einen Blumenladen, Restaurants, sogar einen Coiffeur, bei dem sich die Damen die Frisur richten lassen konnten, um frisch auszusehen während der Reise. Der Bahnhof kam Dora wie eine kleine Stadt vor mit den vier Hallen und seinem Hauptgebäude, und es herrschte noch mehr Gedränge als an einem Schleusinger Markttag. Es wäre perfekt, um einfach zu verschwinden zwischen all den Reisenden, Kofferträgern und Schuhputzern. Wenn sie bloß ihre Dokumente hätte! Sie musste sich schleunigst etwas einfallen lassen, sie konnte nicht ewig drauf warten, dass er die Jacke auszog. Eine Gruppe Studenten kam vorbei, die Couleur an ihren Mützen und um ihre Brust wies sie als Mitglieder des Thuringia-Corps aus. Sie scherzten und rangelten. Dora nutzte ihre Chance und ließ sich von einem der Studenten anrempeln. Mit einem »Huch« kippte sie zur Seite, Alfred fing sie auf, wie erhofft. Sie klammerte sich an sein Revers.

»Pass doch auf!«, rief er dem Studenten nach. Dora tat, als würde sie immer noch nach Halt suchen, während sie mit einer Hand nach dem Mäppchen tastete. Alfred fasste ihre Schultern und stellte sie zurück auf die Füße. »Alles in Ordnung?«

»Ja, danke, nichts passiert!« In der Tat nicht, sie war mit ihrem Manöver keinen Schritt weitergekommen, nur, dass Alfred sie jetzt noch umsichtiger zwischen den anderen Fahrgästen hindurchführte. Es wäre perfekt gewesen. Was, wenn sie einfach so verschwand, jetzt? Doch Dora verwarf den Gedanken wieder. Sie brauchte die Arbeitserlaubnis ihres Vaters, ohne die ließe man sie als Minderjährige niemals ausreisen und das Land verlassen. Ihr blieb nichts anderes übrig, als abzuwarten, bis sich eine andere Gelegenheit ergab.

Doch auch im Zug nach Halberstadt machte Alfred keine Anstalten, es sich bequemer zu machen.

»Gott sei Dank sind wir bald da, noch anderthalb Stunden, dann haben wir es geschafft.«

Dora konnte seine Erleichterung nicht teilen. Wenn es nach ihr ginge, wäre die Fahrt noch lange nicht vorbei, ihre Reise sollte am besten viel länger dauern. Wenn sie erst einmal in Halberstadt wären, säße sie mindestens eine Woche lang da fest, bis es weiter ginge nach Braunschweig. Und wie groß ihre Chancen dann waren, fortzulaufen, stand in den Sternen. Wenn sie doch nur ihre Papiere hätte. Vielleicht könnte sie am Bahnhof einfach wieder in den abfahrenden Zug springen und ihm so entwischen? Sie versuchte, sich auf ihr Buch zu konzentrieren, doch es gelang ihr nicht.

»Was liest du da?«, wollte Alfred wissen.

»Ein Stück von Shakespeare, ›Wie es Euch gefällt‹, ein Geschenk meines Vaters. Er will, dass ich mein Englisch verbessere, damit ich später einmal Chancen habe, als Gouvernante in einem guten Haus unterzukommen.«

Es war erstaunlich, dass der Vater ihr eine Komödie gegeben hatte. Normalerweise achtete er darauf, dass Dora nur Dramen las, er war der Meinung, in Komödien gehe es zu »unsittlich« zu. Bloß über die pikanten Stellen bei Goethe oder Schiller sah der Vater geflissentlich hinweg, das waren ja schließlich auch die Klassiker. Auf jeden Fall hatte er seinen Lapsus beim Shakespeare anscheinend nicht bemerkt.

»Und, ist es gut?«

»Es ist ein bisschen schwierig, ich lese es bereits zum zweiten Mal. Aber es ist wundervoll!« Dora sprang auf und breitete in einer theatralischen Geste die Arme aus. »Die ganze Welt ist eine Bühne«, rezitierte sie, »und alle Frauen und Männer bloße Spieler.« Sie deutete eine Verbeugung an.

Alfred applaudierte artig. »Bravo. Wovon handelt es?«

»Vom Herzog, der von seinem Bruder verbannt wurde. Seine Tochter folgt ihm ins Exil und geht mit ihrer Cousine in den Wald, wo sie als Männer verkleidet leben, was zu allerlei Verwirrungen führt. Es ist sehr lustig, sie tragen Hosen.«

Der Gedanke schien Alfred wirklich zu amüsieren. »Frauen in Hosen, das stelle sich einer vor.«

»Was ist daran so lustig? Es wäre doch viel praktischer, beim Reiten, zum Beispiel. Ich habe gehört, in Amerika gibt es Frauen, die Hosen tragen.«

»Trotzdem, der Gedanke ist absurd! Und ich habe bisher noch keine Frau in Hosen gesehen.«

»Ach nein?« Dora bückte sich, mit einem schelmischen Grinsen raffte sie ihre Röcke bis zum Knie und gewährte ihm einen Blick auf ihre rüschenbesetzten Beinkleider. »Wir Frauen tragen doch ständig Hosen!«

Alfred schnappte nach Luft, aber er sah auch nicht weg. »Hör auf damit, das ist nicht lustig!«

Sie sind doch alle gleich, dachte Dora. Der Zug holperte über eine Weiche. Jetzt oder nie! Sie ließ sich nach vorne fallen, bis sie rittlings auf ihm saß. Er war wie erstarrt und sah sie aus großen Augen an. Dora strich mit ihren Händen über sein Revers und beugte sich vor, als wolle sie ihn küssen.

»Ich dachte, du hättest kein Interesse?«, murmelte er. Sein Herz schlug unter ihrer Hand, als sie über seine Brust strich, sie fühlte sich warm und fest an durch den dünnen Stoff seines Hemdes. Dora tastete nach der Innentasche. Mit einem Ruck löste sich Alfred aus seiner Erstarrung, umfasste ihre Handgelenke und hielt sie fest. »Was soll das?« Er funkelte Dora wütend an.

»Da war eine Weiche, ich habe das Gleichgewicht verloren.« Sie schmiegte sich ein wenig enger an ihn, doch er drückte sie von sich weg, zurück auf ihren Sitz. »Mach das nie wieder!«, knurrte er. »Und hör auf, mich zu veralbern, das war jetzt das zweite Mal!«

»Das zweite Mal was?«

»Dass du versucht hast, an deine Papiere zu kommen.«

»Ehrlich, ich bin nur gefallen.«

»Du bist ganz schön ausgebufft. Aber glaubst du eigentlich, ich bin blöd? Du willst abhauen, stimmt's?« Er hatte sie durchschaut.

»Ich will nicht nach Braunschweig«, jammerte sie.

»Sondern? Wohin denn dann?«

»Nach Amerika!«

Er lachte schallend. »Nach Amerika, soso. Du bist wirklich wie meine Schwester, genauso dickköpfig und stur. Aber dafür wird dein bisschen Schulgeld nicht reichen, glaub mir.«

»Bitte Alfred, du musst mir helfen. Gib mir einfach die Dokumente und sag, ich sei dir in Magdeburg entwischt«, flehte sie ihn an.

»Mit Sicherheit nicht, vergiss es! Ich werde kein siebzehnjähriges Mädchen allein irgendwo hingehen lassen, schon gar nicht nach Amerika!«

»Es ist mein Leben, ich möchte doch bloß unabhängig sein, tun, was ich will. Ich will meine Freiheit, verstehst du das nicht?«

»Tss, Freiheit. Ein großes Wort, aber doch so überschätzt. Es gibt keine Freiheit, Dora, niemand ist frei. Das Leben ist voller Regeln, an die man sich halten muss, man muss sich einer Ordnung unterwerfen. Schau dir die Franzosen an, mit ihrer Revolution. Sie haben sich befreit von ihrem König und der ordnenden Kraft des Adels, doch wohin hat es sie gebracht? Das Land versinkt in Armut und Hunger, seitdem das Volk das Sagen hat. Das zeigt es doch: Man sollte nicht herumpfuschen an der gottgegebenen Ordnung und die regelnde Funktion des Adels unterschätzen. Denn Freiheit allein ist nicht viel wert.«

»Hier geht es aber nicht um ein Land, sondern um meine persönliche Freiheit.«

»Trotzdem, auch im Kleinen, nimm beispielsweise das Fechten«, er deutete auf seinen Säbel, »es erfordert Ordnung und Disziplin. Wenn ich mich nicht an feste Abläufe und Regeln halte, sondern mich dafür entscheide, stattdessen frei zu handeln, kann der nächste Kampf schon der letzte sein. So ist es nun mal im Leben.«

Sie versuchte es mit Weinen und quetschte ein paar Krokodilstränen hervor. »Aber es ist doch mein Leben. Bitte Alfred, lass mich selbst entscheiden«, bettelte sie.

»Spar dir deine Tränen.« Er blickte ihr fest in die Augen und Dora erkannte, dass sie nicht auf sein Mitleid bauen konnte. »Ich habe deinem Vater mein Ehrenwort gegeben, dich unversehrt nach Braunschweig zu bringen. Und ich habe nicht vor, es zu brechen!«

KAPITEL 4

Als sie Halberstadt erreichten, hatte sich die Atmosphäre zwischen ihnen so weit abgekühlt, dass sie fast den Gefrierpunkt erreichte. Die eisige Stimmung stand in krassem Gegensatz zur drückenden Schwüle, die über der Stadt lag wie eine Glocke. In der Ferne ballten sich die ersten dunklen Gewitterwolken zu Türmen, als sie auf den Bahnhofsvorplatz traten.

Alfred warf einen Blick auf ihr Gepäck. »Wir nehmen die Straßenbahn«, beschied er knapp.

»Ist gut.«

»Es ist nicht weit zu Fuß, und ich kann deinen Koffer tragen.«

Dora folgte ihm mit hängenden Schultern zur Haltestelle. Sie mussten nicht lange warten, bis die nächste Bahn einfuhr.

»Das sind ja gar keine Pferdewagen!«

»Nein, seit zwei Jahren ist die Bahn elektrisch.« Er ließ ihr den Vortritt und löste beim Schaffner zwei Billets. Dora setzte sich auf eine der Holzbänke. Sein Gesicht verriet keine Regung, als er neben ihr Platz nahm, außer einem Tropfen Schweiß, der seine Schläfe herunter rann. Es war unerträglich heiß in der Straßenbahn, die vielen Fenster heizten den Waggon noch zusätzlich auf, die Luft war drückend und stickig. Ihm musste genau so warm sein wie ihr. Dora spürte, wie ihr der Schweiß unter dem Korsett den Rücken herunterlief, und die Ärmel ihrer Bluse klebten unter der dicken Jacke des Reisekleids unangenehm auf ihrer Haut. Doch Alfred ertrug es klaglos und verzog keine Miene. Sie saßen eng nebeneinander, die Bänke waren schmal. Wenn sich ihre Schultern unabsichtlich berührten, weil die Bahn ruckelte, konnte sie seine Wärme spüren. Doch er rückte jedes Mal ostentativ von ihr ab, als könne er sich an ihr verbrennen. Sie betrachtete ihn verstohlen von der Seite. Sein Gesicht zeigte eine ausdrucklose Strenge, die es ihr unmöglich machte, einzuschätzen, was er empfand. Seit dem Zwischenfall im Zug behandelte er sie abweisend und mit einer kühlen Höflichkeit. Er mied den Blickkontakt und war verschlossen und einsilbig. Was er wohl von ihr denken mochte? Erst die Postkarte, dann das Stolpern in Erfurt und schließlich ihr plumper Versuch, an ihre Papiere zu gelangen … Sie hatte es zu weit getrieben, und Dora ärgerte sich über sich selbst, wie dumm sie es angestellt hatte. Alle Aktionen hatten gar nichts gebracht, außer, dass sie sich schrecklich blamiert hatte.

»Was ist das für ein Gebäude?« Dora deutete eine Querstraße hinunter auf einen großen Jugendstilbau, der offensichtlich neu war, denn das Dekor war so modern und der Stil wurde erst seit ein, zwei Jahren im Stadtbild sichtbar.

»Das neue Stadttheater. Es ist fast fertig, Ende September wird es eröffnet.«

Dora hätte den pompösen Bau gerne länger betrachtet, doch er geriet sofort wieder aus dem Blickfeld. Genau das war es, was sie wollte: In einem richtigen Theater, so wie diesem hier, als Schauspielerin auf der Bühne stehen. Sie verspürte ein Ziehen in ihrer Brust, wie eine tiefe innere Sehnsucht.

Zwei Haltestellen später stiegen sie aus. Dora hatte vermutet, seine Familie würde in einem der prunkvoll verzierten Fachwerkhäuser leben, die das Stadtbild prägten. An deren geschnitzten Fassaden konnte man den Reichtum und Einfluss der einstigen Erbauer ablesen. Doch stattdessen schlug Alfred den Weg nach Süden ein, weg vom Stadtkern. Er marschierte mit strammem Schritt voran und Dora musste sich sputen, mit ihm Schritt zu halten. Er führte sie in den Lindenweg, eine breite Kunststraße mit getrennten Fahrbahnen, die ihren Namen den Linden verdankte, mit denen der Mittelstreifen bepflanzt war. Es handelte sich um ein vornehmes Villenviertel. Auch hier konnten die Häuser noch nicht alt sein, die Fassaden illustrierten sämtliche Architekturstile, die innerhalb der letzten zwanzig Jahre populär gewesen waren, wobei sich deutliche

Abweichungen in den Dekors zeigten, die sicher auf individuelle Vorlieben zurückzuführen waren. Es gab Häuser im Stil eines italienischen Palazzos, Häuser, die eher der englischen Bauweise entsprachen, und ein Haus war einem Barockschlösschen nachempfunden, es ertrank fast unter einer Flut von Balustraden und Putten. Alfred machte vor einer eleganten weißen Villa halt, die im neoklassizistischen Stil gehalten war. Stufen aus weißem Granit führten zu einer mächtigen Eingangstür, über der das Familienwappen derer von Nathusius prangte. Kaum, dass sie den Vorgarten durchquerten, öffnete sich die Tür und eine große, grobschlächtige Frau in schwarzem Kleid und weißer Schürze trat heraus.

»Herr von Nathusius, guten Tag! Hatten Sie eine gute Reise?«

»Guten Tag Frau Hölzer, danke der Nachfrage, aber es war doch recht beschwerlich.«

»Wo steckt denn wieder nur Lenchen?« Sie drehte sich um. »Lenchen!«

Kurz darauf erschien ein etwa fünfzehnjähriges, semmelblondes Mädchen. Auf ihren Wangen leuchteten hektische rote Flecken, und sie warf Alfred einen nervösen Blick zu, als sie die Koffer griff und damit im Innern des Hauses verschwand.

Frau Hölzer wandte sich wieder an Alfred. »Ich habe für das junge Fräulein das Zimmer Ihrer Schwester bereiten lassen. Lenchen wird ihr alles zeigen.«

Dora folgte Alfred ein wenig eingeschüchtert durch das Vestibül in die Halle, die von einer Standuhr beherrscht wurde, deren Gehäuse von einer Figur des Atlas gekrönt wurde. Er war fein aus Porzellan gearbeitet, und die Erdteile der Weltkugel, die er auf seinen Schultern trug, waren mit Blattgold verziert. An der linken Seite der Halle zog sich eine breite Treppe in die oberen Stockwerke.

Alfred ließ ihr den Vortritt und nahm ihre Reisetasche. »In den ersten Stock, dann links.«

Alfred blieb vor einer geöffneten Tür stehen. »Hier ist mein Zimmer.« Lenchen hatte bereits seinen Koffer im Zimmer abgestellt, Dora erhaschte im Vorbeigehen einen kurzen Blick auf geschmackvolles Mobiliar aus Nussholz und flaschengrüne Wände. »Und du hast das Eckzimmer, Abendessen gibt's um acht im Speisezimmer.« Er setzte ihre Tasche ab, nickte ihr knapp zu und schloss die Tür hinter sich.

LENCHEN WARTETE BEREITS mit Doras Koffer. Das Zimmer war groß, mit hellen Wänden und Vorhängen. Es wirkte luftig durch die vier großen Fenster, die den Blick auf den gepflegten parkähnlichen Garten freigaben.

»Es heißt ›Schwanenzimmer‹, wegen dem Bett.« Lenchen machte sich daran, Doras Koffer auszupacken.

Dora überhörte Lenchens schlechte Grammatik geflissentlich. Das Bett war, wie alle Möbel im Raum, aus rotbraunem Kastanienholz, und das Kopfteil war mit filigranen Schnitzereien verziert. In die Mitte des Betthaupts waren zwei Schwäne geschnitzt, die sich küssten und deren gebogene Hälse ein Herz formten. Ein sehr romantisches Motiv, sagte man doch, Schwanenliebe halte für immer und ewig. Dora fragte sich, ob Alfreds Schwester in ihrer Ehe die romantische Liebe gefunden hatte, die sie sich als junges Mädchen in diesem Bett erträumte?

Dora zog ihre Jacke aus und blickte sich suchend um. Auf der Kommode stand keine Waschschüssel, und sie konnte auch keinen Nachttopf entdecken. Es war unangenehm, darum zu bitten, doch besser jetzt Lenchen fragen als später Frau Hölzer oder gar ein Familienmitglied. Dora räusperte sich. »Könnte ich wohl etwas Wasser bekommen? Ich würde mich gern etwas frisch machen.«

»Oh, sicher, kommen Sie, ich zeig Ihnen das Badezimmer.«

Es kam Dora komisch vor, von einem Mädchen gesiezt zu werden, das kaum jünger war als sie selbst. »Du kannst du zu mir sagen, ich bin Dora.«

»Na, wenn Sie meinen.« Lenchen sah sie zögernd an. »Da lang!«

Das Badezimmer lag auf der anderen Seite des Treppenhauses. Es gab fließendes Wasser hier, sogar warmes und ein Waschbecken und eine Badewanne mit Abfluss. In der Ecke stand ein merkwürdiges Gestänge aus Rohren. »Was ist das denn?«

»Das ist ein, hm, Dusch-Apparat fürs Zimmer. Da kommt oben warmes Wasser raus, wenn man vorher diesen kleinen Ofen hier unten einheizt. Es ist, als ob es regnet, glaub ich.«

Dora staunte nicht schlecht.

»Ja, das ist ein gutes Haus hier. Meine Freundin ist auch Mädchen, aber ihre Herrschaften lassen sie im Badezimmer schlafen. Wir haben hier sogar unsere eigenen Kammern, oben in der Mansarde, natürlich ohne Bad. Aber wir haben ein eigenes Klosett!« Lenchen nickte stolz.

Dora sah sich fragend im Raum um. »Wo ist denn hier das Klosett?«

»Nebenan, komm mit!«

Es gab eine extra Kammer für einen eleganten Porzellantopf mit hölzernem Sitz und Deckel, ein richtiges Wasserklosett mit Spülung! Das Wasser lief aus einem Behälter von oben herab und spülte alles weg, wenn man an einer Kette zog, die in praktischer Höhe neben dem Topf baumelte. Zu Hause hatten sie nur ihren Abort im Hof. Ein kleines, windschiefes Häuschen, wo man sein Geschäft durch ein Loch im Sitzbrett machte und es dann auf den stinkenden Haufen darunter fiel. Alle zwei Wochen wurde der Abort gesäubert, da kam der Abortreiniger. Aber es stank immer fürchterlich darin, und es war grundsätzlich zu warm oder zu kalt, je nach Jahreszeit. Doch am Schlimmsten war es, wenn die Mutter ihr auftrug, die Spinnenweben im Abort zu beseitigen, eine Aufgabe, die Dora immer besonders gehasst hatte. Dagegen war dies der reinste Luxus!

»Soll ich noch irgendwas machen?«

Dora war es nicht gewöhnt, bedient zu werden, und sie wollte auch endlich allein sein. »Nein danke, ich komme zurecht.«

Sie hatte es kaum ausgesprochen, als Lenchen auch schon mit wippenden Zöpfen zur Tür heraus zischte und nach oben verschwand. Wahrscheinlich war sie genau so froh wie Dora, einen Moment Ruhe zu haben.

❧

Die Uhr in der Halle schlug Viertel vor acht. Dora war nervös. Gleich würde sie zum ersten Mal auf seine Familie treffen. Sie trug ihr Schwarzseidenes und hatte die Haare zu einem ordentlichen Kranz neu gesteckt. Um kurz vor acht hörte sie nebenan Alfreds Tür. Dora huschte schnell aus dem Zimmer. Sie wollte sich nicht allein auf die Suche nach dem Speisezimmer machen und holte Alfred am Fuß der Treppe ein. Die Tür zum Salon öffnete sich, eine große blonde Frau trat heraus. Sie trug ein elegantes Kleid aus moosgrüner Seide, ihr Haar war zu einer modischen Frisur getürmt.

»Ah, Mama, darf ich dir vorstellen: Fräulein Dorothea Neumann.«

Dora knickste artig. »Vielen Dank, dass ich zu Gast in Ihrem Haus sein darf.«

»Aber nicht doch, es ist uns eine Freude.« Marie von Nathusius mochte ein paar Jahre älter sein als ihre eigene Mutter, doch sie kam Dora viel jünger vor. Ihr Körper war schlank und feingliedrig, nur die Fältchen um ihre Augen ließen ihr wahres Alter erahnen.

Im Speisezimmer waren bereits die anderen Familienmitglieder um den Tisch versammelt. Alfreds Vater, Hans von Nathusius, saß vor Kopf. Zu seiner Linken Alfreds älterer Bruder Justus, daneben seine Frau Annabelle, eine Brünette, deren rundlicher Bauch darauf schließen ließ, dass sie mit einem Kind schwanger ging. Alfreds ältester Bruder Konrad, der auch die Firma leitete, war nicht zugegen, denn er bewohnte mit seiner Frau und den Kindern das alte Haus der Familie in der Innenstadt, wie Alfred ihr erläutert hatte. Auf der anderen Seite des Tisches nahm Marie neben ihrem Gatten Platz. Alfred rückte Dora einen Stuhl zurecht und setzte sich zwischen sie und seine Mutter. Dora fühlte sich unwohl in ihrem einfachen Kleid zwischen seiner feinen Familie. Lenchen brachte eine dampfende Terrine. So eine feine Suppe hatte Dora noch nie gegessen, Bouillon mit Gemüsestreifen und kleinen Bällchen aus Kalbfleisch, und es war erst die Vorspeise. Sie sah sich immer wieder verstohlen um, während sie ihre Suppe löffelte, und achtete darauf, was die anderen taten. Auch wenn sie es niemals für möglich gehalten hätte, jetzt war Dora insgeheim dankbar, dass ihre Mutter stets peinlich auf gute Tischmanieren Wert gelegt hatte. Man konnte so vieles falsch machen bei Tisch. Danach gab es Koteletts vom Schwein mit Kartoffeln und grünen Bohnen. Bei ihnen daheim hatte es nur selten Fleisch gegeben, wenn, dann nur gekocht, weil ihre Mutter dann aus dem Kochwasser Eintöpfe und Suppen bereitete. Seitdem die Fleischpreise anstiegen, kam höchstens zum Geburtstag des Vaters mal ein Braten auf den Tisch oder an Weihnachten. Dora verfolgte schweigend die Tischgespräche. Alfreds Vater erkundigte sich nach dem Fortschritt bei der Konstruktion einer neuen Strickmaschine.

»Sie strickt doppelt so schnell wie die alte. Konrad wird Augen machen! Er kann seine Produktion an Strümpfen beinahe verdreifachen, wenn wir alle Maschinen umrüsten würden.« Justus war für die Produktion verantwortlich, er war Ingenieur und hatte Maschinenbau an der Technischen Hochschule Magdeburg studiert.

»Wir werden sehen«, brummte Hans von Nathusius. »Das Wichtigste ist, die Ordnung innerhalb unserer Arbeiterschaft zu erhalten, es wird immer mehr gestreikt. Selbst die Arbeiter der Handschuhmanufakturen haben sich schon den Streiks angeschlossen.«

Alfred nickte. »Es wäre in der Tat sehr unschön, beim nächsten Mal eigene Arbeiter unter den Streikenden zu sehen. Ich möchte nur ungern gegen unsere Leute vorgehen, wenn wir beim nächsten Mal ausreiten, um einen Aufmarsch niederzuschlagen.«

»Keine Sorge, seitdem Konrad neulich einen Arbeiter rausgeworfen hat, weil er Handzettel verteilen wollte, auf denen für eine Versammlung der Sozialisten geworben wurde, ist erstmal Ruhe. Das hat ihnen gezeigt, dass es uns ernst ist mit dem Verbot, sich politisch zu engagieren.« Justus machte ein zufriedenes Gesicht und nahm sich noch ein paar Bohnen.

»Aber sollte nicht jeder das Recht haben, für seine Meinung auch politisch einzutreten?«, fragte Dora vorsichtig.

»Was soll dieses sozialistische Gewäsch? Kommst du etwa aus einem linken Haus?«, fuhr Hans von Nathusius sie an. Seine Bartspitzen zitterten vor Empörung.

»Nein, mein Vater ist liberaler Gesinnung«, antwortete Dora. »Er betont stets, dass die liberale Einstellung eigentlich die einzig Wahre sei, die einzig Passende für diese Zeit des Fortschritts und der Moderne.«

»Fast genauso schlimm! Und die Liberalen liegen genauso falsch wie die Sozialisten«, polterte Alfreds Vater.

Annabelle kicherte. »Was erwartest du? Sie sieht ja auch aus wie eine vom Gesinde!«

Dora spürte, wie ihr das Blut ins Gesicht schoss. Vielleicht war sie ein wenig vorlaut gewesen, aber für das Schwarzseidene konnte sie doch nichts, sie hatte es sich nicht selbst ausgesucht. Es war nun mal das beste Kleid, das Dora besaß. Ihre Ohren brannten und sie wünschte sich, unsichtbar zu sein. Alfreds Mutter warf ihr ein nachsichtiges Lächeln zu, bevor sie sich an ihre Schwiegertochter wandte: »Nun, vielleicht möchtest du Dora etwas aus deinem Schrank geben? Du wirst so schnell nicht wieder hineinpassen, bis das Kind kommt. Und dann ist es sowieso aus der Mode, nicht wahr?«

Annabelle warf Dora einen giftigen Blick zu. »Das kann Lenchen machen. Ich würde jetzt gerne zu Bett gehen, mir ist unwohl.«

»Ich denke, wir sind alle satt, und die Männer wollen sich sicherlich in den Salon zurückziehen und allein weitersprechen.«

Dora warf sich aufs Bett. Am liebsten hätte sie geweint, doch sie hielt es zurück und ihrer Kehle entrang sich nur ein verzweifeltes Schluchzen.

»Ich weiß gar nicht, was du willst?«, murrte Lenchen und hängte die neuen Kleider in den Schrank. »Ich wünschte, ich hätte auch so schöne Sachen bekommen. Aber uns würden die Herrschaften niemals abgelegte Kleider geben, sie sagen, es macht das Personal verwöhnt und faul, wenn man nett zu uns ist. Ich an deiner Stelle wäre froh.«

»Ach, was weißt du schon?« Dora wusste, dass sie ungerecht war. Sie besaß jetzt zwei helle Tageskleider, eins sogar mit blauen Streifen und hübschen Schleifen an den Ärmeln. Und ein richtiges Abendkleid aus taubenblauer Seide mit farblich passenden Schuhen für den Sedantag am Samstag. Die Schuhe waren ihr ein wenig eng, Annabelle hatte eindeutig kleinere Füße, aber dafür waren sie kaum getragen. Die Seide sah beinahe wie neu aus, bis auf einen winzigen dunklen Fleck auf der Spitze des rechten Schuhs. Dora war nur froh, dass sie jetzt schon eine Weile im Korsett ging, denn die Kleider waren allesamt viel schmaler als ihre eigenen. Sie erforderten ein spezielles Korsett, das länger geschnitten war. Es reichte bis zur Hüfte und quetschte die Trägerin in eine extreme S-Kurve. Die sogenannte »Sans-Ventre«-Linie, die in der Tat so hieß, weil man ohne Atem aushalten musste. Dora kam sich in den modernen Kleidern täppisch und linkisch vor, und trotz der schönen Sachen fühlte sie sich scheußlich. Sie hatte sich heute bei Alfred blamiert, seinen Vater vor den Kopf gestoßen und sich schließlich Annabelle zur Feindin gemacht, wenn auch unbeabsichtigt. Viel schlimmer konnte man sich eigentlich nicht aufführen, wenn man zu Gast in einem fremden Haus war. Dora wollte nur noch ihre Ruhe und allein sein, deshalb schickte sie Lenchen raus. Sie fühlte sich elend, als sie ihre Kleider ablegte und in ihr Nachthemd schlüpfte. Wie sollte sie bloß die kommende Woche überstehen? Erst nächsten Sonntag würde Alfred sie nach Braunschweig bringen, denn am Samstag war Sedantag. Die Schlacht um die Festung Sedan im Norden Frankreichs hatte 1870 mit einem Sieg des deutschen Heeres über die Franzosen geendet und Kaiser Napoleon III. hatte schlussendlich abgedankt. Dadurch war der Weg frei für das deutsche Volk und die Einigung der deutschen Königreiche zu einem gemeinsamen deutschen Reich und ihrem eigenen Kaiser. Der Sedantag war deshalb zum Nationalfeiertag erklärt worden und wurde alljährlich mit Militärparaden und Volksbelustigung gefeiert. Und eben zu dieser Parade musste Alfred anwesend sein, deshalb musste Dora wohl oder übel abwarten und die Woche in Halberstadt verbringen.

KAPITEL 5

Man sagt, das, was man in der ersten Nacht in einem fremden Bett träumt, ginge in Erfüllung. Dora öffnete die Augen und blinzelte verschlafen. Sie war kurz irritiert und ihr Geist brauchte einen Moment, um einzuordnen, wo sie sich befand. Sie hatte von einem Pferd geträumt, sie saß auf dem Rücken des prächtigen weißen Tieres und trug Hosen, genau wie ein Mann. Das Pferd war losgelaufen, immer schneller und mit ihr durch eine weite Landschaft galoppiert, mit wirbelnden Hufen, auf einen Fluss zu, der glänzte, als sei er aus purem Silber. Die weiche Mähne des Pferdes wurde von einem warmen Wind verweht, genau wie ihr eigenes Haar, das offen und frei über ihre Schultern strömte und von der sanften Brise getragen wurde. Der Fluss wurde zu einem Band aus gleißendem Licht, das sich hoch in den Himmel erhob, und das Pferd sprang einen leichtfüßigen Bogen. Sanft wie eine Feder setzte es auf dem Band silbernen Lichts auf. Es folgte ihm immer höher und höher in den Himmel hinein, der auf einmal dunkel wurde. Tausende und abertausende Sterne funkelten in der Schwärze des Firmaments, und das Pferd trug sie so nah heran, dass Dora die Hand ausstrecken und nach den Sternen greifen wollte. Dann war sie aufgewacht.

Was für ein seltsamer Traum. Wahrscheinlich war er durch ihr Gespräch im Zug inspiriert, als Alfred ihr von den Pferden erzählt hatte. So ein Unfug! Hätte sie nicht etwas Anständiges träumen können? Von einem Theater zum Beispiel, mit ihr auf der Bühne.

Aber nein, selbst das bekam sie nicht gescheit hin! Dora erinnerte sich an die Peinlichkeit des vergangenen Tages und ihr Benehmen beim Abendessen. Hoffentlich schrieb niemand einen Brief an ihre Eltern und beschwerte sich über ihr Auftreten!

ALFRED MACHTE sich Sorgen um Dora. Sie war bedrückt und niedergeschlagen, verließ nur zu den Mahlzeiten das Zimmer, um dann kaum etwas zu essen. Sie war nur noch ein Schatten ihrer selbst, kein Vergleich mehr zu dem Mädchen, das er vor einigen Tagen in Schleusingen in Empfang genommen hatte.

»Was ist los mit dir, mein Freund?« Sein Kamerad Werner von Helfenstein schlug ihm auf die Schulter und holte ihn zurück aus seinen Gedanken.

»Nichts«, antwortete Alfred ausweichend.

»Na komm, mach mir nichts vor. Gestern Abend auf dem Fechtboden warst du schon nicht bei der Sache, sonst hätte ich dich nicht so leicht geschlagen. Und Oberst von Kramsta wäre vorhin fast geplatzt vor Wut.«

»Ich habe einfach schlecht geschlafen.« Das hatte er wirklich. Und als sie vorhin zum bestimmt zwanzigsten Mal den Ablauf der Parade am Samstag durchexerziert hatten, hatte er sich verritten, und der ganze nachfolgende Zug war aus dem Tritt geraten. »Wo haben Sie denn heute Ihren Kopf, Leutnant?«, hatte der Oberst ihn angebrüllt »Disziplin, von Nathusius! Ich erwarte äußerste Disziplin!«

Er war einfach unaufmerksam gewesen, aber das leuchtende Fell seines Fuchses Apollon hatte ihn an Doras kupferbraunes Haar erinnert. Er hatte sich gefragt, wie lang es wohl wäre, wenn sie die Zöpfe öffnete, ob es ihr wohl bis zu ihrem hübschen Hintern reichte?

»Es ist wegen dieser Kleinen, die jetzt bei euch wohnt, habe ich recht?« Werner grinste und biss in sein Brötchen. Sie saßen gerade im Café Kaiserhaus am Fischmarkt und nahmen ihr zweites Frühstück. Bis vor zwei Jahren hatte an dieser Stelle noch der historische Schuhhof gestanden, aber er war bis auf die Grundmauern abgebrannt. Das Kaiserhaus war auf den Ruinen erbaut und hatte erst vor Kurzem eröffnet. Es avancierte schnell zum Lieblingslokal der Offiziere, nicht zuletzt wegen der hübschen Bedienungen war das Kaiserhaus äußerst beliebt.

»So ein Quatsch! Sie wohnt nicht bei uns, ich bringe sie nächste Woche nach Braunschweig. Und außerdem ist sie noch ein Kind.« Er sagte es sich immer wieder und wieder: *Sie ist noch ein Kind*. Sie war erst siebzehn und er achtundzwanzig, sie war viel zu jung und nicht von Stand. Aber er konnte nicht aufhören, an sie zu denken. Er sah immer wieder vor seinem geistigen Auge, wie sie im Zug vor ihm stand und ihre Röcke raffte, mit diesem schelmischen Glitzern in den Augen. Wie sie sich angefühlt hatte, als sie auf ihm saß, so zart und zerbrechlich, und trotzdem war sie stark und eigensinnig. Ihr Haar hatte nach Maiglöckchen geduftet, als sie sich vorbeugte und mit ihren Händen über seine Brust strich. Er hatte für einen kurzen Moment gewünscht, sie würde ihn küssen, wollte es selbst schon tun. Beinahe hätte er sich dazu hinreißen lassen. Doch dann hatte er begriffen, was geschah und dass es zu weit ging.

»Ich sehe es dir doch an, mir kannst du nichts vormachen.« Werner schüttelte den Kopf und warf einen um Zustimmung heischenden Blick in die Runde. Die anderen Offiziere schmiedeten Pläne fürs Wochenende. »Mit wem geht ihr zum Tanz?«, wollte Werner wissen. Nach der Parade würde es eine große Feier geben, der Sedantag jährte sich zum fünfunddreißigsten Mal. Auf dem Buchardi-Anger hatte man deshalb einen Rummelplatz aufgebaut, und abends würde es in vielen Lokalen spezielle Feiern geben.

»Na mit wem wohl, mit meiner Verlobten! Sonst habe ich ja nie die Gelegenheit, sie mal anzufassen!«, knurrte Fritz Heinemann, einer der wenigen bürgerlichen Offiziere in ihrer Truppe. Seit einigen Jahren war es auch Bürgerlichen erlaubt, die Offizierslaufbahn einzuschlagen, solange sie ein bestandenes Abitur vorweisen konnten. Alfred fand, es hätte den Adligen vorbehalten bleiben sollen, das Offizierscorps zu stellen. Aber er mochte Fritz, er war ein guter Mann, man konnte sich auf ihn verlassen.

»Na bitte, da hast du's. Alle haben jemanden am Samstag, wobei ich mir um mich keine Sorgen mache. Frag sie halt, ob sie mit dir zum Tanz geht«, meinte Werner. Sein gutes Aussehen machte es ihm leicht, er hatte Schlag bei den Frauen.

»Ich sage doch, sie ist zu jung, erst siebzehn. Und ich brauche auch nicht zu fragen, denn wir gehen sowieso alle hin, die ganze

Familie.« Es durfte einfach nicht sein, sie war doch noch ein Kind. Und er hatte ihrem Vater sein Ehrenwort gegeben, er vertraute ihm, alle vertrauten ihm. Sonst ließe man ihn gar nicht mit ihr allein. Wahrscheinlich würde man sogar erlauben, dass er mit ihr tanzte. Der Gedanke, er könne etwas für das Mädchen empfinden, war einfach zu abwegig. Er kam sich schändlich vor, dass er trotzdem an Dora dachte. Sie war so frisch, so keck, so intelligent – sie erstaunte ihn immer aufs Neue. Er kam sich neben ihr beinahe ungebildet vor, denn er selbst hatte sein Abitur nur mit Ach und Krach bestanden. Aber das würde er ihr gegenüber natürlich niemals zugeben. Er mochte es sich nicht eingestehen, aber sie hatte ihn vollkommen bezaubert.

»Siebzehn, nicht schlecht, da stehen die Chancen gut, dass sie noch Jungfrau ist.« Werner war ein Schürzenjäger und er jagte wirklich jedem Rock in Halberstadt hinterher, solange die Trägerin hübsch und vollbusig war. »Mir persönlich wäre das zu unerfahren, aber zu dir passt es ja!«

Alfred verzog das Gesicht. »Du bist ordinär! Ich bin halt nicht so wahllos wie du.« Er war nicht unerfahren. Alfred hatte seine Unschuld genauso verloren, wie die meisten seiner Kameraden: Nach dem Abitur hatte ihn sein Bruder Justus mit in ein Freudenhaus genommen, und er hatte sich ein Mädchen ausgesucht. Doch er war sich linkisch dabei vorgekommen, und es machte ihm keine große Freude, da er sich fragte, ob sie es auch ohne Geld mit ihm getan hätte. Seitdem beschränkte er sich auf wenige Bordellbesuche im Jahr. Eigentlich ging er nur manchmal mit den anderen Offizieren mit, damit kein Gerede entstand. Wenn ein Mann gar nicht zu den Frauen ging, wurde schnell gemunkelt, und es kamen Gerüchte auf, er könne homosexuell sein. Also zog er es vor, sich zumindest hin und wieder seinen Freunden anzuschließen, bevor über ihn spekuliert wurde.

»He, Ilse, mit wem gehst du am Samstag zum Tanz?« Werner schlug der vorbeikommenden Kellnerin kräftig auf den runden Hintern.

»Ich weiß es noch nicht, lädst du mich ein?«, flötete Ilse, eine dralle Dunkelhaarige mit vollen Brüsten.

»Hast du noch eine Schwester, die mitkommen will?«

»Ja, hab ich, aber die ist erst fünfzehn.«

»Na umso besser, bring sie mit, für unseren Alfred hier. Er steht auf junges Gemüse!«

»Du bist ein Flegel, Werner!« Ilse verzog schmollend den Mund und rauschte mit wackelndem Hintern ab.

Die anderen Offiziere feixten und johlten.

»Du bist geschmacklos!« Alfred verzog angewidert das Gesicht. Er boxte Werner in die Rippen. »Vielleicht tanze ich ja am Samstag mit deiner Schwester.«

KAPITEL 6

Am Morgen des Sedantags waren alle früh auf den Beinen. Alfred kam bereits in seiner Paradeuniform herunter, denn er musste früh los. Anstelle seines dunkelblauen Waffenrocks trug er heute einen weißen Koller. Sein Aufzug erschien Dora seltsam vertraut.

»Es ist die gleiche Uniform, wie sie unser verstorbener Reichskanzler von Bismarck immer getragen hat«, klärte Alfred sie auf. »Er war Ehrenmitglied der Halberstädter Kürassiere, komm mit, ich zeige es dir.«

Er öffnete die Tür zum großen Salon. Der Raum wurde von einer Replik des berühmten Bildes von Anton von Werner dominiert, das die Kaiserproklamation im Spiegelsaal von Versailles zeigte. Wilhelm der Erste war dort 1871 zum Kaiser des Deutschen Reichs gekrönt worden. Das Bild nahm fast die komplette Wand ein. Das Original befand sich im Berliner Zeughaus. Jedes Kind im Kaiserreich kannte dieses Bild, denn es war ein beliebtes Postkartenmotiv, und in der Schule zeigten es die Lehrer im Geschichtsunterricht, wenn es um die Kaiserkrönung ging.

»Siehst du, hier.« Alfred deutete auf die Figur Bismarcks. »Wobei mein Vater Stein und Bein schwört, dass von Bismarck damals in Wahrheit einen blauen Waffenrock getragen habe. Und den Orden »Pour le Mérite«, den er auf dem Bild trägt, bekam er erst später verliehen. Aber sei es drum, wahrscheinlich wollte von Werner nur die Bedeutsamkeit des Augenblicks betonen.«

»Hätte er die Szene so gemalt, wie sie wirklich war, so wäre ich auch mit auf dem Bild gewesen«, brummte Hans von Nathusius.

Dora hatte gar nicht bemerkt, dass Alfreds Vater in seinem Ohrensessel in der Ecke saß, anscheinend war er über seiner Zeitung eingenickt und durch ihre Stimmen bei seinem Nickerchen gestört worden.

Alfred fuhr zusammen und drehte sich abrupt um. »Wir sollten frühstücken.«

»Am meisten freue ich mich auf den Rummel.« Dora hatte leise zu Alfred gesprochen, doch in ihrer Stimme schwang eine kindliche Vorfreude auf den Nachmittag.

»Es ist eine Schande, zu was dieser Tag verkommen ist.« Alfreds Vater krauste die Stirn. »Es ist der Tag, um unseren Sieg über die Franzosen zu feiern. Aber die Jugend von heute interessiert sich nur noch für Rummel und Tanz.«

»Es ist nicht mehr zeitgemäß, wie ich finde, den Sieg über unseren Nachbarn zu glorifizieren. Es ist doch schon so lange her …«

Alfred warf Dora einen warnenden Blick zu, doch es war zu spät, sein Vater verschluckte sich fast an seinem Brötchen. »Gerade einmal fünfunddreißig Jahre ist es her, dass wir unser Land von der Tyrannei dieser stinkenden Bastarde befreit haben!«

»Eben, fünfunddreißig Jahre Frieden, also wäre doch das der eigentliche Grund zum Feiern.«

»Mit dem Erbfeind kann man nicht in Frieden leben«, knurrte Hans von Nathusius.

Das Frühstück wurde bald beendet. Nun waren alle auf ihren Zimmern, um sich für den Tag anzukleiden. Lenchen half den Damen beim Anziehen der Korsetts und Kleider und Frau Hölzer beaufsichtigte die Arbeiten in der Küche, wo die Spülmädchen und die Köchin rannten und schwitzten, um die Hinterlassenschaften des Frühstücks zu beseitigen, während parallel schon das Mittagessen gekocht wurde. Alle waren beschäftigt, niemand würde in den nächsten Minuten nach ihr sehen. Sollte sie es wagen, sich in Alfreds Zimmer zu schleichen, um nach ihren Papieren zu suchen? Eine bessere Gelegenheit würde sich so schnell nicht bieten. Im Flur war niemand zu sehen. Doras Herz schlug schneller, als sie die Türklinke herunterdrückte und lautlos in Alfreds Zimmer verschwand. Sie atmete auf, als sie die Tür hinter sich schloss. Die flaschengrünen Wände gaben dem Raum eine männliche Note, und das warme Braun der Nussholzmöbel verlieh ihm eine gewisse Behaglichkeit. Es roch nach Alfred, in der Luft lag ein Hauch seines Rasierwassers, doch auch auf einer tieferen Ebene atmete der Raum den Geruch seines langjährigen Bewohners. Nun, in seiner Wäschekommode, auf der sein Rasierzeug lag, würde er ihre Papiere sicher nicht aufbewahren. Also drehte sich Dora zum Sekretär um, der zwischen den Fenstern einen kleinen Arbeitsplatz bot. Sie zog an der Jalousie, die den Arbeitsplatz abdeckte, doch sie war abgeschlossen, die Schubladen auch. Die Enttäuschung lag ihr wie ein Stein im Magen und hinterließ einen sauren Nachgeschmack auf ihrer Zunge. Es wäre auch zu einfach gewesen! Auf dem Sekretär standen eine kleine Reiterstatue aus Bronze und ein Messingpokal. Dora griff nach dem Pokal, das Metall lag kühl in ihrer Hand. Ihr Herz machte einen Hüpfer, denn darin lag tatsächlich ein Schlüssel. Er passte ins Schloss. Dora drehte ihn vorsichtig um und öffnete das Schreibfach. Mit fliegenden Fingern durchwühlte sie die Dokumente, nichts! Sie öffnete die Schubladen. Da! Sie zog das schmale Ledermäppchen aus einer der Schubladen hervor und verbarg es in ihren Röcken. Sorgfältig verschloss sie alles und legte den Schlüssel zurück in den Pokal. Dora prüfte, ob alles so aussah wie vorher, lauschte auf Geräusche im Flur und huschte mit angehaltenem Atem aus dem Zimmer.

Dora ließ sich auf ihr Bett fallen und atmete tief durch. Sie hatte es geschafft! Mit klopfendem Herzen zog sie das Mäppchen hervor und fächerte den Inhalt auf. Da war alles, was sie brauchte, fein säuberlich geordnet: ihre Geburtsurkunde, die schriftliche Arbeitserlaubnis ihres Vaters, ihr Schulgeld von dreißig Reichsmark für das erste Halbjahr und zwei Billets für die Weiterfahrt nach Braunschweig, die ihr Vater im Reisebureau besorgt hatte. Sie stopfte das Mäppchen in die Reisetasche unter ihre Bücher. Jetzt musste sie bloß noch einen Weg finden, von hier zu verschwinden, bevor Alfred bemerkte, dass ihre Dokumente aus seinem Sekretär verschwunden waren.

Als sie mit den anderen am Domplatz stand und auf den Einzug der Parade wartete, wurde Dora von der Stimmung ergriffen. Die Menschen am Straßenrand begannen zu jubeln, als die ersten Töne eines Marschs zu ihnen wehten. Schon kamen die ersten Reiter des Pauker- und Trompertercorps in Sicht, die die Parade anführten. Sie suchte zwischen den Gesichtern der Offiziere nach Alfred, als Leutnant ritt er ziemlich weit vorne, und ihm folgte sein Zug, den er kommandierte. Er sah wirklich fesch aus in seiner weißen Uniform, sehr schneidig, das musste sie schon zugeben. Alles an ihm war auf Hochglanz poliert, vom Paradehelm bis hin zu seinen Stiefeln, die Lenchen am Morgen so lange gewienert hatte, bis sie glänzten wie neu. In seinem Kürass, dem Brustharnisch aus blankem Weißmetall, spiegelte sich das Sonnenlicht. Alle Frauen und Mädchen um sie herum hatten nur Augen für die Offiziere in ihren weißen Paradeuniformen, »Mehlsäcke« wurde das Magdeburgische Regiment manchmal spöttisch im Volksmund genannt. Doch in Wahrheit hätte ein jeder Mann gerne mit einem der Kürassiere getauscht, um selbst diesen Jubel und Beifall zu erhalten, sich im Ansehen der Leute zu sonnen. Er kam ihr vor wie ein weißer Ritter auf seinem Pferd – hieß es nicht im Märchen: der »Ritter auf dem weißen Pferd«?

Alfred hatte nur Augen für Dora. Es schmeichelte ihr, dass er seinen Blick keine Sekunde von ihr abwandte, solange er auf sie zu ritt. Als er vorbei war, konnte er seinen Kopf schlecht drehen, doch Dora war, als könne sie immer noch seine Blicke auf ihrem Gesicht spüren. In ihr brannte das schlechte Gewissen, dass sie sich in sein Zimmer geschlichen hatte. Doch sie verdrängte den Gedanken, ließ sich von den Menschen um sie herum mitreißen, die alle nach vorn drängten, enger um den Domplatz, um die Bekränzung des Kriegerdenkmals zu sehen.

Alfreds Eltern wollten vor dem Abendprogramm noch etwas ruhen, deshalb fuhren nur die jüngeren Familienmitglieder am Nachmittag zum Buchardi-Anger. Es gab Karussells für die Kinder und allerlei Stände, die Süßigkeiten und Limonade feilboten. Auch eine Schaubühne, die mit einem Kinematographen bewegte Bilder zeigte, viele Fotographien in Folge, die alle nacheinander auf einem Filmstreifen waren, der von einer Spule an einer Glühbirne vorbei auf eine andere Spule gezogen wurde. Dabei entstand die Illusion, als würden sich die Figuren auf der Leinwand wirklich bewegen. Wilhelm hatte ihr erklärt, wie die Technik funktionierte. Am Ende des Rummels war ein kleines Zelt aufgebaut, beinahe wie eines vom Zirkus, bloß etwas flacher, aber genau so groß.

»Oh, schau nur Alfred! Ein Kuriositätenkabinett!«

»Sollen wir reingehen oder gruselt es dich zu sehr?«

»Au ja, bitte!« Sie hatte schon davon gehört und auch Bilder in der Zeitung von solchen Kabinetten gesehen, aber sie war noch nie selbst in einem gewesen. Eine kleine Gruppe Schaulustiger hatte sich bereits versammelt, doch die meisten zögerten noch, ob sie den Eintritt zahlen sollten. Der Besitzer stand auf einer hölzernen Plattform und pries das Kuriositätenkabinett lautstark an: »Meine Herrschaften, treten Sie ein und staunen Sie! Hereinspaziert, hereinspaziert! Für nur zwanzig Pfennige sehen Sie die einzige bärtige Frau ohne Unterleib der Welt! Exotische Tiere und unzivilisierte Wilde aus den fernen Kolonien in Afrika!« Der warme Bariton drang geübt aus der mächtigen Trommel seines Bauches.

Alfred zahlte den Eintritt für zwei. Mit einer gewichtigen Geste schlug der Mann einen Zipfel der Zeltplane zurück und ließ sie eintreten.

Im Zelt roch es muffig nach dem stockfleckigen Stoff der Plane und den Exkrementen der ausgestellten Tiere. Ein junger Mann, vermutlich der Sohn des Besitzers, nahm sie in Empfang und führte sie zum ersten Käfig. Darin hockte ein struppig aussehender Affe. »Sehen Sie hier einen Schimpansen aus den Kolonien im fernen Afrika! Und hier ...« Er schritt zum nächsten Käfig. »Ein echtes Krokodil, eingefangen im Nil in Ägypten bei den Pyramiden.« Er spulte seinen Text gelangweilt runter.

Dora bestaunte das seltsame Tier. »Es sieht aus wie ein Drache, wie auf den Bildern in den alten Märchenbüchern, findest du nicht?« Dora beäugte schaudernd die Reihen spitzer gelber Zähne und die beinlange Schnauze.

Die bärtige Frau ohne Unterleib entpuppte sich als eine dickliche Galizierin mit Damenbart. Ihr Oberkörper befand sich auf einem Kissen, das auf einem buntbemalten Schränkchen lag. Durch ein geöffnetes Türchen an der Vorderseite sollte der Eindruck entstehen, die Frau besäße tatsächlich keine Beine. In Wahrheit war sie nur sehr beweglich in der Hüfte und stand vermutlich hinter dem Schränkchen. Dora verzog enttäuscht den Mund, so ein Schwindel!

Der junge Mann führte sie zur letzten Attraktion. »Ein echter Pygmäe, ein winziger Wilder!«

In einem Käfig, der vormals wahrscheinlich für einen Bären benutzt worden war, stand ein kleiner, alter Mann, nackt bis auf einen winzigen Lendenschurz. Er hatte graues krauses Haar, und seine runzlige Haut hatte die Farbe von Kaffeebohnen. In den Zeitungen war häufig von »schwarzen Kannibalen« die Rede, doch Dora erkannte nun, dass der Mann gar nicht so dunkel war, wie die Wilden auf den Fotografien. Vermutlich lag es einfach an der Druckerschwärze. Der Pygmäe sah aus leeren, traurigen Augen zu ihr auf. Sie konnte gut nachempfinden, wie es ihm gehen musste. Sie fühlte sich ja selbst, als säße sie in einem Käfig. Aber in seinem Fall war es nicht nur ein Gefühl, man hatte ihn wirklich gefangen und eingesperrt und ihm seine Freiheit genommen, wie einem wilden Tier.

»Das ist schrecklich!«, flüsterte Dora und griff nach Alfreds Arm.

»Keine Angst, er kann nicht heraus!« Alfred tätschelte beruhigend ihre Hand.

»Das meine ich ja, der Käfig ist schrecklich! Wie kann man ihn so einsperren wie ein Tier? Hat er nicht auch Gefühle? Ist er nicht auch ein menschliches Wesen, das die Freiheit verdient?«

»Es ist erwiesen, dass die unzivilisierten Rassen geistig viel geringer entwickelt sind. Ihnen macht die Käfighaltung nichts aus.«

»Hast du denn kein Mitleid?« In einer spontanen Geste streckte Dora den Arm aus und schob die Hand durch die Gitterstäbe des Käfigs. Alfred zog scharf die Luft ein, als der Pygmäe Doras Hand ergriff und drückte. Er sah Dora tief in die Augen.

»Du gut!«

Alfred stand wie vom Donner gerührt. Eine Welle der Übelkeit und Hilflosigkeit stieg in ihr auf. »Bring mich hier raus«, murmelte Dora matt.

Dora ging mit teilnahmslosem Blick an den Karussells und den Schaubuden entlang, und ihre Gedanken wanderten immer wieder zurück zu dem kleinen Mann in seinem Käfig.

Alfred wollte sie wieder aufheitern. »Soll ich dir eine Rose schießen?« Er zog Dora mit sich zur Schießbude, zahlte fünf Schuss und zielte, doch schon nach dem ersten Versuch murrte er über den krummen Lauf des Gewehrs. Schließlich reichte ihm die Frau an der Bude eine rote Seidenrose. »Für ihr Liebchen!«, meinte sie mit einem Augenzwinkern.

Alfred wurde rot, als er Dora die Blume überreichte. »Ich habe auf eine weiße gezielt«, murmelte er. Weiße Rosen galten als Zeichen der unschuldigen Liebe, der keuschen Verehrung aus der Ferne. Rote Rosen hingegen symbolisierten die heiße, leidenschaftliche Liebe, ebenso glühend wie Alfreds Wangen. Dora wandte sich mit einem Kichern zu einem der Blumenkörbe, die den gesamten Festplatz schmückten, und pflückte ein blaues Stiefmütterchen, das sie zu der Rose gab. Sie tippte Alfred spielerisch mit den Blumen auf die Brust, sah ihn mit einem, wie sie hoffte, kecken Augenaufschlag an und begann: »Weißt du, was die hübschen Blumen dir Verblümtes sagen möchten? Treu sein sollst du mir am Tage …«

»Und mich lieben in den Nächten«, ergänzte Alfred automatisch.

Dora kicherte, er war ihr auf den Leim gegangen.

»Meine Güte, Heine ist nun wirklich keine Lektüre für eine junge Dame, das ist … schamlos!«

»So etwas Ähnliches hat mein Vater auch gesagt, als er mich mit dem Buch erwischte. Und dann hat er den Stock genommen …«

Alfreds Röte vertiefte sich noch etwas.

»Nicht so, wie du denkst, du Schmutzfink! Auf die Finger hat er mir geschlagen!«

Alfreds Wangen glühten. »Du bist unmöglich, weißt du das? Wir sollten nach den anderen suchen und uns auf den Weg nach Hause machen.«

Lenchen half Dora beim Anziehen und ging ihr zur Hand, ihre Haare zu einer modischen Nackenrolle zu stecken. In dem engen Korsett bekam Dora kaum Luft und ihr wurde ein wenig schwindelig. Die taubenblaue Seide wisperte leise, als sie in das Kleid stieg, sie fühlte sich zart und kühl auf ihrer Haut an. Der Schnitt des Kleides war schlicht, das gab ihm Eleganz. Es war modisch, aber ohne überbordende Extravaganzen wie Rüschen und Schleifen, die ein Kleid schnell lächerlich machten. Dora betrachtete zufrieden ihr Spiegelbild. Sie sah umwerfend aus, wie eine junge Frau, eine Tochter aus gutem Hause. Die Farbe des Stoffs schmeichelte ihrem Teint und brachte ihre grünen Augen zum Leuchten.

Am Abend begab sich die ganze Familie ins Restaurant »Stadtpark«, wo im großen Saal die Sedanfeier des Militärvereins stattfand. Alfreds Vater hatte Plätze für sie reservieren lassen. Vor dem Abendessen wurden lange Reden gehalten und der Gefallenen der Halberstädter Garnison gedacht, und Dora meinte schon, es würde gar nicht mehr aufhören, bis endlich die Suppe gereicht wurde. Nach dem Abendessen sang die ganze Festgemeinde zusammen das Deutschlandlied und »Heil dir im Siegerkranz«.

Draußen dämmerte es bereits und die Kapelle machte sich bereit, zum Tanz aufzuspielen. Bald erklang ein Walzer, einige Paare drehten sich auf der Tanzfläche. Dora warf Alfred einen vorsichtigen Blick zu.

Er räusperte sich. »Möchtest du tanzen?«

»Sehr gern!« Es kribbelte in ihrer Magengegend, dies war ihr erster echter Tanz.

Er führte sie auf den Tanzboden und nahm Haltung ein. »Darf ich bitten?« Er hielt sie mit gebührendem Abstand und tanzte etwas steif, aber Dora genoss es trotzdem in jeder Sekunde. Zwar wurde ihr von den Drehungen etwas schwindelig, das enge Korsett nahm ihr den Atem und die zu kleinen Schuhe drückten schrecklich, doch das war ihr egal. Dora wünschte sich, dieser Abend würde nie zu Ende gehen.

Für einen kurzen Moment beugte Alfred sich näher. »Du siehst in dem Kleid ganz bezaubernd aus«, raunte er neben ihrem Ohr.

Sie tanzten, bis Doras Wangen vor Anstrengung glühten und Alfred um kurz vor Mitternacht erklärte, dass es nun wirklich an der Zeit sei, heimzugehen. Es sei keine Uhrzeit mehr für ein so junges Mädchen, entschied er.

Als sie an den Tisch zurückkehrten, waren nur noch Konrad und Justus da. »Annabelle ist mit den Eltern heimgefahren, sie waren müde«, ließ Justus sie wissen.

»Wir wollten uns auch auf den Heimweg machen.«

»Geht nur, wir bleiben noch ein Weilchen.«

Die Droschke schaukelte sanft hin und her, die Pferde zogen sie mit klappernden Hufen nach Hause, und der Fahrer saß vorn auf seinem Bock. Alfred hatte einen kleinen Schwips, er hatte einige Bier getrunken und war lockerer als sonst. Er ergriff mit einem schüchternen Lächeln ihre Hand und hielt sie sanft in seiner geborgen. »Danke für den Tanz«, sagte er leise.

»Nein, ich habe dir zu danken! Das war mein erster Tanzabend, und ich habe ihn sehr genossen.«

»Vielleicht können wir ihn eines Tages wiederholen, wenn du magst? Ich könnte mir ein paar Tage freinehmen, nach den Herbstmanövern vielleicht, und dich in Braunschweig besuchen. Natürlich würde ich vorher deinem Vater schreiben und ihn um Erlaubnis bitten.« Alfred sah sie mit einem aufrichtigen Blick an, Hoffnung schwang darin mit, sie möge ihn nicht zurückweisen. Er hatte sich in sie verliebt, das konnte sie in seinen Augen lesen, und wenn er ihrem Vater schrieb und darum bat, mit ihr ausgehen zu dürfen, käme es beinahe einer Verlobung gleich. Dora wusste, was es für ihn bedeuten würde, welche Kämpfe er mit seiner Familie würde ausfechten müssen, wenn er ihnen gestünde, dass er eine Bürgerliche heiraten wolle.

»Sehr gern.« Sie hatte einen Kloß im Hals und räusperte sich. »Aber lass uns jetzt nicht vom Abschied reden und den schönen Abend verderben.«

»Du hast recht.«

Sie lehnte sich an ihn und legte ihre Wange an seine Schulter. Alfred war ein wundervoller Mann, treu, loyal, aufrichtig. Er kam aus einer angesehenen Familie, sein Ruf war tadellos und er würde es weit bringen. Er würde sie auf Händen tragen, sie beschützen und vor allen Gefahren verteidigen, bis in den Tod. Mehr konnte sich ein Mädchen eigentlich nicht wünschen. Sie empfand ja auch etwas für ihn, war selbst auf dem besten Wege, sich ernsthaft in ihn zu verlieben. Doch um welchen Preis? Sie könnte erstmal nach Braunschweig gehen, und wenn sie mit der Ausbildung fertig wäre, würde sie halt keine Lehrerin, sondern Alfreds Frau. Und dann? Dann würde sie irgendwann Kinder bekommen, und ehe sie es sich versähe, wäre sie selbst eine Frau in mittlerem Alter, die nichts in ihrem Leben zustande gebracht hätte, außer einer unsinnig hohen Anzahl an bestickten Kissen und Deckchen. Nein, sie tat ihm unrecht und seine Mutter war beileibe keine Frau, die den ganzen Tag mit Handarbeiten verbrachte. Marie von Nathusius war belesen und spielte ausgezeichnet Klavier, sie trug modische Kleider und ging in vielen Salons der Stadt ein und aus. Es war sicher ein schönes Leben. Doch wäre dieses Leben auch ihres?

Sie schritten durch den dunklen Vorgarten auf das Haus zu. Im Schatten des dichten Laubs eines Fliederbuschs zog Alfred sie in seine

Arme. »Verzeih mir meine Kühnheit, aber ich kann nicht anders«, murmelte er.

Sie hob den Kopf, streckte ihm ihre Lippen entgegen und sah ihm in die Augen. Er verkrampfte sich einen Moment, schien mit sich zu ringen, ob er es wirklich tun sollte.

»Es ist in Ordnung, Alfred, wenn einem manchmal der Kopf im Kreis geht.«

»Was?«

»Ach nichts, etwas von Puschkin.«

»Du liest auch noch Puschkin? Donnerwetter, du erstaunst mich immer wieder!«

»Vergiss es und küss mich einfach!«

Dora schloss die Augen und fühlte, wie er sich einen Ruck gab, und dann berührten seine Lippen ihren Mund. Er küsste ganz anders als Wilhelm, nicht so wild und stürmisch. Alfreds Kuss war sanft und weich, voller Zärtlichkeit. So musste sich Liebe anfühlen. Sie öffnete ihre Lippen einen Spalt weit und schmiegte sich enger an ihn. Augenblicklich konnte sie spüren, wie sein Körper auf ihren reagierte. Aber Alfred schob sie von sich weg. Es schien ihn unmenschliche Kraft zu kosten, sich von ihr zu lösen, doch er hielt sie auf Armeslänge entfernt. In seinem Blick stand ein tiefes Verlangen, in das sich mehr und mehr Scham mischte. »Es tut mir leid …«, stammelte er.

»Ist schon gut. Das war der schönste Abend meines Lebens, und ich danke dir dafür!« Ein Stich des Bedauerns fuhr durch ihr Herz, dass er sie nicht länger geküsst hatte, sie wusste: Der Abend war nun unwiederbringlich vorbei.

»Wir sollten reingehen, bevor uns noch jemand sieht.«

KAPITEL 7

Sie lag wach und konnte nicht schlafen. Die Domuhr hatte gerade viertel drei geschlagen, und sie fand keine Ruhe. Sie war noch ganz aufgewühlt von den Erlebnissen des Tages und vom Tanz mit Alfred. Sein Kuss hatte sie durcheinandergebracht, es fühlte sich so ... richtig an! Als würde sie zu ihm gehören und er zu ihr, als seien sie vom Schicksal füreinander bestimmt. Doch das konnte nicht sein, sicher war sie nur verwirrt, es war ein langer, aufregender Tag gewesen, und nun spielten ihr ihre Nerven einen Streich. Sie musste jetzt irgendwie einen kühlen Kopf behalten, schließlich stand ihrer Flucht nichts mehr im Wege. Nur ihr dummes Herz, das viel zu laut schlug, seit Alfred sie geküsst hatte. Dabei hatte sie sich doch vorgenommen, sich nicht wieder zu verlieben, sondern ihr Leben selbst in die Hand zu nehmen. Außerdem: Was, wenn Alfred morgen bemerkte, dass ihre Dokumente nicht mehr an ihrem Platz waren, wenn er sie zum Bahnhof bringen wollte?

Das hatte sie bisher gar nicht bedacht. Es würde bestimmt ein Heiden-Donnerwetter geben, wenn er feststellte, dass sie das Mäppchen aus seinem Zimmer stibitzt hatte. Dora fuhr wie elektrisiert vom Bett auf. Sie musste jetzt gehen, heute Nacht! Worauf wartete sie also noch? Eigentlich war der Moment perfekt, wenn sie es bedachte. Sie war wach, während alle anderen im Haus schliefen, die einen beseelt von der Feier und vom Alkohol und die anderen erschöpft von der Arbeit des Tages.

Sie packte ihre Sachen, so leise sie konnte. Durch die neuen Kleider war der Koffer bald voll, sie gingen gar nicht alle hinein, und Dora musste sich draufsetzen, um den Deckel zu schließen. Es war noch ein Tageskleid übriggeblieben, das sie hektisch in ihre Reisetasche stopfte. Dann zog Dora das Reisekleid an und schnaufte einen Moment durch. Sie wollte nicht einfach so gehen, ohne ein letztes Wort an Alfred. Dora zog die Postkarte hervor, die ihr im Zug heruntergefallen war. Mit bebenden Händen schrieb sie eine Botschaft an Alfred.

Sie trug ihren Koffer und die Tasche zur Tür und ließ sie einfach hinter sich offen, um keine unnötigen Geräusche zu verursachen. Auf Zehenspitzen schlich sie den Flur entlang, doch sie kippelte immer wieder bedenklich. Ihr Gepäck war unhandlich und sie versuchte, es so leise wie möglich abzustellen. Dora nahm die Postkarte und schob sie mit spitzen Fingern unter Alfreds Tür durch. Sie fürchtete, jeden Moment könne die Tür auffliegen und Alfred sie erwischen, dann wäre sie geliefert.

Dora zwang sich, ruhig zu atmen und setzte langsam einen Fuß vor den anderen. Sie atmete auf, als sie an Alfreds Zimmer vorbei war, und näherte sich der Treppe. Die erste Stufe knarrte leise, als sie den Fuß daraufsetzte. Dora erstarrte und lauschte in die Dunkelheit. Im Haus blieb alles still. Sie zwang sich, die Stufen langsam hinunterzugehen, am liebsten wäre sie einfach losgerannt. Ihre Arme brannten, ihr Koffer war jetzt schon so schwer wie Blei, und die klobige Reisetasche war auch nicht viel leichter. Doch sie musste die Sachen hochhalten, damit sie nicht gegen die Stufen schlügen. Sie musste um Himmels willen leise sein. Wenn sie jetzt nicht besonnen war, würde sie im Treppenhaus einen Radau verursachen wie ein Elefant. Der Weg durch die Halle erschien ihr endlos, erst im Vestibül setzte sie ihr Gepäck kurz ab und atmete ein paar Mal durch, bevor sie nach dem Knauf der Eingangstür griff. Dora hatte gar nicht darüber nachgedacht, ob die Tür wohl nachts abgeschlossen war? Dann bliebe wohl nur der Weg durch ein Fenster im Erdgeschoss, vielleicht im Salon. Sie schickte ein leises Stoßgebet zum Himmel und drehte den Knauf. Die Haustür war unverschlossen. Sie trug ihre Gepäckstücke nach draußen auf die oberste Treppenstufe und zog die Haustür, so leise es ging, ins Schloss.

Alfred schlug die Augen auf und sah sich schlaftrunken um. Im Zimmer war es dunkel und das Haus lag still, es war mitten in der Nacht. Doch er war sich sicher, dass er ein Geräusch gehört hatte, die Haustür. Sofort war er hellwach und stieg leise aus dem Bett. Ein Rummel lockte allerlei Gesindel und Hausierer an, vielleicht war ein Einbrecher am Werk. Er griff nach seinem Säbel. Barfuß, nur in Nachthemd und Unterhose, schlich er zur Tür und öffnete sie. Im Haus war nichts zu hören, doch er war sich sicher, dass er etwas vernommen hatte.

Der Kies unter Doras Sohlen knirschte leise, als sie durch den Vorgarten glitt. Die Gaslaternen tauchten den Lindenweg in ein gelbes Licht. Dora huschte über die Fahrbahn zum Mittelstreifen. Das dichte Laub der Linden tauchte den Promenadenstreifen in tiefe Schatten, die nur an einigen Stellen von den Lichtern der Gaslaternen unterbrochen wurden. Dora huschte von einem Schatten zum nächsten wie ein Dieb auf der Flucht, immer noch voller Sorge, es könne sie jemand erwischen. Das Grau ihres Reisekleids verschaffte ihr eine Tarnung zwischen den Bäumen, wenn jetzt jemand aus einem der vorderen Fenster sah. Sie verspürte eine Gänsehaut im Nacken und den dringenden Impuls, sich umzudrehen. Sie blickte zur Villa zurück und ihr Herz setzte einen Schlag aus. Irgendwo im ersten Stock brannte Licht, vielleicht im Flur, sie konnte einen schwachen Lichtschein durch eines der Fenster ausmachen. War jemand wach geworden? *Vielleicht, um zur Toilette zu gehen,* versuchte Dora, sich zu beruhigen. Doch dann fiel ihr ihre geöffnete Zimmertür ein. Sie drehte sich um und rannte los.

Alfred sah den Flur hinunter. Sofort bemerkte er die geöffnete Tür zum Zimmer seiner Schwester, Doras Zimmer. Ihn überkam eine schlechte Ahnung und er stürzte zur Tür und tastete nach dem Lichtschalter. Doch auch ohne den Schein der elektrischen Lampe hätte er gesehen, dass der Schrank leer war und das Bett verlassen. Er wirbelte herum und lief zurück in sein Zimmer. Auf der Türschwelle lag eine Postkarte, er hatte sie im Dunkeln nicht bemerkt. Er hob sie auf und las: *Lieber Alfred, es tut mir leid, aber ich muss mein Glück selbst in die Hand nehmen. Suche nicht nach mir. Ich schreibe dir, wenn ich in Amerika angekommen bin. Und wenn ich es geschafft habe und berühmt bin, lade ich dich zu einer Vorstellung ein! In Liebe, Dora.*

Er stürzte zu seinem Sekretär und öffnete die Schublade, seine Befürchtungen bestätigten sich: Das Mäppchen mit Doras Dokumenten war verschwunden. Wie konnte das nur passieren, wann war sie hier gewesen? Wann war er wach geworden? Wie lange war sie jetzt schon weg? Alfreds Gedanken überschlugen sich. Er hatte die Verantwortung für das Mädchen, hatte ihrem Vater versprochen, sie wohlbehalten nach Braunschweig zu bringen. Und sie hatte ihn ausgetrickst und war ihm entwischt, sogar mit Ansage. Schließlich hatte sie es schon einmal versucht, und er hätte wissen müssen, dass sie ihm wieder davonlaufen würde. Er war ein verdammter Idiot. Doch er hatte gehofft, sie hätte sich damit abgefunden, dass er sie nach Braunschweig bringen würde. Nun erkannte er, dass er sich gründlich getäuscht hatte! Außerdem hatte er ihr heute Abend quasi seine Liebe gestanden. Seine Bitte, sie wiedersehen zu dürfen, war mehr als deutlich gewesen. Und er hatte tatsächlich geglaubt, sie würde seine Gefühle teilen. Er hatte sich schon überlegt, dass er in ein bis zwei Jahren zum Rittmeister befördert werden würde, dann hätte er um ihre Hand anhalten wollen, dann war sie neunzehn und alt genug für eine Ehe. Wie konnte er nur so blöd sein? Er war wirklich ein gefühlsduseliger Hornochse! Das Mädchen hatte ihn nach Strich und Faden an der Nase herumgeführt. Wenn er sie nicht wiederfand, wäre seine Ehre dahin, dann könnte er seine Beförderung vergessen und ihr Vater hätte alles Recht, ihn zum Duell zu fordern. Gut, er würde es vermutlich nicht selbst tun, aber er konnte einen Duellanten bestimmen, der an seiner Stelle antrat, und es gab genug üble Haudegen, die sich ihr Auskommen so verdienten.

Alfred stürzte zum Schrank und riss ein Hemd heraus. Er musste sich anziehen, ihr hinterher. Sie zurückbringen, bevor irgendjemand etwas davon mitbekam, um Himmels willen!

DORA KONNTE das Tempo nicht lange halten, ihre Schritte wurden langsamer. Sie hatte Seitenstechen und die kühle Nachtluft brannte in ihrer Lunge. Ihre Arme waren schwer wie Blei und der Holzkoffer schlug immer wieder schmerzhaft gegen ihr Knie. Doch sie war sich sicher, dass jemand wach geworden war, und wenn man erst ihre Abwesenheit bemerkt hatte, wäre es nur eine Frage der Zeit, bis man sie eingeholt und zurückgebracht hätte. Sie war so nah dran, ihren Traum zu verwirklichen. Sie durfte jetzt nicht aufgeben!

Sie befand sich jetzt in der Straße, die zum Bahnhof führte, der Breite Weg, wenn sie sich recht erinnerte. Nachts fuhren keine Straßenbahnen und so blieb ihr nichts anderes übrig, als die ganze Strecke zum Bahnhof zu Fuß zurückzulegen. Dora zwang sich in einen langsamen Trab und versuchte, gleichmäßig zu atmen.

ALFRED VERLIESS das Haus und stopfte sich das Hemd in die Hose. Er musste jetzt einen ruhigen Kopf bewahren. Dora war auf dem Weg zum Bahnhof, da war er sich sicher. Und sie kannte nur den einen Weg dorthin, den sie mit der Straßenbahn genommen hatten, als sie vergangenen Samstag angekommen waren. Er hatte einen Umweg gewählt, um ihr ein bisschen von der Stadt zu zeigen, doch das wusste sie nicht. Er würde die entgegengesetzte Richtung einschlagen, denn nur ein paar hundert Meter entfernt mündete der Lindenweg in die Friedrichstraße, und die führte direkt auf die Kreuzung Breiter Weg und Magdeburger Straße, wo Dora entlangkäme. Sie hatte einen Vorsprung, aber so würde er einige Minuten gut machen, vielleicht erwischte er sie ja sogar genau an der Kreuzung.

Alfred sprintete los.

DORAS ATEM GING STOẞWEISE, ihr Knie schmerzte höllisch, wenn der Koffer dagegen schlug. Sie würde morgen einen gewaltigen blauen Fleck haben, aber das musste ihr nun egal sein.

Sie klemmte die Reisetasche unter den Arm, um ihre Schulter zu entlasten und lief weiter. Von hinten näherte sich Hufgetrappel. Dora verspürte den Drang, sich umzudrehen, doch diesmal unterdrückte sie den Impuls. Sie fürchtete, Alfred säße in der sich nähernden Droschke, sie konnte die Pferde nun hinter sich schnauben hören. Dora zwang sich, einfach weiter geradeaus zu gehen und blickte starr vor sich auf die Straße. Die Droschke wurde langsamer und kam neben ihr zum Stehen. Der Schreck fuhr ihr durch Mark und Bein, sie war erwischt worden! Wie gelähmt hob sie den Blick und starrte den alten Mann an, der auf dem Kutschbock saß.

»Was machst du hier allein auf der Straße, um diese Zeit?«, wollte der Kutscher wissen.

Anscheinend war er allein, der Verschlag öffnete sich nicht und kein Alfred sprang heraus, um sie aufzuhalten. Dora zwang sich zu einer ruhigen Antwort. »Ich gehe zum Bahnhof, ich muss meinen Zug erreichen.«

Der Kutscher warf einen argwöhnischen Blick auf ihr Gepäck und musterte sie. »Bist abgehauen, was? Du weißt schon, welche Strafe darauf in der Gesindeordnung steht, hä?«

Dora atmete erleichtert auf. Der Mann hielt sie für ein fortgelaufenes Hausmädchen. »Nein, ich will morgen eine Stellung antreten, deshalb muss ich den Zug erreichen!«, schwindelte sie.

»Mitten in der Nacht? Aber was soll's, du wärst nicht die Erste, die nach einer Feier ihrem Herrn davonläuft, und du wirst auch nicht die Letzte sein. Es geht mich ja auch nichts an, also spring rauf! Ich bring dich hin, bevor noch ein Unglück geschieht.«

Dora sah den Kutscher zweifelnd an. Sollte sie ihm trauen und zu dem fremden Mann auf den Kutschbock steigen? Andererseits war es noch ein ganzes Stück und der Mann war alt und machte einen gutmütigen Eindruck. Ihre brennenden Arme nahmen ihr die Entscheidung ab, sie konnte ihr Gepäck kaum noch nach oben heben und er wollte ihr schon zu Hilfe kommen.

Dora stieg zu ihm auf den Kutschbock. »Danke.«

ALFRED RANNTE DIE FRIEDRICHSTRASSE ENTLANG. Nur noch ein paar Meter bis zur Kreuzung. Er blieb stehen und blickte in beide Richtungen die Straße entlang, doch von Dora war weit und breit keine

Spur. Konnte sie so viel Vorsprung gehabt haben, dass sie ihm so weit voraus war? Er glaubte es nicht. Was, wenn ihr in der Innenstadt etwas zugestoßen war? Vielleicht war sie einem Betrunkenen in die Arme gelaufen, einem der späten Zecher. Sollte er zurücklaufen Richtung Altstadt und sie suchen? Aber wenn sie vor ihm war, würde er sie vielleicht verpassen. Er entschied sich für den Weg zum Bahnhof und lief wieder los.

»DANKE!« Dora kletterte vom Kutschbock und hob ihr Gepäck herunter.

»Da nicht für«, brummte der Kutscher. »Besser, als wenn es morgen heißt, man hätte dich in einem Graben gefunden.«

»Keine Sorge, ich passe schon auf mich auf.«

Der alte Mann nickte ihr zu und zog an den Riemen. Die Pferde nahmen ihren Trott wieder auf, und die Droschke zockelte von dannen. Der Bahnhof war hell erleuchtet, doch der Bahnhofsvorplatz lag wie ausgestorben um die frühe Zeit. Dora hoffte, dass bald ein Zug abführe, bevor Alfred sie einholte. Sie war sich sicher, dass er wach geworden war, und er hatte bestimmt die offene Tür zu Carlas Zimmer bemerkt und suchte nach ihr. Doch würde er zuerst zum Bahnhof gehen? Sie hoffte nicht.

Dora betrat die Bahnhofshalle. Der Schalter, an dem die Billets verkauft wurden, war zum Glück besetzt. Der Schalterbeamte sah sie aus müden Augen an.

»Wann fährt der nächste Zug nach Braunschweig?«

»Um 5.17 Uhr über Wolfenbüttel.«

»Gibt es keinen früheren?«

»Nein, dann hätte ich es gesagt, um 5.17 Uhr!«, wiederholte der Beamte genervt.

»Und wohin fährt der nächste Zug?«

»Nach Magdeburg.«

»Und wann fährt er ab?«

Der Mann warf einen Blick auf die Uhr. »In zehn Minuten.«

»Gut, dann nehme ich eine Fahrkarte nach Magdeburg, dritte Klasse, einfache Fahrt.«

Der Schalterbeamte sah sie argwöhnisch an. »Ich dachte, Sie wollen nach Braunschweig?«

»Ja, aber ich habe es eilig.«

»Wenn Sie erst nach Magdeburg fahren, sind Sie auch nicht viel schneller da.«

»Es ist dringend, meine Tante hat telegrafiert, meine Großmutter läge im Sterben!«, log Dora.

»Also schön. Aber Sie sollten das Frauencoupée nehmen, wenn Sie allein reisen, das ist zweite Klasse.«

Dora wollte schnell fort von hier und es wäre bestimmt auch sicherer. Aber andererseits musste sie ihr Geld zusammenhalten, sie wusste nicht, wie viel sie für die Schiffspassage bezahlen müsste, also wollte sie lieber sparsam sein. »Dritte Klasse reicht!«

»Bahnsteig acht. Beeilen Sie sich, es sind nur noch acht Minuten!«

ALFRED BOG in die Bahnhofstraße ein und verschärfte sein Tempo. Noch immer keine Spur von Dora. Er verfluchte sich zum bestimmt zwanzigsten Mal, dass er nicht Apollon gesattelt hatte. Zu Pferd hätte er Dora schon lange gefunden. Aber er hatte befürchtet, zu viel Krach zu machen, wenn er vom Hof ritt. Das Klappern der Hufe hätte bestimmt einen der Anderen geweckt, und dann hätte er erklären müssen, warum er mitten in der Nacht ausritt, um nach Dora zu suchen. Noch bestand eine Chance, dass sie unbemerkt ins Haus schleichen konnten, niemand brauchte von dieser Episode zu wissen. Aber dafür musste er Dora erstmal finden. Es war nicht mehr weit, gute vierhundert Meter vielleicht. Er konnte den Bahnhof schon sehen, hell erleuchtet am Ende der Straße, wie ein Leuchtfeuer in der Nacht. Er zweifelte immer noch daran, dass Dora weit vor ihm sein konnte, aber wenn sie es war, dann war sie vom Schein der vielen Lampen des Bahnhofsgebäudes angezogen worden wie eine Motte vom Licht. Zumindest brachte die Uhrzeit ihm einen Vorteil: Nachts fuhren kaum Züge und die wenigen, die fuhren, hielten meist nicht in Halberstadt. Er würde Dora also spätestens im Wartesaal finden. Und wenn er sie erwischte, konnte sie sich auf was gefasst machen!

Um diese Zeit war nicht viel los, der einzige Fahrgast, der außer Dora auf den Zug wartete, war eine alte Frau in einem schmutziggrauen Reisekleid. *So wird mein eigenes Reisekleid in ein paar Jahren auch aussehen,* schoss Dora durch den Kopf. Sie fröstelte, die Nachtluft war kühl und klamm vor Tau. Dora zog die Jacke enger und schlang die Arme um sich. Sie spürte ein Kribbeln im Nacken, wie Gänsehaut und erwartete, dass sich jeden Augenblick eine Hand auf ihre Schulter legen würde und irgendjemand käme, um sie aufzuhalten. Ihr Blick schwankte hin und her, zwischen den Gleisen und dem Bahnsteig, der zur Bahnhofshalle führte.

Sie trippelte unruhig von einem Fuß auf den anderen, bis sie endlich das Singen der Gleise hörte, das den herannahenden Zug ankündigte. Bald erklang das rhythmische Schnaufen der Lokomotive, aus ihrem Schornstein quollen große Dampfwolken, die sich wie weiße Wattebäusche vor dem Dunkel des Nachthimmels abzeichneten. Es konnte ihr nicht schnell genug gehen, bis der Zug endlich zum Stillstand kam und der Schaffner sich daranmachte, die Türen zu öffnen. Die Waggons der dritten Klasse waren ganz am Ende, wo der meiste Rauch und Ruß zu den Fenstern hineinzog. Dora bestieg einen Wagen, es war ein Großraumabteil mit harten Holzbänken, kein Vergleich zu den luxuriösen Polstern, auf denen sie hergereist war. Sie hievte ihr Gepäck in die Ablage, ließ sich auf eine Bank fallen und warf einen bangen Blick aus dem Fenster. Der Zug würde nicht lange halten, wenn kaum Fahrgäste ein- und ausstiegen. Sie hatte es fast geschafft, aber noch war sie nicht weg.

Alfred stürmte in die Bahnhofshalle und stürzte auf den Fahrkartenschalter zu. Eben war ein Zug eingefahren.

»Haben Sie ein Mädchen gesehen? Siebzehn Jahre, rotbraune Haare in einem grauen Kleid?«

»Ja.«

»Wo wollte sie hin?«

»Nach Braunschweig. Aber dann wollte sie nach Magdeburg.«

Alfreds Gedanken drehten sich im Kreis. Wieso nach Magdeburg? »Wann fährt der Zug nach Magdeburg?«

»Er ist gerade eingefahren, Gleis acht. Wenn Sie sich beeilen, erwischen Sie ihn noch.«

Ein eiskalter Schauer rann seinen Rücken hinunter. Alfred rannte schon, bevor der Schalterbeamte zu Ende gesprochen hatte. Gleis acht war am Ende der Halle, verdammt!

Es kam Dora wie eine Ewigkeit vor. Sie hielt den Atem an und betete, der Zug möge sich endlich in Bewegung setzen und abfahren. Das Schnaufen der Lokomotive wurde lauter, die Heizer machten dem Kessel ordentlich Dampf, damit der Zug Fahrt aufnehmen konnte. In Doras Innern war mindestens genau so viel Druck, sie hatte das Gefühl, ihr Kopf müsse gleich platzen. Sie war jetzt fast weg, war auf dem Weg in die Freiheit, wenn der Lokführer nur endlich die Bremsen des Zugs löste und losfahren würde. Als der Zug sich mit einem Ruck in Bewegung setzte, stieß Dora die Luft aus, mit einem gewaltigen Seufzer entwich der angestaute Atem ihren Lungen. Ihr war ein wenig schwindelig, in ihrem Kopf drehte sich alles, als hätte sie wieder mit Wilhelm Sekt getrunken. Wilhelm. Warum sie jetzt nur ausgerechnet an ihn denken musste?

Alfred stürzte auf den Bahnsteig zu, er konnte hören, wie das Fauchen der Lok lauter wurde. Die Treppenstufen zum Bahnsteig bebten ein wenig, als sich der schwere Zug rumpelnd in Bewegung setzte. Es war Alfred, als wäre der Boden unter seinen Füßen auf einmal aus Gummi, als würde er den Halt verlieren. Er taumelte auf den Bahnsteig wie ein Betrunkener. »Nein!« Der Laut, der seiner Kehle entrann, klang nicht nach seiner eigenen Stimme, kam ihm fremd und unmenschlich vor. Voller Verzweiflung, wie das Heulen eines einsamen Wolfs. Es war zu spät. Alfred starrte den Lichtern des abfahrenden Zugs hinterher. Eine Welle der Verzweiflung überrollte ihn. Er war für sie verantwortlich, ihr Vater hatte ihm das Mädchen anvertraut. Und er hatte sie verloren. Die beiden roten Rückleuchten schienen ihn zu verhöhnen, als sie wie teuflische kleine Glühwürmchen in der Nacht verschwanden.

Alfred wirbelte zu dem Gleisvorsteher herum, der gerade den Bahnsteig verlassen wollte, nachdem es hier nun keine Aufgabe mehr für ihn gab. »Wann fährt der nächste Zug nach Magdeburg?«

»In einer Stunde.«

Er musste nach Hause, Geld holen, einen Koffer, ein paar Sachen. Er musste ihr nachfahren und sie irgendwie einholen, koste es, was es wolle. Er musste Dora finden, sonst war er ein toter Mann!

KAPITEL 8

Erst als Dora in Magdeburg den Zug verließ, konnte sie aufatmen. Es war, als würde ein Gewicht von ihr genommen, das bisher auf ihrem Brustkorb gelastet hatte und ihre Lungen hinderte, frei und ungehemmt den Atem des Lebens einzusaugen. Sie hob ihr Gesicht zur riesigen Glasdecke, die die Gleisanlagen in einem eleganten Halbrund überspannte. Der Himmel darüber war noch schwarz, aber ganz im Osten begann das zarte Leuchten des neuen Tages, ihn zu färben und tauchte ihn in ein rosa schimmerndes Graublau. Ein jähes Glücksgefühl durchströmte sie, als sie begriff, dass dort ihr erster Tag in Freiheit herandämmerte. Dora atmete ein paar Mal ein und aus, sog die Luft tief ein und kostete ihren Geschmack, die Bahnhofsluft schmeckte nach Aufbruch und Reise. Sie war frei und konnte tun und lassen, was sie wollte. Es war ihr, als würde sie nun zum ersten Mal die Welt durch ihre eigenen Augen betrachten, alles sah freundlicher aus, strahlender. Dora machte sich auf die Suche nach dem Fahrkartenschalter.

Sie hatte wieder nur ein Billet für die dritte Klasse gelöst. Zwar hatte sie eigentlich Billets für die erste Klasse bis Braunschweig, aber der Mann am Fahrkartenschalter hatte ihr versichert, die hätten nur auf der anderen Strecke von Halberstadt nach Braunschweig gegolten. Also blieb ihr nichts anderes übrig, als eine weitere Fahrkarte zu kaufen. Deshalb hatte sie sich für eine Fahrt nach Stendal entschieden, dort hatte sie Anschluss an die sogenannte »Amerika-Linie«, die

Zugstrecke, die direkt von Berlin nach Bremerhaven führte und von da aus weiter nach Wilhelmshaven. Eigentlich war die Strecke gebaut worden, damit der Kaiser schnell von Berlin an die See fahren konnte, Wilhelm II. liebte Schiffe. Aber hauptsächlich wurde die Strecke von Auswanderern aus Osteuropa genutzt, die ab Bremerhaven die Schiffspassage nach Amerika antraten. Die dritte Klasse musste reichen, so schlimm war es vorhin auch nicht gewesen. Aber als sie nun zwischen den anderen Reisenden auf den Zug nach Stendal wartete, wurde ihr schon ein wenig mulmig. Hier in Magdeburg war es wesentlich voller als in Halberstadt. Trotz der frühen Stunde herrschte ein regelrechter Andrang, und viele der Reisenden sahen ein wenig heruntergekommen aus. Dora war froh, dass sie nur das Geld ihres Vaters aus dem Ledermäppchen lose bei sich führte. Ihr restliches Geld hatte sie in den Saum eines Unterrocks eingenäht, da war es wesentlich sicherer aufgehoben.

Im Waggon war noch Platz neben einer jungen Frau. Dora atmete erleichtert auf und deutete auf den Sitzplatz. »Darf ich?«

Die Frau sah auf und musterte Dora aus dunklen Katzenaugen. »Sicher.« Sie musste aus dem Osten stammen, aus Russland vielleicht. Ihr Akzent war hart und sie rollte das R schwer und kehlig. Sie hatte dunkle Haare und ein schmales Gesicht mit leicht schrägstehenden Augen, die ihr etwas Katzenhaftes verliehen. Keine klassische Schönheit, aber sehr apart, darüber konnte ihr einfaches dunkles Kleid nicht hinwegtäuschen. Dora wuchtete ihren Koffer in die Gepäckablage, ihre Arme fühlten sich schwer an und protestierten mit einem Ziehen. Sie hatten diesen elenden schweren Koffer heute Nacht schon so oft gehoben, dass sie es langsam leid waren. Aber die Frau machte keine Anstalten, Dora behilflich zu sein, sondern sah ihr aufmerksam dabei zu, wie sie sich mit ihrem Gepäck abmühte. Mit einem Keuchen ließ Dora sich neben sie auf die harte Bank fallen.

»Wohin fährst du?«, wollte die Frau von ihr wissen.

»Nach Bremerhaven und dann nach Amerika«, antwortete Dora leichthin.

»Nach Amerika? Was hast du da vor?«

»Ich will ans Theater.«

»Bist du Schauspielerin?«

»Naja, noch nicht wirklich, aber ich will es werden!« Dora bemühte sich, ihre Stimme selbstsicher klingen zu lassen.

Die Frau lachte auf. »Hast du ein Engagement?«

»Nein, aber ich bin mir sicher, ich finde eines.«

»Hast du überhaupt schon mal auf einer Bühne gestanden?«

»Nein, aber ich will es. Es gibt nichts, was ich mir sehnlicher wünsche!«

Die Frau brach in schallendes Gelächter aus. »Oh Mädchen, du musst noch viel lernen!« Dann wurde sie schlagartig wieder ernst. »Du bist abgehauen, stimmt's?«

»Wie kommst du darauf? Ich habe eine schriftliche Bestätigung meines Vaters, die es mir erlaubt, zu reisen und zu arbeiten.«

»Aber bestimmt nicht als Schauspielerin.« Die Augen der Frau funkelten spöttisch.

»Woher willst du das wissen?«

»Kein Vater der Welt würde erlauben, dass sein kleines Mädchen als Schauspielerin alleine nach Amerika geht!«

»Und selbst wenn, was geht es dich an? Was weißt denn du schon?«

»Du hast recht, es geht mich nichts an. Aber glaub mir, im Gegensatz zu dir weiß ich eine ganze Menge darüber, was es heißt, Schauspielerin zu sein.«

Dora spürte, wie ihr das Blut in die Wangen schoss. »Bist du Schauspielerin?«, fragte sie kleinlaut.

»Nein, aber ausgebildete Tänzerin, Ballerina. Glaub mir, Kindchen, ich weiß, wie es am Theater zugeht. Wie heißt du eigentlich?«

»Dorothea Neumann, aber alle nennen mich Dora.«

»Ich bin Martha, Martha Löwenstein.«

Wie sich herausstellte, kam Martha gerade von einem Engagement in Leipzig und war auf dem Weg nach London zu ihrem Verlobten. Dora hatte sich noch nie Gedanken darüber gemacht, dass die Ensembles nur zu bestimmten Aufführungen zusammenfanden und sich dann wieder auflösten und jedes Mitglied seiner Wege ging, auf der Suche nach der nächsten Anstellung. Ihre Eltern hatten also doch nicht so Unrecht, wenn sie von »fahrendem Volk« sprachen.

Die Zeit verging wie im Flug, sie fragte Martha zu allem Möglichen aus, was das Bühnenleben betraf, und nur zu bald näherte sich der Zug Stendal.

»Woher hast du eigentlich die Fahrkarte für die Schiffspassage?«, fragte Martha.

»Ich habe noch keine, ich will sie in Bremerhaven kaufen.«

»Hast du denn genug Geld?«

Dora sah sie argwöhnisch an. Sicher, Martha war nett und sie hatten sich die vergangenen anderthalb Stunden vorzüglich unterhalten. Aber sie kannte Martha nicht, schlussendlich war sie eine Fremde und es ging sie nichts an, wie viel Geld Dora bei sich hatte. »Es wird schon reichen«, sagte sie ausweichend.

»Ich meine bloß, es ist ja nicht so, dass du an den Hafen kommst, eine Fahrkarte kaufst und auf ein Schiff steigst. Da musst du erstmal ein paar Wochen auf einen freien Platz warten, und so lange wirst du in einem der Auswandererhäuser Quartier beziehen. Das kostet natürlich was, versteht sich.«

Das hatte Dora nicht gewusst. »Ist das teuer?«

»Billig ist es nicht, kommt drauf an, wie lange du warten musst. In der Zwischenzeit musst du arbeiten, wenn dein Geld nicht reicht. Und da sieht's in Bremerhaven schlecht aus. Wieso fährst du nicht mit mir bis Hamburg, wenn du sowieso noch keinen Fahrschein hast? Da gibt's zumindest mehr Hafenkneipen, in denen immer eine Kellnerin gesucht wird.«

Das hatte Dora bisher nicht bedacht und sie kam sich ziemlich dämlich und unerfahren vor. Zumindest wäre sie in Marthas Nähe in Begleitung, zwei Frauen reisten sicherer als eine allein. Und Martha war erfahrener als sie. Dora beschloss, sich zumindest fürs Erste Martha anzuschließen, sie konnte bestimmt noch den einen oder anderen guten Ratschlag von ihr bekommen.

ALFRED WAR von einer tiefen inneren Unruhe erfüllt. Aber er hatte Glück, die Lage war gar nicht so aussichtslos, wie sie schien, wenn er es recht bedachte. Immerhin hatte er in Magdeburg erfahren, dass Dora auf dem Weg nach Stendal war, und auch dort konnte sich der Mann am Fahrkartenschalter an sie erinnern, sie hatte einen Fahrschein für den Zug nach Hamburg gekauft. Alfred hätte vermutet, sie wäre direkt nach Bremerhaven gefahren, wenn sie schon einmal auf der Amerika-Linie unterwegs war. Insofern konnte er dankbar sein, dass der Beamte in Stendal ein so gutes Gedächtnis hatte. Nur deshalb war er ihr noch auf den Fersen, sonst hätte er ihre Spur schon lange verloren. Dora hatte zwar inzwischen etwa zwei Stunden Vorsprung, aber so schnell käme sie nicht aus Hamburg weg, die Plätze auf den Dampfschiffen der großen Gesellschaften waren Wochen im Voraus ausgebucht, und er glaubte nicht, dass Dora sich eines der teuren Tickets in den höheren Klassen leisten konnte. Also hätte er alle Zeit der Welt, sie am Hafen aufzustöbern, und wenn er sie in die Finger bekam, dann gnade ihr Gott. Er würde ihr höchstpersönlich den Hintern dafür versohlen, sodass sie zwei Wochen nicht sitzen könnte! Hauptsache, ihre Eltern erfuhren nicht, dass sie ihm weggelaufen war. Er hatte seinem Vater eine kurze Notiz auf dessen Schreibtisch im Arbeitszimmer hinterlassen, in der er erklärte, er sei auf dem Weg zum Bahnhof, um Dora zu suchen. Er hatte ihn auch gebeten, Doras Eltern vorerst nicht zu informieren, er würde sie schon wieder heil zurückbringen. Warum hatte er nicht besser auf sie aufgepasst? Alfred machte sich schwerste Vorwürfe, schließlich hatte er gewusst, dass sie nach Amerika wollte. Er hatte schlichtweg die Stärke und Kraft ihres Wunsches unterschätzt. Er hatte geglaubt, sie würde sich fügen und klein beigeben. Aber was hatte er erwartet? Hatte er Dora nicht immer mit seiner Schwester verglichen? Carla konnte genau so stur und uneinsichtig sein, sie zog ihren armen Ehemann an der Nase herum wie einen dressierten Tanzbären und blamierte ihn dadurch vor der kompletten Gesellschaft. Er hätte es wissen müssen. Aber nein, er war ein verliebter Narr, hatte sich des Nachts ausgemalt, dass er um Doras Hand anhielte, wenn er in ein bis zwei Jahren zum Rittmeister erster Klasse befördert würde. Dann stünde er im Rang einem Hauptmann gleich und könnte sich eine Heirat und Familiengründung finanziell erlauben. Auch wenn es sein Vater natürlich nicht begrüßt hätte, hätte er dann wenig dagegen tun können, wenn es Alfreds Absicht war, eine Bürgerliche zu ehelichen, denn dann wäre er finanziell unabhängig von der Familie. Er war wirklich ein Idiot! Wie hatte er nur so blind sein können und auf ihre Spielchen hereinfallen? Sie hatte ihm nur etwas vorgemacht, um ihn in Sicherheit zu wiegen, hatte ihre Flucht bestimmt die ganze Zeit geplant, während er sich in sie verguckt hatte, dieses durchtriebene kleine Luder! Eines musste er ihr lassen, sie verstand sich wirklich darauf, anderen etwas vorzuspielen.

Der Zug ging bis Altona. Martha und Dora folgten dem Strom der Reisenden, einer langen Prozession aus Männern, Frauen und Familien mit Kindern, die in den Koffern ihr weniges Hab und Gut zum Kai schleppten, in der Hoffnung auf ein besseres Leben in der Ferne. Die Gassen rund um den Hafen wurden immer enger und voller, ein dichtes Gewirr aus Menschen unterschiedlichster Rasse und Herkunft. Tätowierte Matrosen und Fischer mischten sich mit den wartenden Prostituierten und muskelbepackten Schauern, die die Fracht entluden und auf ihren breiten Schultern zentnerschwere Lasten aus dem Bauch der Schiffe beförderten. Dazwischen ergossen sich Reisende aus aller Herren Länder, hauptsächlich aus dem Osten; Polen und Russen. Ganze Familien in landestypischer Tracht auf der Flucht vor Armut und Hunger in der alten Heimat und mit dem winzigen Funken Hoffnung in den Augen, das Leben möge besser werden, eine Chance bieten in der neuen Welt. Dora war froh, sich nicht allein zurechtfinden zu müssen und folgte Martha, die sich bestens auszukennen schien.

»So, da wären wir. Da drüben sind die Verkaufsschalter der Schifffahrtsgesellschaften, da bekommst du deinen Fahrschein für die Passage.«

»Dann trennen sich hier wohl unsere Wege. Ich danke dir für deine vielen guten Ratschläge.«

»Du musst noch viel lernen, Mädele. Aber weißt du was, ich warte hier auf dich, bis du deine Fahrkarte gekauft hast.«

»Dann bis gleich!«

Dora lief die Schalter der großen Reedereien ab. Die Preise für die Schiffspassage waren auf großen Schildern hinter den Verkäufern angeschlagen, doch je mehr Schilder sie las, desto tiefer sank Doras Herz. Ihr Geld reichte hinten und vorne nicht! Eine einfache Fahrt in der billigsten Kategorie, dem Zwischendeck, kostete 220 Mark. Im Winter waren die Preise niedriger, aber trotzdem kostete die Passage immer noch zwischen 130 und 160 Reichsmark. Und das würde bedeuten, sie säße hier monatelang fest und müsste ihr Geld für eine Unterkunft und Essen verschwenden, und dann hätte sie noch weniger Geld übrig für den Fahrschein. Erst jetzt fiel ihr auf, dass viele der Reisenden große Taschen mit Proviant mit sich herumtrugen. An die Kosten für ihre Verpflegung während der Passage hatte sie gar nicht gedacht. Sie würde also auch noch Geld auftreiben müssen, um Lebensmittel für mindestens zwei Wochen kaufen zu können, denn so lange dauerte die Überfahrt bis New York. Doras Herz sank tiefer und tiefer. Sie musste sich eingestehen, dass sie nicht genug Geld hatte, um ihren Traum zu verwirklichen, und dass es wohl noch sehr lange dauern würde, bis sie endlich nach Amerika käme. Eine Fahrkarte nach London hingegen, wohin Martha wollte, gab es schon für 35 Mark. Das war immer noch viel Geld, aber es lag im Rahmen ihrer Möglichkeiten. Dora seufzte. Es nützte ja nichts. Immerhin war London die größte Stadt der Welt und es gab reichlich Theater und Bühnen – und sie wäre nicht allein! Schweren Herzens griff sie ihren Koffer und machte sich auf die Suche nach Martha.

»Und?«

»Ich habe nicht genug Geld.«

»Hab ich's mir doch gedacht.«

»Kann ich mit dir nach London gehen?«

Martha lächelte sie schief an. »Was meinst du, warum ich noch hier stehe, hä? Ich sag's ja, du musst noch viel lernen. Aber immerhin lernst du schnell.«

»Und jetzt?«

»Sehen wir uns nach einer Reisegelegenheit um. Komm mit!«

Martha erstarrte, mitten in der Bewegung hielt sie inne und schien wie festgewachsen. Sie sah zu einem Mann rüber, der mit drei Mädchen im Schlepptau auf dem Weg zu einem der großen Schiffe mit Richtung Südamerika war.

»Was ist los?«

»Nichts, ich muss nur schnell was klären. Bleib hier und pass auf meine Koffer auf!«

»Aber was …«

Martha hörte sie schon nicht mehr, sie lief immer schneller, rannte auf den Mann zu. *Vielleicht hat sie einen alten Bekannten entdeckt*, vermutete Dora. Und richtig, er schien Martha zu erkennen, in seiner Miene spiegelte sich Erstaunen, als sie vor ihm zum Stehen kam. Doch sofort begann Martha, auf ihn einzuschlagen, sie trommelte mit ihren Fäusten auf seine Brust, seine Schultern. Wie eine Furie schrie sie ihn an. »Was hast du mit mein Schwesterl gemacht, du dreckiger Hund?«

»Au, bist du meschugge? Hab sie nicht mehr sehn.«

Es klang fremdartig in Doras Ohren, doch die beiden schrien so laut, dass Dora jedes Wort hören konnte, und sie konnte auch manches davon verstehen, denn die beiden stritten auf Jiddisch. War Martha eine Jüdin? Das hatte sie nicht erzählt, aber warum hätte sie es auch sagen sollen?

»Du lügst! Wohin habt ihr sie gebracht?«

»Hat Arbeit in Amerika, sie tanzt.« Um seine Lippen spielte ein schmieriges Lächeln.

»Wo ist sie?«

»Ich kann's nicht wissen, Amerika ist n groyses Land.«

»Ich glaub dir kein Wort!« Martha fuhr zu den drei Mädchen herum und sprach schnell auf sie ein. Dora konnte nicht verstehen, was sie sagte, doch die drei Mädchen sahen verängstigt aus und blickten abwechselnd von Martha zu dem Mann und zurück.

Der Mann machte einen Schritt auf Martha zu und holte aus. Er würde sie schlagen! Dora vergaß das Gepäck und rannte auf Martha zu, sie musste ihr beistehen. Doch Martha wirbelte herum und kam geradewegs auf Dora zu, der Mann hinter ihr her.

»Los, nimm deine Sachen, lauf!«, rief Martha ihr zu.

»Macht bloß, dass ihr wegkommt, sonst schlag ich euch den Kopp ein!« Der Mann war stehengeblieben und drohte ihnen wütend mit der Faust.

»Was geht hier vor sich?« Ein Schutzmann hatte sich genähert, anscheinend war er durch das Geschrei aufmerksam geworden.

»Nichts, alles in Ordnung.« Marthas Stimme zitterte ein wenig, aber sie setzte ein fröhliches Gesicht auf. Der Mann, mit dem Martha gestritten hatte, suchte das Weite, er trieb die drei Mädchen im Laufschritt vor sich her zu einem der großen Ozeandampfer wie eine Schar junger Gänse.

Der Polizist sah Martha streng an und runzelte die Stirn. »Sie sollten sich fernhalten von solchen Männern. Mit diesen Halunken ist nicht zu spaßen!« Er deutete mit seinem Schlagstock auf ein Plakat, das neben ihnen an einer Litfaßsäule hing. Darauf war ein weinendes Mädchen abgebildet, das verängstigt auf dem Boden hockte. Hinter ihr ragte bedrohlich der Schatten eines Mannes auf. *Dringende Warnung an auswandernde Mädchen: Vertrau keinem fremden Mann, der dir eine Stelle verspricht, ohne dich vorher erkundigt zu haben!*, stand in großen Lettern auf dem Plakat geschrieben. Dora schauderte. Der

Mann gerade hatte drei junge Mädchen bei sich; wohin er sie wohl brachte?

»Ich sagte ja, es ist alles in Ordnung!« Martha nahm ihre beiden Koffer und drehte sich um. »Kommst du, Dora?«

»Was war das denn?«, wollte Dora wissen, als sie außer Hörweite des Polizisten waren.

»Das erklär ich dir später. Erst müssen wir ein Schiff finden, das uns mitnimmt!«

Martha führte sie weg von den großen Passagierschiffen, den Kai entlang, hin zu den Frachtschiffen. Doch auch die schienen nicht ihr Ziel zu sein, sie ging stur weiter, bis sie zu den Segelschiffen und Frachtkähnen kamen.

»Wohin fahrt ihr?«, fragte sie einen Matrosen, der sich an den Leinen eines altersschwachen Kahns zu schaffen machte.

»Nach London, wir haben eine Fuhre Weizen aus Russland geladen.«

»Und wann legt ihr ab?«

»Gleich, in einer Stunde spätestens, wir müssen mir der Flut rauskommen, wenn der Wind gut steht.«

»Habt ihr noch Platz an Bord für zwei hübsche Mädchen?«, flötete Martha.

»Nein, wir sind voll bis unter die Planken, nicht mal eine Maus hätte mehr Platz.«

Martha beugte sich vor und flüsterte dem Matrosen etwas ins Ohr. Er grinste anzüglich und ließ seinen Blick über Marthas Körper gleiten, dann nahm er Dora in Augenschein.

»Nur ich, sie nicht. Los, hol den Kapitän.« Martha wedelte mit der Hand, als ob sie eine lästige Fliege verscheuchen wolle.

Der Matrose balancierte über die Planke, die das Schiff mit dem Kai verband und die einzige Möglichkeit darstellte, um an Bord zu gelangen.

Dora sah Martha erstaunt an. »Was hast du zu ihm gesagt.«

»Na, was wohl? Dass ich seine Kajüte wärme, wenn er uns mitnimmt.«

Dora sog die Luft ein. Sie hätte Martha nicht zugetraut, dass sie so weit gehen würde, für eine Reisegelegenheit ihren Körper anzubieten.

»Nun guck nicht so!«, fuhr Martha sie an. »Schließlich hab ich dich da rausgehalten.«

Kurz darauf erschien der Kapitän, der seinem Namen wohl nur durch seine Aufgabe gerecht wurde. Von der Kleidung her unterschied er sich kaum von seinen Matrosen, sein Hemd war nur minimal sauberer und durch seine struppigen grauen Haare und den wirren Bart sah er noch verlotterter aus als seine Mannschaft.

»Was wollt ihr?«

»Nach London fahren. Der Matrose sagt, ihr hättet noch ein Plätzchen frei für zwei junge Tänzerinnen.« Martha machte ihm schöne Augen und wiegte die Hüften. Ihre Stimme hatte wieder diesen gurrenden Ton, ihr ganzer Körper war ein Locken, versprach, er würde es nicht bereuen, wenn er sie mitnähme. Jede ihrer Bewegungen verhieß ihm eine willkommene Ablenkung von den einsamen Nächten auf See.

Beim Wort »Tänzerinnen« hellte sich die Miene des Kapitäns schlagartig auf. Seine Lippen teilten sich zu einem Haifischlächeln, das den Blick auf eine Reihe schadhafter Zähne preisgab. »Habt ihr Geld?«

»Ja, wie viel verlangst du für die Fahrt nach London?«

»Ich mache euch einen guten Preis, Mädchen. Sagen wir dreißig Mark pro Nase.«

»Das ist Wucher! Für fünfunddreißig Mark können wir auf einem der großen Dampfschiffe reisen, statt auf deinem stinkenden Frachtkahn.«

»Das stimmt. Aber ihr müsst nicht lang warten, wir legen gleich ab. Wir fahren die Themse hoch bis zu den Docks, genau wie die großen Schiffe. Aber wir werden garantiert nicht kontrolliert«, setzte der Kapitän mit Blick auf Dora hinzu.

Es ärgerte Dora. Warum musste sie auch nur so schrecklich jung aussehen? Jeder dachte sofort, sie sei fortgelaufen, was ja auch der Wahrheit entsprach. Aber mussten es ihr denn immer alle gleich an der Nasenspitze ansehen? Andererseits ... sie straffte die Schultern. »Ich habe eine Reiseerlaubnis meines Vaters!«

»So so, eine Erlaubnis. Also, was ist nun, wollt ihr mit oder nicht?«

»Zwanzig Mark pro Person und sie hat mit der anderen Sache nichts zu tun.« Martha zeigte mit dem Daumen auf Dora.

Der Kapitän schien es sich zu überlegen. Vierzig Mark war eine Menge Geld, die er auf den letzten Drücker zusätzlich einstreichen konnte. Und Marthas Angebot, dem Matrosen und dem Kapitän die Kajüte zu wärmen, tat wohl sein Übriges.

»Also gut, besorgt euch Verpflegung, wir brauchen gute vier Tage. Wenn ihr in einer halben Stunde nicht da seid, habt ihr Pech gehabt, dann sind die Leinen los!«

Zwanzig Minuten später kletterten sie an Bord, beladen mit ihren Koffern und Taschen und einigen Tüten Brot und Flaschen mit kaltem Tee, so süß, dass einem übel davon werden konnte. Im Innern des Kahns war es fast dunkel, die Luft roch salzig und modrig, nach Meer, Urin und Fäulnis. Das Zwischendeck war so niedrig, dass sie gebückt laufen mussten, um sich nicht den Kopf an den Sparren zu stoßen. Dicht an dicht kauerten Menschen auf ihren Habseligkeiten, sie gehörten offensichtlich nicht zur Besatzung. Es waren Passagiere, bestimmt vierzig Personen, Männer, Frauen mit kleinen Kindern, Alte. Gestrandete und Ausweglose, Menschen, die keine andere Möglichkeit zu reisen hatten, so wie sie und Martha. Der Matrose von vorhin wies ihnen den Weg zu einer Ecke. »Hier ist euer Platz, macht es euch bequem.«

Das war reine Ironie, denn ihre »Kajüte« bestand aus dem harten Schiffsboden aus unebenen Holzdielen, nur durch einen schmutzigen Fetzen Stoff abgeteilt, ein stockfleckiger Lumpen, der die Illusion von Privatsphäre erzeugen sollte. Der Matrose wirkte auf einmal verlegen. Er fuhr sich mit der Hand durch den Nacken und warf Martha einen fast scheuen Blick zu. »Heut Nacht habe ich Wache, bis fünf. Ich komm danach zu dir, wenn meine Schicht um ist, ja?« Er war noch jung, jünger als Martha, eher in Doras Alter, auch wenn seine Haut durch die Tage auf See schon zu altern begann.

Martha nickte. »Wie heißt du, Matrose?«

»Kolja.«

»Kolja? Woher?«

»Aus Danzig. Und du?«

»Martha. Von überall her.« Sie lachte ihr tiefes, kehliges Lachen. »Dann bis morgen früh, Kolja.«

Dora seufzte und machte sich daran, aus ihren Koffern ein Lager zu bauen, auf dem sie die Nacht verbringen konnten.

ALFRED WAR DER PANIK NAHE. Seit anderthalb Tagen irrte er am Hamburger Hafen umher, aber keine Spur von Dora. Sofort, als er gestern am frühen Abend eingetroffen war, hatte er mit seiner Suche begonnen, erst direkt am Hafen, an den Fahrkartenschaltern, dann in den Auswandererquartieren und schließlich hatte er seine Suche weiter ausgedehnt auf die angrenzenden Gassen und Spelunken. Jedes Mal, wenn er zwischen all den Menschen einen kupferbraunen Haarschopf entdeckte, schöpfte er neue Hoffnung, dass er sie endlich gefunden hätte. Aber Dora war wie vom Erdboden verschluckt. Egal, wem er ihr Bild zeigte, niemand konnte sich an sie erinnern. Hamburg war einfach viel zu groß, zu viele Menschen drängten sich im Hafenviertel, sie konnte überall sein. Trotzdem glaubte er nicht, dass sie so schnell in einer üblen Kneipe oder einem der Bordelle gelandet war, ein bisschen Geld hatte das Mädchen ja. Also zog er seine Kreise wieder dichter um den Hafen. An der Ecke stand ein Polizist, vielleicht hatte der etwas gesehen.

»Haben Sie ein Mädchen gesehen? Siebzehn Jahre alt, allein, graues Kleid, kupferbraunes Haar, in etwa so groß.« Alfred deutete mit der Hand Doras Größe an, sie ging ihm etwa bis zum Kinn, wenn er sich recht erinnerte.

Der Polizist schüttelte unwirsch den Kopf. »Wissen Sie, wie viele Mädchen ich jeden Tag sehe, die genauso aussehen?«

»Warten Sie, ich habe ein Bild.« Alfred zog die Postkarte hervor.

Der Polizist betrachtete das Foto und runzelte die Stirn. »Moment, warten Sie. Die habe ich tatsächlich gesehen, gestern. Aber sie war nicht allein. Sie war mit einer Frau unterwegs, die beiden hatten Streit mit einem von diesen üblen Burschen.«

»Wo war das? Was für ein Bursche?«

»Na, einer von denen, die hier immer wieder auftauchen mit Mädchen im Schlepptau und sie nach Übersee bringen. Sie nennen sich Arbeitsvermittler, doch in Wirklichkeit sind es Mädchenhändler. Sie versprechen den jungen Dingern das Blaue vom Himmel, lügen ihnen vor, sie würden ihnen eine Stelle in den Vereinigten Staaten besorgen. Aber in Wahrheit geht die Reise nach Südamerika, wo sie schon auf Nachschub warten in den Freudenhäusern.«

Alfred spürte Übelkeit in sich aufsteigen. »Mädchenhändler …«

»Ja, der Typ, mit dem sie Streit hatten, ist einer von der ganz üblen Sorte. Der taucht hier alle paar Wochen auf, wir haben ihn schon lange auf dem Kieker. Aber wir können nichts gegen ihn tun, die Polizei ist machtlos, denn der Kerl ist gerissen. Er hat immer gültige Papiere für die Mädchen, und sie gehen freiwillig mit.«

»Und sie ist mit ihm gegangen? Wohin?«

»Ich weiß nicht genau, ich habe die beiden Mädchen noch vor dem Kerl gewarnt, aber vielleicht sind sie doch mit ihm auf das Schiff gegangen.«

»Das Schiff? Welches Schiff?«

»Ich glaube, auf die Cap Verde, die gestern abgelegt hat. Aber ich habe das nicht mehr genau beobachtet, schließlich habe ich auch anderes zu tun, als den lieben langen Tag auf irgendwelche Mädchen aufzupassen.«

»Wohin fährt dieses Schiff, die Cap Verde?«

»Nach Südamerika.«

Alfred hatte das Gefühl, der Boden würde schwanken, würde ihm unter den Füßen weggezogen. Alles drehte sich und stürzte auf ihn ein. Das durfte nicht sein! Um Himmels willen, nein! Dora in der Hand von Mädchenhändlern! Wie sollte er das jemals ihrem Vater erklären? Das war unverzeihlich, das konnte er nie wieder gutmachen, er hatte versagt und es war alles seine Schuld. Er musste Dora da rausholen, das war das Mindeste, was er tun konnte.

»Gibt es hier einen Fernsprecher in der Nähe?«

»Ja, gleich da drüben bei den Schaltern gibt es einige Kabinen«

Die Stimme des Fräuleins vom Amt erklang blechern in Alfreds Ohr, kaum, dass er den Hörer abgehoben hatte.

»Verbinden Sie mich bitte mit dem Apparat von Nathusius, Halberstadt, Anschluss 157«, sagte Alfred in die Sprechmuschel. Seine Lippen fühlten sich seltsam taub an. Kurz darauf erklang die vertraute Stimme seines Vaters durch die Leitung.

»Alfred, wo steckst du? Hast du das Mädchen gefunden?«

»In Hamburg. Ich habe sie verloren. Sie ist auf einem Schiff nach Südamerika. Ein Polizist hat sie in Begleitung eines ...« Er wagte kaum, es auszusprechen und schluckte hart. »... eines Mädchenhändlers gesehen.«

»Großer Gott!«

»Du musst mir Geld anweisen, an eine Bank hier in Hamburg, ich habe nicht genug für eine Fahrkarte.«

»Was ist mit deinem Dienst?«

»Ich habe heute Morgen in der Kaserne angerufen und mich bis auf Weiteres beurlauben lassen. Ich weiß nicht, wie lange das so geht. Im schlimmsten Fall muss ich den Dienst quittieren, fürchte ich.« Alfred zögerte, er hatte Angst, es auszusprechen. »Du musst ihrem Vater Bescheid geben, auch wenn mir davor graut. Er muss wissen, was passiert ist.«

»Ja, du hast recht. Es ist ein schreckliches Unglück, aber wir müssen es ihm sagen.«

»Sag ihm erstmal nur, dass sie fortgelaufen ist, kein Wort über die Menschenhändler, hörst du?«

»Ist gut. Wegen des Geldes werde ich umgehend morgen früh die Bank informieren.«

»Ich hole Dora da raus! Das schwöre ich bei meinem Leben!«

TEIL II

Der Abend küsste geheimnisvoll
Die knospenden Oleander.
Wir spielten und bauten Tempel Apoll
Und taumelten sehnsuchtsübervoll
Ineinander.

Else Lasker-Schüler

KAPITEL 9

Dora schlug die Augen auf. Das Grau um sie herum schien zu schwanken, als sei die Welt nicht mehr fest in ihren Angeln. Augenblicklich kehrte die Übelkeit zurück. So wie die meisten Passagiere war Dora seekrank geworden; bei jeder Welle rebellierte ihr Magen und sie erbrach sich, bis nur noch Galle kam. Irgendwann war sie eingeschlafen auf ihrem schwankenden Lager. Ihr Rücken schmerzte von der Nacht auf ihrem Gepäck. Leise Stimmen murmelten im Dunkel des Zwischendecks. Dora wandte den Kopf und sah Kolja, der bei Martha saß. Er wandte Dora den Rücken zu, sie musste wach geworden sein, als er auftauchte. Dora stellte sich schlafend. Eigentlich musste sie mal, doch solange der Matrose in der Nähe war, würde sie es gewiss nicht tun. Schon bald, nachdem das Schiff abgelegt hatte, hatte Dora herausgefunden, dass die einzige Möglichkeit, ihre Notdurft zu verrichten, darin bestand, dass die Passagiere sich über eine der schmalen Rinnen hockten, die sich entlang der Bordwände zogen, und mit einem Eimer Salzwasser nachspülten. Überall stank es nach Fäkalien und Erbrochenem.

Kolja gab ein Geräusch von sich, kein lustvolles Stöhnen, wie Dora es erwartete, sondern eher ein angewidertes Grunzen.

»Schau mir einfach ins Gesicht, mein Hübscher!«, gurrte Martha.

Dora öffnete ihre Augen nur einen Spalt breit und sah unter niedergeschlagenen Wimpern zu dem ungleichen Paar auf dem Gepäcklager neben ihr. Wenn sie die Hand ausgestreckt hätte, hätte sie Koljas schmale Seite berühren können, aus der jede Rippe heraus-stand. Er sah Martha in die Augen, während er es mit ihr machte, und sie sah ihn an, mit einem Blick, als ob es keinen anderen Mann auf der Welt für sie gäbe. Als sei sie nicht gerade auf dem Weg nach London zu ihrem Verlobten. Ob sie den Kapitän wohl auch so angeschaut hatte? Martha war gestern Nacht verschwunden, und Dora hatte nicht mitbekommen, wann sie zu ihrem Lager im Zwischendeck zurückgekehrt war.

Doras Blick glitt über den dünnen Rücken des Matrosen, hinab zu der Stelle, wo sein Körper mit Marthas verschmolz, zwischen ihren Beinen. Dora unterdrückte ein Keuchen. Martha besaß die geschmeidigen, sehnigen Beine einer Tänzerin, aber über ihre Oberschenkel zogen sich dicke, wulstige Narben. Im trüben Zwielicht des Zwischendecks sahen sie aus wie violette Maden, die ihre Leiber über Marthas Haut schoben. Wenn Martha ihre Muskeln anspannte, schienen die Maden sich zu bewegen, krochen träge über ihre Schenkel. Dora wollte die Augen wieder schließen, aber sie konnte den Blick nicht abwenden von den pumpenden Hüften des Matrosen und den Narben-Maden. Bald war Kolja fertig, er kam mit einem angespannten Keuchen und sackte über Martha zusammen. Dora schloss die Augen und stellte sich schlafend.

»DARF ICH DICH WAS FRAGEN?« Dora hockte neben Martha über der Rinne. Sie war froh, dass der Matrose endlich gegangen war, sie hätte es nicht mehr lange ausgehalten. Martha hatte die Röcke gerafft, und so kam Dora gar nicht umhin, die Beine der Tänzerin aus nächster Nähe zu sehen.

»Was denn?«

»Woher stammen die Narben?«

Martha seufzte. »Das ist eine lange Geschichte und sie ist nicht schön.«

»Ich schätze, wir haben genug Zeit und wenig anderes zu tun. Erzählst du sie mir?«

»Nun, es kommt mir wirklich wie eine Geschichte vor, wie ein Märchen, wenn ich daran zurückdenke, dabei ist es noch gar nicht so lange her. Das Märchen geht so: Es war einmal ein jüdischer Kaufmann aus Kishinjow, der in die ferne Hauptstadt Moskau zog, um sein Glück zu suchen. Er war ein stattlicher junger Mann und gebildet, also ging er ins Ballett. Auf der Bühne sah er eine Tänzerin, nicht die Primaballerina, nur ein Mädchen in der hinteren Reihe. Aber er konnte ihr Gesicht nicht vergessen, als er an dem Abend nach Hause ging. Also kam er wieder und wieder, zu jeder Aufführung, bis er sich ein Herz fasste und sie ansprach. Sie wurden ein Paar, heirateten und bekamen zwei Töchter, meine Schwester Rebekka und mich. Wir waren eine glückliche Familie, dort in Moskau, als ich klein war.« Martha seufzte, ihre Augen waren schwer vor Wehmut. »Auch, wenn ich mich kaum noch an etwas erinnere, so doch daran, dass meine Mutter meinem Vater abends einen Kuss gab, wenn er aus dem Laden kam. Doch die Stimmung gegen die Juden und alles Jüdische wurde immer schlimmer. Unter Zar Alexander III. wurden wir aus Moskau gedrängt, wie die meisten anderen Juden auch. Also gingen wir nach Bessarabien, nach Kishinjow, zur Familie meines Vaters, denn es lag innerhalb des Ansiedlungs-Rayons. Weißt du, in Russland dürfen sich die Juden nur in bestimmten Gebieten im Westen ansiedeln und nicht auf dem Land, außerhalb der Städte. Mein Vater eröffnete ein kleines Geschäft und meine Mutter arbeitete als Tanzlehrerin, sie gab Ballettstunden für die Kinder reicher Leute. Auch meiner Schwester und mir brachte sie das Tanzen bei, sie wollte immer, dass wir es mal ans Ballett schaffen würden, in ein Ensemble, so wie sie. Meine Mutter war eine stolze Frau, ihre Schönheit wurde nur durch ihre Strenge übertroffen. Sie hat uns Mädchen zur Perfektion getrieben, noch besser die Schritte setzen, noch höher springen, sich noch anmutiger biegen und beugen. Immer nur tanzen, Changements und Pliées, tagein, tagaus. Heute weiß ich: Nur aus Liebe war sie so streng mit uns und hat uns mit den ewigen Übungen gequält. Wir sollten es einmal besser haben, es schaffen. Sie hat immer davon gesprochen, dass wir ins Ausland gehen sollten, wenn wir einmal groß sind, raus aus Russland. Denn auch in Kishinjow wurde die Stimmung gegen die Juden immer schlechter, angeheizt von den Zeitungen und üblen Parolen in den Wirtshäusern. An Pessach, dem Osterfest, vor zweieinhalb Jahren kochte die Stimmung über. Bewaffnete Banden von Schlägern zogen durch die Straßen und prügelten auf jeden ein, der irgendwie jüdisch aussah. Im Nu wurden Scheiben eingeschlagen und Häuser in Brand gesetzt. Mein Vater rannte auf die Straße, um unseren Laden zu schützen, und meine Mutter folgte ihm, um ihn aufzuhalten. Sie drehte sich noch einmal zu uns um, sagte, wir sollen im Haus bleiben. Das war das Letzte, was ich von ihr hörte. Dann war sie fort, die Treppe hinunter, meinem Vater hinterher. Wir schlossen uns ein, Rebekka und ich. Der Lärm auf der Straße wurde immer lauter, die tobenden Schläger kamen näher. Wir hörten unseren Vater schreien und dann, dass die Schaufensterscheibe im Erdgeschoss zerbrach. Sie plünderten das Geschäft, wir hörten Schritte und Stimmen, aber es gab nicht viel von großem Wert, also zogen sie weiter. Wir warteten auf unsere Eltern, aber niemand kam. Erst, als der Rauch unter unserer Tür hindurchkroch, begriffen wir, dass sie das Haus in Brand gesetzt hatten, dass wir raus mussten. Es war beinahe zu spät, das Treppenhaus brannte schon lichterloh. Also sprangen wir zum Fenster hinaus, standen im Hinterhof und sahen dabei zu, wie unser Haus, unser gesamtes Leben niederbrannte.«

»Stammen sie daher, die Narben?«

»Nein.« Martha schüttelte den Kopf. »Rebekka und mir ist nichts passiert. Wir standen da, mit heiler Haut, und starrten durch die rauchenden Ruinen unseres Lebens auf den Haufen Knochen und Blut, der im Rinnstein lag. Ich hätte meine Eltern fast nicht erkannt. Nur wegen des Rockzipfels meiner Mutter wusste ich, dass das blutige Bündel Stoff mein Vater war, der sich schützend über sie geworfen hatte. Sie waren beide tot, zerschlagen und zertreten wie lästiges Ungeziefer. Meine Mutter war nicht einmal Jüdin. Sie war Russin! Genau wie die, die sie erschlugen!«

Dora schluckte, ihre Kehle war eng. »Das ist schrecklich!«

»Neunundvierzig Menschen, einfach totgeschlagen, hunderte andere verletzt, all das Blut und die Schreie. Rebekka und ich standen mittendrin, ganz allein, mit nichts als den Kleidern, die wir am Leib trugen. Also nahm ich meine Schwester an der Hand, und wir liefen einfach los. In die Innenstadt, irgendwohin, wo wir Arbeit und Obdach finden würden. Auf einmal war da dieser Mann, gut gekleidet, er sprach uns einfach so auf der Straße an. Er stellte sich als Igor Koslow vor und wir schilderten ihm unsere Not. Er sagte, er sei Arbeitsvermittler und es träfe sich vorzüglich, dass wir Tänzerinnen seien, die würden gesucht in Amerika. Also gingen wir mit ihm, wo sollten wir sonst auch hin? Er kaufte uns Kleider und jeder einen Koffer und sagte, wir müssten erstmal über die Grenze, nach Galizien. Wir standen unter Schock und waren in Trauer um unsere

Eltern, aber trotzdem: Irgendwie haben wir uns gefreut, auf die Reise und auf Amerika.«

Doras Herz wurde enger. Sie konnte gut nachempfinden, wie es ihrer Reisegefährtin ergangen war. Es war ja auch ihr Traum, nach Amerika zu gehen. Doch Dora ahnte bereits, dass es für Martha eine noch größere Enttäuschung auf ihrer Reise gegeben hatte, als für sie selbst, als sie am Hafen feststellte, dass ihr Geld nicht reichte. »Was ist passiert?«

Martha versuchte, eine bequeme Position auf ihren Koffern zu finden. Sie rutschte ein paar Mal hin und her, bevor sie fortfuhr: »Er hatte gefälschte Pässe besorgt und wir stiegen in den Zug und fuhren nach Galizien. In Lemberg brachte er uns in das Haus einer Witwe, wo schon ein anderer Mann in einem Zimmer auf uns wartete. Sie redeten ein paar Worte, ein paar Geldscheine wechselten den Besitzer und dann teilte er uns mit, ab jetzt würden wir mit dem anderen Mann reisen, gleich morgen ginge es weiter. In dieser Nacht begannen die Schläge. Unser neuer Begleiter wollte uns zeigen, wer nun das Sagen hatte. Er hat uns immer nur an Stellen geschlagen, wo es am nächsten Tag keiner sehen würde, unter unseren Kleidern. Sein Name ist Chaim Liebermann, aber er ist kein lieber Mann. In Wahrheit ist er der Teufel! Doch er weiß sich gut zu tarnen. Du hast ihn gesehen, am Hafen in Hamburg, mit den Mädchen.«

Ein kalter Schauer lief Doras Rücken hinab. »Wie ging es weiter?«

»Wir verließen Lemberg und fuhren mit der Bahn nach Krakau, dann überquerten wir die Grenze nach Deutschland. Von Beuthen aus ging es weiter nach Berlin und dann auf der Amerika-Linie bis Bremerhaven. Dort nahmen wir Quartier in einem Hotel, bis unser Schiff nach Amerika ablegen würde. Nach zwei Tagen kamen zwei weitere Männer und brachten zwei andere Mädchen mit. Sie alle arbeiteten für einen gewissen Herrn Schwarz, den Arbeitsvermittler in Übersee. Wir waren nun zu siebt in dem kleinen Hotelzimmer. Vier Mädchen und drei Männer, alle vom gleichen Schlag. Es gab nichts zu tun, außer zu warten, bis das Schiff ablegen würde. Also vertrieben sie sich die Zeit damit, zu trinken und zu spielen und uns zu verprügeln. Eines Abends waren alle drei vollkommen betrunken und bekamen Lust auf »ein bisschen Spaß«, wie sie es nannten. Sie diskutierten noch ein wenig. Einer sagte, dass es für eine Jungfrau mehr Geld gäbe, als für eine, die bereits ›geöffnet‹ sei. Also fiel ihre Wahl auf mich, denn ich war die Älteste von uns Mädchen und Chaim meinte, es würde eh keiner glauben, dass ich mit zwanzig tatsächlich noch Jungfrau sei. Die anderen beiden haben mich festgehalten und Chaim war der Erste, der sich an mir verging. Er schlug mir dabei ins Gesicht, immer und immer wieder. Ich dachte, er schlüge mich tot. Dann waren die anderen beiden an der Reihe, sie taten genau das Gleiche mit mir. Rebekka und die beiden Mädchen mussten alles mit ansehen, und die Männer lachten und hatten ihren Spaß. Ich habe mir geschworen, dass ich sie umbringe, wenn ich die Gelegenheit dazu bekäme. Als sie schließlich fertig waren und schliefen, griff ich mir den Topf mit kochendem Tee, er stand auf dem kleinen Gasofen in der Ecke des Hotelzimmers. Ich wollte Chaim damit übergießen, ihn überwältigen, aber einer der anderen wurde wach und riss mir den Topf aus der Hand. Der Tee schwappte über, lief über meine Beine und verbrühte meine Haut. Ich habe geschrien wie verrückt, die Schmerzen waren so unerträglich. Sie haben mich geschlagen, damit ich den Mund halte, alle drei. Dann schleppten sie mich nach draußen. Ein Stück weit vom Hotel entfernt warfen sie mich in einen Graben. Chaim sprang hinterher. Er trat mir in den Bauch, in die Rippen, vor den Kopf, immer wieder vor den Kopf. Bis er sicher war, ich sei tot. Sie ließen mich dort liegen wie einen sterbenden Hund. Und ich wäre sicher auch gestorben, wenn nicht Louis mich gefunden und sich um mich gekümmert hätte. Natürlich waren die Männer längst mit den Mädchen verschwunden, als die Polizei im Hotel auftauchte. In dieser Nacht sah ich meine kleine Schwester zum letzten Mal. Doch das Schlimmste ist, dass Rebekka nicht weiß, dass ich noch lebe. Sie muss glauben, ich sei tot.« Martha schluchzte, ein wildes Geräusch voller Trauer und Verzweiflung.

Es gab nichts, das Dora hätte sagen können, um Marthas Leid zu lindern. Also setzte sie sich zu ihr auf den Koffer und legte tröstend die Arme um die neu gewonnene Freundin. Sie streichelte ihr beruhigend über die Schultern und wiegte sie in den Armen wie ein kleines Kind.

VIEREINHALB TAGE und Nächte kämpfte das Segelschiff gegen die tosenden Wellen, die krachend gegen die Bordwände schlugen, dann ließ das Schaukeln nach. Kolja kam vorbei und verkündete, sie hätten das Schlimmste nun hinter sich. »War ein verdammter Sturm letzte Nacht!«

»Sind wir endlich da?« Dora konnte es kaum erwarten, von diesem stinkenden Kahn runterzukommen.

»Nein. Wir haben jetzt in Sheerness festgemacht, an der Mündung der Themse. Wir müssen abwarten, bis die Flut kommt, damit wir es den Fluss hoch schaffen.«

»Wie lange dauert es denn noch?«

»Die Flut kommt morgen früh, so lange sitzen wir hier fest.«

Dora stöhnte auf. »Ich verstehe überhaupt nicht, wieso euch Seeleuten das gar nichts ausmacht? Ich schwöre, ich setze nie wieder einen Fuß auf ein Schiff, sobald ich dieses verlassen habe!«

Der Matrose lachte nur. »Am Anfang sind alle seekrank, aber irgendwann gewöhnt man sich daran.«

Mit der auflaufenden Tide segelten sie die Themse hoch, und nach sieben Stunden erreichten sie am Nachmittag London. Doch auch, als sie bereits lange festgemacht hatten, durften die Passagiere das Schiff nicht verlassen. Der Kapitän befahl ihnen, zu warten. Zumindest schaukelte es nur noch ein bisschen. Die Stunden schienen endlos, bis man ihnen erlaubte, das Zwielicht des Zwischendecks zu verlassen. Doch auch draußen war es nicht heller. Es dämmerte bereits, Doras Augen mussten sich nicht umgewöhnen. Der Himmel über den Docks hatte die Farbe von schmutziggrauen Ratten, es stank nach Fisch und verwesendem Fleisch. Im Vergleich zu den Miasmen im Bauch des Segelschiffs erschien es ihr trotzdem wie eine frische Sommerbrise.

Sie beeilte sich, die schmale Planke hinabzuklettern und war froh, endlich wieder festen Boden unter den Füßen zu haben. Doch ihre Freude war nur von kurzer Dauer. Der feste Stein fühlte sich an wie Gummi, bei jedem Schritt. Sie hätte geschworen, dass die Kaimauer, auf der sie stand, immer noch schwankte.

KAPITEL 10

Dora folgte Martha auf wackligen Beinen, den anderen Passagieren nach, durch die Docks. Sie gingen vorbei an riesigen Lagerhäusern und Werften, Motorfabriken und Werkstätten. Um sie herrschte das gleiche dichte Treiben von Seeleuten und Schauern, die die Schiffe entluden, wie es auch schon in Hamburg der Fall gewesen war. Nur dass hier in London alles viel größer zu sein schien, und dies war nicht das einzige und größte Dock, wie Martha ihr versicherte. London erreichte bald sieben Millionen Einwohner, so hieß es, die größte Stadt der Welt. Sie durchquerten Limehouse und folgten der Commercial Road bis Whitechapel.

»Es ist nicht mehr weit, wir müssen jetzt nur noch die Brick Lane hoch, ich schätze, etwa zwei Meilen.« Martha war stehengeblieben und setzte ihre Koffer kurz ab. Dora tat es ihr nach und ließ ihre Schultern kreisen, um die schmerzenden Muskeln zu lockern. Sie wollte nur noch irgendwo ankommen und schlafen, in einem richtigen Bett. »Lass uns weitergehen, ich bin müde!«

Die Brick Lane zog sich schnurgerade durch Whitechapel und Spitalfields nach Norden. Eine verwirrende Vielzahl von Straßen und Gassen zweigte von ihr ab, jede düsterer und verkommener als die vorherige. Sie wollte gar nicht wissen, was in der Dunkelheit der Gassen und Hinterhöfe lauern mochte. Auch bei ihnen daheim in Schleusingen hatte es arme Leute gegeben, aber solch ein Elend, solche blanke Not hatte Dora noch nie gesehen. Man sagte, in London lebten mehr Schotten als in Aberdeen, mehr Iren als in Dublin, mehr Juden als in Palästina und mehr Katholiken als in Rom. Und sie alle waren hier, zusammengepfercht in den baufälligen Häusern aus rotem Backstein, die sich Schulter an Schulter drängten. Als lehnten sich die Häuser aneinander, um die Last ihres Inneren gemeinsam zu tragen. Unrat und Dreck pflasterten die Gehwege, und die Leute in dieser Gegend musterten einen aus verschlagenen Augen, als fragten sie sich, ob es bei ihr nicht etwas zu holen gäbe. Unter die einfachen Arbeiter mischten sich die Gauner, Bettler und Diebe, dazwischen Säufer und Huren. Auf den Straßen herrschte um die Zeit immer noch reger Betrieb, es musste wohl gegen elf Uhr abends sein, schätzte sie.

Doch Dora war inzwischen viel zu müde, um darüber nachzudenken. Also setzte sie einen Fuß vor den anderen und folgte Martha immer tiefer hinein in das elende Herz der lärmenden Metropole. Sie nahm kaum Notiz von dem hinter ihr aufbrausenden Tumult. Hätte Martha sie nicht beiseite gerissen, wäre sie am Ende unter das Fuhrwerk geraten, das bedrohlich schwankend an ihnen vorbeiflog. Die Pferde waren durchgegangen, der Kutscher bekam den Wagen nicht mehr unter Kontrolle, er schlingerte von einer Seite der Fahrbahn zur anderen die Brick Lane hinab. Passanten sprangen beiseite, starrten dem Fuhrwerk hinterher, ebenso geschockt wie Dora und froh, mit heiler Haut davongekommen zu sein. Das Fuhrwerk machte viel Spektakel, doch mit einem Mal schwoll der Lärm zu einem infernalischen Brüllen. Schreie hallten durch die enge Straße, so laut und schrill, dass Dora nicht sagen konnte, ob sie von einem Menschen oder einem Tier stammten. Das Fuhrwerk war zum Stehen gekommen, doch die Menschenmenge schloss sich um etwas auf dem Boden, etwa fünfzig Meter dahinter. Die Schreie hielten an, wurden immer lauter, je näher Dora und Martha kamen, wurden kaum abgeschirmt von den Gaffern, die einen dichten Kreis bildeten. Zwischen den Schultern zweier Männer hindurch erhaschte Dora einen Blick auf eine blutige, schreiende Masse. Es musste ein Mann sein, der unter das Fuhrwerk geraten war, doch so genau vermochte man das nicht mehr zu sagen. Das schreiende Wesen, das sich im Dreck der Gosse wand, schien nur noch aus Knochen und Blut zu bestehen.

»Der wird nichts mehr!«, beschied denn auch einer der umstehenden Männer. Alle standen nur herum und glotzten, niemand half dem Schwerverletzten. Direkt neben Dora, im Durchgang zu einem Hinterhof zwischen zwei heruntergekommenen Backsteinhäusern, saß ein etwa zweijähriges rotznäsiges Kind und starrte aus großen Augen auf die Straße. Doch keine Mutter kam herbeigeeilt, um es vor dem grausigen Anblick zu schützen. Sein einziger Spielkamerad war ein dreibeiniges Kätzchen mit struppigem Fell, das Kind zog es am Schwanz und gluckste fröhlich. Abscheu stieg in Dora auf, Ekel vor diesem ganzen Dreck und Elend. Sie wollte bloß noch fort von hier und drehte sich zu Martha um. Doch die breitete in einer theatralischen Geste die Arme aus, als umarme sie die grausame Szenerie um sich herum. »Willkommen zu Hause!«

Das Haus im Hinterhof stank noch schlimmer als das Segelschiff. Es bestand aus zwei Wohnungen und quoll schier über vor Menschen, obwohl nur etwa die Hälfte der Bewohner anwesend war.

»Louis arbeitet bis um zwei«, erklärte Martha, als Dora ihr die windschiefe Treppe hinauf in den ersten Stock folgte. »Er spielt Piano in Bunny's Bar, danach macht er sauber. Das Haus hier gehört auch Bunny, heute Nacht können wir hier unterkriechen, aber ab morgen müssen wir Miete zahlen.«

Die Wohnung im ersten Stock bestand aus vier Zimmern, jedes von mindestens vier Personen bewohnt. In der ehemaligen Küche hauste eine irische Familie mit sechs Kindern, wahrscheinlich war das Kind im Hof eines davon. Den Abort im Hinterhof teilten sich insgesamt etwa fünfundvierzig Bewohner, doch wahrscheinlich wusste nicht einmal Bunny, wie viele Personen wirklich hier lebten. Obwohl »vegetieren« es eher traf: Es gab kein fließendes Wasser, geschweige denn Strom, nur einen Gasautomaten in jedem Zimmer, in den man Pennys werfen musste, wenn man etwas kochen wollte – sofern man einen eigenen Gaskocher besaß. Das Zimmer verfügte über keinerlei nennenswerte Möbel, abgesehen von einem windschiefen Tisch unter dem Fenster, das mit Zeitungspapier abgedichtet war, und einem Schränkchen mit Türen aus Karnickeldraht, auf dem ein alter Gaskocher stand.

»Ah, gut, es ist noch niemand hier, so haben wir erstmal mehr Platz zum Schlafen.« Martha deutete auf die beiden dünnen Matratzen auf dem nackten Boden. Sie sahen aus, als wären sie nur mit ein wenig Stroh ausgestopft.

»Wie viele Leute wohnen hier denn?« Dora sah sich matt in dem winzigen Zimmer um.

»Mit uns jetzt fünf. Du kannst außen an der Wand schlafen, wenn dir das lieber ist.«

Es war Dora einerlei. So schrecklich dieser Ort auch war, es gab keinen anderen, zu dem sie heute Nacht hätte gehen können. Sie war hundemüde und wollte nur noch schlafen, ohne dass ihr harter Koffer unter ihr schwankte.

KAPITEL 11

Am Morgen hatte Dora ihre neuen Mitbewohner kennengelernt, mit denen sie sich von nun an das winzige Zimmer teilen würde. Louis schnarchte immer noch leise auf seiner Matratze, und die anderen beiden hatten nach einer kurzen Nachtruhe das Haus wieder verlassen. Sie arbeiteten des Nachts am Theater und tagsüber spielten sie in Restaurants und Salons, wie Dora erfuhr. Sie selbst würde sich heute mit Martha auf den Weg machen, um die Theater und Bühnen abzuklappern, auf der Suche nach einem Engagement.

Dora öffnete ihren Koffer und nahm das Tageskleid mit den blauen Streifen heraus.

Martha machte große Augen. »Ist das dein Ernst? Bist du reich, oder was?«

»Leider nein. Die Kleider waren ein Geschenk.«

»Hast du noch eins? Lass sehen!« Martha war völlig aus dem Häuschen. »Das ist perfekt! Hast du noch Geld?«

»Ja, wieso?«

»Na, so sehen wir nicht aus, als kämen wir aus dem East End. Das macht es viel einfacher, einen Job zu finden, du wirst sehen!«

Kaum dass sie das Haus verließen, wurden sie von einer dichten Schar Kinder umringt, die sie anbettelten. »Nur einen Penny, meine Damen …« Ein etwa zehnjähriger Junge streckte ihr die Hand entgegen. Dora wollte weitergehen, doch er fasste ihren Ärmel und zerrte daran.

»Nimm deine schmutzigen Pfoten weg!«, schnauzte Martha ihn an. »Los, verzieht euch!«

Die Kinder wichen ein wenig zurück, folgten ihnen aber unbeirrt bis zur Aldgate Station in der Hoffnung, die beiden »Damen« hätten doch noch einen Penny für sie übrig. Die Stufen zu den Gleisen führten nach unten: London hatte als eine der ersten Städte Europas eine Untergrundbahn bekommen. Seit fünf Jahren fuhren die Bahnen sogar mit Elektrizität, wie die Straßenbahn in Halberstadt, nur, dass die Gleise hier unter der Erde durch Tunnel verliefen. Sie lösten ein Ticket für die einfachste Klasse. Dora bedauerte, dass sie so nichts von London sah, während sie unter der City durch dunkle Tunnel ruckelten. Aber vermutlich verpasste sie nicht viel, anscheinend war diese ganze Stadt einfach überbevölkert und starrte vor Schmutz. Die Bahn spuckte sie im West End am Embankment wieder aus. Sie liefen zu Fuß vorbei am Bahnhof Charing Cross und erreichten eine langgezogene Straße, gesäumt von Geschäften, Theatern und Music Halls. Sie begannen am westlichen Ende der Straße und arbeiteten sich langsam von Haus zu Haus vor. Die Bühneneingänge lagen meist auf der Rückseite der Theater oder in schmalen Seitengassen, sodass sie eigentlich Zickzack liefen. Bis zum Nachmittag klopften sie an jede Tür zu jedem Bühneneingang und fragten nach Anstellung, erhielten jedoch überall nur Ablehnung: »Wir haben schon genug Schauspielerinnen!«, »Alle Rollen besetzt!«, »So kurz vor Saisonbeginn …« – es war immer das Gleiche! Egal, bei welchem Theater sie es versuchten und bei wem sie auch um ein Vorsprechen oder Vortanzen baten, nichts als Absagen. Martha bläute ihr ein, bloß keinen von den Typen ranzulassen. »Es ist doch immer dasselbe«, sagte sie, »erst versprechen sie dir einen Job und dann wollen sie, dass du dafür ein bisschen nett bist und die Beine breitmachst. Und dann überlegt der Kerl es sich auf einmal doch anders, und am Ende findest du heraus, dass er bloß der Hausmeister ist!«

Von früh bis spät waren sie auf den Beinen und klapperten die Theater und Bühnen ab; erst versuchten sie ihr Glück bei den großen Häusern im Westend, nach The Strand dann auf der Shaftesbury

Avenue. Dora wurde es ganz warm ums Herz, als sie zum ersten Mal vor dem Shaftesbury Theatre stand. Hier hatte Edna May auf der Bühne gestanden, als sie damals nach London kam, genau hier feierte sie ihren Durchbruch. Dora hoffte inständig, dass es auch ihr Durchbruch in London sein würde. Doch auch diese Anfrage endete mit einer simplen Abfuhr, und die Türen zur Bühne des Shaftesbury Theatre blieben für sie verschlossen.

Die Tage vergingen. Sie versuchten es am Leicester Square, am Haymarket, verlagerten ihren Radius immer weiter nach Osten, bis sie keine Untergrundbahn mehr brauchten und direkt zu Fuß gehen konnten. Es gab in London mehr als fünfzig Theater und weit über fünfhundert Music-Halls. Sie hatte das Gefühl, sie hätten in jeder einzelnen um Anstellung gebeten, aber es war wie verhext, überall nur Absagen!

Doras Ersparnisse schmolzen zusammen wie ein Hagelkorn an einem Apriltag. Die schönen Tageskleider wurden immer schmutziger, die Säume dunkel, wo sie über die dreckigen Londoner Gehwege schliffen, bald übersäten Flecken den hellen Stoff. Abends brachte Martha ihr das Tanzen bei. Zumindest gab sie sich redliche Mühe, Doras ungelenke Versuche in geordnete Bahnen zu lenken. Sie hatten keine Musik, also klatschte Martha den Takt. »Und eins, zwei, drrrei, vierrr …«

Dora selbst fand, sie mache große Fortschritte.

Martha schien mit den Bemühungen ihrer Schülerin nicht ganz so zufrieden. »Schneller, das Bein höher, bleib im Takt!«

»Das geht nicht ohne Musik!«

»Du strengst dich nicht genug an. Die Musik ist nur die Belohnung, die Erfüllung, wenn sich dein Tanz mit ihr vereint. Aber bevor du die Belohnung bekommst, musst du deinen Körper beherrschen, die Schritte.«

»Ich versuche es ja!«

»Genug für heute. Mehr geht auf die Schnelle nicht, aber für Bunny's Bar sollte es reichen.«

»Hast du nicht selbst gesagt, Bunny's Bar sei die Letzte, in der du tanzen würdest?«

»Ich bin eine ausgebildete Ballerina. Du bist Anfängerin. Und du musst Geld verdienen, sonst sitzt du bald auf der Straße!« Das R klang schwer und drohend.

Dora schauderte. In den vergangenen zwei Wochen hatte sie viel gesehen. Es war quasi unmöglich, in London einen Schritt zu tun, ohne einem der allgegenwärtigen Obdachlosen zu begegnen. Nachts zogen sie durch die Straßen, immer weiter getrieben von den Polizisten, sobald sie sich einen Moment niederließen. Wenn die Tore der öffentlichen Parks morgens um fünf öffneten, stürmten sie die Grünflächen und Bänke; ein Heer zerlumpter Gestalten, Männer, Frauen, Alte. Überall gab es Armenspeisungen, und vor den Toren der Heilsarmee und der Kirchen bildeten sich schon morgens lange Schlangen obdachloser Menschen, die stundenlang anstanden, um ein wenig wässrige Suppe und einen harten Kanten Brot zu bekommen. Martha hatte recht, sie musste dringend Arbeit finden, sonst würde sie bald auch so enden.

»Wenn dir Bunny auf den Pelz rückt, lass ihn ran. Du brauchst den Job«, raunte Martha ihr zu, als sie am nächsten Morgen die paar Schritte vom Hinterhaus die Brick Lane zu Bunny's Bar hochgingen.

»Bunny ist ein Mann?« Dora war bisher davon ausgegangen, dass Bunny eine Frau sei, war »Bunny« doch im Englischen ein typisch weiblicher Kosename.

»Ja, und kein hübscher, tut mir leid, Schätzchen!«

»Und warum heißt er Bunny?«

»Angeblich, weil er als Kind auf seinen kurzen Beinen Haken schlagen konnte wie ein Kaninchen.« Martha öffnete schwungvoll die Eingangstür.

Der Mann, der sich mühsam von einem der wackeligen Barhocker erhob und ihnen entgegenstapfte, als sie die Bar betraten, hatte mehr Ähnlichkeit mit einem Mastschwein als mit einem Kaninchen. Harold »Bunny« Martin war einen halben Kopf kleiner als Dora, beinahe kahl und wog an die drei Zentner. Ein strahlendes Lächeln glitt über sein feistes Gesicht, zu seinem Doppelkinn gesellte sich ein drittes. »Da ist ja unsere Primaballerina!« Er schloss Martha in seine massigen Arme.

Sie schmiegte sich an ihn wie ein junges Kätzchen. »Hallo Bunny!«, gurrte sie.

»Ich habe schon darauf gewartet, dass du zu mir kommst!« Seine kurzen Finger sahen aus wie rosafarbene Würstchen, als sie über Marthas Rücken hinab zu ihrem Po glitten.

Dora wandte sich ab und sah sich in der Bar um. Es gab acht zerkratzte Tische mit je vier Stühlen, einen kurzen Bartresen, davor fünf wackelige Barhocker und eine winzige Bühne, die ihren Namen eigentlich kaum verdiente.

»Ich muss dich enttäuschen, Bunny. Ich bin wegen Dora hier, sie braucht einen Job!« Martha befreite sich aus seiner Umarmung.

Bunnys Miene verriet Bedauern, bevor er sich mit einem schmierigen Lächeln zu Dora wandte. »Nun, wen haben wir denn hier? Dora, also …«

»Ja, Dora Neumann!« Sie knickste artig.

Bunny brach in schallendes Gelächter aus, sein Bauch wabbelte über seinem Hosenbund hin und her.

»Wie alt ist sie?«, fragte er Martha.

»Siebzehn.«

»So, siebzehn. Und kann sie tanzen?«

»Für die Bühne hier wird es reichen!«

Bunny wanderte um Dora herum und betrachtete sie von allen Seiten. Sie kam sich vor wie ein Fohlen auf dem Pferdemarkt. Beinahe erwartete sie, dass Bunny nach ihrem Kinn griff und ihren Mund öffnete, um ihr Gebiss zu begutachten. Stattdessen ließ er seine Finger über ihren Hintern wandern, wie er es zuvor bei Martha getan hatte. »Ich denke, wir sollten die Details in meinem Büro besprechen!«

Martha nickte ihr aufmunternd zu.

Zwischen Tresen und Bühne führte eine schmale Tür zu einem dunklen Flur, von dem weitere Türen abgingen. Bunny stoppte vor der ersten. Die schmierige Höflichkeit, mit der er sie ihr aufhielt, wirkte unangemessen an diesem schäbigen Ort. Das winzige Büro bestand aus einem Schreibtisch und zwei Stühlen.

»Setz dich! Du willst also tanzen, ja?« Bunny musterte sie aus seinen Schweinsäuglein. »Kannst du singen?«

»Ich schätze schon. Eigentlich will ich Schauspielerin werden.«

»Woher kommst du?«

»Aus Deutschland.«

»Vergiss das mit der Schauspielerei. Dein Englisch hat einen grauenhaften Akzent.«

»Ich habe es mir selbst beigebracht. Aber ich lerne schnell, du wirst sehen.«

»Ich brauche auch keine Schauspielerin, aber von mir aus kannst du in meiner Show als Backgroundgirl anfangen. Ein bisschen tanzen und singen. Im Chor wird man deinen Akzent auch nicht heraushören. Du bekommst vier Shilling pro Abend.«

Das war lächerlich wenig, doch was sollte sie machen? Ihr Geld reichte maximal noch eine Woche, und Martha und die anderen kämpften hart für ihr täglich verdientes Brot und die schmale Matratze. Dora glaubte nicht, dass man sie lange durchfüttern würde.

»Nach der Show kümmern sich die Mädchen ein bisschen um die Gäste. Setzen sich zu ihnen an den Tisch, sorgen dafür, dass sie ordentlich Durst bekommen. Du verstehst, was ich meine?«

Sie nickte, auch wenn sie nicht wirklich verstand, worauf er hinauswollte.

»Von dem, was du zusätzlich verdienst, darfst du die Hälfte behalten.«

»Also gut.«

»Da wäre noch etwas: Ich tue dir einen Gefallen, wenn ich dir einen Job gebe, right? Also könntest du mir noch einen Gefallen tun.« Er stand auf und kam um den Schreibtisch herum. In seinen kleinen Schweinsaugen stand ein lüsternes Glitzern. Er streckte begehrlich seine rosa Würstchenfinger aus und strich über ihr Haar. »Ginger …«, murmelte er. »Wir sollten dich Ginger nennen.«

Zehn Minuten später flüchtete Dora durch die Tür zurück in die Bar und griff nach Marthas Hand. »Los komm, ich will hier weg!«

Die Tänzerin sah sie verwirrt an. »Hast du den Job?«

»Ja, komm schon!« Dora zog Martha mit sich.

Bunny erschien im Türrahmen. Ein zufriedenes Grinsen hob seine hängenden Wangen. »Hast du ein Kleid? Also was anderes als das da? Ein rotes vielleicht?«, rief er Dora nach.

»Nein, bloß ein schwarzes.«

»Kümmere dich darum, dass es morgen Abend vernünftig aussieht, Martha.«

Die Tänzerin nickte.

»Was ist mit dir, Martha? Brauchst du keinen Job?«

»Nein, danke.«

»Wir sehen uns noch, Schätzchen!«

»Vergiss es, Bunny!«, rief Martha über die Schulter. Dora zog sie einfach mit sich nach draußen. Hauptsache raus, Dora schnappte nach Luft. Der Himmel über dem East End hatte stets eine schmutzig graue Farbe, der Wind wehte die Abgase der Fabriken unablässig nach Osten, die Luft war schwer von Ruß. Aber alles war besser als diese Bar, mit ihrem Geruch nach kaltem Rauch und schalem Alkohol, Erbrochenem und Pisse. Besser als Bunnys Geruch.

Martha hatte Mühe, mit Dora Schritt zu halten. »Also, was ist passiert? Ist er dir auf den Pelz gerückt?«

Dora fuhr zu ihr herum. »Ja, es war ekelhaft. Ich will nicht mehr daran denken.«

»Aber warum warst du so schnell wieder draußen? Mich hat er damals gerammelt wie ein Karnickel. Es hat ewig gedauert, bestimmt eine Stunde. Sein kleines, schrumpeliges Ding wollte einfach nicht hart bleiben.«

Dora nickte grimmig. »Ich weiß. Aber ich weiß auch, wie man es mit der Hand macht!«

Martha pfiff anerkennend durch die Zähne. »Nicht schlecht! Da hätte ich auch draufkommen sollen.«

KAPITEL 12

Er schwitzte wie ein Schwein. Der saure Geruch nach Schweiß drang unter seinen Achseln hervor und stieg ihm in die Nase. Es war ein ungewöhnlich warmer Frühlingstag, die Luft über Buenos Aires schien zu stehen. Von wegen »gute Luft«! Kein Hauch bewegte die Schwüle, die sich über die Stadt gelegt hatte. Schon auf der Treppe hatte er sich völlig verausgabt. Die paar Stufen hinauf zum Büro seines Bosses hatten ausgereicht, dass sein Atem schwerer ging und seine Brust sich eng anfühlte. *Es liegt an dem ganzen Plüsch und dem schweren Teppich, dass man hier so schlecht Luft bekommt,* versuchte er, sich einzureden. Doch er wusste, es war Angst, die ihm die Kehle zuschnürte. Die Angst, durch die Tür zu gehen und zu berichten, was in Hamburg passiert war. Gut möglich, dass er das Büro mit den Füßen voran verlassen würde, Lazar war unberechenbar.

Chaim hatte die Szene bestimmt schon hundert Mal in seinen Gedanken durchgespielt, aber nie kam es zu einem guten Ausgang. Er konnte sich einfach nicht vorstellen, dass Lazar ruhig bliebe. Wobei, wenn er still wurde, wurde es meist umso schlimmer. Trotzdem: Wenn er es ihm nicht sagte, und es käme irgendwie anders ans Licht, würde er sich nie wieder um irgendwas Gedanken machen.

Chaim schluckte nervös und rang ein paar Atemzüge der plüschigen Luft seine Kehle hinab. Er hatte das Gefühl, sich übergeben zu müssen, als er die Hand hob. Mit tauber Faust klopfte er an.

Lazar saß am Schreibtisch und hob den Blick von einem Stapel Briefe, als Chaim eintrat. Am liebsten wäre er an der Tür stehengeblieben, um möglichst viel Abstand zwischen ihnen zu halten.

»Ah, du bist wieder da. Wie ist es gelaufen?« Lazar schien bester Laune.

»So weit, so gut, keine Probleme bei der Einreise, unser Mann in Rio hat sich um alles gekümmert«, antwortete Chaim ausweichend.

»Und die Mädchen, die du gebracht hast?«

»Das Übliche. Junge Dinger, unerfahren, einfach zu handhaben. Nicht so verkommen und großmäulig wie die drei, die ich aus Rio mitgebracht habe.«

Lazar wiegte den Kopf. »Ich habe in der Tat auch schon darüber nachgedacht, ob wir die neue Ware nicht erst hierherbringen sollten, wenn sie noch frisch ist, statt sie in Rio anfangen zu lassen.«

»Du weißt, wie gefährlich das ist. So ist es viel einfacher, sie über die Grenze zu bekommen. Es ist viel unauffälliger, wenn die Mädchen erst einmal eine Weile in Brasilien waren.«

»Du hast recht. Aber alle, die aus Rio kommen, sind so schrecklich verbraucht. Ich bedauere nur, dass die argentinischen Männer nicht häufiger in den Genuss echten Frischfleischs kommen.« Für Lazar war das Thema damit erledigt, er widmete sich wieder seiner Korrespondenz.

Chaim zögerte. Unschlüssig drehte er seine Mütze in den Händen.

»Ist noch etwas?« Lazar wirkte ungehalten.

»Nichts, es ist nur …« Er starrte auf die schwere Schreibtischplatte aus poliertem Mahagoni, sein furchtsamer Blick spiegelte sich darin. »Ich habe Martha gesehen, Rebekkas Schwester, in Hamburg.« Chaim wagte kaum, den Kopf zu heben und Lazars Augen zu begegnen.

Lazars Stimme klang lauernd: »Ich dachte, sie sei tot? Du hast gesagt, sie wäre damals in Bremerhaven gestorben.«

»Ja, das dachte ich auch, aber wie es scheint …«

Lazar unterbrach ihn: »Hat sie dich erkannt?«

Chaim nickte beklommen. »Ja, sie ist auf mich losgegangen. Sie wollte wissen, wo Rebekka ist.«

»Und, was hast du ihr gesagt?« Lazars Stimme hatte diesen gefährlichen Unterton, schneidend wie eine Klinge.

»Ich habe ihr gesagt, Rebekka sei in Amerika.«

»Gut.«

Chaim atmete auf, das lief doch gar nicht so schlecht. Von dem Polizisten und dem anderen Mädchen, das bei Martha gewesen war, sagte er besser nichts.

»Und was gedenkst du jetzt zu tun, Chaim?«

»Was soll ich denn tun?«

»Sie zum Schweigen bringen.«

»Aber wie soll ich das denn machen?«, jammerte Chaim. Es klang erbärmlich, selbst in seinen Ohren. »Ich weiß doch gar nicht, wo sie hinwollte. Und außerdem weiß sie nicht, wo wir sind. Also alles kein Problem!«

»Kein Problem?« Lazars Augen zogen sich zu schmalen Schlitzen zusammen. »Da draußen läuft eine rum, die ihre Schwester sucht und bei den Bullen einiges über dich auszuplaudern hätte. Ich finde, du hast sehr wohl ein Problem, Chaim. Kümmere dich darum, bevor es zu meinem Problem wird! Finde sie, und bring es zu Ende!«

KAPITEL 13

Bunny überlegte inzwischen großspurig, die Bar in »Bunny's Music Hall« umzutaufen, denn nach fünf Tagen hatte auch Martha kleinbeigegeben. Sie musste arbeiten, also überwand sie auf Louis' Drängen hin ihren Stolz und bat Bunny um einen Job. Er kostete seinen Triumph weidlich aus und schrieb das Stück, das sie jeden Abend aufführten, kurzerhand um.

Von einem *Stück* konnte eigentlich keine Rede sein: Es war eine Aneinanderreihung populärer Songs, die Bunny höchstpersönlich durch ein paar schlüpfrige Texte »aufgepeppt« hatte, wie er es nannte. Die Handlung drehte sich in groben Zügen um einen jungen Mann, der mit dem Fahrrad im Park unterwegs ist, wo er eine Ballerina sieht, in die er sich unsterblich verliebt. Vollkommener Blödsinn, eine Ballerina im Park, aber Bunny wollte Martha unbedingt einbauen, ohne auf die Szene mit dem Fahrrad zu verzichten. Die männliche Hauptrolle übernahm George White, den alle nur »Chalky« nannten, und die Strecke, die George mit dem Fahrrad auf der Bühne zurücklegte, war lächerlich kurz. Man durfte es durchaus als »waghalsig« bezeichnen, wie er Martha umkurvte, die in der Bühnenmitte ihre Pirouetten drehte und ihren Körper in aberwitzige Haltungen verbog. Die Background Girls sangen dazu und tanzten, schmissen ihre Beine hoch in die Luft und boten den Zuschauern einen ordentlichen Blick unter ihre Röcke. Doras Schwarzseidenes erweckte nur noch tagsüber einen züchtigen Anschein: Sie waren mit dem Kleid zu einer der unzähligen jüdischen Schneidereien in Whitechapel gegangen, um es kürzen zu lassen, da niemand im Hinterhaus in der Brick Lane eine Nähmaschine besaß.

»Mach es wie bei einem Kleid für eine Schwangere!«, wies Martha die Schneiderin an. Es hatte Dora drei Shilling gekostet, aber nun konnte sie für die Auftritte den vorderen Teil des Rockes abknöpfen, sodass er ihr nur noch bis zum Knie ging wie bei den anderen Mädchen auch. Sie trug dazu schwarze Wollstrümpfe und allerlei Rüschen und Bänder, mit denen sie das Kleid vor ihrem Auftritt aufhübschte. Es war fast so etwas wie ein richtiges Kostüm.

Sicher, es war kein richtiges Theater, aber Dora liebte die Bühne vom ersten Augenblick an. Schon bei der Probe verfiel sie ihrer Magie. Sie würde nie vergessen, wie es sich angefühlt hatte: Dieses Kribbeln in ihrem Bauch, als sie am ersten Abend mit den anderen darauf wartete, dass die Vorstellung begann. Wenn sich der staubige, mottenzerfressene Vorhang hob und die Staubkörnchen im Scheinwerferlicht tanzten wie winzige Schneeflocken, dann tanzte auch Doras Herz. Wenn sie auf der Bühne stand, vergaß sie alles, das ganze Elend um sich herum. Dann sang sie aus voller Kehle und warf die Beine hoch in die Luft, dann war sie ganz sie selbst. Doch wenn der Vorhang sich wieder senkte, begann der dunkle Teil des Abends. Alle rannten von der Bühne in den Lagerraum, während Louis weiter Klavier spielte. Zwischen Bierfässern rieben sich die Mädchen den Schweiß mit einem nassen Lappen ab, alle über dieselbe Waschschüssel gebeugt. Und dann schwirrten sie hinaus in den Gastraum zu ihrem Publikum. Zu den Männern, die nichts Besseres zu tun hatten, als das bisschen Geld, das sie am Tage verdienten, am Abend wieder zu versaufen. Meist waren alle Stühle belegt, dann musste man sich direkt zu einem auf den Schoß setzen. Die Mädchen sollten die Gäste um etwas zu trinken anbetteln, damit Bunny hinter seinem Tresen mehr Kasse machte. Und ihnen schöne Augen machen, denn eine der Türen, die von dem kleinen Flur abgingen, führte zu einem schmalen langgezogenen Raum, der in lauter kleine Verschläge unterteilt war. Bunny nannte es die »Künstler-Garderobe«, wenn die Polizei kam und den Laden kontrollierte. Aber in Wahrheit dienten die kleinen Kammern dazu, den Gästen sexuell gefällig zu sein. Damit verdienten sich die Mädchen ihren Unterhalt. Bunny kassierte von allem die Hälfte, er verdiente schlussendlich am meisten daran.

So ging es bis spät in die Nacht, bis Louis den Laden wischte und Bunny die Tür hinter ihnen abschloss. Dann wankten sie nach Hause, und Dora fühlte sich schmutzig. Meist war sie aber viel zu müde, um darüber nachzudenken. Sie fragte sich nur, wie Louis es aushielt, dass Martha es tat? Schließlich war sie seine Verlobte und er wusste, was sie hinten mit den Männern machte, während er vorne auf der Bühne saß und Klavier spielte. Manchmal fragte Dora sich, ob es ihm wohl wirklich nichts ausmachte. Schließlich geschah es immer nur mit anderen, wann hätten Martha und Louis es auch miteinander tun sollen? Nachts teilten sie sich das Zimmer zu fünft und tagsüber gab es nur selten Momente der Zweisamkeit für die beiden. Nachts, wenn sie schliefen, hielt Louis Martha eng umschlungen, als wolle er sie nur für sich behalten. Und jeden Abend gab er sie aufs Neue her, des Geldes wegen.

LONDON LAG seit Wochen unter einer dichten Schicht grauen Nebels. Ein nasskalter Wind wehte durch die Gassen des East End und durch jede Ritze ihres abgeklebten Fensters. Normalerweise hatte Dora keine Zeit, um über ihre missliche Lage zu grübeln. Doch es war Weihnachten, das furchtbarste Weihnachtsfest ihres Lebens, so sollte es einfach nicht sein. Sie hatte ein bisschen Geld gespart und Kartoffeln gekauft. Zur Feier des Tages hatte sie für alle im Zimmer *Dätscher* gemacht, so nannten sie die Kartoffelpuffer bei sich daheim in Thüringen. Dazu gab es Meerrettich-Soße, wie ihre Mutter sie immer gemacht hatte. Die Soße schmeckte etwas wässrig, Dora hatte kein richtiges Fleisch für ihr Geld bekommen, nur einen Knochen mit Fleischresten zum Auskochen. Die anderen freuten sich über die deftige Mahlzeit und langten kräftig zu. Richtige Weihnachtsstimmung wollte bei Dora trotzdem nicht aufkommen. Sie blickte in die ausgezehrten Gesichter ihrer Mitbewohner und fragte sich, ob sie kein anderes Weihnachtsfest kannten, oder ob sie bereits durch ihre Armut so abgestumpft waren? Fiel es ihnen denn nicht auf, wie elend sie hier hausten? Bei ihnen daheim, in Schleusingen, gab es wahrscheinlich Thüringer Klöße und einen Braten. Jetzt saßen sie um den Tisch und aßen, nachdem die Mutter ein Gebet gesprochen hatte. Ob es Emma wohl gut ging? Sie war bestimmt gewachsen, seitdem sie fort war.

Heimweh wusch durch ihr Herz wie eine mächtige Woge, die alle anderen Gefühle überspülte und mit sich riss. Am liebsten wäre sie zu den Docks gerannt und auf ein Schiff nach Hause gestiegen. Doch sie hatte kein Geld, um hier fortzukommen, geschweige denn, nach Amerika! Sie könnte auf Bunnys Bühne stehen und tanzen, bis sie umfiele, es würde nie reichen für ein Ticket für die Schiffspassage. Sie dachte an Alfred. Er musste sich schreckliche Sorgen um sie gemacht haben. Ob sie ihm schreiben sollte? Vermutlich würde er sie hier rausholen, wenn er wüsste, wo sie steckte. Aber was sollte sie ihm und ihren Eltern sagen? Dass sie fortgelaufen sei und nun aus ihrem Fehler gelernt hätte? Dass alle recht gehabt hätten, weil wirklich alle Schauspielerinnen leichte Mädchen mit losen Sitten seien? Nein, sie würde niemals zugeben, dass sie alle recht behalten hatten. Denn das hieße, zuzugeben, dass sie selbst nichts weiter war als eine kleine Prostituierte.

BUNNY BESTAND DARAUF, dass sie das Stück jeden Nachmittag probten. Es war albern, sie alle beherrschten ihre Nummern im Schlaf, aber Bunny war eigen, wenn es um die Proben ging.

Sally war krank, also würden Polly und Dora allein den Chor im Hintergrund bestreiten müssen. George hatte schlechte Laune. Zum Abschluss der Show saß er auf einem beleuchteten Mond aus Holzlatten und Pappmaché, der an zwei Seilen hochgezogen wurde, und sang ein Lied darüber, dass Marthas Hintern genauso prächtig und rund sei wie der Mond am Himmel. Bunny fand die Szene romantisch, trotz des schlüpfrigen Textes. Gestern war eines der Seile gerissen und der Mond samt dem darauf sitzenden George abgestürzt. Mit einem lauten Krachen knallte er auf die Bühne, einige Latten brachen, ihre zerborstenen Spitzen stachen durch das zerrissene Papier. George hatte sich das Steißbein geprellt, er hatte noch Glück gehabt, dass ihm nichts Schlimmeres passiert war. Das Publikum tobte vor Lachen und George war mit hochrotem Kopf von der Bühne gehumpelt. Nun beäugte er misstrauisch den alten Ron, der das zerfetzte Papier reparierte. »He, Ron, mach das gefälligst anständig. Ich hab keine Lust, mir wegen dir den Arsch zu brechen!«

»Ach, halt's Maul, Chalky! Nur wegen deinem fetten Arsch ist das Ding doch überhaupt runtergekommen!«

»Irgendwann fackelst du mit deinen Basteleien hier den ganzen Laden ab, Ron!«

»Was weißt du Hosenscheißer eigentlich? Weißt du, wie viel Arbeit es macht, diesen Scheißmond immer wieder zu reparieren? Das Papier ist in Alaunlösung getaucht, genau wie ein Lampenschirm. Der brennt nicht, du Klugscheißer! Wenn der Laden hier abfackelt, dann nur wegen der beschissenen Elektrik!« Ron streckte seinen dürren Arm, sein knotiger Zeigefinger wies zur Decke. Es gab hier keinen Schnürboden wie in einem echten Theater, nur ein dichtes Gewirr aus Dachlatten und Seilen. Daran entlang wanden sich morsche Kabel, von denen ein wahres Sammelsurium an Lampen und nackten Glühbirnen baumelte.

»Ihr haltet jetzt beide das Maul! Wisst ihr eigentlich, was mich das kostet, dass ihr ständig die Requisiten zerdeppert?« Bunny platzte der Kragen. »Und überhaupt, Chalky, im Gegensatz zu den Mädchen bringst du mir gar nichts ein, du kostest mich nur Geld. Also pass auf, dass ich dich nicht vor die Tür setze, verstanden?«

Dora kam eine Idee. Sie war ihr schon ein paar Mal gekommen, bisher hatte sie sich nicht getraut, sie zu äußern. Bunny war nicht gut auf sie zu sprechen. Von allen Mädchen verdiente sie das Wenigste jeden Abend. Sie hatte einen Blick für die schüchternen Männer entwickelt. Wenn die Mädchen nach der Show ausschwärmten, setzte sie sich zu einem der Unscheinbaren, Stillen. Sie trank ein bisschen mit ihnen und unterhielt sich, hörte sich ihre Sorgen und Nöte an, aber mehr lief meist nicht. Bunny hatte sie deshalb auf dem Kieker, aber bisher konnte sie sich rausreden. Vielleicht war jetzt der richtige Zeitpunkt, um ihre Idee anzubringen.

»Sag mal Bunny, ist dir eigentlich mal aufgefallen, dass der Laden hier am besten läuft, wenn die Gäste sich totlachen?«

»Wie meinst du das?«

»Na, zum Beispiel gestern, als der Mond runtergekracht ist. Die Leute haben sich kaum eingekriegt vor Lachen, und sie haben fast doppelt so viel getrunken, wie sonst, stimmt's? Und danach war im Hinterzimmer die Hölle los.«

»Ja, stimmt schon, und?«

»Ich dachte mir, vielleicht können wir am Ende der Show immer eine komische Nummer einbauen. Ich bin doch aus Deutschland, und meinen Akzent findet ihr doch eh alle zum Piepen. Ich könnte mir eine Pickelhaube aufsetzen, ein bisschen herummarschieren und das deutsche Fräulein spielen.« Dora nahm Haltung an, marschierte einige Schritte über die Bühne, schlug die Hacken zusammen und salutierte vor Bunny.

Er wiegte den Kopf hin und her, wirkte unschlüssig. »Ja, das könnte wirklich witzig sein … Ich denke drüber nach. Komm nach der Probe in mein Büro, Ginger.«

Dora betete inständig, ihr stünde kein neues »Vorstellungsgespräch« bevor. Aber sie musste ihn von ihrer Idee überzeugen. Mit einer zusätzlichen Nummer könnte sie mehr Geld verdienen, und es würde die Zeit verkürzen, die sie mit den Gästen verbrachte.

KAPITEL 14

Es lief heute nicht gut. Der Laden war nur zu drei Vierteln gefüllt. Ein Tisch blieb komplett leer, und auch die anderen Tische waren nicht voll besetzt. Sie brachten gerade die letzte Nummer des Stücks und gaben ihre Bestes, doch die Stimmung im Publikum blieb verhalten. Für einen Moment war Dora unaufmerksam. Es kam, wie es kommen musste: Sie geriet in eines der gefürchteten Astlöcher, die Dielenbretter des knarzenden Bühnenbodens waren übersät damit. Ihr Absatz verhakte sich, sie strauchelte, fing sich im letzten Moment und ein stechender Schmerz schoss durch ihren linken Knöchel. Als der Vorhang sich schloss, humpelte sie hinter den anderen her, um sich die Pickelhaube aufzusetzen.

Normalerweise kam Doras Nummer gut an, aber heute wollte der Funke einfach nicht überspringen. Da sie mit dem verknacksten Knöchel nicht gut marschieren konnte, konzentrierte sie sich heute auf ihren Akzent und die Witze. Sie beobachtete von der Bühne aus die Reaktion der Gäste, doch die war ziemlich lausig. Eigentlich waren ja auch alle beschäftigt: Martha hatte sich zu einer Gruppe *Liberty Men* gesellt, Matrosen auf Landgang. An deren Tisch ging es hoch her, sodass man im Gastraum wahrscheinlich nur die Hälfte von Doras Witzen verstand. Auch an Pollys und Sallys Tischen ging es laut und bierselig zu, und niemand beachtete mehr das Mädchen auf der Bühne. Bunny erschien am Bühnenaufgang und gestikulierte, Dora solle Schluss machen.

»Das bringt heut nichts, Ginger. Sieh zu, dass du an einen Tisch kommst, damit du im Hinterzimmer noch was rausholst!«, schnauzte er sie an.

Während Bunny im Lagerraum verschwand, nutzten ein paar Arbeiter den Moment und verließen die Bar, ohne zu bezahlen. Bunny war fuchsteufelswild und versuchte noch, die Zechpreller einzuholen. Doch selbst, wenn er körperlich besser in Schuss gewesen wäre; die Burschen waren längst im dunklen Gewirr der Gassen des East End untergetaucht. Bunnys Miene sprach Bände, als er zurück in die Bar kam und sich hinter den Tresen schob. Dora sah zu, dass sie zu dem einzigen Tisch kam, an dem sich noch kein Mädchen um die Gäste kümmerte.

Die drei Männer sahen aus wie typische Tagelöhner, ihre mit Ruß befleckten Hemden starrten vor Schmutz. Sie waren schon sehr betrunken, auf ihrem Tisch türmten sich die leeren Biergläser und Schnapspinne. Als wären der schmerzende Knöchel und die vergeigte Nummer nicht schon schlimm genug. Einer der Männer, ein feister Typ mit einem ungewaschenen Stiernacken, griff nach Doras Arm und zog sie grob zu sich herab auf seinen Schoß.

»Na, wen haben wir denn da? Wenn das nicht das deutsche Fräulein ist. Komm her, zier dich nicht so, ich zeig dir, was ein echter englischer Mann ist!« Seine Augen blickten glasig, sein Atem roch nach Zwiebeln und billigem Gin. Über seiner Oberlippe prangte ein Muttermal, dick und rund wie eine Warze, aber braun. Dora versuchte, sich von ihm loszumachen, doch sie war eingekeilt zwischen ihm und seinen Kumpanen. Der Mann schob mit seinem Arm die Gläser vom Tisch, sie zersprangen klirrend in tausend Scherben. Bunny sah zu ihnen und kam um seinen Tresen herum. Der Mann bog Doras Oberkörper runter auf die Tischplatte, bis sie mit dem Rücken darauf lag. Voller Gier streckten die Arbeiter ihre Hände aus. Sie waren auf einmal überall auf ihrem Körper. Griffen nach ihren Schenkeln, betatschten ihre Brüste, ohne, dass Dora noch zu sagen vermocht hätte, wessen Hand es war, die ihre Röcke hob und zwischen ihre Beine griff.

Der Mann beugte sich über sie, als wolle er es an Ort und Stelle mit ihr tun. Sie war wie gelähmt, starrte auf das Muttermal auf seiner Lippe. Fünf schwarze Haare sprossen daraus hervor, wuchsen strahlenförmig aus dem unebenen Hügel. Wie die Beine eines plumpen

Käfers tasteten sie über seine kohlenstaubschwarzen Bartstoppeln. Wenn er ihr Gesicht damit berührte, würde sie schreien. Er sah kurz nach unten, fummelte an seiner Hose, die Männer hielten sie gepackt und drückten sie auf den Tisch. *Sie werden es wirklich tun*, schoss es ihr durch den Kopf, *mich vergewaltigen, hier, mitten in der Bar*. Sie ließen sich auch nicht von Bunnys Gezeter abhalten, der inzwischen den Tisch in der Ecke erreichte. Er deutete auf die zerbrochenen Gläser. »Die bezahlt ihr mir, klar? Und den Rest macht ihr hinten.« Sein Doppelkinn nickte Richtung Hinterzimmer. Sie hatte gehofft, Bunny würde ihr beistehen, aber ihm ging es nur um seine blöden Gläser! Alfreds Gesicht erschien vor ihrem geistigen Auge. Wäre er doch nur hier, um sie zu retten! Er würde kämpfen. Ihre Erstarrung brach. Sie schrie wie am Spieß, wehrte sich mit aller Kraft gegen die Männer, die sie Richtung Hinterzimmer zogen. Sie trat um sich wie ein bockiger Esel, erwischte den Stiernacken zwischen den Beinen. Er schrie auf und ließ ihren Arm los, hielt sich wimmernd die Hände vor den Schritt, doch seine Saufkumpane zogen sie erbarmungslos weiter.

»Na warte, du Flittchen, das wirst du mir büßen!«, keuchte der Stiernacken.

Sie riss sich los, taumelte rückwärts, weg von den Männern und ihren schmutzigen Händen. Sie wirbelte auf dem Absatz herum. Mit fünf langen Schritten durchquerte sie die Bar und schoss zur Tür. Bunny rief ihr irgendetwas nach, doch sie hörte nur ein dumpfes Dröhnen, als hätte sie ihre Ohren mit Watte zugestopft. Sie musste hier raus! Einfach nur raus!

Ihre Beine liefen wie von allein, immer geradeaus, immer den Gehsteig entlang. Egal wohin, nur weg! Ihr Blick war blind vor Tränen, sie nahm ihre Umgebung kaum wahr. Londons Straßen waren nur noch ein Strudel aus grauen und farbigen Schlieren, ohne Bedeutung zogen sie an ihren Augen vorüber. Passanten wichen ihr aus, machten Platz für das Mädchen, das mit fliegenden Röcken durch den Regen rannte, als sei der Teufel hinter ihr her. Sie spürte keinen Schmerz in ihrem Bein. Das Ziehen und Stechen kam wie aus der Ferne, als sei es gar nicht ihr Knöchel, der da wehtat. Sie spürte auch nicht den kalten Aprilregen, der ihr entgegenschlug und das Kleid und ihre Haare durchnässte. Er mischte sich auf ihren Wangen mit den Tränen zu salzigen Bächen, die von ihrem Kinn herabtropften. In Doras Kopf wirbelten die Gedanken wie Schneeflocken, bildeten ein weißes, rauschendes Nichts. Ab und zu tauchten Bilder darin auf: Ihre Mutter, die schrie, sie hätte sie gewarnt, alle Schauspielerinnen seien Mädchen mit losen Sitten! Ihr Vater, zutiefst gekränkt durch ihr verpfuschtes Leben, Martha, die ihr sagte, so sei es nun mal, man müsse es tun, um zu überleben.

Dora rannte und rannte. Fort von der Not in dem winzigen Zimmer, Tür an Tür mit Tuberkulose und Tod. Einfach nur fort von diesem Leben in Bunny's Bar und den Verschlägen im Hinterzimmer. Fort von den betrunkenen Männern mit ihren schmutzigen Händen. Wieder erschien Alfreds Bild vor ihrem geistigen Auge, sein aufrichtiges Gesicht. Wie er mit ihr tanzte, damals am Sedantag. Sein Blick so treu, sein Kuss so sanft. Es schien eine Ewigkeit her zu sein, dabei waren es gerade einmal sieben Monate. Er hätte sie in der Bar verteidigt, niemals zugelassen, dass die Männer ihr etwas antaten. Er hätte überhaupt niemals zugelassen, dass es so weit kam. Warum war sie nur von ihm fortgelaufen? Treuer, guter Alfred. Er hätte um ihre Hand angehalten, und sie hätte ein wunderbares Leben führen können. Aber sie war zu verblendet von ihrem kindischen Traum von Amerika, zu vernarrt in ihre naiven Vorstellungen von der Schauspielerei. Was hatte sie ihm nur angetan? Ihm und ihren Eltern? Wie könnte sie sie jemals um Verzeihung, geschweige denn um Hilfe bitten? Nein, das konnte sie nicht, niemals! Denn das hieße, zu bekennen, was aus ihr geworden war: eine schmutzige kleine Hure in der Brick Lane.

Mit jedem Schritt verlangsamten sich ihre Bewegungen, ihre Beine wurden müde und schwer. Wie ein führerloser Zug, dem die Kohlen zum Heizen ausgingen, kam sie schließlich zum Stehen. Passanten kamen ihr entgegen, reich gekleidete Leute, sie wichen ihr aus mit angeekeltem Blick. Dora wischte die Tränen fort und sah sich irritiert um. Wo war sie hier eigentlich? Wie war sie hierhergekommen? Nun, natürlich, sie war gerannt. Aber sie konnte sich an nichts erinnern, das auf ihrem Weg gelegen hätte. Sie war einfach nur gelaufen. Die belebte Straße, in der sie sich befand, erschien ihr irgendwie vertraut, als sei sie hier schon einmal gewesen. Natürlich, das war »The Strand«, sie stand nur ein paar Schritte entfernt vom Vaudeville Theatre. Martha und sie hatten hier nach Jobs gefragt, gleich an ihrem ersten Tag in London. Die Vorstellung musste gerade zu Ende sein, die elegant gekleideten Besucher strömten durch die Eingangsportale die Treppen hinab und bestiegen die eilig herbeigerufenen Cabs, um möglichst keinen Tropfen Regen abzubekommen, der die teuren Roben und Anzüge ruinierte.

Dora schlüpfte am Rand der Treppe die Stufen hinauf, bis sie vor einem der Anschlagkästen stand. Da stand es tatsächlich, schwarz auf weiß: *»The Belle of Mayfair«, Heute Premiere, Hauptrolle Edna May.* Sie war hier, ihr Idol! Alle ihre Sorgen und Nöte waren vergessen, Dora schlüpfte durch eine der Eingangstüren hinein ins Foyer und trat an einen Ticketschalter. Die Frau hinter der Glasscheibe musterte sie mit abschätzigem Blick. Bevor Dora nach den Preisen fragen konnte, sagte sie: »Geh weg, du kannst hier nicht schlafen!« Ihr Ton war feindselig und kalt.

Warum dachte die Frau, sie wolle hier schlafen? So langsam dämmerte es ihr: Die Kassiererin musste sie für eine der vielen Obdachlosen halten! »Aber ich wollte doch nur …«

»Geh weg, du hast hier nichts verloren!«

Dora sah an sich herab. Sie gab ein jämmerliches Bild ab. Ihr Schwarzseidenes war durchnässt, es klebte an ihrem Körper und reichte nur bis zu den Knien, sie war ja direkt nach der Show weggelaufen. Die Rüschen und Bänder hingen leblos herab, schmutziges Regenwasser rann daran herunter und tropfte auf den blankpolierten Parkettboden des Foyers. Eine kleine Pfütze bildete sich um ihre abgetretenen Schuhe. Die Kassiererin hatte recht, sie hatte hier wirklich nichts verloren. Sie gehörte nicht mehr zur normalen Welt, und das hatte sie sich selbst eingebrockt. Dora drehte sich um. Mit hängenden Schultern schlich sie nach draußen. Sie wollte sie doch bloß einmal sehen, Edna May. Ihr einmal nahe sein. Das Geld für das Ticket hätte sie schon gehabt, oder sie hätte es zusammenbekommen, es musste ja nicht unbedingt die Vorstellung morgen sein. Aber sie wollte sie auf der Bühne sehen, nur ein einziges Mal, und nun wurde es ihr verwehrt. Moment mal! Dora blieb auf dem obersten Treppenabsatz stehen. Wieso ließ sie sich eigentlich einfach wegschicken? Sie hatte genauso wie andere Menschen das Recht, sich schön anzuziehen, sich ein Ticket zu kaufen und das Stück anzusehen! Sie besaß ein Abendkleid und das nötige Geld. Sie würde einfach zurückgehen und sich ein Ticket kaufen! Dora drehte sich auf dem Absatz um und prallte gegen einen der Besucher, der gerade das Theater verließ. Sie geriet ins Straucheln.

Ihr Fuß fand keinen Halt mehr auf den Stufen, trat ins Leere. Sie kippte nach hinten, ihre Hand schoss vor. Ihre Finger krallten sich in den feinen Wollstoff seines teuren Mantels und schlossen sich um das Revers. Die Naht knirschte. Wenn sie riss, würde sie fallen. Der Mann sah sie entsetzt an, seine rehbraunen Augen wurden weit vor Schreck. Doch dann wandelte sich sein Blick. Er griff nach ihrem Arm und zog sie zu sich auf die Stufe. Er war kaum größer als sie, ein schmaler, zarter Mann mit mausbraunem Haar und porzellanweißer Haut.

»Es tut mir leid wegen Ihres Mantels«, stammelte Dora. Sie strich sein Revers glatt. Die Naht war nicht gerissen, aber sichtbar gedehnt. Sie würde ihm die Ausbesserung bezahlen müssen.

Er sah sie immer noch an, als sähe er durch sie hindurch, mit diesem in sich gekehrten, fernen Blick. »Ihr Gesicht, es kommt mir so bekannt vor …«

»Das kann sein, ich bin Schauspielerin!«

»Nein, ich dachte, ich kenne ihr Gesicht von einer Postkarte.« Er unterbrach sich, eine feine Röte überhauchte seine hellen Wangen.

Dora erstarrte. Konnte es sein? Konnte es wirklich möglich sein, dass dieser Mann eine der Postkarten von Wilhelm kannte? Er war Engländer, wo sollte er sie gesehen haben? »Postkarte? Nein, wie gesagt, ich bin Schauspielerin.« Sie bemühte sich um einen selbstverständlichen, schnippischen Tonfall, doch ihre Stimme zitterte ein wenig.

»Hier am Haus?« Er betrachtete zweifelnd ihr Kleid. »Ich komme gerade aus der Vorstellung, aber ich habe Sie dort nicht gesehen, daran würde ich mich erinnern.«

»Nein, ich, äh … spiele eine Obdachlose in einem anderen Stück, deshalb mein Aufzug.« Sie deutete mit einer wegwerfenden Geste an sich herab.

»Ah, ich verstehe. Und was führt Sie zu dieser späten Stunde her? Sind Sie allein?« Er blickte von links nach rechts, als würde er erwarten, sie verstecke noch jemanden hinter ihrem Rücken.

»Ich wollte mir eine Karte für das Stück kaufen, um einmal Edna May auf der Bühne zu sehen, sie ist mein großes Idol. Aber die Frau am Ticketschalter hat mich weggeschickt, sie hielt mich für eine Obdachlose.«

»Du meine Güte, eine Unverschämtheit! Man sieht doch sofort, dass Sie eine ganz reizende junge Dame sind. Auch wenn das Kostüm durchaus gelungen ist, das muss ich schon sagen.«

»Deshalb wollte ich wieder hineingehen und mir doch eine Karte kaufen. Und dann bin ich mit Ihnen zusammengestoßen.«

»Und ich hätte die Schuld getragen, wenn Sie die Treppen hinuntergestürzt wären. Das wäre unverzeihlich.«

»Es ist ja nichts passiert.«

»Würden Sie mir trotzdem die Freude bereiten und als kleine Wiedergutmachung meine Einladung annehmen? Wir könnten das Stück gemeinsam anschauen, morgen Abend vielleicht?«

Dora sah ihn verblüfft an. »Aber Sie haben es doch gerade gesehen!«

»Ja, sehr unterhaltsam. Wie gesagt, es wäre mir eine Freude, es noch einmal mit Ihnen anzuschauen. Sagen wir, morgen Abend um halb acht, genau hier?« Er lächelte sie schüchtern an.

»Herzlich gern. Wenn Sie mir verraten, mit wem ich morgen ins Theater gehe?«

»Du meine Güte, wie unhöflich von mir, verzeihen Sie. Edward Lambert.« Er hob Doras Hand zu einem Kuss.

»Dorothy Newman, also eigentlich Dorothea Neumann, sehr erfreut.«

»Sie sind Deutsche?« Ein überraschter Ausdruck glitt über sein Gesicht.

»Ja, ich bin erst seit sieben Monaten in London.«

»Ganz entzückend. Meine Großmutter mütterlicherseits stammt auch aus Deutschland.«

»Ach, wie schön.«

»Du meine Güte, Sie zittern ja. Wie unaufmerksam von mir, Sie so lange in der Kälte aufzuhalten, in dem nassen Kleid. Ich werde Ihnen ein Cab rufen. Bevor Sie sich noch einen Schnupfen holen und dann morgen nicht zu unserem Treffen erscheinen!«

»Dann bis morgen, Mr. Lambert. Ich freue mich schon!«

Der Fahrer des Cabs sah Dora an, als hätte sie gesagt, sie wolle nach Timbuktu, als sie ihm ihre Adresse nannte. »Wo ist das denn?«

War das ein Scherz? »Ein Stück hinter der Aldgate Station.«

»Im Leben fahr ich nicht ins East End!«

»Das habe ich mir schon gedacht. Fahren Sie mich einfach bis zur Temple Street und dann geben Sie mir das restliche Geld raus.«

»Welches restliche Geld?«

»Veralbern Sie mich nicht! Ich habe gesehen, dass er Ihnen ein halbes Pfund in die Hand gedrückt hat. Wir machen halbe-halbe, okay?«

»Also schön«, brummte der Fahrer, und das Cab zockelte los.

In der Temple Street nahm sie die Underground bis zur Aldgate Station. Ihr Knöchel schmerzte höllisch, als sie den Rest bis zur Brick Lane zu Fuß zurückhumpelte. Aber ihr war leicht ums Herz. Sie hatte einen reichen Mann kennengelernt und ganze vier Shilling übrig, die der Fahrer des Cabs ihr nur widerstrebend herausgab. Und morgen würde sie ins Theater gehen und endlich Edna May sehen. Am Ende war der Abend doch gar nicht so schlecht, wie er begonnen hatte.

Sie war die Erste, die das Zimmer im Hinterhaus erreichte. Dora zog ihre nassen Sachen aus und rollte sich auf der harten Matratze zusammen. Morgen würde sie einen wunderschönen Ausflug machen.

KAPITEL 15

Marthas Stimme riss sie aus dem Schlaf, sie stritt mit Elsa und Magnus, die eben das Zimmer verließen. Es musste schon Morgen sein. Dora blinzelte verschlafen, neben ihr schnarchte Louis. Martha bemerkte, dass Dora wach war. Sie griff nach etwas Schwarzem und schleuderte es ihr entgegen.

»Hier, den hast du gestern vergessen!« Der einknöpfbare Teil ihres Rocks. »Wo warst du?«, fuhr Martha sie an.

»Ich bin ... einfach abgehauen. Es wurde mir alles zu viel, ich wollte nur noch weg. Ich dachte, die Typen vergewaltigen mich.«

»Ja, das hab ich gesehen, das war nicht schön. Trotzdem, wir haben uns Sorgen gemacht, weil du verschwunden warst. Bunny war stinksauer!«

»Soll er doch sauer sein, ich werde heute Abend eh nicht arbeiten.«

»Was, bist du verrückt? Bunny wirft dich achtkantig raus, wenn du heute nicht kommst!« Martha imitierte einen Tritt in den Hintern.

»Mir egal. Sag ihm, ich bin krank. Ich kann sowieso nicht tanzen mit meinem Bein.« Ihr Knöchel war rot und geschwollen, beinahe doppelt so dick wie der rechte und schmerzte höllisch.

Martha zuckte mit den Achseln. »Solange dein Fuß nicht gebrochen ist, wird das Bunny nicht kümmern.«

»Dann sag ihm halt, er sei gebrochen. Ich habe heute Abend schon etwas vor. Ich habe nämlich gestern jemanden kennengelernt, er führt mich aus, ins Theater.«

»Was? Erzähl!«

Dora trippelte nervös von einem Fuß auf den anderen. Sie war viel zu früh, aus Angst, sie könne ihn verpassen. Es war erst kurz nach sieben. Gott sei Dank regnete es heute nicht. Es lag ein Hauch von Frühling in der Luft, gegen Abend aber wurde es empfindlich kalt. Sie fror in dem taubenblauen Seidenkleid und den dünnen Schuhen, denn sie traute sich nicht, ihren grauen Mantel anzuziehen. Er war so einfach und passte nicht zu dem vornehmen Kleid. Sie hatte ihn nur für den Fußmarsch übergezogen und ihn dann zusammen mit ihren abgetragenen schwarzen Schuhen in ihre Reisetasche gesteckt. Es sah wohl ein bisschen seltsam aus, die klobige Tasche aus derbem Leder zu dem feinen Seidenkleid. Besser ging es nun mal nicht, und sie würde es überspielen. Es war auch egal, sie würde heute Edna May sehen, das war alles, was zählte!

Er war selbst zu früh und stieg um zwanzig nach sieben aus einem Cab. Er trug einen anderen Mantel als gestern, aber denselben Zylinder. Er reichte dem Fahrer einige Münzen mit einer weißbehandschuhten Hand. Ein schüchternes Lächeln glitt über sein zartes Gesicht, als er die Treppen hochstieg und Dora entdeckte. »Guten Abend, Miss Newman.«

»Guten Abend, Mr. Lambert.«

»Bin ich zu spät? Verzeihen Sie, wenn Sie warten mussten. Stimmt etwas nicht mit meiner Uhr?«

»Nein, wir sind beide zu früh. Schauen Sie, dort kommt das nächste Cab.«

»Oh, gut. Solange Sie mir nicht direkt wieder davonlaufen.«

Dora zuckte zusammen. Was meinte er? Er konnte doch nicht wissen, dass sie fortgelaufen war, oder?

»Entschuldigung, das sollte ein Scherz sein, wegen Ihrer Tasche.«

»Ach so!« Dora lachte erleichtert auf. »Nur ein paar Dinge, nichts weiter, die Garderobe hatte noch nicht geöffnet.«

»Wollen wir dann hineingehen? Ich war so frei, gestern Abend noch die Karten zu besorgen. Es gab zu meinem großen Bedauern nur noch Plätze in den oberen Rängen, Sie müssen verzeihen. So kurzfristig waren keine Logenplätze oder Sitze am Orchestergraben mehr zu bekommen.«

Er reichte ihr den Arm und führte sie die Treppen hinauf zur ersten Empore. Ihre Plätze lagen zwar weiter hinten, doch recht mittig, es waren bestimmt nicht die billigsten gewesen. Der Zuschauerraum zog sich in einem ansprechenden Halbrund um die große Bühne, die zu beiden Seiten von den Logen flankiert wurde. Besonders begehrt waren auch die Sitze dicht am Orchestergraben, neben dem »dressing pit«, dem Bühnenaufgang der Künstler. Besonders bei bekannten Schauspielerinnen wie Edna May waren die Sitze am Künstleraufgang auf Wochen vorher ausgebucht, wie Mr. Lambert ihr versicherte.

Er hatte ihr ein eigenes Programmheft gekauft, aber trotzdem war es gut, dass Mr. Lambert das Stück bereits gestern gesehen hatte, so konnte er ihr erklären, dass es sich dabei um eine moderne Version von Romeo und Julia handelte, im Sinne einer »Musical Comedy« natürlich mit einem glücklichen Ende für die Liebenden.

Aber auch, wenn Dora keine Erläuterungen gehabt hätte, und auch wenn sie von den Liedern nicht alles verstand, sie wäre trotzdem nicht weniger hingerissen gewesen. Schon ab dem Moment, als Edna May in ihrer Rolle der Julia Chaldicott die Bühne betrat, war es um Dora geschehen. Edna hatte die Gabe, das Publikum in ihren Bann zu ziehen. Sie war zehn Jahre älter als Dora, aber sie spielte das junge Mädchen mit solcher Leichtigkeit und Anmut, dass man ihr den Backfisch wirklich abkaufte. Ihre Stimme war hinreißend, klar und rein und doch voller Gefühl. Dora litt die gleichen Qualen und Verwirrungen wie die Heldin auf der Bühne, die doch nur ihren Raymond für sich gewinnen wollte. Dora amüsierte sich auch über die lustigen Szenen mit Julias Vater, auch wenn sie immer erst eine Sekunde nach den anderen Zuschauern lachte. Sie brauchte einfach ein bisschen länger, um für sich im Stillen die Pointen zu übersetzen. Als Edna kurz vor Ende des ersten Aktes »Where You Go, Will I Go« sang, musste Dora sich die Tränen abtupfen. Die romantische Melodie und die sehnsuchtsvolle Stimme Ednas trafen sie mitten ins Herz. Dazu der anrührende Text, in dem sie ihm versprach, ihm überallhin zu folgen. Dora hatte das Gefühl, als verstünde sie jetzt erst in diesem Moment, was wahre Liebe sei. Und sie selbst war so schändlich gewesen, Alfred einfach davonzulaufen. Beim nächsten Mann würde sie alles besser machen!

In der Pause zwischen den beiden Akten besorgte er ihnen etwas zu trinken, und bei einem Glas Sekt plauderten sie über Deutschland und seine Großmutter. Wie sich herausstellte, war sie eine geborene »von Winterfeldt« und entstammte somit einer der ältesten und einflussreichsten adligen Familien Deutschlands.

»Womit bestreiten Sie Ihren Lebensunterhalt, Mr. Lambert?«

»Ich arbeite bei einer Bank in der Lombard Street. Chase, Smith & Payne, falls Sie das schon einmal gehört haben? Aber ich will Sie nicht damit langweilen.«

»Ganz im Gegenteil. Es muss spannend sein, den ganzen Tag Geld um sich zu haben.«

»Oh, nein, nein. Ich arbeite ja nicht am Schalter als Kassierer. Ich betreue die Geschäfte wichtiger Kunden, Investoren und Baufinanziers, verstehen Sie?«

»Das klingt auch sehr spannend.«

»Oh nein, überhaupt nicht. Die meiste Zeit sitzt man herum und wartet auf den nächsten Termin. Lassen Sie uns lieber von Ihnen sprechen: Woher aus Deutschland stammen Sie?«

»Aus dem Thüringer Wald.«

»Mit Verlaub, Sie sehen nicht aus wie ein Mädchen aus dem Wald.«

»Danke.«

»Sind Sie schon lange Schauspielerin?«

»Eine Weile.«

»Ich würde Sie gern einmal auf der Bühne sehen. Wann haben Sie Ihren nächsten Auftritt?«

Was sollte sie darauf nur antworten? »Ich habe gestern Abend gekündigt«, flunkerte sie und straffte die Schultern. »Die Rolle der Obdachlosen war nicht mein Fall! Ich werde mir etwas Neues suchen.«

»Vielleicht kann ich Ihnen dabei behilflich sein. Ich könnte mich ja mal umhören. Durch meinen Job in der Bank komme ich mit vielen Leuten ins Gespräch, auch aus der Theaterbranche.«

»Das würden Sie tun? Das wäre ganz wunderbar!« Am liebsten

wäre sie ihm um den Hals gefallen, doch das gehörte sich nicht, also dankte sie ihm mit ihren Augen und ihrem Lächeln.

Der Rest des Abends verging viel zu schnell. Dora hätte am liebsten den Geschmack jeder einzelnen Sekunde ausgekostet, so teuer war ihr dieser Ausflug in ihr altes Leben. Zu bald fiel der letzte Vorhang, allein Edna May wurde zwölf Mal auf die Bühne zurückgerufen, bis der frenetische Applaus endlich verebbte und erstarb. Aber dann war es vorbei. Am liebsten wäre sie auf ihrem Platz sitzengeblieben, nie wieder aufgestanden. Doch dann kam der Moment des Aufstehens, des Loslassens. Sie musste zurück in die Brick Lane, konnte den Abschied nicht länger herauszögern. Er wurde nur versüßt durch Mr. Lamberts erneute Bitte, sie wiederzusehen.

Er ahnte ja nicht, dass sie gar nicht heimwollte.

Sie machte es wie am Vortag, nur stieg sie diesmal direkt wieder aus dem Cab, sobald Mr. Lambert verschwunden war, und ließ sich vom Fahrer das Geld zurückgeben.

Sie humpelte zur U-Bahn-Station und durchquerte die dunklen, rumpelnden Eingeweide der Stadt. Zurück ins East End, wo der Darm der Metropole sich täglich entleerte und die Hoffnungslosen ausspie, denen nichts blieb, als in dieser endlosen Kloake zu vegetieren.

KAPITEL 16

Sie trafen sich am Eingang zum Hydepark, wie beim letzten Mal. Es war ganz leicht. Dora musste bloß an der Aldgate Station einsteigen und dann im Dunkeln und ungesehen die Stadt durchqueren. Dann kam sie in South Kensington wieder ans Licht, bei den großen Museen oder am Notting Hill Gate, in dieser anderen, reichen Welt. Und niemand wusste, wo sie hergekommen war. Die Underground war ihre Verbündete, sie verwischte die Standesgrenze zwischen ihnen. Mr. Lambert wohnte hier irgendwo in Kensington, das wusste sie. Aber bisher hatte er noch keine Einladung ausgesprochen, ihn einmal zu Hause zu besuchen. Er erwartete sie schon. Mit einem schüchternen Lächeln trat er auf sie zu und küsste ihre Hand. »Guten Tag, Miss Newman. Ein kleines Geschenk für Sie.« Er überreichte ihr eine kleine Schachtel aus lachsfarbenem Lackpapier. Sie war mit einem farblich abgestimmten Band umwickelt. Dora löste das Schleifchen und öffnete die Schachtel mit spitzen Fingern.

»Keine Angst, es beißt nicht.« Mr. Lambert schmunzelte.

»Oh, was ist das?« Dora betrachtete die gelben Klumpen. Sie waren klein und schrumpelig und mit Zuckerkristallen übersät, die funkelten wie winzige Brillanten.

»Kandierte Ananas.«

»Oh, wie reizend, vielen Dank!« Sie nahm einen kleinen zuckrigen Brocken und führte ihn an ihre Lippen. Ein verlockender Duft, süß und fremd, kitzelte ihre Nase. Sie biss hinein, kostete die zähe, klebrige Süße der Fasern, das feine Prickeln von Säure auf ihrer Zunge, den Geschmack nach Ferne und Exotik. Sie wollte nicht gierig erscheinen, doch sie konnte nicht widerstehen, nahm gleich noch ein Stück, dann strahlte sie ihn an. »Es schmeckt wunderbar!«

»Das freut mich. Wollen wir ein wenig spazieren?«

»Ja, gern.«

»Hatten Sie einen schönen Tag, Miss Newman?«

»Ja, danke.«

»Haben Sie schon ein neues Engagement gefunden?«

»Leider nein.«

»Wie schade, ich würde Sie wirklich nur zu gern mal auf der Bühne sehen.

»Es wäre mir eine Freude, Sie im Publikum zu wissen, Mr. Lambert.«

»Sie müssen viele Verehrer haben, Miss Newman. Da darf ich mich wohl glücklich schätzen, dass ich derjenige bin, der Sie ausführen darf. Sie sehen heute wieder ganz bezaubernd aus, wie ich mir zu bemerken erlaube.«

Statt einer Antwort schenkte sie ihm ein huldvolles Lächeln. Er konnte ja nicht ahnen, wie mühsam es gewesen war, ihre Tageskleider wieder sauber zu bekommen. Man hatte ihnen die Strapazen der Jobsuche mit Martha doch allzu sehr angesehen, und das Wasser aus der Pumpe in der Brick Lane war nicht sauber genug, um damit weiße Kleider zu waschen. Also war ihr nichts übriggeblieben, als mit den Kleidern in eine der chinesischen Wäschereien zu gehen. Es gab tausende von Asiaten in London, die Wäsche wuschen. Kleine schwarzhaarige Menschen mit mandelförmigen Schlitzaugen und gelblich-dunkler Haut. Aufgrund ihrer Herkunft waren sie an die feuchtheiße Schwüle der Wäschereien gewöhnt, sagte man, sie vertrugen die schweißtreibende Arbeit an den dampfenden Waschzubern einfach besser. Der Chinese, der ihr Kleid wusch, leistete auf jeden Fall ganze Arbeit, es sah fast aus wie neu. Nur die blauen Streifen waren etwas verblichen.

»Oh schauen Sie nur, Mr. Lambert, ein Postkartenverkäufer! Ich liebe Postkarten, ich sammle sie!«

»Ach, wirklich? Was für ein lustiger Zufall, ich habe auch eine bescheidene Sammlung!« Wieder schlich eine feine Röte über seine zarte Haut. »Möchten Sie eine Karte haben, Miss Newman? Dann kaufe ich eine für jeden von uns.«

»ANANAS? Kandierte Ananas?« Marthas Stimme überschlug sich fast.

Dora fürchtete, sie würde ihr die kleine Schachtel mit der zuckrigen Köstlichkeit aus der Hand schlagen. Schützend barg sie das Kästchen an ihrer Brust. »Ja, Ananas. Hast du sowas überhaupt schon mal gegessen?«

»Wir verhungern hier fast, und du lässt dich mit ein bisschen Süßkram abspeisen?«

»Was hätte ich denn machen sollen? Das Geschenk ablehnen?«

»Nein, aber du könntest ihn vielleicht endlich mal um Geld bitten.«

»Wie stellst du dir das vor? Ich kenne ihn ja kaum.«

»Ihr geht jetzt seit drei Wochen miteinander aus. Aber du spielst immer noch das Fräulein-rühr-mich-nicht-an, das Mädchen aus gutem Hause.« Martha funkelte sie zornig an.

»Ich kann doch nichts dafür, dass er mich dafür hält!« Das stimmte nicht ganz, sie hatte Edward nur nicht widersprochen, wenn er falsche Mutmaßungen anstellte, und es dabei bewenden lassen. Und sie hatte ihm vorgeflunkert, ihre Eltern unterstützten ihre Karriere, hätten ihr eine Ausbildung an der Schauspielschule in Meiningen ermöglicht und sie schließlich ermutigt, ein Engagement in London anzunehmen.

»Sag ihm endlich die Wahrheit.«

»Das kann ich nicht.«

»Kannst du nicht oder willst du nicht? Du kannst jedenfalls nicht ewig nur spazieren gehen.«

Das wusste Dora selbst, aber sie genoss diese Ausflüge in ein normales Leben viel zu sehr. Sie hatte einfach Angst, ihn zu verlieren, wenn er die Wahrheit über sie erfuhr. Wenn er herausfand, dass sie nichts weiter war als ein Mädchen, das von zu Hause fortgelaufen und auf die schiefe Bahn geraten war, wie würde er reagieren? »Es entwickelt sich ja langsam, du wirst sehen.«

»Das dauert zu lange!« Martha schüttelte den Kopf. »Bunny wird langsam ungeduldig, er fragt ständig, wo du bleibst. Ich weiß wirklich nicht, wie lange ich ihn noch hinhalten kann.«

»Edward ist schüchtern, so schnell geht es nicht.«

»Die Engländer sind alle ein wenig steif. Hilf seinem Temperament halt ein bisschen auf die Sprünge!«

»Wie denn? Ich kann mich ihm ja schlecht an den Hals werfen.«

»Ach so, du zierst dich wie immer. Und lebst lieber weiter vom Taxigeld.«

»Im Gegensatz zu dir schon.« Das klang höhnischer, als sie es hatte sagen wollen.

Marthas Augen verengten sich zu Schlitzen. »Was willst du damit sagen?«, zischte sie.

»Es scheint dir nicht sonderlich schwerzufallen, dich einem Mann hinzugeben.«

»Woher willst du das wissen?«

»Ich habe es gesehen, auf dem Schiff, wie du es mit Kolja gemacht hast. Und wie du ihn dabei angeschaut hast.«

»Ach ja, wie hab ich ihn denn angesehen?«

»Als ob du ihn liebst!«

Martha lachte auf, ein trockenes Geräusch voller Bitterkeit. »Das begreifst du nicht. Sieh zu, dass Edward dir Geld gibt. Oder geh endlich wieder arbeiten, bevor Bunny noch erfährt, dass du gar nicht krank bist.« Die R rollten drohend, wie Donnergrollen in der Ferne.

»Was willst du damit andeuten?«

»Nichts. Ich weiß nur nicht, wie lange es noch ein Geheimnis sein wird, dass du dich lieber mit Spaziergängen im Park und kandierten Früchten amüsierst, statt zu arbeiten.«

Martha musste zur Probe und rauschte ab, die Tür fiel krachend hinter ihr ins Schloss. Dora trat nach einem der lumpigen Kissen. Es flog in einem flachen Bogen über das Matratzenlager, prallte an die Wand und plumpste auf den Boden, wo es als trauriges Häuflein liegenblieb. Auf keinen Fall würde sie zu Bunny zurückgehen! Zurück in dieses stinkende Loch, nur um ein paar lausige Shilling zu verdienen. Um sie gleich wieder an Bunny abzudrücken, wenn er seine rosa Hand ausstreckte, da er ja auch ihr Vermieter war. Für diese Bruchbude! Sie hatte es alles so satt. Sollten sie doch alle bleiben, wo der Pfeffer wächst! Und erst recht nicht würde sie Edward die Wahrheit sagen. Was sollte er von ihr denken, wenn er wüsste, wie sie hier hauste? Wenn er wüsste, dass sie nur eine kleine Tänzerin aus dem East End war und nicht die aufstrebende Schauspielerin, für die er sie hielt. Nein, sie würde auf keinen Fall zulassen, dass er die Wahrheit erfuhr. Er war im Moment ihre einzige Hoffnung auf einen Weg hier raus.

Nun, zumindest musste sie nicht packen, sie lebten hier eh alle nur aus dem Koffer, es gab ja keinen Schrank. Also packte sie kurzerhand ihre Reisetasche, griff ihren Koffer und spazierte zur Tür hinaus.

Diesmal musste sie noch nicht einmal unauffällig sein wie bei ihrer nächtlichen Flucht aus Halberstadt. Da die Probe gerade lief, würde niemand des Weges kommen, um sie aufzuhalten. Generell kümmerten sich die Leute hier um wenig. Denn entweder kamen sie zu dem Schluss, dass sie ihre Zeit verschwendeten, oder es war gefährlich, sich in die falschen Dinge einzumischen. Dora schleppte ihre wenigen Habseligkeiten die Brick Lane hinunter auf dem Weg zur Underground Station. Sie war sowieso mit Edward verabredet. Noch hatte sie sich keine Erklärung überlegt, wieso sie ihr Gepäck dabeihatte. Aber ihr würde schon noch etwas einfallen.

KAPITEL 17

Edward erwartete sie am Eingang der Notting Hill Gate Station. Eigentlich wollten sie durch die Kensington Gardens spazieren. Dora stieg die Treppen hinauf auf ihn zu. Ein alarmierter Ausdruck huschte über sein Gesicht, als er Doras Koffer bemerkte. Sie dachte an den Tag in Wilhelms Atelier, als sie herausfand, wie schändlich er sie für seine Zwecke benutzt hatte. Konzentrierte sich auf den Schmerz von damals, als ihre Mutter den Stock nahm. Beschwor das elende Gefühl wieder herauf, die Verzweiflung, als sie aus Bunnys Music Hall floh, bis sie merkte, dass ihre Augen feucht wurden. Sie presste ein paar Krokodilstränen hervor, ließ ihre Sachen fallen und warf sich an Edwards Brust.

»Miss Newman, warum weinen Sie denn, was ist denn passiert?«

»Meine Vermieterin … sie hat mich rausgeworfen!« Sie deutete auf ihr Gepäck.

»Oh nein, warum denn?«

»Wegen Ihnen, Mr. Lambert! Sie sagte, ich poussiere mit Männern, weil wir uns so oft treffen. Sie sagte, ich …« Dora schluchzte auf. »Ich sei ein Mädchen mit losen Sitten, das könne sie in ihrem Haus nicht dulden!«

»Aber nicht doch, weinen Sie nicht. Wir werden gleich hingehen und das Missverständnis aufklären!«

»Nein! Das … geht nicht! Was, wenn sie meinen Eltern schreibt, dass ich mit einem Mann dort war?«

»Ja, Sie haben vermutlich recht. Das wäre ungeschickt.«

»Aber wo soll ich denn nun hin?«

»Heute Nacht können Sie bei mir im Hause wohnen, es verfügt über mehrere Gästezimmer. Und morgen suchen wir gleich etwas Neues für Sie. Es gibt so viele Zimmer zur Miete in London, ein Kinderspiel, Sie werden sehen.« Er lächelte ihr aufmunternd zu.

»Aber … ich habe doch gar kein Geld, um mir etwas Neues zu suchen. Die Miete war im Voraus bezahlt für die Woche, und ich habe kein Engagement.«

»Machen Sie sich keine Sorgen, Miss Newman. Ich bin mir sicher, wir finden eine Lösung.«

»Das ist sehr freundlich von Ihnen, Mr. Lambert!«

»Kommen Sie, bringen wir erstmal Ihre Sachen zu mir nach Hause.« Er stutzte und deutete auf ihr Gepäck. »Ist das alles?«

»Es ist ja alles noch viel schlimmer, ganz furchtbar! Kaum, dass mich die Vermieterin vor die Tür gesetzt hatte, kamen zwei Diebe gelaufen und schnappten sich meine Koffer, jeder einen. Ich konnte kaum um Hilfe rufen, da rannten sie auch schon davon. Das ist alles, was mir geblieben ist. Meine ganzen Kleider, alle weg!«

»Oh nein, welch schrecklicher Tag. Kommen Sie, ich werde uns einen Tee bereiten lassen. Nach einer guten Tasse Tee sieht die Welt schon wieder ganz anders aus.«

Obwohl es nicht weit sein konnte, rief er ein Cab. Er sah dem Fahrer mit herablassender Miene zu, wie er ihre Sachen verstaute. »Pembridge Gardens.«

Der Fahrer hob fragend eine Augenbraue, besann sich aber eines Besseren und beließ es dabei. »Sehr wohl, der Herr.«

Sie fuhren ein kleines Stück die Straße hinauf, nicht mal eine halbe Meile, bis das Cab vor einem der Häuser hielt. Alfred hätte ihre Sachen getragen, die paar Schritte. Aber Edward schien es nicht gewöhnt zu sein, etwas selbst zu tun. Er wartete ab, bis der Fahrer abgeladen hatte, dann reichte er ihm mit behandschuhter Hand ein paar Münzen. Dora sah an der Fassade empor und zählte drei Stockwerke. Ob er wohl eine eigene Wohnung oder sogar eine ganze Etage bewohnte? Die Haustür schwang auf, auf der Schwelle erschien ein Butler. »Sie sind schon zurück, Mr. Lambert?«

»Ah, Wilson! Es gab einen unschönen Zwischenfall. Miss Newman wurde auf der Straße beraubt. Sie wird hier wohnen, bis sie ein Zimmer gefunden hat. Lassen Sie ein Gästezimmer für Miss Newman bereiten und eine Tasse Tee für uns beide. Und sagen Sie der Küche, sie soll ein Abendessen vorbereiten.«

»Sehr wohl, Mr. Lambert.«

»Kommen Sie, Miss Newman. Ich werde Ihnen Ihr Zimmer zeigen. Sie wollen sicher einen Moment ausruhen, nach dem Schreck.«

Dora folgte ihm staunend die Treppe hinauf in den ersten Stock.

»Wohnen Sie hier ganz allein, Mr. Lambert?« Eine Großfamilie hätte hier bequem Platz gefunden.

»Es ist eigentlich zu groß für nur eine Person. Aber so habe ich ein Zimmer frei, um Sie heute Nacht aufzunehmen. Das trifft sich doch gut, nicht wahr?«

Ihr Gästezimmer, das er ihr wies, war überaus geschmackvoll eingerichtet, mit zierlichen Möbeln aus weiß lackiertem Holz. Der ganze Raum war in mauve und weiß gehalten, die Wände, die Tapeten, die schweren Samtvorhänge, mit kleinen goldenen Akzenten in Form von Bilderrahmen und Vasen, in denen sich das Licht spiegelnd fing. In der Luft lag ein Hauch von Lavendel, vermutlich, um die Motten aus den Vorhängen des ungenutzten Raums zu vertreiben. Ein sehr weibliches Zimmer mit sanfter, femininer Anmutung.

»Fühlen Sie sich ganz wie zu Hause, Miss Newman. Ich warte dann unten auf Sie, im Salon.«

Sie wusste nicht, was sie anziehen sollte, also entschied sie sich für das taubenblaue Abendkleid. Mit klopfendem Herzen betrat sie den Salon. Auch er hatte sich umgezogen und trug eine weiche graue Hose, ein schlichtes weißes Hemd und ein informelles Dinnerjacket.

»Miss Newman. Sie sehen bezaubernd aus.«

»Es tut mir leid, es ist übertrieben, aber ich fürchte, ich besitze nicht mehr viel, seitdem meine Koffer gestohlen wurden.«

»Was halten Sie davon, wenn wir Ihnen morgen etwas Neues kaufen?«

»Müssen Sie denn nicht in die Bank, arbeiten?«

»Doch, aber am Nachmittag könnten wir in der Regent Street schauen, ob wir etwas Schönes für Sie finden. Was meinen Sie?«

»Sie sind wirklich großzügig, und ich weiß Ihre Hilfe sehr zu schätzen, Mr. Lambert. Ich weiß wirklich nicht, wie ich Ihnen danken soll.«

»Ich bin mir sicher, Sie finden einen Weg.«

Das Dinner nahmen sie im Speisezimmer. Es gab gebeizten Lachs und Salat, warmes, duftendes Brot, Kalbfleisch und junges Gemüse, dazu französischen Wein. Es war eine Ewigkeit her, seit sie das letzte Mal so gut gegessen hatte. Sie musste sich beherrschen, nicht noch mal nachzunehmen, so gut schmeckte es ihr. Aber sie riss sich zusammen und legte die Gabel beiseite, wie es sich für eine Dame ziemte, und tupfte die Lippen mit der Leinenserviette ab. »Das war ganz ausgezeichnet.«

»Noch etwas Wein, Miss Newman?« Er wartete ihre Antwort nicht ab, sondern schenkte ihr bereits nach.

Der Rotwein war schwer und ölig und stieg ihr etwas zu Kopf. »Nicht so schnell, Mr. Lambert. Sonst bekomme ich noch einen Schwips.«

»Was halten Sie davon, meine Postkartensammlung anzusehen, Miss Newman? Jetzt, wo Sie schon einmal hier sind, wäre das doch eine ausgezeichnete Gelegenheit, finden Sie nicht?«

Vielleicht lag es am Wein. Vielleicht war er auch einer dieser Männer, die erst einige Gläser brauchen, bevor sie auftauen. Vielleicht lag es auch an der vertrauten Umgebung seines Salons, die ihn entspannte, nachdem er dem Butler gesagt hatte, er könne sich nun zurückziehen. Mr. Lamberts Schüchternheit war wie weggeblasen. Als hätte ein starker Wind die Wolken der Zurückhaltung auseinandergetrieben, zeigte er sich nun von einer lebhaften Unbekümmertheit, als er ihr seine Postkarten zeigte. Seine Sammlung war beeindruckend umfangreich, sie steckte in einem ledernen Album, das Dora auf ihrem Schoß hielt. »Haben Sie die Karten alle selbst gekauft, Mr. Lambert?«

»Die meisten schon. Schauen Sie hier, eine meiner liebsten aus Paris, der Eiffelturm.« Er beugte sich vor, wie zufällig streifte seine Hand ihre Brust und tippte mit dem Finger auf eine der Karten.

Dora tat, als sei nichts geschehen, und blätterte die Seite um. Die nächste Postkarte war eine pikante Zeichnung. Sie zeigte eine Schauspielerin, die in ihrer Garderobe saß und ihr Kostüm auszog, während ein Verehrer sie heimlich beobachtete, durch den Spalt der geöffneten Garderobentür. Mr. Lambert sah sie von der Seite an, sie konnte seinen Blick auf ihrem Gesicht spüren. Er beobachtete sie, wartete darauf, wie sie reagieren würde. So einer war er also. Nun, es gab weitaus pikantere Aufnahmen von ihr selbst, und sie war sich nicht sicher, ob Mr. Lambert eine davon kannte, am Ende sogar besaß. Vielleicht würde sie es jetzt herausfinden.

»Oh, Sie Schlingel! Haben Sie noch mehr solcher Karten, Mr. Lambert?«

»Gefällt Ihnen das Bild? Stößt es Sie nicht ab?«

»Wieso sollte es mich abstoßen? Es ist doch eine ganz normale Szene, und als Schauspielerin ist man an die Verehrung der Zuschauer gewöhnt, nicht wahr? So ist es doch nur ganz natürlich, wie ich finde.«

»Ich finde Ihre Einstellung ganz bemerkenswert, sehr erfrischend.« Seine Hand wanderte über ihren Oberschenkel. »Sie sind ja Schauspielerin, Miss Newman. Was hielten Sie davon, wenn ich Ihr Verehrer wäre? Nur das eine Mal, nur heute Nacht. Würden Sie das für mich tun, Miss Newman?«

»Was tun?«

»Mich zusehen lassen, wenn Sie sich entkleiden.«

»Tun Sie einfach so, als wäre ich nicht da, Miss Newman.«

Das leichte Zittern in seiner Stimme verriet Nervosität und angespannte Erregung. Dora ließ die Tür einen Spalt offen und drehte ihm den Rücken zu. Sie durchquerte mit langsamen Schritten den Raum. Auf dem Schminktisch lagen ein Nachthemd aus Seide und Spitzen und ein passender Morgenmantel für sie bereit. Vermutlich hatte Mr. Lambert jemanden vom Personal angewiesen, etwas für sie zu besorgen. Sie löste die Haken, die ihr Kleid geschlossen hielten, streifte es ab und ließ es zu Boden gleiten. Der Hocker war mit demselben malvenfarbenen Stoff gepolstert, aus dem auch die Vorhänge waren. Sie setzte sich. Nun gab sie das gleiche Bild ab, wie die Szene auf der Karte, und saß in Unterröcken vor dem Schminktisch. Sie drehte sich ins Halbprofil und beugte die Beine in einem anmutigen Winkel. Sie öffnete ihre Bluse, langsam, Knopf für Knopf, zog sie aus und ließ sie achtlos auf die Wolke taubenblauer Seide fallen. Sie raffte ihre Unterröcke und löste die Strümpfe von ihren Haltern. Dann rollte sie sie herab, einen nach dem anderen, streckte und hob die Beine, um sie auszuziehen. Sie konnte ihn nicht sehen, aber sie konnte ihn hören, ein leises Keuchen hinter der Tür, als sie nach den Schnüren ihres Korsetts griff und sie lockerte. Sie konnte seine Blicke auf ihrem Körper spüren, als sie aufstand, ihre Unterröcke und Unterhosen herunterzog. Und dann war es wieder da, dieses seltsame Kribbeln, dieses Gefühl von Macht, genau wie damals, in Wilhelms Atelier. Dora richtete sich auf und betrachtete sich im Spiegel. Sah, was er sah, ihre zarte Haut, ihre ebenmäßigen Konturen, ihren nackten Leib. Seine Blicke wanderten über ihren Körper, streichelten ihre Haut. Es erregte sie, zu wissen, dass er sie ansah. Sie kostete es einen Moment aus, bevor sie das Nachthemd nahm. Die Seide glitt mit einem Flüstern an ihr herab, schmiegte sich an ihren Körper wie eine sanfte Liebkosung. Sie stand auf und löschte das Licht. Sie konnte seine Enttäuschung förmlich spüren, als sie ihren Körper seinen Blicken entzog. Nein, sie hatte selbst noch nicht genug davon, wollte mehr.

»Wollen Sie mich vielleicht noch zu Bett bringen, Mr. Lambert?«, fragte sie in die Dunkelheit hinein.

Die Tür wurde geschlossen, mit zwei Schritten war er bei ihr, umfing sie mit seinen Armen und presste sich an sie. Er küsste ihren Nacken, seine Hände wanderten über das Nachthemd, erkundeten ihren Körper. Er hatte Mädchenhände, schlank und schmal, mit weißer Haut und manikürten Nägeln, wie die Hände einer Frau. Sie fühlten sich zart und kühl an, als sie unter ihr Nachthemd glitten, genau wie die Seide, die über ihre Haut flüsterte.

»Oh, Miss Newman«, murmelte er an ihrem Hals. »Sie ahnen nicht, wie glücklich Sie mich machen.«

AM NÄCHSTEN NACHMITTAG fuhr sie mit Edward zur Regent Street. Sie nannten einander nun Dora und Edward, nach den Ereignissen der vergangenen Nacht schien es nur angemessen, sich zu duzen. Edward führte sie in die feinsten Geschäfte, zu Fisher, Nicol und Phillips & Son. Er überhäufte sie mit Geschenken, kaufte ihr Kleider und Schuhe, Handschuhe und Hüte und sündhaft teure Unterwäsche aus feinster französischer Spitze und chinesischer Seide. Sie konnte sich aussuchen, was sie wollte, brauchte nur mit dem Finger auf etwas zu deuten, schon gehörte es ihr. Er bezahlte alles, Handtaschen und Tücher, Haarbänder und Schleifen, Lippenstifte und Parfum. Anschließend führte er sie in ein feines Restaurant zum Abendessen, sie aßen Roastbeef und tranken Champagner und dann kehrten sie heim, beladen mit Kisten und Hutschachteln, Tüten und Taschen voller neuer Sachen. Dora schwebte auf einer Wolke aus Glückseligkeit in ihr Zimmer, beflügelt von den Geschenken, beschwipst vom Champagner.

»Wir werden morgen nach einem Zimmer für dich suchen oder übermorgen.« Edward ließ sich aufs Bett fallen, er war selbst ein wenig beschwipst. »Aber jetzt würde ich gerne sehen, wie du die Kleider noch mal anziehst, die wir gekauft haben.«

KAPITEL 18

Sie hatte geglaubt, es sei nur so dahingesagt, dass er ihr ein Zimmer suchen wolle. Nur ein Vorwand, um sie bei sich zu behalten.

»Ich habe Wilson gebeten, sich nach einer angemessenen Unterkunft für dich umzusehen.« Edwards Miene war schwer zu deuten, ein beinahe mürrischer Zug lag um seinen Mund.

Sie kannte ihn zu wenig, um in seinem Gesicht lesen zu können. Doch sie hatte schnell gemerkt, dass er im Grunde seines Herzens ein sehr einsamer Mensch war. Sie hatte noch nie jemanden gesehen, der so hart und konsequent für seinen Erfolg arbeitete, wie er. Selbst in seiner Freizeit nutzte er jede Gelegenheit, die sich ihm bot, neue Kontakte zu potenziellen Bankkunden zu knüpfen, Geschäftsleuten, Immobilienbesitzern, Berühmtheiten. Doch blieben diese Bekanntschaften stets oberflächlicher Natur; wenn er nicht arbeitete, so war er allein. Ihre Nähe tat ihm gut. Er blühte förmlich auf, wenn er abends nach Hause kam und von seinem Tag in der Bank berichtete. Deshalb konnte sie nicht verstehen, warum er sie so bald wieder loswerden wollte?

»Ich will mich nicht aufdrängen, aber wieso kann ich nicht einfach hierbleiben? Hier ist doch Platz für zehn.«

»Ja, eigentlich hast du recht, aber trotzdem, es geht nicht, das Personal, du weißt schon …« Er hob die Hände mit den Handflächen nach oben, eine schwache Geste der Entschuldigung. »Was sollen sie denken? Wenn du hier plötzlich einziehst, ein junges Mädchen, ganz allein.«

»Es sind doch deine Angestellten, es kann dir doch egal sein, was sie denken!«

»Trotzdem, es geht nicht. Sie reden, du weißt schon, Getuschel. Sie denken, ich bekomme es nicht mit, aber ich weiß, dass sie reden.«

Zwei Tage später bezog sie ein Zimmer in den Hayden Mansions, Shaftesbury Avenue Nr. 58, ganz in der Nähe der Theater. Edward meinte, das sei praktisch, so hätte sie es näher zur Arbeit, sobald sie ein Engagement fände.

Ihre Vermieterin, Mrs. Richards, eine kleine weißhaarige Witwe betrieb nach dem Tod ihres Mannes ein Lodging House für alleinstehende Mädchen und Damen. »Dies ist ein ordentliches Haus, alles sauber, sehen Sie selbst.«

Das Zimmer war ein wenig altbacken, helle Wände und Decke, schlichte Möbel aus dunklem Holz. Einfach, aber gut. Kein Vergleich zu der Bruchbude in der Brick Lane.

»Du könntest ein paar Vorhänge kaufen, einen Teppich. Dem Raum eine persönliche Note geben«, meinte Edward.

»Die Toilette ist den Gang runter, Frühstück gibt's ab sieben. Und keine Herrenbesuche!« Mrs. Richard Stimme klang streng und unmissverständlich.

»Keine Sorge, Miss Newman wird eine sehr unauffällige Mieterin sein.«

Mrs. Richards beäugte sie misstrauisch, aber da Edward die Miete für den ganzen Monat im Voraus bezahlte, verkniff sie sich einen Kommentar und stellte auch keine weiteren Fragen.

Sie langweilte sich schrecklich. Edward verbrachte den ganzen Tag in der Bank und arbeitete von früh bis spät. Dann fuhr sie zu ihm, und sie nahmen ein gemeinsames Dinner, tranken Wein. Manchmal tanzte sie für ihn und er sah ihr dabei zu, wie sie sich auszog. Anscheinend genügte ihm das Zuschauen, weiter, als sie zu berühren, war er noch nicht gegangen. Im Gegenteil: Er bestand darauf, dass sie sich umgehend wieder ankleidete und das Haus verließ, sobald er sich in sein Schlafzimmer zurückzog. Auf jeden Fall musste sie weg sein, bevor es hell wurde. Damit die Nachbarn nichts mitbekamen, wie er sagte. Oft saß er abends noch über seinen Papieren, studierte Bilanzen und Börsenkurse. Er handelte nebenbei mit Aktien und hatte schon des Öfteren ein glückliches Händchen besessen, wie er ihr nicht ohne Stolz gestand.

Ein paar Mal gingen sie ins Theater, sie hatten The Belle of Mayfair inzwischen drei Mal gesehen. Dora konnte einfach nicht genug davon bekommen, Edna beim Spielen zuzuschauen, und ging Edward auf die Nerven mit ihrer Verehrung für die Amerikanerin.

»Meine Güte, Edna dies, Edna das …«

»Sie ist nun mal eine Wucht, die tollste Frau, die ich je gesehen habe!«, pflegte Dora dann zu antworten.

»Du kleidest dich wie sie, du frisierst dich wie sie, du redest wie sie …«

»Findest du, ich klinge amerikanisch?«

»Nein, du hast immer noch einen deutschen Akzent.« Edward grinste. »Aber nur ein bisschen«, setzte er mit Blick auf ihren schmollenden Gesichtsausdruck hinzu.

»Mach dich nicht lustig! Verstehst du nicht, warum ich gern wäre wie sie?«

»Du willst so sein wie sie? Dann wird es Zeit, die Sache professionell anzugehen.«

»Ich bemühe mich ja schon um ein Engagement. Aber es ist nicht so leicht, irgendwo in London den Fuß in die Tür zu bekommen.«

»Du brauchst einen Agenten, sonst wird das nichts mit der Karriere. Ich kenne da jemanden, kein großer Fisch in der Szene, aber er schuldet mir noch einen Gefallen.«

»Warum hast du uns noch nicht bekannt gemacht?«

»Weil er nicht in London war. Jetzt ist er wieder da und ich werde dafür sorgen, dass ihr euch trefft, ja?«

»Oh, Edward! Ich weiß gar nicht, wie ich dir danken soll, für alles, was du für mich tust!«

»Nun, ich wüsste da was …« Seine Stimme klang belegt. In seinen Augen stand ein beinahe flehendes Verlangen. »Bleib heute Nacht hier!«

Er führte sie in sein Schlafzimmer. Es war ihr schon vorher aufgefallen, dass es überall im Haus Spiegel gab. Als sähe Edward lieber sich selbst anstelle eines Kunstwerks. Hier dominierten sie die Einrichtung, sie sah sich plötzlich von allen Seiten. Je ein großer

Spiegel an der Wand über dem Bett und über den Kommoden, ein Standspiegel in der Ecke neben dem Herrendiener sowie die vier Spiegel auf den Türen des Kleiderschranks erzeugten Millionen von Doras, die sich staunend im Kreis drehten und mit offenem Mund den Kopf hoben. Selbst unter der Zimmerdecke hing ein ovaler Spiegel, groß wie eine Badewanne.

»Bleib genau hier stehen«, murmelte er, huschte durch den Raum und knipste unterschiedliche Lichtschalter an und aus, bis das Licht alles in einen goldenen Glanz tauchte. Er zog die Schuhe aus, dann die Hose, öffnete mit fliegenden Fingern sein Hemd und stieg aus seiner Unterwäsche. Diesmal konnte sie ihm dabei zusehen, betrachtete seinen zarten weißen Leib aus jedem Winkel, jeder Perspektive, nichts blieb ihren Augen verborgen. Durch die schmale, haarlose Brust glich sein Körper eher dem eines Knaben, statt dem eines erwachsenen Mannes. Fast schüchtern stand er schließlich vor ihr, präsentierte sich, als erwarte er ihr Urteil. Dann legte er sich aufs Bett und sah sie an, mit vorgerecktem Kinn und einem beinahe trotzigen Blick. »Bitte, zieh dich aus«, flüsterte er heiser.

Sie machte es langsam, ließ sich Zeit. Spielte mit ihren Spiegelbildern und weidete sich an seiner Reaktion auf ihre kleine Show. Sein Ding war schmal und rosa, es richtete sich auf, kaum, dass sie begonnen hatte, ihre Bluse aufzuknöpfen. Voller Staunen und Verwunderung sah sie Edward dabei zu, wie er aus einem kleinen Fläschchen etwas Öl darauf tröpfelte, bevor er seine Hand darum schloss und es rieb, während sie sich weiter entblößte. Es musste Rosenöl sein, womit er sich massierte; der Duft nach Wildrosen erfüllte den Raum. Es hatte etwas Abstoßendes, wie er so dalag und onanierte. Zugleich erregte sie die Intimität der Szene. Die Verletzlichkeit, mit der er seinen Körper darbot, die Schamlosigkeit, mit der er ihr seine Lust preisgab. Heute bat er sie nicht, sich wieder anzuziehen und zu gehen, als sie nackt vor ihm stand. Sie kostete das Gefühl seiner Blicke noch einen Moment aus, bevor sie sich zu ihm legte.

»Dreh dich um«, raunte er und schob sie sanft von sich, bis sie auf der Seite lag. Edward träufelte etwas von dem Öl über ihre Schultern und rieb ihren Rücken damit ein. Seine Hände folgten den Rundungen ihres Hinterteils, glitten über ihre Hüften und ihren Bauch, bevor sie sich schließlich um ihre Brüste schlossen. Sie seufzte wohlig. Er kuschelte sich an sie, sodass sie dalagen wie zwei Löffel in ihrem Besteckkasten. Der Wildrosenduft füllte ihre Nase, als er sie streichelte, sich an ihr rieb, sie spürte sein Ding zwischen ihren Pobacken. Er …

»Au!« Sie fuhr zusammen und wollte ihn auf seinen Fehler hinweisen.

»Shhh, ist gut. Ich bin ganz vorsichtig, versprochen«, murmelte Edward an ihrem Hals, und sie begriff. Martha hatte davon gesprochen, dass es Männer gab, die sowas mochten. Und Martha hatte auch gesagt, davon könne man nicht schwanger werden. Also hielt sie still und ließ zu, dass er in sie eindrang. Es tat weh und fühlte sich ungewohnt an, aber gar nicht so schlimm, es ließ sich aushalten. Es war nur … anders. Sein Ding war genau so zart und schmal wie seine kühlen Hände, mit denen er sie unablässig streichelte. Und es dauerte auch nicht lange, nur ein paar Stöße, bis Edward an ihrem Rücken erschauerte und sich heiß in sie ergoss. Er hielt sie fest umschlungen und küsste ihren Nacken.

»Du ahnst nicht, wie glücklich du mich damit machst, Dora.«

FINLEY HURLEY, der Schauspielagent, unterhielt sein »Büro« in einem Zimmer in der Drury Lane, das er offensichtlich auch bewohnte. Ein Vorhang aus verschlissenem karmesinrotem Samt verbarg nur notdürftig das schmale Bett.

Mit ausladender Geste deutete er auf die beiden Stühle vor seinem Schreibtisch. »Bitte, setzen Sie sich doch!«

Sie nahm neben Edward Platz, der zu ihrer Unterstützung mitgekommen war, und betrachtete den Agenten. Ein kleiner Mann, stämmig, sein deutlicher Bauchansatz wölbte die Weste unter einem abgetragenen braunen Anzug. Überhaupt wirkte er etwas nachlässig, der Kragen seines Hemdes war im Nacken durchgescheuert.

Mr. Hurley zupfte an seinem Revers herum und musterte sie aus seinen schmalen Augen, die etwas zu nah beieinanderlagen. »So, Sie sind also Schauspielerin, ja? Was haben Sie bisher schon gespielt?«

»Nun, äh, nichts Großes, seit ich in London bin.«

»Mr. Lambert erzählte, Sie haben in Deutschland ein Konservatorium besucht?«

»Ja … das ist richtig«, improvisierte sie, »die Schauspielschule am Meininger Hoftheater!« Er würde es schon nicht überprüfen.

»Hmm, so etwas gibt es in England nicht. Hier lernen die Schauspieler ihren Beruf auf der Bühne von Kindesbeinen an. Aber mit Ihrer Ausbildung können wir zumindest argumentieren, warum Sie, mit Verlaub, so alt sind und trotzdem bisher noch keine nennenswerten Engagements vorzuweisen haben. Können Sie singen?«

»Natürlich!«

»Tanzen?«

»Auch! Ich hatte Unterricht bei einer russischen Ballerina, hier in London.« Zumindest das war nicht gelogen.

»Das ist doch schon mal was. Ich werde sehen, was ich für Sie tun kann.« Er hüstelte und zog den Vordruck eines Vertragsformulars hervor, in dem nur noch der Name des Schauspielers handschriftlich zu ergänzen war. »Nun zum geschäftlichen Teil. Üblicherweise bekomme ich einen Anteil von fünfzehn Prozent an allen Gagen, die in von mir vermittelten Engagements erzielt werden. In Paragraph 3 verpflichtet sich der Künstler, keine Leistungen von anderen Agenten in Anspruch zu nehmen. Wenn Sie damit einverstanden sind, unterzeichnen Sie hier und Sie bitte auch!«

»Ich bin nicht ihr Vormund«, warf Edward ein, während Dora eifrig unterschrieb, »ich weiß nicht, ob ich das unterzeichnen darf.«

»Eine reine Formalität«, wiegelte Mr. Hurley ab.

»Also schön.« Edward setzte seine Unterschrift neben Doras.

Hurley reichte ihnen die Hand. »Ich werde sehen, was ich für Sie tun kann«, wiederholte er.

WENN EDWARD AUF REISEN GING, was bei seinem Beruf häufiger vorkam, als Dora vermutet hätte, blieb sie in ihrem Zimmer und wartete auf seine Heimkehr. Meist blieb er ein, zwei Tage fort, er fuhr mit der Bahn nach Manchester oder Birmingham, traf sich mit Industriellen, Minenbesitzern und Eigentümern von Stahlwerken, die bei der Bank um einen Kredit ersucht hatten.

Nach drei Wochen ging sie in die Brick Lane, schlich sich hin wie ein Dieb, um bloß von niemandem entdeckt zu werden, der Edward oder sie kannte. Doch es lag ihr am Herzen, Martha wissen zu lassen, wo sie nun steckte.

»Sieh an, unsere feine Dame ist wieder hier.« Martha bedachte sie mit einem höhnischen Blick und musterte ihr feines Tageskleid. »Ich wusste, irgendwann kommst du zurück gekrochen! Hat er dich rausgesetzt?« Ein triumphierendes Lächeln umspielte ihre vollen Lippen.

»Nein, du irrst dich! Ich wollte dir bloß meine neue Adresse mitteilen. Ich dachte, es interessiert dich vielleicht.«

»Warum sollte es?« Marthas Ausdruck war hart und abweisend.

»Na schön, dann eben nicht. Ich dachte, vielleicht kommst du einmal zu Besuch, aber wenn es dich nicht interessiert …«

Martha seufzte. »Tut mir leid, ich wollte nicht unhöflich sein. Aber … du warst einfach verschwunden! Weißt du eigentlich, welche Sorgen wir uns gemacht haben?«

»Du wolltest doch, dass ich zu Edward gehe!«

»Ja, schon. Aber hättest du mir nicht wenigstens Bescheid geben können, dass du weg bist? Weißt du, was Bunny für ein Theater gemacht hat, als du auf einmal verschwunden warst?«

»Tut mir leid, aber ich musste hier einfach raus.«

»Und, wie läuft es? Hattest du schon ein Vorsprechen für eine Rolle?«

»Nein, aber Edward hat mich mit einem Schauspielagenten bekanntgemacht, der kümmert sich jetzt darum.«

»Ich hoffe, du hast recht. Hör zu, ich muss zur Probe.«

»Ist gut, ich wollte nur Bescheid geben, wo ich bin. Edward ist die nächsten Tage auf Reisen. Ich würde mich freuen, wenn du mich mal besuchen kommst.«

»Also schön, wenn es die Zeit zulässt, weiß ich ja nun, wo ich dich finde.«

ZWEI TAGE später erreichte sie eine Postkarte von Edward aus Hull, ihre erste Post an ihre eigene Adresse. Dora freute sich über die hübsche Karte, eine kolorierte Ansicht des Wintergartens des Hotels, in dem er sich mit einem Investor getroffen hatte. Sie hätte ihn gern begleitet, doch Edward stammte gebürtig aus Hull und würde im

Haus seiner Eltern wohnen, sodass es schlecht möglich war. Also blieb ihr nicht viel übrig, als auf seine Rückkehr zu warten.

Ablenkung kam in Form von Martha. Mrs. Richards meldete am Nachmittag, es sei Besuch für sie da.

»Führen Sie sie herein«

Mrs. Richards hob eine Augenbraue. »Ich bin nicht Ihre Angestellte, Miss Newman. Sie können Ihren Besuch selbst abholen!«

Seufzend machte sie sich auf den Weg nach unten.

»So viel Platz für dich allein.« Martha drehte sich im Kreis.

»Wenn du magst, kannst du mal hier übernachten. Das Bett ist groß genug für uns beide.«

»Meinst du, ich kann Louis mitbringen, wenn du nicht hier bist?« Martha warf einen sehnsüchtigen Blick auf Doras weiche Matratze.

»Das geht nicht, Herrenbesuch ist hier im Haus nicht gestattet!«

»Dann hätten Louis und ich endlich mal etwas Zeit ganz allein für uns.«

»Ich sage doch, es geht nicht!«

»Dann halt nicht.« Martha zog ihre vollen Lippen zu einem Schmollmund.

»Ich habe die Regeln hier nicht gemacht.«

»Schon gut, vergiss es einfach!« Es war offensichtlich, Martha war eingeschnappt. »Und, wie läuft es mit deinem Agenten?«

»Ich habe noch nichts von ihm gehört.«

»Und, wenn er dir was besorgt?«

»Bekommt er dafür fünfzehn Prozent meiner Gage.«

Martha pfiff durch die Zähne. »Nicht schlecht. Also je besser die Rolle ist, die er dir besorgt, umso besser verdient er daran, ja?«

»Ja, genau.«

»Na, dann soll er sich mal schön ins Zeug legen! Meinst du, er kann mir auch was besorgen?«

»Nun mal langsam, bisher habe ich ja selbst keinen Job.«

»Du könntest ihm von mir erzählen oder uns einander mal bekanntmachen.«

»Ja, mal schauen. Ich weiß nicht, wann ich ihn das nächste Mal sehe.« Sie ärgerte sich über Marthas dreiste Art. Sie hatte der Russin den kleinen Finger gereicht, warum musste sie gleich die ganze Hand nehmen?

KAPITEL 19

Finley Hurley riss die Tür auf und stürmte in Doras Zimmer, gefolgt von einer äußerst verärgerten Mrs. Richards.

»Ich sagte doch, keine Herrenbesuche!«

Sie rieb sich verschlafen die Augen. »Schon gut, Mrs. Richards.«

»Ziehen Sie sich an, Sie haben ein Vorsingen!«, verkündete Hurley und klatschte in die Hände.

»Singen? Wo?«

»Im Apollo, heute Mittag, beeilen Sie sich!«

»Welches Stück?«

»The Dairymaids.«

Sie hatten das Stück bereits gesehen, drei Tage nach der Premiere Mitte April, Edward hatte sie ausgeführt. Es war der letzte Schrei, wie man so schön sagte, ein echter Bordsteinfeger. Mit einem Satz sprang sie aus dem Bett, hin zum Spiegel und löste die Zöpfe, die sie nachts trug.

»Aber die Aufführungen haben doch schon vor ein paar Wochen begonnen!«

»Ein Mädchen hat sich gestern während der Show ein Bein gebrochen. Sie fällt die nächsten Wochen aus, wenn sie überhaupt jemals wieder richtig laufen kann.«

»Ein Sandow-Girl?«

»Ja, ich glaube, so nennt man sie, nicht wahr?«

Die Sandow-Girls waren sportlich und durchtrainiert. Der Inbegriff des neuen Mädchentyps. Die Presse überschlug sich förmlich in ihren Berichten, nannte die Girls, *anmutig wie ein Rehkitz, biegsam wie eine Weide und fröhlich wie eine Grille.* Sie waren eine Wucht! Carrie Moore, eine der Hauptdarstellerinnen, hatte einen regelrechten Skandal ausgelöst, als sie in einem Interview verriet, dass sie gänzlich ohne Korsett ginge. Dora konnte ihr Glück kaum fassen, das war genau ihr Ding! »Oh, Mr. Hurley, das ist wunderbar!«

»Melden Sie sich bei Mr. Davis, er ist der Manager des Apollo!«

Es war nur einen Katzensprung die Straße hinunter. Kurz vor zwölf stand Dora mit klopfendem Herzen vorm Eingang des Apollo Theaters, einem der neuesten und modernsten Theater der Stadt. Ganz im Renaissancestil gehalten erhob es sich vier Stockwerke in den Londoner Himmel. Dora blickte zu den Skulpturen der Musen empor, die im vierten Stock die Fassade zierten, und hoffte, sie würden ihr gnädig gestimmt sein. Sie atmete einmal tief durch, dann trat sie vor eine der Eingangstüren aus schwerem Mahagoni und drückte gegen den Türgriff. Nur eine der doppelflügeligen Türen ließ sich öffnen, das Foyer war dunkel und verlassen. In einer Ecke fegte ein alter Mann Staub zusammen, den nur er zu sehen schien.

»Die Matinee beginnt erst um zwei«, sagte er, ohne aufzublicken mehr zu seinem Besen als zu ihr.

»Ich will zu Mr. Davis.«

»Mr. Davis hat keine Zeit für unangemeldete Besuche.«

»Aber ich soll mich bei ihm melden, wegen des Unfalls gestern Abend. Mein Agent schickt mich.«

»Und warum nehmen Sie dann nicht den Künstlereingang?«

»Und wo ist der?« Das Theater reihte sich bündig an die anschließenden Häuser.

»In der Archer Street, auf der Rückseite des Gebäudes!«

Wie peinlich! An den Künstlereingang hatte sie in ihrer Aufregung gar nicht gedacht. Eine heiße Welle durchzog ihr Gesicht und färbte ihre Wangen. Da hätte sie auch selbst draufkommen können. Sie war bestimmt sogar schon mal hier gewesen, damals, als sie zusammen mit Martha ein Engagement suchte. Sie musste es wohl vergessen haben, es waren so viele Türen, an die sie vergeblich klopften.

Sie bemühte sich um einen selbstbewussten Ton. »Jetzt, wo sie schon einmal aufgesperrt haben, können Sie mich ja auch direkt zu Mr. Davis bringen!«

»Also schön, kommen Sie mit.«

Das gesamte Innere des Theaters war in Weiß und Gold gehalten, die Stoffe in Purpur. Die Fülle an überbordendem Stuck und Putten überwältigte sie, genau wie bei ihrem ersten Besuch vor knapp vier Wochen, als sie ihm durch das Foyer zum Treppenhaus folgte. Er erklomm quälend langsam die Treppe, Stufe für Stufe, in den ersten Stock. Dann führte er sie einen langen Gang entlang, an den Eingängen der Logen vorbei zu einer schmalen Tür. *Nur für Personal,* gebot ein kleines Messingschild. Es folgte eine weitere Treppe. Der Mann seufzte und setzte mühsam einen Fuß auf die erste Stufe.

»Treppensteigen bringt einen um, in meinem Alter.«

»Wo muss ich denn hin? Ich finde es schon allein!«

»Mr. Davis ist in seinem Büro, in seiner Wohnung. Klopfen Sie, dann wird Ihnen jemand aufmachen!«

Sie zupfte nervös ihre Bluse zurecht. Ihr Herz hämmerte wie verrückt, aber da musste sie jetzt durch, wenn sie die Rolle wollte.

Auf ihr Klopfen hin wurde ihr von einem Assistenten geöffnet, der sie zu Mr. Davis brachte, einem Mann Ende fünfzig, der genervt von seiner Post aufsah. »Was gibt es denn?«

»Guten Tag, Mr. Davis. Ich soll mich melden, wegen des Unfalls gestern.«

»Was? Welcher Unfall?«

»Na, das Sandow-Girl. Ich soll mich melden, als Zweitbesetzung, Finley Hurley schickt mich!«

»Ach, das Chormädchen, sicher.«

»Kein Sandow-Girl?« Eine heiße Welle der Enttäuschung stieg in ihr hoch.

»Nun, eigentlich ist es nicht mein Job, Mr. Courtneidge sollte das entscheiden, der Produzent. Aber er ist nicht hier, doch ich schätze, es ist auch in seinem Interesse, dass die Show rundläuft und die Kassen klingeln. Also, was hast du schon alles gespielt?«

»Nun, nicht so viel …« Was sollte sie ihm nur sagen? Sie konnte ihm ja schlecht von ihrer Erfahrung berichten, die sie in der Brick Lane gesammelt hatte. »Ein paar kleinere Sachen, hier in London.«

»Spiel was.«

»Wie bitte?«

»Du sollst mir was vorspielen.«

Was sollte sie ihm nur vorspielen? Sie konnte ja schlecht etwas aus Bunnys Stück zitieren. Ihr Hirn war wie blankgefegt.

»Los mach schon, ich habe keine Zeit.« Er nickte ihr ungeduldig zu.

Ihr fiel nichts Besseres ein, also zitierte sie eine Stelle des Gretchens aus dem Faust.

»Mein Ruh ist hin, mein Herz ist schwer, ich find sie nimmer und nimmermehr …«

»Klingt deutsch, verstehe ich nicht. So macht das keinen Sinn. Kannst du singen, vielleicht etwas aus den Dairymaids?«

»Ja, schon. Ich kann den Text bloß nicht sehr gut, ich habe das Stück nur einmal gesehen.«

»Du hast es gesehen? Na immerhin, das ist ja schon mal was!«

Sie sang ein paar Zeilen des Eröffnungssongs, an die sie sich erinnerte, als sie nicht weiterwusste, den Rest auf *Lalala*.

»Schrecklich! Aber was sollen wir machen? Wir haben doch keine Zeit, in einer Stunde beginnt die Matinee. Wenn dir das Kostüm passt, und du bis zur Abendvorstellung deinen Text kannst, hast du den Job!«

»Vielen Dank, Mr. Davis. Ich verspreche Ihnen, mein Bestes zu geben!«

»Jimmie!« Der Assistent eilte herbei. »Bring Miss, äh …?« Mr. Davis sah sie fragend an.

»Newman, Dorothy Newman!«

»Bring Miss Newman zu Gifford. Jemand soll schauen, ob ihr das Kostüm passt.«

»Mr. Stacey ist nicht da und Mr. Belsey auch nicht.«

»Was, beide nicht im Haus? Wofür bezahle ich zwei Acting Manager, wenn keiner von beiden da ist?«

»Ich glaube, Mr. Wood ist da.«

»Na schön, dann bring sie halt zu Arthur!«

Arthur Wood war der musikalische Leiter des Stücks. Sie fanden ihn am Klavier im Probenraum, er stritt gerade mit einer dunkelhaarigen Frau, die sie als Hauptdarstellerin des Stücks wiedererkannte. »Nein, Carrie, hör doch, es geht so, pa-da-dam!« Er schlug ein paar Tasten an.

»Es klingt aber viel besser, so wie ich es singe! Das Publikum liebt es!« Sie warf ihren Kopf in den Nacken, ihre schwarzen Locken wippten energisch.

Der Assistent räusperte sich. »Entschuldigen Sie, Mr. Wood …«

»Was ist denn nun schon wieder?«

»Miss Newman vertritt das Chormädchen, wenn ihr das Kostüm passt.«

»Ja, und?«

»Es ist niemand im Haus, der sie einweisen könnte, bis zur Matinee!«

»Herrgott, muss ich mich hier jetzt um alles kümmern? Bring sie halt in die Garderobe, da wird schon irgendwer sein.«

Der Assistent deutete auf die Tür zur Gemeinschaftsgarderobe der Frauen und suchte das Weite. Nach einiger Fragerei fand sie schließlich das Kostüm des Chorus Girls, das Kleid einer Milchmagd, mit Schürze und Häubchen. Es saß etwas zu locker in der Taille, doch besser als zu eng!

Die Garderobe füllte sich langsam mit schwatzenden Frauen, die sich für den Auftritt vorbereiteten und ihre Kostüme anzogen. Niemand sprach mit ihr, die anderen behandelten sie wie Luft. Und noch immer hatte sie keine Ahnung, was sie gleich tun sollte. Sollte sie überhaupt schon mit auf die Bühne gehen? Sie kannte den Text doch gar nicht und wusste auch überhaupt nicht, was sie machen sollte. Doch sie traute sich nicht, zu fragen. Die anderen Darstellerinnen warfen ihr abschätzige Blicke zu, einige blickten offen feindselig. Irgendwann rief jemand, es sei Zeit und klatschte in die Hände. Daraufhin brach die Hölle los, in wilder Eile wurden Kostüme und Frisuren gerückt und die Tanzschuhe angezogen. Alle stürmten los, zum Bühnenaufgang, das Stück startete direkt mit dem Chor. Es herrschte ein Gedränge wie am Markttag vor Weihnachten. Dora wusste gar nicht, wie ihr geschah. Irgendjemand zog sie mit, auf einmal stand sie mit den anderen Darstellern auf der Bühne, und ein rothaariges Mädchen schob sie an ihren Platz.

Die Angst, zu versagen, raubte ihr fast den Atem, als sie darauf wartete, dass der Vorhang sich hob. Ihr Herz raste, es schlug ihr bis in die Kehle. Es war lächerlich. Was machte sie eigentlich hier?

»Irgendwann geht es besser, aber ich schätze, das Lampenfieber gehört wohl einfach zur Schauspielerei dazu«, flüsterte die Rothaarige mit einem breiten schottischen Akzent. Dora warf ihr einen dankbaren Blick zu.

»Ich bin Lydia Harrison. Und du?«

»Ich heiße Dora.«

»Woher kommst du?«

»Aus Deutschland.«

»Oh, das hätte ich nicht gedacht, du hast einen richtigen Londoner Akzent.«

Dora freute sich über das Kompliment. »So schnell kann es also gehen. Kaum ein Jahr hier, schon klinge ich wie eine waschechte Londonerin.«

»Zumindest in meinen schottischen Ohren, Herzchen.«

Sie schloss den rothaarigen Wirbelwind sofort in ihr Herz, auch wenn ihr immer noch die Knie schlotterten.

»Ich weiß überhaupt nicht, was ich gleich tun soll«, zischte sie Lydia zu.

»Oh, das ist schlecht. Na, wird schon schiefgehen!«

»Ruhe, bitte! Es geht gleich los«, ertönte ein leiser Ruf aus dem Dunkel des Bühnenaufgangs.

Ihr Herz rutschte in den Magen. *Es wird schon schiefgehen*, wiederholte sie in Gedanken.

Es wurde ein Debakel, eine absolute Katastrophe! Der Vorhang glitt mit einem Surren auseinander, die Falten aus purpurnem Samt wisperten leise über die federnden Dielen. Die Scheinwerfer flammten auf, blendeten sie, und schon setzten die ersten Takte des Vorspiels zum Eröffnungssong ein. Sie wusste auf einmal nicht mehr, wie die erste Zeile lautete, als Lydia neben ihr schon zu singen begann. Die Stimmen des Chors erhoben sich in den Zuschauerraum: »Dairymaids we of alluring rusticity …«

Sie summte einfach mit, und ihre Augen gewöhnten sich langsam an den strahlenden Glanz der Scheinwerfer, der die Darsteller verfolgte. Sie sah hoch zu den Beleuchtern, die weit über ihr auf ihrem Gerüst im Bühnenturm hockten. Ihr schwindelte bei dem Anblick, also ließ sie ihren Blick über den Zuschauerraum schweifen, doch das machte es auch nicht besser. Ab der fünften Reihe wurden die Menschen zur gesichtslosen Masse, trotzdem erkannte sie, dass die Vorstellung fast restlos ausverkauft war. Der dritte Balkon galt als der steilste von ganz London, sie hatte selbst dort oben gesessen und zur Bühne hinuntergeschaut. Doch nun hier unten zu stehen und hochzusehen, war etwas ganz anderes. Ihre Knie wurden weich, als sie daran dachte, dass gerade fast eintausend Zuschauer Zeugen wurden, wie sie auf der Bühne elendig versagte.

Das Drama dauert ganze drei Songs, dann folgte endlich ein Duett und der Chor huschte von der Bühne.

Mit Faszination verfolgte sie, wie die Pause zwischen den beiden Akten genutzt wurde, um die Bühne von der Kulisse einer beschaulichen Farm in die Turnhalle einer Mädchenschule zu verwandeln. Es knirschte und rumpelte, das Bühnenbild kam auf sie zu, mitsamt seinen Aufbauten, dem Kuhstall und den Zäunen. Die Perspektive verschob sich, das ferne Ende der Kulisse schien sich zu dehnen und wuchs in die Tiefe des Raums hinein. Plötzlich begriff sie, dass der Bühnenraum in Wahrheit doppelt so tief war. Die Wand, die die Bühne aus Sicht der Zuschauer begrenzte, schnitt sie in Wahrheit exakt in zwei Hälften. Sie ließ sich wenden wie der Wetterhahn auf der Kirchturmspitze, dank einer Drehscheibe, die sich im Bühnenboden verbarg.

Für einen kurzen Augenblick sah sie beide Bühnenbilder gleichzeitig, das Farmidyll und die Turnhalle, Rücken an Rücken. Wie zwei Welten, die parallel existieren, im gleichen Universum und die Scheinwerfer umkreisten sie wie kleinen Sonnen.

»Ach hier steckst du! Ich habe dich schon gesucht, den hast du in der Garderobe vergessen.« Lydia streckte ihr einen blauen Gymnastikball entgegen.

»Was soll ich damit?«

»Na, das ist dein Sportgerät. Schwenk ihn halt ein bisschen herum und tu so, als ob du Gymnastik machst.«

Im zweiten Akt wurde sie etwas sicherer. Der Song, der die berühmte Turnhallen-Szene eröffnete, war derzeit ein richtiger Gassenhauer. Zumindest konnte sie davon ein paar Zeilen mehr. Wenn sie nicht mehr weiterwusste, bewegte sie einfach die Lippen oder summte mit. Und sie hatte ja ihren Ball. Sie warf ihn hoch, fing ihn auf, streckte und bog die Arme und täuschte Sportlichkeit vor. Sie wusste selbst nicht, wie, aber irgendwie hangelte sie sich durch das Stück, irgendwann war es vorbei. Sie hätte am liebsten geweint, aber sie hielt die Tränen zurück und floh von der Bühne in die Garderobe.

»Du!« Carrie Moore stürmte auf sie zu und fuchtelte anklagend mit dem Zeigefinger, bevor sie ihn ihr in die Brust rammte. »Du hast meinen Auftritt verdorben!«

»Carrie, bitte beruhige dich!« Ein Mann Ende vierzig eilte hinter der Hauptdarstellerin her, ihm folgten ein verärgerter Arthur Wood und ein weiterer Mann, der ebenso wenig erfreut dreinblickte.

»Oh, Gifford, es war schrecklich!« Sie fuhr zu ihm herum. Dann war das also Gifford Stacey, der Regisseur. Kein Wunder, dass er so sauer war. Carry deutete wieder mit dem Zeigefinger auf Dora. »Sie stand mir ständig im Weg. Und zwischendurch hat sie ›Lalala‹ gesungen, ich habe es genau gehört.«

»Ich habe es auch gehört. Wer ist dafür verantwortlich?«

»Ich!«, ertönte Tom Davis' Stimme hinter ihnen. »Schließlich brauchten wir schnell Ersatz. Warum habt ihr euch vorher nicht um sie gekümmert und sie eingewiesen?«

Harry Grattan, der Choreograph, zog verteidigend die Schultern hoch. »Ich war nicht hier.«

»Was ist mit dir, Arthur? Ich habe sie mit Jimmie zu dir geschickt.«

Arthur Wood räusperte sich. »Mir sagt ja keiner was. Ich wusste bloß, dass sie nach einem Kostüm suchen. Und ich bin schließlich keine Schneiderin!«

»Wie dem auch sei. Vorerst haben wir keinen anderen Ersatz. Also sieh zu, dass sie bis heute Abend zumindest die Lieder kann!«

Mr. Wood spielte ihr die Stücke vor und sie paukte den ganzen Nachmittag lang die Texte, bis sie endlich halbwegs saßen. Auch wenn sie einiges, was sie da sang, nicht wirklich verstand, besonders die Pointen. Aber darauf kam es nicht an, wie Mr. Wood ihr versicherte, nicht sie sollte darüber lachen, sondern das Publikum. Eine Komödie sei in Wahrheit eine todernste Sache und brauche eine gesunde Portion Professionalität. Die Abendvorstellung lief schon wesentlich besser. Zumindest wollte Carrie Moore sie danach nicht am liebsten umbringen.

»Also schön, fürs Erste hast du den Job. Komm morgen wieder!«, rief Mr. Davis ihr nach, als sie nach elf am Abend das Theater verließ, diesmal durch den Hintereingang.

»Das war großartig!« Edward löste sich aus der Gruppe der Verehrer, die am Künstlereingang warteten, und zog sie begeistert an sich.

»Edward, was machst du denn hier? Hast du das Stück gesehen?«

»Dein Agent hat mich informiert, dass du ein Vorsingen hattest. Und da du nicht wieder aufgetaucht bist, lag ich richtig mit meiner Vermutung, dass du nun endlich ein Engagement hast!«

»Ja, habe ich, auch wenn es ganz schrecklich gelaufen ist.«

»Unsinn, für deinen ersten Auftritt war das ganz wunderbar!«

»Das war mein zweiter! Gut, dass du heute Nachmittag nicht da warst, die reinste Katastrophe!«

»Egal, das muss gefeiert werden!«

»Mir ist nicht nach Feiern zumute, ich will es lieber vergessen.«

»Dann trinken wir halt was und du vergisst es.«

LYDIA NAHM Dora unter ihre Fittiche und erklärte ihr, wie es am Apollo lief. »Pass nur auf, dass du Carrie nicht wieder in die Quere kommst. Vorneherum tut sie immer so nett, und ihre Interviews mit den Zeitungen sind zuckersüß. Aber sie ist eine richtige Zicke!«

»Das habe ich gemerkt.«

»Was sie für einen Zirkus veranstaltet hat, wegen der Garderobe! Nur die Hauptrolle hat eine eigene Garderobe, das Stück hat aber zwei Dairymaids.«

»Im wahrsten Sinne des Wortes wohl eine Milchmädchen-Rechnung!«

»Sie sollte sich die Garderobe mit Agnes teilen, was Madame aber überhaupt nicht eingesehen hat. Du ahnst nicht, was hier los war! Deshalb zieht sich Agnes bei uns um.«

Generell gestaltete sich der Umgang mit Carrie Moore anstrengend. Die Australierin war nun mal der Star des Stücks, und das ließ sie auch jeden spüren. Ständig hatte sie Sonderwünsche oder lag Arthur in den Ohren, sie wolle einen noch größeren Part in der Show. Sie war gar nicht so hübsch, wie immer alle taten. Dora fand, die Moore ähnele einer Kuh, mit ihren traurigen großen Augen. Aber die Schlange der Männer war enorm, die jeden Abend nach der Show auf sie warteten, um sie zum Essen auszuführen. Die meisten Mädchen hatten solche Verehrer, »Stage-Door-Johnnys« genannt, weil sie an der Hintertür herumlungerten, bis die Schauspielerinnen das Theater verließen. Doch keine hatte so viele Johnnys wie Carrie, sie überschütteten sie mit Geschenken, und ihre Garderobe ertrank in Blumen, die man ihr schickte. Die anderen Mädchen beneideten oder hassten Carrie dafür, je nach persönlichem Abneigungsgrad. Irgendwann würde sie selbst die Hauptrolle spielen und von Verehrern belagert werden, schwor sich Dora.

KAPITEL 20

Tags darauf stand Martha vor ihrer Tür.

»Was gibt's?«

»Ach, nichts ... ich wollte bloß mal schauen, was du machst. Und vielleicht eine oder zwei Stunden in deinem Bett schlafen, wenn ich darf?« Martha strich sehnsüchtig über die weiche Tagesdecke.

»Sicher, ich habe Zeit bis heute Abend.« In ihr kribbelte die Vorfreude, Martha die große Neuigkeit zu berichten. »Stell dir vor, ich habe ein Engagement!«, platzte es aus ihr heraus.

»Was, wirklich? Wo?«

»Im Apollo Theatre, in The Dairymaids!«

«Ehrlich?«

«Nichts Großes, nur als Chorus Girl. Aber mein erster richtiger Job!«

»Hat dein Agent dir den besorgt?«

»Ja, stell dir vor, er kam einfach zur Tür herein, genau wie du. Und ehe ich mich versah, stand ich schon auf der Bühne!«

»Das ist ja großartig! Und, hast du ihn schon gefragt?«

»Was gefragt?«

»Na deinen Agenten. Ob er vielleicht auch was für mich hat?«

»Wie stellst du dir das vor? Mein Agent ist nicht mein Freund! Wir sitzen nicht zusammen im Café und plaudern. Ich habe Mr. Hurley erst zwei Mal gesehen.«

»Na bitte, du hättest ihn also fragen können.«

»Dazu hatte ich gar keine Zeit, das ist unfair!«

»Unfair? Soll ich dir sagen, was unfair ist? Dir fällt alles in den Schoß, ohne, dass du irgendwas dafür getan hast. Als du Hilfe gebraucht hast, da war ich gut genug. Aber wenn ich dich darum bitte, mir zu helfen, dann hört die Freundschaft auf.«

»Ich will dir ja helfen, aber in dem Fall kann ich nichts für dich tun. Wenn du einen Agenten willst, musst du dir schon selbst einen suchen.«

»So, wie du dir auch selbst einen gesucht hast?« Martha funkelte sie höhnisch an. »Du weißt selbst, wie schwer es ist. Ich habe schon überlegt, ob ich wieder nach Deutschland gehe oder nach Paris. Aber dann wäre ich wieder getrennt von Louis. Also könnte ich ein wenig Unterstützung wirklich gebrauchen!«

»Hör zu, ich kann nichts dafür …«

»Wofür?«, unterbrach Martha. »Dafür, dass du Edward kennengelernt hast und ich habe nur Louis, den armen Schlucker? Ist es das, was du sagen willst?«

»Ja, wenn du es genau wissen willst.«

»Ich liebe ihn halt.«

»Ach ja? Und deshalb arbeitest du bei Bunny im Hinterzimmer, weil du ihn so liebst, nicht wahr?«

»Ja, genau. Aber davon hast du keine Ahnung! Oder liebst du ihn etwa?«

Dora biss sich auf die Lippe. Ohne es zu ahnen, hatte Martha einen wunden Punkt berührt. In den ersten Wochen hatte sie gedacht, es käme noch, irgendwann sei das Gefühl da und sie würde ihn lieben. Seine Aufmerksamkeiten schmeichelten ihr und sie fühlte sich ihm verpflichtet für alles, was er für sie tat. Doch sie empfand nicht mehr als Freundschaft und Dankbarkeit. Und sie war sich nicht sicher, was Edward eigentlich für sie empfand. Andererseits – sie dachte an Alfred. Er hätte sie geliebt, aber was hätte es ihr gebracht? Wenn sie auf die Liebe gebaut hätte, wäre sie bestimmt nicht hier.

DORAS LIEBE KAM an einem Sonntag Mitte Juni. Edward und sie nahmen einen leichten Lunch, bestehend aus kalter Hähnchenbrust und Salat Nicoise. Dora pickte an einem Salatblatt. Seitdem sie ein Sandow-Girl war, achtete sie auf ihre Figur. Natürlich, sie war kein richtiges Sandow-Girl, aber immerhin war sie Teil des weiblichen Ensembles. Da galt es, genauso schlank und sportlich zu sein, wie es sich für ein echtes Sandow-Girl gehörte! Gut, nicht alle besaßen den natürlichen Liebreiz einer Carrie Moore. Es wurde getrickst und geschummelt, Rundungen wurden geschnürt, bis es den Anschein einer sportlichen Figur erzeugte. Doch Carrie war von Natur aus eher schmal, mit langem Oberkörper und geradem Rücken, sie ging wirklich ohne Korsett. Und was die Moore konnte, konnte Dora schon lange!

»Was hältst du von einer Partie Lawn-Tennis?«

Edward legte die Gabel ab und sah kurz auf seinen Teller, als müsse er erst darüber nachdenken. »Von mir aus. Heute Abend habe ich eine Einladung zu einer Dinnerparty, aber ich weiß noch nicht, ob ich hingehe. Mrs. Hadley ist eine einschläfernde Gastgeberin, doch ihr Gatte plant eine weitere Investition.«

Am Weekend hatte Edward frei, die Banken hatten geschlossen. Das Weekend war etwas typisch Britisches, nur die Engländer konnten darauf kommen, gleich zwei arbeitsfreie Tage pro Woche einzuführen. Es sollte ihr recht sein, so sahen sie sich wenigstens auch mal tagsüber, seitdem sie abends auf der Bühne stand, bekamen sie einander kaum noch zu Gesicht.

»Dann kannst du mich abholen, nach der Vorstellung oder?«

»Ja, dann hätte ich einen Grund zu gehen, bevor es zu langweilig wird.«

»Also schön. Ich gehe mich jetzt umziehen, und dann besiege ich dich auf dem Platz!«

Rote Ziegelmauern trennten den Garten von denen der anderen Häuser. Die Ränder waren mit viel Geschick mit allerlei exotischen Sträuchern bepflanzt, doch die Mitte bildete eine rechteckige Fläche mit akkurat gestutztem Rasen. Zwischen zwei gusseisernen Pfosten ließ sich ein Netz spannen, sodass trotz der begrenzten Fläche die Möglichkeit zu einer Partie Tennis bestand. Die Luft in Kensington war klar und frisch, man konnte glatt vergessen, dass man tatsächlich noch in London war. Und dass es so etwas wie die Brick Lane überhaupt gab. Das East End kam ihr mittlerweile vor wie ein schlechter Traum, aus dem sie vor einigen Wochen aufgewacht war, und von dem nur noch Schemen übrig waren, die in den dunklen Ecken der Erinnerung lauerten.

Edward verfehlte den Ball.

»Ja!«, jubelte Dora und riss ihre Arme in die Höhe, als hätte sie die Partie schon gewonnen, dabei hatte sie ihm nur einen Punkt abgerungen.

»Du wirst wirklich immer besser!« Edward nickte ihr anerkennend zu.

Wilson erschien auf der Treppe und eilte die Stufen hinunter in den Garten. »Verzeihen Sie, Mr. Lambert?«

»Ja, Wilson, was gibt es denn?«

»Der Ehrenwerte Mr. Sutton ist hier und wünscht, Sie zu sehen.«

»Meine Güte, Wilson! Bitten Sie ihn herein oder vielmehr hinaus, er soll zu uns kommen. Und bringen Sie uns etwas Limonade.«

»Sehr wohl, Mr. Lambert. Ich werde es der Küche ausrichten.«

Kaum, dass Wilson im Innern des Hauses verschwunden war, erschien auch schon ein Mann: groß mit goldblondem Haar, vielleicht Anfang dreißig. Mit federnden Schritten kam er die Stufen hinunter.

»Jack! Wo hast du gesteckt?« Edward ging auf ihn zu. Er versank fast in seinen Armen, als ihn der Neuankömmling umarmte und auf die Schultern klopfte.

Er war das genaue Gegenteil von Edward: athletisch, mit schmalen Hüften und breiten Schultern. »Oh, überall und nirgends. Du kennst mich doch, Teddy!«

»Nenn mich nicht so.«

Jack lachte. Seine Augen waren von einem klaren, strahlenden Blau. Sie hatten die Farbe des Ozeans, wie das Meer an einem sonnigen Tag. Wenn er lächelte, zog sich ein Netz aus Lachfalten um seine Augen, als hätte jemand einen Stein ins Wasser geworfen, und die Wellen, die er erzeugte, schwappten hinüber auf sein Gesicht. Er wandte sich Dora zu. Sein Lächeln vertiefte sich und mit ihm die Wellen.

»Willst du uns nicht bekanntmachen?«

»Ach, natürlich. Darf ich vorstellen: der Ehrenwerte John Beauchamp Sutton, Sohn des Earl of Bidford. Miss Dorothea Neumann.« Er sprach ihren Namen deutsch aus, wahrscheinlich um den Anschein zu erwecken, es handele sich bei Dora um einen besonderen Gast.

»Ganz reizend.« Er hob Doras dargebotene Hand und deutete einen Handkuss an, während er sie unverwandt ansah.

Dieses Blau, so tief, als zögen seine Augen sie hinab. Als könne man darin ertrinken. Und doch, es wäre ein schöner Tod. Ein warmer Schauer durchzog Dora. Sie spürte, wie sie errötete, und senkte den Blick.

»Sehr angenehm!«, murmelte sie und entzog ihm ihre Hand.

Er musterte ihr weißes Tennisdress, eine Bluse mit weiten Ärmeln und einen fließenden, wadenlangen Rock. »Wirklich, ganz reizend«, wiederholte er. »Wie ich sehe, platze ich in eine Partie Tennis.«

»Schließ dich uns an! Anscheinend hast du es vorausgeahnt, du bist passend gekleidet, oder kommst du vom Golf?« Edward deutete auf Jacks Hosen. Er trug Knickerbockers aus Tweed und ein lockeres weißes Hemd.

»Nein, weder noch. Ich bin mit dem Automobil hergefahren. Was ist jetzt mit einem Spiel?« Jack sah von Edward zu Dora.

Dora drückte ihm ihren Tennisschläger in die Hand. »Macht ihr mal, ich brauche eine Pause!«

Sie nahm sich ein Glas Limonade, setzte sich auf eine Bank und sah den Männern zu, wie sie ihre Plätze einnahmen.

»Wer hat Aufschlag?«, fragte Jack und strich ein paar goldblonde Strähnen aus der Stirn. Wie sein Haar wohl roch? Vielleicht nach Sonne und salziger Meeresluft. Seine Haut war sonnengebräunt, als hätte er kürzlich viel Zeit im Freien verbracht, vielleicht auf Reisen.

»Du fängst an!«

Jack warf den Ball in die Luft und schlug ihn mit einem satten *Plopp* über das Netz. Edward erwischte ihn so gerade noch, konnte seinen eigenen Schlag aber nicht richtig platzieren und so landete der Ball in einem Rhododendron.

»Zählen Sie die Punkte, Miss Newman?« Er nickte ihr zu und setzte zum nächsten Aufschlag an, dann hielt er inne. »Worum spielen wir eigentlich?«, rief er Edward zu.

»Um nichts, wir schlagen nur ein paar Bälle.«

»Ach, das ist doch langweilig, Teddy. Wieso sollte man spielen, wenn es nichts zu gewinnen gibt?«

»Was schlägst du vor?«

»Wie wäre es damit: Der Gewinner bekommt einen Kuss von unserer schönen Punktrichterin!«

Dora wollte protestieren, doch Edward kam ihr zuvor. »Also schön, los geht's!«

Sie feuerte natürlich Edward an und quittierte jeden seiner Punkte mit einem kleinen Applaus. Doch sie kam nicht umhin, zu bemerken, wie gut Jack spielte, viel besser als Edward. Er bewegte sich mit geschmeidigen Schritten über das Spielfeld und parierte Edwards Schläge mit Leichtigkeit; ja, er schien sie schon vorauszuahnen. Es hatte etwas Katzenhaftes, mit welcher Präzision er an die richtige Stelle sprang, und wie er den Ball fokussierte, bevor er ihn erneut über das Netz schmetterte.

Edward kämpfte verbissen um jeden Ball, doch er hatte keine Chance, Jack führte ihn regelrecht vor, und sein Lächeln ließ erahnen, dass er an seinem Sieg nicht den geringsten Zweifel hegte.

Als er gewonnen hatte, drehte er sich mit einem spitzbübischen Grinsen zu Dora um. »Was ist nun mit meiner Siegesprämie? Ich habe sie mir redlich verdient!«

Sie stellte sich auf die Zehenspitzen und hauchte einen Kuss auf seine Wange. Ihre Lippen streiften die glattrasierte Haut nur für den Bruchteil eines Augenblicks, er roch nach Moschus und Sandelholz. Sie zuckte zurück, als hätte sie sich an ihm verbrannt.

Edward sah von ihr zu Jack und wieder zurück, doch er sagte nichts. Ein peinliches Schweigen entstand, doch als es gerade unangenehm zu werden drohte, wurden sie durch Wilson erlöst. »Darf ich daran erinnern, dass in einer halben Stunde das Hansom kommt, das ich für Miss Newman habe rufen lassen?«

Dora fuhr zusammen. »Meine Güte, so spät schon? Ich muss mich umziehen!«

»Ach, schade. Ich dachte, Sie verbringen den Abend mit uns, Miss Newman?« Jack sah sie an mit diesen tiefen Meeresaugen und schien es wirklich zu bedauern.

»Das würde ich ja gerne, Mr. Sutton. Aber die Pflicht ruft. Ich muss arbeiten!«

»Arbeiten? Am Weekend, um die Zeit?« Er sah sie erstaunt an.

»Dora ist Schauspielerin!« In Edwards Stimme schwang eine Spur von Stolz über Jacks Verblüffung.

Doch sie hatte keine Zeit, sich damit weiter zu befassen, eigentlich war sie ganz froh, der Situation zu entkommen und lief mit wehenden Röcken ins Haus.

»Ich kann Sie auch im Automobil in die Stadt bringen, wenn Sie es eilig haben, Miss Newman.«

»Ach, lass doch, das Taxi ist gleich da, du brauchst dir keine Umstände zu machen«, wehrte Edward das Angebot ab. »Welches Automobil denn überhaupt?«

»Kommt mit, ich zeige es euch!«

Sie folgte Jack und Edward hinaus auf die Straße. Vor dem Haus parkte ein eleganter Zweisitzer mit elfenbeinfarbenem Lack und scharlachroten Ledersitzen. Die Lampen aus poliertem Messing und der Kühlergrill funkelten in der Sonne.

Edward pfiff leise durch die Zähne. »Nicht schlecht.«

»Ein Rolls-Royce. Erinnerst du dich noch an ihn, Dirty Rolls, damals in Eton?«

»Dirty Rolls?«

»Charles Rolls, er ist ein paar Jahre jünger als wir. Sohn des ersten Baron Llangattock, hat schon damals immer an irgendwelchen Motoren rumgebastelt.«

»Hm, dunkel. So ein kleiner Schmächtiger?«

»Er ist verdammt groß geworden! Er hat sich zusammengetan mit Henry Royce, einem alten Tüftler, der Fahrzeuge entwickelt. Rolls hat sich die Vertriebsrechte für die Wagen gesichert und verkauft sie nun exklusiv.«

»Woher hattest du das Geld?« Edwards Augenbraue zuckte in die Höhe.

Jack winkte ab und grinste. »Oh, nicht doch, ich habe ihn gewonnen! Er gehörte Baron Berkeley.«

»Und was hat den Baron bewogen, sein Automobil zu verwetten?«

»Er war überzeugt, dass ich es nicht schaffen würde, schneller als er eine Meile ums Dorf zu drehen. Er war sich sicher, schließlich war es meine erste Fahrt!«

»Weiß er denn nicht, dass man gegen dich niemals wetten sollte? Was war dein Einsatz?«

»Die zweitausend Pfund, die ich in Eton beim Pferderennen gewonnen habe.«

»Zweitausend Pfund? Meine Güte! Immer dieses unverschämte Glück, Jack!«

»Hatte ich gar nicht!« Jack grinste breit und die Lachfältchenwellen schwappten über sein Gesicht. »Es gab da ein Missverständnis. In Wahrheit waren es nur zweihundert Pfund, aber ich habe es nicht aufgeklärt. Der Wagen ist in etwa vierhundert wert, zuzüglich der Kosten für die Innenausstattung von Barker. Deshalb war er ja so wild darauf, zu wetten!« Jack lachte sein typisches Jack-Lachen und gab Edward einen Klaps auf die Schulter.

Dora ärgerte sich, dass Edward Jacks Angebot ausgeschlagen hatte, sie in die Stadt zu fahren. Das wäre eine Schau gewesen, wenn er sie mit seinem Wagen zum Theater gebracht hätte! Sie warf einen sehnsüchtigen Blick auf die roten Lederpolster und seufzte. Es nützte nichts, ihr Hansom rollte gerade vor.

Jack wandte sich zu ihr um »Sehen wir uns später noch?«

»Ich weiß nicht, das hängt von Edwards Plänen für den Abend ab.«

»Was hast du vor?«

»Ich habe eine Einladung zu einer Dinnerparty bei den Hadleys.«

»Wie schrecklich! Lass uns lieber in den Club fahren und dann sammeln wir später deine reizende Verlobte auf und gehen noch etwas trinken!«

»Wir sind nicht verlobt!«, platzte Dora heraus, dann fing sie sich und setzte hinzu: »Ich halte nicht viel von der Ehe!«

»Sehr angenehm. Wie selten, so etwas aus dem Mund einer Frau zu hören.«

»Du musst wissen, unser lieber Jack hier hält auch nicht viel von der Ehe und hat geschworen, für immer Junggeselle zu bleiben«, fügte Edward mit einer Spur von Bissigkeit hinzu.

Jack reichte ihr die Hand und half ihr galant in das Taxi. »Dann bis später, Miss Newman!«

Selbst jetzt warteten schon einige Verehrer vor dem Künstlereingang auf das Eintreffen der Stars. Köpfe drehten und Hälse reckten sich, als Dora aus dem Hansom kletterte. Einige Männer lächelten ihr galant zu, doch auf den meisten Gesichtern las sie Enttäuschung, man wartete auf das Eintreffen der Moore. Es ärgerte sie immer noch, dass Jack sie nicht in die Stadt gebracht hatte. Sie stellte sich vor, wie sie aus seinem elfenbeinfarbenen Flitzer stieg, ganz die große Dame. Carrie würde platzen vor Neid!

Sie drängelte sich durch die wartenden Johnnys mit ihren Körben voll Blumen und Pralinenschachteln, die sie in ihren vor Aufregung ganz klammen Händen hielten, und schlüpfte durch die Tür. Es empfing sie das übliche Geschnatter und Gezeter vor der Show. Walter Passmore, Chef-Komiker und männliche Hauptrolle, lag sich mal wieder mit Dan Rolyat in den Haaren. Eigentlich hieß er schlicht Herbert Taylor, doch er sprach seinen Namen rückwärts, weil er fand, dass Rolyat vornehmer klinge, wie Lydia ihr verriet. Auf jeden Fall waren sich die Kritiker der Zeitungen einig, dass Dan bei Weitem der Witzigere der beiden sei, und seitdem hatte er es sich mit Walter Passmore verscherzt. Menschen, die die Welt des Theaters nur von außen kannten, als Zuschauer, konnten leicht dem Irrglauben unterliegen, ein Ensemble sei eine große Truppe voller fröhlicher Menschen, die gemeinsam spielten und sich ergänzten, um zusammen ein Kunstwerk auf die Bühne zu bringen. Doch dem war nicht so, das hatte sie schnell gemerkt. In einer echten Schauspieltruppe herrschte das reinste Hauen und Stechen. Keiner gönnte dem anderen auch nur das kleinste bisschen Erfolg und Anerkennung. Jeder versuchte, den anderen zu übertrumpfen, besser zu sein, mehr Applaus zu bekommen und generell beim Regisseur gut dazustehen. Dabei schimpften sie alle auf ihn, wenn er es nicht mitbekam. Wie sie überhaupt über alles schimpften: die schlechte Bezahlung, die Arbeitszeiten und vom Thema Garderobe wollen wir gar nicht wieder anfangen!

Trotzdem, man lernte schnell, dass eine Fallgrube nicht nur ein Teil der Bühnentechnik, sondern durchaus wörtlich zu nehmen war. Carrie wusste vermutlich, warum sie immer Abstand von allen gefährlichen Teilen des Bühnenbilds hielt. Neulich hatte es einen weiteren Unfall gegeben. In der Turnhallen-Szene waren die Männer als Frauen verkleidet, was das Spielen sowieso erschwerte. Dan Rolyat war in seinem Kleid vom Barren gesprungen und hatte nach dem Seil gegriffen, mit dem er auf die Bühne hinunterschwingen sollte, so zumindest der Plan. Die Presse schrieb später, er habe das Seil verfehlt, aber es stellte sich heraus, dass es gerissen war, und Dan schlug so hart auf dem Bühnenboden auf, dass man dachte, er sei tot. Es wurde mucksmäuschenstill, das Publikum hielt den Atem an und dann schrien alle durcheinander und schafften den bewusstlosen Dan von der Bühne. Gott sei Dank hatte er nur ein paar schwere Prellungen davongetragen, aber er beschuldigte Walter Passmore, das Seil manipuliert zu haben. Seitdem herrschte offener Krieg zwischen den beiden, und die Fronten waren verhärtet.

Dora seufzte und verschwand in der Garderobe der Frauen. Damals, in Bunnys Bar, ja, da waren sie eine Gemeinschaft gewesen und die Mädchen hatten zusammengehalten wie Pech und Schwefel. Es klang absurd, aber manchmal vermisste sie die alten Zeiten. Das war natürlich Quatsch! Sie schlüpfte in ihr Kostüm und schalt sich selbst eine dumme Gans. Denn in Bunny's Bar hätte sie niemals Edward kennengelernt und somit auch nicht den Aufstieg in ein besseres Leben geschafft. In ein Leben mit Tennis und Limonade im Garten, in dem nachmittags ein gutaussehender Earl zu Besuch kam. Er war doch ein Earl, oder? Wie dem auch sei, er sah wahnsinnig gut aus, mit seinem goldblonden Haar und dem markanten Kinn. Ein warmer Schauer lief über ihren Rücken, als sie an seine Augen dachte. Wie er sie angesehen hatte, dieser Blick. Sie riss sich aus ihren Tagträumen und sah zu, dass sie auf die Bühne kam.

Doch spätestens bei der Turnhallen-Szene, als sie darüber sang, wie sportlich die Sandow-Girls doch seien, wanderten ihre Gedanken zurück zum nachmittäglichen Tennis-Match. Und als sie die Zeilen sang: »There's the girl who motors, there's the girl who swims«, stellte sie sich vor, wie sie zusammen mit Jack in seinem Flitzer aufs Land brauste, und bei dem Gedanken, mit ihm schwimmen zu gehen, wurde ihr heiß und kalt.

EDWARD LIESS sich in einen der Chesterfield-Sessel aus schwerem braunen Rindsleder sinken. Es konnte eine Weile dauern, bis Jack endlich im Raucherraum des Naval and Military Clubs auftauchen würde. Er wurde aufgehalten, wie üblich. Normalerweise hätte er sich ihm angeschlossen und in Jacks Fahrwasser nach potenziellen Investoren Ausschau gehalten, denn er selbst war kein Mitglied des Clubs, der war Offizieren der Armee und Marine vorbehalten. Aber heute war ihm nicht danach. Er ärgerte sich immer noch über Jacks leichtfertige Bemerkung am Nachmittag. Er bestellte beim Kellner zwei Whisky, entzündete eine Zigarre und lehnte sich zurück. Es war immer das Gleiche, Edward seufzte. Alle stürzten sich auf Jack, wollten ihn begrüßen, schnell ein paar Worte wechseln. Dabei war er gar nicht von Bedeutung, nur der dritte Sohn eines Earls, aus zweiter Ehe wohlgemerkt. Es brachte also gar nichts, sich mit ihm gutzustellen. Aber Jack gehörte einfach zu den Menschen, mit denen jeder gern befreundet sein wollte. Es lag an seiner Art, man nannte es wohl gemeinhin »Charisma«, das hatte er von seiner Mutter. *Nicht der einzige Vorzug, den er von Lady Bidford geerbt hat,* dachte Edward, als er Jack auf sich zukommen sah. Seine Mutter war Amerikanerin, eine Freibeuterin der ersten Tage. Ihr verblichener Gatte hatte sein Geld mit Spekulationen während des kurzen amerikanischen Ölbooms gemacht, bevor Edisons Erfindung der Glühbirne dem kometenhaften Aufstieg des Petroleums ein jähes Ende setzte. Zugleich bedeutete es das Ende des Spekulanten Abraham Beauchamp; aufgrund der schlechten Neuigkeiten für die Ölindustrie erlag er einem Herzanfall. Seine Witwe Catherine rief sich ihren Reichtum, ihre Jugend und ihre Schönheit ins Gedächtnis und beschloss, den reinen Geldadel durch einen echten Adelstitel von altem, englischen Blut zu krönen. Also segelte sie über den Ozean und fand die Erfüllung ihrer Träume in dem ebenfalls verwitweten Earl of Bidford, Vater von fünf Kindern und zwanzig Jahre älter. Doch Catherine war entschlossen, und so wurde sie die neue Lady Bidford, nicht zuletzt der Tatsache geschuldet, dass ihr Erbe dringend benötigt wurde, um Bidford Hall, den Familiensitz aus dem 17. Jahrhundert, zu erhalten. Wie dem auch sei, Sunny, wie Lady Bidford von allen genannt wurde, war eine wahre Schönheit. Ihr aristokratisches Antlitz hatte dazu beigetragen, die sonst eher breiten und teigigen Züge derer von Bidford zu straffen, und verlieh Jacks Gesicht eine markante Note, die seinen älteren Halbbrüdern gänzlich abging.

Jack ließ sich in den zweiten Sessel fallen und griff nach seinem Whisky. »Ganz schön voll heute!«

»Ja, du sagst es.« Edward winkte ungeduldig ab. »Also, was sollte das vorhin?« Er nahm einen Schluck Whisky und funkelte Jack über den Rand seines Glases an.

»Was sollte was?«

»Das Gequatsche von wegen Verlobte.«

»Reg dich ab, Teddy, nur ein Scherz!«

»Meinst du, ich habe Lust auf einen Prozess, weil ich ihr angeblich die Ehe versprochen habe?« Es ärgerte ihn, dass Jack ihn so leichtfertig in die Bredouille brachte. Es gab etliche Damen, die ihre entgangenen Annehmlichkeiten vor Gericht eingeklagt hatten, als die Verlobung mit einem gutsituierten Junggesellen in die Brüche ging. Man konnte nie vorsichtig genau sein, was das betraf.

»Ach, krieg dich wieder ein, Teddy! Wie lange kennst du sie schon?«

»Ein paar Wochen«, antwortete er ausweichend.

Jack ließ nicht locker. »Wo hast du sie her?«

»Vorm Theater getroffen, sie ist mir im wahrsten Sinne des Wortes in die Arme gelaufen.«

»Sehr erfrischend. Und wie gefällt sie deiner Mutter?« Jack grinste über den kleinen Seitenhieb, den er sich mal wieder nicht verkneifen konnte.

»Haha, sehr witzig! Ich schätze, sie wäre wohl eher nach dem Geschmack deiner Mutter.«

»Alle Achtung! Kaum ist man mal ein paar Wochen weg, schon hast du dir eine kleine Mätresse zugelegt. Aus dir wird doch noch ein richtiger Mann, Teddy!«

»Und, wo hast du die letzten Wochen gesteckt?« Er merkte selbst, dass sein Ton etwas zu aggressiv war, um als normale Konversation durchzugehen, aber Jack ignorierte es.

»Ich war ein paar Tage in Spanien.« Er klang ausweichend.

»Ach, deshalb bist du so braun. Ich dachte, Lady Bidford wollte nach Biarritz?«

»Ich habe Sunny begleitet und bin von da aus weiter nach Madrid gereist.« Jack wischte über die Platte des Beistelltischs, als wolle er ein paar Krümel entfernen, die dort gar nicht waren.

Dieses Verhuschte war sonst gar nicht seine Art. Es dauerte einen Moment, bis bei Edward der Groschen fiel. »Sag bloß nicht, du warst wegen Ena da?«

»Weshalb denn sonst?«, knurrte Jack und starrte in seinen Whisky.

»Mein Gott, Jack, das ist … lächerlich!« Es war wirklich lächerlich. Prinzessin Victoria Eugenie of Battenberg, genannt Ena, war eine Enkelin von Queen Victoria und vermutlich die einzige Frau im gesamten Empire, die nicht mit Jack ins Bett gesprungen war. Was weniger ihrem Rang geschuldet war, als der Tatsache ihrer Jugend. Sie war gerade mal achtzehn, doch sehr frühreif und kokett, durchaus. Irgendwann hatte Jack mal verkündet, wenn er eine heiraten würde, dann sie. Edward hatte es immer für einen Witz gehalten, denn eigentlich hatte Jack geschworen, auf ewig Junggeselle zu bleiben, doch um Ena hatte er sich durchaus bemüht. Sein Ehrgeiz und sein Stolz bekamen einen gewaltigen Dämpfer, als der spanische König Alfonso XIII. vergangenes Jahr völlig überraschend seine Verlobung mit Ena bekanntgab. Ende Mai war sie schließlich durch die Hochzeit mit Alfonso zur Königin von Spanien geworden.

»Und, war deine kleine Grand Tour durch die königlichen Betten von Erfolg gekrönt?« Edward konnte sich den Spott nicht verkneifen.

»Ja, mach dich nur lustig. Auch ich habe Gefühle und sie wurden verletzt.«

»Welche Gefühle könnte man bei dir schon verletzen? Sportsgeist? Eitelkeit?«

»Wenn du mich so fragst: beides!«, sagte Jack mit einem entwaffnenden Lächeln. Zumindest verfügte er über genügend Selbstironie. »Kann ich ein paar Tage bei dir wohnen, während ich in London bin?«

Edward hob eine Augenbraue. »Wieso wohnst du nicht in eurem Haus?«

»Oh, da geht es zu wie im Taubenschlag. Du weißt ja, während der Parlamentssaison ist mein Vater da. Roderick ist auch dort und meine Schwester mit meinem Schwager und den Kindern. Und Sunny natürlich, keine zehn Pferde brächten sie dazu, die Season auf Bidford Hall zu verbringen.«

»Natürlich nicht.« Das verschlafene Bidford on Avon war nicht gerade der Nabel der Welt und kein Ort, an dem es jemand wie Jacks Mutter Sunny lange aushielt. Eigentlich war die Welt des englischen Adels so undurchdringlich wie die gepanzerten Eisentüren des Towers, aber im Falle von Jacks Mutter erwies sie sich als durchlässig wie ein löcheriges Fischernetz. Lady Bidford hatte immer noch etwas herrlich Erfrischendes an sich, ohne jemals aufdringlich oder plump zu sein, wie es sonst so häufig bei Amerikanern vorkam. Sogar einen Spitznamen hatte sie sich erworben, in den höheren Kreisen, man nannte sie »Sunny« wegen ihres sonnigen Gemüts. Sie hatte es an ihren Sohn vererbt, dieses einnehmende Wesen. Man konnte den Beauchamps einfach nichts abschlagen. »Also schön, von mir aus kannst du ein paar Tage bleiben.«

»Bei dir ist es viel ruhiger, und wie mir scheint, zugleich deutlich amüsanter.«

DORAS HERZ SCHLUG SCHNELLER, als sie nach der Show das Apollo verließ und unter den Wartenden auch Edward und Jack entdeckte. Heute warteten gleich zwei Männer auf sie und sie sahen beide gut aus in ihrer Abendgarderobe, auch Edward, in seinem Mantel aus Kaschmir über einem formellen Dinnerjacket und den Hosen aus weichem Kammgarn. Aber er verblasste neben Jack, alle sahen im Vergleich zu ihm langweilig und blass aus. Sie winkte ihnen zu und schob sich durch die Leute, bis sie vor ihnen stand.

»Lasst uns verschwinden, bevor Carrie rauskommt, dann gibt's immer so ein Gedrängel!«

»Wie schade! Ich dachte, Sie würden uns mit einigen Darstellern bekannt machen, Miss Newman!«

»Glauben Sie mir, deren Bekanntschaft ist nicht der Rede wert!« Sie verspürte absolut kein Verlangen danach, seine Aufmerksamkeit mit der Moore oder Agnes oder Lydia oder sonst wem zu teilen, also hakte sie sich bei den beiden unter. »Was machen wir denn noch mit dem angebrochenen Abend?«, fragte sie, eine Spur zu munter.

»Was haltet ihr davon, ins Café Monico zu gehen?«, schlug Edward vor.

Sie liebte das Monico mit seinem italienischen Flair, all den Treppen und Säulen und Bögen aus Marmor. Mit den Palmen in ihren Töpfen und den Raumteilern aus Walnussholz, die die einzelnen Bereiche des Restaurants voneinander trennten. Im Grill-Room bekam man ein ausgezeichnetes spätes Abendessen nach den Shows, deshalb war das Monico bei Schauspielern sehr beliebt.

Edward half ihr aus dem Mantel. »Hast du Hunger?«

»Nicht sonderlich.«

»Dann lasst uns in den Wintergarten gehen!«

Der Oberkellner brachte sie zu einem Tisch und Dora erlebte zum ersten Mal, was geschah, wenn man mit Jack ein voll besetztes Restaurant betrat. Es war, als würde es heller im Raum, als hätte jemand auf einen geheimen Lichtschalter gedrückt. Gleichzeitig verstummten schlagartig alle Gespräche, fünfzig Augenpaare richteten sich auf sie. Nur Jack bekam davon nichts mit, sondern segelte hinter dem Ober her zu ihrem Tisch. Sie warf Edward einen verblüfften Blick zu, doch der grinste nur schief und zuckte die Achseln. »Ich weiß. Man gewöhnt sich daran.«

Edward bestellte Champagner. Sie wollte etwas Konversation betreiben, Jack sollte nicht denken, sie sei langweilig. »Was machen Sie beruflich, Lord Bidford?«

Jack lachte schallend und bekam sich kaum wieder ein.

Edward klärte sie auf: »Lord Bidford ist sein Vater. Und da unser lieber Jack hier, genau wie ich, mit reichlich älteren Brüdern gesegnet ist, wird er wohl immer der Ehrenwerte Mr. Sutton bleiben.«

»Ich fürchte, das stimmt«, pflichtete Jack ihm bei. »Der Ehrenwerte Mr. Sutton. Aber sagen Sie doch einfach Jack zu mir.«

Diese unverschämt blauen Augen machten sie ganz verlegen. »Ich bin Dora!«

»Jetzt bitte nicht dieses alberne Brüderschaft-Trinken«, ätzte Edward.

»Um die Frage zu beantworten, hauptsächlich verbringe ich meine Zeit mit Reisen.«

»Unser lieber Jack hier betrachtet sich selbst nämlich als eine Art Dandy, musst du wissen. Es käme ihm nie in den Sinn, einer geregelten Arbeit nachzugehen. Ist es nicht so, Jack?«

»Ich würde mich eher als Abenteurer bezeichnen«, antwortete er nonchalant und zwinkerte ihr zu. »Aber von Abenteuern versteht Teddy nichts, er hockt lieber den ganzen Tag in seinem Büro in der Bank, statt die Welt zu entdecken.«

»Haben Sie …« Sie unterbrach sich. »Hast du schon viel von ihr gesehen?«

»Na aber hallo! Ich könnte stundenlang erzählen.«

Und sie könnte ihm stundenlang zuhören und in diesen Augen versinken.

»Aber erstmal brauche ich jetzt was zu trinken.«

»Er hatte sie vollkommen unter Kontrolle. Sie wand ihren Körper hin und her.« Jack imitierte den Tanz der Schlange, seine Augen leuchteten. »Sie folgte nur noch dem Spiel seiner Flöte.« Er berichtete so anschaulich, dass Dora die Melodie des Schlangenbeschwörers beinahe hören konnte, mit der er die Kobra hypnotisierte. Der Mann am Nebentisch bog sich vor Lachen, ein Deutscher aus Hamburg, wie sich herausgestellt hatte.

»Vortreffliche Geschichte, mein Freund!« Er schlug Jack auf die Schulter.

Der lehnte sich zurück und streckte sich wie eine Katze, bevor er aufsprang und nach ihrer Hand griff. »Was ist, hast du Lust zu tanzen?«

Sie warf Edward einen fragenden Blick zu. Er wedelte mit der Hand. »Geht nur, wir unterhalten uns auch ganz prächtig ohne euch.« Er wandte sich wieder an den Mann am Nebentisch. »Wie ich bereits vorhin erwähnte, ist der Goldstandard …«

Den Rest bekam sie schon nicht mehr mit, weil Jack sie mit sich zog.

Die Tanzfläche war gut gefüllt, eben verklangen die letzten Töne eines Walzers. Jack bahnte sich einen Weg durch die Tanzpaare bis zur Mitte. »Darf ich bitten?«, fragte er galant und zog sie an sich. Seine Hand ruhte korrekt auf ihrer Schulter, ihre Wärme drang durch den Stoff ihres Abendkleids. Er hielt sie eng, der Abstand zwischen ihren Körpern hatte etwas Intimes und näherte sich der Grenze der Sittsamkeit. Ihre Fingerspitzen kribbelten. Sie reichte ihm bis ans Kinn, sein Geruch füllte ihre Nase. Das Prickeln setzte sich fort über ihre Arme, die Schultern, bis es sie komplett erfasste, bis in die Zehenspitzen hinab. Er hatte eine kleine Narbe, nur ein winziger Kratzer, halb verborgen von seiner Fliege, verlief sie nah an der Stelle, wo sich seine Halsschlagader befinden musste.

Sie hob ihr Kinn und sah ihn an, musste sich ordentlich strecken, um ihm aus dieser kurzen Distanz in die Augen zu blicken. Ihm ihre Kehle darbieten. Sie erschauderte.

»Keine Angst, ich werde dich schon nicht fressen!«, sagte er, als hätte er ihre Gedanken gelesen, mit einem Lächeln, als könne er kein Wässerchen trüben.

Da bin ich mir nicht so sicher, schoss es ihr durch den Kopf, *ich will gar nicht wissen, welche Ungeheuer in den Untiefen dieser Meeresaugen lauern.*

Die Kapelle setzte zum nächsten Walzer an und schon glitten sie über das Parkett. Er bewegte sich mit dieser ihm eigenen Geschmeidigkeit, seine Füße folgten sicher dem Takt, egal ob Walzer oder

Polka. Er führte sie mit lässiger Eleganz über die Tanzfläche, und sie schwebte in seinem Arm, leichtfüßig, beinahe schwerelos. Sie dachte an Alfreds Steifheit, damals beim Sedansball, seine Förmlichkeit.

»Warum lächelst du?«

»Ach, nichts. Du tanzt sehr gut.«

»Danke, ich weiß!« Er strahlte sie an, mit diesen funkelnden blauen Augen. »Du aber auch.«

»Das muss ich auch. Es gehört zu meinem Job, nicht wahr?«

»Ich frage mich wirklich, wie es Teddy gelungen ist, ein Mädchen wie dich zu finden.«

Dora rieb sich verschlafen den schmerzenden Kopf. Sie hatte gestern Abend wohl doch dem Champagner zu sehr zugesprochen, Jack hatte ihr Glas immer wieder gefüllt. Er war so unterhaltsam, und sie hatten ewig getanzt, der Abend verging wie im Flug. Sie erinnerte sich dunkel, dass er in einem der Gästezimmer im zweiten Stock übernachten wollte. Er würde also zum Frühstück da sein!

Sie wählte ihr Morning-Dress sorgfältig, ein fließendes Kleid aus weichem Batist mit reichlich Besatz aus Spitzen und Rüschen am Dekolleté, dann rollte sie ihr Haar zu einer lockeren Welle um ihren Oberkopf und betrachtete sich prüfend im Spiegel. Sie erinnerte sich an die Dora von damals, in Wilhelms Atelier. Wie schwer es ihr fiel, ihre Haare zu bändigen. Es hatte ausgesehen wie ein Vogelnest! Sie kicherte und machte sich auf den Weg in den Frühstücksraum.

Ihre Laune verschlechterte sich schlagartig, als sie Edward allein am Tisch vorfand. »Schläft Jack noch?«

»Nein, er ist zum Grosvenor Square gefahren, zu seinen Eltern. Möchtest du etwas essen? Ein Scone, etwas Toast?«

Sie spürte, wie die Enttäuschung in ihr hochstieg, doch sie lächelte ihn an. »Nein, danke. Nur etwas Tee, mir ist ein wenig flau im Magen.«

»Kein Wunder bei dem ganzen Alkohol! Ihr habt euch ja prächtig amüsiert.«

»Jack ist wirklich sehr nett. Und du hast gesagt, es sei in Ordnung, wenn wir tanzen.«

»Ach ja, der gute alte Jack.«

Sie wusste nicht, was sie darauf antworten sollte, also starrte sie schweigend in ihren Tee. »Ich habe furchtbare Kopfschmerzen, ich muss dringend zurück ins Bett.«

Edward quittierte es mit einem mitleidigen Nicken. In ihrem Gästezimmer angelangt, kroch sie wieder ins Bett. Ihre Gedanken wanderten zurück zu Jack. Sie musste sich eingestehen, dass Jack mehr war als nur ein bisschen nett. Aber er war ja gar nicht mehr da, warum sich also über ihn den Kopf zerbrechen?

Umso erstaunter war sie, als sie zur Arbeit aufbrechen wollte und Jack am Fuß der Treppe zwischen einem Haufen Gepäck vorfand. Wilson dirigierte gerade ein Mädchen, das sich mit einem schreibtischgroßen Schrankkoffer abmühte, sah dann aber ein, dass er wohl selbst würde Hand anlegen müssen, um ihn hoch ins Gästezimmer zu schaffen.

Dora machte bereitwillig Platz auf der Treppe und trat zu Jack. »Bleibst du länger?«

»Ein paar Tage. Hat Edward nichts gesagt?«

»Nein.« Sie schüttelte den Kopf und deutete auf den Berg von Koffern. »Um ehrlich zu sein, das sieht nicht so aus, als wäre es nur für ein paar Tage.«

»Wer weiß …« Er lächelte sein typisches Jack-Lächeln. »Sehen wir uns später?«

»Wer weiß …«

JACKS ANWESENHEIT SCHIEN AUCH ihre zu rechtfertigen, sowohl, was Edwards Haus betraf als auch die gesellschaftlichen Aktivitäten, sofern ihre Arbeit es zuließ. Zudem fand sie sich in der unverhofften, wenn auch nicht ganz unglücklichen Lage wieder, die Tage allein mit Jack zu verbringen, da Edward tagsüber in der Bank war und arbeitete. Es schien ihm jedoch nicht sonderlich viel auszumachen, ganz im Gegenteil. Edward meinte, dann müsse er wenigstens kein schlechtes Gewissen ihr gegenüber haben, dass er sie den ganzen Tag allein ließ und sie sich langweilte. Nun, eigentlich langweilte sie sich ja gar nicht. Doch warum sollte sie ihm widersprechen? Mit Jack war es eindeutig unterhaltsamer. Er hatte vorgeschlagen, sie könnten aus der Stadt rausfahren, ein Stück aufs Land, das Wetter sei so schön.

Also hatten sie in der Küche Bescheid gegeben, einen Picknickkorb packen lassen und brausten los. Dora liebte das Autofahren! Sie genoss es in vollen Zügen: die Aufmerksamkeit, die der Wagen erregte, das Tempo, den Fahrtwind, der einem um die Nase wehte, und nicht zuletzt den Fahrer. Sie konnte seine Wärme neben sich spüren, und bei jedem Schlagloch und jedem Stein machte der Wagen einen kleinen Hüpfer. »Who-ho, there she bumps!«, riefen sie dann gemeinsam, diesen albernen allgegenwärtigen Ausruf der Londoner Fußgänger beim Anblick eines vorbeifahrenden Wagens. Nur dass sie keine Zuschauer waren, sondern sie selbst, die ordentlich durchgeschüttelt wurden und sich immer wieder unbeabsichtigt berührten.

»Wohin fahren wir eigentlich?«

»Hampstead Heath. Es wird dir gefallen!«

Sie ließen den Wagen stehen und gingen ein Stück zu Fuß, einen kleinen Hügel hinauf. Von hier oben hatte man einen weiten Blick. London lag zu ihren Füßen, und zum ersten Mal begriff Dora die wahre Größe dieser Stadt, als sie ihren Blick über das Meer der Dächer gleiten ließ. Wie Masten stachen die Schornsteine der Industriebetriebe daraus hervor und spuckten große Rauchwolken in den Himmel, die die Kirchtürme und die Kuppel der St. Pauls Cathedral umwehten und in einen lavendelfarbenen Dunst tauchten.

»Schön, nicht wahr?«

»Von hier oben hat es beinahe etwas Friedliches.«

Sie folgten dem Weg zur anderen Seite des Hügels hinab zu einer Reihe von Teichen. Ein kleiner Junge stand weinend am Ufer und deutete ins Wasser. Sein Kindermädchen bemühte sich vergeblich, den Kleinen zu beruhigen.

»Was ist denn passiert?«, wollte Jack wissen.

»Mein Boot!«, schluchzte der Junge. »Es ist zu weit draußen, ich komme nicht mehr ran!«

Das Boot trieb beinahe in der Mitte des Teiches, unmöglich, es noch mit dem Stock zu erreichen, mit dem der Junge es durchs Wasser führte.

»Das haben wir gleich!« Jack zog Schuhe und Strümpfe aus, krempelte seine Hosenbeine hoch und watete in den Teich. Das Wasser ging ihm bis zum Oberschenkel, als er das Boot schließlich zu fassen bekam. Seine Hose troff, als er es dem kleinen Jungen zurückreichte und ihm durchs Haar strich. »Hier, pass demnächst besser auf, dass es nicht wieder so weit wegschwimmt!«

Der Kleine wischte sich die Tränen fort und strahlte. »Danke, Sir!«

»Jetzt bin ich nass.« Jack sah an seinen tropfenden Hosenbeinen herab.

»Und was nun?«

Er zuckte mit den Achseln, grinste schelmisch und griff ihre Hand. »Komm mit!« Jack zog sie mit sich durchs Gebüsch zu einer kleinen Lichtung, breitete die Picknickdecke im Gras aus, ließ sich darauf fallen und streckte die Beine der Sonne entgegen. »Ich muss trocknen!« Er lachte und klopfte neben sich auf das Plaid.

Sie setzte sich zu ihm, spürte seine Wärme durch den Stoff ihrer Bluse und seine Blicke auf ihrem Gesicht und fühlte sich plötzlich befangen. »Kennst du Edward schon lange?«

»Hat die Frage einen speziellen Grund?«

»Nein, nur so. Ihr seid so … vertraut.«

»Nun ja, seit meinem ersten Tag in Eton. Wir waren Banknachbarn und wohnten im selben Haus. Dann haben wir sogar zusammen gedient. Edward ging dann nach Oxford, doch das war nichts für mich. Ich blieb in der Army fürs Erste, war in Afrika und Edward hat derweil Karriere gemacht. Aber jetzt, wo ich so drüber nachdenke … wahrscheinlich habe ich mit niemandem in meinem Leben mehr Zeit verbracht als mit Edward, das stimmt wohl.«

»Und, habt ihr nie den Wunsch verspürt, eine Familie zu gründen? Euch Frauen zu suchen und Kinder zu bekommen? Kinder scheinen dich zu mögen.«

»Ich für meinen Teil nicht, mein Leben kann ich keiner Familie zumuten. Aber wer weiß, was noch kommen mag. Ich glaube nicht an Pläne, vielmehr betrachte ich das Dasein als eine Abfolge von glücklichen Zufällen.«

Sie wünschte sich plötzlich, er würde sie küssen, und wandte das Gesicht ab, damit er den Wunsch nicht in ihren Augen las. »Und Edward?« Das erschien ihr unverfänglich, doch seine Antwort klang unwirsch.

»Das musst du ihn schon selbst fragen!«

Sie hatte es verdorben, der Augenblick war dahin.

»Lass uns zusammenpacken, du kommst sonst zu spät!«, sagte er knapp.

Die Fahrt zurück nach London verlief schweigsam. Sie war eine dumme Gans! Jetzt musste er denken, sie wolle ihn über Edwards Gefühle aushorchen, in Erfahrung bringen, wie er zu ihr stand. Was sollte Jack auch sonst denken? Sie musterte ihn von der Seite, seine sonst so sonnige Miene lag im Schatten, und über seinen Meeresaugen waren Wolken aufgezogen. Er sah zu ihr rüber, mit einem prüfenden Blick. Sie gab vor, die Landschaft zu bewundern, lächelte über Bäume und Schafe am Wegesrand und kam sich vor wie eine Idiotin. Seine Nähe machte sie verrückt, er zog sie an wie eine unsichtbare Kraft. Als bestünden die dreißig Zentimeter, die ihre Körper auf dem Sitz des Rolls-Royce voneinander trennten, aus einem magnetischen Feld. Es zog sie unerbittlich zu ihm hin, sie konnte es beinahe körperlich spüren, an den Rändern des Magnetfelds knisterten kleine Funken, die ihre Nervenenden zum Singen brachten. Am liebsten hätte sie sich ihm um den Hals geworfen und ihre Liebe gestanden. Doch wie stellte man das an? Sagte man sowas wie: »Ach übrigens, Jack. Ich bin zwar eigentlich Edwards Freundin, aber in letzter Zeit ist mir aufgefallen, dass ich mich in dich verliebt habe!« Wohl eher nicht. Es gab wohl keine Worte, die passend wären, um etwas auszudrücken, was nicht sein durfte. Sie war in gedrückter Stimmung, als sie in der Shaftesbury ankamen, und so wurde es nicht der glänzende Auftritt, den sie sich ausgemalt hatte, als sie aus seinem Wagen stieg. Im Gegenteil, sie war ganz froh, dass gerade nicht viel los war. »Bis dann!«, rief sie ihm zu und huschte durch den Künstlereingang.

LYDIA BETRACHTETE die Auslagen im Fenster des Geschäfts und seufzte. »Das kann ich mir eh nicht leisten.«

Sie waren bummeln gegangen, und Dora hatte ein hübsches Zierkissen für ihr Bett erstanden, das zu ihrer Tagesdecke passen würde.

»Sollen wir einen Kaffee trinken? Ich lade dich ein!« Sie wusste, dass Lydia sich keine unnötigen Ausgaben leisten konnte, denn anders als Dora war die Schottin allein auf ihre Gage angewiesen.

»Du hast es wirklich gut«, seufzte Lydia und pustete in ihren dampfenden Kaffee.

»Ja, ich weiß.« Die Gage für die Chorus-Girls betrug ein Pfund

und fünf Shilling, in etwa so viel wie ein einfacher Arbeiter verdiente und kaum mehr, als die Mädchen in Bunnys Bar rausbekamen. Edward hatte nur amüsiert gelächelt, als sie ihm ihre Gage beichtete, als handele es sich um eine gelungene Pointe. Nun, es war ein Witz. Ein Taschengeld, mehr nicht. Allein das Kleid, das sie trug, kostete vierzig Pfund, ihr teuerstes Abendkleid beinah einhundert. »Wie kommst du zurecht?«

Lydia senkte den Blick. »Manchmal steckt mir einer der Johnnys etwas zu.« Sie fuhr mit dem Fingernagel ihres Zeigefingers über den Rand der Kaffeetasse. »Einer von denen, die übrigbleiben, wenn Carrie ihr Opfer des Tages gefunden hat.«

»Du meinst …«

»Nun schau mich nicht so an. Ganz harmlos, nur ein bisschen Spazierengehen und so.«

Doch in Lydias Augen las Dora die Wahrheit, dass es nicht so harmlos war, wie sie vorgab. »Schon gut, ich verstehe es ja.«

»Man muss zusehen, wie man über die Runden kommt. Nicht jeder hat so ein Glück wie du. Du kannst echt froh sein!«

Ja, sie konnte wirklich froh sein, Edward zu haben. Ohne seine Unterstützung würde es ihr nicht bessergehen als Lydia. Und der wiederum ging es auch nicht besser als Martha, nur, dass die immerhin ihren Louis hatte. Ihre ach so große Liebe, die ihr doch auch nichts brachte. Nun, sie konnte sich wirklich glücklich schätzen und dankbar sein, dass sie Edward hatte.

KAPITEL 21

Seit anderthalb Wochen wohnte Jack jetzt bei Edward, und Dora gab sich die größte Mühe, ihre Gefühle für ihn zu verbergen. Es fiel ihr von Tag zu Tag schwerer. Das Gefühl, mit dem falschen Mann zusammen zu sein, nagte an ihr mit spitzen kleinen Zähnen, die wie Stiche in ihrem Herzen brannten.

»Was machen wir am Weekend?«, wollte Edward wissen. »Haben wir Pläne?«

Jack sah von seiner Zeitung auf. »Ich hatte vor, nach Ascott zu fahren …«

Dora dachte kurz darüber nach »Der wie vielte ist am Samstag?«

»Der 21. Juni, warum?«

»Oh, dann habe ich am Samstag Geburtstag.«

»Na, das muss gefeiert werden! Dann bleibe ich natürlich hier. Ich weiß, Frauen reden nicht gern über ihr Alter, aber wie alt wirst du denn?«

»Achtzehn!«, antwortete sie wahrheitsgemäß.

Edward verschluckte sich und hustete. Kleine Tröpfchen Tee stoben auseinander und sprenkelten die Tischdecke mit winzigen Earl Grey farbenen Flecken.

»Na sauber, Teddy, deine Verlobte ist minderjährig!«

»Du meine Güte …« Edward starrte Dora an, er schnappte noch immer nach Luft. »Wieso hast du mir das nicht gesagt?«

»Weil du nicht gefragt hast. Außerdem sieht man doch, wie alt ich bin.«

»Ich dachte, du siehst nur so jung aus.«

»Wenn sich Teddys Schock wieder gelegt hat, können wir ja vielleicht weiter das Wochenende planen. Das muss schließlich gefeiert werden, ich kenne da ein neues französisches Restaurant.«

»Um ehrlich zu sein, würde ich am liebsten wieder mal was Deutsches essen. Ich könnte töten für Thüringer Klöße. Aber sowas gibt es hier bestimmt nicht.«

Edward wiegte den Kopf. »Vielleicht doch. Das Hotel de Provence am Leicester Square hat deutsche Küche, bestimmt haben die auch Klöße.«

»Was sind … Klosse?«, schaltete sich Jack ein.

»Eine deutsche Spezialität!«

»Gut, dann gehen wir nach der Show was essen.«

»Hm, ich fürchte, die Küche hat nur bis 21.00 Uhr geöffnet.«

»Na dann essen wir halt vor der Show. Und dann sehen wir uns das Stück an und danach ins gehen wir ins Criterion!«

»Eine ausgezeichnete Idee!«, stimmte Edward zu.

»Nein!«, platzte Dora heraus.

»Was, Nein?«

»Ich will nicht, dass ihr euch das Stück anschaut! Außerdem, Edward, du kennst es doch schon.«

»Aber warum denn nicht?« Jack schien amüsiert. »Ich will dich auch endlich mal auf der Bühne sehen.«

»Ach bitte, Jack, es ist mir unangenehm. Es wird peinlich, wenn ich weiß, dass ihr im Publikum sitzt und mir zuschaut.«

Edward warf ihr einen prüfenden Blick zu. »Wieso ist es dir vor ihm unangenehm und vor allen anderen Zuschauern nicht?«

Das war in der Tat eine gute Frage, zumal sie sonst jegliche Art von Aufmerksamkeit und Publikum genoss. Aber dadurch würde Jack erfahren, dass sie nur ein kleines Chormädchen war und keine richtige Schauspielerin, für die er sie bisher hielt. »Es würde mich einfach nervös machen, wenn ich wüsste, ihr beide schaut zu«, sagte sie leichthin. »Verrückt, nicht wahr?«

EDWARD HATTE einen Tisch für fünf Uhr reservieren lassen, das Restaurant hatte gerade erst geöffnet.

Der Kellner führte sie zu ihrem Tisch und begann augenblicklich, die Spezialitäten des Hauses herunter zu beten. »Wir hätten heute ein Menü, bestehend aus einer Kraftbrühe, danach eine geräucherte Entenbrust auf Salatbett. Als Hauptgang dann Fasanenbrust an jungen Erbsen und zum Dessert eine Herrencreme mit geeisten Himbeeren.«

Dora zappelte ungeduldig auf ihrem Stuhl. »Haben Sie auch Klöße?«, fragte sie den Kellner auf Deutsch.

Sein Gesicht erhellte sich. »Natürlich haben wir Klöße, die gibt es zum Schweinebraten mit Rotkraut.«

»Das nehme ich, drei Klöße bitte. Ach was, bringen sie gleich vier. Und viel Soße, Klöße müssen schwimmen!«

Der Kellner lachte. »Sie sind wohl schon länger fort von daheim?«

»Ein Dreivierteljahr.«

»So geht es allen Deutschen hier in England. Die Insel hat vieles zu bieten«, setzte er mit Verschwörermiene nach, »aber das Essen ist, unter uns gesagt, einfach grauenhaft!«

Edward, der wohl nicht zugeben wollte, dass sein Deutsch doch nicht gut genug war, um dem Gespräch zu folgen, setzte mit Nachdruck hinzu: »Wir nehmen das Gleiche. Was trinkt man dazu?«

»Bier!«

So kam es, dass sie jeder einen Teller mit einer dicken Scheibe Schweinsbraten serviert bekamen, dazu eine Platte mit Fleisch zum Nachlegen und gleich mehrere Schüsseln mit Rotkraut und Soße und vor allem Klößen.

Edward schwankte zwischen Erstaunen und Verzweiflung. »Mein Gott, wer soll das alles essen?«

»Na, du hast doch gleich vier Klöße für jeden bestellt!«

»Also dann.« Jack attackierte mit der Gabel seinen Kloß. »Das sind also Klosse? Ihr hättet ja auch gleich sagen können, dass ihr Dumplings meint!«

Mit wachsender Faszination sahen Edward und Jack ihr dabei zu, wie sie tatsächlich vier komplette Klöße verdrückte, einen nach dem anderen.

»Meine Güte! Hätte ich gewusst, wie verrückt du danach bist, wären wir schon eher hergekommen!«

»Puh, ich glaube, ich platze gleich!«

»Ich weiß wirklich nicht, was ihr an diesen Dingern findet, sie sind klebrig und schmecken wie Gummi! Aber du scheinst sie wirklich zu mögen.« Jack grinste. »Wir sollten dich ›Dumpling‹ taufen!«

Dora verzog die Lippen zu einem Schmollen. »Untersteh dich, mich ›Kloß‹ zu nennen!«

»Aber warum denn nicht, mein kleines Klößchen?« Er piekte ihr mit dem Finger in die Seite. »Ich finde es süß, Dumpling!«

»Lass das!«, fauchte sie ihn an.

»Ach, Kinder, nun streitet doch nicht!«

Sie fühlte sich tatsächlich beinahe wie ein kleiner Kloß, als sie in ihr Kostüm schlüpfte. Ihr Magen rebellierte. Sie hätte wirklich nicht so viel essen sollen. Oder war es die Aufregung, weil sie wusste, dass Jack ihr zusah? Was würde er nur von ihr denken, wenn er erkannte, dass ihr Erscheinen hier überhaupt nicht von Belang war? Dass sie nur die allerkleinste Geige spielte, eine Randfigur, bloß ein Chorus-Girl in der zweiten Reihe. Würde er sie überhaupt wahrnehmen zwischen all den Stars? Oder würde sie verblassen im Vergleich zu Carries Witz und Agnes' Charme oder dem Liebreiz von Dorothy Ward?

Zu ihrem Entsetzen sah er sie bestens. Der Vorhang öffnete sich und sie ließ ihren Blick durchs Publikum schweifen. Edward und Jack hatten eine Loge auf dem ersten Balkon, direkt über der Bühne, keine zehn Meter von ihr entfernt. Ihr Herz setzte einen Schlag aus, Jack winkte ihr fröhlich zu, und dann riss sie sich zusammen und gab ihr Bestes. Sie wollte in seinen Augen bestehen, sich beweisen, ihm zeigen, dass auch sie etwas Besonderes war. Dass sie es wert war, gesehen zu werden.

Es war, als sänge und tanze sie nur für ihn. Solange sie auf der Bühne war, wandte er seinen Blick keinen Moment von ihr ab, verfolgte jede ihre Bewegungen, ließ sie keine Sekunde aus den Augen. Wenn ihre Blicke sich trafen, sah sie das Amüsement in seinen Meeresaugen, als wüsste er, dass sie nur für ihn spielte. Sie fühlte sich nackt in ihrem Kostüm, als gäbe sie sich ihm preis, schutzlos seinem Urteil ausgeliefert. Es war ihm bewusst, und er genoss seine private Show sichtlich. Er lachte und klatschte an den richtigen Stellen und jeder Außenstehende hätte einfach nur einen Mann gesehen, der gut unterhalten wird und sich prächtig amüsiert.

Doch sie wusste, es galt ihr, dieses belustigte Lächeln, das um seinen Mund spielte.

»HILF mir mal bei meinem Korsett!«

»Uh, gewagt!« Lydia zog die Schnüre ihres Schwanenhalskorsetts ordentlich stramm. »So gut?«

Dora schnappte nach Luft. »Enger!«

»Hast du heute Abend noch was vor?«

»Ich habe Geburtstag, wir wollen noch ins Criterion.«

»Herzlichen Glückwunsch, Süße!« Lydia umarmte sie und küsste sie auf beide Wangen.

»Danke! Los, hilf mir ins Kleid!« Ihr cremefarbenes Abendkleid war dem neuesten Pariser Schnitt nachempfunden, aus Seide mit einem tiefen runden Ausschnitt, einem schmalen Rock und nur der Andeutung einer Schleppe. Darüber eine Lage hauchzarter Musselin mit Stickereien, dessen Transparenz nur auf den ersten Blick vorgab, den gewagten Ausschnitt des Kleides zu verhüllen.

»Todschick!« Lydia nickte anerkennend. »Na dann, viel Spaß!«

Dummerweise war sie eine der Letzten, die die Garderobe verließen, so dass Carrie genau vor ihr den Ausgang erreichte. Sie sah umwerfend aus in ihrem Abendkleid aus schwarzer Spitze. Carrie rückte ein letztes Mal ihr Haar zurecht, bevor sie mit weitem Schwung die Tür öffnete. Sie schüttelte ihre schwarzen Locken zurück und warf den Kopf in den Nacken. Sie liebte ihr Bad in der Menge, warf Handküsschen und nahm Blumen entgegen. Dann entdeckte Carrie Jack, ein Lächeln glitt über ihr Gesicht. Sie steuerte zielstrebig auf ihn zu und griff nach dem Strauß Blumen in seiner Hand. Dora drängelte sich durch und schob Carrie beiseite.

»Entschuldige, aber das sind meine!«

Carrie fuhr zu ihr herum und funkelte sie aus blitzenden Augen an. »Wie kannst du es wagen?«

Dora starrte sie an, zu perplex, um etwas darauf zu antworten. Jack kam ihr zu Hilfe. »Ich fürchte, Dora hat recht, die Blumen sind wirklich für sie.«

Mit einem triumphierenden Lächeln nahm sie den Strauß entgegen. »Vielen Dank, Lord Bidford!«

Jack zwinkerte ihr zu und setzte noch einen obendrauf, indem er sich mit einem entschuldigenden Lächeln an Carrie wandte. »Es tut mir leid, Miss … äh … wie war doch noch gleich ihr Name?«

Das war zu viel für die Moore. Mit einem Schnauben fuhr sie auf dem Absatz herum und riss dem nächstbesten Verehrer eine Schachtel Pralinen aus der Hand. »Lord Dudley, wie reizend von Ihnen …« Carrie war wieder ganz die Alte. Doch sie würde sich den Zwischenfall merken, das wusste Dora.

»Oh, das war großartig, wie sie geschaut hat!« Dora sonnte sich immer noch in ihrem Triumph. Wobei sie nur hoffen konnte, dass Carrie ihren Abend woanders zu verbringen gedachte und nicht ebenfalls im Criterion.

»Ich muss sagen, Miss Moore sah wirklich ganz bezaubernd aus. Es tut mir fast leid, sie so brüskiert zu haben.«

»Das muss es nicht. Sie sieht wirklich nur so aus, glaub mir, das täuscht!«

Jack bestellte eine Flasche Champagner.

»Ich glaube, ich nehme einen Whisky«, meinte Edward.

»Eine gute Idee, da schließe ich mich an! Also eine Flasche Champagner und zwei Whisky.«

»Sehr wohl, Mylord!«

»Lasst uns endlich zu den Geschenken kommen.« Mit einem Lächeln griff Edward in seine Tasche und holte eine kleine Schachtel hervor.

»Ich bekomme Geschenke?«

»Los, mach es auf!«

»Oh, Edward, wie hübsch!« Sie zog ein schmales goldenes Armband hervor. »Vielen Dank!«

»Warte, bis du mein Geschenk siehst.« Jack griff ebenfalls in die Tasche und überreichte ihr ein Kästchen. Sie öffnete es und blickte entzückt auf das Paar Ohrringe, an den tropfenförmigen Elementen aus geflochtenem Silberdraht baumelten kleine Kleeblätter aus gelbgrüner Jade.

»Oh, Jack! Sie sind wunderschön!«

»Ihre Farbe erinnert mich an deine Augen.« Er sah sie an mit diesem Blick, und sie fürchtete einen Moment, sie würde darin ertrinken. Ihr wurde ganz leicht im Kopf, ein wenig schwindelig, oder kam das vom Champagner?

»Ich wusste nicht, dass das hier ein Wettbewerb wird, wer das schönere Geschenk hat«, knurrte Edward und nahm einen Schluck von seinem Whisky.

SIE HATTEN ZU VIEL GETRUNKEN, alle drei, aber Edward am allermeisten. Jack und Dora mussten ihn stützen, um ihn die Treppe zu seinem Schlafzimmer hochzubekommen.

Jack bugsierte ihn zum Bett, ächzte und ließ ihn fallen. Edward begann augenblicklich zu schnarchen, kaum, dass seine Wange die seidenen Decken berührte.

»Drunk as a boiled owl!«, stellte Jack fest.

»Betrunken, wie eine gekochte Eule?« Dora kicherte und hickste, was sie noch mehr zum Kichern brachte.

»Ja, so sagt man.« Er drehte sich zu ihr um und sah sie an. Sie wusste selbst hinterher nicht zu sagen, wie es passieren konnte. Er stand so dicht vor ihr, dass sie sein Aftershave roch. Er beugte sich zu ihr, und sie wusste, dass er sie küssen würde.

»Happy birthday, Dumpling.«

»Mein Geburtstag ist vorbei.«

Seine Lippen waren warm und fest, sein Atem schmeckte nach Zigarrenrauch und Champagner. Sie schwankte ein wenig, als seine Hände über ihren Rücken wanderten und nach den Haken tasteten, die ihr Kleid geschlossen hielten. Er streifte es herunter, dann ihre Unterröcke und schließlich Korsett und Leibchen, bis sie nackt vor ihm stand. In seinen Augen spiegelte sich das Funkeln der Wandlüster wie das Glitzern der Sonne auf den Wellen des Meeres. Seine Hände wanderten über ihre Haut, erforschten ihren Körper. Mit einer sanften Bewegung drückte er sie hinunter aufs Bett.

»Die verbotenen Früchte sind doch immer die süßesten«, murmelte Jack und küsste sie zwischen den Beinen. Sie stöhnte auf, überwältigt von dem unbekannten Gefühl, ließ sich fallen, gab sich seinen Berührungen hin, bis ein warmes Gefühl in ihrem Innern zu tausend Sternen explodierte.

In ihrer Ekstase musste sie Edward getreten haben, denn er setzte sich auf und rieb sich blinzelnd die Augen. »Warum bin ich nicht nackt?«, nuschelte er, bevor er wieder zusammensackte und weiterschlief.

Jack lachte leise sein typisches Jack-Lachen, dieses Geräusch voller Wärme und Glück. Er hatte sich abgewandt und fummelte zwischen seinen Beinen, bevor er sich auf sie legte und in sie eindrang. Sie vergaßen Zeit und Raum, wurden zu einer Einheit aus Körpern, Händen und Lippen. Als Jack schließlich aufstöhnte und über ihr zusammensackte, hörte sie ein Seufzen vom Ende des Bettes. Sie öffnete die Augen, sah an Jacks Schulter vorbei zum Spiegel unter der Zimmerdecke. Sie erfasste die Szenerie, die zerwühlten Laken, Jacks Körper, der ihren umschloss, wie die Schale das Samenkorn umhüllt, Edward am Fußende. Ihre Blicke trafen sich im Spiegel. Aus weit aufgerissenen Augen starrte er sie an, sein Gesicht schien seltsam verkrampft. Sie fuhr zusammen. Mit einem Schlag war sie nüchtern, wollte sich unter Jack befreien, doch Edward schüttelte den Kopf. In seinem Blick lag ein stummes Flehen, es jetzt nicht zu zerstören. Ihre Augen fanden den Grund dafür in der Bewegung, die von seiner Körpermitte ausging. Er onanierte.

Am nächsten Morgen wachten sie auf und waren immer noch Dora und Edward und Jack.

»Guten Morgen, Dumpling!« Jack küsste ihre Schulter. »Ich gehe mich mal frisch machen!« Er wickelte sich in ein Laken und stolzierte zur Tür.

Sie zog die Decke fester um sich und sah Edward an. Sein Schweigen erschien ihr wie eine Anklage. Erinnerte er sich an die vergangene Nacht, oder war er zu betrunken gewesen? Sie hoffte es inständig, andererseits: Sie waren alle drei nackt, Jack hatte sie geküsst ... Ihr Mund fühlte sich wie ausgedörrt an, ihr Hals trocken. Sie holte tief Luft. »Es ist nicht so, wie du denkst ...« Ihre Stimme kratzte rau in ihrer Kehle.

»So, was denke ich denn?« Edward klang gelassen, doch sie fürchtete sich vor dem Donnerwetter, das ihr bevorstünde, wenn er seine Gleichgültigkeit fallen ließ. Und er hatte alles Recht dazu, sie vor die Tür zu setzen und zum Teufel zu jagen.

»Ich war betrunken, all der Champagner, ich weiß nicht, wie das passieren konnte ...« Ja, wie hatte sie nur so dumm sein können, ihn zu betrügen? Ihre ganze Existenz hing von ihm ab.

»Ich wusste, dass es geschehen würde, früher oder später.«

»Ich sage doch, ich war betrunken, es tut mir leid!« Sie sehnte sich nach einem Glas Wasser, hatte furchtbaren Durst.

»Es war klar, dass ich dir nicht ausreiche.« Sein Blick glitt umher, als suche er Halt zwischen den Spiegeln und ihren Bildern. »... weil ich nicht imstande bin, deine weiblichen Gelüste zu befriedigen. Ich kann es sogar verstehen«, murmelte er.

Sie musste das irgendwie wieder geradebiegen. »Du irrst dich, es war ein Ausrutscher. Ich … ich liebe dich!«

»Ach ja? Wenn ich mich recht erinnere, hast du gestern Nacht mit meinem besten Freund geschlafen.«

»Und wenn ich mich recht erinnere, schien es dir nicht sonderlich viel auszumachen, ganz im Gegenteil!«

Eine flammende Röte färbte seine hellen Wangen. Er wich ihrem Blick aus und sah zu Boden. Seine Augenbrauen senkten sich, als würde er darüber nachdenken, was er sagen solle. Er leckte seine Lippen und räusperte sich, doch er schwieg.

»Warum hast du, na du weißt schon?«

Die Röte seiner Wangen vertiefte sich und ergriff Besitz von seinen Ohren, sie glühten wie chinesische Lampions. »Du weißt doch, ich … schaue halt gerne zu.«

»Es hat dir gefallen?«

»Es … ich weiß es doch auch nicht. Es erregt mich!«

»Und wie geht es jetzt weiter?«

»Ich weiß nicht. Erstmal mit Frühstück? Bevor sich unser Adonis vor lauter Hunger noch anderen fleischlichen Gelüsten widmet.«

KAPITEL 22

Ende August wurde es ruhig in London, die Saison war vorbei. Wer es sich leisten konnte, verließ die Stadt und flüchtete aufs Land, um der Sommerhitze zu entkommen. Auch das Apollo schloss seine Pforten, der Spielbetrieb würde für eine ganze Woche ruhen. Der Produzent gab ihnen frei. Es erschien Dora wie ein Segen, eine Woche frei zu sein und dem hektischen Spielplan zu entfliehen!

Sie fuhren aufs Land, der alte Earl besaß ein Cottage in der Nähe von Hampton Lucy. Am Ende eines Feldwegs kuschelte es sich unter einem dicken Reetdach an das Ufer des Avon. Dichte Trauerweiden schützten vor neugierigen Blicken und boten den Gästen ein Refugium in der ländlichen Abgeschiedenheit.

»Es wird nicht oft benutzt.« Jack zog eines der Laken, die die Möbel schützten, von einem zierlichen Sessel. Der Staub tanzte durch die Sonnenstrahlen, die durch die winzigen Sprossenfenster fielen. »Doch für unsere Zwecke sollte es reichen!«

Edward hob amüsiert eine Augenbraue. »Was ist denn der Zweck unseres Aufenthalts, Jack?«

»Ich für meinen Teil strebe nach Erholung für meinen geschundenen Leib, bevor ich mich wieder den Strapazen des Abenteurerlebens ausliefere. Und du, Dora?«

»Dem schließe ich mich an!«

Jack legte den Arm um Edwards Schultern. »Und, was fehlt dir zu deinem Glück?«

Edward räusperte sich und sah zu Boden. »Nun, ein bisschen Ruhe. Ich habe wohl den anstrengendsten Job von uns dreien. Ich langweile mich nicht, den ganzen Tag in der Bank.«

»Na bitte, ich sag's doch. Für unsere Zwecke wird es hier das reinste Paradies!«

Es war wirklich ein Paradies. Irgendein Vorfahr hatte den Garten im Stile eines englischen Landschaftsgartens angelegt und ihn dann sich selbst überlassen. Verwilderte Rosenhecken und baumhohe Rhododendren bildeten einen Dschungel, in dem man sich verirren konnte. Sie badeten im Fluss zwischen den Trauerweiden, nur in Unterwäsche und durch das silbrige Flirren des Laubs verborgen. Dann liefen sie zum Trocknen durch den Garten wie tropfende Gespenster, bis sie in einem Winkel einen Weiher entdeckten, beinah zur Gänze überwachsen mit Seerosen. Ihre weißen Blütenkelche schwebten wie Sterne über dem grünen Wasser. Jack zog seine Unterwäsche aus. »Wer zuletzt drin ist, hat verloren!«

Der Morast am Grund umschloss ihre Füße wie mit kalten Fingern, die sie hinabziehen wollten. Sie kämpfte sie aus dem Schlamm und paddelte wie ein Hund hinüber zu Jack.

Die fleischigen Stängel der Seerosen bildeten unter der Wasseroberfläche ein tückisches Gewirr.

»Strampele nicht zu sehr, sonst verfängst du dich noch.« Jack zog sie zu sich heran und spritzte Edward nass. »Teddy, du bist wie immer der Letzte, du hast verloren!«

Nur ihre Köpfe ragten aus dem Wasser. Die herzförmigen Blätter der Seerosen bildeten einen dichten Teppich auf der Oberfläche, sodass man nicht sah, ob es ein Fisch war, oder etwas anderes, das einem am Bein entlang glitt. Oder wessen Hand es war, die einen berührte. Zumindest taten sie so, als wüssten sie es nicht. Dora für ihren Teil vermochte genau zu unterscheiden, ob es Edwards kühle Finger waren oder Jacks forsche Hand. Doch es war, als hätten sie ihre Körper dem Wasser übergeben. Diesem chaotischen Element, das aus nichts besteht außer unsteten Molekülen, die permanent umeinander purzeln und eine flexible Verbindung eingehen. An keine Form gebunden, variabel in der Gestalt und stets bereit, sich mit dem nächsten Tropfen zu vereinen und ineinander aufzugehen, wurden sie selbst wie das Wasser. Sie tauchten ein und ihre Körper verflüssigten sich, bevor sie zu einer Einheit verschmolzen. Sie war wie das Sauerstoffatom, das die beiden Wasserstoffatome an sich band. Vollkommen selbstvergessen stürzten sie ineinander wie in einen alles verzehrenden Rausch, eingehüllt in die Symphonie von quakenden Fröschen und dem Sirren von Libellenflügeln. Wie Betrunkene taumelten sie durch die Tage, alles war so einfach, so leicht. Wie ein Traum, nur ein Spiel. Sie waren wie spielende Kinder.

JACK HATTE eine alte Sense im Schuppen hinter dem Cottage gefunden.

»Verletz dich bloß nicht an dem rostigen Ding!«, meinte Edward und deutete auf die Klinge.

Jack warf ihm einen Blick zu, der besagte, Edward habe wohl nicht alle Tassen im Oberstübchen. Dann drehte er sich wortlos um und dengelte mit einem Hammer auf dem Sensenblatt herum. Mit einem Wetzstein zog er die Schneide ab, bis sie silbrig glänzte wie eine schmale Mondsichel an einem Firmament aus Rost. Dann fuhr er behutsam mit dem Daumen über die Klinge, prüfte ihre Schärfe und nickte zufrieden.

»Woher kannst du das?« Die Verblüffung stand Edward ins Gesicht geschrieben.

Jack zuckte die Achseln. »Ich kann's halt. Als ich noch ein Junge war, habe ich immer unserem alten Gärtner bei der Arbeit zugeschaut.«

Edward breitete eine Picknickdecke ins Gras unter einer mächtigen Esche, ihre gefiederten Blätter warfen ein tanzendes Fleckenmuster aus Licht und Schatten. Nur die Grillen brüteten ihr Lied der Hitze, ohne Modulation, durchschnitten vom rhythmischen Singen der Sense.

Dora ließ sich neben Edward auf die Decke fallen, lehnte sich zurück und beobachtete Jack aus halb geschlossenen Augen. Er hätte ebenso gut ein Bauer statt der Sohn eines Earls sein können, er schwang die Sense in einem perfekten Halbkreis durch das hüfthohe Unkraut, flach über dem Boden, als hätte er nie etwas anderes getan. Er arbeitete mit nacktem Oberkörper, die Sonne brannte auf ihn herunter. Der Schweiß rann in kleinen Bächen seinen Rücken hinab, die dem Spiel der Muskeln unter seiner glatten Haut folgten.

»Was soll das bringen?«, rief Edward ihm zu. »Wir reisen morgen ab, falls du das vergessen hast!«

»Ich werde verrückt, wenn ich die ganze Zeit nur rumsitze!«, antwortete Jack und drosch weiter auf das Unkraut ein. Brennnesseln, Springkraut und Mädesüß flogen im hohen Bogen, die Stängel regneten um ihn herab wie durstiger Siegeslorbeer.

Ein krächzender Schrei zerriss die Stille des Gartens, ein Rascheln und ein Rauschen in der Luft aus Kupfer und Gold. Jack hatte einen Fasan aufgeschreckt. Der Vogel flüchtete sich ins Unterholz einiger Schwarzerlen und duckte sich in die Schatten. Jack ließ die Sense fallen und sprang ihm hinterher. »Das wird unser Abendessen! Wir werden tafeln wie die Könige!«

»Erstmal musst du ihn erwischen!«, rief Edward ihm nach, doch Jack war bereits verschwunden, die Zweige schlossen sich hinter ihm und das Gebüsch hatte ihn verschluckt. Nur das entfernende Rascheln der Blätter und das trockene Knacken von Ästen verriet, dass er die Verfolgung des Vogels noch nicht aufgegeben hatte.

»Ich bin mir sicher, er kriegt ihn. Der Fasan hat keine Chance.«

»Was macht dich da so sicher?«

»Nun, er kann sowas einfach, oder?« Sie sah Edward an. »Es ist seine Körperlichkeit. Diese Sicherheit, mit der er sich bewegt, egal ob beim Tennis oder beim Tanz, diese Selbstverständlichkeit.«

»Ich weiß, was du meinst. Jack weiß nicht nur, dass er an der Spitze der Evolution steht. Er ist auch zu hundert Prozent überzeugt, allen anderen Lebewesen haushoch überlegen zu sein.«

»Und selbst, wenn Darwin nicht recht hat, sondern doch Gott den Menschen nach seinem Abbild geformt hat. Ist Jack dann nicht der denkbar gelungenste Beweis dafür?«

Edward warf ihr einen forschenden Blick von der Seite zu. »Liebst du ihn?«

»Was soll die Frage?«

»Ich sehe es dir doch an. Glaubst du, ich bin blind? Glaubst du, ich sehe nicht, wie du ihn anschmachtest? Schon vom ersten Augenblick an, als er mein Haus betrat.«

»Nein, ich …«

»Ach komm schon, Dora, du kannst mir nichts vormachen. Alle

lieben Jack!«, stieß er hervor. Die Heftigkeit, mit der er fortfuhr, überraschte sie. »Egal, wo er geht und steht, alles liegt ihm zu Füßen. Frauen schmelzen dahin, Männer hängen an seinen Lippen, Kinder sind förmlich verrückt nach ihm und jeder dahergelaufene Straßenköter folgt ihm nach fünf Minuten aufs Wort. Es sind seine Augen …«

»Und wenn, was wäre so schlimm daran? Dann liebe ich euch halt beide«, entgegnete sie leichthin.

»Ich wusste es! Aber ich warne dich, sag es ihm nicht. Wenn du es aussprichst, ist er genauso schnell weg wie der Fasan eben.« Er deutete mit dem Daumen auf die Büsche.

»Und was, wenn er ihn einfängt?«

Es sollte ein Scherz sein, aber Edward wurde plötzlich ernst. »Jack lieben, heißt leiden.«

Etwas an der Art, wie er das sagte, ließ ihr einen kalten Schauer den Rücken herunterlaufen. Es klang wie eine düstere Prophezeihung. Dora schüttelte den Kopf, als wolle sie die dunklen Gedanken vertreiben, und lächelte ihn an. »Es könnte mir nicht bessergehen.«

»Das wird sich ändern. Du bekommst bald Gelegenheit, deine Leidensfähigkeit auf die Probe zu stellen.«

»Was meinst du damit?«

»Nun, es ist Donnerstag, morgen fahren wir zurück nach London. Und am Samstag wird Jack aufbrechen und Lord Barley auf die Jagd begleiten.«

»Na und? Dann ist er halt ein paar Tage fort. So spannend wird es schon nicht sein, irgendwo in Schottland durchs Moor zu pirschen.«

Edward lächelte maliziös. »Dumm nur, dass Lord Barley auf der Jagd nach dem passenden Teppich ist, der ihm seit geraumer Zeit vorschwebt für seine Bibliothek.« Er machte eine kunstvolle kleine Pause, bevor er fortfuhr: «Ein Löwe erscheint ihm passend.«

»Soll das etwa heißen …?«

»Ganz recht, unser lieber Jack folgt mal wieder dem Lockruf der Wildnis. Er reist nach Afrika. Ich habe mir schon gedacht, dass er dir nichts davon erzählt hat.«

»Nein, das hat er nicht«, murmelte sie matt. »Wie lange bleibt er fort?«

»Das weiß nur der Wind.«

Es raschelte und knackte im Gebüsch neben ihnen. Jack trat daraus hervor, in seiner rechten Hand die Füße des Fasans, den er ihnen entgegenstreckte wie ein archaischer Krieger seine Beute. Er hatte ihm den Hals umgedreht. Der Kopf mit dem roten Gesicht unter der grün und blau schillernden Federhaube baumelte hin und her, die goldumrandeten Augen blickten starr in die Leere der Ewigkeit. »Der Mensch hat über die Natur triumphiert!«, rief er aus. Er warf einen verdutzten Blick auf ihre hängenden Köpfe. »Was ist los, was schaut ihr so belämmert?«

»Schade um den schönen Vogel.« Sie strich sanft über das Gefieder. An der Seite war der Fasan golden und am Rücken kupferbraun mit weißen Flecken wie bei einem Rehkitz.

»Du kannst die Federn behalten, wenn du ihn gerupft hast.« Er streckte ihn ihr mit einem Grinsen entgegen.

Entsetzt wich sie vor dem leblosen Tier zurück. »Wieso ich?«

»Sowas ist Frauensache. Der Mann jagt, die Frau bereitet zu, so hat es die Natur gewollt!«

»Auf keinen Fall werde ich ihn rupfen! Das soll eins der Mädchen machen, dafür sind sie ja da.«

»War nur ein Scherz!«

»Können wir die Federn trotzdem behalten?«

Der Fasan war zäh, die Brust zu trocken und in seinen Schenkeln verbarg sich eine Vielzahl dünner Knochen, die es einem unmöglich machten, das Fleisch davon zu nagen. Als wehre sich der Vogel selbst nach dem Tod dagegen, als Braten zu enden und aufgegessen zu werden. Hoffentlich genoss seine Vogelseele ihre postume Rache. Ihr war der Appetit sowieso gründlich vergangen. »Warum hast du mir nicht erzählt, dass du nach Afrika gehst?«

»Ach, Dumpling«, er strich über ihre Wange, »nun schau doch nicht so! In ein paar Wochen bin ich zurück.«

»Und wenn dir was passiert?«

»Was soll mir denn passieren?«

»Was, wenn ein Löwe dich auffrisst? Oder ein Krokodil?«

»Wenn jemand etwas auffrisst, so bin das am Ende immer noch ich.« Er biss in einen Schenkel und riss das Fleisch mit den Zähnen von den Knochen, in seinen Augen blitzte der Schalk.

»Du brauchst dir doch nur ein Bein zu brechen! Schon ein Kratzer reicht aus. Wenn du dir den Wundbrand fängst, dort in der Wildnis …«

»Ach, Unsinn! Ich war schon mal in Afrika und bin zurückgekehrt, mit heiler Haut. Alle Glieder noch dran, du kannst dich gern selbst noch mal davon überzeugen.«

»Ich meine das ernst, Jack. Ich habe kein gutes Gefühl dabei.«

»Dann sollte ich umgehend dafür sorgen, dass du dich besser fühlst.«

Sie klammerte sich an ihn wie eine Ertrinkende in dieser Nacht und in der folgenden auch, als sie wieder in Edwards Bett in London lagen. Als wolle sie ihn mit ihrem Körper spüren lassen, was Edward ihrem Mund empfohlen hatte, zu verschweigen. Die Nacht war heiß und schwül. Die Hitze hüllte ihren Körper ein wie eine Daunendecke, die sich nicht fortstrampeln ließ, und sein Körper glühte auf ihrer Haut wie Fieber. Jack sog ihre Anhänglichkeit auf wie ein Schwamm, als speichere er ein letztes Mal ihre Nähe, bevor es ihn in die Ferne zog. Sie wollte wach bleiben, jede Sekunde auskosten, solange er noch da war, und kämpfte gegen den Schlaf. Doch irgendwann fielen ihre Augen zu und viel zu bald spürte sie, wie er die schweißgetränkte Kuhle neben ihr verließ. Draußen graute gerade erst der Morgen. »Geh nicht weg«, murmelte sie schlaftrunken.

»Noch bin ich ja da. Ich packe nur schon mal meine Sachen.«

Jack beaufsichtigte, wie seine Koffer aufgeladen wurden. Der Wagen war extra gerufen worden. Solange Jack in Afrika war, würde der Rolls-Royce in einer ›Motor-Garage‹ untergebracht, sie funktionierte wie ein Mietstall für Pferde, nur eben für Automobile. Trotz der frühen Stunde stiegen die Temperaturen schon wieder bedenklich, die Hitzewelle hatte England fest im Griff, ein Tiefdruckgebiet westlich von Irland pumpte unermüdlich heiße Luft vom Kontinent rüber auf die Insel. Auf ihrem Weg über den Ärmelkanal hatte sie nichts von ihrer spanischen Gluthitze eingebüßt, die Luft schmeckte nach Wüste und Staub. Sie betrachtete Jack, wie er dastand, den Tropenhelm unter den Arm geklemmt, seine weißen Hosenbeine steckten in braunen Reitstiefeln. Er sah aus, als sei er schon gar nicht mehr hier.

Es gab nichts, das sie sagen könnte, um ihn aufzuhalten. In seinen Augen spiegelte sich bereits das Meer. Er zog sie zu sich heran, und sie wusste: Nun war der Moment des Abschieds unwiderruflich gekommen. Sie spiegelte sich selbst in seinen Augen, erkannte Dora, als sie hineinsah. Schnell wandte sie den Blick ab, damit er nicht sah, dass sie mit den Tränen kämpfte. Sie schmiegte sich an seine Schulter und barg das Gesicht an seinem Hals, sog seinen Duft in sich ein und versuchte, ihn sich zu merken. Damit sie sich daran erinnern würde, wenn er fort war. Ihr Mund lag auf seinem Schlüsselbein und ihre Lippen fanden seinen Herzschlag in der Kuhle darüber, ein gleichmäßiger Takt des Lebens.

»Schreibst du mir, damit wir wissen, dass es dir gut geht?«

»Versprochen!«

»Von jedem Ort, an dem ihr Station macht, schickst du eine Postkarte, ja?«

»Du musst dir um mich keine Sorgen machen, stimmt's Teddy? Ich bin noch immer heil zurückgekommen. In ein paar Wochen bin ich zurück, du wirst sehen.«

»Pass auf dich auf, Jack!« Edward zog ihn an sich und umarmte ihn.

»Nun seid doch nicht so sentimental! Ihr haltet hier die Stellung, tut nichts, was ich nicht auch tun würde.«

DIE HITZEWELLE wich und machte Platz für einen nasskalten Herbstauftakt. Es war Ende September, die ersten Blätter färbten sich bereits gelb und in der Luft hing der erste Anflug von zähem Herbstnebel. Noch immer hatten sie nichts von Jack gehört. Er war jetzt beinahe vier Wochen fort, doch es war, als sei die Zeit stehen geblieben. Noch immer gab es kein Lebenszeichen von ihm seit seinem Aufbruch. Nichts, nicht eine einzige Karte. Die Trennung von Jack bereitete Dora beinahe körperliche Schmerzen. Sie fühlte sich wie amputiert, als fehle ein Teil von ihr, und die Sorge, er könne nie mehr zurückkehren, brachte sie um den Schlaf. Sie lag nächtelang wach und fragte sich, wie es ihm wohl erging. Wenn sie doch endlich Ruhe fand, plagten sie Alpträume, in denen sie ihn sterben sah, wieder und wieder. Wenn sie dann hochfuhr, mit einem Schrei, der auf ihren Lippen erstarb und ihr

Nachthemd an ihrem Rücken klebte, nass von ihrem Schweiß, blieb in der Dunkelheit ihres Zimmers nichts als diese Leere zurück. Die Trauer, die sie stets am Ende jedes Traumes empfand, wenn er sie ansah, ein letztes Mal mit diesen Augen, bevor sein Blick brach, und er für immer von ihr ging. Sie schleppte sich durch die Tage, ohne Appetit, dafür mit einem Gefühl, als habe sie Steine im Bauch, war nur noch ein Schatten ihrer selbst.

»Warum schreibt er denn nicht?«, setzte sie zum bestimmt hundertsten Mal an.

Edward ließ sich neben ihr auf das Sofa fallen. Er hatte zu viel getrunken, seine Stimme war schwer vom Rotwein. »Ich habe dir gesagt, du würdest leiden, aber du wolltest ja nicht hören.«

»Er hat versprochen, mir von überall zu schreiben, wo er sich aufhält. Er muss doch irgendwo Station gemacht haben?«

»Hat er auch. Nur hat er gerade wahrscheinlich komplett andere Dinge im Sinn.«

»Aber er hat es versprochen.«

Edward zuckte die Achseln. »Nun, so ist Jack halt. Deshalb hast du dich doch in ihn verliebt, nicht wahr? Weil er so aufregend ist, ein Abenteurer, immer auf Reisen, von denen er so wortreich berichtet. Das ist der Preis, den man dafür bezahlen muss, wenn man ihn liebt.«

»Du hast ja keine Ahnung.«

Edward lachte bitter auf. »Ich habe keine Ahnung? Du bist es, die keine Ahnung hat. Oder weißt du, wie es war, dabei zuzusehen, wie ihm Thomas, unser House Captain, damals in Walpole House den Arm gebrochen hat, weil Jack sich geweigert hat, seinem Befehl zu gehorchen? Jack hat weder geschrien noch geweint, was ihm den Respekt der älteren Jungs eingebracht hat. Aber weißt du was? Es hat ihm sogar Spaß gemacht! Nachts, als er schlief, die Wange auf seinen geschienten Arm gebettet, da hat er gelächelt. Er sah aus wie ein Engel. Oder weißt du, wie es sich anfühlt, wenn er sich freiwillig meldet und nach Afrika geht, um gegen die Buren in den Krieg zu ziehen und zu kämpfen?«

»Jack war im Krieg?«

»Ja, und sein Motiv war reine Abenteuerlust. Das waren nicht irgendwelche Wilden mit Speeren, gegen die er da gekämpft hat, verstehst du?« Er sah sie eindringlich an. »Das waren Weiße mit richtigen Waffen, ihre Gewehre und Munition genauso tödlich wie die britischen. Über ein Jahr nicht ein Zeichen von ihm, dass es ihm gut geht, nicht ein einziges Wort. Und dann stand er eines Tages vor der Tür, als sei nichts gewesen.«

»Hör auf, ich darf gar nicht dran denken!«

»Mach dir keine Sorgen, er kommt schon zurück, du wirst sehen.«

»Wie kannst du dir da so sicher sein?«

»Oh, Jack ist wie eine Katze, er fällt immer auf die Füße. Und spätestens, wenn ihm das Geld ausgeht, steht er wieder auf der Matte.« Er lachte bitter auf. »Du kennst ihn nicht! Er ist ein Spieler, ein Blender. Für ihn ist alles nur ein Spiel, das ganze Leben. Ob es sich um die Karten handelt oder das Herz eines anderen Menschen, er setzt immer auf volles Risiko. Es ist der Nervenkitzel, Jack braucht ihn wie die Luft zum Atmen, alles andere ist ihm egal.«

»Wie kannst du sowas sagen? Ich dachte, er sei dein Freund? Du bist ja bloß eifersüchtig!«

»Eifersüchtig? Auf Jack?« Er lachte trocken. »Er ist ein Heuchler, ein Lügner, ein Betrüger! Ein Egoist, wie er im Buche steht. Und trotzdem, alle lieben ihn … sogar ich!«

Sie brauchte einen Moment, bis sie verstand, was er da gesagt hatte. Bis sie die komplette Tragweite seiner Worte begriff. Plötzlich machte alles einen Sinn: seine manikürten Hände, seine Vorliebe für Analverkehr, die ständigen Sticheleien gegen Jack. Es fiel ihr wie Schuppen von den Augen. »Soll das etwa heißen, du … bist homosexuell?«

Er schreckte vor dem Wort zurück. »Nein, sag sowas nicht! Das ist strafbar! Es ist nicht so, wie du jetzt denkst. Ich mache mir nichts aus Männern.«

»Aber du hast doch gerade selbst gesagt …«

»Er ist es, verstehst du nicht? Es geht um ihn, um Jack!« In seinen Augen brannte eine Qual wie Höllenfeuer. Auch die Tränen, die darin aufstiegen, vermochten es nicht zu löschen. »Ich liebe ihn, vom ersten Tag an, genau wie du.«

»Oh, Edward.« Sie zog ihn zu sich heran, bettete seinen Kopf in ihrem Schoß und strich ihm durchs Haar, wie sie es früher immer bei Emma getan hatte. Er fuhr hoch und sah sie aus weit aufgerissenen Augen an. »Du wirst mich doch nicht verraten, oder? Bitte, sag es ihm nicht!«

»Nein, ich verspreche es dir!«

»Ich wusste, du würdest mich verstehen.« Er ließ den Kopf wieder in ihren Schoß sinken. Seine Tränen tränkten den Stoff ihres Rocks, als sich sein Schmerz entlud. »Es ist schrecklich, ihn zu lieben. All die Jahre an seiner Seite, immer in seinem Schatten. Ein stiller Voyeur, wenn er irgendeine Dirne durchs Bett scheucht. Der Claqueur für seine sexuellen Heldentaten, wenn er sich mal wieder von der gelangweilten Gattin eines Barons aushalten lässt, weil ihm das Geld ausgegangen ist. Ich bin nur ein Parasit! Ein Schmarotzer, der davon zehrt, ihn nackt zu sehen. Der sich von Resten ernährt, von der zufälligen Berührung seines Beines, einem kurzen Atemzug vom Duft seiner Haut.«

Sie hielt inne. »Wenn es dir nur um Jack geht, was bin ich dann für dich? War ich nur der Köder und Jack die Beute?«

»Ich wusste, du würdest ihm gefallen, ja. Aber du bist so viel mehr als das. Ich wusste, du würdest mich verstehen. Als ich dich von der Postkarte erkannte, da habe ich es gewusst!«

Ein eisiger Schauer lief ihren Rücken hinunter. »Welche Postkarte?«

Er stand auf und ging zur Kommode. Aus einer Schublade nahm er ein Album aus schwarzem Leder, das sie bisher noch nie gesehen hatte. Er schlug es nahe der Mitte auf und hielt es ihr wortlos hin. Ihre Finger fühlten sich seltsam taub an, als sie danach griff.

Neben der Dora auf dem Bild war noch ein anderes Mädchen, Fanny, die Tochter des Metzgers. Wilhelm hatte Fanny erpresst, genau wie sie selbst, und sie dann beide gezwungen, vor seiner Kamera zu posieren. Sie küssten sich und streichelten ihre Brüste. Doras waren klein und hart wie Äpfel und Fannys Brüste schwer und prall wie Euter. Fanny hielt eine ihrer Brustwarzen zwischen den Fingern, Wilhelm hatte sie in einem kräftigen Rosa koloriert. Es kam der echten Farbe ihrer Warzen so nahe, dass sie sich seltsam bloßgestellt fühlte. »Woher hast du das?«

»Ich habe sie in Deutschland gekauft, in Frankfurt, ich hatte dort einen Termin bei einem Bankhaus.«

»Frankfurt, großer Gott!« Immerhin nicht London, aber eine von Wilhelms Karten hier zu sehen, versetzte ihr einen Schock.

Die Dora auf dem Bild hatte die Augen geschlossen, um ihren Mund lag ein lüsterner Zug, sie genoss den Druck von Fannys Fingerspitzen auf ihrer Brust. Kein Wunder, dass Edward denken musste, sie sei eine heimliche Lesbierin. Sie hatte irgendwas für ihre Mutter besorgen sollen an diesem Tag, sie erinnerte sich nicht mehr, was. Die Luft in Wilhelms Atelier war stickig gewesen, die Sonne brannte durch die Dachfenster. Sie erschrak, als plötzlich Fanny auftauchte, doch Wilhelm fackelte nicht lange und erklärte ihr ohne große Worte, dass sie heute zu zweit Bilder schießen würden. Vielleicht gerade, weil es Sünde war, prickelten Fannys Finger umso verlockender auf ihren Brüsten. Das süße Ziehen des Schmerzes in ihrer Brustwarze, als Fanny ihre Finger enger schloss. Wilhelms Stöhnen, gefangen hinter seiner Kamera, der Blick in seine Augen, der ihr verriet, dass der Anblick zweier nackter Mädchen seine Wirkung nicht verfehlte. All das hatte sie erregt, es abzustreiten, wäre eine Lüge. Die Kamera hatte sie entlarvt und die Wahrheit aufgedeckt, sie ans Licht gezerrt und in die Platte gebrannt. Und Wilhelm hatte dafür gesorgt, dass es für jedermann sichtbar wurde. Es hatte sie bis hierher verfolgt.

»Es ist ja gar nichts Schlimmes dabei, auch wenn es verboten ist. Viele Menschen tun es, das ist der Beweis!«, rechtfertigte sich Edward und deutete auf das Album.

Sie blätterte weiter. Alle Karten zeigten im Prinzip das gleiche Bild: Frauen, Männer, zu zweit, zu dritt, zu viert, immer dem eigenen Geschlecht zugetan. Sie stellten Dinge miteinander an, deren Unsittlichkeit ihr die Schamesröte ins Gesicht trieb, mit einer Unverfrorenheit, die ihr die Sprache verschlug. Sie konnte sich kaum vorstellen, dass es das war, wonach Edward sich sehnte und schlug energisch das Album zu.

»Verachtest du mich jetzt?«

Sie wollte ihn nicht kränken, seine Gefühle nicht verletzen, schließlich ging es um Jack. Konnte sie ihm das verübeln? Sie schüttelte den Kopf. »Nein, Edward, ich verachte dich nicht«, sagte sie sanft und strich ihm über die Wange. »Dann lieben wir ihn wohl beide.«

KAPITEL 23

Seitdem Edward ihr seine Liebe zu Jack gestanden hatte, hatte sich die Beziehung zwischen ihnen verändert. Sie waren nun Freunde und verbrachten ihre Zeit gemeinsam, aber sie teilten nicht mehr miteinander das Bett. Sie hatten es noch zwei Mal getan, seit Jack fort war. Aber ohne ihn war der Sex fad, schmeckte schal wie ein abgestandenes Glas Champagner nach einer Party. Die Zweisamkeit hatte ihren Reiz verloren. Also stürzte Dora sich in die Arbeit. Um sich abzulenken, ging sie ihre eigenen Wege. Der Oktober zog über das Land, wechselhaft und zu mild, mit Unwettern und Sturm im Gepäck, und der November tat es ihm gleich. Dora kämpfte mit ihrem Regenschirm, den der Wind ihr aus der Hand reißen wollte und stemmte sich gegen die Wand herabstürzender Tropfen, um mit Lydia und Dorothy Ward Schritt zu halten. Sie hatten die Zeit zwischen Matinee und Abendvorstellung für einen Cafébesuch genutzt. Wobei Kaffeetrinken nicht das vornehmliche Ziel ihres kleinen Ausflugs war. Arthur Wood hatte letzte Woche angedeutet, dass ihr Stück wohl bald abgesetzt würde. Wenn die Besucherzahlen weiter sanken, galt es, sich beizeiten nach einem neuen Engagement umzuhören. Und das ging nun mal nirgendwo besser als im Criterion, wo sich Schauspieler und Möchtegern-Sternchen tummelten, und die Produzenten und Regisseure einander die Klinke in die Hand drückten. Sie stieß mit der Schulter gegen eine andere Fußgängerin. »Entschuldigen Sie!«, murmelte sie, ohne aufzusehen.

»Dora? Bist du das?«

Sie blickte in Marthas dunkle Augen. Sie sah müde aus und dünn, sie musste bestimmt fünf Kilo verloren haben.

»Martha!«

Die Russin wirkte nervös und schaute sich unablässig nach allen Seiten um, doch ihr Interesse galt nicht Dorothy und Agnes, die ein Stück weiter stehengeblieben waren und darauf warteten, dass Dora sich ihnen wieder anschloss.

»Wie geht es dir?«

»Ach, es geht, wir kommen über die Runden. Im Sommer war ich wieder in Deutschland, auf Tour mit einer Tanztruppe. Aber ich halte es auf Dauer nicht ohne Louis aus.« Martha hob resigniert die Schultern.

Dora konnte es ihr nachfühlen; seitdem Jack in ihr Leben getreten war, war nichts mehr wie vorher.

Marthas Augen weiteten sich, sie schauderte und sah sich um, als suche sie jemanden.

»Was ist los mit dir? Irgendetwas stimmt doch nicht.«

»Ich ... ich glaube, ich werde verfolgt!«

»Was? Wer sollte dich denn verfolgen?« Dora blickte die Straße hinauf und hinunter, doch sie konnte nichts Auffälliges feststellen, nur das übliche Gewirr aus Passanten, fliegenden Händlern und Zeitungsverkäufern.

»Ich weiß es auch nicht! Aber seitdem ich aus Deutschland zurück bin, habe ich ständig das Gefühl, beobachtet zu werden. Naja, nicht ständig, aber immer mal wieder, verstehst du?«

Vielleicht bildete sich Martha das alles auch nur ein, sie hatte offensichtlich zu wenig Schlaf. »Ach Quatsch, du siehst Gespenster!«

Martha lachte nervös auf. »Wahrscheinlich hast du recht. Und, hast du was von ihm gehört?«

Doras Magen krampfte sich zusammen, als hätte die Tänzerin hinein geboxt. Ihr Mund verzog sich zu einem Ausdruck des Kummers. »Nein, all die Zeit habe ich nichts von ihm gehört!«

»Was ist passiert? Hast du deinen Job verloren?«

Dora schüttelte unwirsch den Kopf. »Was sollte mein Job damit zu tun haben? Ich sorge mich um Jack, Herrgott!«

»Du nennst ihn beim Vornamen? Ich dachte, er ist nicht dein Freund? Habe ich was verpasst?«

Hatte sie Martha überhaupt von Jack erzählt? Es war eine ganze Weile her, seit sie sich das letzte Mal getroffen hatten. »Wovon um Himmels willen sprichst du eigentlich?«

»Na, von deinem Agenten!«

»Ach, lass mich doch damit in Ruhe! Such dir halt selbst was!«, fuhr sie Martha unwirsch an. Sie kam beinahe um vor Sorge um Jack, und Martha hatte nichts Besseres zu tun, als ihr wegen ihres Agenten auf den Geist zu gehen!

»Was meinst du, was ich hier mache?«, brauste Martha auf. »Aber egal, wo ich es versuche, keine Chance! Spätestens, wenn sie beim Vortanzen meine Narben sehen, ist es vorbei.«

»Na, dann zeig sie halt nicht sofort!«

»Aber sie zeichnen sich unter den Strumpfhosen ab, sie drücken sich durch!«

»Dann zieh halt ein anderes Kostüm an!«

»Du kannst dir nicht vorstellen, wie es ist, immer auf diese Narben reduziert zu werden. Ich habe es so satt!«

»Ich glaube, die Einzige, die dich auf deine Narben reduziert, bist du selbst!«

Über Marthas Gesicht zog ein Schatten. Dora tat es leid, sie hatte nicht so harsch klingen und Martha verletzen wollen. Aber stimmte es denn nicht? Die Einzige, die immer wieder davon anfing, war Martha selbst.

Die Russin schürzte die Lippen. »Ich habe verstanden! Keine Sorge, ich werde dich nicht mehr belästigen!«, zischte sie und drängte sich an ihr vorbei.

Dora schüttelte den Kopf und schloss zu Agnes und Dorothy auf.

»Wer war das denn?« Dorothys hübsches Näschen kräuselte sich verächtlich.

»Niemand! Und jetzt lasst uns endlich gehen, ich muss noch mal schnell in meinem Zimmer ein paar Sachen holen, ich übernachte heute bei Edward.«

Sie trennten sich vorm Eingang der Hayden Mansions, Agnes und Dorothy wollten schon einmal ins Theater vorgehen. Dora raffte nur schnell einige Kleidungsstücke zum Wechseln zusammen und stopfte sie in ihre Reisetasche. Das sollte reichen fürs Wochenende, es stand nichts Besonderes an. Sie verließ das Haus und trat auf den Gehsteig. Plötzlich überkam sie das Gefühl, beobachtet zu werden. Ihre

Nackenhaare richteten sich auf. Sie sah sich um. Augenscheinlich nichts Besonderes, das gleiche Bild wie vorhin: Passanten eilten vorbei, Zeitungsverkäufer schrien die neuesten Schlagzeilen heraus. Die Welt lachte noch immer über einen falschen Hauptmann, der in Berlin eine Schar Beamter zum Narren gehalten und die gesamte Stadtkasse des Rathauses von Köpenick an sich gebracht hatte. Die englische Presse war voller Häme angesichts der deutschen Obrigkeitshörigkeit und spottete über den Zwang der Deutschen, sich jeder Uniform blind zu unterwerfen. Auch heute zierte eine Karikatur des Hauptmanns die Titelseite, dem eine Horde Lämmer mit Pickelhauben folgte. Lieferburschen schleppten Kisten mit Delikatessen zu den Restaurants der großen Theater, die Shaftesbury Avenue machte sich für den allabendlichen Ansturm der Amüsierwilligen bereit. Wahrscheinlich ließ sie sich nur von Marthas Gerede beeindrucken und nun spielten ihre Nerven ihr einen Streich. Sie wollte sich gerade auf den Weg zum Theater machen, als ihr zwischen den Passanten auf der gegenüberliegenden Straßenseite ein Gesicht auffiel, ein Mann. Er kam ihr von irgendwoher bekannt vor. War das nicht dieser Typ, mit dem Martha am Hafen in Hamburg gestritten hatte? Ein Lieferbursche mit einer Sackkarre, die mannshoch mit Weinkisten beladen war, versperrte ihr die Sicht. Ärgerlich schob sie ihn weiter, ihr Blick glitt über den gegenüberliegenden Gehsteig, suchte den Mann von eben. Doch das Gesicht war bereits in der Menge verschwunden. Sie spähte hin und her, entdeckte ihn jedoch nicht mehr. Vielleicht bildete sie sich das auch nur ein. Marthas Gerede von vorhin hatte sich in ihren Gedanken eingenistet, das musste es sein. Wahrscheinlich lag es daran, dass sie die letzten Nächte nicht gut geschlafen hatte. Kein Wunder bei ihrer Sorge um Jack! Sie klappte den Regenschirm auf und machte sich auf den Weg zum Theater.

CHAIM DUCKTE sich in einen Hauseingang und presste sich flach gegen den hellen Sandstein. Hatte sie ihn entdeckt? Und wenn sie ihn gesehen hatte, hatte sie ihn erkannt? Die Rothaarige stutzte und schaute sich um, dann raffte sie ihre Röcke und trippelte die Straße hinunter. Sie waren also beide in London. Es war reiner Zufall gewesen, dass er Martha vor einigen Wochen in Hamburg aufgespürt hatte. Sie bestieg einen Frachter nach London, und er war ihr gefolgt. Besser gesagt, er war ihr voraus gereist. Er hatte einen der Liniendampfer benutzt und war so zwei Tage vor ihr in London angekommen. Dann brauchte er nur am Hafen zu warten und ihr bis zu dieser Bruchbude zu folgen, wo sie mit ihrem Geliebten hauste. Er war sogar in dieser Bar, beobachtete, wie sie tanzte, wie die Männer sie anstarrten und geiferten. Er war der Erste gewesen, der es ihr besorgt hatte. Sein Schwanz wurde hart, als er sich daran erinnerte. Sie hatte sich gewehrt wie eine wütende Katze, doch das machte ihn nur noch schärfer. Ob Martha sich wohl auch noch an ihn erinnerte? Am liebsten wäre er nach hinten gegangen, ins Hinterzimmer wie die anderen Männer, und hätte ihre Erinnerung noch einmal aufgefrischt. Aber dann entschied er, sich lieber aus dem Staub zu machen, in der Bar gab es zu viele Zeugen. Seitdem lauerte Chaim auf den richtigen Moment. Ihm blieb nicht mehr viel Zeit. Lazar wurde langsam ungeduldig, und in zwei Tagen musste er in Southampton die nächste »Fracht« in Empfang nehmen und nach Rio bringen. Martha würde kein Problem sein, niemand würde großes Aufsehen wegen einer verschwundenen Nutte machen. Aber die andere könnte ihm gefährlich werden, wenn sie ihre Freundin vermisste und begann, herumzuschnüffeln. Und außerdem: Wer sagte, dass er nicht noch ein wenig Spaß haben durfte?

Chaim folgte ihr mit einigem Abstand auf der gegenüberliegenden Straßenseite. Er war vorsichtig, obwohl er nicht glaubte, dass sie ihn bemerken würde. Der dunkle Schirm nahm ihr die Sicht zu den Seiten. Ab und zu, wenn sie ihn hob, blitzte ihr Haar darunter hervor, ein Hütchen thronte keck auf der kupferfarbenen Tolle. Sie war ihm schon damals aufgefallen, in Hamburg, ein echter Leckerbissen. Diese Haut, dieses Haar. Es leuchtete wie eine Signallampe und wies ihm den Weg durch die Dämmerung der hereinbrechenden Novembernacht. Den Weg zu ihr.

Sie bog in eine schmale Seitengasse und verschwand in der Dunkelheit. Chaim überquerte die Straße und huschte hinterher. Sein Herz schlug schneller. Ob sie wohl schreien würde? Oder war sie eine von den Stillen? Er bog um die Ecke und prallte zurück. Der Künstlereingang war hell erleuchtet, Männer in teuren Anzügen lungerten davor herum. Erst jetzt nahm er das lebhafte Geplapper wahr. Er beobachtete, wie sie sich zwischen den Männern hindurchdrängte und durch die Hintertür im Theater verschwand. Chaim schob sich zurück in die Dunkelheit, bevor noch jemand Notiz von ihm nahm. Das Blut rauschte in seinen Ohren. Er zwang sich, langsam zu atmen. Nun, es war wohl nicht der richtige Zeitpunkt. Und auch nicht der richtige Ort.

DIE GANZE SHOW über ging Dora dieser Typ nicht mehr aus dem Kopf. War er es nun oder nicht? Sie war sich nicht sicher, es war nur ein kurzer Moment gewesen, als sie ihn zu erkennen glaubte. Vielleicht war es auch nur jemand, der ihm ähnelte. Wobei, sie erinnerte sich genau an ihn, an dieses Rattengesicht. Wer hatte schon die gleiche Visage? Vielleicht war er es doch. Zumindest sollte sie Martha warnen. Und sich bei ihr entschuldigen. Es tat ihr leid, was sie über die Narben gesagt hatte. So hatte sie es gar nicht gemeint. Martha war eine gute Tänzerin. Sie hatte ihr doch nur begreiflich machen wollen, dass sie an sich glauben musste! Dora nahm sich vor, in die Brick Lane zu gehen, gleich am Montag. Und dann würde sie Martha erzählen, was sie gesehen hatte und sich mit ihr versöhnen. Sie verließ das Theater und suchte nach Edward. Er löste sich aus der Menge der Wartenden und reichte ihr galant den Arm. »Also dann, wollen wir?«

CHAIM BEOBACHTETE, wie sie wieder rauskam. Ein gelackter Schnösel fing sie ab, sie hatte also einen Gönner. Natürlich, er hätte es sich denken können, ihr Kleid, die Schuhe, der Hut. Kein Mädchen konnte sich so teure Kleidung leisten, nicht von allein. Und diese Witzfigur war also derjenige, der dafür aufkam. Er maß ihn mit Blicken. Ein Hänfling, schmale Schultern, bleiche Haut, kein echter Gegner. Doch er besaß Geld, das konnte man riechen. Er stank förmlich danach, das machte die Weiber verrückt. Chaim knirschte mit den Zähnen und ballte die Fäuste. Er konnte nichts tun, außer zuzusehen, wie sie mit dem Lackaffen in eine Droschke stieg. Er würgte seine Enttäuschung hinunter wie einen bitteren Schnaps. Er musste sich um Martha kümmern, ihm lief die Zeit davon. Aber er wusste ja jetzt, wo er den

Leckerbissen finden würde. Er würde wiederkommen. Und dann würde er herausfinden, ob sie schrie, oder nicht?

ALS DORA am Montagmorgen zurück in ihr Zimmer kam, hatte sie Martha und den Typen schon wieder vergessen. Zu ihrer Überraschung überreichte ihr Mrs. Richards gleich drei Postkarten. »Aus Afrika!«, verkündete sie mit hochgezogenen Augenbrauen.

Dora jubelte, riss Mrs. Richards in ihre Arme und vollführte mit ihrer verblüfften Vermieterin einen Freudentanz quer durchs Zimmer.

»Aber, aber Kindchen ...!«

»Er lebt!« Dora lachte laut auf vor Erleichterung und presste die Karten an ihre Brust. »Verstehen Sie? Er lebt!«

Die erste Karte war aus Natal, dem Ziel seiner Reise, wie der kleine Aufdruck verkündete, unter dem Bild zweier Mohren, die ein paar Ochsen vor sich hertrieben. *Breche heute nach Mozambique auf, Love Jack.*

Aufgegeben war die die Karte am 1. Oktober in Durban, wie der Stempel auf der Briefmarke ihr verriet.

Die zweite Karte zeigte eine Straßenansicht der Rua Conselheiro in Beira, Mozambique. Der Ort sagte ihr nichts. *06/10/06 Heute Nachmittag geht's nach Sansibar, habe großes Glück. Jack*

Und die dritte Karte kam auch aus Beira. *Danach Mombasa, Aden, Port Said, Brindisi und Venedig ...* Er war also bereits auf dem Rückweg! Der Poststempel war vom 09. Oktober, das war anderthalb Monate her. Warum war dann die Karte vor ihm angekommen? Müsste Jack nicht schon lange wieder hier sein? Oder war er aufgehalten worden? Was, wenn ihm doch noch etwas zugestoßen war?

Dora schob den Gedanken beiseite. Sie hatte ein Lebenszeichen von ihm. Am 09. Oktober hatte er noch gelebt, also würde er es auch jetzt noch tun, und er würde zu ihnen zurückkommen.

DIE NÄCHSTE KARTE von Jack kam in der ersten Dezemberwoche. Die Fotografie auf der Vorderseite zeigte einen Bahnhof, die Endstation der Uganda Railway in Mombasa, Britisch-Ostafrika. Darunter Jacks lockere Handschrift: *Sehr heiß hier, habe zwei prachtvolle Katzen für dich.*

Hoffe, sicher nach London zu gelangen. Wir segeln um 5 Uhr nach Aden, auf dem Schiff des Deutschen, den wir in London kennengelernt haben! Love Jack

»Was soll das heißen, ›Ich habe zwei prachtvolle Katzen für dich‹? Was soll ich denn mit einer Katze?«

Edward nahm ihr die Karte aus der Hand und las.

»Das bedeutet vermutlich, dass du bald einen schönen Pelzmantel bekommst!« Er schmunzelte und schüttelte den Kopf. »Das ist mal wieder typisch Jack, ausgerechnet diesem Deutschen in die Arme zu laufen.«

»Welchem Deutschen denn eigentlich?«

»Na, diesem Hamburger vom Nebentisch. Damals im Monico, weißt du nicht mehr?«

Sie konnte sich kaum an den Mann erinnern, nur vage, sein grobschlächtiger Körper war ihr in Erinnerung geblieben und sein Doppelkinn. Er hatte Jack behandelt wie einen alten Freund. So ein komischer Zufall! Sei es drum. Die Karte war vom 11. November. Wie lange würde er wohl noch brauchen, um endlich nach Hause zu kommen? Und welche Katzen hatte er wohl erlegt? Konnte man aus einem Löwen einen Mantel machen? Dora malte sich aus, wie sie in ihrem neuen Pelzmantel das Theater verließ. Carrie würde toben vor Neid. Das musste sie unbedingt Martha erzählen! Oh Mist, Martha! Sie hatte sie vollkommen vergessen. Gleich morgen würde sie zu ihr gehen und danach zu Finley Hurley. Sie musste sich dringend um ein neues Engagement kümmern. Am Samstag spielten sie das Stück zum letzten Mal, dann gingen die Lichter aus und die Show war vorbei. Und sie hatte noch keine Ahnung, wie es dann weitergehen sollte. Sie würde Hurley auch von Martha erzählen. Sie hatte etwas bei ihr gut zu machen, vielleicht konnte er ihr helfen.

Der Wind schnitt kalt durch die Gassen, als Dora am nächsten Morgen vom Aldgate Circus in die Brick Lane eilte. Sie hielt ihre Röcke hochgerafft und wich den Pfützen aus, gab sich Mühe, zwischen all dem Morast und Unrat die festen Stellen zu finden. Nicht nur, um ihre Schuhe nicht schmutzig zu machen. Man konnte nie wissen, wie tief das Loch war, nur eine harmlose Pfütze oder ein wadentiefes Schlagloch? Sie hatte keine große Lust, sich den Knöchel zu verstauchen, ausgerechnet hier. Wenn sie stürzte, wäre sie innerhalb von fünf Sekunden ausgeraubt und nackt bis auf die Knochen. Sie hatte verdrängt, wie schmutzig das East End war, die Zeit in Kensington hatte sie verweichlicht, wie sie nun mit Bestürzung erkannte. Die Zustände, die hier herrschten, hatte sie einfach ausgeblendet, die Not und das Elend. Es war so leicht, all das zu vergessen, in Edwards großem Haus, mit den teuren Möbeln, zwischen dem ganzen Personal. Sie hatte Martha Unrecht getan und würde ihr helfen, hier rauszukommen! Dora holte einmal tief Luft und hörte auf zu atmen, dann stieg sie die Treppe zur Wohnung im Hinterhaus hinauf.

Es war, als hätte jemand die Zeit zurückgedreht. Als wäre sie gar nicht weg gewesen und hätte die letzten Monate nur geträumt. Hier hatte sich kaum etwas verändert. Aus der Küche klang das Geschrei eines Babys, gefolgt vom keuchenden Husten der Mutter. Die Iren waren also noch da! Sie öffnete die Tür zu ihrem alten Zimmer. Auf dem Boden lagen nur drei Matratzen, die anderen beiden lehnten an der Wand. Martha war nicht da, nur Elsa lag auf ihrer Matratze und schlief. Dora überkam ein ungutes Gefühl. Sie beugte sich hinab und rüttelte Elsas Schulter, bis sie erwachte.

»Dora! Was machst du denn hier?«

»Wo ist Martha? Ich muss mit ihr reden.«

»Martha ist weg.«

»Was soll das heißen, weg?«

»Sie war auf einmal fort und ihre Sachen waren nicht mehr da. Keiner hat was mitbekommen, niemand weiß, wo sie steckt!«

»Und Louis?«

»Der ist in Paris, seit zwei Wochen, hat einen neuen Job.«

»Meinst du, sie ist zu ihm gefahren?«

»Kann schon sein. Auch wenn ich mir nicht vorstellen kann, woher sie das Geld dafür haben sollte. Martha war ziemlich klamm, und außerdem kommt Louis zu Weihnachten zurück.« Elsa zuckte mit den Achseln. »Keine Ahnung, wo sie steckt.«

»Oh Gott, was, wenn ihr was passiert ist?«

»Was sollte ihr denn passiert sein?«

»Ich habe sie neulich getroffen und sie hat mir erzählt, dass sie verfolgt wird. Ich habe es nicht ernst genommen. Ich dachte, sie schläft zu wenig, sie sah so müde aus. Und dann habe ich diesen

Typen auf der Straße gesehen, diesen Liebermann. Deshalb bin ich hier, um sie zu warnen.«

»Jetzt mal langsam, wer ist denn dieser liebe Mann?«

»Liebermann«, korrigierte Dora ungeduldig. »Der, der sie fast umgebracht hätte, wenn Louis sie nicht gefunden hätte.«

Elsa wurde blass. »Oh mein Gott!«

»Wir haben ihn getroffen, letztes Jahr in Hamburg am Hafen, als ich mit Martha hergekommen bin. Sie haben sich gestritten. Und vorige Woche habe ich ihn gesehen, ich bin mir inzwischen sicher, dass er es war.«

»Glaubst du, sie ist deshalb so plötzlich weg? Weil sie vor ihm fliehen musste? Aber … was sollte er von Martha wollen?«

»Ich weiß es nicht.« Dora dachte nach, ein Bild drängte sich ihr auf. »Aber Martha will etwas von ihm.«

»Was denn?«

»Sie glaubt, dass Liebermann weiß, wo ihre Schwester ist.«

»Du meinst, sie folgt jetzt ihm?«

»Ich weiß es nicht. Ich weiß nur eins: Der Typ ist gefährlich.« Dora seufzte. »Ich hoffe, Martha macht keine Dummheiten!«

Sie machte sich schreckliche Sorgen um Martha und quälte sich mit Selbstvorwürfen. Es wäre ihre Pflicht gewesen, eher zu ihr zu gehen! Ihr von dem Zwischenfall auf der Straße zu erzählen, aber sie hatte es einfach vergessen. Sie war egoistisch gewesen, die ganze Zeit. Statt ihr zu helfen, hatte sie sich nur um sich selbst gekümmert. Auch wenn sie noch keine Ahnung hatte, wie es mit ihrer Karriere weitergehen würde. Noch zwei Tage, dann fiel der letzte Vorhang und sie hatte immer noch nichts Neues in Aussicht. Sie musste unbedingt mit Mr. Hurley sprechen, aber nach der Sache mit Martha war sie viel zu aufgelöst, um zu ihm zu gehen. Wenn sie doch nur eher in die Brick Lane gegangen wäre und Martha gewarnt hätte! Dann könnten sie zusammen zu Finley Hurley gehen, und er würde ihnen ein Engagement besorgen. Aber nun war es zu spät! Martha war verschwunden, Gott weiß, was Liebermann mit ihr anstellte, wenn sie ihm in die Hände fiel. War sie ihm gefolgt, oder hatte er ihr etwas angetan? Vielleicht sollte sie zur Polizei gehen und die Sache melden. Doch was sollte sie den Polizeibeamten erzählen? Eine Tänzerin war verschwunden, mitsamt ihrem Gepäck, vielleicht verfolgte sie einen Kriminellen, den Dora auf der Straße zu erkennen geglaubt hatte.

Alles viel zu dürftig, es war ja gar nichts passiert. Und wenn doch, hatte sie keine Beweise dafür. Wahrscheinlich würde man sie auslachen und die Polizei würde gar nichts unternehmen und die Sache im Sande verlaufen. Wenn Martha etwas zugestoßen war, dann war es allein ihre Schuld. Sie würde es sich niemals verzeihen können!

Dora fiel in einen unruhigen Schlaf, aus dem sie immer wieder hochschreckte. Schreckliche Alpträume plagten sie, sie sah Liebermanns Rattenvisage, wie er sich über Martha beugte. Er grinste, und dann zog er ein blitzendes Messer hervor. Sie schrie und versuchte, ihn aufzuhalten, doch ihre Hand fuhr durch seinen Arm wie durch Luft, als sei er ein Geist. Er stieß das Messer in Marthas Brust und schlitzte ihren Bauch auf bis hinunter zum Schambein. Blut und Gedärme quollen aus der klaffenden Wunde, und Martha starrte sie aus großen Augen an. Ihr Mund öffnete sich, mit jedem Wort zerplatzte eine Blase aus grellrotem Blut auf ihren Lippen. »Das ist alles nur deine Schuld!«

Dora fuhr hoch mit einem erstickten Schrei, der auf ihren Lippen erstarb. Sie wusste nicht, ob sie träumte oder wach war. Gehörte das Quietschen der Zimmertür zu ihrem Traum, oder waren die leisen Schritte neben ihrem Bett Realität? Eine Hand legte sich auf ihre Schulter. Sie fuhr herum. Ein Schatten zeichnete sich gegen das Dunkel ab. Sie schrie.

Er presste ihr die Hand auf den Mund, dämpfte ihren Schrei. Raue Finger umschlossen ihre Lippen, sie rang nach Luft, sein Geruch füllte ihre Nase, fremd und wild. Der Geruch eines Tieres. Sie wagte kaum zu atmen, als er sich zu ihr hinabbeugte, sein Bart kratzte über ihre Wange, als er seinen Mund ganz nah an ihr Ohr brachte.

»Shhh, ganz ruhig«, flüsterte er. »Sonst weckst du noch deine Vermieterin.« Über dem dichten Vollbart funkelten zwei meerblaue Augen.

»Jack!« Eine Woge der Erleichterung überrollte sie, brach und riss sie mit sich. Ihre Anspannung wich mit einem albernen kleinen Lachen, Tränen schossen in ihre Augen. Mit zitternden Fingern befühlte sie seine bärtigen Wangen, barg ihr Gesicht an seiner Brust, sein Herz schlug ruhig und gleichmäßig. Sie atmete seinen Geruch, so beruhigend, so vertraut.

»Ist ja gut, nicht weinen, Dumpling. Ich bin wieder da!«

»Seit wann bist du zurück?«

»Gerade angekommen. Mein Gepäck wird schon zu Edward gebracht, aber mir stand der Sinn nach einem kleinen Abstecher.«

»Wie bist du hier reingekommen?«

»Eine junge Frau kam gerade raus auf dem Weg zur Arbeit. Ich habe ihr schöne Augen gemacht.«

»Du Schuft!« Sie knuffte ihn in die Seite.

»Doch nur, um schneller bei dir zu sein.«

»Hast du vielen Frauen schöne Augen gemacht, als du fort warst?«, hakte sie nach.

»Nur, wenn es sich nicht vermeiden ließ. Die meiste Zeit habe ich an dich gedacht, wenn ich so ganz allein in meiner Koje lag. Daran, was ich jetzt gerne mit dir anstellen würde …« Seine Finger wanderten ihren Hals hinab, fanden den Ausschnitt ihres Nachthemds und darunter die Wölbung ihrer Brüste.

Fast hätte Jack das Präservativ vergessen, dieses kleine Ding aus dickem Kautschuk, das er immer benutzte. Es schützte sie vor einer Schwangerschaft, wie er ihr erklärte.

»Wohl eher, um dich selbst zu schützen vor peinlichen Krankheiten, nicht wahr?«, hatte Edward spitz bemerkt, als sie zum ersten Mal beobachtete, wie er es überzog. Sie hingegen fand es fürsorglich von ihm, sie brauchte weder Kind noch Krankheit. Und es war wesentlich angenehmer als die Methode, die Edward bevorzugte. Jack stülpte es über seine Eichel, sie stand prall und rund unter ihrer Kuppel aus Gummi. Er fiel über sie her wie ein ausgehungertes Raubtier. Er kam ihr wirklich beinahe wie ein Löwe vor mit seinem dichten Bart. Sie grub ihre Finger in seine goldblonde Mähne und zog ihn zu sich heran, wollte ihm ganz nahe sein, ihn auf ihrem Körper spüren. Sie veranstalteten vermutlich einen gehörigen Radau. Der Rahmen des Betts knarrte im Rhythmus seiner Stöße, und die Bettfedern quietschten im Takt. Er liebte sie hungrig, voller Gier fanden ihre Körper die Erlösung, nach der sie sich so lange verzehrt hatten, bis sie träge und satt nebeneinanderlagen.

»Meinst du, wir waren zu laut?«

»Wie eine Horde Elefanten!« Dora kicherte. »Ich schätze, Mrs. Richards klappert in der Küche mit den Töpfen und bereitet das Frühstück vor. Sonst wäre sie schon lange hier und hielte uns einen Vortrag über verbotene Herrenbesuche!«

»Dann können wir es ja gleich noch mal tun!«

»Untersteh dich! Wenn sie dich hier erwischt, wirft mich Mrs. Richards achtkantig raus. Deshalb schlage ich vor, ich lenke sie ab und lasse mir eine Schale ihres furchtbaren Porridges geben. Und du schleichst dich wieder raus, bevor uns noch jemand erwischt!«

»Ein guter Plan, Dumpling! Wir sehen uns dann heute Abend bei Edward, ich muss euch unbedingt alles erzählen.«

Es WAR einer dieser typischen Wintertage in London, an denen es gar nicht richtig hell wurde. Das Licht rang sich zäh durch den von der Themse heraufziehenden Nebel. Er waberte durch die Straßen und mischte sich mit dem Rauch tausender Kohleöfen und den tiefhängenden Wolken zu einer dichten Glocke, die sich über die Stadt legte und das Licht aussperrte. Dora schien es trotzdem, als tanze sie über Sonnenstrahlen. Jacks Rückkehr beflügelte sie. Also beschloss sie, endlich zu Finley Hurley zu gehen und nach einem neuen Engagement zu fragen. Nur noch die Show heute Abend und morgen die Matinee und die Abendvorstellung, dann war es vorbei. Dann fiel der letzte Vorhang, dann waren die Dairymaids Geschichte. Fast die Hälfte ihrer Truppe ging mit Robert Courtneidge nach Edinburgh, um dort das neue Theater zu eröffnen. Dorothy würde mitgehen, Dan Rolyat und Phyllis Dare, sie würde die Cinderella spielen. Er hatte Dora gefragt, ob sie mitkommen würde, Robert hatte ihr eine Stelle im Chor angeboten. Aber sie hatte abgelehnt. Sie wollte kein Chormädchen mehr sein, das nur in der hintersten Reihe stand, für ein paar Shilling die Woche. Sie wollte endlich eine eigene Rolle, war sie auch noch so klein. Hauptsache, eigener Text. Sie wollte endlich im Rampenlicht stehen, das Publikum sollte sie sehen. Sie wollte hervorstechen, statt im Chor unterzugehen. Und sie wollte nicht fort aus London, hier war jetzt ihr Zuhause.

Auf ihr Klopfen hin riss Hurley die Tür auf. Ein verärgerter Ausdruck huschte über sein Gesicht, als hätte er jemand anderen erwartet. »Ach, Sie. Was wollen Sie?«

»Mit Ihnen über meine Karriere reden. Wenn Sie mich endlich hineinbitten wollen?«

»Sicher.« Er ließ sie einfach stehen und hastete zu seinem Schreibtisch. »Ich habe eigentlich einen anderen Termin. Also machen wir es kurz.«

Im Zimmer war es warm, in der Ecke bullerte ein Kohleofen. Sie löste den Knopf ihres Kragens und zog die Handschuhe aus. »Ich wollte nur schnell fragen, ob Sie eine Rolle für mich in Aussicht haben. Sehen Sie, morgen Abend spielen wir die Dairymaids zum letzten Mal und …«

»Ich weiß«, unterbrach er sie. »Ich habe mich mit Robert Courtneidge unterhalten.«

»Was hat er gesagt?«

»Er meinte, Sie hätten zunächst fast die Show ruiniert, aber dann haben Sie sich ganz passabel eingefügt.«

Ganz passabel eingefügt? Sie hatte sich den Hintern aufgerissen. Hatte den ganzen Text gelernt, in nur zwei Stunden. Mit jeder Faser ihres Körpers war sie ein Sandow-Girl, sie hatte es gelebt! Sie hatte Diät gehalten und Sport gemacht, ihren Körper ertüchtigt, gestreckt und gedehnt, damit sie biegsam war wie eine Weide und anmutig wie ein Rehkitz. Sie war stets pünktlich, zu allen freundlich, eben fröhlich wie eine Grille. Aber nun kochte Ärger in ihr hoch. »Ich hatte nicht einen einzigen Part, bei dem ich mein Talent unter Beweis stellen konnte.«

»Talent!« Er schnaubte durch die Nasenlöcher. »Robert hat mir auch erzählt, dass er Ihnen ein Angebot gemacht hat, mit nach Edinburgh zu gehen, als Chorus-Girl für Cinderella. Und Sie haben abgelehnt?« Es war mehr eine Feststellung als eine Frage.

»Was soll ich denn in Edinburgh? Ich will hier einen Job, in London!«

»Ich weiß nicht, ob Sie verstanden haben, wie dieses Business läuft, Miss Newman«, fuhr er sie an. »Produktionen ziehen um, Stücke kommen und gehen, der Ohrwurm aus dem neuesten Musical ist morgen schon ein alter Hut. Da muss man flexibel bleiben, darf nicht wählerisch sein. Wenn man auf der Bühne überleben will, muss man jede Rolle annehmen, die kommt. Sie sind einfach nicht in der Position, ein solches Angebot auszuschlagen.«

»Wissen Sie eigentlich, wie wenig ein Chormädchen verdient? Wovon soll ich denn leben in Edinburgh? Ich bin nicht bereit, für eine Rolle im Chor wie eine Bettlerin zu hausen!«

»Andere sind dazu bereit. Sehen Sie, das ist genau der Punkt: Niemand braucht eine Diva! Sie sind nur ein kleines Chorus-Girl, keine Erfahrung, kein Renommee, niemand interessiert sich für Sie. Aber Sie führen sich schon auf, als wären Sie ein großer Star.«

Seine Worte trafen sie wie Schläge. Er stellte sie hin, als sei sie wie Carrie, das war so unfair! Sie war immer pünktlich, hatte sich nie beklagt. Nicht ein Wort verloren über die Arbeitszeit oder die lausige Gage. Sie hatte nicht über die Garderobe gemeckert und auch nicht verlangt, dass man den Song umschreiben solle, weil sie zu dämlich war, ihn so zu singen, wie die Komposition es verlangte. »Ich will doch bloß zeigen, was in mir steckt …«

»Das wollen alle. Alle halten sich für was Besonderes und meinen, sie wären zu Höherem geboren, dabei sind sie nur durchschnittlich begabt und alle austauschbar.«

Sie holte Luft und wollte gerade zu einer Antwort ansetzen, als es an der Tür klopfte.

»Sehen Sie, Miss Newman, Chormädchen gibt es wie Sand am Meer. Da kommt schon die nächste.« Er stand auf und öffnete die Tür. Eine großgewachsene Blondine rauschte herein. »Ich gebe Ihnen einen guten Tipp, Miss Newman.« Hurley deutete mit der flachen Hand auf die Tür und komplimentierte sie hinaus. »Finden Sie einen Mann, der Sie heiratet. Sie sind nicht geschaffen für ein Leben auf der Bühne!«

HURLEYS WORTE BRANNTEN IN IHR, als sie an diesem Abend auf der Bühne stand. Er meinte also, sie sei dafür nicht gemacht, ja? Nun, sie würde es ihm beweisen, diesem Möchtegern-Agenten in seinen abgetragenen Anzügen. Und auch Robert Courtneidge würde sie es zeigen. Sie war mehr als nur das Chormädchen, das er in ihr sehen wollte. Hurley dachte, sie wisse nicht, wie dieses Business lief, ja? Oh doch, sie hatte genau verstanden, wie dieses Geschäft funktionierte. Das Showgeschäft war wie ein großes Tier, es lebte und atmete und gebar ständig neue Stars und Sternchen, die es auf die Bühne warf. Sankt Petersburg mochten die gestreckten Füße dieses Tiers sein und Paris seine fliegenden Beine unter knappen Röcken. Wien war vielleicht die bebende Brust und Berlin der keck gezogene Hut. Aber das Herz dieses Tieres schlug hier, in London! Hier war das Zentrum des Showgeschäfts, wenn man es zu etwas bringen wollte, musste man genau hierher! Deshalb kamen sie doch alle oder etwa nicht? Edna

May war in New York irgendeine Schauspielerin, erst hier war sie zu Weltruhm gelangt. Und auch Carrie, sie hatte doch nicht umsonst den Weg um die halbe Welt von Australien bis hierher hinter sich gebracht, wenn es nicht diese Stadt mit ihren Bühnen war, die aus einfachen Mädchen Stars machte.

Doras Zorn war immer noch nicht verraucht, als sie Edwards Salon betrat.

»Da bist du ja endlich!«, rief er. »Dann kann Jack endlich loslegen und uns von seinen Abenteuern berichten.«

»Schau, was ich dir mitgebracht habe.« Jacks Augen leuchteten, als er ihr die beiden Katzenfelle entgegenstreckte.

»Die sind ja gar nicht groß genug für einen Mantel.«

»Ach was, Mantel. Eine Stola natürlich, schau.« Er legte ihr eines der gegerbten Felle um den Hals, rostrot mit kurzem Stichelhaar, es piekte auf der Haut.

»Rooikat!«, verkündete Jack. »Rotkatze, ein Karakal, er passt wunderbar zu deinem Haar. Und schau, das andere, Leopard!«

»Schön.«

»Leoparden sind nachtaktiv, also mussten wir warten, bis es dunkel war. Nur das Mondlicht lag über der Savanne, als wir uns anpirschten ...« Er unterbrach sich und warf ihr einen fragenden Blick zu. »Was ist denn los, Dumpling? Freust du dich denn gar nicht?«

»Doch schon. Ich ärgere mich bloß über Mr. Hurley. Ich war heute bei ihm, habe nach einem neuen Engagement gefragt.«

»Aber er hatte nichts für dich?«

»Schlimmer! Er hat mich hingestellt, als sei ich eine Zicke. Er hat gesagt, ich führe mich auf wie eine Diva, dabei sei ich doch nur ein unwichtiges Chormädchen, für das sich niemand interessiert.«

»Autsch! Hat er dich denn mal auf der Bühne gesehen?«

»Nein, hat er nicht. Ich will einfach nicht für immer ein Chorus-Girl bleiben, ich will eine richtige Rolle!«

»Ach, vergiss doch diesen Hurley!«, schaltete sich Edward ein. »Wenn er dich nicht gesehen hat, dann kann er es sowieso nicht beurteilen, nicht wahr Jack?«

»Stimmt! Ich bin mir sicher, du findest auch ohne ihn was Neues. Vielleicht ja schon morgen!«

»Wieso morgen?«

»Morgen ist der große Tag! Das wichtigste Ereignis der Wintersaison!«

»Ich habe keine Ahnung, wovon du sprichst?«

»Vom legendären Kostümball, den Lady Cunningfield jedes Jahr auf ihrem Landsitz veranstaltet. Und jetzt ratet mal, wer eine Einladung hat und euch mitnimmt?« Jack grinste zufrieden in die Runde.

»Ich muss morgen arbeiten. Auch wenn es die letzte Show ist, kann ich die anderen nicht hängen lassen. Danach gibt es eine kleine Abschiedsfeier für das Ensemble.«

»Ach, vergiss die Show, pfeif drauf! Lady Cunningfields Bälle sind berüchtigt, weil sie immer ein großes Spektakel veranstaltet. Sie verliest ihre Gästeliste von Hand und achtet immer sorgsam darauf, nur die illustresten Geschöpfe um sich zu scharen, Künstler, Schauspieler, Industrielle. Alles, was Rang und Namen hat, reißt sich um eine Einladung. Ich würde mich nicht wundern, wenn selbst der König dort morgen auftaucht, er hat ja eine Schwäche für lustige Witwen mit Rundungen und Kurven.«

»Meinst du?« Edwards größter Wunsch war es, einmal seinem König und Namensvetter persönlich zu begegnen.

»Und ich bin mir sicher, es wird mindestens ein Theaterdirektor oder Produzent anwesend sein.«

»Glaubst du wirklich?«

»Und selbst wenn nicht. Dann haben wir halt einfach nur Spaß. Wäre das so schlimm?«

»Nein, wäre es nicht. Vermutlich hast du recht und ich sollte die Show sausen lassen. Doch dann habe ich ein ganz anderes Problem.«

Jack warf ihr einen fragenden Blick zu. »Welches?«

»Du hast gesagt, es sei ein Kostümball. Also fehlt mir noch ein Kostüm! Was soll ich bloß anziehen?«

»Was Frauen halt so anziehen ... das Motto des Abends ist ›Zauber der asiatischen Nacht‹. Ich vermute, wir werden wohl die eine oder andere Geisha sehen.«

Was Frauen halt so anziehen. Ja sicher, sie würden alle irgendwie gleich aussehen. Sollte wirklich ein Produzent da sein, musste sie auffallen. Wenn sie herausstechen wollte, musste sie etwas finden, das sie von den anderen unterschied. Dora lächelte in sich hinein. »Ich weiß jetzt, als was ich mich verkleide.«

Sie nahmen den Zug nach Audley End, von da aus ging es weiter auf der Nebenstrecke nach Saffron Walden. Es war merklich kühler geworden, schwere graue Wolken wälzten sich über den Himmel, die Luft roch nach Schnee. Sie bestiegen eine Kutsche, die sie schließlich nach Sewers End bringen würde. Dora kuschelte sich in ein Plaid und betrachtete die Landschaft. Lady Cunningfields Landsitz lag etwas außerhalb, eingebettet zwischen sanften Hügeln mit einem Bewuchs aus zotteligem, fahlgrünen Gras und struppigem Ginster erhob sich Cunningfield Hall wie der wahrgewordene Traum eines Wahnsinnigen, die Karikatur eines Rokoko-Schlosses. Der Erbauer musste mit Ludwig von Bayern verwandt gewesen sein, wenn nicht, so war er ein Bruder im Geiste. Den schweren, wuchtigen Bau verunstaltete ein wahres Meer von Erkern, Türmchen und Zinnen. Cunningfield Hall wirkte wie eine Matrone, die unter einem luftigen Kleidchen die Schwere ihrer Figur zu verbergen suchte und sich mit allerlei Schleifen und Rüschen den Anstrich von Jungmädchenhaftigkeit verlieh. Genauso exzentrisch wie ihre Behausung war auch die Bewohnerin. Lady Cunningfield empfing jeden ihrer Gäste persönlich. Dazu thronte sie in der Eingangshalle auf einem Pfauensessel, der eigens aus Indien importiert worden war, und hielt Hof. Als sie Jack sah, sprang sie auf. Ihr gewaltiger Busen wogte unter ihrem pflaumenblauen Seidenkimono, als sie auf ihn zurollte, ihre Hüften waren breit wie ein Fluss. Über ihrem runden Gesicht türmte sich ihr Haar zu einer Pagode aus schwarzen Locken. Darin steckten Schmetterlinge aus Seide, echte Orchideenblüten und rotlackierte Stäbchen, an denen winzige Lampions aus Papier baumelten.

»Jack! Wie schön, dass du es einrichten konntest!«, kreischte sie und bot ihm huldvoll die Hand. Er verbeugte sich galant und hauchte einen Kuss auf ihren pummeligen Handrücken. »Bestand daran Zweifel? Wer könnte die Einladung zu solch einem Fest ausschlagen? Noch dazu, wenn die Einladung von Ihnen stammt, Lady Cunningfield. Mit Verlaub, Sie sehen heute wieder ganz entzückend aus.«

Sie kicherte wie ein Schulmädchen. »Jetzt aber husch, husch. Ab auf euer Zimmer und rein in die Kostüme, es geht gleich los!«

»ALSO, meine Herren, sind Sie bereit, sich zu amüsieren?«

Edward verschlug es die Sprache, er starrte sie mit offenem Mund an. Sie drehte sich einmal um ihre eigene Achse. »Was ist, Jungs? Gefalle ich euch nicht?«

Jacks Augen blitzten amüsiert auf. »Doch, und wie!«

»Ist das meine Hose?« Edward deutete auf ihre Beine, die in einem Paar schwarzer Hosen aus feinem Kammgarn steckten.

»Na, wessen sollte es sonst sein? Jacks Hosen sind mir viel zu groß, sie schlabbern!« Sie rückte keck ihren Zylinder zurecht.

»Du hast sie anprobiert?«

»Natürlich! Ich habe alles Mögliche anprobiert, schließlich sollte mein Kostüm echt aussehen.« Sie hakte ihre Daumen in die schwarzen Hosenträger, dehnte sie nach vorn und ließ sie zurückschnellen. »Die sind übrigens echt praktisch, die Dinger. Findet ihr nicht, ich sehe aus wie ein Mann?«

»Nein, man sieht sofort, dass unter der männlichen Schale die holde Weiblichkeit lockt.« Jacks anzügliches Grinsen sprach Bände.

Sie kicherte. »Dabei trage ich sogar eine Unterhose von Edward!«

»Du bist zum Piepen, ehrlich, Dumpling!«

»Mr. Dorius, bitte!«

»Also dann, Mr. Dorius.« Jack bot ihr den Arm. »Stürzen wir uns ins Getümmel!«

DAS FEST WAR BEREITS in vollem Gange. Auf Lady Cunningfields Anweisung hatten sie das Licht in ihren Zimmern nicht gelöscht. Cunningfield Hall erstrahlte in vollem Glanz, ein Leuchtfeuer der Extravaganz und des Amüsements.

»Woher hat Lady Cunningfield all das Geld, um solche Feste zu geben?«

»Oh, ihr verblichener Gatte hat es ihr vermacht. Vielmehr seinem Sohn, Lord Cunningfield, der seinen Titel geerbt hat. Aber der arme Hughie ist noch ein Kind. Ein Knabe, gerade dreizehn Jahre alt. Lady Cunningfield weiß ihn in Eton sicher verwahrt, und bis Hughie alt genug ist, sein Erbe anzutreten, wird sie vermutlich das meiste davon durchgebracht haben. Rosella versteht es, gut zu leben.«

»Gut leben? Königlich trifft es eher, einen solchen Pomp habe ich ja noch nie gesehen.«

Es stimmte, Edward übertrieb nicht. Sämtliche Räume im Erdgeschoss waren passend zum Thema dekoriert: Die Decken waren mit Bahnen aus roter und gelber Seide drapiert, überall standen Sofas und seidenbespannte Sessel. Sie bildeten intime Inseln der Konversation in dem rauschenden Meer aus farbenprächtig kostümierten Gästen. Der Speisesaal platzte fast aus allen Nähten, nach einiger Sucherei fanden sie ihren Tisch. Das Dinner wurde à la Russe serviert, auf einzelnen Tellern. Die Küche leistete Schwerstarbeit, und die Kellner rannten wie die Kaninchen, um alle Speisen stets heiß zu servieren. Nach dem Essen begaben sich alle in den großen Ballsaal. Dort spielte eine Kapelle zum Tanz und in den Salons dudelten Grammophone bekannte Musicalsongs. Zwischen den Gästen flanierten Kellner, die Champagnergläser klirrten leise auf den voll beladenen Tabletts.

Wie Jack prophezeit hatte, sahen sich die meisten der anwesenden Damen zum Verwechseln ähnlich. Insgesamt drei Kleopatras behaupteten, dass ihr Kostüm nun wirklich das Gelungenste sei, ansonsten tummelten sich Geishas zwischen orientalischen Tänzerinnen.

Doras Kostüm stach eindeutig heraus, was wohl auch Baron Mountjoy zu der Aussage veranlasste: »Ach, eine Deutsche? Ja, die Deutschen verkleiden sich ja gern, nicht wahr? Zum Beispiel als Hauptmann.«

»In der Tat.« Dora nippte an ihrem Champagner. »Wobei, auch als deutsches Fräulein mit Pickelhaube hätte ich eine glänzende Figur abgegeben, lieber Baron.«

»Nun, die Verkleidung als Mann erscheint mir nur zeitgemäß, sehr modisch. Man munkelt ja, auch der deutsche Kaiser habe eine Vorliebe für Männer.« Er zwinkerte Edward zu.

Jack grinste. »Da müssen sich die Frauen in Deutschland wohl etwas einfallen lassen. Du gehst also mit bestem Beispiel voran, Dumpling!«

Lady Cunningfield näherte sich Jack von hinten, presste sich an seinen Rücken. Dora sah, wie ihre fleischigen Hände plötzlich um seinen Kopf herumglitten und sich über seine Augen legten.

»Rate, wer?«, flötete sie.

»Rosella, wie entzückend!« Jack wirbelte zu ihr herum. »Ein großartiges Fest!«

»Amüsiert ihr euch gut? Habt ihr euch schon fotografieren lassen?«

»Fotografieren lassen?«

»Ja, im Wintergarten. Ich habe extra einen Fotografen engagiert, der die Gäste ablichtet. Eigentlich sollte er einen Film drehen, aber er sagt, dafür sei es zu dunkel. Dabei haben wir dafür doch eigens den Tiger besorgt.«

»Einen Tiger?«

»Ja, auch im Wintergarten.« Sie wedelte ungeduldig mit ihrer pummeligen Babyhand. »Wobei ich nicht weiß, was er will, wie viel Licht braucht er denn noch? Das ganze Haus leuchtet wie ein Freudenfeuer. Aber nein, er beharrt darauf, es sei zu dunkel.«

Der Wintergarten beherbergte neben einem Wald aus exotischen Pflanzen, Palmen und Kameliensträuchern in Töpfen tatsächlich einen echten Tiger. Die Kübelpflanzen rahmten den Käfig ein, ihre Blätter verbargen die meisten der zentimeterdicken Stahlstangen, die die Raubkatze in Schach hielten. Dem Tiger schien der ganze Trubel um ihn herum nicht geheuer zu sein. Er schlich nervös in seinem Käfig auf und ab, drückte sich eng an die Gitterstäbe und beobachtete das Treiben aus aufmerksamen, lauernden Augen. Wenn jemand dem Käfig zu nahe kam, fauchte er und schlug mit der Tatze durch die Gitterstäbe. Eine Geisha sprang kreischend zur Seite, das machte den Tiger nur noch wütender. Seine Pranke hieb immer wieder nach ihr, seine Krallen bohrten sich in die Luft und blitzten gefährlich im Licht der funkelnden Kronleuchter. Hätte der Käfig ihn nicht zurückgehalten, er hätte die gesamte Gesellschaft wohl zerfleischt. Dem Fotografen erging es nicht viel besser, er wirkte genauso gehetzt wie der Tiger. Er schoss seine Bilder im Akkord und blickte kaum von seiner Kamera auf, wenn sich neue Gäste davor postierten. Als er die drei Männer bemerkte, die Arm in Arm vor seiner Linse Aufstellung nahmen, sah er überrascht hoch. »Ach, Sie sind eine Frau. Ich dachte schon …« Er lachte nervös.

»Haben Sie mich für einen Mann gehalten?«

»Auf den ersten Blick, ja. Es tut mir leid. Ich hätte sofort sehen müssen, welche attraktive junge Dame sich unter der Maskerade verbirgt. Aber wie sollte ich auch damit rechnen? Alle Frauen hier tragen Kleider, nur Sie nicht.«

»Ich wollte auffallen.«

»Das ist Ihnen gelungen!«

»Nun, ich bin Schauspielerin, es gehört zu meinem Job.«

»Schauspielerin? Was Sie nicht sagen ... interessant ... sagen Sie, könnten Sie sich vorstellen, vor der Kamera zu stehen und in einem Film mitzuwirken?«

»Was für ein Film?«

»Oh, ich weiß es noch nicht. Nur so ein Gedanke, für ein kommendes Projekt vielleicht.«

Sie senkte geschmeichelt den Blick. »Finden Sie wirklich?«

»Doch, doch, Sie haben Talent, das sehe ich sofort. Was halten Sie von ein paar Probeaufnahmen?«

»Hier und jetzt?«

»Nein, das geht nicht. Ich meine, der Ort wäre schon gut, eine nette Kulisse. Aber es ist einfach zu dunkel, zum Filmen brauche ich Tageslicht. Was halten Sie davon, wenn wir das Thema später vertiefen? Wenn ich hier fertig bin mit meiner Arbeit.«

»Eine sehr gute Idee, ihr könnt später weiterreden!«, drängelte Jack und schob sie weiter.

»Was soll denn das? Du siehst doch, dass ich mich unterhalte.«

»Ich hatte vor, mich zu amüsieren, statt mir hier die Beine in den Bauch zu stehen. Und du hast ihn gehört, er muss arbeiten. Also kommt schon, die Nacht ist kurz!«

»Oh, Opium!« Jack zog sie mit sich in den kleinen Salon, den man eigens für den Ball als Opiumhöhle umdekoriert hatte, mit flachen, dick gepolsterten Diwanen mit prunkvoll geschnitzten Beinen und seidenen Sitzkissen. Süßlicher Rauch kroch durch den Raum und waberte zwischen den anwesenden Gästen.

»Wie originell!« Ein Lächeln huschte über Edwards Gesicht. Er schob sie in Richtung eines freien Diwans. »Bitte, mach mit!«, raunte er ihr zu. In seinem Blick stand ein Drängen, als hinge sein Leben davon ab.

»Und was, wenn ich nicht will?«, zischte sie zurück.

»Bitte, tu's für mich! Es ist nichts Schlimmes, es ist angenehm, du wirst sehen«, bettelte Edward und drückte sie auf das dicke Sitzpolster.

Jack griff bereits nach der kleinen Pfeife und zog kräftig daran. Er hielt den Atem an, dann stieß er den Rauch wieder aus, in einer kleinen Wolke. Er lehnte sich zurück und streckte Dora die Pfeife entgegen, ein seliges Lächeln glitt über sein Gesicht. Sie griff nach der Pfeife und sah Edward fragend an.

»Los, mach schon.« Er nickte ihr aufmunternd zu, bevor er leise hinzufügte: »Zieh nur ganz kurz, halt den Rauch nicht lange ein, sofort wieder ausatmen, verstanden?«

»Ist gut!« Sie nahm ihren Mut zusammen und zog. Der Opiumrauch schmeckte süß und scharf. Er brannte in ihrer Kehle und versengte ihre Lungen, ihre Bronchien verkrampften sich, sie hustete. Der Rauch füllte ihren Rachen, quoll ihr aus der Nase, ihrem Mund. Sie rang nach Luft, röchelte und keuchte und wedelte mit der Pfeife nach Edward, damit er sie ihr endlich abnahm. Er reichte sie sofort an Jack weiter und kümmerte sich um sie. »Ganz ruhig atmen, schön gleichmäßig, gleich geht es besser.«

Sie ließ sich auf ein Kissen sinken und es war, als hörte es nicht auf. Als sänke sie immer tiefer hinab in die weichen Daunen, weich, so weich. Wie die Wolken, die ihren Kopf füllten, er fühlte sich leicht an. Ihr ganzer Körper fühlte sich leicht an, als würde er schweben, gleichzeitig war er bleischwer. Selbst, wenn sie gewollt hätte, sie hätte die Arme nicht mehr heben können, sie wogen bestimmt eine Tonne. Auch ihre Augenlider wurden immer schwerer, sie kämpfte dagegen an, doch sie konnte die Augen einfach nicht mehr offenhalten, sie fielen immer wieder zu.

»Ja, so ist's gut, entspann dich!«, flüsterte Edward, sein Atem kitzelte in ihrer Ohrmuschel. Wärme durchströmte sie, hüllte sie ein und umfing sie, eine kuschelige Decke aus Zufriedenheit und Glück. Sie fühlte Edwards Hand unter ihrer Bluse, sie kroch unter ihr Mieder. Oder war es Jacks Hand, die über ihre Brüste strich? Eigentlich war es auch egal, ihre Haut schien die Berührung förmlich aufzusaugen. Jeder Zentimeter ihres Körpers sehnte sich danach, gestreichelt zu werden. Hände glitten über ihren Körper, berührten ihren empfindsamen Leib, fremde Haut rieb sich an ihrer. Es fühlte sich unglaublich gut an, sie wünschte, es würde nie wieder aufhören. Eine Welle der Entspannung wusch über sie hinweg, riss sie mit sich und spülte sie fort. Und sie ließ sich sinken. Ihr Geist sank hinab, tiefer, immer tiefer, hinab in die weiche, warme Dunkelheit, während ihr Körper aufstieg und schwebte, leicht wie eine Feder. Zwischen goldenen Wolken knisterten Funken der Lust.

Als sie erwachte, war es bereits heller Tag. Die kalten Strahlen der Wintersonne stachen in ihre Augen. Ihr Kopf dröhnte, als sie sich aufsetzte, Flammen aus Schmerz schossen hinter ihre Augen. »Au, verdammt! Mein Schädel.« Im fahlen Licht des Morgens hatte der Salon alle Exotik verloren, die er vergangene Nacht ausgestrahlt hatte. Die Luft war abgestanden und ausgelaugt. Es roch nach Schweiß und kaltem Opiumrauch, der sich tief in die Ritzen der Polster gesenkt hatte. Die Sitzkissen lagen auf dem Boden verteilt, zerwühlt wie von einer Orgie, die hier stattgefunden haben musste. Neben ihr auf dem Diwan lag Jack, vollkommen nackt, genau wie sie selbst. Hatten sie letzte Nacht miteinander geschlafen? Sie konnte sich an nichts mehr erinnern. Zu ihrer anderen Seite schnarchte eine Marie-Antoinette in einer Wolke aus himmelblauer Seide. Sie kannte die Frau nicht, sah sie gerade zum ersten Mal. Ihr Kostüm war hochgerutscht, wahrscheinlicher noch hatte es jemand hochgeschoben. Die Unterhose hing ihr um die Knöchel, als hätte es demjenigen zu lange gedauert, sie ihr ganz auszuziehen. Die Scham war entblößt, ihre Spalte schien rosig und saftig durch den dichten Busch krauser Haare. Dora schauderte und griff nach ihrer Bluse, sie lag zerknüllt auf dem Boden. Sie stand auf und bedeckte ihre Blöße. Ihr war schwindelig, ihre Knie fühlten sich an wie Gummi. Sie machte sich auf den Weg zu ihrem Zimmer im zweiten Stock. Jede Stufe schien hoch wie ein Berg. Ihre Beine waren immer noch schwer wie Blei. Die Treppe erschien ihr endlos. Auf der Kommode stand eine Waschschüssel mit warmem Wasser für ihre Morgentoilette bereit. Sie tauchte die Fingerspitzen hinein, das Wasser war längst kalt. Dora schöpfte eine Hand voll aus der Schale und trank. Es rann ihre Kehle hinunter, herrlich kühl und frisch. Sie spritzte sich etwas davon ins Gesicht. Die Tropfen prickelten auf ihrer Haut. So langsam wurde sie klarer.

Dora betrachtete sich im Spiegel und richtete ihr zerwühltes Haar, versuchte, sich die vergangene Nacht ins Gedächtnis zu rufen. Sich daran zu erinnern, was in dem kleinen Salon passiert war, nachdem sie von dem Opium geraucht hatte. Doch da war nichts, nicht einmal Schemen. In ihrem Kopf waren nur Watte und Schmerz.

KAPITEL 24

Sie fand Edward im Speisezimmer beim Frühstück, er plauderte mit dem Fotografen. Gott sei Dank, er war noch da! Sie hatte schon befürchtet, er wäre gegangen, und sie hätte die Gelegenheit zu einem weiteren Gespräch verschlafen, ihre Chance verpasst, ein Filmstar zu werden, weil sie im Opiumrausch hinweggedämmert war. Es wäre zu lächerlich, das war alles nur Edwards Schuld! Nur wegen ihm hatte sie überhaupt an der Pfeife gezogen und nun dröhnte ihr Schädel, und sie wusste nicht mehr, was sie getan hatte. Und er saß hier, frisch und ausgeruht und plauderte!

»Guten Morgen! Na, du Schlafmütze, bist du auch endlich wach?«

»Ja, ich habe geschlafen wie ein Stein. Kein Wunder, es war ein rauschendes Fest, nicht wahr?« Sie warf Edward einen giftigen Blick zu und setzte sich neben den Fotografen. »Mr. Alderton, schön, dass Sie noch da sind. Dann können wir gleich unser Gespräch von gestern Abend fortsetzen.«

»Wissen Sie, der Film ist das Medium der Zukunft!«

»Hm, ich weiß nicht, meinen Sie?« Sie biss nachdenklich in ein Scone mit Marmelade.

»Doch, doch, ich bin fest überzeugt davon!« Alderton nickte eifrig. »Sie werden sehen, in zehn Jahren geht niemand mehr ins Theater, sondern alle nur noch ins Cinematoskop!«

»Ich hoffe, Sie irren sich. Wenn niemand mehr ins Theater ginge, dann wäre ich ja arbeitslos!«

»Genau! Sehen Sie nun, warum Sie zum Film gehen sollten? Ich meine, schauen Sie sich doch an, Ihre Figur, dieser Gang, Ihr Gesicht …«

Sie spürte, dass sie rot wurde. »Danke. Meinen Sie, wir könnten einen Termin vereinbaren, wenn wir zurück in London sind?«

»Das wird nicht nötig sein!« Edward strahlte über das ganze Gesicht. »Mr. Alderton hat extra auf dich gewartet, wegen der Probeaufnahmen. Er kann sie gleich hier drehen.«

»Sind Sie sicher? Das wäre wunderbar!«

»Aber ja, tagsüber ist das Licht im Wintergarten ganz ausgezeichnet, und dann hätten wir gleich zwei Fliegen mit einer Klappe erschlagen.«

»Gleich drei! Mr. Alderton hat sich bereiterklärt, mir seine Aufnahmen zu überlassen. Wir waren uns schnell einig über den Preis. So haben am Ende alle etwas davon. Du bekommst deine Probeaufnahmen, er kann beurteilen, wie du dich vor der Kamera bewegst, und ich bekomme den Film als kleines Andenken an unser Wochenende.« Edward machte ein Gesicht, zufrieden wie eine Katze am Sahnetopf.

JACK SAH ZERKNITTERT AUS, als hätte er gestern zu viel Whisky getrunken, seine Wangen waren aufgedunsen, seine Augen gerötet.

»Ah, dann sind wir ja jetzt vollzählig!«, rief Mr. Alderton.

»Nicht so laut!« Jack hielt sich den Kopf, wahrscheinlich brummte sein Schädel genauso wie ihrer.

»Also, wenn ich die Szene erläutern dürfte …«

»Mir egal, Hauptsache, es geht schnell!«, knurrte Jack und fuhr sich mit der Hand über die Augen.

»Miss Newman spielt einen strengen Lehrer, der seine Schüler züchtigt. Dann fällt ihm der Zylinder vom Kopf, ihre Haare kommen zum Vorschein und die Schüler bemerken, dass es sich in Wahrheit um eine Lehrerin handelt. Einer will sich rächen, doch der andere hält ihn zurück, sie gefällt ihm. Sie sinken sich in die Arme und küssen sich, Abblende, Klappe, Film aus!«

»Wer hat sich denn den Schwachsinn ausgedacht?«

»Nun, äh, die Idee dazu kam uns beim Frühstück, ein klassisches Verwirrspiel«, rechtfertigte sich Alderton.

»Von mir aus, bringen wir es hinter uns!«

»Also schön, alle auf Position! Miss Newman, Sie kommen von links ins Bild, die Herren setzen sich auf die Chaiselongue, dann beugen Sie sich darüber ...«

»Womöglich noch mit heruntergezogenen Hosen?«

»Natürlich, es soll ja echt aussehen!«

Jack schüttelte den Kopf. »Das ist lächerlich!«

»Jack, bitte, können wir anfangen?«

»Von mir aus kannst du auch derjenige sein, der sie am Ende küsst«, warf Edward ein.

»Ich habe nur eine Rolle Film, wir drehen also einen One-Reeler. Wenn die Kamera läuft, dann müssen Sie spielen und eine viertel Stunde später ist alles im Kasten.« Er klopfte auf das Holz des Kamerakörpers. »Also, alle auf Position! Uuuund Action, Kamera läuft!«

Sie stolzierte auf die Chaiselongue zu, langsam und gemächlich, dann baute sie sich vor den Männern auf. »Also, meine Herren, was haben Sie diesmal ausgefressen?«

»Gar nichts, Mr. Dorius«, antwortete Edward eifrig.

»Lügen Sie mich nicht an, Mr. Lambert!« Sie hob sein Kinn mit der Spitze des Stocks und sah ihm in die Augen.

»Wirklich nicht, Mr. Dorius!«

»Und Sie, der Ehrenwerte Mr. Sutton, was haben Sie angestellt?«

In Jacks Augen glomm ein belustigtes Funkeln. »Gar nichts, Mr. Dorius. Aber ich wüsste, was ich gerne mit Ihnen anstellen würde.«

»Was, Sie werden frech? Auf die Knie Mr. Sutton, sofort. Und Sie Mr. Lambert, was grinsen Sie so? Los auf die Knie, Hosen runter, alle beide!«

»Du machst das wirklich gut«, raunte Jack, als er vor ihr auf die Knie sank.

»Gelernt ist gelernt.«

»Wo lernt man denn sowas?« Jack klang belustigt, sie konnte hören, dass er lächelte.

»Mein Vater ist Lehrer.«

»Lehrer?« Edward sah erstaunt zu ihr auf.

Verflixt, sie hatte sich verplappert! »Ja, äh, sogar Oberstudienrat, um genau zu sein«, setzte sie schnell hinzu.

»Dein Vater ist der oberste Studienrat?« Edward hatte sie falsch verstanden, in seiner Stimme schwang aufrichtige Ehrfurcht. »Heißt das, er berät den deutschen Kaiser in Fragen der Erziehung und der Bildung?«

»Äh, ja, so ähnlich. Er hat viele Ideen zur Reform des deutschen Schulwesens eingebracht.« Zumindest hatte ihr Vater seinen Unmut über die Missstände des deutschen Bildungssystems auf mehreren Kongressen zum Ausdruck gebracht. Und vielleicht waren seine Vorschläge ja sogar bis zum Kaiser durchgedrungen, wer wusste das schon?

»Der oberste Lehrer des Deutschen Kaiserreichs lässt seine Tochter allein in London herumlaufen, ohne Anstandsdame?« Jack schien der Gedanke zu amüsieren.

»Ja, er vertraut auf seine strenge Erziehung. Aber was den Stock betrifft«, sie unterstrich jedes ihrer Worte mit einem kurzen Schlag, »so war meine Mutter die wahre Lehrmeisterin. Sie verlieh der Demütigung den letzten Hauch an Perfektion.«

»Perfektion? Dass ich nicht lache, du schlägst wie ein Mädchen, nicht wahr, Teddy?«

»Ich kann auch gerne etwas fester zuschlagen, wenn dir das lieber ist.« Sie ließ den Rohrstock auf Jacks nacktes Hinterteil hinabsausen.

»Ja, besser. Aber immer noch nicht richtig!« Er sprang auf und wand den Stock aus ihren Fingern.

»Was machen Sie denn da?«, rief Mr. Alderton. »Sie zerstören ja den ganzen Film.

Jack beachtete ihn nicht, sondern schwang den Stock, er schnitt durch die Luft und fuhr mit einem Zischen auf Edwards Hintern hinab. Edward schrie gepeinigt auf.

»So geht das, nicht wahr, Teddy?« Er schlug wieder zu, zu dem ersten roten Striemen gesellte sich ein zweiter. »Erinnerst du dich Teddy, damals in Walpole House, an das Birching von Thomas?« Er sah Dora an und plauderte munter weiter: »Thomas war unser House Master und niemand konnte ein Birching verpassen wie er. Er war ein Meister der Birkenzweige, der Arsch brannte danach wie Feuer, wenn es einen erwischt hatte. Und auch mit dem Rohrstock, Mann oh Mann. Thomas konnte austeilen wie kein zweiter. Aber wenn Thomas richtig sauer war, dann wurde es schlimm. Erinnerst du dich Teddy, was er dann gemacht hat?«

»Ja!«, keuchte Edward.

Jack beugte sich über Edward, presste sich eng an ihn, nackt, wie er war. Es sah aus, als wolle er ihn bespringen. Dora stand wie gelähmt und konnte nur dabei zusehen, wie Jack um Edward herumgriff. »Wenn Thomas richtig sauer war, dann hat er einem die Eier gequetscht, nämlich so.«

Edward wimmerte und wand sich unter Jacks Griff, doch der ließ nicht locker. »Ah, das gefällt dir also, ja?«

»Lass mich los!«

»Das ist dafür, was du letzte Nacht getan hast«, zischte Jack so leise, dass nur sie und Edward es hören konnten.

»Ich habe nichts gemacht!«, quietschte Edward.

»Du weißt genau, wovon ich rede. Hältst du mich etwa für blöd, Teddy?«

»Ich weiß nicht, was du meinst.«

»Dann will ich deinem Gedächtnis auf die Sprünge helfen. Ich bin heute Morgen wach geworden und mein Arsch tut weh, dass ich kaum sitzen kann. Es war bestimmt nicht Baron Mountjoy, der war mit den Weibern beschäftigt. Und es war auch nicht Lord Eddlesborough, sondern du warst es! Du hast mich in den Arsch gefickt wie eine kleine, billige Nutte!«

»Ich kann mich an nichts erinnern, das Opium!«

»Du hast doch gar nichts davon geraucht!«

»Hab ich doch!«

»Ach ja, hast du das? Und warum spazierst du hier rum, frisch wie der junge Morgen, während Dora und mir fast der Schädel platzt?« Jack warf ihr einen Blick von der Seite zu, in seinen Augen flackerte Wut. »Aber ich zeige dir, wer hier wen fickt!« Jack packte Edwards Schwanz und begann, ihn in groben, abgehackten Strichen zu reiben.

Edward schrie gepeinigt auf, sein Rücken zitterte, seine Schulterblätter bebten. Er wand sich unter Jacks Griff, doch der ließ nicht locker. »Na, wie fühlt sich das an? Gefällt dir das, du kleine Schwuchtel?«

»Nicht so gut, wie es dir gefallen hat«, keuchte Edward.

Jack erstarrte.

»Ich war sanfter, weißt du? Du hast geschnurrt wie ein Kätzchen.«

Abrupt ließ er von ihm ab. »Das ist nicht wahr!«

»Doch Jack, es ist wahr!« Edward fuhr zu ihm herum mit einem irren Grinsen, in seinen Augen stand ein wildes Glitzern. »Es hat dir gefallen, du konntest gar nicht genug bekommen.«

Jack schlug zu. Seine Faust landete mitten in Edwards Gesicht. »Hör auf, halt den Mund!«

Edward sah beinah ungläubig aus, seine Lippe war unter der Wucht des Schlags geplatzt, Blut quoll hervor und tropfte auf sein weißes Hemd. Die Blutspritzer sahen aus wie hingetupfte Rosen auf der Leinwand eines Künstlers. Jack starrte Edward an, dann Dora, seine Lippen bebten, in seinen Augen loderte Zorn. Dann drehte er sich wortlos um und verließ den Raum.

»Es ist mir entsetzlich peinlich, Mr. Alderton.«

»Schon gut, Miss Newman, Sie können ja nichts dafür! Ich würde trotzdem gerne noch einige Fotos von Ihnen machen, wenn es recht ist.«

»Ich ziehe mir nur schnell was anderes an!« Dora huschte davon.

Edward betupfte vorsichtig mit einem Taschentuch seine Lippe, mit der anderen Hand strich er sein Hemd glatt. Das war zwecklos, es war nicht mehr zu retten. »Hören Sie, Mr. Alderton, es wäre mir lieb, wenn wir den Vorfall einfach vergessen könnten. Ich denke, hundert Pfund sind angemessen, nicht wahr.«

»Natürlich, Mr. Lambert.«

Edward senkte die Stimme. »Und ich lege noch fünf Pfund obendrauf, wenn ich zusätzlich zu dem Film noch ein paar Abzüge der Fotos bekommen könnte, die sie gleich schießen werden«, raunte er dem Fotografen zu und reichte ihm einen Scheck. »Hier, keine Sorge, er ist gedeckt. Ich arbeite bei der Bank!«

Alderton prüfte ihn kurz, dann faltete er den Scheck und ließ ihn in seiner Hosentasche verschwinden. »Sicher. Ich schicke sie Ihnen per Post, wenn ich sie entwickelt habe, zusammen mit dem Film.«

Dora kehrte zurück, sie trug ein helles Tageskleid, in dem sie für einige Aufnahmen posierte. Edward sah dabei zu und heuchelte Interesse, doch in seinem Kopf rasten die Gedanken. *Ich muss irgendwie von dem Vorfall ablenken,* dachte er, *mich normal verhalten! Was würde ein normaler Mann tun? Aber natürlich …* Er wandte sich an Dora. »Das ist ja alles ganz nett, aber könntest du vielleicht was ausziehen?«

Ein alarmierter Ausdruck huschte über ihr Gesicht. »Warum?«

»Na, du weißt schon.« Er warf ihr einen verzweifelten Blick zu und hoffte, sie würde das kleine Ablenkungsmanöver verstehen. »Ich hätte gern noch ein paar Aufnahmen für meine spezielle Sammlung«, fuhr er fort und zwinkerte Alderton verschwörerisch zu.

JACK SCHIEN ÄUßERLICH GEFASST, als er sich von Lady Cunningfield verabschiedete und ihr noch einmal für die Einladung dankte. Doch sein Lächeln wirkte aufgesetzt und falsch. Dora reiste allein mit ihm zurück nach London, Edward fuhr weiter nach Hull. Es war schon vorher so geplant gewesen, Edward hatte einen geschäftlichen Termin mit seinem Vater. Aber nun war es wohl besser, dass er nicht da war. Jack war die ganze Zeit schweigsam. Als sie in Audley End in den Zug nach London gestiegen waren, hatte er nur das Nötigste mit ihr gesprochen, in einem bedachten, kontrollierten Ton. Seitdem hatte er kein einziges Wort mehr gesagt, er starrte aus dem Fenster in die wirbelnden Schneeflocken.

»Du hast dich unmöglich benommen!«

»Ich?«

»Du hast meinen Film zerstört! Wie stehe ich denn nun vor Mr. Alderton da? Was soll er nur von mir denken?«

»Natürlich. Du denkst nur an dich und deinen blöden Film. Und was Edward getan hat, kehren wir besser unter den Teppich, ja?«

»Ach, was weiß ich!« Sie funkelte ihn an. »Du weißt doch gar nicht, was er getan hat.«

»Hast du ihn nicht gehört? Er hat es doch zugegeben!«

»Ja, aber er hat auch gesagt, es hätte dir gefallen.«

Er fasste grob ihren Arm und zog sie zu sich hin, damit sie ihn ansehen musste. »Sag das nie wieder, hörst du? Ich bin nicht so einer!«

»Das sagt ja auch keiner. Ich meine ja nur … was, wenn es dir doch gefallen hat?«

»Hat es nicht!«

»Was, wenn Edward es einfach falsch verstanden hat? Das Opium, du weißt doch, wie es wirkt. Es fühlt sich alles so gut an, nicht wahr?«

»Er hat die Situation schamlos ausgenutzt!«

»Vielleicht hat er deine Signale nur falsch interpretiert«, sagte sie vorsichtig.

»Ich habe ihm mit Sicherheit keine derartigen Signale gesendet.«

»Aber vielleicht hat er es so verstanden? Er war ja selbst berauscht.«

»War er nicht! Edward hat doch gar nichts geraucht, oder hast du gesehen, wie er an der Pfeife gezogen hat?«

»Er hat sie mir aus der Hand genommen und ich bin mir sicher …«

»Herrgott, Dora, hör auf damit!«, schrie er sie an. »Nimm ihn doch nicht immer in Schutz.«

»Mache ich doch gar nicht. Ich denke bloß, dass du die Sache viel zu ernst nimmst und überreagierst.«

»Ach ja? Kannst du dir vorstellen, wie es sich anfühlt, wenn man aufwacht und sich nicht mehr daran erinnern kann, wer was mit einem gemacht hat?« In Jacks Meeresaugen tobte ein Sturm.

»Ja, stell dir vor, kann ich! Mir ging es nämlich heute Morgen genauso. Ich weiß auch nicht, wer mich letzte Nacht gestreichelt hat, ich schätze, du warst es nicht.«

Jack zuckte mit den Achseln.

»Trotzdem, ich konnte nicht genug davon bekommen, ich wollte, dass es nie aufhört, es hat sich so … gut angefühlt.«

»Ich weiß, das liegt am Opium«, murmelte Jack.

»Wenn ich darüber nachdenke, dann bist du selbst schuld!«

»Ach ja?«, fuhr er auf. »Jetzt ist es auch noch meine Schuld? Das wird ja immer schöner!«

»Du wolltest doch unbedingt von dem Opium rauchen! Dabei wusstest du schon vorher, was es mit einem macht und was dann passiert.« Das war vielleicht ein bisschen spitzfindig, aber nicht ganz falsch.

»Ja, wusste ich. Und deshalb muss ich damit rechnen, von meinem besten Freund vergewaltigt zu werden, ist es das, was du sagen willst?«

»Nein, aber ich weiß jetzt, was es mit einem macht. Und ich weiß auch, dass ich dieses Teufelszeug nie wieder anrühren werde!«

»Teufelszeug? Du machst es dir so leicht, Dora! Immer schön schwarzweiß sehen, das Opium ist Teufelszeug und Jack ist der Teufel, der es gewollt hat. Und der arme kleine Teddy ist das Engelchen, das versehentlich die Signale falsch interpretiert hat, nicht wahr?«

»Du malst doch hier alles in schwarzweiß! Ich versuche bloß, zu vermitteln und an deine Objektivität zu appellieren.«

Jack schnaubte verächtlich. »Ein bisschen mehr Objektivität stünde dir selbst gut zu Gesicht. Glaub mir, der liebe Teddy ist nicht so unschuldig, wie er immer tut.«

»Was meinst du damit?«

»Ich wette, er hat mich schlechtgemacht, als ich in Afrika war. Hat dir Ammenmärchen erzählt von meinem Lotterleben und hat dich vor mir gewarnt, ich sei ein Spieler und nähme das Leben nicht ernst genug, war es nicht so?«

»So in der Art«, murmelte sie und senkte den Blick.

»Und du hast ihm geglaubt, nicht wahr? Aber in Wahrheit ist er es, der hier Spielchen spielt. Du bist nichts weiter als eine Puppe für ihn, er benutzt uns beide nur als Spielzeug für seine perversen Phantasien. Mach endlich die Augen auf!«

Vielleicht hatte Jack recht. Aber andererseits: Edward war immer gut zu ihr, unterstützte sie und förderte ihre Karriere. Ohne ihn wäre sie ein Nichts, immer noch eine kleine Nutte in der Brick Lane statt einer aufstrebenden Schauspielerin. Er hatte so viel für sie getan, da war es doch nur rechtens, dass er auch etwas dafür verlangte. Und außerdem verlangte er es ja gar nicht mehr, seitdem er ihr gestanden hatte, dass er Jack liebte. Das, was Jack für Spielchen hielt, waren doch nur Edwards verzweifelte Versuche, ihm nahe zu sein. Edward liebte ihn, aber genau das durfte Jack nicht wissen, also biss sie auf ihre Lippen und schwieg.

»Wie geht es nun weiter, was hast du jetzt vor?«, wollte sie von ihm wissen, als der Zug in den Bahnhof am King's Cross einrollte.

»Wir werden sehen. Erstmal wohne ich bei meinen Eltern, bis Edward zurückkommt. Bis dahin hat er sich hoffentlich eine gute Entschuldigung überlegt. Und ansonsten will ich dieses Wochenende einfach vergessen. Ich will nie wieder davon hören, nicht ein Wort!«

KAPITEL 25

Nur einen Tag später wurde Jacks Wunsch, das Wochenende zu vergessen, zunichtegemacht. Dora hatte gerade Kohlen im Ofen nachgelegt für den Abend, um die eisige Kälte draußen zu halten, die das Land mit klirrendem Frost überzog. Jack riss die Tür zu ihrem Zimmer auf, ein Schwall kalter Luft wehte mit ihm herein. Er wirkte atemlos, als sei er die Treppen hinaufgerannt, seine Wangen waren gerötet. »Pack deine Sachen, du musst weg!«, stieß er hervor.

»Was denn für Sachen?«

»Alles, diesen ganzen Plunder hier!« Er wedelte mit den Händen, als wolle er ihre Sachen dadurch verscheuchen. »Wo sind deine Koffer? Ich helfe dir packen!«

»Was ist denn passiert?«

»Das erkläre ich dir später!«

»Ich werde nirgendwo hingehen, wenn du mir nicht sofort sagst, was los ist!«

»Dazu haben wir jetzt keine Zeit!« Er riss ihre Kleider aus dem Schrank und stopfte sie wahllos in einen Koffer.

»Langsam, du ruinierst ja die ganze Seide!« Sie kippte den Koffer über dem Bett aus, faltete die Kleider sorgsam neu und bettete sie in den Koffer.

»Los, mach schon, beeil dich!«

»Nicht, solange du mir nicht sagst, was hier los ist!«

»Also schön, wir sind aufgeflogen, das ist hier los!«

»Aufgeflogen?«

»Ja, der Film! Edward war so blöd, dem Fotografen zu erzählen, für welche Bank er arbeitet, und jetzt wird er von deinem feinen Mr. Alderton erpresst. Edward hat mich kontaktiert, ich soll zusehen, dass du hier verschwindest. Du musst erstmal untertauchen.«

»Aber wieso? Ich verstehe nicht ...«

»Dafür haben wir jetzt keine Zeit, ich erkläre es dir später, okay?«

Vor der Tür wartete ein Cab, es rollte mit ihnen nach Norden, fort von den Theatern und feinen Restaurants, hin nach Bloomsbury. Am Brunswick Square bog es in die Hunter Street und hielt schließlich vor einem typischen Wohnblock, der seine besten Tage schon hinter sich hatte. *Creighton Mansions* las Dora auf dem angelaufenen Messingschild neben der Eingangstür.

»Nicht wirklich vornehm, aber respektabel«, befand Jack. Auf sein Läuten öffnete ein Mädchen. »Wir wollen zu Lady Henrietta Darleston«, verkündete er.

»Und wen darf ich melden?«

»Den Ehrenwerten James Sutton.«

»Sehr wohl, Mylord. Folgen Sie mir bitte.«

Jack drehte sich zu Dora um. »Jetzt kannst du beweisen, dass du eine gute Schauspielerin bist«, raunte er ihr zu.

Lady Henrietta empfing sie in ihrem Salon. Sie erhob sich von ihrem Sessel und strich ihr Kleid glatt. Es war schlicht, aus grauem Kaschmir. Gewiss war das Kleid einmal teuer gewesen, an den Ärmeln wirkte es bereits ein wenig fadenscheinig. Nichtsdestotrotz, Lady Darlestons aufrechte Haltung bezeugte ihre gute Erziehung, als sie Jack die Hand zum Gruß reichte. »Mr. Sutton. Wie schön, Sie wieder einmal zu sehen. Es ist lange her.«

»Sie waren damals beinah noch ein Kind, Lady Henrietta. Aber wie ich sehe, ist eine erwachsene Frau aus Ihnen geworden.«

Ein Anflug von Röte zog über ihre Wangen. »Es ist nicht immer leicht, wie Sie sich denken können. Seitdem auch noch mein Vater von uns ging ...« Sie unterbrach sich. »Was verschafft mir die Ehre, Mr. Sutton?«

»Nun, sehen Sie, dies ist Dorothy.« Er schob Dora an den Schultern nach vorn, als sei sie ein schüchternes Kind. »Mein Mündel.«

Dora zog die Luft ein. Sein Mündel? So eine bodenlose Frechheit!

Sie warf Jack einen giftigen Blick zu, den er mit einem stummen Flehen in den Augen beantwortete. Also schön! Wenn er es so wollte, dann spielte sie mit. Sie streckte artig die Hand aus und sagte mit ihrer besten Kleinmädchenstimme. »Dorothy Jansen, guten Abend!«

»Die arme Dora hat ihre Eltern verloren, genau wie Sie. Nun sucht sie eine Bleibe und da sind Sie mir sofort eingefallen. Denn wo sonst könnte ein unbescholtenes Mädchen eine anständige Unterkunft finden, wenn nicht hier?«

Lady Henriettas Röte vertiefte sich. »In der Tat. Sie haben Glück, es ist ein Zimmer frei. Gerade erst frei geworden, kaum eine Woche ist es her und ich dachte schon, ich finde so schnell keine neue Mieterin, nicht vor dem neuen Jahr, habe ich gedacht.«

»Na, dann fügt es sich doch ganz wunderbar, nicht wahr?«

»Kommen Sie, Miss Jansen.« Lady Henrietta sah sie mitfühlend an. »Ich zeige Ihnen Ihr Zimmer. Und dann schaffen wir Ihre Sachen rein, nicht wahr?«

Dora ließ sich widerstandslos den Flur hinunter zu einem der Zimmer führen, in der Mitte des Flurs, eingekeilt zwischen zwei anderen Zimmern. Es war winzig wie eine Zelle im Kloster und, wie zu erwarten, blitzblank. Ihre Koffer und Taschen füllten bald den Streifen Boden zwischen Schrank und Bett, die Kiste mit ihren persönlichen Einrichtungsgegenständen passte kaum noch in den Raum. Lady Henrietta beobachtete alles mit Argusaugen. Wobei sie deutlich mehr an Jack Interesse zeigte als an Doras Habseligkeiten, und so war es auch nicht weiter verwunderlich, dass sie versuchte, ihn fort zu lotsen. »Darf ich Ihnen etwas anbieten, Mr. Sutton? Eine Tasse Tee vielleicht?«

»Das wäre ganz wunderbar. Ich helfe Dora nur noch schnell mit den schweren Koffern«, flötete Jack. »Gehen Sie doch schon mal vor in den Salon, ich bin gleich bei Ihnen, Lady Henrietta.« Er legte seine Hand kurz auf Lady Darlestons Arm, und die vertraute Anrede ließ ihr erneut das Blut in die Wangen schießen.

»Kannst du mir endlich verraten, was das ganze Theater hier soll?«, fuhr Dora ihn an, nachdem Lady Henrietta endlich gegangen war.

Jack beeilte sich, die Tür hinter ihnen zu schließen. »Nicht so laut, Herrgott!

»Meine Eltern sind tot und ich bin dein Mündel? Spinnst du jetzt komplett?«

»Auf die Schnelle ist mir nichts Besseres eingefallen!«

»Es gibt in dieser Stadt wahrscheinlich hunderte von Hotels und tausende Lodging-Houses, und dir fällt nichts Besseres ein, als mich bei einer alten Flamme zu verstecken?«

»Lady Henrietta ist keine alte Flamme«, wiegelte Jack ab. »Höchstens eine alte Jungfer.«

»Aber sie ist in dich verliebt, das sieht ein Blinder.«

Er überging den Kommentar. »Zumindest wird dich hier niemand finden!«

»Wer sollte mich denn suchen? Ich will jetzt wissen, was los ist, sofort!«

Er seufzte und fuhr sich mit der Hand durchs Haar. »Ich habe es doch schon gesagt, Edward wird erpresst.«

»Was verlangt dieser Alderton denn?«

»Zehntausend Pfund.«

»Eine Menge Geld. Aber warum muss ich Hals über Kopf mein Zimmer räumen? Ich habe doch gar nichts damit zu tun!«

»Du warst dabei, wenn ich dich daran erinnern darf!«

»Na und? Du warst doch derjenige, der …« Sie wollte sagen: der Edward gequält hat, aber sie schluckte es runter und beendete ihren Satz stattdessen mit: »… den ganzen Film ruiniert hat!«

»Trotzdem, du warst daran beteiligt, wenn nicht sogar die treibende Kraft dahinter. Außerdem war dieser Alderton wohl in der Nacht dabei. Er behauptet, gesehen zu haben, wie Edward …« Er unterbrach sich und verzog das Gesicht. »Was er getan hat, du weißt schon. Der Film ist also nur der letzte Beweis für Edwards Homosexualität. Teddy fürchtet sich vor dem Skandal, wenn er nicht auf Aldertons Forderungen eingeht und herauskommt, dass er eine verkappte Schwuchtel ist. Nicht, dass es nicht sowieso schon jeder wüsste, es ist ein offenes Geheimnis«, fügte Jack hinzu. »Aber, wenn Alderton ihn wegen Sodomie angezeigt oder uns beide, dann wären wir in großen Schwierigkeiten, darauf stehen einige Jahre Zuchthaus. Deshalb will Teddy auf Nummer sicher gehen und alle möglichen Spuren verwischen.«

»Und wie lange soll ich mich jetzt hier verstecken?«

Jack zuckte die Achseln. »Nicht lange, nur ein paar Tage, bis ins neue Jahr, vielleicht.«

»Bis Neujahr? Was soll ich denn hier? Ich muss mich um ein neues Engagement kümmern. Die Katzenfelle zum Kürschner bringen und …«

»Das kannst du ja auch«, fiel er ihr ins Wort. »Aber halte dich bedeckt, um Himmels willen, sei ein bisschen unauffälliger!«

»Unauffälliger?«

»Zieh dich nicht so auffällig an. Und halte deine Zunge im Zaum, sei schön brav.« Er grinste. »Sei ein anständiges Mädchen.«

»Ich bin aber kein anständiges Mädchen!«, blaffte sie ihn an.

Jack lachte. »Ich weiß. Deshalb gefällst du mir ja so gut.« Er zog sie zu sich heran und küsste sie schnell, bevor er zur Tür ging. Er drehte sich noch mal zu ihr um. »Hey, mach nicht so ein Gesicht, Dumpling. Du bist doch Schauspielerin. Du schaffst das schon!«

TAGELANG SAß sie nun schon hier rum und hatte nichts von den beiden gehört, weder von Jack noch von Edward, der anscheinend immer noch in Hull war. Ihr blieb nichts übrig, als abzuwarten und Lady Henrietta Gesellschaft zu leisten. Außer ihr wohnten noch zwei weitere Mädchen in Wohnung Nummer 4, aber die beiden bekam sie kaum zu Gesicht. Die eine war Sekretärin in einem Büro, die andere arbeitete als Shopgirl. Erst am Morgen des Weihnachtstages tauchte Jack unvermittelt auf.

»Ich wollte den Damen einen Weihnachtsbesuch abstatten«, verkündete er und überreichte Lady Henrietta eine Schachtel Konfekt.

»Oh, wie aufmerksam von Ihnen, Mr. Sutton. Kommen Sie doch herein. Eine Tasse Tee vielleicht, um sich aufzuwärmen?«

Es war offensichtlich: Diesmal würde Lady Henrietta sie nicht allein lassen und alles daransetzen, Jack komplett in Beschlag zu nehmen.

»Nein, danke, später vielleicht. Ich wollte mit Dora ein paar Schritte gehen, draußen im Park.«

Dora hastete los. »Ich hole nur schnell meinen Mantel!«

Die Bäume am Brunswick Square reckten ihre kahlen Äste in den

Himmel, als griffen sie mit dürren Fingern nach den bleigrauen Wolken. Es roch nach Schnee, genau wie an dem Tag, als sie nach Sewers End gefahren waren. Dora fröstelte und schlug den Kragen ihres schwarzen Wollmantels hoch. Er war jetzt mit Leopardenfell verbrämt, genau wie die Ärmelaufschläge und die Krempe ihres wagenradgroßen Huts, auf dem ein Büschel Straußenfedern wippte.

»Unauffällig wie ein Pfau im Hühnerstall!«, kommentierte Jack ihren Aufzug.

»Wir hätten drinbleiben können, wenn es dir nicht passt.«

»Besser nicht, wir müssen reden.«

»Gibt es Neuigkeiten von Edward?«

»Ja, aber keine guten. Dieser Alderton ist nicht dumm. Als er gemerkt hat, wie schnell Edward auf seine Forderung nach den zehntausend Pfund eingestiegen ist, hat er sich gedacht, dass da bestimmt noch mehr rauszuschlagen ist. Alderton hat sich schlaugemacht, Teddy ist ja nicht einfach irgendwer.«

»Wie meinst du das?«

»Hat er dir eigentlich gar nichts über sich erzählt?« Jack sah sie von der Seite an.

»Nein, nicht viel. Nur, dass er ältere Brüder hat und in der Bank arbeitet.«

»Edwards Vater ist ein reicher Mann, in England kennt jedes Kind die Lambert & Sons Export & Import Trading Goods Company mit Sitz in Hull. Dazu noch die Verbindung zur Bank, das erschien diesem Alderton einfach zu verlockend.«

»Was verlangt er?«

»Fünfzigtausend Pfund. Aber die hat Edward natürlich nicht.«

»Es ist doch alles nur ein Missverständnis. Ich habe nachgedacht, der Film, niemand weiß, was wirklich passiert ist. Du standest mit dem Rücken zur Kamera. Wir sagen einfach, Alderton hat falsche Regieanweisungen erteilt, um Edward mit Absicht in eine Falle zu locken. Schließlich spiele ich die Hauptrolle in dem Film und ich bin eine Frau.«

»Ja, du bist eine Frau, aber eben nicht seine Frau. Das ist ein großer Unterschied.«

»Wenn es nur um die Moral geht, dann sagen wir halt, ich sei seine Verlobte.«

»Das geht nicht.« Jack klang irgendwie genervt.

»Aber wieso? Du hast doch schon immer deine Witzchen darüber gemacht.«

»Weil Edward bereits verheiratet ist«, platzte es aus ihm heraus.

Sie erstarrte mitten in der Bewegung und sah ihn fassungslos an. »Was sagst du da?«

»Deshalb war der Witz ja so komisch.« Jack grinste schief, wurde aber sofort wieder ernst. »Hat er dir wirklich gar nichts von sich erzählt?«

»Nein, kaum etwas.«

»Warum hast du ihn nicht gefragt? Warum hast du dich nie gefragt?« Jack sah sie forschend an, seine Augen schienen sie zu durchbohren.

»Was gefragt?«

»Warum er alleinstehend ist? Warum er allein in dem großen Haus lebt, obwohl eine Junggesellenwohnung ausreichen würde? Was mit seiner Frau ist?«

»Was ist mit seiner Frau? Ist sie tot?«

Jack lachte leise auf. »Nein, sie ist nicht tot. Dann wäre Edward Witwer und du wärst kein Problem. Eleanor lebt in einem Sanatorium in der Nähe von Hull. Sie erträgt die Nähe zu ihrem Mann nicht, wie sie sagt. Sie kann damit nicht umgehen.«

»Womit kann sie nicht umgehen?«

»Mit seinen Neigungen, du weißt schon. Die Ehe war arrangiert, in beiderseitigem Interesse der Väter. Eleanor ist ein Mädchen aus gutem Haus, eine typische englische Teerose, genau wie Lady Henrietta. Eleanor war geschult in Klavierspiel und Konversation, damit sie ihrem Ehemann nicht langweilig würde. Doch auf das, was sich Edward unter häuslichem Zusammensein und ehelichen Pflichten vorstellt, war sie einfach nicht vorbereitet. Es hat sie wohl alles überfordert. Die beiden haben oft gestritten, wie er mir erzählt hat. Eines Abends geriet sie vollkommen außer sich, warf mit Geschirr. Der hinzugerufene Arzt diagnostizierte eine leichte Form der Hysterie. Seitdem lebt sie in dem Sanatorium.«

»Warum lässt sie sich dann nicht von ihm scheiden, wenn sie seine Nähe nicht erträgt?«

»Mit welcher Begründung? Dass ihr Mann ein verkappter Homosexueller ist?« Jack schüttelte den Kopf. »Das würde Edward niemals zulassen und sein Vater auch nicht. Jedem ist natürlich klar, dass es sich um eine *Lavender Marriage* handelt. Und trotzdem besteht ihre Ehe weiter, wenn auch nur zum Schein.«

Sie fasste nach Jacks Hand, zwang ihn zum Stehenbleiben. »Edward ist nicht homosexuell, ich kann das bestätigen und seine Frau kann es auch.«

»Nur passt du leider nicht ins Bild, du existierst offiziell gar nicht. Und Eleanor hält Edward schlichtweg für einen Perversen. Womit sie wohl nicht ganz Unrecht hat.«

Dora hielt inne. »Aber das bedeutet, du hast die ganze Zeit gewusst, dass er verheiratet ist. Warum hast du mir nichts davon gesagt?«

»Ich habe dich gewarnt, dass Edward nicht der ist, für den du ihn hältst.« Er machte sich von ihr los und setzte seinen Weg fort. »Außerdem war es seine Sache, es dir zu erzählen.«

»Und was wird nun aus mir?« Sie waren wieder vor den Creighton Mansions angekommen. Dora deutete auf die Haustür. »Wie lange soll ich noch hier hocken und Lady Henrietta das arme Waisenkind vorspielen?«

»Ich weiß es nicht, Dumpling. Wir müssen abwarten, bis sich die Lage beruhigt hat, dann sehen wir weiter.«

»Außerdem habe ich immer noch keinen neuen Job.« Sie starrte auf ihre Schuhspitzen und räusperte sich. »Das heißt, ich bin pleite.«

Jack drückte ihr zwei Pfund in die Hand. »Hier, nimm. Mehr habe ich nicht bei mir. Ich muss los, meine Familie wartet.« Er gab ihr einen flüchtigen Kuss auf die Wange. »Bestell Lady Henrietta einen Gruß!«

Draußen begann es zu schneien. Vor ihrem Fenster tanzten dicke Flocken, breiteten eine weiße Decke über den schmutziggrauen Hinterhof und hüllten alles in weihnachtlichen Frieden. Doch in Dora tobte ein Sturm. Es war nur eine Illusion, ein Traum, aus dem Jack sie gerissen hatte, alles nichts als Lügen. Edward war verheiratet, mit der Tochter seines Chefs! Und sie dumme Gans hatte sich nicht einmal gefragt, warum er noch Junggeselle war? Geschweige denn, dass sie auf die Idee gekommen wäre, er könne bereits verheiratet sein. Nichts hatte darauf schließen lassen. Wirklich nichts? Das stimmte nicht ganz. Da war das malvenfarbene Gästezimmer, in dem sie gewohnt hatte, zum Beispiel. War es überhaupt ein Gästezimmer oder gehörte es, wie hieß sie noch gleich, Eleanor? Der Gedanke, er könne sie im Zimmer seiner Frau einquartiert haben, bereitete ihr Übelkeit. Sie kam sich so schäbig vor, als sie daran dachte, wie selbstverständlich sie alles benutzt hatte, Eleanors Bett und ihre Frisierkommode. Sie erinnerte sich daran, wie sie sich für Edward ausgezogen hatte und er sie im Spiegel beobachtete, Eleanors Spiegel. An den Glanz in seinen Augen, das Knistern in der Luft, das Kribbeln der Seide auf ihrer Haut. War es auch ihr Nachthemd? Was hatte sie nur getan? Dora schlug die Hände vor die Augen, doch die Bilder in ihrem Kopf wollten nicht weichen. Sie war wirklich kein anständiges Mädchen. Sie hatte all die Dinge getan, die seine Frau nicht bereit war zu tun. Sie hatte ihm freigiebig die dunkelsten Wünsche erfüllt wie ein kleines billiges Flittchen. Sie war sich sogar noch verführerisch dabei vorgekommen und hatte sich mächtig gefühlt. All die Wochen glaubte sie, sie könne ihn um den Finger wickeln und er fräße ihr aus der Hand wie ein Schoßhündchen. Dabei benutzte Edward sie nur für seine schmutzigen Phantasien. Jack hatte recht, sie war nur ein Spielzeug für ihn. Wie ein Puppenspieler lenkte Edward die Fäden, und sie war nichts weiter als seine Marionette. Er hatte sie angewiesen, was sie zu tun und zu sagen hatte. Bestellte sie zu sich und schickte sie wieder weg, wie es ihm passte, in aller Heimlichkeit. Er kleidete sie ein wie eine Puppe, damit sie standesgemäß aussah, und schliff ihr Benehmen, damit sie ihn nicht beschämte. Er hatte sie nur benutzt, sie gekauft mit seinem Geld. Sie ausgehalten und alles bezahlt. Er hatte ihr sogar den passenden Job besorgt, damit er mit ihr glänzen konnte, seine Geliebte war natürlich Schauspielerin, was denn sonst? Dora ließ sich aufs Bett fallen und boxte in ihr Kissen. Gott, sie war so wütend auf ihn! Nun lag alles in Scherben, ihr ganzes bisheriges Leben, das sie sich aufgebaut hatte. Wenn nur dieser verfluchte Fotograf nicht gewesen wäre, dieser Alderton mit seinem verdammten Film! Er hatte ihr Leben zerstört durch seine Erpressung und seine Geldgier. Nur wegen ihm durfte sie Edward nicht mehr sehen, und Jacks Almosen würden nicht ausreichen. Sie war nun auf sich allein gestellt. Doch selbst wenn sie ein neues Engagement fand, wovon sollte sie dann leben? Sollte sie wieder ihren Körper verkaufen wie Lydia? Was, wenn sie kein neues Engagement ergatterte? Müsste sie dann zurück in die Brick Lane, zu Bunny kriechen? Wie Martha damals, gebrochen und aller Illusionen beraubt. Eine eisige Faust schloss sich um ihr Herz. Ihr Brustkorb fühlte sich eng an, sie konnte kaum atmen, als müsse sie an ihrem Kummer ersticken. Sie schluchzte auf, schnappte nach Luft, Tränen schossen ihr in die Augen. Es klopfte. Sie fuhr herum. Henriettas Stimme drang durch die Tür zu ihr herein: »Dora?«

»Ja?« Sie wischte mit dem Handrücken über ihre Augen.

Henrietta betrat den Raum. Dora wandte sich ab und starrte aus dem Fenster, um ihre Tränen zu verbergen.

»Schön, nicht wahr?« Henrietta meinte wohl die Schneeflocken, die immer dichter und zahlreicher aus dem schneegrauen Himmel herabrieselten. Dora kamen sie wie eisige Scherben vor, wie die einstürzenden Fragmente ihres bisherigen Lebens, die auf sie herabregneten.

»Kommst du zu uns in den Salon? Wir wollen zusammen Weihnachtslieder singen.«

Warum immer Weihnachten? Alle schrecklichen Dinge geschahen an Weihnachten, seitdem sie von zu Hause fortgelaufen war. Sie hob die Hand zum Mund, biss auf ihre Knöchel, ihre Finger bebten zwischen ihren Zähnen und sie würgte den verzweifelten Laut herunter, der sich den Weg durch ihre Kehle bahnen wollte.

»Alles in Ordnung?«

»Ja«, brachte sie hervor, ihre Stimme klang wie brüchiges Papier. Sie räusperte sich und versuchte es etwas lauter. »Ich … habe nur Heimweh. Ich bin gleich da.«

NACHDEM SIE DIE üblichen Weihnachtslieder gesungen hatten, stellte sich heraus, dass Lady Henrietta eine Schwäche für Sheet Music besaß, Notenblätter mit Transkriptionen der populärsten Musicalhits für den Hausgebrauch, man bekam sie gleich im Dutzend zu kaufen. Sie bildeten ein ganz passables Quartett, Lady Henrietta am Klavier, Dora die erste Stimme und die beiden anderen Mädchen als Chor. Nach einigen Gläsern Pfefferminzlikör, Lady Henriettas zweiter Schwäche, wurde die Stimmung immer ausgelassener, sie tanzten und sangen bis weit nach Mitternacht, Dora ließ sich sogar zu einer entschärften Version ihrer Nummer als deutsches Fräulein hinreißen.

»Das müssen wir unbedingt wiederholen«, kicherte Lady Henrietta, als sie sich in ihr Schlafzimmer zurückzog. »Ich habe lange nicht mehr so viel Spaß gehabt.«

Und so kam es, dass Dora die meiste Zeit an Lady Henriettas Seite am Klavier verbrachte und sang. In den Songs ging es hauptsächlich um die Irrwege der Liebe. Die Lieder handelten von unerwiderten Gefühlen, Liebenden, die sehnten, Herzen, die brannten. Die Musik verlieh Lady Henriettas Sehnsucht nach Liebe zumindest in ihrer Phantasie einen Raum, der ihr in der Wirklichkeit verwehrt blieb. Dora dachte sich Choreographien zu den Stücken aus und probte sie bis zum Umfallen. Sie konnte sowieso nichts tun, außer abzuwarten, und so verkürzte sie sich wenigstens die Zeit.

»Das macht dir richtig Spaß, was?«

»Ich habe immer davon geträumt, nach Amerika zu gehen und eine berühmte Schauspielerin zu werden«, gestand Dora. Sie musste Henrietta oft genug etwas vorflunkern, wenigstens in Bezug auf ihren Traum wollte sie ehrlich mit ihr sein.

»Was hindert dich daran?«

»Was mich hindert?« Dora starrte sie verblüfft an. »Kein Vortrag über Unsittlichkeit? Du fragst nur, was mich hindert?«

»Meinst du, die anderen Mädchen wären sittlicher? Warum kommen sie erst abends so spät nach Hause, was meinst du? Ich verrate es dir: Sie tun es alle, wenn sie überleben wollen! Das einzige sittliche Mädchen hier im Hause bin wohl ich. Und auch nur, weil ich von den Mieteinnahmen mein Leben bestreiten kann. Das ist der einzige Grund, warum die alte Hettie noch ungeküsst ist.« Sie seufzte. »Also, was hindert dich daran, zu gehen?«

»Nun, alles. Geld zum Beispiel! Weißt du, was ein Ticket für eine Überfahrt nach New York kostet?«

»Vielleicht würde dich Mr. Sutton unterstützen, wenn er von deinem Talent erfährt. Du solltest ihm etwas vorsingen, wenn er das nächste Mal vorbeischaut.« Lady Henrietta brachte das Gespräch immer wie zufällig auf Jack. Dora fragte sich, wer von ihnen beiden inbrünstiger seinen nächsten Besuch herbeisehnte und lachte zynisch auf. »Glaub mir, Jack, ich meine Mr. Sutton, sind meine Talente durchaus bekannt. Aber er verfügt nicht über die nötigen finanziellen Mittel, um meine Träume zu unterstützen«, setzte sie nach einem seltsamen Blick Henriettas schnell hinzu.

»Nicht? Ich dachte, er sei vermögend.« Über Henriettas Gesicht huschte ein kurzes Lächeln.

»Das Geld seiner Mutter ist für den Erhalt von Bidford Hall draufgegangen, und da er nur der Sohn aus zweiter Ehe ist, wird er später nichts erben.«

»Oh«, hauchte Henrietta. »Er wirkt immer so … reich!«

»Er ist arm wie eine Kirchenmaus.«

»Das wäre mir egal.« Lady Henriettas Wangen röteten sich. »Ich meine, ich kann es gut nachfühlen, wie es ist, wenn einem nichts mehr bleibt außer der Bürde eines einst klangvollen Namens.«

»Ich schätze, er versteht es ganz gut, mit der Bürde seines Namens umzugehen.« Sie kam sich schon vor wie Edward, so über Jack zu sprechen.

»Er wird sicher bald wieder hereinschauen, wenn die Miete fällig ist.« In Henriettas Stimme schwang Hoffnung.

Gott, Henrietta war so unschuldig, so naiv in ihrer Verehrung für Jack. Sie erinnerte Dora an sich selbst, diese blinde Verliebtheit. Nur dass sie nun wusste, wie er wirklich war. Edward hatte recht, Jack war nicht gut, er war ein Spieler und ein Blender. Ihr Kopf verstand nun, wovor Edward sie gewarnt hatte. Nur ihr dummes Herz wollte es nicht einsehen, es schlug immer noch viel zu schnell, wenn sie an Jack dachte. Dabei hatte er doch alles kaputtgemacht, er hatte den Film zerstört. Hätte er sich im Griff gehabt, hätte dieser Alderton nichts gegen Edward in der Hand!

KAPITEL 26

Mit dem alten Jahr ging der Schnee und hinterließ tiefe Schlammpfützen. Das neue Jahr brachte milden Westwind, der durch die Gassen brauste, und eine Postkarte von Edward. Jack musste ihm die Adresse gegeben und ihren falschen Namen verraten haben, die Karte war adressiert an Madame Jansen. Sie erwartete eine weinerliche Entschuldigung für den ganzen Schlamassel, in den er sie gebracht hatte. Stattdessen lautete die Nachricht:
Meine liebe Freundin.

Ich würde dich so gerne sehen, aber natürlich ist das unmöglich. Sobald ich nach London zurückkehre, schicke ich dir ein Telegramm. Liebe Grüße, Voltaire

Was sollte diese Heimlichtuerei? Das war keine Erklärung! Wollte oder durfte er sie nicht mehr sehen? Ohne ihn war sie aufgeschmissen, so langsam ging ihr das Geld aus. Jack war Gott weiß wo unterwegs, auf den würde sie sowieso nicht zählen können. Überhaupt, sie konnten ihr beide den Buckel runterrutschen! Sie interessierten sich nur für sich selbst, und sie saß hier rum wie eine Puppe, die plötzlich nicht mehr interessant ist. Es war Zeit, auf eigenen Beinen zu stehen und ihr Leben selbst in die Hand zu nehmen. Doch fehlte ihr dazu die Energie. Manchmal saß sie stundenlang nur da, starrte aus dem Fenster und fragte sich, wie es so weit hatte kommen können? Was war nur aus ihren Träumen geworden? Sie holte oft ihr Album hervor und sah die Postkarten an, doch sie schienen sie zu verhöhnen. Die

Freiheitsstatue erschien ihr beinahe vorwurfsvoll, mit ihrem strengen Gesichtsausdruck schien sie Dora anzuklagen. *Warum hast du es damals nicht versucht und dich auf den Weg gemacht?* Sie hätte sich schon irgendwie durchgeschlagen. Aber dann dachte sie nach, was es ihr gebracht hätte. Wenn sie die Karte mit dem Bild von Edna May sah, wurde ihr wieder bewusst, wie bedeutungslos sie selbst dagegen war. Wobei, wahrscheinlich war Edna genauso eine Zicke wie Carry, der der Ruhm zu Kopf gestiegen war und die sich nun für was Besseres hielt. Sie selbst hatte nur einmal kurz am Ruhm gerochen und dann war er ihr wieder entglitten. Sie hätte ihre Chance nutzen und mit Robert und der Truppe nach Edinburgh gehen sollen, doch dafür war es nun zu spät. Vielleicht hatte Finley Hurley recht, vielleicht war sie wirklich nicht aus dem passenden Holz geschnitzt, um auf der Bühne zu bestehen. Es war ja wirklich so: Ohne einen Mann, der sie finanziell unterstützte, waren alle Mädchen aufgeschmissen. Vielleicht sollte sie sich einfach einen neuen Gönner suchen. Aber sie vermisste Jack, sie liebte ihn. Und Edward auch, auf eine gewisse Art und Weise. Sie vermisste sie drei, wie sie gewesen waren, das Kleeblatt, unzertrennlich. Voller Wehmut dachte sie an den Sommer auf dem Land, die Tage im Cottage, ihren geheimen Garten. Sie wünschte, sie könne die Zeit zurückdrehen, damit wieder alles so war wie damals. Sie waren glücklich gewesen, so unbeschwert. Warum konnte nicht wieder einfach alles so sein?

MITTE JANUAR FLATTERTE WIEDER eine Karte von Edward ins Haus. *Ich kann nicht aufhören, ständig an Mr. Dorius zu denken und hoffe, wir sehen uns bald wieder.*

Das war ja mal wieder typisch! Sie saß hier rum und wusste nicht, wie es nun weitergehen sollte, und Edward hatte nichts Besseres im Sinn, als dieses alberne Kostümspiel und seine schmutzigen kleinen Phantasien! Dafür war sie ihm gut genug! Auch wieder sowas, was seine Frau bestimmt nicht getan hätte. Doch ihr Zorn auf Edward verrauchte so schnell, wie er gekommen war. Schließlich war sie auch nicht ehrlich zu ihm gewesen, sondern hatte ihm vorgeflunkert, dass sie Schauspielerin sei. Was hätte sie auch anderes sagen sollen, als sie ihm damals vorm Shaftesbury Theatre in die Arme stolperte? Wie hätte sie ihm erklären sollen, wer oder was sie war? Und wenn sie so darüber nachdachte; Edward war immer gut zu ihr gewesen. Ohne ihn wäre sie nie aus der Bunnys Bar herausgekommen, er hatte sie aufgenommen und sich um sie gekümmert. Und auch, wenn seine sexuellen Neigungen ein wenig sonderbar waren – was war daran so schlimm? Sie hatte alles freiwillig getan, er hatte sie zu nichts gezwungen. Überredet vielleicht. Trotzdem, es hatte ja auch Spaß gemacht. Ohne ihn wäre das alles nicht passiert, sie hätte Jack nicht kennengelernt und sich in ihn verliebt. Edward war alles, was sie hatte, das wurde ihr nun klar. Ohne ihn war sie nichts!

EDWARD HATTE ihr am Morgen ein Telegramm geschickt, wie angekündigt. Darin erklärte er knapp, er müsse sie treffen. Als Treffpunkt schlug er eines der unzähligen Caféhäuser in Bloomsbury vor. Sie fragte sich, was die Heimlichtuerei zu bedeuten hatte? Schließlich hätte sie auch einfach ein Cab rufen und zu ihm fahren können. Im Schutze der Dunkelheit ins Haus schlüpfen, so wie früher. *Es muss also einen Grund geben, warum er mich ausgerechnet hier treffen will,* dachte sie, als sie das schäbige kleine Café betrat. Edward hätte normalerweise keinen Fuß in einen solchen Laden gesetzt. Tatsächlich, er wirkte deplatziert an dem Tisch, den er gewählt hatte, im Halbdunkel der hintersten Ecke. Als er Dora sah, sprang er auf, stürzte auf sie zu und zog sie in seine Arme. »Dora, endlich! Geht es dir gut?«

»Den Umständen entsprechend.« Sie schob ihn von sich weg und musterte ihn kühl.

Edward sah elend aus, das schmale Gesicht noch bleicher als sonst, um seine Augen lagen tiefe Schatten.

»Seit wann bist du wieder zurück?«

»Seit ein paar Tagen. Setz dich, bitte!«

»Wieso hast du dich nicht eher gemeldet?«

»Es ging nicht, ich konnte nicht!«

»Warum hast du mir nicht gesagt, dass du schon verheiratet bist?«, zischte sie. »Wie konntest du mir das bloß verschweigen? Ich dachte, wir wären Freunde!«

»Es tut mir so leid!« Er griff über den Tisch nach ihrer Hand, doch sie entzog sie ihm. »Du hast allen Grund, böse auf mich zu sein, ich weiß. Ich wollte es dir ja sagen, aber ich wusste nicht, wie.«

»Du hättest es mir sagen müssen. Wo ist Jack?«

»Er sollte jeden Augenblick hier sein.«

»Konntest du die Sache, na du weißt schon, aus der Welt schaffen?«

»Ja, nein ... lass uns warten, bis Jack da ist. Da kommt er ja endlich!«

Jack quetschte sich neben Edward in die schmale Nische. »Was soll das, Teddy? Warum treffen wir uns hier in dieser schäbigen Baracke, heimlich wie die Verräter? Als planten wir ein Attentat auf den König, also ehrlich, Teddy!«

»Sie haben mir das Haus weggenommen!«, sagte er mit Grabesstimme, seine kummervolle Miene sprach Bände.

»Wer hat dir dein Haus weggenommen?«

»Es ist nicht mein Haus, es gehört meinem Schwiegervater, also der Bank.« Edward seufzte schwer. »Jetzt wohne ich in der Londoner Wohnung meines Vaters. Sie haben mir verboten, euch zu treffen, schlimmer noch, ich darf euch nie wiedersehen.« Er sah Dora eindringlich an. »Verstehst du nun, warum ich mich nicht melden konnte?«

»Das wusste ich nicht, das tut mir leid!«

»Es kommt noch viel schlimmer!« Edward ließ den Kopf sinken und raufte sich das Haar. Er machte einen verzweifelten Eindruck.

»Erzähl von Anfang an, der Reihe nach, was ist denn eigentlich passiert?«

Edward sah sich um, dann beugte er sich über die Tischplatte, und bedeutete ihnen, näher zu rücken, bevor er mit gepresster Stimme zu erzählen begann: »Also dieser Alderton, kaum, dass ich in Hull angekommen war, brachte der Butler mir ein Telegramm. Alderton schrieb, das Projekt sei sehr interessant und müsse mir wohl deutlich mehr wert sein, als die vereinbarte Summe, deshalb solle ich unverzüglich Kontakt aufnehmen. Da schwante mir schon nichts Gutes.«

»Und dann?«

»Hab ich ihn zu einem Fernmelder bestellt und ihn angerufen. Er sagte, der Film sei sehr interessant. Darauf könne man deutlich meine ...« Edward schluckte und senkte die Stimme, bis er beinahe flüsterte. »Unsere homosexuellen Neigungen erkennen. Dora hat den Zylinder nicht abgenommen, und deshalb sieht es die ganze Zeit so aus, als spielten drei Männer in dem Film mit. Und als Jack sich dann über mich gebeugt hat, da muss es so aussehen, als würde er … ihr wisst schon.«

»Ich habe doch gesagt, du zerstörst den ganzen Film!«, fuhr sie Jack an. »Warum hattest du dich nicht im Griff?«

»Jetzt ist es wieder meine Schuld! Hätte Teddy nicht … in der Nacht zuvor, dann hätte ich gar keinen Grund gehabt, aus der Haut zu fahren.«

»Nicht so laut, streitet jetzt nicht wieder!« Edward sah sich panisch um, doch niemand nahm Notiz von ihnen. »Auf dem Film wirkt es jedenfalls so, und somit hat mich dieser Alderton in der Hand.«

»Warum musstest du ihm auch sagen, dass du bei der Bank arbeitest, Herrgott? Hättest du ihm nicht einfach nur den Scheck geben können? Dann wäre alles gut gewesen.«

»Das war ein Riesenfehler, das weiß ich jetzt auch! Ich habe ihm das Geld geschickt, genau, wie er wollte. Aber dieser Alderton hat den Hals nicht voll bekommen, er ist direkt zur Bank gegangen. Zwei Tage später hatte ich dann meinen Chef«, er räusperte sich und sah Dora um Verzeihung heischend an, »also meinen Schwiegervater am Telefon. Er war total außer sich, weil Alderton bei ihm aufgetaucht war und fünfzigtausend Pfund verlangt hat.«

»Und dann? Hat er ihm das Geld gegeben?«

»Ich weiß es nicht, er spricht nicht mehr mit mir, nur noch mit meinem Vater. Ich schätze, sie werden Alderton bezahlt haben.«

»Meinst du?«, schaltete sich Jack ein. »Fünfzigtausend Pfund sind eine ganze Menge Geld und dein Schwiegervater wird nicht erpicht darauf gewesen sein, es einfach fortzugeben.«

»Ich weiß es nicht, er hat gesagt, ich solle mich da raushalten und erstmal in Hull bleiben, den Rest erledige jetzt er.«

»Meinst du, sie haben andere Mittel ergriffen, um diesen Alderton zum Schweigen zu bringen? Vielleicht hat er jemanden bezahlt, der die Sache erledigt hat.«

»Kann sein, ist mir auch egal. Mein Vater meinte irgendwann, die Sache sei jetzt erledigt. Dann haben sie mich nach London geschickt, und ich musste das Haus räumen.«

»Hauptsache, dieser Alderton lässt uns jetzt in Ruhe und diese unselige Geschichte ist aus der Welt.«

»Es ist alles noch viel schlimmer!« Edward schluchzte verzweifelt auf. »Mein Vater und mein Schwiegervater sind sich darin einig, dass die Sache eben nicht ausgestanden ist. Sie sagen, ich werfe ein schlechtes Licht auf die Familien. Ich gefährde die Geschäfte meines Vaters und beschmutze den Ruf der Bank.«

»Und was heißt das jetzt konkret?«

»Sie wollen mich fortschicken, damit ich keinen Schaden mehr anrichten kann.«

»Fortschicken? Wohin?« Dora sah alarmiert auf.

»Etwa auf den Kontinent?« Jacks Augen funkelten.

»Nein, schlimmer!«

»Nach Indien?«

»Viel schlimmer!«, schluchzte Edward. »Sie schicken mich nach Südamerika, nach Argentinien. Sie schicken mich ans Ende der Welt!«

»Oh, eine Verbannung außerhalb des Empires, das ist wirklich hart.«

»Jack, also bitte, siehst du nicht, wie schwer es für ihn ist? Warum ausgerechnet Argentinien?«

»Die Bank unterhält eine Filiale in Buenos Aires. Und mein Vater hält es für vorteilhaft, seine Fühler nach Südamerika auszustrecken, um seine Handelsgeschäfte auszuweiten. So ist es also für alle das Beste, wenn sie mich fortschicken.« Er lachte bitter auf.

»Wann?«

»Nächste Woche.«

»Und dann? Werden wir uns nie mehr wiedersehen?«

»Sag das nicht, es bricht mir das Herz!«

»Südamerika, das ist doch fabelhaft!«, warf Jack ein. »Ich wollte schon immer mal nach Südamerika! Den Amazonas sehen, den Orinoko und die Anden.«

»Ja, du vielleicht, aber ich nicht!«, klagte Edward. »Ich finde es schrecklich!«

»Aber was wird dann aus mir, wenn du fort bist?«, warf Dora ein. »Ich meine, was wird dann aus uns? Ihr beide seid alles, was ich habe.«

»Na, wir gehen einfach mit!« Jacks Augen leuchteten vor Begeisterung.

»Bist du jetzt vollkommen übergeschnappt?«

»Warum denn? Ich dachte, du wolltest reisen, du hast doch ständig von Amerika erzählt!«

»Ja, schon. Aber das ist das falsche Amerika!«

»Das falsche Amerika?« Jack lachte sein typisches Jack-Lachen. »Du bist so süß, Dumpling! Südamerika, Nordamerika, das macht doch keinen Unterschied, es ist ein Abenteuer!«

»Und wie stellst du dir das vor?«

»Na, ganz einfach, Teddy fährt vor, richtet sich häuslich ein und wir kommen nach, in einem Monat oder so.«

So, wie er es sagte, klang es wirklich ganz leicht. »Und dann?«

»Bleiben wir einfach da, es ist ja nicht für immer.«

»Das geht doch nicht, was soll ich denn in Argentinien? Ich muss doch arbeiten, mir ein neues Engagement suchen.«

»Das kannst du da genauso gut. Auch in Buenos Aires gibt's Theater!«

»Aber ich kann doch gar kein Spanisch. Und Buenos Aires ist nicht London, ich habe noch von niemandem gehört, der dort berühmt wurde!«

»Na, dann musst du halt hierbleiben und es alleine versuchen. Oder du gehst wieder nach Hause zu deinen Eltern.«

Dora zuckte zusammen. »Das kommt auf keinen Fall in Frage! Hörst du, es geht nicht!«

»Wieso denn nicht?«

»Ich kann nicht zurück zu meinen Eltern. Sie wissen gar nicht, wo ich bin.«

»Ach, sieh mal einer an. Und wieso nicht?«, hakte Jack nach.

»Weil ich abgehauen bin«, murmelte Dora kleinlaut. »Ich sollte mein Abitur machen und Lehrerin werden.«

Jack brach in schallendes Gelächter aus. »Na, das erklärt, warum du die Rolle der strengen Lehrerin so überzeugend beherrschst!«

»Ich wollte das nicht, ich gehöre auf die Bühne!« Sie warf trotzig den Kopf in den Nacken, um ihren Worten Gewicht zu verleihen.

»Und was dann?« Jack grinste amüsiert.

»Bin ich durchgebrannt auf der Fahrt ins Lehrerinnenseminar.«

»Na großartig!«, seufzte Edward. »Auch das noch, ich habe es geahnt.«

»Halt du den Mund! Du hast mir schließlich auch nicht erzählt, dass du schon verheiratet bist!«, fuhr sie ihn an.

»Na bitte, da haben wir es doch.« Jack grinste belustigt und zählte an den Fingern auf. »Edward muss gehen, ich will gehen und du kannst nirgendwo sonst hin. Soweit alles richtig?« Er nickte fragend in die Runde. »Also würde ich sagen, wir drei fahren nach Argentinien!«

»Du stellst dir das so einfach vor!«, fauchte Dora.

»Bitte, Dora, komm mit!«, flehte Edward. »Ich finde, es ist gar keine so schlechte Idee, ich will dich nicht verlieren. Ich ... liebe dich!« Er sah sie eindringlich an.

Sie wusste, dass er nicht sie meinte, es war Jack, den er nicht verlieren wollte. Aber das wollte sie genauso wenig wie Edward. Es gab genau zwei Möglichkeiten: Entweder, sie blieb hier, versuchte es auf eigene Faust und fing wieder bei null an. Doch das würde bedeuten, Edward und Jack zu verlieren, sie nie wiederzusehen. Oder sie ging mit. Jack hatte recht, niemand kannte sie in Südamerika, sie konnten tun und lassen, was sie wollten. Es war eine Chance, und es wäre ja nicht für immer, vielleicht würde alles wieder so werden wie früher. Und hier in London hatte sie nichts zu verlieren. Sie seufzte. »Also schön. Gehen wir nach Südamerika!«

KAPITEL 27

Drei Tage später trafen sie sich erneut in dem kleinen Café. Edwards Abreise stand unmittelbar bevor, er saß buchstäblich schon auf gepackten Koffern. Dora und Jack schmiedeten eifrig Pläne für ihre eigene Reise.

»Ich unterbreche euch nur ungern, aber ich habe darüber nachgedacht«, schaltete sich Edward ein. »Die Sache hat einen Haken.« Natürlich, er fand ja immer das Haar in der Suppe. »Und der wäre?«, hakte Dora nach.

»Sie werden dich nicht ins Land lassen. Innerhalb Europas ist es kein Problem, von einem Land ins andere zu reisen, auch für Minderjährige nicht. Aber ich weiß nicht, ob Argentinien unbegleitete Minderjährige einreisen lässt.«

»Ich habe die schriftliche Reise- und Arbeitserlaubnis meines Vaters und meine Geburtsurkunde!«, trumpfte sie auf.

Edward wiegte den Kopf. »Ich weiß nicht, ob das reicht. Du bist minderjährig, einer von uns müsste zumindest dein Vormund sein.«

»Na, dann sagen wir halt einfach wieder, Dora sei mein Mündel!« Jack zuckte mit den Achseln.

»Du kannst das nicht einfach so behaupten!«, fuhr Edward ihn an. »Das funktioniert vielleicht bei Henrietta. Du hast keine offiziellen Dokumente, die das bestätigen, vergiss das nicht!«

Jack warf ihm einen zweifelnden Blick zu. »Meinst du, das prüft wirklich jemand?«

»Ich würde es nicht drauf ankommen lassen. Aber es gäbe da eine Möglichkeit«, antwortete Edward gedehnt.

»Und die wäre?« Dora rollte mit den Augen. *Dass er sich immer alles so aus der Nase ziehen lassen muss!*

»Ihr beide müsst heiraten!«

»Auf gar keinen Fall!«, platzte Jack heraus.

Edward hob beschwichtigend die Hände. »Ich meine ja nicht richtig, ihr müsstet nur so tun, als ob.«

»Wie soll das denn gehen?«

»Na, wenn du, jetzt flipp nicht sofort wieder aus, bei ihrem Vater offiziell, per Brief, um ihre Hand anhalten würdest, und schreibst, ihr werdet heiraten, sobald ihr von eurer Reise nach Südamerika zurückgekehrt seid …«

»Das ist doch eine Schnapsidee!«

»Aber vielleicht könnte es klappen! Was meinst du, Dora?«

»Ich habe seit anderthalb Jahren keinen Kontakt mehr zu meinen Eltern, wenn ich daran erinnern darf. Ich glaube nicht, dass sie erfreut sein werden, wenn ich mich nun melde und sage, ich wolle heiraten.« Sie unterbrach sich. »Wobei, meine Mutter wäre total aus dem Häuschen. Es ist ihr sehnlichster Wunsch.«

»Eben! Und er ist der Sohn eines Earls, das würde deine Eltern doch sicher überzeugen, oder?«

»Mit Sicherheit!«

»Darf ich auch noch was dazu sagen, bevor ihr das alles unter euch ausmacht?«, fauchte Jack.

»Bitte, sprich dich aus. Wenn du eine bessere Idee hast, dann sag es.«

»Ich wiederhole mich gern: auf keinen Fall! Ich werde niemals heiraten und ich werde auch nicht so tun, als ob. Und jetzt unterbrich mich nicht Teddy! Ich habe keine Lust auf einen Prozess und den nächsten Skandal.«

»Ach ja, aber bei mir war der Scherz mit der Verlobten komisch, was?«

»Du sagst es!«

»Aber ihr tut doch nur so, als ob. Wenn ihr erstmal in Argentinien seid, kann man euch schlecht dazu zwingen, zu heiraten.«

»Da hat Edward recht. Außerdem will ich doch selbst nicht heiraten. Und dich schon gar nicht, so wie du dich gegen mich sträubst.«

»Ihr spinnt doch, alle beide! Aber jetzt nur mal angenommen, ich lasse mich darauf ein, dann behaupten wir nur während der Reise, sie sei meine Verlobte, damit das klar ist! In Argentinien ist sie wieder deine Verlobte, klar? Aber glaubt ihr wirklich, ihre Eltern gehen uns einfach so auf den Leim und sagen ›Ja‹ zu einer Hochzeit ihres minderjährigen Töchterchens?«

»Nun, auch dazu habe ich mir meine Gedanken gemacht. Meinst du, du kommst an einen Briefbogen deines Vaters heran? Also wenn ein waschechter Earl für seinen Sohn um die Hand meiner Tochter anhalten würde ...«

»Du meinst, wir sollen ihnen vormachen, ich sei mein Vater? Das ist Urkundenfälschung, das geht zu weit!«

»Es ist doch nur ein einziges Blatt Papier, nur ein winziger Briefbogen«, schmeichelte Edward. »Du bist doch sonst nicht so zimperlich, wenn es um einen falschen Namen geht. Und wenn es auffliegt, sind wir längst über alle Berge.«

»Und was, wenn ihr Vater ablehnt? Habt ihr daran auch schon mal gedacht?«

»Das wird er nicht. Wenn meine Mutter hört, dass der Sohn eines Earls um meine Hand anhält, wird nichts und niemand etwas dagegen einwenden dürfen, glaub mir!«

»Das ist die einzige Möglichkeit. Ihr müsst euch entscheiden, jetzt! Morgen fahre ich mit dem Zug nach Southampton und übermorgen besteige ich das Schiff. Wenn ich alles vorbereiten soll, muss ich das wissen. Also, was ist, kommt ihr mit, ja oder nein?«

Dora und Jack sahen sich einen Moment in die Augen, dann sahen sie Edward an. »Ja!«, sagten sie wie aus einem Mund.

»Dann sehen wir uns in Buenos Aires. Ich werde dort sein und auf euch warten. Am Ende der Welt.«

»Hast du den Brief?« Ungeduldig zog sie Jack zu sich ins Zimmer.

»Ja, hier.« Jack zog einen Umschlag aus elfenbeinfarbenem Papier hervor und reichte ihn ihr. In der linken oberen Ecke des schweren Blatts prangte unübersehbar das Wappen derer von Bidford.

»Gut, ich habe meinen Eltern einen Brief geschrieben, in dem ich sie um Vergebung bitte, dass ich damals fortgelaufen bin. Weiterhin habe ich geschrieben, ich sei jetzt Schauspielerin und hätte dich dadurch kennengelernt, nun willst du um meine Hand anhalten. Zusammen mit dem angeblichen Brief deines Vaters sollte das reichen.«

»Dann ist ja alles klar.«

»Wie deprimierend das ist.«

»Was?«

»Na das, alles. Ich hatte zwar so schnell nicht vor, zu heiraten. Aber trotzdem habe ich mir immer vorgestellt, wenn ein Mann um meine Hand anhielte, dann sei es irgendwie … romantischer.«

»Oh, tut mir leid!« Er fiel auf die Knie und sah mit gespielter Inbrunst zu ihr auf. »Also schön, Miss Dorothy Newman, darf ich um Ihre Hand anhalten?« In seinen Augen funkelte der Schalk.

Sie kicherte. »Sehr gerne, Mylord.«

Er stand auf, zog sie an sich und küsste sie. »So besser?«

Seine Hände wanderten ihre Schulterblätter hinab über ihren Rücken zu ihrem Po. Er schob ihren Rock hoch.

»Jack, nicht! Was, wenn Lady Henrietta uns erwischt?«

»Ich dachte, sie sei ausgegangen?«

»Ja schon, aber ich weiß nicht, wann sie zurückkommt.«

»Dann müssen wir halt mal wieder leise sein«, murmelte Jack und küsste ihren Hals.

Er liebte sie leidenschaftlich, und sie gab sich ihm genauso hin, hemmungslos entlud sich die Sehnsucht der vergangenen Wochen, sie hatte sich so sehr nach seiner Berührung gesehnt. Er war jetzt ihr Verlobter, sie fühlte sich ihm so verbunden. Sie betrachtete sein Gesicht, studierte seine Züge, den Glanz in seinen Augen, er war so schön, wenn er sie liebte. Er war ihr so vertraut, als würde sie ihn ein Leben lang kennen. Sie liebte ihn, das war es schlicht und einfach. Am liebsten hätte sie es herausgeschrien, als sie ihren Höhepunkt erreichte, hätte es ihm gern gesagt, als sie danach vollkommen erschöpft nebeneinanderlagen und er versonnen ihre Brust streichelte. Wie er sie ansah. In seinen Augen stand so viel Gefühl, so meeresweit, das bildete sie sich doch nicht bloß ein, oder? Nein, so sah man niemanden an, für den man nichts empfand. Auch, wenn er es niemals sagen würde, sie las es in seinem Blick, er liebte sie. Und auch, wenn sie ihm ihre Liebe nicht gestehen durfte, wenn er sie liebte, dann würde er es genauso in ihren Augen lesen können wie sie in seinen. Und irgendwann würde er es sagen, bestimmt. Er brauchte bloß Zeit.

Jack machte sich von ihr los. Er stand auf, trat an die Waschschüssel und wusch das Präservativ aus.

»Wann schickst du die Briefe ab?«

»Gleich morgen früh!«

»Gut, dann sollten wir Antwort haben, bis ich zurück in London bin«, sagte er beiläufig.

»Was? Wieso zurück?« Sie setzte sich auf. »Wo willst du denn hin?«

Er sah sie über die Schulter an. »Oh, nur eine kleine Tour durch England mit ein paar Freunden. Wir fahren ein kleines Rennen um die Insel, mit dem Automobil.«

»Bei dem Wetter? Das ist doch viel zu gefährlich, die Straßen sind miserabel!«

»Genau da liegt ja der Reiz, es ist eine Hindernisfahrt, verstehst du?«

»Nein, ich habe kein Verständnis dafür! Wir haben noch genug zu erledigen vor unserer Abreise nach Argentinien!«

Jack verzog den Mund. »Du klingst schon wie eine alte Ehefrau! Genau deshalb bin ich Junggeselle.«

»Gerade dachte ich noch, wir hätten uns verlobt?«

»Ich bin dir zu nichts verpflichtet!« Er stieg in seine Hosen und zerrte die Hosenträger über seine Schultern.

»Nein, natürlich nicht!«, spie sie ihm entgegen. »Du lässt mich hier hocken und amüsierst dich lieber noch ein bisschen.«

»Genau, unser Schiff legt am 07. März ab. Entschuldige bitte, aber bis dahin will ich noch was erleben und ein paar alte Freunde treffen. Wer weiß, wann ich jemals wieder dazukomme?«

»Und ich darf hier derweil mit Lady Henrietta versauern.«

»Das reicht, ich höre mir das Gezeter nicht länger an, typisch Frau! Das ist genau der Grund, warum ich nie heiraten wollte, weil …« Er brach abrupt ab, die Wohnungstür war ins Schloss gefallen und draußen auf dem Flur waren Geräusche zu hören. Henrietta musste nach Hause gekommen sein. Hastig zog Jack seinen Mantel an.

»Du willst mich jetzt wirklich allein lassen?«

Er warf zehn Pfund auf ihr Bett. »Hier, die Miete, gib du sie Henrietta. Ich muss los!«

»Dann geh doch, amüsiere dich mit deinen Freunden!« Tränen stiegen in ihre Augen.

»Keine Sorge, das werde ich!« Jack riss die Tür auf, stürmte aus ihrem Zimmer und drängte sich an der verdutzten Henrietta vorbei.

»Ja, geh! Hau einfach ab!«, schrie sie ihm nach.

Henrietta kam herein und wurde bleich. Ihr Blick fiel auf Doras tränenüberströmtes Gesicht, streifte ihre nackten Brüste, die zerwühlten Kissen. Henrietta zählte zwei und zwei zusammen. »Oh Gott, Dora! Was hat er dir angetan?«

Dora raffte ihre Decke und bedeckte ihre Blöße. »Jack ist ein Schwein!«, schniefte sie.

»Wir müssen die Polizei rufen!«

»Nein, keine Polizei!«

»Wie konnte er dir das nur antun?«

»Es ist nicht so, wie du denkst!«

»Wie denn dann?« Henrietta starrte sie an, dann dämmerte ihr die Erkenntnis. »Sag nicht … hast du … es freiwillig getan?«

Dora nickte und wischte sich brüsk die Tränen fort.

»War es das erste Mal?«

Dora schüttelte den Kopf. »Nein, war es nicht.«

»Wie lange geht das schon so?«

»Seit etwa einem halben Jahr.«

»Aber du bist doch noch ein Kind und er ist ein erwachsener Mann. Es ist so …« Henrietta brach ab und suchte nach Worten. »Es ist schändlich von ihm! Wie konnte er nur? Sich an seinem Mündel zu vergehen, allein der Gedanke …« Henrietta errötete bis in die Haarwurzeln.

»Ich bin nicht Jacks Mündel, Jack ist mein Verlobter. Ach es ist alles so kompliziert, Männer sind einfach das Letzte! Man sollte wirklich die Finger von ihnen lassen, sie bringen nur Ärger.«

»Ja, mach dich nur über mich lustig!«, fuhr Henrietta auf. »Es muss ja sehr ulkig gewesen sein, mich so zu hintergehen und hinter meinem Rücken miteinander zu poussieren. Die gute Hettie wird schon nichts merken, die arme alte Jungfer versteht ja eh nichts davon, nicht wahr?«

»Es tut mir leid, dass wir dich angeflunkert haben. Ich hatte die ganze Zeit ein schlechtes Gewissen.«

»Und ich habe dir noch von ihm vorgeschwärmt. Ha!« Henrietta lachte bitter auf. »Wie lächerlich es für dich gewesen sein muss, mir dabei zuzusehen, wie ich mich komplett zur Närrin mache.«

»Oh, Henrietta, nein! So war es nicht, hörst du? Es tut mir leid, ich wollte dich nicht verletzen. Aber was hätte ich denn sagen sollen?«

»Schon gut, vergiss es. Ich bin ein altes Schaf. Du kannst ja nichts dafür, dass ich keinen Mann abbekomme, weil keiner mich will. Ich werde wohl als alte Jungfer sterben.«

»Nicht doch.« Dora legte den Arm um sie. »Gib die Hoffnung nicht auf. Du bist ein wundervoller Mensch, Henrietta. Du bist gebildet, wohlerzogen, stehst auf eigenen Beinen. Ich bin mir sicher, irgendwann wird der Richtige kommen, der deine Werte erkennt.«

»Mr. Sutton war es schon mal nicht!« Lady Henrietta straffte die Schultern. »Trotzdem, ich komme mir so albern vor, dass ich für ihn geschwärmt habe. Es fühlt sich so lächerlich an, in ihn verliebt zu sein.«

»Nein, das ist es nicht. Ich verstehe dich, mir geht es genauso. Jeder verliebt sich in Jack, so ist es nun mal.« Du meine Güte, sie klang schon wie Edward. »Aber Jack ist nicht gut, er bricht einem das Herz. Er interessiert sich einfach nicht für die Gefühle anderer Menschen. Nur für seine eigenen, falls er welche hat.«

KAPITEL 28

Mitte des Monats erreichte sie eine Karte von Jack, aufgegeben in Southport am 5.Februar 1907. Dora hatte gar nicht damit gerechnet, dass er ihr überhaupt schreiben würde nach seinem Abgang, als Henrietta in ihren Streit platzte. Neugierig drehte sie die Karte herum und las:

Liebe Dora, es gab einen Unfall. Ich bleibe hier in Southport mit einigen Freunden, bis das Rennen weitergehen kann, 'très decaré' aber bei bester Gesundheit. Werde bald zurück sein, Love, Jack

Ein Unfall, sie hatte es gewusst! Die Straßen waren viel zu schlecht für ein Rennen. Ihm war nichts passiert, er schrieb ja, er erfreue sich bester Gesundheit. Hoffentlich war keinem der anderen Fahrer etwas zugestoßen. Jack musste rechtzeitig wieder in London sein, am 05. März würden sie nach Southampton aufbrechen und am 07. stachen sie in See. Doch vorerst saß Jack wohl in Southport fest. Das war mal wieder typisch, alles war wichtiger! Und ihr blieb nichts anderes übrig, als hier herumzusitzen und abzuwarten.

»WAS IST DAS?« Henrietta funkelte sie zornig an und wedelte mit einem Umschlag. »Ist der Brief für dich? Bist du Dorothea Neumann?«

Endlich, die Antwort ihrer Eltern! »Ja, bin ich. Hör zu, Henrietta, es tut mir leid, ich wollte dich nicht anschwindeln … Jack hat behauptet, ich sei eine Waise, um an dein Mitleid zu appellieren.«

»Also leben deine Eltern noch?«

»Ja, ich bin fortgelaufen vor anderthalb Jahren.«

»Ihr seid mir eine schöne Bagage!« In Henriettas Augen schwammen Tränen. Sie drehte sich auf dem Absatz um und lief den Flur hinunter.

»Es tut mir leid«, rief Dora ihr nach. »Hörst du? Ich wollte dich nicht verletzen.«

Der Knall der zuschlagenden Tür zu ihrem Salon war Henriettas einzige Antwort. Mit zitternden Händen öffnete Dora den Umschlag und zog ein gefaltetes Blatt Papier hervor, das eng mit der steilen Handschrift ihrer Mutter überzogen war.

Mein liebes Kind, Du ahnst nicht, wie erleichtert wir sind, von Dir zu hören! Dein Vater hat sich sehr gegrämt, als Du fortgelaufen bist. Ihn hat der Schlag getroffen, von dem er sich nie wieder so recht erholt hat.

Die Tränen schossen in ihre Augen. Das hatte sie nicht geahnt, ihr Vater, krank. Und es war ihre Schuld! Das würde sie sich nie verzeihen können!

Es ist nun sehr schwer für Emma und mich, aber wir schlagen uns schon durch. Carl hilft uns, wo er nur kann. Ohne die Unterstützung Deines Bruders würde es wohl nicht gehen mit uns, aber ich will nicht klagen. Emma hat eine Stellung als Hausmädchen angetreten, damit sie uns nicht weiter zur Last fällt. Umso mehr freut es mich, zu hören, dass Du am Ende wohlauf bist und einen so gutsituierten Bräutigam gefunden hast. Dein Vater kann nicht mehr darüber entscheiden, sein Geist ist zu wirr, deshalb muss ich es für ihn tun. Du weißt, dass ich es immer für das Beste hielt, Dich gut unter die Haube zu bringen und es freut mich, dass Du endlich zur Vernunft gekommen bist. Meinen Segen habt Ihr. Wir haben kein Geld, um nach England zu kommen und Eurer Hochzeit beizuwohnen. Doch wenn Du jetzt gut einheiratest, gedenkst Du vielleicht Deiner armen alten Eltern und Deines Schwesterleins und schickst uns etwas Geld zur Unterstützung. Sei gegrüßt von Deiner Schwester Emma und Deiner armen alten Mutter.

Die letzten Zeilen konnte sie kaum noch entziffern, durch den dichten Schleier der Tränen verschwammen die Worte ihrer Mutter vor ihren Augen. Das war alles allein ihre Schuld, wegen ihr hatte der Vater den Schlag erlitten und ihre Mutter und Emma mussten die

Familie durchbringen. Mit ihrem kindischen Ausbruch und ihrem dummen Traum von der Schauspielerei hatte sie nicht nur sich, sondern auch ihre gesamte Familie ins Unglück gestürzt! Und nun ging ihre Mutter davon aus, ihr Zukünftiger sei der Sohn eines Earls, ein reicher Mann. Die Mutter erwartete ihre Hilfe. Doch Jack war arm, und es war doch alles nur ein großer Schwindel. Sie hatte alles noch schlimmer gemacht, was war sie nur für ein Mensch? Und alles nur, um diese Reise anzutreten, von der sie nicht wusste, wohin sie am Ende führen würde. Sollte sie wirklich weiter ihre kindischen Träume verfolgen, oder sollte sie aufgeben und nach Hause gehen, ihre Familie unterstützen? Die Mutter brauchte sie! Aber welche Hilfe würde sie schon sein? Was sollte sie zur Unterstützung der Familie beitragen? Sie hatte nichts Vernünftiges gelernt und für eine Stellung als Hausmädchen war sie nun zu alt. Höchstens als Gouvernante könnte man sie brauchen. Sie konnte nichts außer Schauspielerei. Und auch damit war es nicht weit her, wenn man den Worten Finley Hurleys oder Robert Courtneidges Glauben schenkte. Was also sollte sie tun? Die Gedanken wirbelten durch ihren Kopf, brummten wie Bienen in ihrem Stock hinter ihrer Stirn, begleitet von einem ziehenden Schmerz. Dora rieb sich die Schläfen. Wenn es doch nur jemanden gäbe, mit dem sie darüber reden konnte. Sie wusste einfach nicht weiter und hätte gern den Rat einer anderen Person eingeholt. Martha hätte gewusst, was zu tun war, aber sie blieb spurlos verschwunden und Lydia war in Edinburgh. Sie scheute sich, Henrietta ins Vertrauen zu ziehen, aber wenn sie mit niemandem darüber redete, würde ihr Kopf bald platzen!

»Ich würde gehen!« Henrietta ließ den Brief sinken, Dora hatte ihn ihr zu lesen gegeben.

»Bist du sicher? Ich fühle mich so schlecht, wenn ich jetzt einfach gehe und sie im Stich lasse, meine Familie braucht mich doch …«

»Aber du bist doch schon lange gegangen!«, stieß Henrietta heftig hervor. »Und womit willst du sie überhaupt unterstützen?«

»Ich weiß nicht, ich könnte mir eine Stelle als Gouvernante suchen.«

»Ich dachte, du seiest Schauspielerin?«

»Ja, schon, ich … kann nichts anderes.«

»Na bitte! Schau dich an: Du bist so mutig, bist einfach abgehauen. Du bist so weit gekommen, hast es bis nach London geschafft und hattest sogar ein Engagement bei einem populären Stück. Und nun hält auch noch der Ehrenwerte Mr. Sutton um deine Hand an. Du hast schon so viel erreicht, gib das nicht einfach auf!«

»Aber wenn ich jetzt mit nach Südamerika gehe, dann gebe ich doch sowieso auf, dann ist es vorbei mit der Schauspielerei!«

»Na und? Besser, als zurückzugehen.«

»Woher willst du das wissen?«

»Ich meine, schau dich doch an. Du bist jung, hübsch und talentiert. Du bist frei, dein Verlobter nimmt dich mit auf Reisen. Weißt du, wie gut du es hast? Das ist eine einmalige Chance! Welches Mädchen hat die schon? Ich hatte sie nicht, ich habe immer nur getan, was meine Familie für richtig hielt. Und jetzt schau mich an, willst du so enden wie ich? Eine alte Jungfer, allein und verbittert, all deiner Träume und Illusionen beraubt? Sei nicht so dumm, geh!«

Nun, aus der Jungfer würde in ihrem Fall definitiv nichts mehr werden, doch Dora verbiss sich einen Kommentar. Henrietta hatte recht, es war eine einmalige Chance. Trotzdem: Es kam ihr nicht richtig vor, sie hatte ihre Familie schon einmal im Stich gelassen. Wenn doch nur Jack wieder zurück wäre. Für ihn waren die Dinge immer so klar und leicht. Er würde all ihre Zweifel zerstreuen.

Dora saß auf ihren gepackten Sachen wie auf glühenden Kohlen. Sie hatte nie alles ausgepackt, seitdem sie in der Hunter Street wohnte, also gab es nicht mehr viel zu tun, außer auf Jack zu warten. Wo er nur steckte? Ihm blieben noch drei Tage, um seine Dinge in London zu regeln, dann ging ihr Zug nach Southampton. Oder kam er gar nicht zurück? War ihm die ganze Sache zu heiß geworden und nun ließ er sie einfach hier sitzen? Die Untätigkeit brachte sie noch um den Verstand!

»Na endlich, wo warst du?«

Jack hob abwehrend die Hände. »Na, wo soll ich wohl gewesen sein? In Southport, das habe ich dir doch geschrieben, wir hatten einen Unfall. Die Radaufhängung ist gebrochen, da war nichts zu machen.«

»An deinem Wagen?«

»Nein, am Wagen von Baron Mountjoy. Wir hatten Glück im Unglück: Ein junger Mechaniker kam des Weges und bot seine Hilfe an. Wie es sich herausstellte, handelte es sich dabei um Eric Platford, Mechaniker bei Rolls-Royce Ltd. Er hat alles in die Wege geleitet und dabei geholfen, den Wagen wieder instand zu setzen. Ein fabelhafter Bursche! Er arbeitet auch als Testfahrer für das Werk. Testfahrer, stell dir nur vor!«

»Toll!«, antwortete sie süffisant.

»Ja, klingt das nicht wunderbar? Ach, das wäre der richtige Job für mich, wenn ich einen brauchen würde. Den ganzen Tag über die Insel flitzen und dafür auch noch bezahlt werden, das stelle ich mir großartig vor!«

»Und wo habt ihr so lange gesteckt?«

»Wir haben eine Tour um die Insel gedreht, das habe ich doch gesagt. Ach, es war herrlich!«, schwärmte Jack. »Nachdem wir den Wagen wieder in Schuss hatten, sind wir zur Südküste gefahren.«

»Warum denn? Die Zeit ist doch sowieso schon knapp. Ich sitze hier auf gepackten Koffern, und ihr dreht noch eine Extrarunde.«

»Ich wollte noch ein wenig Spaß haben und etwas erleben, bald werde ich ja nicht mehr dazu kommen.«

»Was soll das heißen?«

»Dass ich wahnsinnig viel verpassen werde. Wir waren in Southampton.«

»Ihr wart in Southampton?«

»Ja, den Wagen schonmal runterbringen. Stell dir nur vor, ich war als Erster im Ziel und habe gewonnen!«

»Ihr habt gewettet?«

»Natürlich, ich brauche doch Geld für die Überfahrt!«

»Ich dachte, Edward hat alles bereits bezahlt?«

»Ja, hat er. Aber ich brauchte Geld, um den Wagen zu verschiffen.«

»Den Wagen verschiffen?«

Jack verdrehte die Augen. »Du klingst wie ein Papagei! Weißt du, was die Verschiffung eines Automobils kostet?«

»Es ist dir also ernst damit?«, hakte sie nach.

»Herrgott, was ist denn los, warum bist du denn so misstrauisch?«

»Ich bin nicht misstrauisch!«, schnappte sie. »Ich weiß bloß nicht, ob es dir wirklich ernst damit ist, nach Südamerika zu gehen.«

»Natürlich!« Er schenkte ihr ein breites Lächeln. »Der Rolls-Royce ist ja schon unterwegs!«

»Was willst du denn mit dem Wagen in Südamerika?«

»Na, herumfahren, mir die Gegend ansehen!« Er machte zwei Schritte durch die enge Kammer, als müsse er sich mehr Raum verschaffen. »Ich habe Mr. Platford zugesagt, dass ich ihn über die Zuverlässigkeit des Wagens auf dem Laufenden halte«, fuhr er fort. »Wenn ich schon nicht an den kommenden Rennen teilnehmen kann, es ist wirklich ein Jammer! Ich werde so viel verpassen!«

»Ein Jammer.« Sie imitierte seinen leidenden Tonfall, doch er überhörte die kleine Spitze einfach.

»Stell dir nur vor, sie bauen ein Auto, ganz aus Aluminium, für die diesjährigen Belastungsfahrten. Schade, dass ich nicht dabei sein kann. Und die Tourist Trophy auf der Isle of Man werde ich auch verpassen.«

»Du jammerst die ganze Zeit, was du hier alles verpassen wirst«, fuhr sie ihn an. »Sag es doch einfach, wenn du hierbleiben willst!«

»Will ich doch gar nicht«, verteidigte sich Jack. »Hörst du mir denn nicht zu? Ich habe den Wagen bereits verschiffen lassen. Und wer weiß, vielleicht werde ich ja der Erste, der ganz Südamerika im Automobil umrundet!«

»Trotzdem, du hast noch gar nichts weiter für die Abfahrt geregelt, oder hast du schon gepackt?«

»Ach, ich brauche doch nicht viel!«

»NICHT VIEL?« Dora betrachtete die beiden fast mannshohen Schrankkoffer, vier große hölzerne Koffer und diverse Kisten und Kästchen. »Wozu der Tropenhelm? Es sieht aus, als wollest du eine Expedition unternehmen!«

»Es soll ja echt aussehen«, verteidigte sich Jack. »Alle sollen denken, ich sei ganz normal auf Reisen gegangen. Außerdem musst du gerade reden.«

Dora stand selbst in einem ganzen Haufen Gepäck. »Hast du die Tickets?«

»Ja, gestern aus dem Reisebureau geholt, hier!« Jack hielt zwei Billets empor.

»Erste Klasse? Nicht schlecht.«

»Ja, Edward hat sich nicht lumpen lassen.«

SIE FUHREN mit einem Cab bis zur Waterloo Station, dort bestiegen sie den Zug nach Southampton. Wehmütig blickte sie aus dem Fenster. Nun ging es also fort aus London, fort von den Theatern und Bühnen der Stadt, weg von den glitzernden Leuchtreklamen der großen Revuen hinein ins Unbekannte. Würde sie jemals hierher zurückkehren, ins Zentrum des Showgeschäfts? Sie konnte den Herzschlag der Bühne spüren, ein stetes Hämmern, den Puls der Metropole, Wumm-Wumm. Oder war das ihr eigenes Herz, das so laut schlug, das Rauschen des Bluts in ihren Ohren? Mit jedem Meter, den der Zug fortrollte, schien es lauter zu werden, mächtiger, als wolle das Dröhnen in ihrem Kopf ihr etwas sagen. Sie aufhalten, *geh nicht fort, bleib hier!*

KAPITEL 29

Es war keine große Fahrt, eigentlich nur knapp über zwei Stunden, doch sie wollten rechtzeitig in Southampton sein, Dora hatte darauf bestanden.

Sie hatten also noch genügend Zeit, bis ihr Schiff ablegte, und verbrachten den Abend in einem kleinen Lokal in der Nähe des Hafens. Dort aßen sie Fischsuppe und gebackenen Kabeljau, einfaches Essen, aber gut. Dann verbrachten sie die Nacht im Dolphin Hotel, Edward hatte Zimmer für sie reservieren lassen.

Vor lauter Nervosität tat sie kein Auge zu, ständig dachte sie an ihre bevorstehende Reise. Morgen würde sie ein Schiff besteigen, um den ganzen weiten Weg über den Atlantik zu fahren. Dabei hatte sie doch geschworen, nie wieder den Fuß an Bord eines Schiffes zu setzen. Irgendwann fiel sie in einen unruhigen Schlaf. Dementsprechend müde traf sie im Frühstücksraum auf Jack. Der war anscheinend bester Laune. »Na, Dumpling, gut geschlafen?«

»Nein!«

»Na, dann kann's ja losgehen!«

Nach dem Frühstück begaben sie sich direkt zum Hafen. Ihr Schiff lag bereits am ersten Liegeplatz, sorgsam vertäut. Dora legte den Kopf in den Nacken und sah an der weiß gestrichenen Bordwand empor. Die RMS Amazon II der Royal Mail Steam Packet Company war so hoch wie die höchsten Häuser in London. Im Bauch des Schiffes fanden etwa fünfhundert Passagiere Platz, die meisten von ihnen in der dritten Klasse und im Zwischendeck. Bereits jetzt zog eine Schlange aus Menschen über die Gangway und verschwand im Innern des Schiffs, sie erinnerten Dora an eine Prozession von Katholiken an einem Feiertag.

Jack wandte sich an einen vorbeikommenden Gepäckträger. »Hör mal, Bursche, gibt es denn keinen gesonderten Zustieg für Reisende erster Klasse?«

Der Junge zuckte mit den Achseln. »Nein, die werden schon Platz machen, wenn Sie reinwollen, Sir.«

Edward hatte zwei Kabinen erster Klasse für sie reserviert. Sie lagen ein Stück voneinander entfernt, um kein Aufsehen zu erregen. Dora hätte gern eine Kabine mit Jack geteilt. Aber auch, wenn sie nun offiziell als seine Verlobte galt, hieß es doch, den Anstand zu wahren und die üblichen Gepflogenheiten nicht zu verletzen.

Dora bezog ihre Kabine und wollte noch ein wenig ruhen, bevor sie ablegten, die letzte Nacht war kurz gewesen. Sie setzte sich aufs Bett und strich über die Laken. Schneeweißes Leinen, frisch gestärkt, nicht bloß ein Lager aus Gepäck wie damals auf dem alten Segelschoner. Mit nichts als zwei Koffern voller abgelegter Kleider und einer Reisetasche war sie nach London gekommen. Und nun fuhr sie übers Meer, wie es einer feinen Lady zustand. In der Tat, sie hatte es weit gebracht. Und trotzdem war sie niemals angekommen, noch immer auf der Flucht. Wieder einmal ließ sie ihre Familie zurück, weil sie noch immer auf der Suche nach ihrem eigenen Leben war. Würde sie in Buenos Aires endlich darin ankommen, oder war es nur eine weitere Station auf ihrem Weg zu sich selbst?

Sie standen auf dem Oberdeck zusammen mit etlichen anderen Passagieren der ersten Klasse und sahen auf das Freideck unter sich und die Kaimauer hinab. Auf dem Deck unter ihnen drängten sich hunderte Menschen, darunter anscheinend auch Ausreisewillige, die ihr Land für immer verließen, um in Südamerika eine neue Heimat zu finden. Ganze Familien waren gekommen, um sich zu verabschieden, ihre Taschentücher flatterten im Wind wie winzige weiße Fahnen. Als ob die Angehörigen um Frieden bäten in der Hoffnung, der Betreffende würde dableiben und sie doch nicht verlassen. Dora hatte einen Kloß in der Kehle, als sie sich daran erinnerte, wie ihre eigene Familie dagestanden hatte, damals auf dem Bahnhof in Schleusingen. Sie dachte an die weinende Emma, die sich an ihrem Arm klammerte und sie gar nicht mehr loslassen wollte. Nun war niemand gekommen, um ihr Adieu zu sagen. Denn sie schlich sich wieder einmal davon, in aller Heimlichkeit machte sie sich aus dem Staub. Und es gab niemanden, der sie in England vermissen würde, niemanden, der ihr eine Träne nachweinte. Auf einmal kam es ihr wie ein großer Fehler vor, zu gehen.

Die Taue wurden gelöst, das Schiffshorn erklang, im Bauch des Schiffes nahmen die Motoren dröhnend ihr Werk auf, und mit einem Ruck setzte sich die Amazon in Bewegung und schob ihren massiven Metallleib fort von der Kaimauer, hinaus aufs Wasser. Nun gab es kein Zurück.

Eine tiefe innere Unruhe breitete sich in ihr aus. Sie erinnerte sich an die Zeit auf dem Schoner, an die Wellen und das Geschaukel, ihre Übelkeit und den Gestank. Gut, sie hatte diesmal eine schöne Kabine, aber drei Wochen auf See waren eine lange Zeit. »Ich wünschte, wir wären schon da.«

Jack zuckte mit den Achseln. »Wir werden uns die Zeit schon vertreiben.«

Von See her war dichter Nebel aufgezogen, er schloss sich um das Schiff und verschluckte die Menge der Abschiednehmenden.

»Können wir bei diesem Nebel überhaupt in See stechen?«

»Die Matrosen sagen, der Nebel liegt nur an der Küste, draußen auf offenem Meer herrscht wohl freie Sicht.«

»Schau dir nur diese Suppe an.«

Der Nebel waberte weiß und dicht, hüllte das Schiff ein und verschluckte die Geräusche vom Kai, als wolle er sie abschotten von der restlichen Welt. Southampton war kaum zu sehen, nur die Umrisse der großen Hotels am Hafen waren noch auszumachen, selbst den Kirchturm hatte der Nebel verschluckt. Die Amazon stemmte sich gegen die raue See. Die Motoren dröhnten, unter ihren Füßen erzitterte das Deck und der Dampfer nahm langsam Fahrt auf.

»Wir werden noch ein anderes Schiff rammen, wenn wir so schnell fahren!«

»Keine Sorge, im Zweifelsfall haben wir ein Nebelhorn.«

»Das sagst du so! Was, wenn wir auf Grund laufen und sinken?

Man liest immer wieder von so schrecklichen Schiffsunglücken, die Zeitungen sind voll davon.«

»Dann erzähle ich dir wohl besser nicht, was aus der Amazon I wurde, dem ersten Schiff der Flotte, das diesen Namen trug.«

»Ich will es gar nicht wissen, das regt mich alles zu sehr auf! Ich werde mich ein wenig zurückziehen und ausruhen, vielleicht geht es dann besser.«

»Soll ich dich zum Abendessen abholen?«

»Natürlich! Denkst du, ich verpasse ausgerechnet unser erstes gemeinsames Dinner an Bord?««

»Also gut, dann bis später!«

»GUTEN ABEND, Mylord, Mylady.« Der Steward nickte ihnen zu. Man konnte sich wirklich daran gewöhnen, dieses ganze »Mylady« und Türen-Aufhalten hatte wirklich etwas für sich. Ihr Steward brachte sie in den Speisesaal, der aus langen Tischen und Bänken in Reihen bestand, und wies ihnen eine Bank zu. Jack half ihr, hinüber zu steigen und kletterte dann zwischen ihr und dem Mann zu seiner Rechten hindurch. Auf den Tischkanten waren Latten angeschraubt, wie Dora amüsiert feststellte. Sie sollten verhindern, dass die Teller herunterfielen, wenn eine Welle kam und das Schiff sich zur Seite neigte. Ihre Tischnachbarn auf der gegenüberliegenden Seite waren ein amerikanisches Ehepaar namens Harris, der Mann rechts von Jack Handelsvertreter, ebenfalls aus den Staaten. Dass es sich um Amerikaner handelte, sah und hörte man sofort. Sie alle besaßen diese bestimmte Art zu erzählen, mit lauter Stimme und großen raumgreifenden Gesten, wie sie nur Amerikaner auf Reisen an den Tag legen.

»Wissen Sie, Mr. Harris, ich bin auch Amerikaner.«

»Stimmt doch gar nicht!«, fuhr Dora ihn an. »Ich dachte, du seist in England geboren und dein Vater ist auch Engländer, also bist du Brite.«

»Meine Mutter ist Amerikanerin.«

»Na bitte, ein halber Amerikaner, was sagt man dazu! Woher stammt die Familie Ihrer Mutter, Mr. Sutton?«

»Die Beauchamps stammen aus Jackson, Mississippi. Aber es gibt dort keine Verwandten mehr, soweit ich weiß.«

»Waren Sie schon einmal drüben?«

»Ja, aber nicht in Mississippi. Einmal blieb ich ein paar Tage in New York und ein anderes Mal reiste ich nach Chicago.«

»Hat es Ihnen in Chicago gefallen?«

»Für meinen Geschmack zu windig.«

Alle lachten, als sei das der beste Witz der Welt. Dora konnte nicht mitlachen und kam sich etwas verloren vor.

Mr. Harris blickte in die Runde. »Darauf sollten wir anstoßen! Ein halber Amerikaner, glaubt man's denn? Steward!« Er winkte nach dem Steward. »Bringen Sie uns noch eine Flasche von diesem Rotwein hier!«

»Sehr wohl, Sir!«

NACH DEM ESSEN gingen sie gemeinsam an die Bar. Mrs. Harris beugte sich vertrauensvoll zu ihr rüber. »Sagen Sie Dorothy, ist es in Europa normal, dass die jungen Leute gemeinsam reisen?«

»Wie meinen Sie das?«

»Nun, so ohne Begleitung, Sie wissen schon.« Sie senkte ihre Stimme zu einem bedeutungsschweren Raunen.

»Jack ist mein Verlobter.«

»Aber Sie sind noch nicht verheiratet?« Mrs. Harris hob die Augenbrauen. »In Amerika wäre es undenkbar.«

»Wir reisen in getrennten Kabinen. Wir wollen heiraten, sobald wir in Südamerika angekommen sind«, schwindelte Dora.

»Sind Sie aufgeregt?«

»Aufgeregt, wieso?«

»Ach, Kindchen, ich weiß noch, wie aufgeregt ich damals war, als Henry um meine Hand anhielt. Und dann in der Kirche, ich dachte, ich müsse sterben, so laut hat mein Herz geklopft.« Sie schlug sich mit der flachen Hand auf die Brust.

»Oh, aufgeregt, ja, bin ich.«

»Das sind alle, aber das geht vorbei. Doch ich muss gestehen, der Gedanke, einen echten Earl zu heiraten, hat schon was für sich. Sie haben großes Glück, Kindchen!«

»Er ist kein …«

»Was ist, wollen wir nicht ein wenig tanzen gehen?«, unterbrach Jack.

»Eine ausgezeichnete Idee!« Mrs. Harris war Feuer und Flamme.

Dora schüttelte den Kopf. »Lieber nicht, ich bin müde. Und mir ist nicht wohl.«

»Sind Sie nicht seefest?«

»Ich fürchte nicht. Ich verabscheue Schiffsreisen, diese ganzen Wellen und das Geschaukel.«

»Ach komm schon«, drängte Jack. »Nur ein Weilchen, ein, zwei Tänze.«

Der Ballsaal war nur mäßig besucht. Die Kapelle spielte Walzer, sie tanzten eine Weile.

»Geht's jetzt besser?«

»Nicht wirklich.« Das Schiff stampfte hart gegen die Wellen der Nordsee an.

»Du wirst sehen, wenn wir erstmal den Kanal verlassen haben, wird's ruhiger.«

»Ich hoffe es!«

»Wenn du dich zurückziehen willst, geh nur. Ruh dich ein wenig aus und morgen sieht die Welt schon anders aus.«

»Macht es dir sicher nichts aus?«

»Nein, nein. Henry und ich wollten sowieso gleich noch an die Spieltische auf eine Partie Black Jack.«

»Und, habt ihr euch gestern noch gut amüsiert?« Dora saß beim Frühstück und rutschte auf.

Jack ließ sich neben ihr auf die Bank fallen. »Ja, stell dir nur vor, ich habe gewonnen! Hundert Pfund!«

»Du und dein Glück!«

»Ach, es war herrlich, du hättest dabei sein sollen, es lief wie am Schnürchen.« Er winkte den Kellner heran. »Kaffee, bitte. Und zwei Eier und Toast.«

»Und was machen wir heute?«

»Erstmal brauche ich ein ordentliches Frühstück. Und dann wollten Henry und ich aufs Oberdeck, ein paar Tontauben schießen.«

Na großartig! Sie sah ihn von der Seite an. »Henry und du. Ihr amüsiert euch ja prächtig, was?«

»Ein feiner Kerl, wirklich«, antwortete Jack leichthin.

Er verstand tatsächlich nichts. »Dann viel Spaß euch beiden!«, fauchte sie vielleicht eine Spur giftiger, als sie gewollt hatte.

»Was ist denn nur los mit dir?« Jack schüttelte den Kopf.

»Nichts! Ich habe bloß gedacht, wir würden endlich mal Zeit miteinander verbringen.«

Er verdrehte die Augen. »Dir ist doch sowieso schlecht! Soll ich jetzt etwa die ganze Zeit an deinem Bett sitzen und dir das Händchen halten?«

»Nein, brauchst du nicht!« Sie warf ihre Serviette auf den Tisch. Ihr war der Appetit vergangen. Sie machte Anstalten, über die Bank zu klettern, und Jack bot ihr seine Hand zur Hilfe, doch sie wischte sie weg. »Bemüh dich nicht, ich komme allein zurecht!«

Er erschien erst am Mittag des nächsten Tages wieder, verkatert und übellaunig.

»Und, habt ihr gestern noch lange gemacht?« Dora gab sich betont desinteressiert.

Jack rieb sich den Kopf. »Ich weiß nicht, ich war ganz schön betrunken. Ich habe verloren.«

»Wie viel?«

Er senkte den Blick. »Zweihundert Pfund«, gestand er zerknirscht.

»Bist du wahnsinnig? Das ist ein Vermögen!«

»Das weiß ich selbst«, schnauzte er sie an.

»Und jetzt?«

Jack zuckte mit den Schultern. »Werde ich heute Abend wieder spielen.«

»Was? Wieso, um Himmels willen?«

»Ich muss meine Verluste wieder reinholen. Wenn ich einfach nur weniger dabei trinke und mich ein bisschen aufs Spiel konzentriere, dann wendet sich das Blatt!«

Das klang nach der blödsinnigsten Idee, die sie jemals gehört hatte. »Du treibst uns noch in den Ruin!«

»Gott, ist das zum Kotzen, du klingst schon wie meine Mutter!«

Sie stand auf und sah auf ihn herab. »Wie ordinär du doch bist, das macht deine Sauferei.« Sie drehte sich um und ließ ihn einfach sitzen, genau wie gestern.

»Ach, leck mich doch!«, rief er ihr nach.

KAPITEL 30

So ging es die ganze Zeit. Wenn er gewann, war er bester Laune und versicherte, er habe seine Verluste fast wieder hereingeholt. Wenn er verlor, war er unausstehlich. Er trank zu viel und kümmerte sich kein bisschen um sie. Dabei hatte sie es sich so romantisch vorgestellt, sie beide auf dem großen Schiff, angeregte Gespräche beim Dinner und rauschende Nächte im Ballsaal. Und danach heimliche Besuche in der Kabine des anderen. Stattdessen hatte er nur noch die Spielerei und seinen Whisky im Kopf! Sie hatte das Gefühl, als kämen die Wände der Kabine auf sie zu, als müsse sie ersticken. Sie brauchte frische Luft.

Der Wind blies kräftig von Westen, riss an ihrem Mantel und ihrem Haar, zerwühlte ihre Frisur, doch es war ihr egal. Dora starrte aufs Meer, in die tosenden grauen Wellen, auf denen sich weiße Schaumkronen brachen.

»Die Augen einer schönen Frau sollten niemals regnen.«

Sie fuhr zusammen, sie hatte gar nicht mitbekommen, dass der Mann an sie herangetreten war.

»Wie bitte?«, fragte sie irritiert und studierte seine Erscheinung. Dunkle Locken umrahmten seinen südländischen Teint und gaben ihm etwas Verwegenes.

»Eine schöne Frau sollte immer den Sonnenschein in ihren Augen tragen, niemals den Regen!« Er reichte ihr sein Taschentuch.

»Das klingt sehr poetisch.«

»Ich bin Dichter. Darf ich mich vorstellen«, er deutete eine Verbeugung an, »Antonio Vicente de Alvardo y Martínez.«

»Meine Güte, ein langer Name.«

»Der Name einer stolzen Familie mit langer Tradition.«

»Sind Sie Spanier?«

»Nein, Argentinier. Aber unsere Linie geht auf die Zeit der Conquistadores zurück, ich bin also spanischen Blutes.« Das erklärte den starken Akzent, der sein Englisch färbte, die Silben ratterten wie eine Salve harter Gewehrschüsse.

»Ach du meine Güte, ich habe mich noch gar nicht vorgestellt. Ich bin Dorothy Newman.«

»Sind Sie Engländerin?«

»Nein, Deutsche. Newman ist mein Künstlername, ich bin Schauspielerin.«

»Was Sie nicht sagen? Haben Sie einen, wie sagt man auf Englisch? Einen Contract? Einen Vertrag mit einem Theater, oder was ist der Grund Ihrer Reise? Sie scheinen darüber nicht gerade glücklich zu sein.« Seine Glutaugen blickten aufrichtig besorgt.

»Nein, keinen Vertrag, noch nicht. Es ist nur … ach egal, vergessen Sie's.«

»Verzeihen Sie, es geht mich ja auch nichts an. Es bricht mir bloß das Herz, eine schöne Señorita weinen zu sehen.«

»Sagen Sie das meinem Verlobten!«

»Sie sind verlobt? Verzeihung, ich will Ihnen nicht zu nahetreten, es geht mich wirklich nichts an.«

»Schon gut, Señor de Alvardo. Es hat mich gefreut, Ihre Bekanntschaft zu machen.« Sie reichte ihm die Hand.

Er ergriff sie und hielt sie fest, vielleicht eine Spur zu lange. »Ganz meinerseits. Ihr Verlobter muss ein … wie sagt man? Glückspilz?«

Sie nickte. »Ja, richtig.«

»Er muss ein Glückspilz sein, Ihr Verlobter.« Noch immer hielt er ihre Hand.

Sie dachte an Jack und sein beinahe unverschämtes Glück. »Ja, das ist er, in der Tat!«

IN LISSABON MACHTEN sie zum letzten Mal Station in Europa, um Post abzuladen und weitere Passagiere und Fracht aufzunehmen, und zwei Tage später passierten sie die Kanarischen Inseln mit ihren starken Winden und der Meeresströmung. Ihr Schiff wurde noch einmal gehörig durchgeschaukelt und dann lag vor ihnen nur noch das offene Meer. Fünf lange Tage würden sie den Atlantik überqueren. Fünf Tage war nun nichts um sie herum außer Wasser. Keine nahe Küste mehr, von der Rettungsboote in See stechen könnten, um die Passagiere zu bergen, wenn etwas geschah. Die Weite des Ozeans verursachte eine tiefe Unruhe in Dora, die sie sich kaum erklären konnte. Man las in den Zeitungen immer wieder von Schiffsunglücken; etliche Ozeandampfer waren schon an einer flachen Stelle auf Grund gelaufen oder gleich mit Mann und Maus gekentert. Sie dachte an Wellen, hoch wie Häuser, und Stürme, die über das Meer brausten. Doch zu ihrer Überraschung lag der Atlantik friedlich in seinem Bett wie ein Baby in der Wiege. Die Wellen waren nicht mal einen halben Meter hoch, an manchen Tagen lag die See flach wie ein Spiegel. Es wurde von Tag zu Tag wärmer, sie verbrachte immer mehr Zeit auf dem Oberdeck und blickte aufs Meer. Fliegende Fische schossen empor wie silbrige Vögel, segelten einige Meter über der stillen Wasseroberfläche, bevor sie wieder hineintauchten. Ganze Schulen von Delfinen zogen vorbei und tollten sich in der Bugwelle des Schiffs. Sie zeigten überhaupt keine Scheu, sondern sprangen und hüpften, vollführten tollkühne Schrauben in der Luft, als würde das aufgewühlte Wasser sie amüsieren. Die Delfine waren eine willkommene Abwechslung im ewigen Blau. Hier draußen war nichts, nicht mal ein anderes Schiff war zu sehen. Überall um sie herum nur Blau, das reine, strahlende Azur des Himmels und das tiefe Ozeanblau des Meeres.

Dora verstand nicht mehr, warum sie vorher Angst gehabt hatte. Diese Weite hatte etwas Majestätisches, etwas Beruhigendes. Sie hätte es nie für möglich gehalten, aber sie liebte das Meer. Dieser grenzenlose Blick auf die ewige Weite des Ozeans gab ihr ein Gefühl von Freiheit. Gleichzeitig brachte er sie in einen tiefen Einklang mit sich selbst. Es verschaffte ihr eine innere Zufriedenheit, die kaum in Worte zu fassen war. Sie verstand Jack nun besser. Verstand, was es war, das ihn immer wieder von zu Hause fortzog, denn es wohnte auch in ihr.

Auch wenn sie ihm noch grollte, brauchte sie ihn gerade nicht. Sie war eigentlich ganz froh, dass er sie in ihrer Einsamkeit nicht störte. Sollte er doch mit den Amerikanern einen draufmachen. Sie fuhren sowieso nur bis Rio de Janeiro. Wenn seine Saufkumpane erstmal weg waren, blieben immerhin noch ein paar Tage, in denen Jack wieder zur Besinnung kommen würde. Sie starrte hinaus ins endlose Blau. Nichts, bis zum Horizont nichts als Blau, nur Himmel und Wasser.

»Hier draußen kann man die Krümmung des Erdballs erkennen.« De Alvardo lehnte sich neben sie an die Reling. »Sehen Sie nur, der Horizont beschreibt eine Kurve, ganz sacht. Wenn man genau hinschaut, kann man es erahnen.«

»Es ist schön hier draußen, so friedlich. So beruhigend, nicht wahr?«

»Das liegt daran, dass man hier mit sich selbst und seinen Gedanken allein ist, nichts lenkt einen ab.«

Ein Schuss donnerte krachend über das Oberdeck. Im Blau des Himmels, hoch über dem Schiff, zerplatzte eine Tontaube in dutzende Scherben. Sie regneten herab auf das endlose Blau des Atlantiks und versanken in den Tiefen.

Sie lächelte ihn an. »Außer diesem Geballer.«

»Schrecklich! Ich mache mir nichts aus Waffen oder der Jagd. Natürlich, der Mensch muss töten, um zu essen. Aber nur so zum Spaß erscheint es mir, wie sagt man, frivol?« Er sah sie fragend an.

»Frivol, ganz recht. Ich fürchte, das war mein Verlobter. Er ist ganz verrückt nach der Jagd.«

»Ein grausames Hobby. Ich widme mich lieber den schönen Künsten, neben der Lyrik auch der Musik und dem Tanz.«

»Tanzen Sie gern?«

»Oh ja, ich bin ein leidenschaftlicher Tänzer.« Er warf sich in die Brust.

»Mein Verlobter auch. Nur scheint er das vergessen zu haben, vor lauter Tontauben und Black Jack.«

»Es wäre mir eine Ehre, Sie heute Abend zum Tanz auszuführen. Sofern Ihr Verlobter einverstanden ist.«

»Er wird nichts dagegen haben. Er ist ja froh, wenn er in Ruhe spielen und trinken kann.«

»Also dann, sagen wir heute Abend, um neun?«

»Sehr gern!«

Er verbeugte sich und hob ihre Hand zum Kuss. »Es ist mir eine Ehre.«

»LASS MICH MAL RAUS.« Dora knuffte Jack in die Seite, damit er aufstand und sie von der Bank ließ.

»Wo willst du hin?«, fragte Jack irritiert. Das Dinner hatte gerade erst begonnen, aber sie wollte sich noch zurechtmachen.

»Nun, ich schätze, du willst spielen, oder?«

»Ich will nicht, ich muss!«, antwortete Jack mit Nachdruck. »Meine Verluste sind fast wieder ausgeglichen, heute gelingt es!«

»Na bitte, dann geh nur. Ich werde mich auch so amüsieren.«

»Fängst du jetzt wieder damit an?«

»Keine Sorge.« Sie winkte ihm zu. »Viel Spaß!«

SEÑOR DE ALVARDO erwartete sie schon am Eingang zum Ballsaal. »Sie sehen ... äh, bezaubernd aus, sagt man das so?«

Sie senkte verlegen den Blick. Er war auch sehr stattlich, seine Schuhe funkelten spiegelblank und sein schwarzer Anzug musste teuer gewesen sein. Dazu trug er eine reich bestickte Weste aus Goldbrokat, Fliege, Einstecktuch und eine goldene Uhrkette. Sein dunkles Haar war streng zurückgestrichen, er roch nach Pomade und Aftershave, stellte sie fest, als sie ihm den Arm reichte und sich in den Ballsaal führen ließ.

De Alvardo tanzte gut, doch der Walzer mit ihm hatte etwas Ernstes. Nicht die militärische Strenge von Alfred, nein. Aber auch nicht die nonchalante Lässigkeit von Jack. Er setzte seine Schritte mit Bedacht. In seinem Tanz lag eine gewisse Schwere, eine Melancholie, als fühle er die Musik tiefer als andere Männer. Dabei sah er sie unentwegt an mit diesen südamerikanischen Glutaugen, voller Feuer und Leidenschaft.

»Ihr Verlobter muss ein, wie sagt man? Er muss ein großer Idiot sein.«

»Wie kommen Sie darauf?«

»Wenn Sie meine Verlobte wären, ich würde Sie nicht einfach so mit einem anderen Mann tanzen lassen. Ich würde Sie keine Sekunde mit einem anderen alleinlassen.«

»Gut, dass ich es nicht bin! Sie würden mich einsperren wie einen Vogel im Käfig.«

»Oh, no, no!« Er schüttelte den Kopf. »Sie verstehen mich falsch, vielleicht habe ich mich falsch ausgedrückt.«

»Wie meinten Sie es denn?«

»Ein echter Mann sollte seine Frau beschützen und auf sie achtgeben. Ich würde jedenfalls nicht mit anderen Männern herumsitzen und Karten spielen, wenn ich eine so schöne Frau zur Verlobten hätte.«

»Sondern? Was würden Sie tun, wenn ich Ihre Verlobte wäre, Señor de Alvaro?«

»Ich würde Sie anschauen, den ganzen Tag, von morgens bis abends.« Sein Blick war voller Leidenschaft und Glut, er ging ihr unter die Haut. »Ich würde Gedichte schreiben, die Ihre Schönheit und Ihren Liebreiz preisen«, fuhr er fort. »Ich würde Ihnen die Sterne vom Himmel holen und den besten Maler des Landes kommen lassen, damit er Ihre Schönheit verewigt.«

»Ein Maler? Also doch ein anderer Mann, der mich sehen dürfte?«, neckte sie ihn.

»Auf jeden Fall würde ich Ihnen meine volle Aufmerksamkeit widmen.«

»Das sagen Sie jetzt. Aber wenn wir wirklich verlobt wären, Sie wären meiner Gesellschaft bald überdrüssig, da sind die Männer doch alle gleich.«

»Welch enttäuschte Seele spricht aus diesem jungen Mund!«, rief er theatralisch.

»Oh nein, ich bin nicht enttäuscht, ich liebe meinen Verlobten!«

»Aber er liebt sie nicht, das versuche ich Ihnen doch die ganze Zeit zu sagen!«

»Woher wollen Sie das wissen? Sie kennen ihn ja gar nicht.«

»Wenn er Sie lieben würde, wären Sie nicht mit mir beim Tanz«, entschied er kategorisch. »Ich sage ja, er ist ein Idiot!«

»Wer ist ein Idiot?«, lallte Jack und packte de Alvardo grob an der Schulter. Er hatte zu viel getrunken, roch nach Whisky und seine Augen blickten glasig. Jack schwankte, doch er holte aus und setzte zu einem unbeholfenen Schwinger an.

»Jack, nicht!«

Der Argentinier wich keinen Zentimeter zurück. Jacks Faust rammte seinen Kiefer. De Alvardo verdrehte die Augen, sackte in sich zusammen und ging zu Boden.

»Was glotzt ihr den alle so?«, schrie Jack die anderen Gäste an. »Er soll seine verdammten Finger von meiner Verlobten lassen.«

»Wir haben doch nur getanzt! Señor de Alvardo war sehr höflich.«

»Señor de Alvardo, was?« Jack starrte den benommenen Antonio an, der sich langsam hochrappelte.

»Antonio Vicente de Alvardo y Martínez. Eigentlich wollte ich Sie und Ihre Verlobte einladen, wenn wir in Buenos Aires sind. Ich veranstalte einen kleinen Salon für Künstler und Literaten, immer mittwochs. Aber das hat sich nun wohl erübrigt.« Er rieb sich das Kinn. »Die Boxer treffen sich übrigens in La Boca.«

»Es ist mir entsetzlich peinlich.« Dora schlug die Augen nieder. »Sie sehen ja, er ist vollkommen betrunken!«

»Bin ich nicht!«, brauste Jack auf.

Sie setzte ein entschuldigendes Lächeln auf, griff Jacks Arm und zog ihn mit sich zum Rand der Tanzfläche. »Mach hier nicht so ein Theater!«, zischte sie ihm durch ihre zusammengebissenen Zähne zu.

»Schon gut!«, knurrte Jack und schüttelte ihre Hand ab. »He, Ober, bringen Sie mir noch einen Whisky, aber einen doppelten!«, fuhr er einen vorbeikommenden Kellner an.

Der Kellner zuckte entschuldigend mit den Achseln. »Tut mir leid, Sir. Der Whisky ist alle.«

»Dann holen Sie halt eine Flasche von einer anderen Bar!«

»Ich sage doch: alle. Auf dem ganzen Schiff, nicht mehr ein Tropfen übrig!«

»Das kann doch nicht sein, besorgen Sie irgendwo eine Flasche«, beharrte Jack.

»Wenn ich daran erinnern darf, Sir, wir sind mitten auf dem Atlantik. Bis Pernambuco ist nichts mehr zu machen, tut mir entsetzlich leid.« Es war erstaunlich, wie höflich der Kellner blieb.

»Was, noch zwei Tage ohne Whisky? Ein Scheiß-Kahn ist das hier, scheiß Dampfer!« Jack trat nach einem Stuhl, er kippte und polterte auf die Tanzfläche.

»Sir, bitte beruhigen Sie sich!«

»Für Sie immer noch Mylord.«

Der Kellner wurde blass. »Ich bitte um Verzeihung, Mylord. Aber wenn Sie weiter hier herumbrüllen und andere Gäste schlagen, muss ich den Sicherheitsdienst rufen!«

»Alles in Ordnung«, griff Dora ein. »Ich bringe ihn auf seine Kabine.«

»Ich will nicht auf meine Kabine!«, protestierte Jack. »Ich will einen Whisky!«

»Schluss jetzt, du bist betrunken! Du gehörst ins Bett, sofort!«

Jack salutierte und schlug die Hacken zusammen. »Aye, aye, Mr. Dorius!«

»Sei nicht albern.«

SIE MUSSTE ihn stützen auf dem Weg zu seiner Kabine. Jack hing an ihrer Schulter wie ein nasser Wäschesack.

»So, da wären wir. Aufsperren musst du schon selbst!«

Er fummelte umständlich mit dem Schlüssel. »Ich will aber noch nicht ins Bett!«

»Du bist betrunken.«

»So betrunken nun auch wieder nicht!«

»Lenk nicht ab! Was sollte das gerade? Das war peinlich!«

»Ich bin ihr peinlich«, verkündete Jack einem vorbeikommenden Paar.

»Du warst ja förmlich rasend vor Eifersucht.«

»Ich bin nicht eifersüchtig, worauf denn? Auf ihn? Pah!« Er winkte ab.

»Ja, wieso denn nicht? Stell dir nur vor, er war sehr aufmerksam. Du kümmerst dich ja gar nicht mehr um mich, hast nur noch diese blöden Amerikaner und deine Karten im Sinn.«

»Und ich habe gewonnen, das wollte ich dir gerade sagen. Und da komm ich rein, und was sehe ich? Du liegst in den Armen dieses argentinischen Flaneurs!«

»Er ist kein Flaneur, er ist Dichter«, nahm sie de Alvardo in Schutz.

»Ein Poet, noch schlimmer!«

»Du bist ja doch eifersüchtig!«

»Und wenn?« Er zog sie an sich. »Du bist schließlich offiziell meine Verlobte. Da habe ich ja wohl die älteren Rechte, oder etwa nicht?«

»Lass das.« Sie schob ihn von sich. »Wenn uns jemand sieht.«

»Eben hast du noch gesagt, ich kümmere mich nicht genug um dich.«

»Geh ins Bett, du bist betrunken!«

Er fummelte den Schlüssel ins Schloss der Kabinentür, dann sah er auf und strahlte sie an wie ein kleiner Junge. »Genau, ich bin sternhagelvoll. Du musst mich ins Bett bringen!«

Sie seufzte. »Ach Jack, sei nicht albern!«

Er zog sie mit sich in die Kabine und schloss die Tür hinter ihnen. »Weißt du noch, als wir Edward ins Bett gebracht haben?«

Es war keine Glanzleistung, doch er bekam es tatsächlich noch hin. Sein Atem roch nach Zigarren und Whisky und kaum, dass er fertig war, sackte er auch schon neben ihr auf die Matratze und schnarchte in sein Kissen.

Sie richtete ihr Kleid und huschte zurück in ihre eigene Kabine. Dann lag sie auf dem Bett, schmeckte den Hauch von Whisky auf ihren Lippen und konnte nicht schlafen. Wie sollte sie auch? Sie hatte das Gefühl, als schwebe sie zehn Zentimeter über ihrer Matratze, ihr Herz schlug wild in ihrer Brust. Nicht, weil der Sex so gut gewesen war, trotzdem schien es ihr, als hätte sie eben ihre Hochzeitsnacht verbracht, ihr Herz drohte zu zerspringen vor lauter Glück. Jack war eifersüchtig. Auch wenn er es abstritt, aber das war der Beweis, sie war ihm nicht gleichgültig. Er liebte sie, auch wenn er es niemals zugeben würde. Seine Eifersucht war der Beweis. Dora war sich nun sicher und das war ihr genug.

KAPITEL 31

Jack schlief seinen Rausch aus. Erst zum Mittagessen tauchte er auf, zerknautscht und verkatert. Kein Wunder bei seinem Pegel letzte Nacht. Er ließ sich schwer auf seinen Platz fallen. »Herr Ober, einen Gin!«

»Musst du denn schon wieder trinken?«

»Was soll man denn hier sonst tun?«

»Aber Gin, um die Uhrzeit?«

»Der Whisky ist ja aus.«

Bis zum frühen Nachmittag hatte er sich bereits einen schönen Rausch angetrunken und verkündete, er brauche jetzt Schlaf.

Also stand sie wiedermal allein auf dem Oberdeck und streckte die Nase in den warmen tropischen Wind. Ein paar Fregattvögel begleiteten ihr Schiff, standen in der Luft wie schwerelos. Sie schwebten immer dem Schornstein voraus, ihr Flug war ein stundenlanges Gleiten. Nur dann und wann brauchte es ein leichtes Anheben einer Flügelspitze, um die Flugbahn zu korrigieren. Nur der Hauch einer anders gestellten Feder genügte den Vögeln, um Kurs zu halten. Hin zum Land.

Am späten Nachmittag des fünfzehnten Tages waren auf einmal die Möwen da und gesellten sich dazu. Sie stürzten sich kreischend in die Schleppe aufgewühlten Wassers, die das Schiff hinter sich herzog wie einen Schleier aus Türkis und Schaum. Im Sturzflug schossen sie herab, tauchten in das Schäumen und Sprudeln direkt hinter den

Schrauben des Dampfers. Dora beobachtete eine Möwe, sah, wie sie wieder auftauchte, ein Stück weit hinter dem Schiff schnellte sie empor, in ihrem Schnabel zappelte ein Fisch. Scheinbar mühelos hob sie wieder ab und schwang sich in die Lüfte, Wassertropfen regneten aus ihrem Gefieder herab und glitzerten im Licht der tropischen Sonne. Das Festland konnte nun nicht mehr weit sein. Und tatsächlich schälten sich mit einem Mal die Umrisse von Bergen aus dem Horizont. Eine ferne Silhouette von fahlem Violett zeichnete sich ab gegen das feurige Farbenspiel des Sonnenuntergangs, die Spitze eines Berges wie ein mahnend erhobener Zeigefinger.

»Sehen Sie die Insel? Das ist die Isla Fernando de Noronha. Nun ist es nicht mehr weit.«

Dora zuckte zusammen. Sie hatte nicht mitbekommen, wie de Alvardo an sie herangetreten war, das Schauspiel der untergehenden Sonne fesselte ihre Aufmerksamkeit.

»Schön, nicht wahr?« Er nickte hinaus aufs Meer.

»Wie geht es Ihrem Kinn?«

»Alles in Ordnung.«

»Jack hat Sie übel erwischt.«

»Nicht der Rede wert«, erwiderte er knapp.

»Es hat bestimmt wehgetan.«

»Nein.«

»Ach, hören Sie doch auf, ich sehe doch, dass Ihr Kinn ganz grün und blau ist!«

»Nur ein Fleck.« Er straffte die Schultern. »Ein echter Mann jammert nicht. Oder jammert er, wenn's ihn erwischt, Ihr Verlobter?«

»Nein.« Sie schüttelte den Kopf mit einem leisen Lächeln. Doch das stimmte nicht. Jack würde sogar ausgiebig jammern und wehklagen. Männern gegenüber vielleicht nicht, aber bei ihr und Edward schon. Jack würde sich ins Bett legen und sich ein wenig bemitleiden und bemuttern lassen. Und dann würde er die Gunst der Stunde nutzen, denn wenn man schon mal im Bett lag, konnte man ja auch … Nun, er war halt Jack, nicht wahr?

Der Himmel erstrahlte in allen Farben. Helles Gelb brandete in feurigem Orange und Rot. Töne von Rosa und Pink mischten sich zu Violett mit dem Coelin und dem Azur des Himmels, an dessen Rändern schon ein tiefes Nachtblau hereinkroch, in dem die ersten Sterne funkelten. Die Sonne glich einem riesigen Feuerball. Sie stürzte ins Meer, als wolle sie sich darin ertränken. Genauso, wie man in Jacks Augen ertrank. Es war nur eine Sache von Minuten, dann war die Sonne versunken und riss all ihre Farben mit sich in die Tiefe, bis nichts mehr blieb als samtene Schwärze, die das Schiff umhüllte.

»Wie schnell es geht«, sagte Dora in die Wärme der Dunkelheit hinein.

»Wir sind nahe am Äquator.« De Alvardo war nur ein dunkler Umriss im gedämpften Schein der elektrischen Lichter, der aus dem Innern des Schiffs durch die Bullaugen der Türen fiel.

Sie konnte spüren, dass er sie begehrte. Sie wusste es, auch ohne sein Gesicht zu sehen und in seinen Augen zu lesen. Sie erkannte es an der Art, wie er näher gerückt war, als er sprach. Sie konnte die Wärme spüren, die von ihm ausstrahlte durch die dunkle Schwüle der tropischen Nacht. De Alvardo war für sie entbrannt.

»Ich sollte wohl besser reingehen, bevor man uns hier zusammen erwischt.«

»Es ist schön, mit Ihnen hier im Dunkeln zu stehen und zu reden.«

Sie stieß sich von der Reling ab und wandte sich zum Gehen. »Es ist aber nicht gut für Ihr Kinn.«

Das Schiff war schon im Hafen von Recife festgemacht, als Dora am Morgen erwachte. Es würde eine Weile dauern, bis alles an Fracht und Post ausgeladen war, die Amazon würde bis zum frühen Nachmittag im Hafen liegen. Selbst Jack erschien ausnahmsweise beim Frühstück. »Sollen wir von Bord gehen?« Er versuchte, beiläufig zu klingen, doch sie konnte sehen, wie sehr er darauf brannte.

»Natürlich! Wo wir schon mal da sind.« Ein bisschen Abwechslung konnte nicht schaden nach den langen Tagen auf See. Als sie das Schiff verließen, schlug ihnen drückende Schwüle entgegen. Trotz der frühen Stunde war die Hitze kaum auszuhalten, als sie in der Schlange vorm Zollgebäude warteten, um sich für den Landgang zu registrieren. Sie nannten dem Zöllner als Ziel ihrer Reise Buenos Aires, und er drückte gelangweilt einen Stempel für ein Tagesvisum auf einen Zettel und verwandelte ihn somit in ein offizielles Dokument. Nach einer halben Stunde verließen sie endlich den Hafen und nahmen eine Kutsche ins Zentrum. Sie besichtigten die Kathedrale und die Markthallen. Der Markt war beinahe vorüber, die meisten Tische schon abgeräumt, aber in der Luft hing noch der Gestank von Fisch und faulendem Fleisch. Marktfrauen mit Haut schwarz wie Ebenholz und braun wie Kaffee boten allerlei fremdes Obst und Gemüse feil. Es gab alle erdenklichen Arten von Hülsenfrüchten, hauptsächlich Bohnen, einige dick und rund wie Saubohnen, andere klein und dunkel wie Rattenköttel. Über allem lag ein Stimmengewirr wie beim Turmbau zu Babel. Portugiesisch mischte sich mit Kreolisch und Spanisch zu einem unverständlichen Klangteppich aus Lachen und Feilschen. Sie probierten das gelbe, süße Fleisch von Mangofrüchten und kosteten das orangefarbene Fleisch der Mamao, die ein wenig wie Flaschenkürbisse aussahen.

»Papaya«, erklärte Jack. »Und schau, Cashewkerne.«

Die Einheimischen sagten *Cajú,* das Wort klang dunkler in ihrer Sprache, geheimnisvoller. Also kauften sie ein Tütchen und ein weiteres mit Nüssen aus der Provinz Pará mit dunklen, borkigen Schalen, hart wie Holz. Der Verkäufer hieß seinen Sohn, sie aufzuschlagen. Der Junge nahm einen Stein und brach die Schalen mit großem Geschick auf, nur eine Nuss ging entzwei. Dann nahm er ein Blatt Zeitungspapier und rollte es zu einem spitzen Tütchen, in das er die Nüsse gab. Seine kleinen, braunen Finger waren flink wie der Wind.

»Passen Sie bloß auf, dass man Sie nicht beklaut«, sagte eine vertraute Stimme hinter ihnen. »Seine Finger sind bestimmt nicht nur beim Knacken von Nüssen sehr geschickt!« Dora fuhr herum. Die Amerikaner waren also auch hier.

»Keine Sorge.« Jack plusterte sich auf. »Ich bin schon bis Indien gereist und mit Afrika vertraut wie mit meiner Westentasche. Da weiß ich schon, auf mich und meine Reisekasse achtzugeben.«

»Aber dies ist Südamerika, mein Freund, hier ticken die Uhren nun mal anders.«

»Ob wohl die Zeit reicht, um eine Kutsche nach Olinda zu nehmen? Ich hörte, dort soll es ganz nett sein.«

»Ich würde es nicht draufankommen lassen. Recife ist ein furchtbares Nest. Wenn ihr zu spät aus Olinda zurück seid und das Schiff verpasst, dann hängt ihr hier fest, mindestens ein paar Wochen.«

»Auch wieder wahr.«

»Wir sollten uns eine Bar suchen«

»Das klingt gut, ich habe Durst nach den staubigen Straßen hier.«

TAGS DARAUF ERREICHTEN sie die Allerheiligenbucht, die *Bahia de todos os Santos,* und machten im Hafen von Salvador fest. Die Hitze war schier unerträglich, schon am Vormittag zeigte das Thermometer 106° Fahrenheit, das entsprach etwa 40° Celsius und es hatte den Anschein, als wolle es gleich dem Stand der Sonne noch höher steigen. Dora stand auf dem Promenadendeck und warf einen missmutigen Blick auf die Unterstadt und die Hafenanlagen, die sich auf einem schmalen Streifen an den Felsen drückten, auf dem die Oberstadt thronte wie eine Fata Morgana. In der Luft flimmerten Schlieren und trübten die Sicht, doch was Dora erblickte, genügte ihr schon so. Die Kolonialbauten mochten einst prächtig gewesen sein, doch nun rotteten sie im schwülheißen Klima vor sich hin. Die Hitze war schier unerträglich, also zog sie sich zurück und suchte sich ein schattiges Plätzchen auf dem Oberdeck. Auch im Innern des Schiffes war es heiß und stickig, die Sonne heizte die Bordwände auf, und es gab kein Entrinnen vor den tropischen Temperaturen, solange das Schiff im Hafen lag. Erst der Fahrtwind sorgte für eine laue Brise und ein wenig Abkühlung, als sie um die Mittagszeit wieder ablegten und langsam Fahrt aufnahmen.

Anderthalb Tage später erreichten sie Rio de Janeiro. Es schien, als könne sich die Stadt nicht mehr lange den Kräften der Natur erwehren, wie sie so dalag in der Bucht unter dem Zuckerhut. Steile Berge flankierten sie, überzogen von dichtem, grünem Blattwerk. Der Dschungel an den Hängen kroch bis zu den Häusern herunter, als wolle er sie überwuchern. Hier war Endstation für viele Reisende und einen beachtlichen Teil der Fracht. Das Schiff würde den Tag über im Hafen liegen, also nutzten sie die willkommene Abwechslung und gingen von Bord.

Im Zollgebäude herrschte dichtes Gedränge. Sie waren spät dran, die Passagiere der dritten Klasse und des Zwischendecks verließen bereits das Schiff. Aber sie hatten die Amerikaner noch nicht entdeckt, Jack wollte sich von ihnen verabschieden.

Dora fächelte sich mit der Hand Luft zu. »Meinst du wirklich, sie kommen noch? Vielleicht sind sie schon lange durch die Kontrolle, während wir uns hier umsonst die Beine in den Bauch stehen. Wir sollten gehen.«

»Nein, warte noch.« Jack drehte sich um und spähte über die Köpfe der Passagiere hinweg, die gerade die Gangway verließen. »Ich glaube, ich sehe sie da hinten.«

Dora folgte seinem Blick und erstarrte, als sie in der Menge ein bekanntes Gesicht ausmachte. Es gehörte nicht dem Amerikaner, es gehörte Liebermann, das war er eindeutig. Er hatte sie nicht bemerkt. Dora suchte Deckung hinter einer Säule und gab vor, sich die Nase zu schnäuzen.

Die Amerikaner erschienen, und bis man sich mit allerlei Händeschütteln und Schulterklopfen verabschiedet hatte, war Liebermann bereits vor ihnen in der Schlange. Dora hatte lange nicht an ihn gedacht, aber nun fragte sie sich, was er hier wohl trieb. Wusste er, wo Martha war? Vielleicht würde er sie zu ihr führen.

»Hast du heute etwas Bestimmtes vor?«

Jack schüttelte den Kopf. »Nein, wieso?«

»Gut, dann komm mit.«

»Wohin gehen wir?«

»Siehst du diesen Mann da vorn mit den beiden Mädchen?« Sie deutete verstohlen in Liebermanns Richtung. »Wir folgen ihm.«

»Wieso? Gefällt er dir?« Da war es wieder, dieses typische Jack-Grinsen.

Ihr stand nicht der Sinn nach seinen Scherzen. »Das erkläre ich dir später, los komm schon, bevor wir ihn aus den Augen verlieren.«

Sie folgten dem ungleichen Gespann mit einigem Abstand. Liebermann trieb die Mädchen eilig vor sich her, Galizierinnen offensichtlich. Sie trugen die typische Tracht aus hellem Wollstoff mit eingewebten roten Streifen und darüber offene Jacken ohne Ärmel. Beide schleppten lediglich einen Sack aus Leinen. Sie hatten kaum mehr als die Kleider, die sie am Leib trugen, und die Gasse, durch die sie nun gingen, sah nicht so aus, als würde sie die Hoffnung erfüllen, die sie hierhergebracht hatte; Hoffnung auf ein besseres Leben in der neuen Welt. Die Häuser verdienten ihren Namen kaum, es waren armselige Hütten aus Holz, fensterlos, nur die obere Hälfte der Tür ließ sich aufklappen, um ein wenig Licht in den Verschlag zu lassen. Aus jeder dieser Türen blickten ihr junge Frauen entgegen, und man sah sofort, dass es sich nicht um anständige Mädchen handeln konnte. Sie waren behängt mit billigem Tand und trugen Schleifen im fettigen Haar, die Augen dick umrandet mit Khol und die Münder verkrustet mit kussfestem Lippenrot. Sie riefen Jack unanständige Sachen zu, damit er sie in ihrer Hütte besuche. In allen Sprachen der Erde, so schien es Dora, versuchten sie, ihn zu locken. Fetzen von Spanisch oder Portugiesisch drangen an ihr Ohr, etwas, das klang wie Russisch, sogar ein paar Brocken Deutsch. »*Oi, Guapo! Psst, psst*!«, »Komm nur, mein Hübscher, ich mach es mit dir!«, »Ein wenig Spaß, es kostet nicht viel!«, schallte es von grellroten Lippen, begleitet von einem Lächeln voller fauliger Zähne.

Jack rümpfte die Nase und schüttelte angewidert den Kopf.

»He, ich mach's dir besser als deine Kleine, wirst sehen!«

Sie mussten sich ein Stück zurückfallen lassen, um durch das Spektakel nicht aufzufallen. Liebermann verschwand mit den Mädchen in einem baufälligen Haus aus Stein.

»Das war's dann wohl«, stellte Jack nüchtern fest. »Verrätst du mir endlich, warum wir diesem Kerl folgen?«

»Eine Freundin von mir ist verschwunden. Und ich glaube, er hat etwas damit zu tun.«

»Du kennst ihn?«

Sie schüttelte den Kopf. »Nur seinen Namen.«

»Und jetzt? Wir können ihm schlecht ins Haus folgen.«

»Ja, verflixt!« Wenn es nur eine Möglichkeit gäbe, zu erfahren, was da drinnen vor sich ging.

Jack zuckte mit den Achseln. »Ich habe genug gesehen. Was soll es sein, außer einem weiteren Bordell? Ich meine, schau dich doch um!« Er deutete mit weiter Geste durch die Gasse.

»Du hast recht.«

Jack wandte sich zum Gehen. »Lass uns verschwinden, zurück zum Schiff! Wir sind viel zu auffällig, solange wir herumstehen. Die …« Er stutzte und verschluckte ein schlimmes Wort. »Die Damen hier veranstalten zu viel Geschrei, und der Kerl kann jeden Moment wieder rauskommen.«

Es stimmte, sie konnten nichts tun. Dora sah sich hilflos um und blickte in die schmutzigen, bemalten Gesichter der Mädchen. War Martha hier zwischen ihnen, in all dem Elend und Dreck? Oder Marthas Schwester, Rebekka. Hatte Liebermann sie hierhergebracht? War sie hier irgendwo?

Dora war froh, als sie das Hurenviertel hinter sich ließen. Trotzdem ließ er sich nicht abschütteln, der modrige Gestank des Zerfalls und der Hoffnungslosigkeit war allgegenwärtig. Er schlug einem entgegen und stieg einem in die Nase, egal, wo man ging oder stand, der Geruch setzte sich sogar in der Kleidung fest. »Ach Jack, was hat Edward uns da nur eingebrockt?«

»Was hat Edward damit zu tun?«

»Alles! Ich meine, sieh dich um! Seitdem wir in Südamerika sind, nichts als Not, Elend und Verfall! Meine ganzen Kleider riechen schon danach, sie sind klamm und muffig.« Sie zerrte an ihrer Bluse wie zum Beweis. »Ach Jack! Hier gibt es überhaupt nichts Schönes. Nur Kathedralen, Huren und Moder, es deprimiert mich zutiefst!«

SIE WARTETE auf dem Oberdeck und beobachtete die zurückkehrenden Passagiere. Irgendwie rechnete sie damit, dass Liebermann zurückkommen würde. Und tatsächlich, da kam er und hatte wieder zwei Mädchen im Schlepptau. Nur waren es nicht mehr dieselben wie am Morgen. Die eine war eine *Mulatta* mit Haut wie Milchkaffee und schmalen Hüften, die andere anscheinend Europäerin mit dunklen, struppigen Locken. Beide trugen auffällige Spitzenkleider mit allerlei Rüschen und Tamtam. Dora schauderte. *Genau wie die Mädchen an den Türen.*

Sie beugte sich ein Stück über die Reling, um zu verfolgen, wie Liebermann mit den beiden Mädchen die Gangway hochstieg. Als er genau unter ihr war, hob er plötzlich den Kopf und sah zu ihr hoch. Dora schrak zusammen und wich zurück, machte ein paar Schritte fort von der Reling. Doch es war zu spät. Er hatte sie gesehen, und in seinem Blick hatte sie es gelesen. *Er hat mich erkannt!*

Der Gedanke an Liebermann und die beiden Mädchen ließ Dora nicht mehr los. Er brachte die Frauen von Europa nach Brasilien, setzte sie in Rio de Janeiro ab und dafür nahm er dann andere mit, tauschte die Mädchen aus, bevor er mit ihnen nach Argentinien reiste. Warum? Wie lange blieben die Mädchen in Rio, bevor die Reise weiterging? Und wohin ging ihre Reise schlussendlich? War es so auch bei Martha und ihrer Schwester gewesen? Hatte er sie auch erst nach Rio gebracht und dann gegen neue Mädchen ersetzt, bevor er sie an ihren endgültigen Bestimmungsort brachte? War Martha noch dort? Fragen über Fragen stürmten auf Dora ein, auf die sie keine Antworten fand, während sie über ihrem Abendessen brütete. Es drängte sie, zu erfahren, was es auf sich hatte mit Liebermanns seltsamem Verhalten. Sie musste unbedingt mehr entdecken. Doch solange sie hier gemütlich beim Dinner saß, würde sie nichts Neues finden, das sie weiterbrachte. Sie musste sich nach unten schleichen ins Zwischendeck oder die dritte Klasse, wenn sie etwas herausfinden wollte. Und dafür musste sie sich etwas Unauffälliges anziehen. Jack abzuschütteln, sollte das geringste Problem sein, bestimmt wollte er nach dem Essen wieder pokern. Auch wenn es gefährlich war, sie würde nach unten gehen, die beiden Mädchen finden und mit ihnen sprechen. Vielleicht wussten sie, wo Martha war. Sie musste es einfach versuchen. Sie brauchte eine Spur, der sie folgen konnte, irgendeinen Anhaltspunkt, was aus Martha geworden war. Auch wenn sie Angst hatte, erwischt zu werden, ihre Neugier war stärker und siegte.

Direkt nach dem Essen begab sie sich auf ihre Kabine. Dora öffnete einen Koffer und entnahm ihm das Schwarzseidene, es lag ganz zuunterst. Sie hatte schon etliche Male vorgehabt, das Kleid einfach fortzuwerfen, aber nun war sie erleichtert, dass sie es behalten hatte. Die schwarze Seide knisterte trocken, als sie hineinschlüpfte, aber nach all der Zeit passte das Kleid immer noch tadellos. Sie griff ihre weiße Schürze und einen Schal, den sie sich um den Kopf binden wollte, damit sie einer Bäuerin ähnelte. Dann schlüpfte sie aus ihrer Kabine und schlich sich den Gang entlang zum Treppenhaus, das die einzelnen Decks miteinander verband. Der Steward, der dafür sorgte, dass sich niemand aus den unteren Klassen hier herauf verirrte, bedachte sie mit einem seltsamen Blick und musterte ihren einfachen Aufzug.

»Ich habe eine Kabine hier oben, ich will nur schnell eine Freundin unten besuchen!«, ließ sie ihn wissen.

»Sind Sie sicher, dass Sie da runter wollen?«

»Ja, absolut, ich bin gleich wieder da, fünf Minuten, gut?«

Sie hatte Glück. Tatsächlich entdeckte sie die Huren im Zwischendeck, sie tändelten gerade mit ein paar Arbeitern. Anscheinend verdienten sie sich so etwas während der Überfahrt hinzu. Sie streckte die Hand aus und zupfte die Schwarze am Ärmel ihres Spitzenkleides. »Kennst du Martha? Oder Rebekka?«

Doch die Hure sah Dora nur fragend an, verstand offenbar nicht, was sie von ihr wollte. Also wandte sie sich an die Weiße mit dem struppigen Haar. »Kennst du eine Martha? Martha Löwenstein? Schon mal gehört?«

Die andere musste sie verstehen, zumindest den Namen, der war schließlich eindeutig. Doch auch sie zuckte nur mit den Achseln, wandte sich wieder dem Passagier zu und machte ihm schöne Augen. Anscheinend wollte sie sich das Geschäft heute Nacht nicht entgehen lassen.

Dora seufzte. Ach, es war zwecklos! Die Frauen verstanden sie einfach nicht oder wollten sie nicht verstehen. Sie sah ein, dass es eine dumme Idee gewesen war, überhaupt hier runterzukommen. Was hatte sie sich davon versprochen? Sie machte sich auf den Weg zurück nach oben. Gerade, als sie in den Gang schlüpfen wollte, der zurück zum Treppenhaus führte, fasste sie jemand am Arm und hielt sie fest. Sie wirbelte herum und sah in Chaims grinsende Visage.

»Na, wen haben wir denn hier? Suchst du mich?«

»Nein, ich ...«

Er hatte ein Messer. Die Klinge funkelte bedrohlich im schwachen Licht der Deckenbeleuchtung und zielte direkt auf Doras Herz. Es war genau wie in ihrem Traum, in dem Liebermann Martha aufschlitzte. Nur dass sie nun vor ihm stand. Auf zittrigen Beinen wich Dora vor ihm zurück, doch er kam ihr nach, langsam wie ein lauerndes Raubtier. Ihre Schulterblätter trafen auf kühles Metall, die Bordwand in ihrem Rücken. Er hatte sie in die Ecke gedrängt. Sie wollte fliehen, doch ihre Beine versagten ihr den Dienst. Ängstlich starrte sie auf das Messer in seiner Hand. Die Klinge kam immer näher, fuhr durch die Luft und legte sich kalt an ihre Kehle, drückte sich in ihre Haut.

»Was schnüffelst du hier herum, hä?«

»Ich habe mich hier nur umgesehen!«

»Ach ja? Und du hast nicht zufällig versucht, mit den Mädchen zu sprechen?« Er verstärkte den Druck des Messers gegen ihren Hals. »Was willst du von ihnen?«

Sie ignorierte für einen Moment ihre Angst. »Ich will wissen, wo

Martha ist!«, schleuderte sie ihm entgegen. »Was hast du mit ihr gemacht?«

»Du willst wissen, was ich mit ihr gemacht habe?« Ein verschlagenes Lächeln kroch über sein Gesicht. »Willst du, dass ich es mit dir genau so mache?« Er wechselte das Messer in die andere Hand, die eine schloss sich um ihren Hals und drückte zu. Die Hand, die das Messer hielt, glitt ein Stück tiefer. Mit der Klingenspitze fuhr er über ihre Haut. Quälend langsam zeichnete er die Konturen ihres Schlüsselbeins nach, erreichte die schwarze Seide ihres Kleides, das Metall der Schneide wisperte über den hauchdünnen Stoff. Die Spitze folgte dem Verlauf ihres Brustbeins hinunter zum Bauch, zum Schambein und wieder hinauf. Höher, die Klinge fuhr ihren Hals entlang, zu ihrem Kinn, kratzte über die Wange und verharrte an ihrem Unterlid.

»So ein hübsches Gesicht«, murmelte Chaim. »Es wäre doch wirklich schade, wenn deinem hübschen Gesicht etwas zustoßen würde, nicht wahr?«

Dora keuchte. Sie war starr vor Angst und schloss die Augen, wollte nicht mehr in diese grinsende Rattenvisage blicken. Die Hand auf ihrer Kehle verstärkte ihren Druck. Sie bekam keine Luft mehr. Auf der Innenseite ihrer geschlossenen Lider tanzten schwarze Punkte. Wenn er nicht losließ, würde sie bald das Bewusstsein verlieren. Sie musste sich zusammenreißen. Liebermann drängte sich gegen sie, rieb sich an ihr. »Ja, das gefällt dir, was?«, flüsterte er an ihrem Ohr. »Hätte ich geahnt, dass du so scharf auf mich bist, hätte ich dich schon in London besucht, in deinem Zimmer beim Theater.«

Das Blut gefror in ihren Adern. Er war es also doch gewesen, der Mann im Gedränge auf der Shaftesbury Avenue. Woher wusste er, wo sie wohnte, war er ihr gefolgt? Hatte er ihr nachgeschnüffelt? Die Gedanken rasten in Doras Kopf, während sie dagegen ankämpfte, das Bewusstsein zu verlieren.

Schritte erklangen im Gang. Wie aus weiter Ferne hallte das dumpfe Pochen in ihren Ohren. Das Geräusch näherte sich. Sie wollte um Hilfe rufen, doch sie war zu schwach. Die Luft in ihrer Lunge reichte nicht mehr aus, ihre Kehle brannte. Noch immer verstärkte Liebermanns Hand ihren Druck. Die Schritte entfernten sich wieder. Das durfte nicht sein. Sie brauchte Hilfe! Mit letzter Kraft kämpfte sie gegen seinen Griff an, brachte einen gurgelnden Laut hervor, der auf ihren Lippen erstarb. Sie musste sich aus seiner

Umklammerung befreien. Ihr wurde schwarz vor Augen. Sie hatte Angst, dass sie nun sterben musste, hier im Zwischendeck der RMS Amazon.

Auf einmal ließ Liebermann von ihr ab. »Halt dich da raus!«, zischte er an ihrem Ohr und dann war er weg.

Dora öffnete die Augen und sah, wie er den Gang entlanghuschte, nur ein dunkler Schatten. Doch sie konnte ihn nicht klar erkennen, sah unscharf, die Bilder verschwammen vor ihren Augen. Sie würgte und hustete, rang nach Luft. Eine Hand legte sich auf ihre Schulter. »Alles in Ordnung, Madame?« Die Stimme des Stewards war Musik in ihren Ohren.

»Ja, es geht schon. Nur eine kleine Meinungsverschiedenheit.«

DER RIO DE la Plata machte seinem Namen keine Ehre. Sein Wasser war nicht silbern, sondern von einem schmutzigen Braun. Es erinnerte Dora an die Holzdielen in Wilhelms Atelier. Der gewaltige Mündungstrichter, in dem der Rio Uruguay und der Rio Paraná ihre schlammigen Fluten vereinigten und ins Meer ergossen, dehnte sich, soweit das Auge reichte. Im Hafen von Montevideo stiegen etliche Passagiere aus, aber es kamen keine neuen hinzu. Eine Flotte von Dampfern erledigte den Fährverkehr auf der Linie Montevideo-Buenos Aires und verband die beiden Metropolen mehrmals täglich und vor allem wesentlich preisgünstiger.

Dora spähte vom Promenadendeck, ob sich Liebermann unter den aussteigenden Passagieren befand, doch sie konnte ihn nirgends entdecken, also mussten er und die beiden Huren noch an Bord sein. Die Schauer entluden eiligst die Fracht und die Postsäcke, dann stachen sie wieder in See. Auf dem Rio de la Plata herrschte dichter Verkehr, sie begegneten Liniendampfern und Lastkähnen, überladen mit Baumstämmen, Tropenholz für Europa. Die Fischer auf ihren Booten holten schleunigst die Netze ein, aus Angst, sie könnten sich in den Schiffsschrauben der Amazon verheddern, die das trübe Brackwasser durchwühlten. Zwei Stunden später erreichten sie Buenos Aires.

Der argentinische Zollbeamte musterte sie unbewegt. Mit seinem Sphinxgesicht beugte er sich über Jacks Papiere und studierte sie gründlich. »Was ist der Grund Ihres Aufenthalts in Argentinien?«

»Wir sind auf Reisen«, antwortete Jack mit einer gewissen Großspurigkeit, die den Zöllner wohl beeindrucken sollte.

»Wie lange gedenken Sie, zu bleiben?«

»Ich weiß nicht, es kommt ganz drauf an, ein paar Monate vielleicht.«

»Ein paar Monate, aha. Was machen Sie beruflich?«

»Nichts. Ich sagte doch, wir sind auf Reisen.«

»Und womit gedenken Sie, Ihren Lebensunterhalt in Argentinien zu bestreiten?« Der Zöllner warf einen Seitenblick auf Dora, die ungeduldig mit dem Fuß wippte.

»Nun, ich denke, ich verfüge über genügend Mittel, um unsere Reise zu finanzieren und alle Kosten zu begleichen, seien Sie unbesorgt, guter Mann.«

Er richtete seine Aufmerksamkeit auf Doras Papiere und inspizierte ihre Geburtsurkunde. »Sie sind minderjährig, Señorita?«

»Sie ist meine Verlobte!«, schaltete Jack sich ein.

»Das behaupten alle«, bemerkte der Zöllner mit einem eisigen Blick und wandte sich an Dora. »Hat dieser Mann Ihnen die Ehe versprochen?«

»Aber ja, wir haben die Erlaubnis meines Vaters ...«

»Jaja, auch die haben alle.« Er winkte ab. »Wieso haben Sie dann nicht schon an Bord geheiratet?«

»Wir wollen unterwegs heiraten, wenn wir eine Kirche finden, die uns passend erscheint, an einem schönen Ort. Und überhaupt, ich wüsste nicht, was Sie das angeht!«

»Das geht mich eine ganze Menge an, denn es ist meine Aufgabe, die Einreise zu kontrollieren. Dieser Mann kommt also für Sie auf, ja? Für Ihre Kosten, er kauft Ihnen schöne Kleider, teure Schuhe, ja?«

So langsam ging ihr dieser kleine Zollbeamte auf die Nerven mit seinem ausdruckslosen Gesicht und den albernen Fragen. »Ich bin nicht auf seine Unterstützung angewiesen«, versetzte sie kühl, »ich bin Schauspielerin!«

Der Argentinier seufzte. »Auch das sagen alle! Das höre ich jeden Tag mindestens zwanzig Mal.«

»Was erlauben Sie sich?« Sie starrte ihn entrüstet an.

»Hören Sie, Señorita. Ich sehe hier jeden Tag Mädchen wie Sie in Begleitung eines feinen Herrn, der ihnen die Ehe oder eine Anstellung versprochen hat.«

»Halten Sie mich etwa für eine …? Na, Sie wissen schon! Wissen Sie eigentlich, mit wem Sie hier sprechen?«

»Nein, und das ist mir auch egal. Ich mache hier nur meinen Job.«

»Entschuldigen Sie bitte, wenn man mich durchlassen könnte, vielleicht kann ich helfen.« De Alvardo drängte sich zu ihnen durch. »Ich bin Antonio Vicente de Alvardo y Martinez und dies ist der Sohn des Earls von …«

»Bidford!«, ergänzte Jack.

»Ich verbürge mich für diesen Herrn, er ist ein Ehrenmann.« De Alvardos Hand wanderte in die Höhe, er rieb sich einen Moment lang das Kinn, als müsse er nachdenken, bevor er fortfuhr. »Und seine Begleitung, sie ist eine berühmte Schauspielerin, in ganz England bekannt. Deshalb lassen Sie sie jetzt passieren, oder ich lasse Ihren Vorgesetzten rufen. Sie halten hier den ganzen Verkehr auf!«

»Ich mache nur meinen Job«, wiederholte der Zöllner stoisch. Man konnte sehen, dass es ihm widerstrebte, doch endlich drückte er den Stempel in ihre Dokumente und winkte sie durch.

»Das war sehr freundlich von Ihnen, Señor de Alvardo, uns zu helfen, nachdem …« Dora unterbrach sich.

»Ich habe es für Sie getan, Señorita Newman. Ich würde mich trotz allem über Ihren Besuch freuen, hier meine Adresse.« Er reichte ihr eine Besuchskarte aus eierschalenfarbenem Karton und nickte in Jacks Richtung. »Bringen Sie den Rüpel mit, wenn es sein muss.« Dann küsste er ihr zum Abschied die Hand und rief nach einer Droschke.

EDWARD ERWARTETE sie bereits auf dem Vorplatz und lief ihnen entgegen, als sie aus dem Zollgebäude traten.

»Dora, Jack! Hattet ihr eine gute Reise?« Er strahlte über das ganze Gesicht und war ein wenig kurzatmig vor lauter Freude.

Jack schlug ihm lachend auf die Schulter und nickte hinüber zu der Droschke, die auf sie wartete. »Wo ist mein Wagen?«

»Eingemottet in einem Lagerhaus. Ich habe ihn letzte Woche am Hafen abgeholt und hingefahren, Junge, was für eine Show! Automobile sind hier eine echte Rarität, ich habe ganz schön für Aufsehen gesorgt.«

»Ich kann es kaum erwarten, die Straßen von Buenos Aires unsicher zu machen!«

»Oh Mann, Kinder, ich bin so froh, dass ihr da seid!«

»Und jetzt?«

»Bringen wir erstmal die Sachen in die Wohnung.«

Dora sah ihn überrascht an. »Wir wohnen wirklich zusammen?«

»Wohnraum ist in der Stadt extrem teuer, ich kann es mir einfach nicht leisten, dich woanders einzuquartieren. Außerdem ist die Wohnung in der Bank groß genug für uns drei.«

»Na, das ist doch wunderbar. Ach, ich freue mich!«

»Da wäre bloß noch eine Kleinigkeit ...« Edward biss sich auf die Lippe.

»Was?«

»Nun ja, ich habe gesagt, dass ein Freund zu Besuch kommt.«

»Du hast mich gar nicht erwähnt?«

»Doch, schon. Aber ich habe gesagt, du seist seine Verlobte.«

»Was?«, fuhr Jack auf. »Es war abgemacht, dass wir wieder tauschen!«

»Der Bankdirektor wohnt auch im Haus mit seiner Familie. Er weiß doch, dass Payne mein Schwiegervater ist. Was hätte ich denn machen sollen?«

»Na großartig!«

»Es ist doch nichts dabei ...«

Die beiden beachteten Dora gar nicht, dabei ging es schließlich um sie. Sie holte Luft und wollte protestieren, doch der Anblick von Liebermann ließ sie verstummen. Er verließ gerade das Zollgebäude und kam geradewegs auf sie zu, die Mädchen im Schlepptau. Als er Dora wahrnahm, änderte er seine Richtung, sodass er schräg hinter der Droschke vorbeilief. Jack und Edward waren immer noch in ihr Geplänkel vertieft, sodass sie nicht mitbekamen, wie Chaim den Blick hob, als er auf ihrer Höhe war. Er sah ihr genau in die Augen, hob die rechte Hand und fuhr sich mit den Fingerspitzen über die Kehle. Dora schluckte nervös, sie hatte verstanden. Liebermann grinste verschlagen und nickte ihr zu.

IM GEGENSATZ zu London mit seinem Gewirr von Straßen und verwinkelten Gassen, die sich in alle Himmelsrichtung wanden, schien Buenos Aires wie von einem klugen Architekten erdacht. Alle

Straßen verliefen über Kilometer schnurgerade und kreuzten sich im rechten Winkel wie auf dem Reißbrett geplant. Sie fuhren durch breite Alleen mit Häusern, die noch weit prunkvoller als die in London waren und deren Hausnummern in die Tausende gingen. Die Stadt wirkte, als folge sie einem Plan, einem höheren Sinn, gebaut einzig und allein, um die Pracht des alten Europa zur Perfektion zu führen.

Die Droschke rollte die Calle Reconquista hinab. »Die Reconquista ist das Zentrum der südamerikanischen Finanzwelt«, klärte Edward sie auf. »Alle großen Banken haben hier ihre Dependancen. Und da sind wir auch schon!«

Die ersten drei Stockwerke des Gebäudes beherbergten die Bank, in den anderen beiden befanden sich Wohnungen. Ihre lag im vierten Stock, Tür an Tür mit der des Direktors. *Fam. Vidál Février* las Dora auf dem Türschild aus poliertem Messing. »Ein Franzose? Ich dachte, es sei eine englische Bank.«

»In letzter Zeit strömt immer mehr Kapital aus Europa auf den hiesigen Markt. Die Finanziers, die schon länger im Land sind, sehen sich deshalb gezwungen, sich mit frischem Geld aus der alten Welt zusammenzutun, wenn sie überleben wollen. Und da wir Briten selbst in der Heimat unsere *splendid isolation* aufgegeben haben, warum sollten wir uns dann nicht auch auf finanzieller Ebene mit den Franzosen verbünden? Argentinien ist neutraler Boden, außerdem ist Février schon eine Generation hier, da gilt man beinahe als Hiesiger. Nur jeder Fünfte, der in dieser Stadt lebt, ist auch hier geboren.« Edward seufzte. »Argentinien ist ein bisschen kompliziert. Aber ihr werdet sehen, es wird euch gefallen!«

Die Wohnung lag im Halbdunkel, die Fensterläden waren geschlossen, um die Hitze draußen zu halten. Der Blick ging zur Straßenseite hin, stellte Dora fest, als sie die Fensterläden im Salon zurückschlug und auf das geschäftige Treiben der Reconquista hinabblickte. Von hier oben sah sie aus wie eine Ameisenstraße aus Droschken, die Hufschläge der Pferde hallten über das Pflaster und wehten zu ihr hinauf. Dora schloss rasch die Läden, sperrte die Strahlen der Nachmittagssonne aus und setzte ihren Rundgang fort. An den Salon schloss sich das Esszimmer an, eine unbenutzte Küche, am Ende des Flurs ein Badezimmer und auf der anderen Seite zwei Schlafzimmer, von denen Edward eins bewohnte.

»Dann ist das andere Zimmer wohl meins!«, verkündete Jack und stellte demonstrativ eine Reisetasche aufs Bett.

»Und ich? Was ist mit mir?«

»Du kannst dir aussuchen, bei wem du schläfst!« Jack grinste.

»Das kommt auf keinen Fall in Frage! Ich bin eine Frau und brauche mein eigenes Zimmer. Du kannst bei Edward schlafen.«

»Ich werde mit Sicherheit nicht mit Teddy das Bett teilen!«

»Jetzt beruhigt euch erstmal!«, schritt Edward ein. »Dora, du bekommst das andere Zimmer, das gebietet der Anstand. Die hiesigen Sitten sind diesbezüglich noch strenger als die englischen, und ich will nicht den nächsten Skandal riskieren. Deshalb schläfst du offiziell bei mir, Jack. Und wenn es erstmal Abend ist, bekommt sowieso keiner mit, wer in welchem Bett schläft!«

»Und die Hausmädchen?«

»Das Personal wohnt außerhalb, sie kommen erst gegen sieben und bereiten das Frühstück.«

»Kochen sie auch?«

Edward zuckte mit den Schultern. »Wenn du willst. Aber es gibt hier so viele Restaurants, ich glaube nicht, dass wir oft zu Hause essen werden.«

Die Packer brachten den letzten Schrankkoffer ins Zimmer, Edward gab ihnen Geld. »Den Rest schaffen wir allein!«

Die Handkoffer und Reisetaschen stapelten sich auf dem Treppenabsatz vor der Wohnungstür, und Dora machte sich daran, ihren Schrank einzuräumen.

Sie bückte sich nach einem Kleid und schrak zusammen, als sie aus dem Augenwinkel eine Bewegung wahrnahm. Sie wirbelte herum. Im Türrahmen stand ein Mädchen, ein schmales, zierliches Geschöpf. Sie trug ihr Haar hochgesteckt wie eine erwachsene Frau, aber die Art, wie sich die dunklen Locken um ihr zartes Gesicht kringelten, verlieh ihr etwas Kindliches.

»Meine Güte, hast du mich erschreckt!« Dora streckte die Hand aus und ging auf sie zu. »Dora Neumann.«

»Carolina!«

»Do you speak English?«, versuchte sie es, doch das Mädchen schüttelte den Kopf. »Nur Spanisch?« Ein zögerndes Nicken. »Francais?«, versuchte Dora es noch einmal.

Carolinas Miene erhellte sich. »Oui, Francais!«

Französisch, also gut. Dora hatte kein Französisch mehr gesprochen, seitdem sie in London angekommen war. Nur hin und wieder ein paar Sätze. Sie versuchte, sich an die richtigen Ausdrücke zu erinnern und kramte nach Worten. »Bist du Señor Févriers Tochter?«

»Ja, bin ich.«

»Wie alt bist du?«

»Im November werde ich achtzehn.«

»Fast so alt wie ich, ich werde bald neunzehn.«

»So jung? Und du hast schon debütiert?«

Dora schüttelte den Kopf. »Nein, wieso?«

»Ich hörte, du seist verlobt?«

Edward musste ihr davon erzählt haben, oder vielleicht war es auch ihre Mutter gewesen. Dora lachte. »Nicht so viele Fragen auf einmal.« Sie hängte ein weiteres Kleid auf einen Bügel.

Carolina strich mit den Fingerspitzen über die Seide. »Was für schöne Kleider du hast«, staunte sie. »Sogar Pelze wie eine richtige Dame!«

»Wobei ich nicht weiß, wofür die hier gut sein sollen. Die Hitze auf der Südhalbkugel macht mich noch ganz verrückt.«

»Das ist nicht immer so, der Winter kann ganz schön ungemütlich werden. Du wirst es schon sehen, dann bist du froh, dass du einen Pelz hast.«

In Anbetracht der beinahe dreißig Grad konnte sie sich nicht vorstellen, dass es hier jemals kalt werden würde.

Eine samtbraune Siamkatze schlich auf leisen Pfoten herein und umstrich Carolinas Beine, dann sprang sie aufs Bett und machte es sich bequem, mit der größten Selbstverständlichkeit, wie sie nur Katzen zu eigen ist.

»Frou-Frou, nicht!« Carolina scheuchte die Katze runter, doch sie schlüpfte unters Bett und versteckte sich.

»Entschuldige, die Tür steht offen, Frou-Frou muss mir nachgelaufen sein.« Auf allen Vieren krabbelten sie auf dem Boden herum und versuchten, das Tier wieder unter dem Bett hervorzulocken, aber das war leichter gesagt, als getan. Die Katze kroch in die hinterste Ecke und fauchte. Sie machte nicht den Eindruck, als wolle sie sich so schnell wieder vertreiben lassen, ihre blauen Augen funkelten angriffslustig. »Vergiss es!« Dora rappelte sich wieder hoch und strich ihr Kleid glatt. »Sie wird schon wieder rauskommen, wenn sie Hunger hat.«

KAPITEL 32

Ein paar Straßen weiter stand gerade eine ganz andere Form von Katzen auf dem Programm. Es war kurz nach Mittag. Lazar verschloss die Türen zu seinem Büro und drehte den Schlüssel zwei Mal im Schloss. Dann ging er rüber zur Sitzgruppe in der Ecke, ließ sich auf einem der Sessel nieder und entzündete eine Zigarre, teure Importware aus Kuba. Er paffte einen zufriedenen Kringel in die Luft und lehnte sich zurück. Die Wand an der Stirnseite des Raumes war mit kostbarem Tropenholz vertäfelt, Mahagoni aus dem brasilianischen Regenwald, passend zum Schreibtisch. In der Mitte der Wand stand die Vertäfelung ein Stück hervor, eine Geheimtür zum angrenzenden Raum, sie war nur angelehnt. Überall im Gebäude gab es versteckte Türen und geheime Gänge, damit man sich ungesehen von einem Teil des Hauses in den anderen bewegen konnte. Eine kluge Idee, sie stammte von ihm selbst. Der Architekt hatte sich höchst erstaunt gezeigt, stellte aber keine weiteren Fragen gegen die Zusicherung, Geld spiele beim Bau nun wirklich keine Rolle, und änderte seine Entwürfe entsprechend. Die Aussicht auf Geld machte im Leben vieles möglich.

»Sind sie bereit?«, rief er durch die angelehnte Geheimtür.

»Fast, Moment noch!«, drang Chaims Stimme zurück.

Lazar zog an der Zigarre, paffte ungeduldig und wartete darauf, dass sein privater »Bazar« begann. Er liebte den Bazar, auch wenn er nicht mehr so war wie früher, als sie ihn im Café Parisienne abgehalten hatten, in großer, geselliger Runde. Wo man beisammensaß und die neue Ware begutachtete. Wenn eine besonders prächtige Stute dabei war, schossen die Preise in die Höhe, dann überboten sich die Zuhälter, und es wurde gelacht, gestritten und gefeilscht. Aber die Zeiten waren vorbei. Lazar seufzte. Er vermisste die gute alte Zeit, es war nicht mehr so einfach in dieser Branche, seitdem die Regierung die liberalen Prostitutionsgesetze verschärft hatte. Und das, obwohl die lizensierten Häuser und freischaffenden Huren einen Großteil der argentinischen Steuern erwirtschafteten. Lazar schnaubte durch die Nase. Es war ein Witz! Das ganze Land wurde durch Steuern von Leuten wie ihm getragen. Der ganze Ärger nur, weil die Europäer mit ihren Kampagnen gegen die weiße Sklaverei ins Feld zogen und behaupteten, ihre armen, unschuldigen Frauen würden in Argentinien in die Prostitution gezwungen. Dabei rissen sie sich förmlich um ein Ticket in die neue Welt, den meisten von ihnen stand auch im alten Europa keine andere Zukunft offen, als die im Freudenhaus.

Trotzdem: Es galt, die neue Ware zu begutachten, die Chaim aus Rio mitgebracht hatte, und dieses Vergnügen ließ er sich nicht nehmen. »Bring sie rein!«, rief er ihm durch die angelehnte Geheimtür zu, und kurz darauf erschien Chaim mit den beiden Frauen.

Sie waren nackt, Chaim hatte ihnen die eisernen Halsbänder angelegt und ihnen die Arme auf den Rücken gebunden. Nun zerrte er sie ins Büro wie Vieh, die Weiße sträubte sich dagegen wie ein störrischer Esel und stieß wüste Verwünschungen gegen die Behandlung aus.

Lazar stand auf, um die Ware in Augenschein zu nehmen. Die Schwarze war nicht schlecht, aber die andere? Sie mochte vielleicht dreiundzwanzig Jahre alt sein, doch die Zeit in Rio hatte sie bereits verschlissen. Eitrige Pusteln überzogen ihre welke Haut. Gelangweilt kniff er in ihre weiße, schlaffe Brust.

»Großer Gott, was für ein Wrack!«, sagte er zu Chaim.

»He!«, fuhr die Hure auf und gewährte ihm einen Blick auf zwei Reihen fauliger Zähne wie wurmstichige Äpfel. »Ich bin gut, wirst' sehen, ich mach die Mannsbilder ganz meschugge!«

Ihr breites Jiddish weckte Erinnerungen an längst vergessene Zeiten, seine elende Mutter. Sie war auch eine aus dem Schtetl, aber dann war sie in die Schtot gegangen, die große Stadt, Warschau. Dort hatte sie ihn rausgepresst, den kleinen Eleazar, ihren Sohn, hinein in den Dreck der Gosse und das ganze Elend ihres Daseins. Er schämte sich für diese Mutter. Sie war eine Unreine. Sie stand unter dem gelben Schein, jenem verräterischen Pass, den jede Prostituierte bei sich führen musste, in dem alles genauestens dokumentiert wurde, jede Blutung, jede Krankheit. Der Schein brandmarkte sie und ihre Brut als Aussätzige und gab sie der Verachtung der jüdischen Gesellschaft preis. Bilder zogen vor seinem geistigen Auge auf; die dunkle, stickige Kammer, in der sie hausten, das schmale Bett, dessen Laken immer nach dem Schweiß der Männer roch, Babys, die in regelmäßigen Abständen kamen und das erste Jahr meist nicht überlebten. Sie waren halt nicht so zäh wie er. Er dachte an Wanja, den Zuhälter seiner Mutter, ewig betrunken und immer schlecht gelaunt. Lange hatte Lazar geglaubt, dass es sich bei ihm um seinen Vater handele. Er erinnerte sich an den Tag, er war damals fünf oder sechs. Wanja war so betrunken und wegen irgendetwas Belanglosem so wütend auf ihn, dass er ihn fast totschlug. Lazar hatte ihn in seiner Verzweiflung gefragt, warum er ihm das antäte, er sei doch sein Vater? Aber Wanja hatte nur gelacht. Er lachte, bis ihm die Tränen kamen, nein, er sei nicht sein Vater, er wisse nicht, welcher Hurenbock ihn gezeugt habe. Und so erkannte Lazar, dass er nichts weiter war als ein kleiner »Betriebsunfall«, wie Wanja sich ausdrückte. Nur ein Missgeschick, ein Fehler.

»Ich mach fünfzig Dollar die Nacht, ich bin gut, wirst sehen!« Die Stimme der Hure riss ihn aus seinen Gedanken und brachte ihn in die Gegenwart zurück.

»Halts Maul!« Er schlug sie auf den Mund mit der Rückseite der Hand, damit sie seinen Siegelring gut spürte und nicht vergaß, wer nun ihr neuer Herr war. Gott, wie er das hasste, dieses ständige Gequatsche. Eine Frau sollte gefälligst den Mund halten, eine gute Frau war schön und still, genau wie Maria. Ah, Maria ... seine Heilige! Warum konnten nicht alle Frauen so sein wie sie? Er riss sich wieder aus seinen Gedanken, wandte sich an Chaim und wechselte mühelos ins Lunfardo. Die hiesige Gaunersprache ging Lazar genau so geschmeidig über die Lippen wie die fünf anderen Sprachen, die er beherrschte. »Bring die Yira in die Barracas, für mehr taugt sie nicht.«

La Boca war inzwischen fest in der Hand der italienischen Rufianos, die sich mit den Franzosen von »le Milieu« bekämpften, aber er unterhielt immer noch einige Unterkünfte in den Barracas. Auch wenn er selbstverständlich keinen Fuß mehr hineinsetzte in diesen Sumpf aus Einwanderern, Huren und Dreck. Dafür hatte er Chaim. Und es war immer noch lukrativ. Jede der Nutten brachte es auf sechzig bis siebzig Freier am Tag, sie arbeiteten im Akkord. Wenn man es hochrechnete, waren fünfzig Dollar die Nacht trotzdem zu hoch gegriffen. *Aber die Hure wird Gelegenheit bekommen, ihr Können unter Beweis zu stellen,* dachte er mit einem kalten Lächeln.

Chaim nickte. »Is gut Boss!«

»Und was haben wir hier?« Lazar wandte sich der anderen zu, eine hochgewachsene Schwarze mit schlanken Gliedern.

»Die hab ich letzten Sommer aus Afrika mitgebracht. Abessinin, hab sie in Port Said aufgelesen, hab dir davon erzählt.«

»Ah, die schwarze Jüdin?« Lazar umschritt sie gemächlich und begutachtete ihre Reize. Schmale Hüften, fester Hintern, nicht so ein fetter Arsch wie bei den meisten Schwarzen, stramme Brüste. »Ich hoffe, sie ist nicht genau so durchgeritten wie die andere!« Er fasste ihr zwischen die Beine. Die Abessinin wich vor ihm zurück. Mit einem Ruck an der Kette riss er sie zu sich und drang grob mit den Fingern in sie ein, befühlte das rote Loch zwischen ihren prallen, haarigen Lippen. Dann das andere Loch, er sondierte ihre Enge, und sie bog den Rücken, bäumte sich auf wie eine rossige Stute. Er zog seine Finger raus, fasste ihr Kinn, zwang sie, ihn anzusehen. Mit festem Griff öffnete er ihren Mund und prüfte ihre Zähne. Strahlendweiß, ein volles Gebiss ohne Lücken. Das war wichtig, die Freier mochten gute Zähne.

»War sie noch Jungfrau, als du sie aufgegabelt hast?«

»Nein, sie hat schon im Hafen von Port Said im Bordell gearbeitet. Aber ich wusste, sie würde dir gefallen.«

»Ein Jammer.« Eigentlich war die Schwarze auch zu alt dafür, welches Mädchen über sechzehn war heutzutage noch unberührt? Jungfrauen brachten deshalb viel mehr Geld ein, allein für das Privileg der ersten Nacht blätterten die Freier bis zu fünftausend Pesos hin. Kam ganz darauf an, wie jung sie war.

»Leider zu spät. Aber es war trotzdem nicht schlecht, sie hat sich gewehrt wie eine Wildkatze.« Chaim grinste. »Wir hatten viel Spaß auf der Überfahrt, nicht wahr, mein Kätzchen?«

Lazar betrachtete ihren Leib, die samtig dunkle Haut mit der Farbe von gerösteten Haselnüssen, die Spalte aus feuchtem Purpur.

Der Gedanke störte ihn auf einmal, dass Chaim diese exotische Schönheit bestiegen hatte.

»Mach sie los, aber lass das Halsband dran!«

»Was?« Chaim sah ihn erstaunt an.

Für gewöhnlich überließ Lazar es Chaim, den Neuen die hiesigen Gepflogenheiten nahezubringen. Doch heute verspürte er den Wunsch, es selbst zu erledigen. Natürlich würde er sie nicht besteigen, davor ekelte ihm. Sie war schließlich keine Jungfrau. Und wer wusste schon, wie viele Männer bereits ihren Samen in sie vergossen hatten? Trotzdem: Er konnte sich ja von ihren mündlichen Fähigkeiten überzeugen. »Du hast mich gehört. Ich will mir ein Urteil bilden, ob sie für den Palast taugt.«

Chaim hob eine Augenbraue, doch dann grinste er zufrieden, er ahnte wohl, dass er mit der Abessinin einen guten Fang gemacht hatte und Lazar es ihm entlohnen würde. Chaim löste den Haken des Halsbands und ließ sie von der Kette. Die andere blickte erwartungsvoll und schien davon auszugehen, dass auch sie nun endlich befreit würde. Sie reckte ihr Kinn, damit Chaim an ihren Hals käme, ihre fischbauchweiße Haut war von bläulichen Adern durchzogen. Lazar wandte sich schaudernd ab. »Schaff endlich dieses Wrack aus meinem Büro!«

Lazar wartete, bis sich die Tür hinter Chaim schloss. Dann setzte er sich wieder in den Sessel und winkte die Schwarze zu sich heran. Er öffnete den Stall seiner maßgeschneiderten Hose und legte seine Männlichkeit frei, die Augen der Abessinin weiteten sich. »Ja, da staunst du, was? Das ist ein ordentlicher Schwanz, nicht so ein mickriges Ding wie das von Chaim.«

Sie sank auf die Knie und machte sich ans Werk mit ihren vollen Lippen, wie ein Karpfen an Land, der nach Luft schnappt.

»Langsam, nicht so hastig.« Er steckte zwei Finger durch den Ring des Halsbandes und zwang sie runter, ließ sie die ganze Länge seines Schwanzes spüren, bis sie anfing zu würgen. Lazar liebte die schweren eisernen Ketten mit den Halsbändern. Er hatte sie einem Plantagenbesitzer aus Uruguay abgekauft, früher führte man daran die Sklaven aufs Feld. Nun verdeutlichten sie den Mädchen ihre Stellung, sie waren Sklavinnen, mehr nicht. Und sie hatten zu tun, was er von ihnen verlangte. Er gab der Schwarzen mehr Spielraum, kontrollierte das Tempo. »Schön langsam, verstehst du?« Sie nickte und er lehnte sich zurück und schloss die Augen. Wanjas Bild trat ihm wieder vor Augen. Lazar wünschte, er könnte ihm das alles hier zeigen, das feine Büro, die teuren Möbel, seine maßgeschneiderten Anzüge. Er würde diesem fetten, alten Schwein ins Gesicht lachen und sagen: »Sieh her, ich hab es geschafft!« Ein Jammer, dass der alte Wanja schon lange tot war. Obwohl, für die Würmer war es bestimmt ein Fest, Wanjas fetten Wanst zu verspeisen.

Der Drecksack hatte ihn verkauft, an Karol, da war er gerade acht geworden. Karol war zu der Zeit ein mächtiger Mann, ein großes Tier in der Warschauer Unterwelt. So lernte er Chaim kennen, der war damals sieben und auch er gehörte Karol. Sie arbeiteten als Laufburschen für ihn, und als sie alt genug waren, mit vierzehn, steckte Karol sie in fesche Anzüge. Er schickte sie los, »Mädchen fangen«, wie er es nannte. Also klapperten sie die schwarzrussischen Schtetl ab, kleine Dörfer, in denen es nichts gab, außer Armut und Hunger. Und junge Mädchen. Ihre Aufgabe war es, deren Väter zu bequatschen. Sie logen ihnen vor, ihr Onkel hätte sie geschickt, er suche ein neues Hausmädchen für seine große Wohnung in der fernen Stadt. Und gegen die Zahlung eines Vorschusses waren die Männer meist schnell bereit, ihre Töchter ziehen zu lassen, sie brauchten das Geld. Manche dieser armen Narren zahlten ihnen sogar noch was, damit das Mädchen gut untergebracht würde. Es waren goldene Zeiten, die Mädchen blutjung und unverbraucht, genau nach seinem Geschmack. Und Lazar war gut darin, sie zu bezirzen. Sein Aussehen machte es ihm leicht, und er ahnte, was er ihnen sagen musste, damit sie mitgingen. Er wusste einfach, was sie hören wollten. Er war redegewandt und um keine Lüge verlegen, spielte ihnen Gefühle vor, die er nicht empfand und die sie ihm trotzdem glaubten. Es war so einfach. Sie zogen von Dorf zu Dorf, immer weitere Kreise. Als er achtzehn wurde, besorgte Karol ihm falsche Papiere, sie wiesen ihn als Ungarn aus, volljährig obendrein. Sein neuer Name war Lazar Schwarz, das klang gut. Das klang nach mehr als der Warschauer Gosse. Außerdem konnte er nun problemlos nach Galizien einreisen, ja ganz Europa stand ihm plötzlich offen. Die großen Mädchenhändler schlossen internationale Kooperationen, und im Laufe der Zeit kamen Chaim und er ganz schön rum, Brüssel, Marseille, Istanbul, Odessa, Port Said, sie reisten sogar bis nach Bombay. Sie waren überall, wo es zu viele einsame Männer und dementsprechend viele Bordelle gab. Irgendwann hatte

Lazar begriffen, dass Karol seine Talente ausbeutete und prächtig daran verdiente, also entschied er, lieber in die eigene Tasche zu wirtschaften als fremde Kassen zu füllen. Natürlich kam Karol dahinter und war mächtig wütend. Doch was sollte er tun? Karol hätte wissen müssen, dass er ihn nicht aufhalten konnte. Er hätte es wirklich nicht versuchen sollen, aber Karol wollte ja nicht hören.

Nachdem Lazar sich und Chaim von ihrem ehemaligen Besitzer befreit hatte, nahmen sie Karols Geld, packten ihre Sachen und warben in der Stadt die ersten beiden Mädchen an. Und dann fuhren sie mit ihnen übers Meer nach Südamerika, wo das ganz große Geld lockte. Die ersten Einnahmen sprudelten bereits auf See. Er quartierte die beiden Mädchen in einem Conventillo in den Barracas ein und heuerte eine *Regenta* an, die sie beaufsichtigen würde. Dann zog er mit Chaim wieder los, neue Mädchen holen. Erst waren es zwei, dann zehn, dann zwanzig, untergebracht in billigen Conventillos. Dann kaufte er das erste Haus in der Calle Junin, dem folgten zwei Häuser auf der Lavalle. Inzwischen hatte er den Überblick verloren, wie viele Frauen für ihn arbeiteten. Die drei Häuser waren einst registrierte Bordellos, von den Behörden lizensiert und streng überwacht, doch vor drei Jahren hatte die Stadtverwaltung die Gesetze verschärft: Erlaubt waren maximal zwei Prostituierte pro Haus, eine Regenta und ein Mann an der Tür. Verboten hingegen war jegliche Art der Werbung, sei sie auch noch so banal wie eine Gardine aus Spitzen in den Fenstern. Die Verwaltung duldete nur undurchsichtige Vorhänge, hinter denen sich das sündige Treiben abspielte, damit niemand von draußen es sah. Die Polizei führte regelmäßig Razzien durch und schloss die großen *Bordellos*. Doch mit nur zwei Frauen rechnete sich der Unterhalt eines Hauses nicht, zumal auch noch die Lizenz von fünfzehntausend Pesos pro Jahr fällig wurde. Also arbeiteten die meisten seiner »Angestellten« in privaten Wohnungen, quer über die Stadt verteilt. Um das Abkassieren der Regentas kümmerte sich Chaim, sein treues Faktotum. Lazar selbst führte die großen Geschäfte, er besaß mehrere Bars, in denen die Mädchen tanzten, zwei Restaurants und ein Hotel. Und natürlich den Palacio del Mundo, den Palast der Welt, sein Meisterstück, das beste Bordell von ganz Buenos Aires. Für das nötige Schmiergeld hätte er sich drei offizielle Häuser leisten können, aber es ging ums Prinzip! Der Palacio bot seinen Gästen die erlesensten Liebesdienerinnen der Welt, barbusige Schönheiten aus aller Herren Länder erfüllten der zahlungskräftigen Oberschicht von Buenos Aires jeden noch so ausgefallenen Wunsch. Aktuell arbeiteten achtzehn Frauen im Palacio und gerade kam die neunzehnte hinzu. Die Abessinin eignete sich perfekt für die Arbeit im Palast, sie war etwas Besonderes, schwarz, schlank, markant. An Exotik kaum zu überbieten und Jüdin noch obendrein. Juden bevorzugten den Verkehr innerhalb der gleichen Religionszugehörigkeit, wegen der Reinheit. Sie würde ihm deshalb eine Menge Geld einbringen, diese schwarze Jüdin. Vielleicht ja so viel wie Maria, obwohl er das bezweifelte. Maria war schlussendlich der Schlüssel zu seinem heutigen Reichtum. Ah, Maria, sein Engel, sie war sein Ein und Alles, sie machte ihn komplett.

Doch, die Schwarze beherrschte ihr Handwerk, das sie immer noch eifrig mit ihrem Mund verrichtete. Lazar gab sich einen Moment ihren saugenden Lippen hin, stellte sich vor, es sei Marias stiller Mund, der seinen Schwanz umfing. Er kam und ergoss sich in ihren Rachen mit einem leisen Seufzer, doch dann riss er sich zusammen und hatte sich wieder im Griff. Ja, er hatte es weit gebracht, es war ein weiter Weg gewesen aus der Warschauer Gosse bis in sein holzvertäfeltes Büro in Buenos Aires. Aber Lazar hatte immer schon gewusst, dass er zu Höherem bestimmt war.

CHAIM TRIEB die Galizierin zur Eile, es war nicht gut, sich mit einer wie ihr zu lange auf der Straße aufzuhalten. Man sah sofort, was sie für eine war, eine *Conchuda,* wie die Einheimischen solche Frauen nannten. Auf die hatte selbst er keine Lust, und er würgte an seiner Enttäuschung, dass Lazar die Schwarze bei sich behielt. Das tat er sonst nie, er überließ es immer ihm, die Neuen einzureiten. Erst recht, seitdem die Neuen so neu nicht mehr waren, wenn sie in Buenos Aires ankamen. Um Lazar zu gefallen, musste sie Jungfrau sein, unberührt, keusch und rein, es war so eine Marotte von ihm. Lazar sagte immer, ein guter Jude würde seinen Samen nicht in das verdorbene Fleisch einer Unreinen ergießen. Chaim war da nicht so zimperlich, er war zwar auch Jude, aber das war mehr eine Formalität, er war genau so wenig im Glauben erzogen worden wie Lazar. Eigentlich hatten sie das Judentum immer nur benutzt, um mit den Mädchen eine *stille*

Chuppah zu vollziehen. Für eine Hochzeit nach rituellem Brauch benötigte man noch nicht mal einen Rabbi, und trotzdem fühlten sich diese naiven Dinger daran gebunden. Im Laufe der Zeit hatten sie auf diese Art und Weise vermutlich hunderte von Ehefrauen und reisten mit ihnen übers Meer. Deshalb wunderte es Chaim, dass sein Boss neuerdings so viele Gedanken an ein gottgefälliges Leben verschwendete. Aber es sollte ihm recht sein, dadurch blieb ihm mehr zu tun, wenn das Frischfleisch ankam. Missmutig warf er einen Blick auf den schlaffen Hintern der Hure, als sie vor ihm in den Waggon der Tranvia stieg. *Frisch ist die wirklich nicht mehr!* Er hatte sich auch auf dem Schiff an die Schwarze gehalten und hätte es gern noch einmal getan. Sie war ein Prachtweib, er ahnte sofort, dass sie ihnen viel Geld einbringen würde, als er sie in diesem Bordell in Port Said entdeckte, und es war ein Kinderspiel, sie zum Mitkommen zu überreden. Sie lief mit fliegenden Fahnen davon, überall würde es besser sein als in Ägypten. Ihr ehemaliger Besitzer ärgerte sich bestimmt heute noch schwarz, dass sie ihm davongelaufen war!

Chaim lachte sich ins Fäustchen. Ja, das war ihm gut gelungen, Lazar schien sehr zufrieden mit seiner Arbeit. Und es war gut, wenn Lazar zufrieden war. Je besser es Lazar ging, desto besser ging es auch ihm, er verdankte ihm alles. Als sie klein waren, waren sie beide Laufburschen für Karol gewesen. Irgendwann hatte Lazar gesagt: »Lass uns fortgehen von hier, Chaim. Lass uns was aufziehen, auf eigene Faust!« Natürlich hatte es Karol überhaupt nicht in den Kram gepasst, seine beiden besten Fänger zu verlieren. Aber da hatte er die Rechnung ohne Lazar gemacht. Wenn der sich etwas in den Sinn gesetzt hatte, war es unmöglich, ihn wieder davon abzubringen, das hätte auch Karol wissen müssen. Chaim überlief noch heute ein Schauer, wenn er daran dachte, mit welcher Kaltblütigkeit sich Lazar ihres einstigen Arbeitgebers entledigt hatte. Er schob das grausige Bild von Karols entstellter Leiche weit von sich. Es war besser, wenn Lazar zufrieden war, wirklich besser. Und er konnte sich nicht beklagen, es ging ihm sehr gut, seitdem sie in Argentinien waren. Lazar war ehrgeizig und arbeitete sich schnell hoch. Irgendwann ließ er sich ganz in Buenos Aires nieder, und seitdem regelte Chaim das Anwerben und die Verschiffung der Ware.

Eigentlich hatte er es gar nicht mehr nötig, übers Meer zu fahren und neue Mädchen aus Europa zu holen, als Lazars rechte Hand hatte er mit dem Abkassieren der Regentas genug zu tun. Aber es machte ihm immer noch Spaß. Es reizte ihn, selbst auf die Jagd zu gehen. Und außerdem konnte er so ab und zu eine Jungfrau einreiten, auf der langen Überfahrt nach Rio. Im Gegensatz zu Lazar. Der Boss konnte einem fast schon leidtun, weil er nicht mehr in den Genuss von unberührtem Fleisch kam. Aber dafür hatte er ihm ja Maria gebracht, seinen Augenstern, über den Lazar eifersüchtig wachte. Und jetzt schnüffelte die Rothaarige hier herum, diese Schauspielerin und suchte nach Martha. Es war lächerlich, Chaim wusste selbst nicht, wo Martha steckte, sie war untergetaucht und ihm entwischt. Doch wenn die Rothaarige dachte, er hätte etwas mit Marthas Verschwinden zu tun, dann war das gar nicht gut. Er konnte nur hoffen, dass seine Drohung gewirkt und er sie eingeschüchtert hatte. Lazar durfte davon nichts erfahren, schließlich glaubte er, Martha sei tot. Chaim konnte nur hoffen, dass die Schauspielerin nicht auch noch begann, nach ihrer Schwester zu suchen.

KAPITEL 33

Dora und Jack erkundeten die Stadt mit Edward im Schlepptau als Fremdenführer. Die prächtige Plaza de Mayo mit der Casa Rosada, dem Präsidentenpalast, lag nur einen Steinwurf entfernt. Er verdankte seinen Namen dem kräftigen Rosa, in dem seine Wände erstrahlten, hervorgerufen durch das Ochsenblut, das man dem frischen Kalkputz zugefügt hatte und das Dora frappierend an Bunnys Wurstfingerchen erinnerte.

Im Café Tortoni auf der Avenida de Mayo aßen sie *Churros,* die hiesige Gebäckspezialität. Die länglichen Krapfen aus Brandteig waren im heißen Fett goldgelb gebacken und dufteten köstlich. Dora tauchte einen in ihre Trinkschokolade und biss hinein. Die Aromen verwoben sich im Mund zu einer cremigen Köstlichkeit. Dazu servierte der Kellner ihnen ein Kännchen heißer Milch und goss die restliche Schokolade zu einem Kakao auf, sobald sie ihren *Churro* verzehrt hatte. Das Tortoni gefiel Dora auf Anhieb, nicht nur das gediegene Interieur mit den hohen Decken, üppig mit Bleiglas und Stuck verziert. Nein, auch sonst entsprach das Café in so ziemlich allen Belangen dem Monico, was das Flair und die Kultiviertheit der Gäste betraf. An den Marmortischen verkehrten illustre Personen der hiesigen Gesellschaft, angeregte Konversation perlte durch den Raum, getragen von dezentem Klavierspiel, Chopin. Das Auffälligste am Tortoni war jedoch dessen Besitzer, Celestino Curutchet, ein ulkiger kleiner Kerl, den jeder nur Don Curutchet nannte. Er kam an ihren Tisch und begrüßte sie, als seien sie alte Freunde. Dabei wackelte er lustig mit dem Kopf, auf dem ein arabischer Fez aus schwarzer Seide thronte, das Markenzeichen des Don Curutchet. Seine geringe Körpergröße machte der Franzose durch ein umso größeres Mundwerk wieder wett, wie man es häufig bei zu klein geratenen Männern findet.

»Das Café gefällt mir ganz ausgezeichnet«, bemerkte Dora.

»Das freut mich, Mademoiselle!«, entgegnete Don Curutchet und machte sich auf, um am nächsten Tisch die Gäste mit der gleichen Zeremonie zu begrüßen.

»Das macht er mit allen«, wisperte Edward ihr zu.

»Sehr beruhigend, dass es hier auch Zivilisation gibt. Ich hatte schon befürchtet, wir landen in der tiefsten Wildnis, so wie sich uns der Rest Südamerikas präsentiert hat während der Reise.«

»Durchaus, Argentinien ist wohl das kultivierteste Land des Kontinents und Buenos Aires ist seine Perle. Schau, dort drüben, da sitzt die Frau des Polizeipräsidenten.« Edward deutete unauffällig durch das Café hinüber zu einer vornehm gekleideten Dame, ihr Kleid entsprach der neuesten Pariser Mode. »Und dort, Theodor Alemann, Herausgeber des deutschsprachigen Argentinischen Tageblatts.«

»Du scheinst dich gut eingelebt zu haben, was?«

»Der richtige Name, beziehungsweise der richtige Arbeitgeber, vermag hier Türen zu öffnen, die manch anderem verschlossen bleiben. Ich sage es ja: Buenos Aires ist einfach eine großartige Stadt!«

Dora lachte. »Und du dachtest, es sei das Ende der Welt!«

Abends gingen sie aus, speisten in den besten Restaurants der Stadt, gingen ins Téatro Colon und in die Oper und Jack zuliebe in eines der unzähligen Casinos, wo er haushoch gewann und Dora unablässig seinen Glücksbringer nannte. Und wenn sie ins Bett fielen, war es tatsächlich egal, welches Bett es war, und wer bei wem schlief, meist waren sie eh viel zu betrunken, um sich Gedanken darüber zu machen. Es war genau wie früher, ihre Ménage à trois funktionierte wieder und für eine Weile war es, als sei nichts zwischen ihnen geschehen, das die Quelle ihrer Freuden getrübt hätte. Tagsüber durchstreiften sie und Jack allein die Stadt, während Edward arbeitete, und verprassten das Geld, das Jack gewonnen hatte, gleich wieder beim Shopping. In Buenos Aires gab es alles, was der Mensch nur kaufen wollte, und wie es für die Stadt üblich war, gab es alles gleich im Übermaß, denn für jedes Konsumbedürfnis fand sich hier eine eigene Straße, die es befriedigte. In der Calle Florida bekam man Bekleidung, dort waren die feinsten Geschäfte, die sich durchaus mit den Läden in London und Paris messen konnten. Das Kaufhaus Gath y Chaves bot auf drei Stockwerken alles für den Herrn, die Dame und das Kind von Welt, und in den Schaufenstern sah man Kleider nach den neuesten Pariser Schnitten. Es gab Straßen nur mit Tischwaren, und in der nächsten Straße fand man dann die Lederwaren, ein ganzer Straßenzug mit Antiquitäten-Geschäften reihte sich an die Straße der Buchhandlungen und Bibliotheken. Wieder andere Straßen beherbergten die Apotheken und Drogisten, die Uhrmacher und die Kunsthandwerker. Alles hier hatte seinen festen Platz und folgte einer Ordnung, die man wohl nur als Einheimischer verstand, und deren Logik sich nur einem *Porteño* erschloss, einem Hafenbewohner, so nannten sich die Einheimischen. Auch die Stadtviertel waren sorgsam voneinander abgegrenzt, es gab die Viertel der Oberschicht, Retiro und Recoleta, manche Viertel waren vornehmlich deutsch oder französisch geprägt, die Juden hatten sich im Once eingerichtet. In manchen Vierteln schallte einem *Cocoliche* entgegen, jene seltsame Mischung aus Italienisch und einfachem Spanisch, und schließlich gab es die Viertel am Hafen, wo man besser nicht hinging. La Boca, der Mund, weil dort der Richuaelo in den Rio de la Plata mündete. Hinter La Boca, im Westen, in die untergehende Sonne hinein, erstreckte sich das Elend, die Barracas, soweit das Auge blickte. Die Barracken und billigen Mietskasernen, *Conventillos* genannt, die dem Viertel seinen Namen gaben, waren für die meisten Einwanderer die traurige Endstation auf ihrer Suche nach einem besseren Leben in der neuen Welt. Natürlich blieben sie den schlechteren Vierteln fern, Carolina hatte sie eindringlich gewarnt.

Es war schon ungewöhnlich genug, dass Dora in Begleitung zweier Männer ausging, zumal in ihrem Alter. »Es ist höchst unanständig!«, wie Carolina ihr versicherte, eine schamhafte Röte kroch über ihre Wangen. Sie war so naiv und unschuldig in ihrer Art, dass sie wohl niemals darauf gekommen wäre, was sich nur eine Tür weiter in der Wohnung nebenan Nacht für Nacht abspielte, wenn sie zu dritt in die Kissen sanken.

AUCH NACH DREI Wochen blieb Dora die Stadt noch fremd. Jede Straße verhieß neue Eindrücke, jeder Winkel roch noch so neu und unentdeckt, dass es Dora absolut unverständlich erschien, warum Jack sich zu langweilen begann. Er wurde von Tag zu Tag unruhiger, seine Launen schlugen um wie das Wetter, bis es schließlich aus ihm herausbrach: »Morgen geht's los!«

»Was geht los?«

»Ich breche auf.«

»Wohin?«

»Ich weiß nicht, irgendwohin, wahrscheinlich nach Patagonien, vielleicht zurück nach Rio.«

»Warum willst du unbedingt fort, wenn du noch nicht einmal weißt, wohin?«

»Die ganze Rumsitzerei macht mich verrückt. Es ist, als warteten wir darauf, dass etwas passiert, aber es passiert nichts, verstehst du?«

»Was soll denn passieren?«

»Irgendwas! Sie schnürt mir die Luft ab, diese Monotonie.«

»Und was hast du dann vor?«

»Rumfahren, die Gegend erkunden, kartographieren, was weiß ich.«

»Du und kartographieren, dass ich nicht lache. Und woher willst du das Benzin für den Wagen bekommen?«

»Das lass nur meine Sorge sein!«

JACK WAR am nächsten Morgen aufgebrochen wie angekündigt und hatte noch irgendwas vom Dschungel im Norden erzählt, bevor er davonbrauste. Seitdem hatten sie nichts mehr von ihm gehört. Dora langweilte sich schrecklich, Edward verbrachte den ganzen Tag in der Bank, und sie saß hier rum, argwöhnisch beäugt von Madame Fèvrier, die es höchst ungewöhnlich fand, dass die angebliche Verlobte seines besten Freundes mit ihm die Wohnung teilte.

»Geh doch aus!«, meinte Edward. »In London hast du es doch auch getan!«

»Und was soll die Nachbarschaft dazu sagen? Aber du hast recht! Ich sollte mich um ein neues Engagement kümmern, mich in der Stadt bekanntmachen. Und ich sollte endlich Señor de Alvardo den Besuch abstatten, den ich ihm versprochen habe.«

»Señor de Alvardo?«

»Ja, ich habe ihn auf der Überfahrt kennengelernt, ein Literat. Er unterhält einen Salon, immer mittwochs. Willst du mich begleiten?«

Edward winkte ab. »Nein, geh nur, amüsiere dich! Frag doch Carolina, vielleicht möchte sie mitkommen?«

»De Alvardo, sagst du?« Carolina machte große Augen. »Sein Vater ist ein hohes Tier im Justizministerium.«

»Ja, ganz recht, genau der. Willst du mit?«

»Liebend gern.« Carolina seufzte schwer. »Aber ich glaube nicht, dass meine Mutter es erlaubt.«

»Warum sollte sie nicht? Es ist doch ganz harmlos. Nur ein Salon, intellektuelle Gespräche, klassische Musik, sowas halt.«

»Aber ich habe noch nicht debütiert, es schickt sich also nicht, allein dorthin zu gehen.«

»Aber du bist ja nicht allein, ich begleite dich ja. Vielmehr begleitest du mich.«

»Eben. Egal, wie du es drehst, meine Mutter wird es nicht billigen.«

»Warum nicht? Frag sie halt!«

Carolina senkte den Blick. »Sie würde es niemals erlauben, nicht vor dem Frühlingsball, wenn ich debütiere, und danach auch nicht. Es schickt sich einfach nicht, verstehst du?«

»Gehst du nie raus?«, hakte Dora nach.

»Nein, nur am Sonntag in die Kirche, in die *Basilica de Nuestra Senora de la Merced*.«

Dora lachte verblüfft auf. »Das sind noch nicht mal hundert Meter! Mehr nicht?«

»Einmal die Woche gehe ich in die Calle Lavalle zu einer *Profesora* und nehme Klavierstunden. Aber nie ohne meine Mutter oder in Begleitung meines Bruders.«

»Das sind zweihundert Meter in die andere Richtung. Du willst mir erzählen, dass du nie hier rauskommst?«

Carolina schüttelte den Kopf. »Es ist zu gefährlich, sagt meine Mutter.«

»Warum sollte es gefährlich sein?«

»Na, wegen all der Männer auf der Straße, wie sie einen anschauen.« Carolina verschränkte die Arme vor der Brust, als wolle sie sich allein vor dem Gedanken daran schützen.

Dora verstand, was sie meinte, im Stadtbild von Buenos Aires herrschte Frauenmangel. Auf 600.000 Männer kamen gerade mal 400.000 Frauen, so dass sie nur in Begleitung ihres Ehemanns auf die Straße gingen. Junge Frauen und Töchter verwahrte man also besser gleich daheim hinter geschlossenen Fensterläden. Carolina tat ihr leid. Sie kannte das von früher, von ihrer eigenen Mutter. Bloß war Madame Février noch wesentlich schlimmer, sie hütete Carolina wie eine Reliquie, die man nur zum Gottesdienst hervorholt. Das Mädchen hatte keine Schule besucht, keine Bildung genossen, sie hatte nichts, um sich die Zeit zu vertreiben außer Frou-Frou und dem Klavier. Und Carolina spielte schlecht. Dora konnte manchmal durch die Wände hören, wie sie sich in der Wohnung nebenan über den Tasten quälte. In ihrem Spiel lag kein Verständnis für die Musik, keine Freude. Es würde Carolina wirklich guttun, mal vor die Tür zu kommen und etwas anderes zu sehen. Aber es war wohl sinnlos, sich mit Madame Février darüber zu streiten.

Señor de Alvardo hatte gesagt, er wohne im Haus seines Vaters. *Haus trifft es nicht so ganz!*, schoss es Dora durch den Kopf, als sie durch den parkähnlichen Vorgarten auf den Stadtpalast nach französischem Vorbild zuging. Auf ihr Läuten öffnete ein Diener in Livree die Tür.

»Sie wünschen?«

»Ich möchte zu Señor de Alvardo, er hat mich zu seinem Salon eingeladen.«

»Gewiss. Wen darf ich melden?«

»Dorothy Newman.«

De Alvardo empfing sie mit einem strahlenden Lächeln und

küsste ihre Hand. »Señorita Newman, wie schön, dass Sie es einrichten konnten. Sind Sie allein?«

»Ja, mein Verlobter hat es nicht lange in Buenos Aires ausgehalten, er ist zu einer Spritztour im Automobil aufgebrochen.«

»Er hat Sie hier zurückgelassen? Ganz allein?«

»Nein, wir wohnen bei einem Freund in der Reconquista.«

»Ihr Verlobter ist ein Narr, aber das freut mich. Kommen Sie, ich mache Sie bekannt.«

Außer de Alvardo befanden sich noch acht weitere Personen im Raum, alles Männer, vornehme Herren mit komplizierten langen Namen, die sie sofort wieder vergaß. Doch das war nicht schlimm, de Alvardo hatte sowieso nur Augen für Dora und sie kam nicht umhin, zu vermuten, er wäre lieber mit ihr allein gewesen, statt sich um die anderen Gäste zu kümmern.

»Haben Sie schon ein neues Engagement?«

»Nein, noch nicht. Aber um ehrlich zu sein, habe ich mich auch noch nicht darum gekümmert. Ich bin noch dabei, mich in Buenos Aires einzuleben.«

»Sie sollten mal ins Café Apolo gehen oder in den Royal Keller, das Café vom Hotel Royal, im Keller des Teatro Odéon, Ecke Avenida Corrientes und Calle Esmeralda. Da treffen sich die Größen der hiesigen Literatur und Theaterszene. Ich bin selbst oft dort, schauen Sie doch mal vorbei, dann mache ich Sie mit ein paar Leuten bekannt.«

»Gern, danke für den Tipp!«

»Morgen wollte ich hin, am Nachmittag.« De Alvardo versuchte, beiläufig zu klingen, doch Dora konnte in seinen Augen lesen, wie sehr er darauf brannte, sie schnellstmöglich wiederzusehen.

»Also gut, dann sagen wir: morgen Nachmittag. So um vier?«

»Ich werde da sein und Sie erwarten.«

Der Royal Keller war ganz anders, als Dora ihn sich vorgestellt hatte. Sie hatte die opulente Caféhausatmosphäre des Tortoni erwartet und sich dementsprechend aufwändig zurechtgemacht. Sie trug ein raffiniert geschnittenes Kleid aus champagnerfarbener Seide, die ihre Haut strahlen ließ wie reinsten Marmor.

Stattdessen fand sie sich in einem rauchigen Kellerlokal wieder, geprägt von schlichter Eleganz und schlecht beleuchtet. Braune Holztische, Caféhausstühle mit schlanken Beinen, die meisten besetzt mit Herren, die sich in politischen Diskussionen ergingen. Bläulicher Rauch aus dicken Zigarrenspitzen kräuselte ein natürliches Sfumato über die Gemälde an den Wänden.

De Alvardo saß mit einem anderen Herrn an einem Tisch in der Ecke und winkte sie zu sich herüber. »Señorita Newman, Sie sehen bezaubernd aus!«

»Sind Sie sicher, dass ich hier richtig bin? Ich fühle mich nämlich etwas fehl am Platz.«

»Natürlich! Hier im Keller schlägt das intellektuelle Herz der Porteños, fühlen Sie es nicht?«, rief er theatralisch und schlug sich mit der flachen Hand auf die Brust. »Aber Sie werden gleich sehen, setzen Sie sich!« Er rückte ihren Stuhl zurecht. »Darf ich vorstellen, Dorothy Newman, Schauspielerin. Und das ist Maximilian von Bremern, ein Deutscher, genau wie Sie!«

Von Bremern musterte sie erstaunt. »Sie sind Deutsche? Newman klingt britisch.«

»Ja, Dorothy Newman ist mein Künstlername, meine Karriere begann in London.«

»Was Sie nicht sagen, wie interessant. Sagen Sie, singen Sie auch?«

»Aber selbstverständlich. Ich habe bei den Dairymaids mitgespielt, falls Ihnen das was sagt?«, setzte sie beiläufig hinzu.

»Nein, tut mir leid.«

»Ein sehr bekanntes Stück, ein echter Gassenhauer!«

Van Bremern strahlte über das ganze Gesicht. »Das ist ja wunderbar! Wissen Sie, ich bin Mitglied der deutschen Argentinien-Gesellschaft und mit den Vorbereitungen zu unserem diesjährigen Winterfest betraut. Mir fehlt bloß noch eine Sängerin für das Bühnenprogramm, den Höhepunkt des Abends. Wir hatten eine gebucht, aber sie hat abgesagt, krank.«

»Was soll ich denn singen?«

»Oh, nichts Wildes«, beschwichtigte van Bremern, »nur ein paar Volkslieder.«

»Volkslieder?«

»Sie wissen schon, ein paar Lieder aus der Heimat, die kommen immer am besten an. Etwas, bei dem jeder mitsingen kann.«

»Nun, das sollte machbar sein. Wie hoch ist die Gage für den Auftritt?«

»Fünf Pesos für zwanzig Minuten waren vereinbart.«

»Fünf Pesos?« Gut, es waren nur zwanzig Minuten, aber für fünf Pesos konnte sie gerade einmal ein paar Kleinigkeiten kaufen. Dora schnaubte und sah ihn verächtlich an. »Also bitte, fünf Pesos sind lächerlich.«

Er deutete mit dem Zeigefinger auf sie und nickte. »Sie haben Geschäftssinn, das gefällt mir. Also, wie viel verlangen Sie?«

»Zehn Pesos!«

»Zehn Pesos, unmöglich!«

»Das scheint mir ein fairer Preis, aber wir können es auch lassen.«

»Also schön, aber dann singen Sie eine halbe Stunde.« Er streckte ihr die Hand entgegen.

Sie schlug ein. »Gut, abgemacht!«

De Alvardo lächelte vielsagend. »Hab ich es Ihnen nicht gesagt, Señorita? Darauf sollten wir anstoßen!«

Von Bremern verabschiedete sich umständlich und gab ihr seine Karte, damit sie sich wegen des Auftritts mit ihm in Verbindung setze. De Alvardo war in Hochstimmung. »Wären Sie nicht verlobt, würde ich Sie jetzt zum Essen einladen, Señorita Newman, und danach würde ich fragen, ob Sie mit mir tanzen gehen.«

»Und nur mein Verlobter hält Sie davon ab?«, neckte sie ihn.

»Nun, gewiss, er ist nicht hier.« De Alvardo wurde rot. »Aber es würde mir nie einfallen, Sie in eine missliche Lage zu bringen«, setzte er schnell hinzu.

Sie stand auf und griff nach ihrer Tasche. »Also gut, gehen wir!«

»Wie bitte?« De Alvardo blinzelte verblüfft.

»Ich habe Hunger! Also dürfen Sie mich zum Essen einladen. Danach sehen wir weiter, was das Tanzen betrifft.«

Sie speisten in einem teuren Restaurant auf der Corrientes, das Essen war ausgezeichnet. De Alvardo sah sie über den Rand seines Weinglases hinweg an. »Wollen Sie wissen, wie diese Stadt tickt, Señorita?«

»Wie meinen Sie das?«

»Wenn Sie wissen wollen, wie Buenos Aires ist, wie es sich

anfühlt, ein *Porteño* zu sein, um es wirklich zu verstehen, müssen Sie den Tango kennen.«

»Den Tango? Was ist das? Ein Platz?«

De Alvardo warf ihr einen tiefen Blick aus seinen Glutaugen zu. »Nein, ein Tanz.«

»Sie sagen das, als wäre dieser Tanz etwas Schlimmes.«

»Nein, nichts Schlimmes. Sagen wir, ein bisschen unanständig. Es gehört sich nicht, ihn zu tanzen.« Er lächelte, als wolle er sich dafür entschuldigen, selbst ein bisschen unanständig zu sein.

»Aber Sie tanzen ihn trotzdem?«

»Der Tango ist wie die Seele dieser Stadt.« Er sagte es mit Inbrunst und in seinen Augen brannte ein leidenschaftliches Feuer.

»Worauf warten wir dann?«

De Alvardo riss sich zusammen und schüttelte bedauernd den Kopf. »Nein, es geht nicht«, murmelte er, »nicht heute, nicht so, vielleicht niemals.«

EDWARD SPRANG AUF, als sie den Salon betrat. »Wo warst du?«

»Essen, mit Antonio!«

»Wer ist Antonio?«

»Bist du etwa eifersüchtig?«

»Nein, bin ich nicht!«, fauchte Edward. »Ich wüsste nur gern, wer dieser Antonio ist!«

»Señor de Alvardo, ich habe dir von ihm erzählt.«

»Ihr duzt euch?«

»Ja, seit heute. Stört es dich?« Das kam etwas schleppend und sie schwankte ein wenig.

»Hast du getrunken?«

»Und wenn, was kümmert es dich?« Sie funkelte ihn zornig an.

»Es ist nach Mitternacht, du warst stundenlang weg mit einem mir unbekannten Herrn und kommst betrunken nach Hause. Entschuldige, wenn ich frage!«

»Ich verstehe nicht, was das soll? Du spielst dich auf, als seist du mein Vater.«

»Du bist immer noch nicht volljährig, wenn ich dich daran erinnern darf.« Er klang auch schon wie ihr Vater.

Dora rollte mit den Augen. »In London hat es dich auch nicht gekümmert, mit mir auszugehen und Champagner zu trinken.«

»Wir sind hier aber nun mal nicht mehr in London! Außerdem habe ich mir Sorgen gemacht«, sagte er hitzig und griff nach ihrer Schulter.

Doch sie schüttelte seine Hand ab wie eine lästige Fliege. »Wie rührend! Aber das brauchst du nicht, es geht mir blendend!«

»Offensichtlich.«

»Antonio hat mich zum Essen eingeladen und danach haben wir ein bisschen getanzt. Wir haben nur ein wenig gefeiert, was ist denn schon dabei?«

»Was gefeiert?«

»Meinen ersten Auftritt hier, kommenden Samstag, falls es dich interessiert.«

»Früher hast du sowas mit mir gefeiert«, murmelte Edward und senkte den Blick.

»Bist du etwa doch eifersüchtig?«

»Ich bin nicht eifersüchtig!«

»Stimmt, wieso solltest du auch, nicht wahr? Du interessierst dich ja nur für Jack!«, schleuderte sie ihm entgegen.

Edward wurde blass. »Das stimmt nicht!«

»Ach ja? Du interessierst dich keinen Deut für mich, seitdem Jack unterwegs ist, bekomme ich dich kaum noch zu Gesicht. Und du hast selbst gesagt, ich solle ausgehen und mich amüsieren. Also was soll jetzt das Theater?«

»Ach, mach doch, was du willst!« Edward zerrte ungeduldig am Knoten seiner Krawatte. »Ich gehe schlafen, ich muss morgen früh raus. Gute Nacht!«

Zwei Tage später überbrachte ihr ein Bote einen Umschlag mit dem vorgesehenen Programm und einigen Notenblättern. *Am Brunnen vor dem Tore, Hoch auf dem gelben Wagen, Es klappert die Mühle* … Dora seufzte. Nun gut, wenn sie es wollten, dann würde sie eben Volkslieder singen. Sie sang alle Stücke zwei Mal durch, eine Probe vor dem Spiegel erübrigte sich, eine Choreografie würde nicht von Nöten sein.

Wie vereinbart begab sie sich am Nachmittag des 27. April ins Vereinsheim der deutschen Gesellschaft. Von Bremern empfing sie mit einem aufgesetzten Lächeln und einem wohlwollenden Nicken auf ihr Kleid. »Fräulein Neumann, willkommen! Kommen Sie, ich bringe Sie zur Bühne, der Klavierspieler wartet schon, dann können wir direkt anfangen.«

Der Mann am Klavier stellte sich als Hans Schneider vor. Nach einer knappen Begrüßung ging es sofort los, sie hatte kaum Zeit, den Mantel abzulegen, da schlug er schon die ersten Tasten an. Routiniert sang sie die ersten sechs Stücke, dann folgte eine fünfminütige Pause, so war es vorgesehen, dann die nächsten sechs.

Von Bremern klatschte in die Hände. »Na bitte, das lief doch ganz wunderbar!«

»Ja, ich schätze, wir kommen gut miteinander zurecht.«

»Also dann, bis heute Abend. Ihr Auftritt ist für halb zehn angesetzt.«

»Ich weiß, Sie haben mir den Plan geschickt. Reicht es, wenn ich um neun da bin?«

»Halb neun wäre mir lieber, zur Sicherheit, falls etwas schiefgeht und wir den Auftritt vorziehen müssen.«

»Machen Sie sich keine Sorgen, ich werde pünktlich sein.«

Von Bremerns Aufregung erwies sich als unbegründet, alles lief glatt und das Fest war in vollem Gange, als sie am Abend das Vereinsheim erreichte. Dora schlüpfte durch den Dienstboteneingang in den Hauswirtschaftsbereich, vorbei an der Küche in den Raum hinter der Bühne des Ballsaals. Er erinnerte sie ein bisschen an Bunnys Lagerraum, in dem sie sich immer umgezogen hatten. Natürlich standen hier keine Bierfässer und der Boden war sauber, doch es war eben keine richtige Garderobe in einem Theater, sondern nur der Abstellraum hinter der Bühne eines privaten Festsaals. Trotzdem verriet ihr das leise Kribbeln in ihrem Magen, dass auf der anderen Seite der schmucklosen braunen Holztür die Bühne lag. Dora konnte förmlich spüren, wie sie nach ihr rief. Sicher, es war nur ein alberner kleiner Auftritt, nur ein paar Volkslieder für ein paar ältere Herrschaften. Und trotzdem, sie hatte die Bühne so schrecklich vermisst. Und auch das Lampenfieber war wieder da wie ein vertrauter, alter

Freund, der nur mal kurz reinschaut, um Hallo zu sagen, bevor es wirklich losgeht. Sie atmete zwei Mal tief durch, dann schritt sie auf wackligen Beinen zur Tür. Halb zehn, Zeit für ihren Auftritt!

Die Bühne kam ihr auf einmal winzig vor, das Publikum viel zu nah. An den langen Tischen im Saal saß die versammelte Spitze der deutschen Gesellschaft von Buenos Aires, die Crème de la Crème der deutschstämmigen Einwanderer war hier versammelt. Dora blickte in die vornehmen Gesichter der Damen und die sorgfältig frisierten Schnurrbärte der Herren und kam sich auf einmal klein und unbedeutend vor. Sie riss sich zusammen, fixierte einen Punkt an der fernen Wand des Saals und begann zu singen.

Mit jedem Ton fiel die Anspannung von ihr ab, außerdem sangen alle mit, die Lieder kamen gut an. Dora entspannte sich, ließ sich in die Musik fallen, Herr Schneider folgte ihrem Gesang genau im richtigen Tempo und gemeinsam brachten sie die ersten sechs Lieder glatt über die Bühne.

Freundlicher Applaus schallte durch den Saal, als sie während der kurzen Pause einen Schluck Wasser trank, doch er ließ sie durstig zurück. Das war nicht der tosende Applaus, mit dem sie jede Aufführung der Dairymaids beendet hatten, nicht das donnernde Johlen nach einer von Bunnys Shows. Dieses höfliche Klatschen, bevor man sich dem nächsten Punkt der Tagesordnung zuwandte, war einfach nicht genug, um Doras Durst nach Anerkennung zu stillen. Sie gierte danach wie eine Säuferin nach dem Alkohol. Und nun, wo sie einen Schluck davon gekostet hatte, wollte sie mehr. Viel mehr. Sie wollte sich daran berauschen, sich daran betrinken, bis ihr ganz schwindelig wurde vor Glück.

Also legte Dora ihr ganzes Herz, ja, ihre Seele in die altbekannten Lieder und machte sie zu ihren eigenen. Sie sang vom klaren blauen Himmel, als ob er direkt über ihr stünde. Sie legte die Hand ans Ohr und horchte, was von draußen reinkam, und fragte sich und das Publikum, was es bedeuten solle? Spätestens, als sie das Liebes-ABC sang, hatte sie das Publikum voll im Griff. Sie schmachtete und flehte, bettelte und bebte, die Zuschauer hingen wie gebannt an ihren Lippen. Der Reigen der Lieder schloss sich mit *Ade, du mein lieb Heimatland* und Dora gab noch mal alles, sang voller Wehmut und Hingabe vom Verlassen der geliebten Heimat und rührte die Herzen im Saal. Während die letzten Töne ihre Lippen verließen, blickte sie sich verstohlen um und sah mehr als nur ein Taschentuch, das gezückt wurde, um mehr oder weniger verschämt ein paar vergossene Tränen fortzuwischen.

Diesmal war der Applaus schon eher nach ihrem Geschmack, und wie sie gehofft hatte, erklangen Rufe nach einer Zugabe. Das war der Moment, auf den sie gewartet hatte. Sie drückte dem verdutzten Herrn Schneider ein Notenblatt in die Hand. »Meinen Sie, Sie können das spielen? Ich bin gleich wieder da!« Dann huschte sie hinter die Bühne und schlüpfte in die passende Verkleidung. Es war nicht besonders schwierig gewesen, eine Pickelhaube aufzutreiben, in Buenos Aires gab es nichts, das man nicht kaufen konnte. Sie setzte die Pickelhaube auf und machte sich bereit, auf die Bühne zurückzukehren. Sollte sie es wirklich wagen? Sie atmete zwei Mal tief durch, dann trat sie durch den Vorhang, stellte sich in Position, nickte Herrn Schneider zu und begann zu singen.

»Ich bin das deutsche Fräulein, schaun' Se her, ich bin ne Wucht …« Sie hatte Bunnys englischen Text ins Deutsche übersetzt und umgeschrieben. Trotzdem erschien er ihr auf einmal zu gewagt. Zu kühn, um ihn hier vor der versammelten deutschen Gesellschaft zum Besten zu geben. Aber sie hatte es so gewollt, nun musste sie da durch. Also schlug Dora ihre Selbstzweifel in den Wind und gab das deutsche Fräulein, wie sie es noch nie gespielt hatte.

Als der letzte Ton verklang, herrschte im Saal angespannte Stille, hundertfünfzig Augenpaare starrten sie an, zu geschockt, um auch nur zu blinzeln. Jemand schnäuzte sich vernehmlich. Ein einzelner Herr begann zu klatschen und dann brach der Applaus los, brandete zu ihr empor und hüllte sie in eine wohlige Decke aus Anerkennung. In den Blicken der Zuschauer las sie Bewunderung und bei mancher Dame auch unverhohlenen Neid auf die junge Schönheit, ihren Liebreiz, mit dem sie die alten Lieder sang wie keine vor ihr. Dora war es einerlei, ob Bewunderung oder Neid, die Blicke elektrisierten sie gleichermaßen und befriedigten ihre Gier nach Aufmerksamkeit. Sie bemühte sich um eine zierliche Verbeugung, von der sie hoffte, sie würde Bescheidenheit ausdrücken. Dann schwebte sie von der Bühne, gehüllt in eine knisternde Wolke puren Glücks.

Ihr Auftritt kam gut an. In der Woche darauf erreichten sie einige Aufmerksamkeiten, Konfekt, Pralinen und Blumen sowie drei Einladungen zu zweitklassigen Abendgesellschaften. Sie nahm trotzdem dankend an, stellten sie doch eine willkommene Abwechslung zu ihrem eintönigen Alltag dar.

Außerdem ging sie wieder mit Antonio zum Tanzen, auch wenn Edward es nicht gern sah und darauf drängte, sie solle sich den hiesigen Gepflogenheiten anpassen und züchtiger leben. Doch Edward konnte ihr den Buckel runterrutschen. Solange Jack nicht da war, interessierte er sich sowieso nicht für sie. Er liebte sie nicht und das wussten sie beide. Also arrangierten sie sich mit der Situation und gingen ihrer Wege. Heute war es Dora sowieso ganz recht, dass Edward immer noch über den Bilanzen eines hiesigen Bauunternehmers brütete, der seine Geschäfte nach Uruguay auszuweiten gedachte. So bekam er gar nicht mit, wie Dora in das Schwarzseidene schlüpfte und ihren alten grauen Mantel überwarf, bevor sie auf leisen Sohlen zur Wohnungstür hinaushuschte. Antonio hatte sie um den Aufzug gebeten. Genauer gesagt hatte er ihr vorgestern Abend beim Tanzen ins Ohr geraunt: »Ich würde dir nur zu gern den wahren Tango zeigen.«

»Wie meinst du das, den ›wahren Tango‹?«

Doch Antonio schüttelte nur den Kopf. »Vergiss es wieder, es war nur so ein Gedanke …« Ein wehmütiges Lächeln glitt über sein Gesicht. »Es geht nicht, ich kann dich dorthin nicht mitnehmen.«

»Wohin?«

»Zu einer echten *Milonga*«, murmelte er an ihrer Wange.

»Warum nicht?«

»Wenn man uns dort zusammen sähe …«

»Weil ich verlobt bin?«, mutmaßte sie.

»Nein, das ist es nicht.«

»Was ist es dann?« Sie wich ein Stück zurück, um sein Gesicht zu sehen. »Bin ich dir nicht fein genug? Willst du deshalb nicht mit mir gesehen werden?«

Antonio schüttelte entrüstet den Kopf. »No, no! Das komplette Gegenteil. Wie könnte ich es wagen, eine so schöne Señorita wie dich mitzunehmen, an einen solchen Ort?«

»Von welchem Ort reden wir denn?«

»Von einer *Academia de Baile*, einem Tanzsaal. Aber vergiss es wieder«, setzte er schnell mit Blick auf ihren Gesichtsausdruck hinzu, »es ist dort viel zu gefährlich.«

»Ein Tanzsaal?« Dora kicherte. »Wie gefährlich kann ein Tanzsaal schon sein?«

»Es ist nicht der Saal, es sind die Leute. Dort trifft sich das einfache Volk, Einwanderer, Arbeiter, *Gauchos*, Anarchisten. Ständig kommt es zu Schlägereien, da wird schnell mal ein Messer gezückt und selbst die Frauen schrecken nicht vor einem Kampf zurück.«

»Aber du gehst hin?«

Er straffte die Schultern, hob das Kinn und warf sich in die Brust »Ich bin ja auch ein Mann!« Der ganze Stolz des typischen Südamerikaners troff aus seinen Worten.

»Ach ja, deshalb darfst du das?«

»Nur aus literarischem Antrieb! Kennst du Jack London?«

»Den Schriftsteller?«

»Ich will eintauchen in die Welt, über die ich schreibe, genau wie er. Ich will es mit eigenen Augen sehen, eigene Erlebnisse sammeln, statt es nur vom Hörensagen weiter zu plappern. Außerdem kenne ich die Regeln und weiß, mich dort anzupassen.«

»Und was, wenn ich mich auch darauf verstehe, mich anzupassen?« Sie funkelte ihn belustigt an. »Ich bin schließlich Schauspielerin.«

Und nun lief sie in ihrem Schwarzseidenen die Reconquista entlang zum vereinbarten Treffpunkt, Antonio erwartete sie an der Haltestelle der Tram. Sie hatte ihre Haare zu einem einfachen Zopf geflochten und ein Tuch darüber gebunden, genauso grau und farblos wie ihr alter Mantel. Als sie die Tramstation erreichte, schälte sich Antonios Silhouette aus der Dunkelheit. Er war genauso einfach gekleidet wie sie, schwarze Hose und knittriges Hemd, das aussah, als sei es noch niemals gewaschen worden, darüber eine zerschlissene Jacke.

Dora lachte nervös. »Schau uns nur an, wir sehen aus wie ein paar Bauern.«

»Du siehst bezaubernd aus.«

»Lügner, du willst mir nur schmeicheln!«

Sie fuhren zum Abasto. Unweit der Markthallen lag ein flaches, rechteckiges Gebäude am Ende eines staubigen Vorplatzes und duckte sich in die Schatten einiger alter Platanen. Alle Fensterläden des Hauses waren verrammelt, doch durch die Ritzen drang gelbes Licht und der Hauch einer seltsam fremden Musik wehte zu ihnen heraus.

Antonio bückte sich, seine Hand fuhr in der Dunkelheit über die Erde, als suche er etwas. Er trat auf sie zu, strich ihr über die Wange und die Stirn und schmierte ihr etwas Straßendreck ins Gesicht. »So ist es besser!«

»Was soll das?«

»Oh, nichts.« Antonio grinste. »Du warst zu sauber, um wirklich ein einfaches Mädchen zu sein.«

Der Tanzsaal war zum Bersten gefüllt, etwa drei Dutzend Tische zwängten sich um die rechteckige Tanzfläche in der Mitte.

Antonio zog sie zu einem Tisch in der Ecke und bot ihr einen Stuhl an. Dora ließ ihre Blicke schweifen und sog die Atmosphäre in sich auf. Antonio hatte recht, dies war wirklich kein Ort für ehrbare Mädchen. Die anwesenden Frauen machten nicht den Eindruck, als gingen sie einer anständigen Beschäftigung in einer Fabrik nach, und die Männer hatten diesen hungrigen Ausdruck in den Augen, den sie nur allzu gut kannte, aus Bunnys Bar. Antonio warf ihr einen abschätzenden Blick zu, doch sie lächelte und schüttelte den Kopf, es war schon in Ordnung, sie hatte keine Angst.

Er nickte in Richtung der Tanzfläche. »Sieh hin und versuche, es zu verstehen.«

Erst jetzt nahm sie die Tanzpaare wirklich wahr, die sich in einem punktierten 2/4-Takt über die Tanzfläche schoben. Manche Paare schienen die Schritte auch zu verdoppeln, während andere Schritte ausließen, sodass jedes Paar sich in seinem eigenen Rhythmus zu bewegen schien. Trotzdem kamen sie einander kaum in die Quere, als breite der dichte Zigarrenrauch, der durch den Saal waberte, ein schützendes Polster zwischen ihnen.

»Ich erkenne keine Logik in diesem Tanz.«

»Der Tango folgt keiner Logik, er folgt nur dem Gefühl. Du musst es spüren. Versuch es zu begreifen, solange diese *Tanda* noch dauert.«

Dora konzentrierte sich auf ein einzelnes Paar und studierte die Bewegungen. Die Oberkörper der beiden schienen miteinander verschmolzen, nur die Beine bewegten sich von der Hüfte an abwärts. Der Mann setzte jeden seiner Schritte, als fiele es ihm schwer. Als müsse er bei jedem Anheben seines Fußes die Wurzeln herausreißen, die jedes Absetzen erneut in die Holzdielen des Tanzsaals trieb. Wie ein Entwurzelter, der mit jedem Schritt um Heimat und Sicherheit kämpft. Die Frau folgte ihm wie eine willenlose Marionette. Er schob sie mal hierhin, mal dorthin, drehte sie, wie es ihm gefiel, bog ihren Oberkörper zurück, bis sich die Rundungen ihrer Brüste deutlich durch ihr Kleid zeichneten. Kein Wunder, dass sittsame Bürger diesem Tanz nichts abgewinnen konnten, er strotzte vor unverhohlener Sexualität und knisterte vor Erotik. Das Orchester machte eine Pause und mehr als ein Paar verließ den Saal, um die auf der Tanzfläche angedeuteten Verheißungen zu erfüllen, vermutlich im Austausch gegen ein paar klingende Münzen. Die anderen Paare lösten sich auf, anscheinend waren sich noch nicht alle handelseinig geworden.

»Jetzt beginnt das Spiel von Neuem«, flüsterte Antonio ihr zu. »Die Männer versuchen, mit den Frauen Blickkontakt aufzunehmen, die sogenannte *Mirada*. Wenn sie mit ihm tanzen will, dann wird sie den Blickkontakt erwidern, daraufhin folgt der *Cabeceo*, ein Kopfnicken, und dann treffen die beiden auf der Tanzfläche zusammen zu einer neuen *Tanda*.«

»Das erscheint mir alles reichlich kompliziert.«

»Ist es nicht, komm.« Er nahm ihre Hand.

»Moment noch!« Sie bückte sich und löste die Knöpfe des eingesetzten Rockteils, damit das Schwarzseidene ihre Beine entblößte. Antonio zog scharf die Luft ein, als sie sich wiederaufrichtete. »So ist es echter, findest du nicht?« Sie zwinkerte ihm zu.

»Dios mio!«, entfuhr es Antonio. »Wie eine Dame Papyrusa.«

»Wie Damen sehen die aber nicht gerade aus.«

»Es ist auch kein feines Wort. *Da me Papyrusa*, gib mir Zigarette, so betteln sie ihre Freier an.« Antonio grinste spitzbübisch und führte sie auf die Tanzfläche. »Folge einfach meiner Führung, lass dich darauf ein.«

Er zog sie an sich, sie konnte seinen Herzschlag durch den Stoff des knittrigen Hemdes spüren und seine Erregung ein Stück tiefer. *Der Anblick meiner Beine hat sein Blut wohl ganz schön in Wallung gebracht*, stellte sie mit einem leisen Lächeln fest. Dora schloss die Augen. Die Musik setzte ein, das Bandoneon sang seinen ersten traurigen Ton, das Klavier gesellte sich hinzu. Antonios Hand ruhte fest auf ihrer Schulter, und sie ließ sich von ihm führen, in die Tiefe dieses Tanzes mit all seinen Widersprüchlichkeiten.

Es war mehr ein Gehen als ein Tanzen. Antonio setzte seine Schritte wie Schachzüge, als habe er sie zuvor in seinem Kopf geplant, mit einer winzigen Verzögerung zum Takt, den der brummende Kontrabass vorgab.

Schritt, Schritt, drehen, drehen.

Sie gab sich seiner Führung hin, ergab sich der Musik, dem Gefühl.

Schritt, Schritt, Knick, drehen.

Sein Herzschlag an ihrer Brust, wie ein wilder Vogel.

Schritt, einen Herzschlag lang verzögern, wiegen. Seine Schritte waren ein getanztes Abwägen.

»Verzeih mir«, murmelte er an ihrer Wange.

Drehen, Schritt, zögern, Schritt.

»Was soll ich dir …?«

Er blieb ihr die Antwort schuldig und verschloss ihre Lippen mit einem Kuss.

Ihr Herz setzte einige Schläge aus, sie schwankte und er fing sie auf. Ihr war schummerig, als sie die Augen wieder öffnete. Auf einmal wurde es laut im Saal, in der Nähe der Bar war ein Kampf ausgebrochen, zwei Streithähne gingen mit blanken Fäusten aufeinander los.

»Wir müssen hier weg!« Antonio zog sie mit sich.

»Moment, mein Rock!«

Dora eilte zurück zum Tisch, um das Stück schwarzer Seide zu holen, sie hatte es auf dem Weg zur Tanzfläche achtlos über die Stuhllehne geworfen, doch es war nicht mehr da. Sie bückte sich und fand es unter dem Stuhl. Als sie wieder hochkam, tauchte wie aus dem Nichts Liebermanns grinsende Visage vor ihr auf. »Na, wen haben wir denn hier? Hat dich dein reicher Liebhaber sitzenlassen, hä?«

»Ich wüsste nicht, was dich das anginge!«, spie sie ihm entgegen.

»Ich kann dir einen guten Job besorgen, in einer Bar, als Tänzerin. Da machste mehr, als hier auf eigene Faust, Mädchen.«

»Nein, danke, ich komme bestens zurecht!« Sollte er doch glauben, was er wollte. Wo steckte bloß Antonio? Der Lärm schwoll zu einem Tosen, als plötzlich die Türen aufflogen. »*Policia! Policia!*«, schallte es durch den Saal, und die Huren stoben kreischend auseinander. Liebermann sah zu, dass er von hier wegkam und sie tat es ihm nach, doch es war schon zu spät.

»Stehenbleiben, Polizei!«, dröhnte eine Stimme hinter ihr, und eine Hand senkte sich bleischwer auf ihre Schulter.

Dora verstand nur das Wort »*Prostitucion*« und irgendwas von Arrest, als man sie in Gewahrsam nahm und mit etwa zwanzig anderen Frauen in einen Gefangenentransporter hievte und mit aufs Polizeirevier nahm.

KAPITEL 34

Man brachte sie in den *Carcel del Buen Pastor,* das Frauengefängnis von San Telmo. »Los, rein da!« Der Polizist versetzte ihr einen Stoß und beförderte sie in eine Gemeinschaftszelle. Die Gittertür schloss sich hinter ihrem Rücken mit einem metallischen Dröhnen.

»Warten Sie!« Dora umklammerte die Stäbe und presste ihr Gesicht in eine Lücke, um dem Wärter hinterher zu sehen. »Bitte, das ist ein Missverständnis. Informieren Sie meinen Verlobten, Edward Lambert. Er arbeitet in der Bank, Banco de Londres.«

Der Polizist zögerte. »Na gut, ich werde es überprüfen!«

»Für wen arbeiteste, hä?«

Dora fuhr herum. Außer ihr waren noch etwa dreißig andere Frauen in der Zelle. Eine von ihnen hatte sich vor ihr aufgebaut und stemmte die Fäuste in ihre breiten Hüften, ihre Augen funkelten angriffslustig.

»Hörste schlecht? Dich mein ich, für wen arbeiteste?«

»Für niemanden.«

»Selbstständig, was? Hältst dich wohl für was Besseres, was?« Die Hure verzog ihren Mund zu einem geringschätzigen Grinsen.

»Ich war bloß tanzen«, verteidigte sich Dora.

»Tanzen und n bisschen Geld heimbringen, was?« Sie lachte meckernd, ihr breiter Busen bebte. »Brauchs dich nich' schämen, haben wir nich' alle so'n Verlobten, der wartet, dass wir das Geld nach Hause bringen, stimmt's Mädels?«

»Ich war wirklich nur zum Tanzen da.«

»Du has mit Chaim geredet, hab dich gesehn.« Ein listiges Grinsen kroch über ihr Gesicht. »Is er dein Verlobter?«

»Du kennst ihn?«

»Wer kennt ihn nich'? Hee, Irina, bis du nich' auch mit Chaim verlobt?«

Die Angesprochene plusterte sich auf und stolzierte durch den Raum. »Ich bin seine Ehefrau!«

»Die wie vielte?«

Die Huren brachen in schallendes Gelächter aus.

Dora ignorierte es. »Ich suche eine Freundin und ihre Schwester, ich glaube, er hat etwas mit ihrem Verschwinden zu tun. Martha und Rebekka Löwenstein, schon mal gehört?«

Die Andere zuckte die Achseln. »Kenn ich nich', ihr?«

Die Huren schüttelten die Köpfe.

»Ich geb dir'n guten Tipp, Mädchen: Halt dich von Chaim fern, der is'n Arschloch. Aber sein Boss, der is noch viel schlimmer!«

»Wie heißt sein Boss?«

»Lazar. Aber glaub mir, den willste nich' kennenlernen.« Sie hob ihren Zeigefinger an die Stirn und machte eine drehende Bewegung. »Der hat se nich' alle im Oberstübchen, komplett verrückt, verstehste?«

»Mich hat er gebissen!« Die Jüngere zog die Kapuze ihres Mantels zurück und entblößte ihren Nacken. Am Übergang zur Schulter prangte eine Narbe im Fleisch, offensichtlich schon älter und gut verheilt. Doch die markanten Halbkreise verrieten, dass es sich um eine Bisswunde handelte, man sah noch die Abdrücke der Zahnreihen.

Die ältere Hure sah Dora an und in ihren Augen lag ein seltsames Glitzern. »Nimm es als Warnung, halt dich von ihm fern. Lazar is irre. Irre und gefährlich!«

Die Zelle war karg, nicht mal die Kakerlaken fanden ein Versteck, in das sie schlüpfen konnten. Dora kauerte sich auf den Steinboden, lehnte den Rücken an die Wand und versuchte, zu dösen. Es war kalt, sie fror. Die Nacht erschien ihr endlos.

»Na endlich!«

Ein Beamter kam durch den langen Gang auf die Zelle zu, dicht gefolgt von Edward. Dora atmete erleichtert auf, auch wenn ihr nun ein gewaltiges Donnerwetter bevorstand, wenn sie seinen Gesichtsausdruck richtig deutete.

Allen Frauen wurde das Gleiche zur Last gelegt, illegale Prostitution. Und alle behaupteten dasselbe wie Dora, nur ein Missverständnis! Edwards Standpauke war ihr egal, sie wollte bloß noch hier raus.

»WAS HAST du dir bloß dabei gedacht?«, zischte Edward ihr zu, als sie vor das Polizeipräsidium traten. Der Himmel war von einem klaren, eisigen Blau, und Dora zog tief die kalte Luft in ihre Lungen, sie war ihr noch nie frischer vorgekommen als nach der Nacht im Gefängnis.

Edward hielt sie am Arm fest und drehte sie zu sich herum. »Weißt du eigentlich, in was für Schwierigkeiten du dich gebracht hast?«

Sie ertrug die Anklage in seinen Augen nicht und sah zu Boden. »Wie hast du mich rausbekommen?«

»Ich habe bestätigt, dass wir verlobt sind!«, knurrte er durch seine zusammengebissenen Zähne.

»Was sollte ich denn sagen, Herrgott?«

»Jack ist ja mal wieder nicht da, wenn man ihn braucht, also bin ich für dich verantwortlich.« Edward sah sich ungeduldig nach einer Droschke um. »Weißt du eigentlich, wie peinlich das war? Die Polizisten haben mich angesehen wie einen gehörnten Ehemann, voller Mitleid für den armen Schlappschwanz, der seine Frau nicht im Griff hat.«

»Es tut mir leid«, nuschelte sie.

Quer über die Straße kam mit großen Schritten Antonio auf sie zu. »Dora, entschuldige, du musst mir verzeihen …«

Edward wirbelte auf dem Absatz herum und starrte Antonio wutentbrannt an. »Sie! Sie haben Dora in diesen Schlamassel gebracht und sie dann sitzen lassen!«

»Hören Sie, mein Herr, es tut mir leid, es war unverzeihlich, sie dorthin mitzunehmen …«, stammelte Antonio.

Edward ließ sich nicht so leicht beruhigen, er drohte Antonio mit ausgestrecktem Zeigefinger: »Lassen Sie gefälligst Ihre Finger von meiner Verlobten!« Seine Stimme zitterte vor Wut.

Antonio blinzelte zweimal hintereinander. »Ihrer Verlobten? Aber ich dachte …« Er starrte Dora an, in seinen Augen stand Verwirrung. »Was geht hier vor sich, wieso sagt er, er sei dein Verlobter?«

»Lassen Sie Dora in Ruhe«, fuhr Edward ihn an, »halten Sie sich von ihr fern, verstanden?« Er schob sie zu einer Droschke.

Antonio hob die Hände zu einer beschwörenden Geste. »Bitte, Dora, *mi amor*, ich verstehe nicht? Sprich doch mit mir.«

Sie schüttelte stumm den Kopf und flüchtete sich ins Dunkel der Droschke. Antonio hatte sie im Stich gelassen, so weit konnte es also mit seiner Liebe nicht her sein.

EDWARDS ZORN WAR KAUM VERRAUCHT, da wurde er von Neuem entfacht. Er stürmte in den Salon und knallte einen Strauß langstieliger roter Rosen auf den Tisch, dass die Blätter nur so flogen. »Hier, von deinem Verehrer«, fauchte er und schleuderte ihr die beigefügte Karte entgegen. »Er schreibt, es täte ihm leid!«

»Das sollte es auch!«

»Ich habe ihm geantwortet, er soll dich in Ruhe lassen!«

»Das hätte ich schon selbst getan.« Sie strich mit den Fingerspitzen über die samtigen Blütenblätter. So einfach würde sie es Antonio nicht machen, sollte er ruhig noch ein wenig zappeln!

»Es ist mein Ernst, du wirst diesen Kerl nicht wiedersehen, hörst du?«

»Bist du jetzt etwa doch eifersüchtig?«

»Ach, hör doch endlich auf mit diesem Kinderkram! Du bleibst ab jetzt zu Hause, wie sich das gehört.«

»Du hörst dich an wie mein Vater! Was willst du denn machen, mich hier einsperren?«, fauchte sie ihn an. »Außerdem habe ich am Samstag einen Auftritt!«

»Und danach kommst du sofort nach Hause, verstanden? Besser noch, ich hole dich ab, das Gerede im Haus ist schon schlimm genug!«

»Ach ja? Wer redet denn?«

»Madame Février, sie findet dein Verhalten unanständig!«

»Madame Février ist nicht meine Mutter, sie soll sich mal schön um ihre eigene Tochter kümmern!«

»Du passt dich jetzt gefälligst an!«, zischte Edward. »Ich lasse es nicht zu, dass du erneut meinen guten Ruf aufs Spiel setzt!«

Sie lachte höhnisch auf. »Ich gefährde deinen Ruf? Du warst es doch, der alles kaputtgemacht hat, weil du unbedingt mit Jack …«

Edward versetzte ihr eine schallende Ohrfeige. »Halt den Mund!«, schrie er sie an. »Halt einfach nur den Mund!«

DER WINTER wich und machte Platz für den Frühling, der die Bäume von Buenos Aires mit einem Teppich aus rosafarbenen und violetten Blüten überzog, und milden Wind, der vom Meer herauf wehte wie eine frische Botschaft. Antonio schickte weiterhin Blumen und Briefe, in denen er sich geißelte, als Feigling, ihrer Liebe unwürdig, während sie einige Auftritte absolvierte und ansonsten in der Wohnung in der Reconquista festhockte. Mit welchem Recht schrieb ihr Edward eigentlich vor, hierzubleiben, während draußen vorm Fenster das Leben neu erblühte? Hatte sie nicht das Recht darauf, den Mann zu treffen, der sich vor Liebe nach ihr verzehrte, während Edward sich nur um seine Arbeit kümmerte?

»Es ist sterbenslangweilig!«

Carolina sah von ihrer Stickerei auf, die sie mit herübergebracht hatte, um sich die Zeit zu vertreiben. »In zwei Wochen ist Blumenfest.«

»Und, was sollte das ändern?«, schnaubte Dora. »Edward lässt mich so oder so nicht mehr vor die Tür. Und deine Mutter wird dich erst recht nicht rauslassen.«

»Vielleicht ja doch.«

»Ach, vergiss es!«

»Am Ende des Frühlings erblühen die schönsten Blumen der Stadt, wenn sich die Debütantinnen zum ersten Mal im Licht der Öffentlichkeit präsentieren.«

»Hast du denn schon ein Kleid?«

Carolinas Miene verdunkelte sich. »Nein, noch nicht.«

»Na bitte, wenn du bisher kein Kleid dafür bekommen hast, debütierst du auch nicht.«

»Du bist gemein!« In Carolinas Augen schwammen Tränen. »Warum musst du immer so grausam zu mir sein?«

»Wieso ich? Ich sage doch bloß die Wahrheit. Wenn deine Mutter bisher kein Kleid für dich anfertigen lassen hat, dann sieht es nicht so aus, als würdest du zum Ball gehen.«

»Vielleicht ja doch«, murmelte Carolina, als könne sie ihre Mutter dazu bewegen, sie gehen zu lassen, wenn sie nur fest genug daran glaubte.

»Ich sag's dir, wir werden hier festhocken, während sich andere amüsieren«, prophezeite Dora düster.

»Wer hockt hier fest?« Jack ließ seine Reisetasche achtlos auf die Dielen fallen.

»Jack!« Dora sprang auf und warf sich ihm in die Arme. Er roch nach Sonne und Staub.

»Pass auf, dein Kleid, du machst dich ganz schmutzig an mir«, wehrte Jack lachend ab, der Straßendreck hing ihm bis in die Haarspitzen.

Es war ihr egal, sie presste sich an ihn, wollte ihn gar nicht mehr loslassen und nie wieder hergeben. »Ich bin so froh, dass du zurück bist«, murmelte sie an seiner Brust.

Jack schob sie sanft von sich, hielt sie auf Armlänge und studierte ihr Gesicht. »Was ist denn los mit euch? Ihr guckt, wie sieben Tage Regenwetter.«

»Edward und Madame Février haben sich gegen uns verschworen, sie sperren uns hier ein, bis wir uns zu Tode gelangweilt haben.«

»Na, dann wird es wohl Zeit, dass hier mal einer Leben in die Bude bringt, nicht wahr?« Jack ging um den Tisch herum und begrüßte Carolina, indem er ihre Hand zum Kuss hob. Er zwinkerte ihr schelmisch zu, und sie wurde rot bis über beide Ohren.

»Ich sollte wohl besser gehen, meine Mutter wartet sicher«, stammelte sie und raffte ihre Handarbeiten zusammen.

»Was war das denn?« Jack sah der flüchtenden Carolina nach.

»Du hast sie in Verlegenheit gebracht. Sie hat keinen Kontakt zu Männern, außer ihrem Bruder und ihrem Vater. Naja, und Edward natürlich.«

»Der zählt nicht!« Jack lachte und zog sie wieder an sich.

»Geh und wasch dich erstmal. Ich sage dem Mädchen, sie soll dir ein Bad einlassen.«

Jack grinste und ließ seine Hände tiefer wandern. »Nur, wenn du mich wäschst!«

»Du bist ein Unhold, Jack Sutton!« Sie klopfte ihm auf die Finger. »Ein richtiger Lüstling.«

»Ganz im Sinne der Familientradition derer von Bidford.«

»Versprich mir, dass du bleibst!« Dora lag an seiner Brust und lauschte seinem gleichmäßigen Herzschlag.

Jack spielte mit einer ihrer Locken, die sich gelöst hatte, und ließ die kupferne Strähne durch seine Finger gleiten. »Was bedrückt dich?«

»Es ist schrecklich mit Edward!«

»Wieso?«

»Er führt sich auf, als wäre er mein Vater. Er lässt mich nicht mehr allein vor die Tür, nur in Begleitung von Madame Février oder Vidál«, schnaubte sie und schmollte.

»Wer ist Vidál?«

»Carolinas älterer Bruder, er macht eine Ausbildung in der Bank, zum Buchhalter. Aber er würde einen ebenso guten Gefängniswärter abgeben.«

»Teddy ist nun mal eine alte Glucke, er meint es sicher nur gut.«

»Du weißt nicht, wie es ist.« Sie setzte sich auf und sah ihn an. »Ich fühle mich wie in einem Sarg, es nimmt mir die Luft zum Atmen. Tagein, tagaus sitze ich hier rum und nichts passiert. Immer das Gleiche, ich ersticke noch in dieser Wohnung.«

»Oh mein armer kleiner Dumpling.« Er schob die Lippe vor und imitierte ihren Schmollmund.

Sie gab ihm einen Klaps. »Mach dich nicht lustig!«

»Du solltest sie fragen, warum sie nicht mehr allein vor die Tür darf.« Edward lehnte im Türrahmen, etwas steif und linkisch.

»Wie lange stehst du schon da?«

»Lange genug, um zu wissen, was ihr über mich denkt.« Er hob das Kinn und sah sie herausfordernd an. »Ihr könnt es mir auch ins Gesicht sagen.«

»Nun sei doch nicht so empfindlich, Teddy, was ist denn los?«

»Er hat mich geschlagen!«, fuhr Dora auf.

Jack sah von ihr zu Edward. »Du schlägst sie?«

»Ich habe sie geohrfeigt.«

Sie nickte. »Na bitte, da hörst du's!«

Edward verzog den Mund. »Dann sag ihm auch endlich, wieso!«

»Das würde mich jetzt auch interessieren?«

»Sie wurde verhaftet, weil sie mit diesem Schreiberling tanzen war.« Edwards Stimme troff vor Genugtuung.

»Verhaftet?«

»Ja, die Polizei hat eine Razzia durchgeführt in einem Tanzsaal mit höchst zweifelhaftem Ruf. Man beschuldigte sie der Prostitution.«

»Also das ist ja wirklich lächerlich!«

»Das siehst du's!«, trumpfte Dora auf. »Und seitdem sperrt er mich hier ein. Nicht einen Schritt darf ich allein vor die Tür setzen. Ich langweile mich noch zu Tode!«

»WAS IST DAS?« Dora deutete auf den ganzen Korb Blumen, den Jack im Flur absetzte. Er nahm eine Nelke heraus und steckte sie ihr ins Haar. »Los komm, wir schmücken den Wagen!«

Die Vorbereitungen für das Blumenfest waren überall in vollem Gange. Die Viertel der Vornehmen und Reichen hüllten sich in überbordendes Blumenwerk. Üppige Kränze und Girlanden schmückten die Haustüren und Fassaden, und die Blumenfrauen kamen kaum hinterher, die Gestecke für die vielen Feierlichkeiten herzurichten. Der Höhepunkt des Festes war jedoch die Blumenfahrt, der *Corso de las flores*. Jeder, der eine Kutsche besaß, putzte sie für den großen Umzug heraus. Der Rolls Royce war zwar keine Kutsche, aber sie schmückten ihn trotzdem mit einer Girlande aus Nelken, Hyazinthen und zartrosa Inkalilien. Und dann machten sie im wahrsten Sinne des Wortes die Pferde scheu, denn die schreckten vor dem knatternden Motor des Automobils zurück. Also reihten sie sich am Ende des Zuges der feinen Herrschaften ein und zockelten den Kutschen hinterher. Die Schaulustigen, die sich am Straßenrand drängten, um den Festzug zu verfolgen, hielten Maulaffen feil, wenn sie vorüberkamen. So etwas wie den Rolls Royce mit seinem blitzenden Lack hatte man bei der Blumenfahrt noch nie gesehen. Jack fuhr, Dora saß zwischen ihm und Edward, frisch wie der Frühling in ihrem Traum aus lindgrüner Seide. Ihr war, als würde die Stadt sie endlich willkommen heißen. Und während Carolina zu Hause in ihr Kissen schluchzte, wusste Dora, dass dies in Wahrheit ihr Debüt in Buenos

Aires war. Sie rutschte ein Stück auf dem Sitz nach vorn, ihr Kleid wisperte über das glatte Leder des Polsters. Sie streckte sich und saß ganz aufrecht, damit ein jeder sie sah. *Ja, schaut mich an, seht her! Ich bin das deutsche Fräulein,* dachte sie, *und ich werde über diese Stadt herrschen wie eine Königin.*

KAPITEL 35

Sie blieben über Weihachten in der Wohnung in der Reconquista. Die Févriers hatten sich bereits in die Sommerfrische verabschiedet, sie verbrachten die Feiertage im Hotel Victoria. Jeder, der es sich leisten konnte, verließ im Sommer die Stadt und fuhr ans Meer oder in die Berge. Also waren sie unter sich und vollkommen unbehelligt von Madame Févriers neugieriger Nase. Es gab sogar einen Weihnachtsbaum, Jack hatte von irgendwoher eine junge Araukarie angeschleppt. Dora schmückte die wenigen Äste mit allerlei Bändern und Schleifen, doch es nützte nicht viel. Das Bäumchen wirkte ein wenig verloren auf seinem Tischchen in der Ecke des Salons, als sie sich am Weihnachtsmorgen des 25. Dezember davor versammelten, ganz nach englischer Sitte.

Sie streckte Jack ein Päckchen entgegen und hielt es ihm unter die Nase.

»Oh, ein Geschenk! Für mich?«

Sie zog es zurück. »Nur, wenn du schnell genug bist und mich fängst!«, rief sie ihm über die Schulter zu und sprintete los. Ihre nackten Füße tappen über die Holzdielen, doch es war egal, in der Wohnung nebenan war niemand, der sich an ihrem Treiben gestört hätte. Jack holte auf, er fing sie im Flur. Dora quietschte, als er sie griff. Er packte sie von hinten und umschloss sie mit seinen Armen. Sie zappelte und strampelte, doch er hielt sie fest. Sein Atem strich über die feinen Härchen in ihrem Nacken, ein Schauer rann über ihren Rücken. Sie wand sich in seinen Armen und drehte sich zu ihm um. »Hier, dein Geschenk.«

»Später«, entgegnete Jack mit einem Grinsen und dirigierte sie in Richtung Schlafzimmer. Er fing Edwards Blick auf, der sie die ganze Zeit beobachtet hatte. »Na los, Teddy, komm mit.«

SIE VERBRACHTEN den Rest des Tages im Bett, in entspannter Stimmung. Dora, Jack und Edward, die absurde Dreifaltigkeit der Liebe. Sie fragte sich oft, während das Jahr 1907 langsam aber sicher seinem Ende entgegen tickte, in diesen warmen Sommernächten, wenn der Wind den Geruch von Holz und Tang vom Puerto Madero herantrug, wohin es sie führen würde, das neue Jahr? Es würde nicht ewig so weitergehen können, mit dieser seltsamen Konstellation zu dritt. Mit diesem Strohfeuer, dessen Flammen immer nur kurzzeitig in lauen Sommernächten aufloderten, die einen aber nicht über die kalten Tage des Winters wärmten.

Jack schlug vor, den Silvesterabend im Casino zu verbringen.

»Alles, bloß das nicht!«, fuhr Dora ihn an.

»Aber warum denn nicht?«

»Du gehst doch ständig hin. Und allein die Aussicht, wahlweise als ›Glücksbotin‹ gepriesen oder als ›Unglücksrabe‹ tituliert zu werden, bereitet mir Kopfschmerzen.«

»Was schlägst du stattdessen vor?«

»Im Hotel *Las Delicias* gibt es einen Ball, wir könnten den Zug nehmen und rausfahren aufs Land und es den Einheimischen gleich tun.«

Edward machte gute Miene zum bösen Spiel. »Eine ausgezeichnete Idee«, log er glattzüngig, »fahren wir nach Adrogué!« Doch man sah ihm an, dass es ihm lieber gewesen wäre, sie blieben unter sich.

SIE WAREN NICHT DIE EINZIGEN, die diese Idee hatten. Das *Las Delicias* platzte aus allen Nähten, halb Buenos Aires schien sich in den Ballsaal zu quetschen.

»Kuschelig«, frotzelte Edward.

»Ach was, endlich mal wieder ein bisschen Leben in der Bude!« Jack verschwand schon in der Menge, vermutlich auf der Suche nach

Alkohol. Edward nahm Dora bei der Hand und führte sie durch das Gedränge rund um die Tanzfläche hin zur Bar, wo sie tatsächlich wieder auf Jack stießen. Er winkte sie heran und reichte jedem ein Glas Champagner. »Da seid ihr ja endlich!«

»Ganz schön was los hier.« Dora ließ ihren Blick durch den Ballsaal schweifen und entdeckte Herrn von Bremern an einem der Tische.

Er winkte ihr zu und kam zu ihr rüber. »Fräulein Neumann, wie schön, Sie hier zu treffen.«

»Das Vergnügen ist ganz auf meiner Seite.«

»Ich hätte einen Auftritt für Sie.«

»Was Sie nicht sagen?«

»Ja, bei einer Grundsteinlegung, der Deutsche Klub baut ein neues Vereinsheim. Ich habe Sie bereits vorgeschlagen.«

»Deutscher Klub?«, schaltete sich Edward ein. »Sie müssen wissen, ich spreche auch ein wenig Deutsch, meine Großmutter mütterlicherseits war Deutsche ...« Edward nahm Herrn von Bremern in Beschlag. Vermutlich witterte er seine Chance auf einen Kontakt zur recht verschlossenen deutschen Gesellschaft, die ihre Geschäfte für gewöhnlich untereinander regelte. *Mir soll es recht sein,* dachte Dora achselzuckend, von Bremern würde sich schon bei ihr melden und ihr die Details für den Auftritt übermitteln. Sie nippte an ihrem Champagner und schlenderte durch den Saal.

»Suchst du mich?«

Dora zuckte zusammen und fuhr herum. »Antonio! Was machst du denn hier?«

»Das Gleiche könnte ich dich auch fragen.«

»Ich bin mit meinem Verlobten hier«, versetzte sie kühl.

»Ach ja? Welcher von den beiden ist es denn heute?« Er funkelte sie aus blitzenden Augen an und setzte nach: »Ich finde, du bist mir eine Erklärung schuldig.«

»Ich bin dir gar nichts schuldig, du hast mich im Stich gelassen, als ich verhaftet wurde. Und wenn ich mich recht erinnere, war ich eigentlich nur wegen dir in diesem Tanzsaal.«

Antonio rang die Hände. »Es tut mir leid, wie oft soll ich es noch sagen?«

»Öfter, viel öfter, mein Lieber!«

»Dann triff dich wieder mit mir!«, sagte er schnell. »Und ich sage es dir, so oft du willst.«

»So oft kannst du es gar nicht sagen.«

»Tanzt du mit mir?« Antonio warf ihr einen hoffnungsvollen Blick zu.

»Wieso nicht?« Sie reichte ihm graziös die Hand und ließ sich zu den eben verklingenden Tönen eines Walzers auf die Tanzfläche führen.

Der Kapellmeister hob die Stimme: »Und jetzt, meine Damen und Herren, ein Tango!«

Ein Raunen ging durch den Raum, ungläubige Blicke wurden gewechselt, nervöses Kichern, als sich die Paare in Tanzstellung begaben.

»Der Tanz, den alle verteufeln, aber den doch ein jeder kennt.« Antonio seufzte und verdrehte die Augen, und wie auf Kommando setzte die Musik ein. Sie glitten über die Tanzfläche wie ein altvertrautes Paar. Ihr Körper folgte seinen Bewegungen wie von allein mit einer natürlichen Selbstverständlichkeit. Dora wusste, dass jeder, der gerade nicht tanzte, sie ansah und sie bewunderte, dieses Paar, das so selbstvergessen über das blankpolierte Parkett schwebte, als gäbe es um sie herum nichts außer der Musik.

»Warum verschmähst du mich, mi amor?«, murmelte Antonio an ihrer Wange. »Stattdessen verschwendest du deine Zeit mit diesen albernen Engländern.«

»Ich wüsste nicht, wieso dir ein Urteil darüber zustehen sollte.«

»Der eine liebt dich nicht und der andere begehrt dich nicht!«

»Woher willst du das wissen?« Sie funkelte ihn zornig an.

»Das sieht man.«

Sie drehte den Kopf und schaute zu ihren Männern an der Bar. Edward starrte feindselig zu ihnen rüber, sein Blick hatte etwas Wildes, Gehetztes. Er presste die Zähne aufeinander, sie konnte sehen, wie seine Kiefermuskeln arbeiteten. Jack sagte etwas zu ihm und knuffte ihn lachend in die Seite, Edward antwortete mit sauertöpfischer Miene, und Jacks Meeresaugen leuchteten auf, die Lachfältchenwellen kräuselten sich über sein Gesicht und sein volltönendes Lachen schallte durch den Saal. Der Tango verklang.

»Wollen wir ein wenig frische Luft schnappen? Im Garten vielleicht?«

»Wieso nicht? Es ist heiß hier drin.«

Antonio griff ihre Hand und führte sie in Richtung der Terrassentüren. Edward machte Anstalten, ihnen zu folgen, aber Jack hielt ihn zurück. Er sprach auf ihn ein, dann klopfte er Edward auf die Schulter und schüttelte den Kopf, als hätte er selten einen so guten Witz gehört. Jack hob den Kopf, ihre Blicke trafen sich über die Tanzfläche hinweg. Er zwinkerte ihr zu.

Sie folgte Antonio über die Terrasse, die breiten Steinstufen hinab in den weitläufigen Garten, mehr ein Park. Der Mond schien und warf ein Muster aus fahlen Flecken durch das dichte Blätterdach der Apfelbäume, die den Weg säumten. Sie erinnerten Dora an ihren Garten daheim in Schleusingen. Vielleicht war es genau dieser Obstgarten mit seinen Apfelbäumen, der dafür sorgte, dass das Hotel so beliebt war. Es gab einem ein Gefühl von Heimat in der Fremde.

Antonio zog sie zu einer Parkbank. »Setz dich, bitte!«

Sie rechnete damit, dass er sich neben sie setzen würde. Stattdessen sank er vor ihr auf die Knie.

»Antonio, was soll das? Steh auf!«

»Nein, mi amor, hör mich an.« Antonio ergriff ihre Hand und räusperte sich. »Heirate mich!«

»Das kann ich nicht.«

»Wieso nicht?«

Sie straffte die Schultern. Antonio reagierte sofort auf ihre veränderte Haltung und umklammerte ihre Hand.

»Ich liebe sie halt«, antwortete sie mit fester Stimme. »Alle beide!«

»Dann tut es mir leid«, murmelte Antonio.

»Mir tut es leid! Du bist ein großartiger Mann, aber es ist einfach kein Platz in meinem Herzen für einen Dritten, verstehst du?«

»Nein.« Er schüttelte den Kopf. »Aber ich habe damit gerechnet und meine Vorkehrungen getroffen.«

»Was soll das heißen?«

»Ich werde fortgehen, mir die Welt ansehen. Nächste Woche heuere ich auf einem Schiff an, es geht nach Europa.«

»Ist das wieder so ein Jack London-Ding?«

»Man muss etwas selbst erlebt haben, um darüber schreiben zu können. Nur dann vermag man, es in die richtigen Worte zu kleiden. Seit heute Abend bin ich wieder um eine Erfahrung reicher.« Sein Lachen klang bitter.

Sie ahnte, wie verletzt er war, ging aber darüber hinweg. »Weiß dein Vater davon?«

»Natürlich nicht!«

»Schreibst du mir mal?«

»Warum? Was soll das bringen?«

»Damit ich weiß, wie es dir geht. Du bist mir wichtig, Antonio, ein Freund.« Das stimmte, er war ihr wichtig. Nur eben nicht wichtig genug.

»Das ist mir zu wenig. Aber vielleicht hast du es dir ja anders überlegt, bis ich zurück bin.«

»Von jedem Ort, an den du kommst, schickst du mir eine Postkarte, ja?«

»Wenn das dein Wunsch ist, mi amor, dann werde ich das tun.« Antonio lächelte sie wehmütig an. »Solange, bis du ›Ja‹ sagst.«

EDWARD FING SIE AB. »Tanzt du mit mir?«

»Warum, Teddy? Willst du den Anschein von Normalität wahren, solange wir in der Öffentlichkeit sind?«

»Und wenn?«

»Also schön.«

»Und, was wollte er?« Edward bemühte sich um einen beiläufigen Tonfall.

»Sich einen Korb abholen«, gab sie schnippisch zurück.

Edward hob die Augenbrauen und sah sie fragend an.

»Ja, stell dir nur vor, er hat um meine Hand angehalten.«

»Und was hast du geantwortet?«

»Dass ich schon vergeben bin, gleich an zwei Männer, die ich beide liebe!«

Edward stolperte fast über seine eigenen Füße. »Im Ernst?«

»Natürlich, du Dummerchen!« Sie schüttelte den Kopf und lächelte.

Edward zog sie zu sich heran und hauchte ihr einen Kuss auf die Wange. »Danke!«, flüsterte er.

KAPITEL 36

Der Höhepunkt des Sommers war der Karneval. Die Hausbesitzer spannten Girlanden über die Straßen, von einer Seite zur anderen, die Händler putzten ihre Geschäfte heraus, überall flatterten bunte Fahnen, ganz Buenos Aires tauchte in ein Meer aus Farben. Man feierte gleich eine ganze Woche, überall fanden Maskenbälle statt, und jeder Club und jede Familie, die etwas auf sich hielt, organisierte ein Fest. Der Höhepunkt des Treibens waren die Straßenumzüge, die ganze Stadt war auf den Beinen, um die geschmückten Festwagen zu sehen, die von der *Casa Rosada* aus die Avenida de Mayo hinabrollten. Es regnete Luftschlangen und Blumen auf die Schaulustigen herab. Dora stellte sich auf die Zehenspitzen, um besser zu sehen. Sie wankte und suchte Halt. Jack reichte ihr den Arm und nutzte die Gelegenheit, um ein Stück näher heranzurücken. Einige Halbstarke hielten sich nicht an das Verbot und machten sich einen Spaß daraus, mit Wasser zu spritzen. Dora wich einem Strahl aus, doch sie war nicht schnell genug.

»Nun sieh dir das an, mein Kleid ist ruiniert!«

Jack lachte. »Es ist doch nur Wasser, das trocknet wieder.«

Sie wischte über die Flecken, doch es war zu spät. »Das ist Seide, man wird die Ränder sehen.«

»Dann kauft Teddy dir ein neues, nicht wahr Teddy?«

Edwards Mund verzog sich zu einem säuerlichen Lächeln. »Ihr könntet beide etwas sparsamer leben.«

»Oh, keine Sorge! Ich für meinen Teil werde dir nicht länger auf der Tasche liegen, in drei Wochen bist du mich los«, entgegnete Jack.

Dora sah ihn an. »Was soll das heißen?«

»Ich fahre nach London.«

»Aber wieso? Was willst du da?«

»Na, mir die Olympischen Spiele ansehen. Und die Rennen natürlich. Kinder, ich sag's euch, das wird die Season des Jahrhunderts!« Dieses abenteuerlustige Funkeln in seinen Augen gefiel ihr gar nicht.

»Und die lässt du dir natürlich nicht entgehen.«

»Absolut nicht!« Seine Augen glitzerten vor Begeisterung. »Was ist los, kommst du mit?«

»Natürlich nicht! Ich habe Termine und muss endlich mal an meine Karriere denken.«

»Gut«, sagte er leichthin und zuckte mit den Achseln. »Dann eben nicht.«

»Du machst es dir immer so leicht, ja? Natürlich, der feine Jack lässt uns mal wieder hier sitzen.«

»Du kannst mitkommen, aber du willst ja nicht.«

»Warum bleibst du nicht einfach hier?« Ihre Stimme hatte einen flehenden Unterton, sie wollte nicht betteln, aber noch weniger wollte sie, dass er ging.

»Ich wäre halt lieber dort als hier«, antwortete Jack und wandte sich wieder dem Treiben auf der Straße zu.

Sie fasste ihn am Arm und zwang ihn, sie anzusehen. »Und was wir wollen, ist dir egal?«

»Wieso? Ich verstehe das Problem nicht, ihr könnt doch machen, was ihr wollt, und noch bin ich ja hier. Und ich habe keine Lust, mich heute zu streiten.«

Aber es war wie immer, natürlich stritten sie und natürlich ließ Jack sich nicht umstimmen.

»Was soll ich denn hier?«

»Bei uns sein.«

»Warum?«

»Weil …« Sie hätte gern gesagt, dass sie ihn liebte, schluckte aber die Worte hinunter. »Ich will, dass du bei mir bist«, sagte sie stattdessen.

»Du willst mich einsperren, damit du dich nicht so einsam fühlst.

Einen Tanzbären willst du aus mir machen. Warum ziehst du mir nicht gleich einen Ring durch die Nase?«

»Ich will nicht wieder so lange mit Edward alleine sein. Es ist schrecklich ohne dich. Ich vermisse dich so sehr, wenn du nicht da bist.«

Jack rollte die Augen. »Es sind doch bloß ein paar Monate.«

»Monate?«

»Naja, die Eröffnungsfeier ist für Ende April angesetzt, dann der Hauptteil im Sommer und dann wollte ich mir noch das Hockey-Turnier anschauen«, zählte er auf. »Ich schätze, Ende November bin ich zurück.«

»Das ist mehr als ein halbes Jahr!«

»Ach komm, so lang ist es nicht.«

»Es sind sogar sieben Monate, um genau zu sein«, stellte sie fest.

»Na und?« Jack zuckte mit den Achseln.

»Du willst mir weißmachen, dass du mir sieben Monate treu bleibst?«

»Ach, daher weht der Wind.«

»Wie soll ich mir sicher sein, dass du keine andere Frau anrührst?«

»Ich kann's ja mal versuchen«, antwortete er ausweichend und flüchtete sich in ein Grinsen, von dem er wohl hoffte, es würde sie schwach machen.

Aber diesmal nicht. »Es ist mein Ernst Jack, das ist eine lange Zeit und ...«

»Vertraust du mir nicht?«, unterbrach er sie.

»Doch, schon«, antwortete sie gedehnt.

»Warum sollte ich überhaupt zurückkommen? Wenn du mir doch nicht vertraust, kann ich auch gleich in London bleiben.«

»Nein, ich vertraue dir ja!«, sagte sie schnell. Es fiel ihr bloß so verdammt schwer.

EDWARD WAR AUFGEREGT wie ein kleines Kind am Weihnachtsmorgen, weil er sie zu ihrem Auftritt bei der Grundsteinlegung begleitete. »Meinst du, Bullrichs werden auch da sein oder die Borns?« Natürlich, Edward hatte wieder nur seine Geschäfte im Kopf.

»Ich gehe davon aus!«, antwortete Dora lapidar. Ihr war es egal, wer zugegen war und wer nicht. Solange sich kein Produzent darunter fand, der ihr etwas Besseres anbot, als ständig deutsche Volkslieder zu singen, konnten sie ihr alle gestohlen bleiben! Hauptsache, sie applaudierten schön brav. Ein anständiger Applaus, das war es, was sie sich wünschte, endlich wieder einmal ein Tosen im Saal. Und eine richtige Bühne, ja das wäre mal wieder was, statt immer nur in einem privaten Salon oder auf eilig zusammengeschusterten Holzdielen aufzutreten.

Aber die Hoffnung war wohl unbegründet, wie Dora missmutig feststellte, als sie ihren Blick über die anwesenden Gäste schweifen ließ. Die üblichen Gesichter, die man bei den Veranstaltungen der deutschen Gesellschaft sah, und zur Feier des Tages hatte sich sogar der Bürgermeister her begeben, zur Baustelle in der Calle Cordoba 571. Bisher residierte der deutsche Turnverein ein paar Blocks die Straße hinunter in einem flachen eingeschossigen Bau im typischen Criollo-Stil, mit einem kleinen Garten im offenen Innenhof. Eigentlich ganz nett, aber man hatte für den Neubau etwas Prunkvolleres vor Augen.

»Das Clubhaus soll die ganze Pracht und das technische Können des Deutschen Reiches hier an den Rio de la Plata bringen«, erläuterte ihr von Bremern. Bisher war es nur eine matschige Baulücke, die zwischen den umliegenden Gebäuden klaffte wie eine schmutzige Wunde. Man hatte einige Reihen Stühle in den Matsch gestellt und tatsächlich aus groben Brettern eine Bühne zusammengezimmert, auf der die Reden gehalten würden. Schäbiger konnte man als Künstlerin nun wirklich nicht auftreten. Was hatte sie nur getan, dass man sie mit solchen Auftritten strafte? Sang sie nicht mehr schön genug die alten Lieder, die ihr mittlerweile zum Halse heraus hingen?

Sie hatte es so satt! So sehr, dass sie nicht mehr zu hundert Prozent bei der Sache war, als sie auf die Bühne trat. Heute nur drei Lieder, doch schon beim ersten schlich sich ein Kratzen in ihre Stimme, beim dritten versagte sie ihr fast ganz. Dora rettete sich mühsam über die letzten Töne.

»Was war denn los?« Edward sah sie alarmiert an.

»Ich weiß auch nicht, ich glaube, ich habe mich erkältet. Ich sollte mich hinlegen.«

»Wir können doch jetzt nicht gehen! Es ist wichtig für mich und es läuft gerade so gut. Von Bremern will mich mit den Borns bekannt machen …«

»Schon gut«, wehrte sie ab. »Bleib nur, ich finde schon allein nach Hause, es sind nur ein paar Blocks.«

»Nimm eine Droschke, um Himmels willen!«

Ein paar Schritte zu Fuß würden ihr guttun, entschied Dora. Außerdem waren es wirklich nur ein paar Schritte, Edward musste es ja nicht wissen. Natürlich sorgte er sich und wollte sie nicht schon wieder verhaftet sehen. Jede Frau, die allein auf den Straßen von Buenos Aires unterwegs war, machte sich grundsätzlich verdächtig, eine der unzähligen freischaffenden Prostituierten zu sein, ›Straßenarbeiterinnen‹, wie man es vornehm umschrieb. Aber ein bisschen frische Luft konnte nicht schaden, also lenkte sie ihre Schritte die Calle San Martin hinab. An der Ecke Corrientes musste Dora einen Moment warten, bis sich eine Lücke im Verkehr zwischen den Fuhrwerken auftat. Da bemerkte sie auf der anderen Straßenseite eine Frau. Das war doch …

»He, Martha!« Sie winkte, doch die Frau schien sie nicht zu bemerken, obwohl Dora inzwischen mit beiden Armen wild durch die Luft wedelte. Sie hob den Blick und sah kurz zu Dora rüber, doch sie ging einfach weiter, mit zügigen Schritten die Corrientes hinauf.

Dora wechselte die Straßenseite und folgte ihr. Warum hatte Martha sie nicht erkannt? Wollte sie sie nicht erkennen? Das war Martha, ganz sicher. Und wenn es nicht Martha war, dann war es …

»Rebekka!«, flüsterte Dora und beschleunigte ihren Schritt, um sie nicht aus den Augen zu verlieren. Sie hatte inzwischen ein ganzes Stück Vorsprung, als würde sie mit Absicht schneller werden. Lief sie etwa vor ihr davon? Dora rannte fast. Sie sah, wie der dunkle Lockenschopf plötzlich haltmachte, noch ein ganzes Stück entfernt, und durch eine Tür im Inneren eines Hauses verschwand. Die Tür führte zu einer Bar, stellte Dora fest, als sie selbst endlich das Haus erreichte, etwas kurzatmig und schnaufend wie ein altes Rennpferd. Vielleicht hatte sie sich doch eine Grippe eingefangen? Dora drückte gegen den polierten Knauf. Die Tür war nicht verschlossen und öffnete sich mit einem leisen Scharren in einen dunklen Vorraum. Aus der Bar waren Schritte zu hören. Dora trat in den Raum und fand sich unversehens in einer mehr als absurden Szenerie.

Von der Frau war nichts zu sehen, anwesend waren nur sechs

Männer. Besser gesagt, drei Paare, denn sie hielten sich in Tanzhaltung eng umschlungen und tanzten einen Tango, den nur sie hören konnten, ohne Musik. Nur das rhythmische Stampfen ihrer Schritte hallte durch den Raum. Sie waren ganz in ihrem Tun versunken, deshalb dauerte es einen Moment, bis der Erste Dora bemerkte und Notiz von ihr nahm. Er erstarrte mitten in der Bewegung, sein Partner hob irritiert den Blick, die anderen Paare gerieten aus dem Takt.

»Wir haben geschlossen«, knurrte er Dora an.

»Tut mir leid, ich dachte bloß, es sei eben eine Frau reingekommen.«

»Hier ist keine Frau«, zischte der Mann. »Frauen haben hier nichts zu suchen!«

»Tut mir leid«, stammelte Dora. »Ich ... ich wusste nicht, dass es eine Bar nur für Männer ist. Aber das sieht man ja, nicht wahr?«

»Was sieht man?« Seine Stimme klang drohend und er machte einen Schritt auf sie zu.

»Nichts, schon gut. Ich ... ich habe kein Problem damit, wenn Sie hier unter sich sein wollen.«

»Was wollen Sie damit sagen?«

»Nichts, ich gehe wohl besser!«

Es war einfach zu ärgerlich. Sie war sich sicher, dass es Rebekka gewesen war. Und sie war sich ebenfalls sicher, dass sie durch genau diese Tür verschwunden war. Und dann diese Bar voller Männer, wie sie miteinander getanzt hatten. Sie benutzten die gleichen Schritte, wie sie ein normales Paar tat. Nur dass es keine normalen Paare waren. Sie hatte ja nicht die leiseste Ahnung gehabt, dass es solche Bars gab, in denen nur Männer verkehrten. Sicher, Edward war auch einer von ihnen. Aber dass es Orte gab, an denen man so offen zu seinen Neigungen stand, war ihr neu. Das hieß aber auch, dass es einen Weg gab, um mehr über diese Bar herauszufinden und was es mit dem Verschwinden von Rebekka auf sich hatte. Sie musste bloß Edward dazu bringen, für sie hinzugehen und sich ein bisschen umzusehen.

»Sag mal, hast du heute Abend schon etwas vor?«, flötete Dora und streichelte Edward über den Nacken.

»Nanu? Geht's dir besser? Ich dachte, du seist krank?«

»Bin ich auch. Aber ich habe da eine Bar entdeckt, die dürfte dir gefallen!«

»Was für eine Bar? Warst du etwa wieder allein unterwegs? Hast du dich rausgeschlichen und ...«

»Beruhige dich!«, unterbrach sie ihn. »Ich habe sie erst heute Nachmittag entdeckt, auf der Corrientes. Ich möchte bloß, dass du mit mir hingehst, mehr nicht.«

»Also schön, wenn es dir schon wieder bessergeht.«

»GUT, hier ist es.« Gedämpftes Licht drang durch die Ritzen der zugezogenen Vorhänge auf den Gehsteig hinaus. »Geh du rein und schau dich um, ich warte hier!«

»Kommst du nicht mit? Wieso? Ich dachte, du wolltest unbedingt herkommen?«

»Ich suche nach einer Frau. Aber heute Nachmittag hat man mir gesagt, es sei eine Bar nur für Männer«, zischte Dora ihm zu.

Edward wurde blass. »Ich halte das für keine gute Idee.«

»Nun mach schon, du sollst dich bloß mal umsehen!« Sie schob ihn auf die Tür zu. Tangomusik drang heraus, als Edward sie öffnete und im Halbdunkel des Windfangs verschwand.

DORA DRÜCKTE sich in die Schatten des nächsten Hauseingangs. Schon seit einer halben Stunde stand sie sich hier die Beine in den Bauch, und von Edward war nichts zu sehen. Er wusste doch, dass sie vor der Tür auf ihn wartete und dass es nicht gut war, wenn man sie als Frau auf der Straße antraf. Allein, im Dunkeln, jeder Polizist würde sie sofort für eine Prostituierte halten und sie mit aufs Revier nehmen. Also warum dauerte das so lange? Die Männer heute Nachmittag hatten nicht gerade den friedlichsten Eindruck gemacht. Ob sie Edward etwas angetan hatten? Was, wenn ihm etwas zugestoßen war?

Dora hielt es nicht mehr aus, sie musste nachsehen. Sie huschte hinüber zum Eingang und öffnete die Tür zur Bar. Tango und Zigarrenrauch schlugen ihr entgegen, als sie den Windfang betrat, wo sie direkt gegen die breite Brust eines Mannes prallte.

»Du schon wieder!«, zischte er. Es war der gleiche Mann wie am Nachmittag. »Was willst du hier?«

»Nichts, ich … suche meinen Verlobten, er ist hier!« Sie drängte sich an ihm vorbei und spähte in den Gastraum. Die Tanzfläche war leer, in den Sitznischen saßen Männer, die meisten allein, manche zu zweit, doch Edward war nicht unter ihnen.

Vielleicht war er hinausgegangen, aber dann hätte sie ihn doch sehen müssen. Vielleicht benutzte er gerade die Waschräume, das musste es sein. Dora machte einen weiteren Schritt in den Raum, stand nun am Rand der Tanzfläche. Alle Augen richteten sich auf sie, gierig, suchend. Sie kannte diese Blicke nur zu gut von damals, aus Bunnys Bar.

Mit einem Mal nahm das allgemeine Interesse an ihr ab, ein Seufzen ging durch den Raum, als sich ein schmaler Spalt in der Wand auftat, eine Tür, bisher sorgsam durch die Tapete verborgen. Nun schwang sie auf und eine Frau trat hindurch.

Rebekka! Mit langsamen wiegenden Schritten durchmaß sie den Raum, bis sie mitten auf der Tanzfläche stand, ihr Blick wie in weite Ferne gerückt. Sie verharrte, atemlos, starr und ließ sich bewundern. Alle Männer sahen sie an und ein jeder hoffte wohl, sie möge ihren Blick auf ihn richten und ihn zum Tanz bitten. Alle Männer, bis auf einen. Aus einer Sitznische heraus taxierte er Dora mit Raubtieraugen, als wolle er damit unter den Stoff ihres Kleides tasten. Von ihm ging etwas Geheimnisvolles aus, wie eine dunkle Aura, die ihn umwehte. Ihre Nackenhaare richteten sich auf. Sie fühlte sich auf einmal nackt, seltsam bloßgestellt und nestelte am Ausschnitt ihres Kleides. Es war wohl besser, zu gehen, doch Rebekka stand immer noch auf der Tanzfläche. Jetzt hatte sie die Chance, sie anzusprechen. Wer wusste schon, wann sich jemals wieder die Gelegenheit dazu bieten würde? Dora machte einen Schritt auf die Tänzerin zu. Der Mann in der Ecke schnellte hoch. Er bewegte sich mit maßgeschneiderter Präzision, steuerte auf sie zu und stellte sich ihr in den Weg.

»Darf ich bitten?« Er sprach Deutsch mit einem rauchigen Akzent, der seine Stimme noch tiefer färbte. Es klang nicht wie eine Frage, sondern wie eine Anweisung. Als sei er es gewohnt, Befehle zu erteilen. An der Hand, mit der er ihre ergriff, blitzte ein brillantbesetzter Siegelring, groß wie ein Taubenei. Die Art, wie sich das Licht in den

Facetten zu winzigen Regenbogen brach, verriet, dass es sich dabei um echte Steine handelte.

»Nein, ich …« Dora versuchte, ihre Hand zurückzuziehen, doch er hielt sie unerbittlich fest.

»Sie wollen mich doch jetzt nicht zurückweisen, hier, vor allen Augen.« Er sah sie eindringlich an. »Nicht wahr, Fräulein Neumann?« Er ergriff erneut ihre Hand und zog sie an sich.

Dora war zu verblüfft, um zu protestieren. »Sie kennen meinen Namen?«

»Natürlich.« Seine Stimme hatte einen beinahe spöttischen Unterton, doch sein Gesicht blieb seltsam unbewegt. »Sie sind das deutsche Fräulein, *La Señorita Aleman.*« Er klang nicht wie einer ihrer üblichen Verehrer.

»Haben Sie einen meiner Auftritte gesehen?«

Er blieb ihr die Antwort schuldig und lächelte nur vielsagend.

»Und mit wem habe ich die Ehre?«

»Gestatten, mein Name ist Schwarz.«

»Das passt!«, entfuhr es ihr, denn selten hatte sie einen treffenderen Namen gehört. Bis auf sein blütenweißes Hemd war alles an ihm schwarz, von Lackschuhen über den Maßanzug bis hin zu seinem zurückgestrichenen Haar, es glänzte unter einer dicken Schicht Brillantine wie Klavierlack. Das Ungewöhnlichste an ihm aber waren seine Augen, die ebenso schwarz waren wie der Rest von ihm. Es schien, als würde die Iris mit der Pupille verschmelzen, zu einem seelenlosen Loch. Ein nachtschwarzer Himmel ohne Sterne. Er wandte den Blick ab und nickte dem Orchester zu. Auf einmal begriff Dora, dass alle nur auf sie gewartet hatten. Rebekka hatte längst einen Tanzpartner erwählt, und die ganze Bar schien in atemloser Stille zu verfolgen, was sich zwischen ihr und diesem Herrn auf der Tanzfläche abspielte.

Schwarz zog sie an sich, in Tanzhaltung, die eine Hand fest auf ihrem Rücken, die Führhand weit erhoben, dass sie zu ihm aufschauen musste. Ihre Blicke trafen sich und sie erschauerte im Anbetracht der Leere in seinen Augen. Endlich setzte die Musik ein und er riss sie mit sich. Noch nie hatte sie einen Tänzer wie ihn erlebt. Er war ein Egoist. Jede seiner Bewegungen zielte auf den Effekt und sein Lächeln verriet, dass er sich seiner Sache sicher war. Dieses selbstgefällige Lächeln machte sie rasend. Dora stellte sich gegen seine Führung, tanzte eine schnelle *ocho*, drehte den Oberkörper raus und brachte ihre Schritte auf eine Bahn, die parallel zu seinen verlief. Er parierte es, setzte seinen nächsten Schritt einfach zwischen ihre Füße und zwang sie auf seine Linie zurück. Sie verzögerte einen Moment, ließ sich etwas zurückfallen, um sich mehr Raum zu verschaffen. Doch er hielt ihre Hand fest in seiner Umklammerung und wich einen Schritt zurück. Dora sackte ab und beugte vor ihm das Knie, um nicht zu straucheln. Sie musste nun vollends zu ihm aufschauen. Ja, das gefiel ihm. So wollte er sie haben, klein und unterwürfig. Doch das konnte ihm so passen! Sie ließ sich von seinem Schwung mitreißen und richtete sich wieder auf. Mit der nächsten Drehung versuchte sie, ihm erneut zu entwischen. Seine Lippen spannten sich zu einem grimmigen Lächeln und mit einem Ruck fing er sie wieder ein.

So ging es ein ums andere Mal. Jeden Zentimeter Boden, den sie ihm abtrotzte, nahm er sich mit Leichtigkeit zurück. Es glich wohl mehr einem Ringkampf als einem Tanz, wie sie miteinander um die Oberhand rangen, und mochte für die Betrachter wohl eher komisch erscheinen.

»Sie tanzen wie ein störrischer Esel!«, kommentierte er prompt.

»Wenn Sie glänzen wollen, hätten Sie besser mit ihr tanzen sollen!«, gab sie schnippisch zurück und nickte rüber zu Rebekka, die sich mit geschmeidiger Eleganz um ihren Tanzpartner schlängelte.

»Denken Sie nicht einmal daran, sich mit ihr zu vergleichen. Es gelingt Ihnen nicht!«

»Sie mögen vielleicht die Schritte beherrschen, Herr Schwarz, aber es mangelt Ihnen an Takt!«

»Takt ist etwas für die Mittelmäßigen!«, entgegnete er leichthin. »Warum interessieren Sie sich so für die Dame?«

»Wer sagt, dass ich mich für sie interessiere?«

»Waren Sie nicht heute Nachmittag schon einmal hier?« Wieder eine dieser Fragen, die gar keine war.

»Woher wollen Sie das wissen? Sie waren nicht hier.«

»Das stimmt«, antwortete er trocken. »Also, was wollen Sie von ihr?«

»Nichts.« Dora zuckte mit den Achseln. »Ich frage mich nur, wie sie heißt?«

»Man nennt sie *La Pantera*.«

»Ich will nicht wissen, wie man sie nennt, sondern wie sie heißt.«

»Sagt der Name, den man uns gibt, nicht manchmal mehr über uns als unser wirklicher Name?«

»Und? Wie nennt man Sie, Herr Schwarz?«

»*El Tigre*.«

»Den Tiger?« Sie lachte auf. »Warum? Tragen Sie gerne gestreifte Anzüge?«

»So nennt man jemanden, der klug und vorausschauend handelt.«

»Wenn Sie so klug sind, wie Sie vorgeben zu sein, kennen Sie dann auch den echten Namen von *La Pantera*?«

»Gewiss. Warum wollen Sie ihn wissen?« Sein Blick bohrte sich in ihren.

»Das ist meine Sache.«

»Sie heißt Maria Dolores Léon. Sind Sie nun zufrieden?«

»Nein, bin ich nicht.«

»Warum nicht?«

»Ich glaube, Sie lügen mich an.« Sie studierte sein Gesicht, suchte nach Anzeichen einer Lüge, aber da war nichts außer dieser glatten Fassade.

Schwarz schenkte ihr ein unschuldiges Lächeln. »Warum sollte ich das tun, Fräulein Neumann?«

»Ach, wissen Sie was, ich frage sie einfach selbst, gleich nach dem Tanz.«

»Ich fürchte, das wird nicht möglich sein.«

»Wollen Sie es mir etwa verbieten?«

Er schüttelte den Kopf. »Sie spricht nicht.«

»Was soll das heißen?«

»Sie ist stumm.«

»Sind Sie sicher?«

»Aber ja, wenn ich's Ihnen doch sage. Stumm wie ein Fisch, die Arme.«

Konnte sie sich wirklich geirrt haben? Wenn Schwarz recht hatte und die Frau war wirklich Maria Dolores Léon und nicht Marthas Schwester, wie kam es dann, dass sie ihr so ähnlich sah? Die gleichen störrischen Locken, die leicht schräg stehenden Augen, die Art, wie sie tanzte. Die Handschrift des gestrengen Ballettregimes ihrer Mutter war unverkennbar. Und doch ... hätte Martha nicht erwähnt, dass ihre Schwester stumm war?

Dora war so vertieft in ihr Grübeln, dass sie gar nicht bemerkte, wie Schwarz die Führung übernahm. Er trieb sie vor sich her, die Führhand hoch über ihrem Kopf, ein Puppenspieler, der seine Marionette tanzen ließ. Die Violine sang ihr Lied von zärtlicher Eroberung, und Dora war ihm blindlings gefolgt. Er presste ihr seine Hand in den Rücken, zwang sie ins Hohlkreuz. Mit der anderen schob er sie nach hinten und bog ihren Oberkörper in eine tiefe Rückbeuge. Die letzten Töne des Tangos verklangen in der rauchgeschwängerten Luft. Seine Raubtieraugen erkundeten die Landschaft ihres Körpers. Wie hungrige Wölfe wanderten sie über die sanften Hügel ihrer Brüste, die sich unter dem Stoff ihres Kleides wölbten, umstrichen ihre Flanken, glitten tiefer. In seinem Blick lag eine stumme Wertung, und sie ertappte sich bei dem Gedanken, dass sie ihm gefallen wollte. Doch in diesen Augen war nichts außer dieser seltsamen Leere und ihrem Spiegelbild. Sie sah sich selbst in seinen Augen, wie er sie zwang, sich ihm anzubieten. Wie sie sich ihm präsentierte, das Becken weit vorgeschoben. Als warte sie nur darauf, er möge sie endlich bespringen. Ein triumphierendes Lächeln kroch über sein Gesicht, doch es erreichte seine Augen nicht. Es prallte daran ab, als schrecke es zurück vor dieser endlosen Leere. Er begann zu lachen, laut und volltönend, sein ganzer Körper wurde davon geschüttelt. Sein Lachen hallte von den Wänden wider und füllte die Stille nach dem Tango mit beißendem Spott.

Dora befreite sich aus seinem Griff, sah, wie die Tür in der Wand sich hinter der Tänzerin und ihrem Gast schloss, und fuhr herum. Alle starrten sie an, selbst die beiden Kellner an der Bar verfolgten das seltsame Schauspiel, und Schwarz lachte noch immer. Sie raffte ihre Röcke und floh aus der Bar.

»Dora!« Edward fasste sie am Arm und zog sie mit sich, die Corrientes hinunter, fort von der Bar. Die Brise, die vom Puerto Madero heranwehte, strich kühl über ihre Wange. Sie fühlte sich seltsam erhitzt und verwirrt.

»Wieso warst du da drin?«

»Ich … Du bist nicht wieder rausgekommen, also bin ich reingegangen, um nachzusehen, wo du steckst. Aber du warst nicht da.«

»Ich bin durch die Hintertür raus. Du warst verschwunden und ich habe gewartet, aber dann dachte ich, vielleicht bist du nach Hause gegangen und wollte gerade nachkommen.«

»Wie lange hast du da gestanden?«

»Nicht lange, vielleicht fünf Minuten.«

Waren es wirklich nur fünf Minuten? Es kam ihr viel länger vor, als habe der Tanz mit Schwarz eine Ewigkeit gedauert. Als würde die Zeit in der Bar anders laufen als hier draußen in der realen Welt.

»NUN SETZ dich endlich und erzähle!« Dora deutete ungeduldig auf einen der Esszimmerstühle.

Edward seufzte. »Was soll ich groß sagen?«

»Na, was passiert ist. Ich will alles wissen.«

»Also, ich bin reingegangen und habe mich an einen Tisch gesetzt.«

»Hast du mit ihr getanzt?«

»Nicht so schnell! Sie hat erstmal mit anderen Männern getanzt, es hat ein bisschen gedauert, bis sie mich erwählt hat.«

»Erwählt … wie das klingt, wenn du es sagst. Und dann?«

»Haben wir zwei Schritte miteinander getanzt, aber ich war wohl zu schlecht.«

»Wie meinst du das?«

»Sie hat plötzlich mit dem Kopf geschüttelt und mich fortgestoßen.«

»Hat sie was gesagt?«

»Nein, sie hat sich einfach umgedreht und den nächsten ausgewählt. Weißt du eigentlich, wie dämlich ich mir dabei vorgekommen bin?«

»Und dann?«

»Hat man mir empfohlen, erst einmal ein paar Übungsstunden zu nehmen. Und dann wurde ich hinausgebeten, um es freundlich auszudrücken.«

»Wer? Ein Herr Schwarz vielleicht? Groß, dunkler Typ.«

»Nein, der Kerl an der Tür. Und er hat sich auch nicht bei mir vorgestellt, als er mich zur Hintertür rausgeworfen hat.«

»Und dann?«

»Bin ich durch den Garten im Innenhof wieder nach draußen gelangt, allerdings auf der Calle Maipú. Ich musste um den Block laufen, und als ich um die Ecke kam, warst du nicht mehr da.«

»Wir müssen uns wohl knapp verpasst haben.«

»Und, hast du mit ihr gesprochen?«

»Nein, er sagt, sie spricht nicht.«

»Wer sagt das?«

»Dieser Herr Schwarz, ich habe mit ihm getanzt.« Er hatte wohl eher mit ihr getanzt, aber das tat ja nichts zur Sache. »Er sagt, sie heiße Maria Dolores Léon.«

»Woher will er das wissen, dein Herr Schwarz?«

»Er ist nicht mein Herr Schwarz!«, fuhr sie ihn an. »Er ist ein Scheusal, ein ungehobelter Klotz. Er besitzt keinerlei Manieren.«

»Warum bist du denn auf einmal so empfindlich.«

»Ich bin nicht empfindlich, er war einfach unverschämt! Und außerdem habe ich Kopfschmerzen und mein Hals brennt. Und mir ist heiß.«

»Lass mal sehen.« Edward beugte sich vor und legte ihr eine Hand auf die Stirn. »Mein Gott, du glühst ja! Ich glaube, du hast Fieber, du gehörst ins Bett.«

KAPITEL 37

Es ging ihr am nächsten Morgen nicht besser, im Gegenteil, das Fieber war gestiegen, und wenn sie versuchte zu sprechen, brachte sie nicht mehr als ein Krächzen hervor. Edward ließ einen Arzt rufen. Er erschien gegen drei; ein altersschwaches, dürres Männlein mit einer Arzttasche, so groß, dass man ihn darin würde beerdigen können, wenn er in Ausübung seines Berufs tot umfiel. Er musterte Dora aus erstaunlich wachen Augen, fühlte ihre Stirn, maß ihre Temperatur und ließ sie die Zunge herausstrecken. Sie sagte »Aaaaaaaaa«, er kratzte sich am Ohr, kramte nach einem Stethoskop und horchte sie ab, wackelte kurz mit dem Kopf und kratzte sich wieder am Ohr.

Edward knetete seine Hände. »Und?«

Der Doktor seufzte, rollte das Stethoskop auf und verstaute es ordentlich in der Tasche, bevor er sich zu Edward umdrehte. »Sie hat eine Rachenentzündung, die Stimmbänder sind angegriffen, aber die Lunge ist frei.«

»Und was heißt das?«

»Ich schreibe Ihnen etwas auf, lassen Sie es aus der Apotheke besorgen. Und ansonsten muss sie sich schonen, ein, zwei Wochen, mindestens.« Er griff nach seiner Tasche.

»Das geht nicht!«, krächzte Dora. »Ich habe einen Auftritt, am Samstag.«

»Den können Sie absagen. Bettruhe, verstehen Sie? Ansonsten

kann die Entzündung auf die Mandeln übergreifen oder auf die Lunge, damit ist nicht zu spaßen!« Er sah sie streng an, dann lächelte er milde. »Ich komme in ein paar Tagen wieder, um nach Ihnen zu schauen. Und bis dahin schonen Sie sich!«

So blieb ihr nichts anderes übrig, als das Bett zu hüten und sich in fiebrigen Träumen zu wälzen, in denen sie von dunklen Wölfen getrieben wurde. Sie hetzten sie durch endlose Gänge, schwarze Augen starrten von den Wänden herab und verfolgten jede ihrer Bewegungen, bewerteten, wie sie sich schlug auf der Flucht vor den Wölfen, bis sie zitternd und schreiend erwachte, nur um kurz darauf wieder in den nächsten Fiebertraum wegzugleiten. Nach ein paar Tagen ging das Fieber zurück, Dora fühlte sich immer noch zittrig und schwach, aber die Temperatur sank.

»Geht's dir langsam besser?« Edward setzte sich zu ihr auf die Bettkante.

»Ein wenig. Aber hör mich doch an!« Ihre Stimme versagte ihr weiterhin den Dienst, so viele Pastillen sie lutschte und Tee sie auch trank, sie wollte einfach nicht wiederkehren. Wie sollte sie so wieder auf die Bühne gehen? Mit einer Stimme wie eine rostige Gießkanne war ans Auftreten gar nicht zu denken.

»Das wird schon wieder. Du brauchst einfach noch ein bisschen Ruhe, hab Geduld.«

»Geduld, das sagst du so. Ich liege hier rum, statt zu proben, und du sprichst von Geduld. Das wäre meine Chance gewesen, begreifst du das denn nicht?«

»Ich weiß.« Er stand auf und strich die Decke glatt. »Aber irgendwann wird eine neue Chance kommen, und bis dahin musst du dich einfach gedulden.«

Ach, es war so frustrierend, dieses ganze Nichtstun machte sie noch verrückt. Außerdem ging ihr die seltsame Begegnung mit diesem Herrn Schwarz nicht mehr aus dem Kopf. Vielleicht lag es auch am Fieber, dass es ihr rückwirkend alles so unwirklich erschien. Er behauptete, *La Pantera* heiße in Wahrheit Maria Dolores Léon. Weiterhin hatte er behauptet, die Tänzerin sei stumm, was Edward in gewisser Hinsicht bestätigt hatte. Trotzdem wurde Dora das Gefühl nicht los, dass er log. Aber was hätte er davon, sie anzulügen? Vielleicht hatte er ja auf seine Weise auch recht, vielleicht hatte Rebekka ihren Namen gewechselt und trug nun eine Art Künstlernamen.

Löwenstein, Léon, das war doch naheliegend, vielleicht wusste er es einfach nicht besser. Und er? Was wusste sie eigentlich über ihn? Er war reich, offensichtlich, auch wenn seine Manieren zu wünschen übrigließen. Er war arrogant und hochnäsig, ja genau, hochnäsig, das war er! Ein hochnäsiger feiner Pinkel! Was bildete er sich eigentlich ein, so mit ihr umzugehen? Sie war schließlich eine erfolgreiche Schauspielerin, auch wenn der Erfolg noch immer auf sich warten ließ, wenn man ehrlich war. Aber immerhin, sie war jemand, er hatte ihren Namen gekannt und sie seinen nicht, war es nicht so? Das sagte doch was aus über ihren Status, oder etwa nicht? Er hätte ihr ruhig ein bisschen schmeicheln können, aber nein … und überhaupt, warum dachte sie schon wieder an ihn? Allein dieser lächerliche Spitzname, *El Tigre,* also bitte! Viele Tangotänzer hatten einen Spitznamen, aber der war ja wohl einfach ein bisschen zu dick aufgetragen. Vielleicht hielt er sich deshalb für unwiderstehlich. Gut, er war ein phantastischer Tänzer, aber war sie nicht der beste Beweis, dass er nicht so unwiderstehlich war, wie er glaubte? Schließlich hatte sie ihm widerstanden; sie war bloß am Ende etwas abgelenkt gewesen, so dass er meinte, gewonnen zu haben. *Ich könnte mich ohrfeigen, dass ich ihm diesen Triumph gegönnt habe!* Und trotzdem … diese Augen. Sie hatten etwas Gefährliches, und sie war sich sicher, unter seiner geleckten Fassade lauerte ein Raubtier. Aber die Art, wie er sie angesehen hatte mit diesen geheimnisvollen schwarzen Augen, brachte ihr Blut in Wallung und ihre Nerven zum Singen.

»SAG MAL, hast du nicht Lust, zu einer Übungsstunde zu gehen?«

»Warum sollte ich? Wie dir bekannt sein dürfte, interessiere ich mich nicht sonderlich für andere Frauen.«

»Die Übungsstunde ist ja auch nur für Männer, sie tanzen miteinander, ohne Frauen.«

Edwards Augen blitzen auf, sie hatte sein Interesse geweckt. »Sag das doch gleich!«

Augenblicklich überkam sie ein schlechtes Gewissen, dass sie seine Neigung so schamlos für ihre Zwecke nutzte, aber die Neugier brannte stärker. »Also, wirst du hingehen?«

»Ich kann es mir ja mal anschauen.«

»Aber sei vorsichtig. Diese Männer sind nicht wie du.«

»Ich habe lange genug in einem Internat gelebt, um zu wissen, wie ich mich zu verhalten habe.«

Sie hoffte, er hatte recht und wusste, wo seine Grenzen lagen, doch das Funkeln in seinen Augen strafte seine Worte Lügen.

UM KURZ NACH halb acht war er zurück. »Und, wie war's?«

»Es war herrlich!« Edward strahlte förmlich, seine Augen leuchteten und auf seinen Wangen lag ein rosiger Schimmer. »Wie sie miteinander getanzt haben, es war so förmlich und kultiviert, gleichzeitig hatte es etwas Animalisches, Wildes.«

»Hast du sie gesehen?«

»Wen?«

»Na, die Tänzerin? War sie da?«

»Nein, es war genau, wie du gesagt hast, nur Männer, die miteinander tanzen. Ach, es war wunderbar!«

»War dieser Herr Schwarz auch da?«

»Ja, wenn wir den Gleichen meinen. Er hat aber nicht mitgetanzt. Er hat seltsame Augen, nicht wahr?«

»Ja, das ist er.«

»Er saß nur in seiner Sitznische und hat mich beobachtet. Es war irgendwie unheimlich.« Edward schauderte. »Als würde er über mich urteilen. Aber ich glaube, ich habe mich ganz gut geschlagen, fürs erste Mal.«

»Was meinst du damit? Willst du etwa wieder hingehen?«

»Aber natürlich!« Edwards Augen funkelten vergnügt. »Ich tanze furchtbar schlecht, ich muss noch viel lernen.«

»Du spielst mit dem Feuer Edward, das sollte dir klar sein.«

»Ja, mit dem Feuer der Leidenschaft, es brennt in meinen Adern!«

»Pass auf, dass du dir nicht die Finger daran verbrennst.«

»Ach, gönn mir doch den Spaß!«

EDWARD WARF einen letzten prüfenden Blick in seinen Taschenspiegel. Er lag schwer in seiner Hand, das abgegriffene Silber fühlte sich fast samtig an. Er ließ das Gehäuse zuschnappen und versenkte den Spiegel in der Hosentasche. Dann nahm er seinen Hut, schloss die

Bürotür hinter sich ab und ließ sich mit den anderen Angestellten und letzten Kunden aus der Bank spülen, hinaus auf die Straße. Die Reconquista brummte vor Menschen, sie alle strebten dem Feierabend entgegen. Edward winkte ungeduldig nach einer Droschke. Es waren zwar nur ein paar Blocks, aber er schätzte einen angemessenen Auftritt und wollte auch heute nicht darauf verzichten. Edward lehnte sich zurück in das Lederpolster der Droschke. Er pfiff einen Tango vor sich hin, seit Stunden fieberte er der Practica entgegen, denn er hoffte, Jorge, sein Liebling würde auch da sein.

Er bezahlte den Fahrer, kämpfte einen kurzen Moment gegen die Schmetterlinge in seinem Bauch und betrat die Bar. Augenblicklich umfing ihn diese spezielle Atmosphäre aus Dämmerlicht und Zigarrenrauch mit ihrer liebkosenden Berührung. Die meisten waren schon da, es waren eigentlich immer dieselben Männer, die sich zur Practica versammelten. Doch bisher wusste er nicht, was sie miteinander verband. Edward nickte in die Runde, ging zu einer Sitznische, nahm seinen Hut ab und warf ihn auf den Tisch, als wolle er damit sein Revier markieren. Eigentlich hatte er noch gar nichts herausgefunden, sehr zu Doras Enttäuschung. Ihm gegenüber gaben die Männer sich zugeknöpft, doch sie würden ihn schon irgendwann akzeptieren, so hoffte er. Aber im Grunde genommen war es ihm auch egal. Denn diese Tänzerin, La Pantera, war zwar überhaupt nicht anwesend, trotzdem bot sie ihm die perfekte Ausrede, die Practica immer wieder zu besuchen. Und er machte ja auch Fortschritte beim Tanzen.

Jorge trat durch die Seitentür. Eigentlich hieß er Georgi, doch er nannte sich Jorge wie ein Hiesiger. Vermutlich war er schon eine ganze Weile im Land. Jorge war ein richtiger Kerl, stämmig wie ein Bulle mit einem kantigen Gesicht und kräftigen Händen. Edward nickte ihm zu und Jorge tippte sich an seine Hutkrempe. Das lief ja heute prächtig! Und tatsächlich, kaum, dass sie Aufstellung nahmen, um sich mit Blicken zu duellieren, kam Jorge auch schon auf ihn zu und griff nach seiner Hand. Edward schluckte und sah zu ihm auf, ihre Blicke trafen sich. Jorges Augen bohrten sich in seine, als wolle er ihn niederstarren. Edwards Herz schlug schneller. Dann kroch ein zufriedenes Grinsen über Jorges breite Züge. Dabei fügte sich Edward nur zu gern in die Rolle des Weibes. Er unterdrückte ein Lächeln. Was hatte er nur für ein unverschämtes Glück, dass man ihn ausgerechnet in die Stadt geschickt hatte, in der es so wenige Frauen gab, dass hier die Männer miteinander tanzten. Er genoss den Druck von Jorges Hand und wünschte sich, sie möge an anderer Stelle ebenso kräftig zupacken. Ein vertrautes Kribbeln rann durch seine Lenden, oh nein, bitte nicht jetzt! Doch schon richtete sich sein Schwanz auf, lüstern und geil drückte er sich durch den Stoff seiner Hose. Edward schluckte. Einfach an etwas anderes denken, denk an … Doch es war schon zu spät, Jorge hatte es gemerkt.

»*Trolo*!« Er stieß ihn von sich weg.

Edward hatte inzwischen genug aufgeschnappt, um zu verstehen. »Aber nein, nicht doch.« Jetzt bloß die Nerven bewahren. »Hältst du mich etwa für eine Schwuchtel?« Sein Lachen klang selbst in seinen Ohren aufgesetzt und zu schrill.

»Du hast einen Steifen!« Jorge wies mit seinem anklagenden Zeigefinger auf die Delle in Edwards Schritt.

Er hob die Hände. »Aber doch nur, weil ich an sie gedacht hab, *La Pantera*«, plapperte er und versuchte zu beschwichtigen. »Meinst du, ich bin langsam gut genug, um es mit ihr aufzunehmen?«

Jorge schüttelte den Kopf und starrte immer noch auf die verräterische Beule. »Ich glaube dir nicht! Du hast dich an mir gerieben und bist davon geil geworden, du kleine Schwuchtel.«

Die anderen Männer hatten aufgehört zu tanzen, und verfolgten die Szene argwöhnisch. Sie kamen näher, bildeten einen Kreis um ihn und Jorge, immer enger, kamen bedrohlich nah. Edward konnte die Wut in ihren Augen sehen. Ein Schweißtropfen rann seine Schläfe hinab. Er schloss die Augen, atmete einmal tief durch und sandte ein stilles Gebet zum Himmel. »Wirklich, Jungs, ich bin genau wie ihr, ich …«

Weiter kam er nicht. Jorges Faust flog auf ihn zu und bohrte sich in seinen Magen. »Soll ich dir zeigen, was wir mit *trolos* wie dir machen?«

Edward krümmte sich zusammen und schnappte nach Luft. Jetzt bloß keine Schwäche zeigen. Er richtete sich auf und schüttelte den Kopf. Der nächste Schlag traf ihn in die Nieren, von hinten, jemand anderes hatte zugeschlagen. Jorge boxte ihm erneut in den Bauch. Edward konnte nicht mehr atmen, er bekam keine Luft mehr. Jorges Faust traf seine Schläfe. Ihm wurde schwarz vor Augen. *Reiß dich zusammen, Teddy, jetzt bloß nicht ohnmächtig werden. Sonst machen sie dich fertig, sie machen Mus aus dir.* Ein Kinnhaken schickte ihn zu

Boden. Jorge trat zu, dann noch einer, ihre Schuhspitzen bohrten sich in seine Seite, seinen Rücken. Ein lautes Krachen durchfuhr ihn, als seine Rippen brachen, gefolgt von einem brüllenden Schmerz. *Das war es,* dachte Edward, *sie werden mich zerquetschen wie eine Fliege.*

»Genug!« Die Stimme zerriss die Luft wie ein Peitschenknall. Die Männer ließen von ihm ab und wichen zurück. Und endlich, endlich ließ die verdammte Erektion nach und auch der Druck auf seiner Blase, als sie sich abrupt entleerte. Edward lag wimmernd auf dem Boden der Bar und nässte sich ein.

»Hörst du mir eigentlich zu?« Carolina wedelte mit der Hand vor Doras Augen auf und ab.

Dora zuckte zusammen. »Entschuldige, was hast du gesagt?«

»Ist alles in Ordnung?«

»Ja, ja, sicher.«

»Wieso schaust du dann ständig auf die Uhr?«

»Ich frage mich nur, wo Edward bleibt?«

»Wohin ist er denn gegangen?«

Er war wieder bei der *Practica,* wo sonst? »Ich weiß nicht. Er meldet sich nicht bei mir ab, wann und wohin er geht«, antwortete sie, vielleicht eine Spur zu zickig. Wie oft hatte sie ihm gesagt, er solle vorsichtig sein?

»Es ist schon ein wenig seltsam, findest du nicht?« Carolina malte mit der Fingerspitze die Muster der Tischdecke nach.

Ja, es war in der Tat seltsam. Für gewöhnlich kam Edward gegen acht, halb neun nach Hause, in aufgekratzter Stimmung und seltsam überdreht. Doch jetzt war es fast zehn und er war immer noch nicht zurück. Aber woher wollte Carolina seine Gewohnheiten kennen?

»Wie meinst du das?«, hakte Dora nach.

Carolina hob ihren Blick von der Tischdecke und sah sie an, aus ihren großen, fragenden Rehaugen. »Na, mit euch, wie ihr hier lebt. Dein Verlobter, er lässt dich so lange allein mit einem anderen Mann. Macht er sich keine Sorgen?«

»Wieso sollte er? Es ist wohl eher deine Mutter, die sich sorgt.«

Carolina wurde rot und studierte wieder das verschlungene Rankenmuster der Tischdecke.

»Edward ist nur ein Freund«, setzte Dora hinzu. »Mehr als das, er ist wie ein Bruder für mich!« Das war nicht einmal gelogen. Sie lebten wie Brüderchen und Schwesterchen, seitdem Jack nach London aufgebrochen war. Und außerdem hatte Edward inzwischen anderes im Sinn. Sie sah doch, wie seine Augen leuchteten, wenn er vom Tanzen kam. Es gab jemand Bestimmten, der ihn dazu brachte, und sie war sicher, Edward war drauf und dran, eine große Dummheit zu begehen. Sie konnte nur beten, dass er sich im Griff hatte. Der Tango machte einen ganz wirr im Kopf.

»Stört es dich nicht, dass er dich allein lässt?«, setzte Carolina an.

»Wer?«

»Na, dein Verlobter. Liebst du ihn nicht?«

»Doch, natürlich liebe ich ihn. Was glaubst du, warum ich so lange auf ihn warte?«

»Und er? Liebt er dich?«

»Ich hoffe schon, sonst würde er ja nicht immer wieder zu mir zurückkommen.«

»Was macht dich so sicher, dass er zurückkommen wird?«

Dora seufzte. »Weißt du, Jacks Liebe ist wie die Grippe, sie kommt mit dem Wind, bleibt ein paar Tage und zieht von dannen, wenn sich das Wetter ändert. So ist er nun mal.«

»Ich weiß nicht, ob ich das ertragen könnte. Was, wenn er in London eine andere kennenlernt?«

Das hatte sie sich auch schon gefragt, und der Gedanke machte sie rasend vor Eifersucht. Jack war kein Kind von Traurigkeit, und sein Charme brachte Eisberge zum Schmelzen. Mit Sicherheit amüsierte er sich prächtig während seines Aufenthalts in London. Und mit Sicherheit lag er nachts nicht allein in seinem Bett und fühlte sich einsam und verlassen, während er an sie und Edward dachte. Nein, Jack wusste, sich das Bett zu wärmen, zur Not mit Rosella. Dora konnte ihr Kreischen und Quietschen förmlich hören, mit dem sie sich von Jack durch ihre Gemächer scheuchen ließ, bevor er sie aufs Bett warf und zwischen Rosellas wogenden Hüften versank. Ihr wurde schlecht, wenn sie nur daran dachte. Warum hatte Carolina auch damit anfangen müssen? Jetzt würde sie wieder die ganze Nacht wachliegen und kein Auge zutun, so verrückt machte sie der Gedanke an Jack und seine Liebschaften. Aber vorher würde sie

Edward die Ohren langziehen, wenn er nach Hause kam, und ihm gehörig die Leviten lesen.

Dora warf einen erneuten Blick auf die Uhr, halb elf. »Musst du nicht langsam mal ins Bett?«

»Alle behandeln mich wie ein Kleinkind, selbst du!«

Dora fasste sie an den Schultern und bugsierte Carolina sanft zur Tür. »Tue ich nicht, aber du weißt, deine Mutter mag es nicht, wenn du den ganzen Abend hier rumlungerst!«

Endlich! Dora schnaufte durch, als sich die Tür zur Févrierschen Wohnung hinter Carolina schloss. Und noch immer keine Spur von Edward. Ihm musste etwas zugestoßen sein, sie konnte es spüren, die Ahnung kribbelte auf ihrer Kopfhaut wie Ameisen. Sie musste ihn suchen!

Der *Pampero* pfiff eisig durch die Straßen, ein Hauch von Herbst lag in der Luft. Dora zog ihren Mantel enger, schlug den Kragen hoch und ließ sich vom Wind die Reconquista hinaufschieben. Sie hielt inne. Wo sollte sie eigentlich anfangen, zu suchen? Sie konnte ja schlecht einfach in die Bar platzen und fragen, wo er blieb. Vielleicht sollte sie es zunächst am Hintereingang probieren? Eine Ahnung sagte ihr, dass dies der bessere Ort war, um mit der Suche zu beginnen. Also folgte sie der Calle Maipú und näherte sich der Bar von hinten. Sie drückte sich eng in die Hauseingänge, wie jemand, der etwas zu verbergen hat. Das machte sie nicht gerade unauffällig, aber sie fürchtete, ansonsten von der Polizei aufgegriffen zu werden, allein zu dieser späten Stunde. Und tatsächlich kam ihr eine Straßenläuferin entgegen, die gerade hier ihre Runde drehte.

»Das ist mein Revier«, zischte sie ihr im Vorbeigehen zu, doch Dora hatte nicht vor, es ihr abspenstig zu machen, sie hatte ganz andere Sorgen. Sie hatte es die ganze Zeit geahnt, dass etwas Schlimmes passieren würde, Edward war leichtsinnig geworden. Wie oft hatte sie ihm gesagt, er solle vorsichtig sein? Sie hatten sogar darüber gestritten, seitdem ging er heimlich, aber bisher war er immer zurückgekehrt. Sie konnte nur beten, dass er keine Dummheit begangen hatte.

Ihre Intuition hatte sie nicht getäuscht. Fast hätte sie ihn übersehen, wäre beinahe vorbeigelaufen an dem zerknüllten Bündel Mensch, das zwischen den Müllkübeln am Straßenrand lag. Sie hielt ihn für einen Penner, doch dann fiel ihr Blick auf etwas Glitzerndes, das ihm aus der Hosentasche gerutscht war. Ein Taschenspiegel. Penner besaßen keine silbernen Taschenspiegel. Sie sank vor ihm auf die Knie und berührte ihn sanft an der Schulter.

»Oh, Edward!«, hauchte sie und kämpfte gegen die Tränen an. Er sah schrecklich aus, selbst im schwachen Schein der Gaslaterne konnte sie sehen, dass er übel zugerichtet war, das Gesicht zerschlagen, die Augen fast zugeschwollen, seine Kleider zerrissen.

»Dora«, röchelte er, seine Stimme klang hohl und sein Atem ging pfeifend.

»Vorsichtig, ich helfe dir hoch.«

Sein Stöhnen verriet, dass es ihm große Schmerzen bereitete, doch irgendwie schaffte sie es, ihn aufzurichten. Edward stützte sich schwer auf ihre Schulter, sein schmaler Körper schien plötzlich eine halbe Tonne zu wiegen, er schwankte und hielt sich nur mit Mühe auf den Beinen.

»Wir müssen dich in ein Krankenhaus bringen.«

»Auf keinen Fall! Ich will einfach nur nach Hause.«

»Kannst du laufen?«

Edward biss die Zähne zusammen. »Wird schon gehen, wenn du mich stützt.«

Die Treppen bis in den vierten Stock hoch zu ihrer Wohnung schienen endlos zu sein, Edward musste alle paar Stufen anhalten und eine Pause einlegen, um nach Luft zu schnappen. Jeder Atemzug wurde von einem Pfeifen begleitet. Von dem Lärm wurden die Févriers wach, die Tür zu ihrer Wohnung öffnete sich einen Spalt. Madame Février schob ihre Nase hindurch und spähte ins Treppenhaus. Ausnahmsweise war Dora mal froh, sie zu sehen.

»Schnell, wecken sie Vidal, er soll einen Arzt holen.«

»Ich brauche keinen Arzt«, keuchte Edward. »Es wird schon gehen.«

Die Tür öffnete sich komplett, Monsieur Février war ebenfalls wach geworden, er trug einen wattierten Morgenmantel über seinem gestreiften Nachthemd und schob sich nun hinaus in den Flur. »Was ist passiert?«

»Ich … ich wurde überfallen. Von einer Bande, sie wollten mich ausrauben, aber ich habe meine Börse verteidigt.« Edward fischte sein

Portemonnaie aus der Innentasche seines ramponierten Jacketts und schwenkte es durch die Luft wie eine Trophäe.

»Das war dumm von Ihnen, Sie hätten ihnen das Geld geben sollen, dann hätte man Sie in Ruhe gelassen. Trotzdem sollten wir die Polizei rufen.«

»Ach, was soll das denn bringen?«, wehrte Edward ab. »Die sind doch längst über alle Berge. Ich brauche bloß ein Bad und ein Bett und morgen bin ich wieder ganz der Alte.«

Dora schob ihn in sein Schlafzimmer. Er sah grauenhaft aus, sein Hemd und die Weste zerrissen, befleckt mit seinem eigenen Blut, seine Nase glich einem zerschlagenen Klumpen, die Augenlider geschwollen, sodass er nur eines zu einem schmalen Schlitz öffnen konnte, das andere blieb geschlossen, die Wimpern verkrustet.

Sein Atem ging rasselnd und pfiff aus seinen Lungen, beim Treppensteigen hatte er sich vollkommen verausgabt. Er schleppte sich mühsam vorwärts, wankte kurz und ließ sich dann einfach aufs Bett fallen.

»Oh nein, die Laken, das Blut!«

Edward schluchzte in sein Kissen, sein ganzer Körper wurde davon durchgerüttelt.

»Was ist passiert?«

»Lass mich.«

Sie holte eine Waschschüssel, Lappen und ein Handtuch. Vorsichtig betupfte sie seine Wangen, löste das Blut von seiner geplatzten Lippe, unendlich zart, sie wollte ihm nicht noch zusätzliche Schmerzen bereiten.

»Los, du musst deine Sachen ausziehen, komm, ich helfe dir.«

Er ließ sich von ihr ausziehen wie ein Kind. Sie knöpfte sein Hemd auf. Dutzende Blutergüsse erblühten auf seiner milchweißen Haut, purpurne Lilien mit gelbem Herz, an den Rändern fast schwarz. Dora zog an einem Ärmel, und er stöhnte auf, also ließ sie das Hemd nach hinten an ihm herabgleiten. »Die Rippen sind geprellt.«

»Nein, gebrochen, ich habe es gehört«, nuschelte er durch seine zerschundenen Lippen.

»Pst, nicht reden. Alles wird gut. Morgen hole ich einen Arzt, keine Widerrede!« Behutsam verband sie seine Wunden, so gut es ging. Sie konnte eh nicht viel tun, am schlimmsten waren wohl die gebrochenen Rippen. Also wickelte sie seinen Oberkörper in Binden, um seinen Brustkorb zusammenzuhalten. Edwards Gesicht verzerrte sich zu einer Grimasse, er musste furchtbare Schmerzen haben, aber er biss die Zähne zusammen und ertrug es. Sie betrachtete ihn, wie er in seinem Bett lag, eine kleine, geschundene Mumie. Edward sah aus, als wolle er am liebsten sterben. Er brauchte Ruhe, doch eine Frage brannte ihr schon die ganze Zeit auf den Lippen, und ehe sie sich versah, entwischte sie ihr. »War er das?«

»Wer?«

»Na, dieser Schwarz. Hat er dir das angetan?«

Edward schüttelte matt den Kopf. »Im Gegenteil, er hat mich gerettet.«

»Schlaf jetzt. Und morgen erzählst du mir, was passiert ist.«

DR. KERN LACHTE über ihren stümperhaften Verband und ersetzte ihn durch einen professionellen. »Drei Rippen sind gebrochen, der Rest ist nur geprellt. Es wird eine Weile dauern, bis die Hämatome verschwunden sind. Ich lasse Ihnen Morphium da, gegen die Schmerzen.« Er packte seine Tasche und warf Edward einen strengen Blick aus seinen Mausäuglein zu. »Sie haben großes Glück gehabt. Beim nächsten Mal geht es vielleicht nicht so glimpflich aus, also geben Sie ihnen einfach das Geld.«

»Ich werde es beherzigen, Doktor.«

Dora brachte den Doktor zur Tür, dann baute sie sich vor Edwards Bett auf und stemmte die Fäuste in die Hüften. »Du erzählst mir jetzt endlich, was wirklich passiert ist.«

»Ich sage es doch, ich wurde überfallen!«

»Natürlich, sicher. Die Räuber haben dich zusammengeschlagen, aber deine Geldbörse haben sie nicht angerührt? Das kannst du vielleicht Madame Février weismachen, aber nicht mir!«

»Genau so war es.«

»Edward Emmerick Lambert, du sagst mir jetzt sofort die Wahrheit.« Sie tappte ungeduldig mit der Fußspitze auf die Dielen. »Los, ich weiß doch, dass du wieder bei der *Practica* warst.«

»Ja, ich war da.« Edward zog den Kopf zwischen die Schultern.

»Und, weiter?«

»Ich habe mit Jorge getanzt, mehr nicht«, murmelte er und starrte den Bettvorleger an.

»Ach so, mehr nicht, das erklärt natürlich deinen Zustand.«

Edward presste die Lippen zu einem schmalen Strich. »Ja, mehr nicht. Er hat da was falsch verstanden …«

»Hast du ihn provoziert? Was hast du denn gesagt?«

»Nicht gesagt …« Edward unterbrach sich, seine Augen huschten hin und her. Er tat alles, um bloß nicht Dora in die Augen zu schauen.

»Hast du ihn angefasst?«, bohrte sie nach.

»Nein, habe ich nicht!«, platzte es aus Edward heraus. »Ich bin bloß … Ach Herrgott, er hat mich erregt, ich konnte nichts dagegen tun. Und Jorge hat es gesehen und mich weggestoßen.« In seinen Augen schwammen Tränen. »Und dann sind sie auf mich losgegangen. Sie haben mich geschlagen und getreten, ich dachte … ich dachte, jetzt ist es aus mit mir.«

Dora setzte sich zu ihm auf die Bettkante und zog seinen Kopf an ihre Schulter. »Oh, Edward.« Sie strich ihm durchs Haar. »Ich habe dir doch gesagt, dass es gefährlich ist, aber du wolltest ja nicht hören.«

Er schniefte, in seinem Blick stand ein Funke von Trotz, doch sein Kinn zitterte, als er ihr ein gequältes Lächeln schenkte.

»Und dieser Schwarz hat dich gerettet, sagst du?«

»Ja, er hat gesagt, sie sollen aufhören, und dann ließen sie von mir ab.«

»Einfach so?« Sie legte den Kopf schief und schaute ihn prüfend an. »Nur, weil er es sagt, lassen sie dich in Ruhe?«

»Sie hören auf ihn, sein Wort hat Gewicht.«

»Warum?«

Edward zuckte die Achseln. »Ihm gehört die Bar.«

»Was sagst du da?« Sie kam sich plötzlich albern vor, als sie daran dachte, wie er mit ihr getanzt hatte. Deshalb war Schwarz so selbstbewusst gewesen, sie hatte sich auf seinem Terrain befunden. Ihre Versuche, ihn auszufragen, erschienen ihr nun umso idiotischer. Sie hatte sich vollkommen lächerlich gemacht. Wahrscheinlich amüsierte er sich immer noch darüber, dass sie nicht wusste, wer er war. »Du solltest dich bei ihm bedanken«, murmelte sie abwesend.

»Das werde ich, wenn ich das nächste Mal hingehe.«

»Du willst da wieder hin?«

»Natürlich! Das war so eine Art Aufnahmeritual, sie werden mir nichts mehr tun.«

»Du bist vollkommen verrückt!«

»Aber ich habe noch nicht mit *La Pantera* getanzt.«

»So wichtig ist es nicht, dass du dein Leben dafür aufs Spiel setzt, hörst du?«

»Glaub mir, sie haben mich akzeptiert. Ich bin jetzt einer von ihnen!«

»Das wirst du niemals, verstehst du? Du wirst nicht wieder hingehen, versprich es mir!«

»Also schön, ich gehe nicht wieder hin«, stimmte Edward zu, aber es klang lustlos.

»Sag es so, dass ich dir glaube.«

»Ich verspreche es«, beteuerte er, aber etwas an der Art, wie er das sagte, ließ sie zweifeln, ob er sich auch daran halten würde. Er hatte schon wieder diesen Eichhörnchenblick.

KAPITEL 38

Edward schleppte sich zur Arbeit. Dora sah, dass er sich quälte, doch er wollte auf keinen Fall Schwäche zeigen und verbat sich jegliche weitere Erwähnung des Vorfalls. Doras Hals ging es besser, ihre Stimme war fast wie vorher. Es wurde Zeit, sich endlich wieder um ihre Auftritte zu kümmern. Als Erstes würde sie Herrn von Bremern einen Besuch abstatten, auch wenn sie herzlich wenig Lust verspürte, wieder nur Volkslieder zu trällern. Sie wollte endlich was Richtiges, eine Rolle in einem Musical oder die langersehnte Sprechrolle am Theater. Aber ohne Kontakte war es sinnlos. Vielleicht sollte sie mal wieder in den Keller des Royal gehen, seitdem Antonio fort war, war sie nicht mehr dort gewesen. Oder vielleicht in die *Confitería Las Violetas*? Wie dem auch sei, irgendwo musste sie anfangen.

Von Bremern war nicht da, man ließ sie wissen, er sei auf der Baustelle des deutschen Klubs, also versuchte sie es dort. Doch auch da hatte sie kein Glück.

»Bis eben war er noch hier«, rief ihr ein Zimmermann zu. Anscheinend hatte sie ihn knapp verpasst. Es war zu ärgerlich, sie lief sich hier die Hacken ab und erreichte gar nichts. Dann würde sie es eben morgen wieder versuchen. Sie drehte sich auf dem Absatz um und prallte gegen einen Passanten.

»Passen Sie doch auf!«

»Oh, Fräulein Neumann.«

Sie hob den Blick und sah in beunruhigend schwarze Augen. »Herr Schwarz.« Sie nickte ihm knapp zu.

»Wie reizend, Sie zu treffen.« Er sah sie eindringlich an, als wolle er sie genau studieren, ihr auf den Grund der Seele blicken.

Dora schauderte. »Ich muss weiter, entschuldigen Sie mich.«

»Wie schade.« Er hob ihre Hand und küsste sie zum Abschied. »Vielleicht ein andermal.« Noch immer sah er sie an, mit diesem seltsamen Blick. Sie entzog ihm ihre Hand, raffte ihre Röcke und trippelte los. Er sah ihr nach, sie konnte seine Blicke in ihrem Nacken spüren, ein Kribbeln auf der Haut wie von Spinnenbeinen, die sich vorwärts tasten. Dora beschleunigte ihren Schritt. Sie lief falsch, eigentlich musste sie genau in die entgegengesetzte Richtung. Doch das war ihr egal, dann machte sie eben einen kleinen Umweg. Hauptsache, sie kam fort von Schwarz und seinen Augen.

Dora träumte wieder von ihm in dieser Nacht. Er beobachtete sie, seine Augen streichelten ihren Körper, verfolgten sie, wohin sie auch ging. Dann wurden sie zu hungrigen Wölfen, jagten Dora durch endlose Gänge und hetzten sie auf eine große Finsternis zu. Sie fürchtete sich davor, doch die Wölfe setzten ihr nach und fletschten knurrend die Zähne, bereit zum Sprung. Dora tat einen zittrigen Schritt hinein ins Dunkel, die Schwärze drohte, sie zu umschließen, sie bekam keine Luft mehr und erwachte mit einem erstickten Schrei. Sie sehnte sich nach Jack, nach seinem warmen Körper neben ihr auf dem Laken. Er würde sie in seine Arme schließen und festhalten und alle bösen Träume wären vergessen. Doch das Bett neben ihr war kalt und leer. Selten hatte sie sich so einsam gefühlt, sie wollte jetzt nicht allein sein. Also packte sie ihre Decke und schlich zu Edward ins Zimmer.

»Dora«, murmelte er verschlafen, als sie zu ihm ins Bett kroch. »Was machst du denn hier?«

»Ich habe schlecht geträumt und kann allein nicht einschlafen.«

Edward versank schon wieder in seinen eigenen Träumen und antwortete mit einem Schnarchen. Sie kuschelte sich an ihn und sehnte sich nach starken Armen, die sie hielten und ihr Geborgenheit spendeten. Es war komplett verrückt, eben hatte sie noch schlecht von ihm geträumt, und im Licht des Tages würde sie es sich nicht eingestehen. Aber die Wahrheit war: Sie sehnte sich nach Schwarz.

DAS NÄCHSTE MAL sah sie ihn in der Woche darauf, am Montag. Dora wollte nur schnell eine Kleinigkeit mit Edward besprechen und klopfte an die Tür zu seinem Büro. Ohne eine Antwort abzuwarten, trat sie ein und prallte zurück.

»Kannst du nicht anklopfen?«, fuhr Edward sie an. Er wirkte, als hätte sie ihn bei etwas ertappt.

»Ich dachte, du wärest allein.« Schwarz war bei ihm. Was hatte er hier zu suchen?

Er drehte sich zu ihr um. »Fräulein Neumann, Sie schon wieder.«

»Ich wollte nicht stören.«

Edward unterzeichnete ein Dokument, löschte eilig die noch feuchte Tinte und faltete das Blatt, bevor er es Schwarz reichte. Der verstaute es in der Innentasche seines Jacketts, ohne es auch nur eines Blickes zu würdigen. »Ich wollte sowieso gerade gehen. Also dann.« Er schüttelte Edward die Hand.

Dora umrundete den Schreibtisch, stellte sich neben Edward und hakte sich bei ihm unter. »Ich habe Ihnen noch gar nicht gedankt, Herr Schwarz.«

»Wofür?«

»Dass Sie meinem Verlobten geholfen haben, neulich.«

»Ach, Sie beide sind …? Das wusste ich nicht, meinen Glückwunsch!«

»Das war sehr freundlich von Ihnen, Herr Schwarz. Ich weiß gar nicht, wie ich Ihnen danken soll.«

Er bedachte sie mit einem seltsamen Blick und wandte sich wieder an Edward. »Nun, dann wäre ja alles geklärt.«

»Ja, sicher. Ich melde mich!«

Dora sah, wie Schwarz das Büro verließ. »Was wollte er?«, fragte sie beiläufig, als seine Schritte auf dem Flur verklungen waren.

»Oh, nichts. Er ist hier Kunde, was für ein seltsamer Zufall, nicht wahr? Wir hatten nur etwas zu besprechen, etwas Geschäftliches.«

»Und was?«

»Meine Geschäfte gehen dich nichts an!«, entgegnete er kühl.

»Was verschweigst du mir?«

»Nichts! Es geht dich bloß nichts an, Bankgeheimnis. Und warum hast du ihm erzählt, wir wären verlobt?«

»Nur so. Es ist doch gut, wenn er glaubt, dass wir bald heiraten.«

»Trotzdem, du kannst das nicht überall erzählen«, zischte Edward durch seine zusammengebissenen Zähne. »Was, wenn es sich herumspricht? Wenn mein Schwiegervater davon erfährt?«

»Das wird er schon nicht, er ist in London, das ist weit weg von hier, also entspann dich. Ich wollte dir bloß helfen.«

»Ja, schon gut. Und jetzt lass mich allein, ich habe zu arbeiten.«

Es klopfte an der Tür. Dora stand auf und öffnete.

»Das hat ein Bote für dich abgegeben!« Carolina streckte ihr eine langstielige Rose entgegen. »Ist sie von deinem Verehrer?«

»Nein, Antonio ist in Europa«, murmelte Dora abwesend. Sie griff nach der Begleitkarte und las: *Wenn Sie mir danken wollen, kommen Sie morgen Abend um acht, allein. S.*

Sie hätte auch so gewusst, wer die Rose geschickt hatte. Ihre Blütenblätter waren von einem tiefen Bordeauxrot, fast schwarz. Dora steckte ihre Nase in das samtige Herz der Blüte und sog den betörenden Duft ein. Immerhin, er hatte Stil. Was er wohl von ihr wollte? Sie hatte ihm doch schon gedankt. Vielleicht sollte sie ihm schreiben. Aber vielleicht würde sie ja wirklich hingehen. Was sollte sie bloß anziehen? Es musste etwas Aufregendes sein, aber nicht zu aufregend! Schließlich dachte er, sie sei verlobt und wolle ihm nur danken. Also etwas Züchtiges. Vielleicht das Grüne?

Von der Tür her erklang Monsieur Févriers charakteristisches Klopfen, zwei kurze Schläge voller Ungeduld, und schon schob er seinen massigen Körper in das Büro. »Herr Direktor? Was führt Sie zu mir?«

»Es gibt Unstimmigkeiten mit der Einlagensumme.«

»Unstimmigkeiten?«, echote Edward und gab sich Mühe, ausreichend überrascht zu klingen. Er wusste genau, worauf Février hinauswollte, zwang sich aber zur Ruhe. »Fehlt etwas?«

»Nein, im Gegenteil. Die Summe der Einlagen ist zu hoch. Um genau 50.000 Pesos!«, blaffte Février durch seine schlaffen Wangen. Er erinnerte Edward immer an eine Bulldogge.

»Vielleicht ist einem der Buchhalter ein Fehler unterlaufen?«

»Nein, Vidál hat es geprüft.«

»Vielleicht hat Ihr Sohn etwas übersehen? Geben Sie mir die Unterlagen, dann schaue ich es mir einmal an.«

»Vidál hat es nachgerechnet, mehrfach.«

»Dann hat er sich verrechnet. Ich sehe es mir an.«

»Das habe ich selbst schon getan.«

»Vier Augen sehen mehr als zwei.«

»Das wird den ganzen Abend dauern. Ich sage Ihnen, Sie verschwenden Ihre Zeit.« Février wandte sich zum Gehen. In der Tür blieb er noch einmal stehen. Seine Wangensäcke hoben sich zu einem kühlen Lächeln. »Auch Sie finden keinen Fehler.«

Edward atmete auf. Jetzt galt es, abzuwarten, bis alle die Bank verlassen hatten. Er schlug die Mappe mit den Tagesabschlüssen der vergangenen zwei Wochen auf und überflog sie, wohlwissend, dass es keinen Fehler gab, den er finden konnte. Er musste ihn erst noch begehen. Oder hatte er ihn schon begangen? Edward schloss die Augen. Er erinnerte sich an das Dokument, das er am Nachmittag unterzeichnet hatte. Es war nun im Besitz von Schwarz, er hatte es von ihm verlangt. »Eine kleine Absicherung«, wie er sich ausdrückte. Ein kalter Schauer lief über Edwards Rücken. Das Blatt war leer gewesen. Leer, bis auf seine Unterschrift.

EDWARD SCHIEN HEUTE LÄNGER zu arbeiten. Umso besser, so konnte er sie nicht aufhalten. Dora hatte lange mit sich gerungen, ob sie gehen sollte. Doch sie würde der Aufforderung folgen. Sie wählte ihre Kleidung sorgsam und entschied sich für ein schwarzes Abendkleid mit inkrustierten Spitzen. Der harte Kontrast ließ ihre Haut schimmern wie Elfenbein und verlieh ihrem Haar ein kupfernes Feuer.

An der Tür hing ein Schild, *Geschlossene Gesellschaft*. Dora zögerte. Schwarz hatte sie doch für heute bestellt, oder? Hatte er sie zu einer privaten Feier eingeladen? Sie betrat die Bar. Der Türsteher nickte ihr zu und schloss hinter ihr ab. Der Raum war leer bis auf einen glühenden Punkt in Schwarz' persönlicher Sitznische. Ihre Schritte hallten auf dem Parkett, als sie auf ihn zuging.

Er legte die Zigarre ab, erhob sich und küsste ihre Hand. »Fräulein Neumann. Wie schön, dass Sie es einrichten konnten.«

»Wo sind die anderen Gäste?«

»Es gibt keine anderen Gäste. Setzen Sie sich. Wollen Sie etwas trinken?« Er deutete auf den Kühler, in dem eine Flasche Champagner bereitstand. Ohne ihre Antwort abzuwarten, nahm er die

Flasche heraus und öffnete sie. Der Korken schoss mit einem lauten *Plopp* durch die Bar und landete am Ende der Tanzfläche. Dora lachte nervös auf. Seine Zigarre ruhte im Aschenbecher und glomm vor sich hin. Dora beobachtete den Rauch, er kräuselte sich aus der Spitze, schwebte über dem Tisch und verlor sich im Dämmerlicht. Schwarz füllte ein Glas und reichte es ihr. »Auf Ihr Wohl, Fräulein Neumann.« Er sah ihr tief in die Augen.

Auf einmal war sie verlegen, es war komisch, mit ihm allein zu sein. Sie trank einen Schluck, um ihre Nerven zu beruhigen. Sein Blick ruhte immer noch auf ihrem Gesicht, studierte jede Regung.

»Warum haben Sie mich herbestellt?«

»Sie wollten mir danken.«

»Das habe ich bereits.«

»Ich wollte es noch einmal persönlich hören, aus Ihrem Mund.«

»Und das ging nur hier, allein?«

»Es ist schön, finden Sie nicht?«

»Was?«

»Na, hier zu sitzen, mit Ihnen, an einem Dienstagabend. Wir trinken Champagner, plaudern ein wenig.«

»Wir plaudern doch gar nicht.«

»Nicht?« Er lächelte. »Also schön, plaudern wir, fragen Sie mich etwas.«

Ihr schossen tausend Fragen gleichzeitig durch den Kopf, doch keine davon erschien angemessen. Ihr Blick glitt hinüber zu der verborgenen Tür. Dora erwartete beinahe, sie würde sich wieder öffnen und Rebekka träte hindurch. Maria, korrigierte sie sich in Gedanken. Noch immer sah er sie an, mit diesem durchdringenden Blick. Dora riss sich zusammen. »Woher stammen Sie, Herr Schwarz? Also ursprünglich, bevor es Sie nach Buenos Aires zog?«

»Aus Ungarn. Kennen Sie Budapest? Eine herrliche Stadt …« Er sprach munter drauf los, doch sie hörte ihm gar nicht so recht zu. Immer wieder sah sie hinüber zur Tür in der Wand. Sie bekam gar nicht richtig mit, wie Schwarz mit den Gläsern hantierte. »Hier, trinken Sie nur.« Er reichte ihr das wieder aufgefüllte Glas.

Der Champagner prickelte kühl in ihrer Kehle. Warum machte Schwarz sie so nervös? Dora nahm einen zweiten Schluck. Ein Strahl Energie durchfuhr sie, gleißend hell, die Anspannung fiel von ihr ab, und sie entspannte sich.

»Wollen wir tanzen?« Schwarz klatschte zwei Mal in die Hände, und wie aus dem Nichts erschien ein Geiger am Rand der Tanzfläche. Er musste die ganze Zeit dagewesen sein, verborgen im Zwielicht der Nische neben dem Tresen.

Er nickte dem Geiger zu, und der hob seine Violine zum Kinn und entlockte ihr ein sehnsüchtiges Wimmern. Schwarz zog Dora mit sich, und diesmal ließ sie es geschehen. Jede seiner Bewegungen war eine Demonstration von Stärke und Macht. Kurz verspürte sie den Drang, dagegen aufzubegehren, doch sie zwang ihn nieder. Sie passte sich seinen Bewegungen an, überließ sich seinem Willen, sanft und nachgiebig wie ein Grashalm im Wind. Dora schloss die Augen und gab sich seiner Führung hin.

EDWARDS HERZ SCHLUG SCHNELLER. Die letzten Buchhalter waren bereits vor einer halben Stunde gegangen. Trotzdem versuchte er, kein Geräusch zu machen, als er durch das dunkle Großraumbüro schlich. Er erreichte die Aktenschränke, in denen die Konten der Kunden aufbewahrt wurden. Seine Finger glitten über die Fronten der Schubladen, da, *S-T*! Er zog die Lade bis zum Anschlag heraus. Dann nahm er die Mappe, die er präpariert hatte. Sie enthielt alles, was nötig war, um den Vorgang glaubwürdig zu machen. Kontoeröffnung, Unterschrift des Kunden, Einzahlungsbeleg, alles feinsäuberlich zurückdatiert um genau zwei Wochen. Er warf die Mappe hinter die Schublade, schubste sie ganz nach hinten an die Rückwand des Aktenschranks, dann schloss und öffnete er ein paar Mal die Lade, um sicherzustellen, dass auch nichts klemmte. Perfekt! Morgen früh würde er vorschlagen, den Schrank noch mal genau zu durchsuchen, jemand würde die Mappe finden und alle Unstimmigkeiten wären geklärt.

»SIE TANZEN BESSER, als ich dachte.« Schwarz führte sie zurück zum Tisch. Und er war charmanter, als sie gedacht hatte. Es war eigentlich ganz angenehm, hier zu sein und zu plaudern, da hatte er schon recht. Doras Blick fiel auf seinen Siegelring mit den gewundenen Initialen, LS.

»Wofür steht das L?«

Er sah sie mit diesem durchdringenden Blick an und setzte zu einer Antwort an.

»Nein, warten Sie, sagen Sie nichts, ich will raten. Ludwig vielleicht oder Leonhard?« Sie bedachte ihn mit einem Augenaufschlag, von dem sie hoffte, er möge keck erscheinen.

»Warum wollen Sie das wissen?« Schwarz' Augen schienen sie zu durchbohren. »Damit Sie einen Namen haben, den sie herausschreien können? Wenn Sie einsam in Ihrem Bett liegen und sich nach mir verzehren?«

Wie konnte er es wagen? So eine Unverschämtheit! Doch sie fühlte sich ertappt, er hatte ihre geheimsten Gedanken erraten. Sie senkte den Blick, ihre Wangen brannten vor Scham. »Wie kommen Sie auf die Idee, ich könnte von Ihnen träumen?«

Schwarz lächelte amüsiert. »Das haben Sie mir gerade selbst verraten.«

Warum musste sie nur immer rot werden? »Sie phantasieren, Herr Schwarz. Und wie Sie bereits wissen, bin ich verlobt.«

»Warum sind Sie dann hier?«

»Weil Sie mich herbestellt haben. Ich hätte nicht kommen sollen.« Sie sprang auf, doch er fasste sie am Arm und hielt sie zurück.

»Ich sage Ihnen, warum Sie hergekommen sind, Fräulein Neumann. Weil Sie sich nach einem richtigen Mann sehnen. Weil Ihr Verlobter ein Schlappschwanz ist, der Sie nicht begehrt, weil er lieber mit Männern spielen möchte.«

»Lassen Sie mich los, ich will gehen!«

»Das ist es doch, was Sie wollen, nicht wahr? Sie wollen Begierde spüren, Sie betteln förmlich darum. Und ich will Ihnen die Gelegenheit dazu geben.«

Er klatschte in die Hände, und die Tür in der Wand öffnete sich. Doch es war nicht Maria, die heraustrat, sondern die Männer von neulich, die bei der *Practica* gewesen waren.

»Ich verstehe nicht …«

»Meine Männer, Sie haben sie beleidigt, durch Ihre Unterstellungen.«

»Ich habe nichts unterstellt!«

»Nein? Und warum haben Sie ihn dann hergeschickt, Ihren Verlobten? Diesen *Trolo*! Dachten Sie, wir wären Tunten, so wie er?«

»Nein, ich ...«

»Meine Männer verlangen Genugtuung, sie wollen ihre Männlichkeit beweisen!«

»Genugtuung?« Ihre Stimme klang wie ein ängstliches Echo.

»Wer fängt an?« Schwarz blickte in die Runde. »Jorge, du vielleicht?« Er gab ihr einen kleinen Schubs.

Dora stolperte auf die Tanzfläche. Sie stand wie versteinert, ihr Herz hämmerte, das Blut rauschte in ihren Ohren. Ihr Blick glitt über die versammelten Männer. »Bitte nicht«, flüsterte sie.

Schwarz' Lachen dröhnte durch die Bar. Jorge trat vor. Sie zitterte vor Angst. Doch statt über sie herzufallen, deutete er eine Verbeugung an und zog sie an sich.

»Los!« Schwarz schien amüsiert. »Tanzen Sie!«

Jorge trieb sie in einem schnellen Rhythmus vor sich her, warf sich ins Zeug. Sie alle warfen sich ins Zeug. Es gab keine Aufforderung, kein Kopfnicken, sie wurde von einem zum nächsten gereicht. Ein jeder versuchte, den anderen zu übertrumpfen, die Schritte noch besser zu setzen, ihr zu imponieren. Jeder Mann hatte seinen eigenen Stil, einige Schritte ähnelten sich, aber jeder gab dem Tanz seine eigene Note. Sie waren wie Gockel, streckten die Brust heraus, das Kinn hocherhoben, und in allen Augenpaaren brannte der gleiche verletzte Stolz. Dora tanzte ununterbrochen. Nein, sie wurde getanzt, die Männer gönnten ihr kaum eine Pause. Schwarz beobachtete sie, sie konnte seine Blicke spüren, wie sie über ihren Körper glitten, kritisch, wertend, lauernd. Zwischen zwei Tänzen trat sie an seinen Tisch, schnappte ihr Glas und nahm einen Schluck. Sofort fühlte sie sich belebt, voller neuer Energie. Jetzt blieben nur noch zwei übrig, ein kleiner Dünner und der bleiche Junge. Sie bedauerte fast, dass es dann vorbei war. Sie könnte die ganze Nacht so weitertanzen! Schwarz lächelte. Sie prostete ihm zu und stürzte ihr Glas in einem Zug herunter. Also dieser Champagner war ganz ausgezeichnet! Vielleicht nur ein wenig metallisch im Nachgeschmack.

»Das war großartig! Sie haben wirklich Talent.« Schwarz deutete auf den Platz neben sich und reichte ihr ein volles Glas.

»Ach was.« Dora winkte ab und nippte an ihrem Champagner. Sie wurde aus ihm nicht schlau. Erst war er charmant, dann brüskierte er sie, und nun schmeichelte er ihr. Und trotz der Widersprüche strahlte er diese souveräne Gelassenheit aus. Als sei es völlig normal, undurchschaubar zu sein. Sie suchte in seinen Augen nach einer Antwort, doch sie waren eine blanke Leinwand, bereit, mit Illusionen gefüllt zu werden. Dora schauderte.

»Lazar«, sagte er unvermittelt.

»Bitte?«

»Sie wollten wissen, wofür das *L* steht.«

»Lazar.« Sie schmeckte seinem Namen nach, kostete ihn auf der Zunge wie schweren Wein. Irgendwo hatte sie diesen Namen schon mal gehört. »Das klingt …« Sie brach ab, wusste nicht mehr, was sie hatte sagen wollen.

»Ja?« Schwarz nickte ihr aufmunternd zu.

Wie war noch gleich die Frage? Sie konnte sich nicht mehr konzentrieren, ihre Gedanken schienen aus zähem Gummi. Ach ja, richtig. »Schön«, murmelte sie träge. »Es klingt … aufregend.« Sie war auf einmal unheimlich schläfrig, als sei all ihre Energie verbraucht. Aus dem Augenwinkel sah sie, wie sich die Tür in der Wand erneut öffnete. Liebermann trat heraus. Sie dachte, ihre Augen würden ihr einen Streich spielen, aber er war es wirklich. Er kam auf ihren Tisch zu. Was hatte er hier zu suchen? Er war … sie konnte ihre Gedanken nicht mehr fassen, sie war so müde. Ihre Lider fielen zu, sie riss sie wieder auf, blickte in Liebermanns grinsende Visage.

»Da bist du ja endlich.« Seine Stimme klang dumpf, wie durch Watte. Ihre Augen schlossen sich wie von selbst. Sie blinzelte und kämpfte dagegen an, doch sie konnte sie nicht mehr öffnen. Das Letzte, was sie hörte, bevor sie in Dunkelheit versank, waren Schwarz' Worte. »Kümmere dich um sie!«

EDWARD SCHLOSS die Tür zum Hinterhaus und schlich die Treppe hinauf. Es war Quatsch, was er hier tat, wenn Février ihm begegnete, würde er einfach sagen, er hätte bis jetzt über den Büchern gesessen. Trotzdem hatte er keine Lust auf eine Begegnung, morgen war auch noch ein Tag. Und morgen früh würde sich der vermeintliche Fehler in Luft auflösen und alles würde seinen gewohnten Gang nehmen. Zumindest redete er sich das ein. Er erreichte den vierten Stock. Die letzte Stufe knarrte, und er hielt inne, lauschte, ob sich in Févriers Wohnung etwas tat. Doch alles, was Edward hörte, war das Klopfen seines eigenen Herzens. Mit bebenden Fingern schloss er die Tür auf und huschte hinein. Die Wohnung lag im Dunkeln, alles war ruhig. Er zog seine Schuhe aus und lief auf Strümpfen in sein Zimmer. Er wollte keinen Lärm machen, Dora nicht wecken, sie schlief sicher längst. Edward schloss die Tür, lehnte sich mit dem Rücken dagegen und atmete durch. Das wäre geschafft!

Dora kam zu sich und öffnete die Augen. Wo war sie hier? Sie lag in einem Bett, doch es war nicht ihr eigenes. Sie setzte sich auf. Ihr Kopf dröhnte, alles drehte sich. Langsam nahm das Zimmer vor ihren Augen Gestalt an. Ein großer Raum, teure Möbel, schwere Vorhänge, jemand hatte sie zugezogen. Wie war sie hierhergekommen? Sie wusste es nicht. In ihrem Kopf war nur Watte. Genau wie damals auf Cunningfield Hall, als sie von dem Opium geraucht hatte. Sie war nur mit Leibchen und Unterhosen bekleidet, ihre Korsage und ihr Kleid lagen sorgsam gefaltet auf einem Stuhl in der Ecke. Hatte Schwarz sie hergebracht und ausgezogen? Da war noch jemand anderes gewesen, oder? Es war mehr ein Gefühl als eine Erinnerung, doch sie bekam es nicht zu fassen.

Sie schauderte und stand auf, ihre Zehen sanken in den dichten Flor des Teppichs, der Raum schwankte. Sie stützte sich am Bettpfosten ab, dann ging sie mit wackligen Knien zum Stuhl und schlüpfte in ihr Kleid. Sie zog die Vorhänge zurück. Der Blick aus dem Fenster ging hinab auf die Corrientes. Vier Stockwerke unter ihr brummte die Straße in täglicher Geschäftigkeit.

Als sie die Treppen hinunterkam und in die Halle trat, wusste sie plötzlich, wo sie war. Im Hotel *Las Abundancias*, einem der besten Hotels der Stadt, berühmt für sein reichhaltiges Angebot an Torten. Es machte seinem Namen wirklich alle Ehre, die Überfülle an Luxus suchte ihresgleichen. Die Damen der feinen Gesellschaft trafen sich hier gern zum Tee.

Schwarz erwartete sie in der Lobby. Er faltete seine Zeitung und deutete auf den Sessel neben sich.

»Ich hoffe, Sie haben gut geschlafen?«

»Wie ein Stein.«

»Sie haben wohl etwas zu tief ins Glas geschaut, gestern Abend.«

Eine Erinnerung blitzte in ihr auf: Schwarz, wie er ihr ein Glas Champagner reichte. »Was war in dem Glas?«

»Bitte?« Er hob eine Augenbraue, sein Blick war die reine Unschuld, als könne er kein Wässerchen trüben. »Wollen Sie etwas frühstücken? Es ist zwar schon spät, aber ich kann der Küche Bescheid geben …«

»Lenken Sie nicht ab. Was ist letzte Nacht passiert?«

»Sie waren ein wenig schwach auf den Beinen und sind umgekippt. Ich war so frei, Ihnen ein Zimmer zu besorgen.«

»Schicken Sie die Rechnung an meinen Verlobten, er wird für Ihre Auslagen aufkommen.«

»Aber nicht doch«, wehrte Schwarz ab. »Sie waren letzte Nacht unser Gast.«

»Unser?« Ihre Stimme klang etwas zu schrill.

»Natürlich, es gehört mir, dieses Hotel. Wussten Sie das etwa nicht?«

»Wer hat mich rauf gebracht?«

»Einer meiner Angestellten.«

Die Erinnerung an Liebermann blitzte in ihr auf. »Hat er … hat er mich ausgezogen?«

»Nein, eines der Mädchen.« Schwarz schenkte ihr ein unschuldiges Lächeln.

»Was wollen Sie eigentlich von mir?«

»Sie haben recht, ich habe Ihren Auftritt als deutsches Fräulein gesehen. Deshalb will ich, dass Sie für mich arbeiten.«

»Und wie soll diese Arbeit aussehen?«

»Ein wenig tanzen, ein paar Gefälligkeiten für die Gäste … Sie wissen schon. Es gibt viele Männer, die es gern ein wenig strenger mögen.«

»Was sind Sie? So eine Art Kuppler?«

»Nicht doch, ich bin Hotelier. Und stets um das Wohl meiner Gäste bemüht, vor allem um das leibliche.« Er zwinkerte ihr zu.

»Ich fürchte, Sie verwechseln da etwas«, entgegnete sie kühl. »Ich bin Schauspielerin, keine Hure.«

»Das sah gestern Abend aber ganz anders aus. Ich hatte den Eindruck, Sie finden Gefallen daran.«

»Ihr Eindruck täuscht.« Sie erhob sich und strich ihr Kleid glatt.

»Da müsste ich mich schon sehr irren.« Er sah belustigt aus. »Sie haben Talent, Fräulein Neumann.«

»Und Sie überschätzen sich, Herr Schwarz. Ich habe es nicht nötig, für jemanden wie Sie zu arbeiten.«

»Sie könnten eine Menge Geld verdienen, Fräulein Neumann. Vielleicht überlegen Sie es sich noch einmal.«

»Ich werde niemals für Sie arbeiten, merken Sie sich das gut, Herr Schwarz. Niemals!«

»AH, Monsieur Février! Wie ich hörte, haben sich die Unstimmigkeiten geklärt?«

»Ganz recht Mr. Lambert. Einer der Buchhalter muss das Konto übersehen haben.«

»Wie konnte das passieren?« Edward bemühte sich, seinem Blick die angemessene Strenge zu verleihen.

»Nun, äh, der Aktendeckel, er muss sich in der Schublade verklemmt haben.«

»Wie kommt die Mappe überhaupt in den Schrank, wenn das Konto noch gar nicht erfasst wurde?« Angriff war doch immer noch die beste Verteidigung.

»Ich weiß es nicht, ich … ein Versehen, wie es scheint.«

»Ihr Sohn hat wohl seine Abteilung nicht im Griff?« Er warf ihm einen scharfen Blick zu.

»Nein, Vidal, es ist ihm äußerst unangenehm«, stammelte Février, »wie gesagt, ein Buchhalter, er muss es übersehen haben. Vielleicht griff er zwei Mappen auf einmal, als er sie in den Schrank tat, ein Fehler, sowas kommt vor.«

»Wir können uns solche Fehler nicht leisten!«, fuhr Edward ihn an.

»Es wird nicht wieder vorkommen.«

Natürlich würde es das nicht, er war sicher nicht so dumm und beging einen solchen Fehler ein zweites Mal. Im Gegenteil, ab jetzt hatte er Oberwasser. »Sie wissen genau, wie es um die Bank steht. Doch so langsam hege ich berechtigte Zweifel, ob Sie noch der Richtige sind, um dieses Haus vor dem Untergang zu bewahren. Ich werde meinem Schwiegervater davon berichten, wie es hier zugeht.«

Edward wusste, dass er über das Ziel hinausgeschossen war, er las es an Févriers Reaktion. Der kniff die Augen zusammen. »Weiß Mr. Payne eigentlich, was Sie hier so treiben?« Ein listiger Ausdruck trat in seine Augen. »Vielleicht sollte ich ihm schreiben, dass sein Schwiegersohn hier in wilder Ehe lebt, mit seiner kleinen Mätresse, dieser Schauspielerin.« Seine Bulldoggenwangen hoben sich zu einem Lächeln.

»Nur zu, auch wenn ich nicht glaube, dass es ihn sonderlich interessiert. Mein Schwiegervater musste sich damit abfinden, dass seine Tochter empfindlich ist. Sie ist wie eine exotische Orchidee, kaum belastbar. Außerhalb ihres Glashauses kann sie nicht existieren, hat der modernen Welt nichts entgegenzusetzen. Deshalb zieht seine Tochter es vor, ihre Zeit im Wintergarten eines Sanatoriums zu verbringen, statt an der Seite ihres Gatten.« Edward schenkte ihm ein nachsichtiges Lächeln. »Aber das verstehen Sie ja sicherlich, Monsieur Février. Sie besitzen ja selbst eine solche Tochter.«

KAPITEL 39

Der Frühling hielt Einzug in den Straßen. Er überzog die *Jacarandas* mit einem Meer blauer Blüten und brachte die *Lapachos* zum Erröten wie die Wangen verliebter Mädchen. Das Blumenfest kam und Carolina hatte endlich ihr Debüt, nach dem sie sich so lange sehnte. Doch niemand bat sie zum Tanz, sie war am Boden zerstört. Ihr blieb genau ein Jahr. Wenn sich bis dahin kein Passender fand, der um ihre Hand anhielt, war sie gesellschaftlich gestorben. Dora konnte sehen, wie ihre Freundin verging, Carolinas Tränen rieselten auf ihre Wangen herab wie die welkenden Blüten der Straßenbäume auf die Gehwege. Doch während die Bäume sich mit prallem Leben füllten, siechte Carolina in ihrem Kummer dahin. Es war ein Elend, es mit anzusehen. Doch helfen konnte sie ihr nicht, ihr ging es ja selbst nicht besser. Seit ihrem Abgang bei Schwarz war es wie verhext! Dora stocherte in ihrem Essen. Was sie auch tat, sie bekam kein Bein mehr auf die Erde, sogar ihre Nummer als deutsches Fräulein war auf dem absteigenden Ast. Im Frühsommer gerann der Strom der Buchungen für private Feiern zu einem Rinnsal, und in der Hitze des Sommers verebbte er schließlich ganz. Seit Wochen kamen keine Angebote mehr. Es war, als hätte Schwarz überall seine Finger im Spiel, als würde er im Hintergrund die Strippen ziehen und dafür sorgen, dass sie nirgendwo unterkam. Das war lächerlich, so weit reichte seine Macht natürlich nicht. Er konnte nicht in jedem Theater dafür sorgen, dass man sie ablehnte. Oder doch?

Edward schenkte sich etwas Portwein nach.

»Madame Février glaubt jetzt übrigens, du seist schwul«, eröffnete Dora und strich ihre Serviette glatt.

Er zuckte zusammen und verschüttete fast seinen Wein. »Du meine Güte.« Er rieb an dem Fleck auf der Tischdecke. »Wie kommt sie darauf?«

»Nun, du musstest den Févriers ja unbedingt auf die Nase binden, wir hätten eine Affäre. Aber Madame Février lässt sich nicht so leicht täuschen. Denn nur, wenn Jack da ist, vernimmt sie verdächtige Geräusche aus unseren Schlafzimmern, wenn sie in ihrem Bett liegt und an der Wand lauscht. Also hat sie sich selbst einen Reim darauf gemacht.«

»Woher willst du das wissen?«

»Carolina hat es mir verraten. Sie kam heute Nachmittag rüber, zum Jammern. Sie hat gehört, wie ihre Mutter es zu ihrem Vater gesagt hat.«

»Der alte Hund hat doch bloß Sorge, dass ich ihn aus der Bank verdränge«, knurrte Edward. »Aber was will er tun? Février kann mir gar nichts anhaben, er braucht mich.«

»Da wäre ich mir nicht so sicher. Was, wenn es sich herumspricht? Denk an London! Wohin willst du beim nächsten Mal flüchten? Australien?««

»Die Bank stünde vor dem Ruin, wenn ich nicht für neue Geschäfte sorgen würde.«

»Du meinst, wenn Schwarz nicht für neue Geschäfte sorgte.«

»Ich habe es dir schon mal gesagt: Das geht dich nichts an!«

»Es passt mir nicht, dass du dich ständig mit ihm triffst. Er hat einen schlechten Einfluss auf dich.«

»Wir machen Geschäfte.« Edwards Stimme war kühl.

»Siehst du nicht, wie sehr du dich verändert hast?«

»Und, ist es eine Veränderung zum Schlechten?«

Nein, das war es nicht, zumindest nicht ganz. Während Carolina verwelkte, war Edward erblüht. Er war sicherer geworden im Umgang mit anderen, nicht mehr so gehemmt. Im Gegenteil, er strotzte nur so vor Selbstvertrauen und legte dabei eine Großspurigkeit an den Tag, die einen auf die Palme bringen konnte. »Du hältst dich wohl für den König der Banker. Aber ich sag dir eines, du bist nicht unantastbar. Wenn Monsieur Février dich diskreditiert und herumposaunt, du seist schwul, dann ist es ganz schnell vorbei mit dem feinen Herrn Vize-Direktor.«

»Na, dann wollen wir ihr mal beweisen, dass sie Unrecht hat.« Er stand auf, fasste ihre Hand und zog sie hoch vom Stuhl.

»Wem?«

»Na, Madame Février.« Edward drängte sie Richtung Schlafzimmer. »Würde ein Schwuler so was tun?«

Edward warf sie aufs Bett und ließ sich neben sie fallen. Er piekte ihr mit dem Finger in die Seite. Dora quietschte und rollte sich von ihm weg, doch er setzte ihr nach und kitzelte sie.

»Lass das.« Sie lachte und wehrte seine Hände ab.

»Leg dich auf den Rücken, so!« Edwards Hände umschlossen die gedrechselten Stäbe, die das Kopfende des Bettes zierten.

Dora kicherte und tat es ihm nach. »Und jetzt?«

Edward schaukelte vor und zurück, versetzte das Bett in Schwingung. »Los, mach mit! Und stöhne ein bisschen. Madame Février will doch hören, wie wir es miteinander treiben. Also tun wir ihr den Gefallen.«

»Aaaaaah«, stöhnte Dora und prustete los.

»Ein bisschen mehr Ernst bitte, reiß dich zusammen! Wie wäre es mit ›Oh, Edward‹?« Er grinste schelmisch, und für einen Moment blitzte der alte Edward in ihm auf. Sie lagen kichernd nebeneinander und brachten das Bett zum Wackeln, dass es nur so krachte, der Rahmen ächzte, die Latten knarzten und die Bettfedern quietschen im Takt.

Edward stand auf und richtete sein Hemd unter den Hosenträgern. »Mach noch ein bisschen weiter, damit Madame Février auf ihre Kosten kommt.«

»Und du? Wohin gehst du?«

»Ich muss noch mal weg, ich habe noch einen Termin.«

»Mit deinem Herrn Schwarz?« Sie funkelte ihn an.

Edward hielt ihrem Blick stand. »Nein. Und jetzt sei so gut und mach noch ein Weilchen Lärm.«

»Du spinnst wohl!«

Er zuckte die Achseln. »Du bist doch Schauspielerin, eine arbeitslose obendrein.« Er warf ihr einen 50-Peso-Schein aufs Bett. »Hier, deine Gage. Betrachte es einfach als deine neue Rolle.«

»Scher dich zum Teufel, Edward Lambert!«

»Es steht dir jederzeit frei, zu gehen. Da ist die Tür, ich halte dich nicht auf.« Edward deutete auf die Eingangstür und drehte sich nochmal zu ihr um. »Ach stimmt, du bist ja noch nicht volljährig. Und wenn du dir weiter neue Kleidchen kaufen willst, dann machst du jetzt noch ein bisschen Krach.«

Edward war ein Schwein, so durfte er nicht mit ihr umspringen! Und doch ließ sie es zu, was sollte sie schon tun? Ohne sein Geld und die Wohnung war sie aufgeschmissen. Es gab keinen anderen Ort, zu dem sie einfach so gehen konnte. Sie brauchte Edward wie die Luft zum Atmen, also spielte sie mit.

Je länger sie darüber nachdachte, ließ das alles hier sie ziemlich kalt. Selbst Antonios Postkarten vermochten nicht mehr, sie aufzuheitern. Immer, wenn sie eine neue Karte von ihm in ihr Album steckte, blätterte sie zurück zu der ersten Karte. Sie starrte auf das Bild der Freiheitsstatue und erinnerte sich. Sie hatte nach Amerika gewollt, damals. Eine große Schauspielerin werden, am Broadway. Stattdessen war sie hier gelandet, im falschen Amerika, und sie war noch nicht mal eine kleine Schauspielerin. Vielleicht sollte sie Edward um Geld bitten? Im Juni wurde sie einundzwanzig, noch knapp ein Monat, dann war sie volljährig. Er könnte ihr was vorstrecken, das Geld für die Überfahrt und ein Hotelzimmer, nur für ein paar Tage. Sie würde es ihm zurückzahlen, wenn sie Fuß gefasst hätte. Doch würde sie es wirklich schaffen? Sie bekam es ja jetzt schon nicht hin, ein Engagement zu finden, von dem sie leben konnte. Sie war ein Nichts, ohne Edwards Hilfe würde sie elendig zugrunde gehen. Und Jack? Sie hatte seit Monaten nichts von ihm gehört. Sie war ihm doch vollkommen gleichgültig, er interessierte sich nur für sich selbst und besprang wahrscheinlich gerade Lady Cunningfield, weil ihm wieder mal das Geld ausgegangen war. Sonst hätte er sich ja vielleicht ab und zu mal eine Postkarte leisten können und ihr ein paar Zeilen geschrieben. Nein, Jack konnte ihr wirklich gestohlen bleiben, er war und blieb ein Blender. Aber Edward hatte sie ja gewarnt, und sie hatte nicht hören wollen. Doch mit Jack war es jetzt ein für alle Mal vorbei. Sollte er wiederauftauchen, würde sie ihn abblitzen lassen.

Er tauchte kurz nach Ostern auf. Auf den Tag genau ein Jahr und einen Tag nach seiner Abreise stand er plötzlich in der Tür, roch nach Meer und Jack, nannte sie »Dumpling« und küsste sie. Sein Kuss schmeckte nach Whisky und den Nächten, die er am Spieltisch verbracht hatte, aber es war ihr egal, bloß kein Streit! All ihre Vorsätze waren vergessen. Sie hätte sich ohrfeigen können, weil sie einknickte. Doch der Blick in seine Meeresaugen ließ sie wieder schwach werden.

»Versprich mir, dass du bleibst«, murmelte sie an seiner Schulter.

»Keine Sorge, jetzt bin ich ja erstmal wieder da.«

Umso enttäuschter war Dora, als Jack ein paar Tage später verkündete, er wolle schon wieder aufbrechen.

»Wohin denn nun schon wieder?«

»Ich weiß es noch nicht. Ein bisschen umherfahren, der Wagen muss bewegt werden, er stand so lange herum.«

»Wir könnten ans Meer fahren, vielleicht ein paar Tage raus, nach Mar del Plata?«

Jack verzog den Mund. »Ich war lange genug auf See.«

»Was hältst du von Rosario?«, schaltete sich Edward ein. »Ich habe dort etwas Geschäftliches zu erledigen. Wir könnten eine kleine Spritztour machen, unter Männern.«

»Bei dem Wetter?«, warf Dora ein. »Es hat in letzter Zeit so viel geregnet, die Straßen sind schlecht. Warum nehmt ihr nicht den Zug?«

Jack ignorierte ihren Einwand. »Gut, fahren wir nach Rosario.« Er schlug in Edwards angebotene Hand ein und sah aus, als wittere er schon wieder ein Abenteuer.

Das war typisch! Kaum war er da, schon ließ er sie wieder sitzen. Sie war komplett abgemeldet und schmollte, während sie den Männern dabei zusah, wie sie ihre Koffer auf die Gepäckablage des Rolls-Royce luden.

»Mach nicht so ein Gesicht, du bist viel schöner, wenn du lachst.«

»Ihr amüsiert euch und ich hocke hier rum.«

»Ach, komm schon, Dumpling. Es sind doch bloß ein paar Tage, dann sind wir zurück. Wir schreiben dir auch mal.«

»Du und schreiben«, zischte Dora und wandte sich zum Gehen.

»Bekomme ich keinen Abschiedskuss?«

»Das könnte dir so passen.«

»Bekomme ich einen? Ich schreibe dir auch!« Edward zwinkerte verschmitzt.

»Ach, lasst mich doch alle beide in Ruhe!«

KAPITEL 40

Edward lächelte in sich hinein. Zuerst hatte es ihm Bauchschmerzen bereitet, nach Rosario zu fahren und das Geschäft zu erledigen, um das Schwarz ihn gebeten hatte. Vielmehr hatte er es befohlen. Schwarz war kein Mann der Bitten, er kommandierte ihn herum wie einen dummen Jungen. Aber es war eine hervorragende Idee, Jack mitzunehmen. Er sah zu ihm rüber. »Es war eine gute Idee, den Wagen zu nehmen.«

»Du sagst es, alter Freund!« Jack lachte, der Fahrtwind zerzauste sein Haar.

Die Sache in Rosario hatte sich als recht simpel erwiesen. Der Mittelsmann hatte ihm das Geld übergeben, er hatte es quittiert, und nun bestand seine Aufgabe darin, es nach Buenos Aires zu bringen und auf eines der Konten einzuzahlen. Keine große Sache, no big Deal.

»Was ist eigentlich in dem Koffer?«, fragte Jack, als hätte er seine Gedanken gelesen.

Edward zögerte, doch dann erlag er dem Reiz. »75.000 Pesos, in bar.« Die Gewinne der Häuser in Rosario der letzten drei Monate.

»Du machst Witze!«

»Nein, es ist mein Ernst. Nur ein kleiner Transfer.«

»Den du persönlich durchführen musst?«, hakte Jack nach.

»Mein Geschäftspartner vertraut eben nur mir.«

»Du hast dich ganz schön gemacht, was Teddy?« In Jacks Augen lag Anerkennung.

»Das kann man so sagen«, gab Edward geschmeichelt zurück. In der Tat, er wusste inzwischen, wie der Hase lief. Schwarz war nicht nur Hotelier und Barbesitzer, nein, er war auch Zuhälter und einer der größten Bordellbetreiber in ganz Buenos Aires. Und nebenbei war er so etwas wie das Oberhaupt der *Varsovia*, ein Zusammenschluss von etwa vierzig jüdischen Zuhältern. Sie nannten sich so, weil die meisten von ihnen ursprünglich aus Warschau stammten. Genau wie Schwarz, er war gar kein Ungar, wie er immer behauptete. Die Organisation machte ihr Geld vornehmlich mit Mädchenhandel, Prostitution und illegalem Glücksspiel. Alles sehr unschön, in der Tat. Aber eben auch äußerst lukrativ. Hinzu kamen die Mieteinnahmen und die Gewinne aus sonstigen Geschäften, insgesamt also eine ganze Stange Geld. Und er, Edward Lambert, war der Banker, dem sie es anvertrauten. Schmutziges Geld, vorbeigeführt am Staat und der Steuer. Er sammelte es ein, bündelte es und verwandelte es in saubere Investments. So wurden aus zwielichtigen Zuhältern lupenreine Finanzinvestoren. Er besorgte ihnen eine weiße Weste, und sie dankten es ihm großzügig. Außerdem hatte es durchaus seinen Reiz, in solchen Kreisen zu verkehren. Es gab auch käufliche Männer. Edward lächelte verträumt.

»Mann, oh Mann, so viel Geld.« Jack war noch immer ganz aufgekratzt. »Stell dir nur vor, was man damit anstellen könnte!«

»Mit 75.000 Pesos könnten wir zwei es ganz schön krachen lassen.« Edward fielen hunderte von Dingen ein, die man damit machen könnte. Doch nichts davon würde er tun, denn das Geld war für die neue Synagoge bestimmt. Es war lächerlich, die Zuhälter waren knallharte Burschen, aber das Einzige, worum sie sich sorgten, war ihr Seelenheil. Weil sie vom Rest der jüdischen Gemeinde geschnitten wurden, wollten sie nun eine eigene Synagoge bauen. Und einen Friedhof für die gefallenen Mädchen.

»Was, wenn wir das Geld einfach nehmen und abhauen?« Jacks Augen leuchteten vor Begeisterung. »Lass uns damit durchbrennen, nur wir beide.«

»Das klingt verlockend.« Schwarz würde ihn umbringen.

»Jetzt überlege doch mal, Südamerika ist groß. Wir gehen

irgendwo hin, nehmen ein Haus, wir könnten ein paar Jahre gut davon leben.«

Ein schöner Gedanke. »Nur du und ich? Was ist mit Dora?«

»Ach, vergiss Dora.« Jack winkte ab und grinste. »Sie ist so … na du weißt schon. Außerdem wird sie jetzt volljährig.«

»Ist das dein Ernst?« Er starrte Jack verblüfft an. Konnte es wirklich möglich sein, nach all der Zeit?

»Ja, wieso nicht?«

Edward fasste sich ein Herz und legte die Hand auf Jacks Knie.

»Nimm, die Finger da weg!« Jack klang verärgert.

»Es gibt etwas, das ich dir schon lange sagen wollte …«

Jack wischte seine Hand beiseite. »Was soll denn das? Warum bist du auf einmal so komisch, Teddy?«

»Ja, vielleicht bin ich komisch in deinen Augen. Aber es ist nicht lustig, glaub mir.«

»Ich weiß nicht, wovon du sprichst.«

»Davon, dass ich dich liebe, vom ersten Tag an. Und das weißt du so gut wie ich.«

»Das ist doch Quatsch! Ich bevorzuge Frauen, das weißt du doch.«

»Und was ist das dann, wenn wir zusammen sind? Es gefällt dir doch auch, oder etwa nicht?« Er sah ihn herausfordernd an. »Gib es doch zu. Du genießt es doch, wenn ich dir den Schwanz lecke!«

»Du lutschst ihn ja auch besser als jede kleine Hure.« Jack lachte sein typisches Jack-Lachen. Edward ertrug das Geräusch nicht länger und versetzte ihm eine schallende Ohrfeige. Der Wagen schlingerte, aber Jack fing ihn ab. »Ach komm schon, Teddy, es war doch nur Spaß!«

»Dein Spaß ist nicht lustig!« Edward war verletzt und verwirrt. Warum konnte Jack es nicht einfach zugeben, dass er genauso empfand? Er boxte ihm in die Seite, wollte ihm wehtun. Ihn genauso verletzen, wie er verletzt worden war. Er schlug auf ihn ein. Jack ließ das Lenkrad los und stieß ihn zurück. Der Wagen schleuderte über die Straße.

Erst im letzten Moment sah er ihn, sie rasten genau darauf zu. Edward hob schützend die Hände. »Jack, pass auf! Der Baum!«

Als wäre es nicht bereits genug, wie sie mit ihr umsprangen, kam die nächste Demütigung für Dora in Form einer Postkarte.

Carolinas Ohren leuchteten dunkelrot, als sie ihr die Karte reichte, und Dora erkannte sofort, warum. Das Bild auf der Vorderseite zeigte sie selbst, im Negligee. Es war auf Cunningfield Hall entstanden, an diesem unseligen Morgen im Wintergarten. Die Dora auf dem Bild lag auf der seidenbezogenen Chaiselongue ausgestreckt auf der Seite und lächelte verführerisch in die Kamera. Sie wickelte eine Strähne ihres offenen Haars um ihren Zeigefinger und blickte in die Linse, als wolle sie dem Betrachter sagen: »Komm nur her, fass mich an.«

Die Schamesröte schoss ihr in die Wangen. Sie las den Text. »*Was sonst wäre mein süßester Traum?*«, gezeichnet E.L. So etwas Scheinheiliges! Als ob er sich vor Sehnsucht nach ihr verzehrte.

»Edward Lambert, ich bringe dich um!«, murmelte Dora.

Carolina sah aus wie ein ängstliches Reh. »Ich habe sie noch rechtzeitig vor meiner Mutter abgefangen. Aber der Postbote, wie er mich angesehen hat, es war so peinlich.« Carolina schlug die Hände vor die Augen, als wolle sie sich dahinter verstecken.

Der Postbote! Wie konnte Edward es nur wagen, eine solche Karte mit der Post zu schicken? Ganz öffentlich, damit jeder es sah, die Karte schrie förmlich: »Seht her, ich bin nicht schwul!«

»Na warte, Edward, komm du mir nach Hause!«, murmelte Dora und ließ die verblüffte Carolina einfach im Treppenhaus stehen.

Ihr Zorn war noch nicht verraucht, als es schon wieder an der Tür klopfte. Dora riss die Tür auf und fand sich einem Boten und einer sichtlich aufgelösten Madame Février gegenüber.

»Was ist passiert?«

Der Bote reichte ihr ein Telegramm und wartete, anscheinend hoffte er auf ein Trinkgeld.

»Scheren Sie sich davon«, fuhr Madame Février ihn an und musterte ihn. Ihr Blick blieb an seinen abgetretenen Schuhen hängen. »Sie machen noch die Treppe schmutzig. Los, gehen Sie schon.«

Doras Hände fühlten sich seltsam taub an, als sie den schlichten braunen Karton des Telegramms umdrehte und die Nachricht las.

Schwerer Unfall –Stop – Verlobter verletzt – Stop – Kommen Sie schnell – Stop – Armand Dreyfuss, Estancia Los Naranjales, San Pedro

Oh Gott, Jack! Er war verletzt, sie musste zu ihm! Kaum dass sie diesen Gedanken gedacht hatte, rannte sie auch schon in ihr Zimmer und riss einen Koffer vom Schrank. Mit fliegenden Fingern stopfte sie ein paar Kleider hinein, eilte zurück zum Schrank und hielt inne, als sie das schwarze Abendkleid mit den inkrustierten Spitzen sah. Sollte sie wirklich ein schwarzes Kleid mitnehmen? Es brachte Unglück. Aber die Stimme in ihrem Herzen wusste es besser und flüsterte ihr zu, sie solle es einpacken.

Dora telegrafierte an Armand Dreyfuss. Sie schrieb ihm, sie würde morgen Mittag eintreffen und verbrachte eine schlaflose Nacht. Sie nahm den ersten Zug Richtung Rosario, gleich in aller Früh. Fuhr in dieselbe Richtung, in die auch Edward und Jack unterwegs gewesen waren. Die Landschaft zog monoton an ihr vorbei. Die Provinz Buenos Aires gehörte zur feuchten Pampa und war weitestgehend flach, es gab kaum etwas, das ihren Blick gefangennahm und sie ablenkte. Was war passiert? Warum hatte dieser Armand Dreyfuss telegrafiert und nicht Edward? War er auch verletzt? San Pedro lag auf halber Strecke zwischen Buenos Aires und Rosario, Edward und Jack waren fast eine Woche fort, sie mussten also bereits auf dem Rückweg sein. Die Sorge um Jack umklammerte ihr Herz wie eine eisige Faust.

Als sie in San Pedro den Zug verließ, wurde sie bereits erwartet. Ein etwa sechzehnjähriger Junge sprach sie an: »Senorita Neumann?«

Sie nickte und streckte die Hand aus. Er lächelte schüchtern und zuckte zurück. »Pedro«, sagte er und lud ihren Koffer in den Einspänner. Pedro aus San Pedro, na großartig. Er bedeutete ihr, sich hinzusetzen. »Estancia!«, rief er aus und deutete ein paar Mal mit dem Arm vage in eine Richtung. Es könnte wohl eine Weile dauern. Dora lehnte sich zurück. Der Einspänner rumpelte und schaukelte auf den schlechten Wegen, als Straße konnte man das wirklich nicht bezeichnen. Die Räder der Wagen hatten knietiefe Furchen in den Schlamm gegraben, sie erstarrten in der Sonne zu steinharten Hindernissen. Wie hatten Jack und Edward nur so dumm sein können, bei diesen Verhältnissen den Wagen zu nehmen? Sie kamen nur langsam vorwärts, das Geschaukel machte sie müde, und die Nacht steckte ihr noch in den Gliedern. Ihr fielen die Augen zu und sie wurde erst durch den Ruf des Fahrers wieder geweckt. »*Hemos llegado,* wir sind angekommen!«

Am gemauerten Tor hing ein Schild, *Estancia Los Naranjales*. Die Orangenbäume, das klang hübsch. Und tatsächlich, sie fuhren durch einen Orangenhain. Rechter Hand wichen die Bäume zurück und machten Platz für eine Koppel. Ein paar lackschwarze Pferde grasten in der trockenen Mittagssonne.

»Casco!«, rief der Fahrer und deutete auf das prächtige Herrenhaus. Dora richtete eilig ihr Haar. Der staubige Kies knirschte unter ihren Schuhen, als sie aus dem Wagen stieg, in der Luft wehte das würzige Aroma der Pferde, und ein Hauch von Orangenblüten stieg in ihre Nase. Die Flügel des Eingangsportals schwangen auf, ein Mann trat heraus und breitete die Arme zu einer einladenden Geste. »Willkommen auf Los Naranjales!«

Dora eilte auf ihn zu. »Señor Dreyfuss?«

»Sie können Deutsch mit mir reden.«

»Sind Sie Deutscher?«

»Nein, Schweizer aus der Nähe von Genf.« Er mochte wohl Ende fünfzig sein, in seinem graumelierten Haar zeigten sich erste weiße Strähnen, doch seine braunen Augen verrieten einen wachen Geist.

»Wo ist Jack? Bitte, ich will zu ihm.«

»In der Stadt, er wollte nach dem Wagen sehen.«

»Geht es ihm besser?« Sie atmete auf. »Gott sei Dank! Ich habe mir so große Sorgen gemacht, ich dachte …«

»Nur ein Kratzer«, unterbrach er sie. Sein Blick wurde ernst. »Aber Mr. Lambert, er hat es nicht geschafft.«

Seine Worte hallten wie Donner in ihren Ohren.

»Edward?«, flüsterte sie. »Was ist passiert?«

»Die Kopfverletzungen waren wohl zu schwer. Er verstarb letzte Nacht. Es tut mir leid.«

»Ich will ihn sehen!«

Dreyfuss führte sie ins Haus, die Treppen hoch in den ersten Stock, sie folgte ihm mit Knien aus Gummi durch den Flur. Dreyfuss öffnete die Tür zu einem Gästezimmer. Es war dunkel, die Läden waren geschlossen. Edward lag auf dem Bett, er trug einen Kopfverband, seine Haut leuchtete weißer als die Laken. Sie trat an das Bett und blickte auf ihn herab. Er sah aus, als schliefe er nur.

»Ich lasse Sie eine Weile allein«, sagte Dreyfuss von der Tür.

Dora setzte sich auf die Bettkante. »Oh Edward«, flüsterte sie. »Was habt ihr nur getan?« Sie konnte es nicht begreifen. Noch vor ein paar Tagen war sie so schrecklich wütend auf ihn gewesen, und nun lag er hier und war tot. Ihr kamen die Tränen. Eine tropfte hinunter auf seine Hand. Sie wischte sie weg. Seine Hand war kalt wie Stein. Seine Hände waren ja immer zu kalt gewesen. Dora schluchzte auf und legte sich zu ihm, als könne sie seinen steifen Körper noch einmal wärmen, ihn zurückbringen, von wo auch immer er jetzt war. Doch er blieb tot und das war nicht richtig. Er war doch noch viel zu jung, das Schicksal hatte ihn viel zu früh aus dem Leben gerissen. Sie hatten doch noch so viel vor. Was sollte sie nun ohne ihn tun? Dora barg ihr Gesicht an seiner stillen Brust und beweinte den jähen Verlust.

Sie wusste nicht, wie lange sie so lag. Im Angesicht des Todes geronnen die Minuten zu Stunden und die Stunden schrumpften zu Sekunden. Dora blinzelte und richtete sich auf. Auf einmal kam ihr der Raum zu eng vor, wie eine Gruft. Sie musste hier raus, brauchte frische Luft.

Dreyfuss erwartete sie im Flur. »Kommen Sie mit, nach oben. Etwas frische Luft wird Ihnen guttun.«

Er führte sie hinauf in den Uhrturm. »Es ist der höchste Punkt in der Gegend. Alle Gäste sollten einmal hier gewesen sein.«

Der Ausblick war grandios. Erst jetzt erkannte sie, dass das Herrenhaus auf einem Hügel erbaut war, in einer Schleife des mächtigen Flusses, die Orangenhaine und Koppeln fielen sanft ab bis hinunter zu den Ufern. Die Sonne ging unter und feuerte ein wahres Spektakel an Farben in die Wellen des Stroms.

»Der Rio Paraná«, sagte Dreyfuss mild. »Ich dachte, das sollten Sie gesehen haben, der Anblick beruhigt.«

»Es fühlt sich so falsch an, er war doch noch so jung.«

»So ist das Leben. Es unterscheidet nicht in richtig und falsch.«

Sie standen eine Weile und schwiegen und schauten auf den Fluss. Dreyfuss hob den Arm. Er deutete auf eine kleine Staubwolke, die sich dem Herrenhaus näherte. »Schauen Sie nur, da kommt Mr. Beauchamp.« Tatsächlich, Jack hatte den Wagen abgeholt. Dreyfuss berührte sie sanft am Arm. »Wir sollten runtergehen, Sie haben sicher einiges zu besprechen.«

»Jack! Wo warst du?« Sie lief ihm entgegen und warf sich in seine Arme.

»In der Stadt. Ich habe nach dem Wagen gesehen, er ist wieder in Ordnung.«

»Das ist das Einzige, was dich interessiert? Dein Freund ist tot und du kümmerst dich um das Auto?«

»Natürlich nicht«, antwortete Jack steif. »Ich habe seinem Vater telegrafiert, er muss es wissen.«

»Was ist überhaupt passiert?«

»Wir sind gegen einen Baum geprallt. Edward wurde aus dem Wagen geschleudert. Er muss mit dem Kopf auf einen Stein geschlagen sein.«

»Haben Sie ihn gefunden?«

Dreyfuss schüttelte den Kopf. »Nein, mein Unterverwalter. Sie hatten großes Glück, dass er gerade dort vorbeikam. Ah, da kommt er ja gerade.« Er zeigte auf einen Mann, der in diesem Moment aus den Stallungen trat, und winkte ihn zu sich. »Er kümmert sich um unsere Pferde, ein Deutscher, genau wie Sie.«

Dora blinzelte gegen die untergehende Sonne. Sie erkannte eine Silhouette, groß und hager. Er kam auf sie zu und ging leicht gebeugt, als würde er sich gegen einen inneren Wind stemmen. Oder als habe er sich zu oft den Kopf an zu niedrigen Türöffnungen gestoßen. Dora unterdrückte ein hysterisches Kichern. Etwas an der Art, wie er sich bewegte, erschien ihr seltsam vertraut. Doch sie sah sein Gesicht nicht, der Hut störte. Er trug ihn weit in die Stirn gezogen zum Schutz gegen die tiefstehende Sonne. Erst, als er vor sie trat und den Hut zum Gruß hob, durchfuhr es sie wie ein Blitz. »Du?«

Er starrte sie ungläubig an.

Beinahe hätte sie ihn nicht erkannt unter dem dichten Bart und in seiner einfachen Kleidung. Doch er war es, kein Zweifel. »Alfred!« Sie war die Erste, die die Sprache wiederfand. »Was machst du hier?«

»Das Gleiche könnte ich wohl dich fragen.«

»Ihr kennt euch?« Jack sah erstaunt von einem zum anderen und legte den Arm um ihre Schulter, als wolle er sein Revier abstecken.

»Ja, das kann man so sagen«, murmelte Dora auf Englisch. »Es ist eine Weile her.«

»Dreieinhalb Jahre!«, antwortete Alfred. Er starrte sie immer noch an, als sei ihm der Leibhaftige erschienen.

»Willst du mich nicht fragen, wie es mir ergangen ist?«

»Wie ich sehe, geht es dir gut«, antwortete er knapp.

»Freust du dich nicht, mich zu sehen?«

»Über ein Jahr habe ich nach dir gesucht. Ich habe alles dafür geopfert, meine Karriere, mein Leben, meine Ehre. Und jetzt tauchst du hier auf und ich soll mich freuen? Du hast mein Leben zerstört!«

»Habe ich nicht!«, verteidigte sie sich. »Ich bin nur meinen eigenen Weg gegangen. Ich bin jetzt Schauspielerin, falls es dich interessiert, in Buenos Aires.«

»Ist er der Earl?« In Alfreds Augen flackerte kaum verhohlener Zorn.

»Du weißt davon? Woher?«

»Na woher wohl? Von meinen Eltern, deine Mutter hat ihnen geschrieben.« Er musterte Jack. »Meinen Glückwunsch, Sir.« Er schüttelte ihm die Hand und wandte sich zum Gehen.

»Wo wollen Sie denn hin, mein Freund?« Jack war verwirrt. Er hatte ihre Unterhaltung nicht verstanden. Er versuchte, Alfred zurückzuhalten und fasste ihn am Arm. »Wir sollten anstoßen, das Wiedersehen feiern.«

Alfred riss sich von ihm los und strich seinen Ärmel glatt. »Ihr entschuldigt mich? Ich muss in den Stall, nach der Stute sehen. Das Fohlen kommt sicher bald.«

Die nächsten beiden Tage zogen an ihr vorbei wie Nebel. Edwards Vater hatte geantwortet, Jack fuhr in die Stadt und holte das Telegramm. Am Vormittag des dritten Tages erschien der Pfarrer aus San Pedro. Dora machte sich zurecht, ein Mädchen ging ihr zur Hand, schnürte ihr Korsett und steckte sie ins Kleid. Sie folgte dem Ritual mechanisch wie eine zu groß geratene Puppe. Sie sah sich selbst dabei zu, im Spiegel, dachte an Edward und fragte sich, ob sie wohl jemals wieder in einen Spiegel schauen würde, ohne dabei an ihn zu denken?

Dora wandte sich ab und hielt die Tränen zurück.

Jack empfing sie am Fuß der Treppe. Sie überquerten den Hof, er hielt ihren Arm und führte sie zur Kapelle der Estancia. Vor der Tür standen einige Frauen in der Sonne und schwatzten, ihre Kinder spielten Fangen, verfolgt von ihren winzigen Schatten. Die Kapelle war bis auf den letzten Platz gefüllt, alle Landarbeiter und Pächter der Estancia waren erschienen, um dem Fremden das letzte Geleit zu geben. Edward lag aufgebahrt in einem offenen Sarg direkt vor dem Altar. Der Anblick versetzte ihr einen Schock, Jack musste sie stützen auf dem Weg zu ihrem Platz in der ersten Reihe. Sie setzte sich hin, keinen Meter vom Sarg entfernt, konnte den Anblick nicht ertragen und barg ihr Gesicht an Jacks Schulter. Der Pfarrer sprach sein Gebet auf Latein, dann predigte er auf Spanisch. Sie verstand etwas vom Herrn, der ihr Hirte sei und von Schafen. Die Worte des Pfarrers waren landwirtschaftlich geprägt, offensichtlich benutzte er gern Bilder, die seine hiesige Klientel verstand.

Sie sah Edward an, wie er dalag, so friedlich und still. Seine Haut leuchtete weiß wie Marmor, der Anzug saß tadellos. Selbst im Tod war er noch Brite durch und durch. Ganz im Gegensatz zum Altartuch, das bestickt war mit fröhlichen Blumen und Rankenmustern. Das hatte Edward nicht verdient, diese Predigt von Schafen, das alberne Altartuch, diese kleine Kapelle voller schmutziger Bauern. Sie schluchzte auf. Der Pfarrer sprach lauter, um ihren Schmerz zu übertönen. Doch ihr war es egal, sollte er weiter von Schafen faseln. Er hatte ja keine Ahnung, wen er da begrub. Sie dachte an den Edward, den sie gekannt und den sie verloren hatte. Ihren Retter und Freund mit seiner Vorliebe für Spiegel. Mit seinem schüchternen Lächeln und den manikürten Händen, sie waren wirklich immer zu kalt gewesen. Jack reichte ihr sein Taschentuch, und sie weinte hemmungslos hinein.

Sie begruben ihn auf dem Friedhof hinter der Kapelle. Es war eigentlich mehr ein Gräberfeld, eine flache Mauer zog sich um die karge Wiese. Darauf verblichen etwa zwanzig Holzkreuze in der Sonne. An der Südseite war ein frisches Loch ausgehoben. Der Pfarrer verspritzte Weihwasser und segnete den Sarg. Dann senkten sie ihn an Seilen hinab. Die lose Erde krümelte von den Rändern der Grube und rieselte in das Loch. Der Pfarrer hob die Stimme. »Aus Erde bist du genommen und zu Erde wirst du werden. Erde zu Erde.« Er nahm eine kleine Schaufel voll Erde und warf sie hinein. Kleine Brocken und Steinchen klopften auf den Sargdeckel, als bäten sie um Einlass. Es war so unwirklich, dass Edward in dieser Kiste lag.

»Asche zu Asche.« Wieder warf der Pfarrer eine Schaufel Erde. »Staub zu Staub.« Er reichte die Schaufel an die Trauergäste weiter. Jack ergriff sie und schippte etwas Erde ins Grab. »Mach's gut, alter Freund!«

Sie hielt eine Blume und erinnerte sich nicht daran, sie genommen zu haben. Dora betrachtete sie, als sähe sie sie das erste Mal, eine weiße Lilie. Sie wunderte sich einen Moment darüber, dann warf sie die Lilie hinunter ins Grab. Die Endgültigkeit dieser Geste verschlug ihr den Atem, die Welt schien zu schwanken. In ihrem Kopf hämmerte eine einzige Frage, immer und immer wieder: Was würde nun aus ihr werden? Ihre Knie gaben nach, sie sackte zusammen, als wolle sie sich in das Grab stürzen, hinab zu ihm. »Oh Edward, bitte verlass mich nicht!« Jack griff nach ihrer Schulter, hielt sie zurück, und sie schlang die Arme um seine Knie und weinte an seinem Hosenbein. *Was soll jetzt bloß aus mir werden?*

Der Wagen stand abfahrbereit.

»Ich steige da nicht ein!«, protestierte Dora und schüttelte energisch den Kopf. »Ich nehme den Zug!«

»Unsinn! Mit dem Wagen sind wir heute Abend zurück in der Stadt. Nun steig schon ein, ich fahre vorsichtig, versprochen!«

Sie gab seinem Drängen nach und reichte Dreyfuss zum Abschied die Hand. »Vielen Dank für die Gastfreundschaft.«

»Vielleicht kommen Sie uns ja mal wieder besuchen. Das nächste Mal aus einem besseren Anlass.«

»Ja, vielleicht.«

Jack gab Gas, der Wagen schoss vor, sodass der Kies unter den Reifen wegspritzte.

»Fahr langsamer!«, fuhr Dora ihn an und wandte sich nochmal um. Don Armand winkte ihnen nach, doch Alfred ließ sich nicht blicken. Sie hätte ihm gern Lebewohl gesagt, doch anscheinend grollte er ihr noch immer. Das Haupthaus verschwand aus ihrem Blickfeld, sie fuhren entlang der Koppeln und Orangenbäume und bald erreichten sie die Straße nach Buenos Aires. Dora saß stocksteif und starrte auf den Weg. Sie hielt Ausschau nach Schlaglöchern, immer in der Furcht, das nächste könne ihr Schicksal besiegeln.

»Keine Sorge, die Straße wird gleich besser.«

Jack hatte recht, bald kamen sie zügig voran. Nach einer Weile verlangsamte er die Fahrt und deutete auf einen einsamen Baum am Straßenrand. »Hier ist es passiert.« Sein Gesichtsausdruck war wie versteinert.

Dora schlug die Hände vor die Augen. »Fahr weiter, ich will es nicht sehen!« Doch es war bereits zu spät. Der Anblick des Baumes hatte sich bereits in ihr Gedächtnis gebrannt, wie er dastand, ganz allein am schnurgeraden Weg. Rundherum nichts, kein Strauch, kein Busch. Nur dieser eine Baum und über ihm die endlose Weite des argentinischen Himmels.

SIE ERREICHTEN die Stadt bei Sonnenuntergang. Jack parkte den Wagen direkt vor der Bank und winkte einen Jungen heran. »He, du! Willst du dir ein paar Pesos verdienen?« Der Junge schleppte ihr Gepäck die Treppe hinauf und trug Edwards Koffer in sein Schlafzimmer.

Die Wohnung kam Dora ohne Edward schrecklich leer vor. »Was wird nun aus seinen Sachen?« Sie deutete in einer hilflosen Geste durch den Raum.

»Ich weiß es nicht, Dumpling. Sein Vater hat sich noch nicht dazu geäußert. Vorerst bleiben wir erstmal hier.«

»Und dann?«

»Lass uns erstmal abwarten. Ich bin mir sicher, es regelt sich alles.«

In einem plötzlichen Anflug von Angst warf sie sich an seine Brust und klammerte sich an ihn. »Bitte verlass mich nicht, Jack!« Sie sah zu ihm auf, suchte seinen Blick. »Versprich mir, dass du mich nicht im Stich lässt!«

»Das werde ich nicht, versprochen.«

»Schwöre es!«

Er hob die Finger zum Schwur. »Ich schwöre.«

»Liebst du mich?«

»Ach Dumpling.« Jack wich ihrem Blick aus.

»Los, sag es.«

»Jetzt fang du nicht auch noch damit an.« Er schob sie von sich.

»Wieso auch?« Sie studierte sein Gesicht. »Was ist passiert, als ihr unterwegs wart?«

»Nichts, ich …« Seine Augen zuckten unruhig hin und her, als suche er nach Antworten.

»Eben! Da war nichts! Keine Kurve, kein Loch. Nur dieser eine verdammte Baum.«

Er seufzte und fuhr sich durchs Haar. »Es ging alles so schnell. Ich war abgelenkt, nur einen Moment.«

»Abgelenkt? Wovon?«, setzte sie nach.

»Nichts, ich … Ach Herrgott! Wir haben gestritten und plötzlich war da dieser Baum.«

»Gestritten? Worüber?«

»Teddy … Er hat versucht, mich anzufassen.«

»Und, weiter?« Sie würde nicht lockerlassen, bis er ihr die ganze Wahrheit verriet.

»Nichts weiter! Ich habe ihm gesagt, er solle seine Finger von mir lassen und dann wurde er auf einmal komisch. Er hat gesagt, dass er mich liebt. Er ist total übergeschnappt und hat mich geschlagen. Ich muss wohl das Lenkrad losgelassen haben und dann war da dieser Baum.« Er brach ab.

Dora wich vor ihm zurück. »Du hast ihn umgebracht«, flüsterte sie.

»Dumpling, bitte.« Er hielt sie zurück.

Sie entwand sich seinem Griff und schlug nach ihm. »Er hat dich geliebt! Und du verdammtes Schwein hast ihn umgebracht!«

Sie schlug auf ihn ein, in blinder Wut, ihre Fäuste trommelten auf seine Brust. Und er stand bloß da und ließ es geschehen, wartete ab, bis ihr Zorn verraucht war. »Nein, habe ich nicht.« Er nahm sie in den Arm und hielt sie fest, und sie weinte an seiner Schulter, bis ihre Tränen verebbten. »Pssst, alles wird gut«, murmelte er in ihrem Haar. Dora sah zu ihm auf. Er beugte sich vor und küsste ihre Tränen fort. Sie hob das Kinn, streckte ihm ihre Lippen entgegen, und er versiegelte sie mit einem Kuss. In einem jähen Aufwallen der Leidenschaft zog sie ihn mit sich zum Bett, zerrte an seinem Hemd, ihrem Kleid. Sie wollte ihn spüren, sich spüren, lebendig sein. Denn sie gehörten nicht zu den Toten, sie lebten noch. Sie hatten ein Recht auf Lebendigkeit!

KAPITEL 41

Als Dora erwachte, wusste sie sofort, dass etwas nicht stimmte. Ihre Hand fand die Stelle, an der er gelegen hatte, aber die Kuhle in der Matratze war kalt. Mit einem Satz war sie auf den Beinen.

»Jack!« Sie lief in sein Zimmer, ihre nackten Füße tappten über den Dielenboden. Ihre Schritte hallten durch die Wohnung, sie war kalt und leer. Er war weg! Seine Koffer waren nicht mehr da. Dora riss die Schranktüren auf, dann die Schubladen der Kommode. Alle seine Sachen waren verschwunden, er hatte alles mitgenommen. Er musste die ganze Nacht gepackt haben. Voller Zorn riss sie die Schublade des Nachtschränkchens heraus. Aus einer Schachtel purzelten ihr ein paar Gummihütchen entgegen, seine Kondome. Eines fiel herunter, prallte ab und sprang mit einem kleinen Hüpfer unters Bett. Dora ging in die Knie, beugte sich vor und schaute unter das Bett. Da war es, genau in der Mitte. Sie streckte sich und tastete danach, doch sie kam nicht heran. Das Hütchen aus naturfarbenem Kautschuk hockte neben einer Staubflocke und grinste sie an, als wolle es sie verhöhnen. »Na warte!« Dora stapfte in Edwards Zimmer zurück und bewaffnete sich mit einem Schuhanzieher. Damit angelte sie das Kondom unter dem Bett hervor. Sie pustete den Staub an und legte es zurück in die Schachtel. Hatte er gestern Nacht eins benutzt? Der Gedanke an Jacks zärtliche Küsse brachte sie mit einem Schlag zurück in die Realität. Er war weg! Ihre Augen füllten sich mit Tränen. Er hatte ihr doch geschworen, sie nicht im Stich zu lassen. Und jetzt war er einfach abgehauen, dieses miese Schwein! Was sollte sie denn nun machen? Sie ließ sich aufs Bett sinken, schluchzte hilflos auf und ergab sich ihrem Elend.

Es war Carolina, die sie fand. Dora wusste nicht mehr, wie lange sie auf Jacks Bett gelegen und geweint hatte. Auf einmal war da Carolina und fasste sie behutsam an der Schulter. »Dora. Was ist passiert?«

»Jack, er ist abgehauen.«

»Und Edward?«

»Wisst ihr es denn noch nicht? Er ist tot!« Dora schluchzte auf.

»Mein Gott, wie schrecklich.« Carolina wurde bleich und schlug die Hände vor den Mund.

»Was soll denn jetzt aus mir werden?«, jammerte sie.

»Das findet sich alles. Du bleibst jetzt erstmal hier liegen, du bist ja ganz durcheinander. Und ich besorge dir eine Suppe. Du wirst sehen, alles wird gut.«

Doch Carolina sollte Unrecht behalten, nichts wurde gut. Am Montag der darauffolgenden Woche erschien ein Anwalt und fuchtelte gewichtig mit einem Telegramm. »Mr. Lambert Senior hat mich beauftragt, mich um die Sachen seines verblichenen Sohnes zu kümmern«, ließ er Dora wissen und überreichte ihr seine Karte. »Gehört das alles ihm?«

»Nein, natürlich nicht!«

»Gut, dann schlage ich vor, Sie packen zusammen, was Ihnen gehört und schaffen es fort.«

»Meine Sachen bleiben, wo sie sind.«

»Monsieur Février bat mich darum, die Räumung der Wohnung zu überwachen. Es handelt sich um die Wohnung des Vize-Direktors, wie Ihnen bekannt sein dürfte, sie gehört der Bank und dies ist kein Hotel«, sagte er herablassend.

Das sah Février ähnlich, noch nicht einmal genug Anstand, um es ihr selbst zu sagen, stattdessen schickte er diesen Anwalt vor. »Aber ich habe kein Geld, um mir woanders ein Zimmer zu nehmen. Wohin soll ich denn jetzt gehen?«

»Das steht Ihnen frei. Das müssen Sie schon selbst entscheiden. Bis morgen sind Sie hier raus, verstanden?«

»Welcher Tag ist heute?«

Der Anwalt schien irritiert. »Der 21. Juni, wieso?«

Ihr Geburtstag! Sie hatte ihn komplett vergessen. Ab jetzt war sie volljährig.

»Nichts, schon gut.« Sie kämpfte gegen die Tränen und schob ihn zur Tür. »Morgen bin ich verschwunden!«

Sie packte ihre Sachen und räumte ihr bisheriges Leben aus den Schränken. Es passte in fünf Kisten, vier Koffer und zwei Reisetaschen.

Es klopfte erneut an der Tür. Sicher wieder dieser Anwalt. Was wollte er denn noch? Sie war ja schon so gut wie fertig. Dora öffnete und blickte in Liebermanns grinsende Visage. Er drängte sie zurück in die Wohnung. »Wenn du schreist, bring ich dich um!« Er hob eine Hand, sie hielt einen Lappen. Er presste ihn ihr ins Gesicht. Dora roch etwas Scharfes, es brannte in der Nase, sie atmete chemische Dämpfe. Ihr wurde schwarz vor Augen, und sie sackte zusammen.

ALS SIE WIEDER ZU sich kam, fand sie sich wieder in Schwarz' Büro. Ihre Hände waren mit rostigen Handschellen gefesselt.

»Fräulein Neumann!« Schwarz erhob sich hinter seinem Schreibtisch und kam auf sie zu. »Wie schön, Sie wieder einmal bei uns im Haus begrüßen zu dürfen.«

»Wie bin ich hergekommen?«

»Chloroform.« Er zuckte die Achseln.

»Was soll das?« Sie streckte ihm die gefesselten Hände entgegen. »Was wollen Sie von mir?«

»Wo ist er?«

»Wer?«

»Ihr Verlobter. Mr. Lambert?«

»Mein Verlobter, also ich meine Edward ...« Ihre Stimme stockte. »Er ist tot.«

Sein linkes Auge zuckte. »Als ich ihn vorletzte Woche sah, erfreute er sich noch bester Gesundheit.«

»Ein Unfall, mit dem Wagen.«

Schwarz sprang auf. Mit zwei Schritten war er um den Schreibtisch herum und fasste sie grob an der Schulter.

»Au, Sie tun mir weh!«

»Sie glauben wohl, Sie können mir etwas vormachen.« Er schüttelte sie. »Wo ist er?«

»Er liegt auf dem Friedhof in San Pedro.«

»Sie lügen! Wohin hat er sich abgesetzt mit dem Geld?«

»Ich weiß nichts von Geld.«

»Er war unterwegs, um einen Transfer durchzuführen. Unser Mann in Rosario sagt, er habe ihm das Geld gegeben. 75.000 Pesos in bar. Eine schöne Summe, um es sich irgendwo gemütlich zu machen, finden Sie nicht?«

»Er hatte einen Unfall, ich war auf seiner Beerdigung. Ich habe seine Leiche gesehen. Er ist tot.«

»Was hatte er bei sich? Einen braunen Koffer vielleicht?«

»Der Koffer, natürlich! Ich muss sofort zurück, seine Sachen sollen verschifft werden. Der Koffer ist noch in der Wohnung.«

»Nein, ist er nicht.« Schwarz funkelte sie zornig an. »Chaim war so frei, sich umzusehen. Also, wo ist das Geld?«

»Ich weiß es nicht, aber ich habe den Koffer gesehen. Jack hat ihn selbst …« Sie unterbrach sich. »Mein Gott, Jack.«

»Wer ist das? Dieser Andere?« Er schüttelte sie. »Hat er das Geld? Wo ist er?«

»Ich weiß es nicht«, jammerte Dora. »Er ist abgehauen und hat mich sitzen lassen.«

»Dann holen Sie ihn zurück«, knurrte Schwarz.

»Aber wie soll ich das denn anstellen? Ich weiß doch gar nicht, wo er ist.«

»Finden Sie ihn! Telegrafieren Sie, schreiben Sie Briefe, was weiß ich. Sie haben einen Monat, solange sind Sie unser Gast. Dann ist er wieder hier, verstanden? Mit unserem Geld! Wenn nicht …«, er unterbrach sich, als müsse er über mögliche Strafen nachdenken. »Ach, das sehen wir dann. Bringen Sie mir einfach das Geld zurück, dann muss ich Ihnen nicht wehtun.«

Es mangelte ihr an nichts, man hatte ihre Sachen hergeschafft und ihr ein Zimmer gegeben, diesmal eins ohne Fenster. Ihre Mahlzeiten nahm sie im Hotel, sie konnte sich frei bewegen und man hätte sie für einen ganz normalen Gast halten können. Wäre da nicht Liebermann, der ihr nicht mehr von der Seite wich. Er folgte ihr wie ein Schatten, auch wenn sie ihn nicht sah, wusste sie doch: Er war stets in ihrer Nähe und behielt sie im Auge. Sie telegrafierte an Jacks Vater und bat darum, er solle sich melden, wenn man was von ihm höre. Sie schrieb einen Brief an Edwards Vater mit der Bitte, zwischen Edwards Sachen nach dem Koffer zu suchen, wenn sie in London eintrafen. Ja, sie schrieb sogar an Antonio, schilderte ihre Notlage und bat ihn ganz unverblümt um Geld. Sie hatte kein Recht, ihn darum zu bitten, schließlich hatte sie ihn zurückgewiesen. Aber er hatte immer den Kontakt zu ihr gehalten, also bedeutete sie ihm noch etwas. Sie musste nach jedem Strohhalm greifen, an den sie sich klammern konnte.

»Also, was ist nun?« Schwarz wurde langsam ungeduldig. »Haben Sie etwas von ihm gehört?«

»Nein. Ich …« Dora schluckte. Seit dreieinhalb Wochen hielt er sie nun hier fest, die Zeit lief ab, aber immer noch keine Nachricht von Jack.

»Sie scheinen ihm nicht sehr viel zu bedeuten.«

»Ich muss in die Reconquista. Vielleicht habe ich Post.«

»Nur zu, Chaim wird Sie begleiten.«

Sie hasste es, wenn Liebermann um sie rumschlich. Sie konnte seine Blicke in ihrem Nacken spüren. Er hielt sich im Hintergrund, aber er tauchte auf, wenn er es für angebracht hielt, und stand plötzlich unvermittelt an ihrer Seite. Sie stellte den Kragen ihres Mantels auf und eilte in die Reconquista. »Ich gehe allein rein, klar?«, zischte sie ihm zu, als sie die Bank erreichten.

»Ich warte auf dich.« Ein öliges Grinsen kroch über sein Rattengesicht. »Und mach keine Dummheiten!«

Der Portier ließ sie rein, und sie eilte die Stufen hinauf in den vierten Stock. Sie zögerte einen Moment, schöpfte Atem, dann fasste sie sich ein Herz und klopfte an der Tür der Févriers. Dora atmete auf, als Carolina öffnete.

»Dora!« Sie fiel ihr um den Hals. »Wie geht es dir? Du warst so plötzlich verschwunden. Bist du irgendwo untergekommen?«

»Fürs Erste im Hotel«, antwortete sie ausweichend. »Sag, habe ich Post?«

»Ja, ein paar Karten und ein Telegramm. Warte, ich hole sie.«

Das Telegramm war von Antonio: *Bedaure Notlage –Stop- mein Diener gibt Geld – Stop – Bald zurück, Antonio* Gott sei Dank! Der gute Antonio, er ließ sie nicht im Stich!

Die erste Karte war von ihrer alten Freundin Lydia Harrison, abgestempelt vor vier Tagen in Buenos Aires. *Liebste Dora, ich bin auf Tournee in Südamerika. Wenn du das liest, bin ich auf dem Weg nach Peru. Bin schon gespannt auf die dortigen Theaterverhältnisse! Alles Liebe, deine Freundin Lydia Harrison.*

Zumindest Lydia hatte es also geschafft. Es versetzte Dora einen Stich, und sie wandte sich unwirsch der nächsten Karte zu. Aus der Provinz Tucumán, im Nordwesten des Landes. Sie runzelte die Stirn und wendete die Karte. Sofort erkannte sie Jacks ordentliche, britische Handschrift. Sie las, und ihre schlimmsten Befürchtungen bestätigten sich: *Dumpling, es tut mir leid. Ich brauche Abstand nach allem, was geschehen ist. Suche nicht nach mir, denn ich werde weiterziehen und die Anden überqueren. Da finde ich vielleicht die Ruhe, nach der ich mich sehne. Love, Jack.*

Jack und Ruhe? Das war lächerlich! Love, Jack? Er konnte sich seine Liebe sonst wohin stecken! Dieser Kindskopf! Der Winter stand vor der Tür, was wollte er denn in den Anden? Die Karte war zwei Wochen alt. Aber vielleicht war er noch in diesem Hotel, es war sicher nicht leicht, einen Führer zu finden, der ihn rauf in die Berge brachte. Sie musste ihm telegrafieren, es zumindest versuchen. Es war ihre einzige Chance!

»Hör zu, ich muss los!« Sie umarmte Carolina. »Kannst du weiter meine Post in Empfang nehmen? Ich komme bald zurück!«

Liebermann lungerte vor der Bank herum. »Und, war unser Ausflug erfolgreich?«

Sie streckte ihm triumphierend die Karte entgegen. »Ja, ich weiß, wo er steckt. Ich muss telegrafieren!«

»Und nun?«, fragte Liebermann, als sie das Telegrafenamt verließ.

»Nun fahre ich nach Retiro. Aber ich kann das auch gern allein erledigen, wenn es Ihnen zu viele Umstände macht«, gab sie bissig zurück.

»Vornehme Adresse!« Chaim pfiff durch die Zähne.

»Verzieh dich!« Dora ging durch den Vorgarten und drückte sich einen Moment vor der Tür herum. Sie kam sich vor wie eine Bettlerin, hier nach Geld zu fragen. Aber Antonio hatte geschrieben, er würde es ihr geben. Das war vielleicht ein Anfang, vielleicht konnte sie sich damit einen Aufschub erkaufen, eine Schonfrist. Sie gab sich einen Ruck und läutete. Der Diener öffnete augenblicklich, als hätte er hinter der Tür gestanden und gewartet. »Sie wünschen?«

Sie streckte ihm das Telegramm entgegen. »Hier, schauen Sie, es ist von Antonio. Er schreibt, er … würde mir Geld leihen.« Der Diener musterte sie von oben bis unten, seine Miene sprach Bände. Dann nickte er ihr wissend zu. »Ich wurde instruiert. Warten Sie hier!« Er bat sie nicht herein, sondern ließ sie einfach vor der Tür stehen.

Als er zurückkehrte, überreichte er ihr einen Umschlag. Dora warf einen bangen Blick hinein, zog das Geld hervor und hätte am liebsten geweint. Der Umschlag enthielt nicht mehr als ein Almosen. Sie starrte verzweifelt auf die zehn Pesos in ihrer Hand. Das würde vielleicht für ein paar Tage reichen, wenn sie eine möglichst billige Absteige fand. Am liebsten hätte sie dem Diener sein grinsendes Maul damit gestopft. Aber sie brauchte das Geld, auch wenn es noch so wenig war. Also steckte sie es ein und rang sich ein Lächeln ab. »Danken Sie Ihrem Herrn von mir für seine großzügige Unterstützung.« Sie konnte sich den Seitenhieb nicht verkneifen.

KAPITEL 42

Liebermann hatte sie wieder gefesselt, mit diesen albernen rostigen Handschellen. Sie waren Teil seiner Inszenierung, sollten sie einschüchtern, schon klar. Trotzdem machten sie die Dinger nervös, als er sie in Schwarz' Büro schubste.

Schwarz kam gleich zur Sache. »Und, haben Sie das Geld?«

»Woher denn? Sie haben die Karte doch gesehen, Jack will hoch in die Anden!«

»Ich habe unserem Mann in San Miguel de Tucumán telegrafiert, aber bisher fehlt von diesem Jack jede Spur. Fakt ist, der Monat ist um, und das Geld ist nicht hier.«

»Vielleicht meldet er sich ja, oder er ist schon auf dem Weg hierher, weil er meine Nachricht bekommen hat?«

»Sollte er wirklich so dumm sein, hinauf in die Berge zu wollen, dann finden wir ihn. Ein englischer Bergsteiger sorgt für Aufsehen. Aber wissen Sie, was ich glaube? Das Geschwätz von den Anden ist nur eine Finte. Er will sich absetzen, mit unserem Geld.«

Natürlich wollte Jack das, es wäre ein Wunder, wenn es anders wäre. »Hören Sie, ich verstehe, dass Sie furchtbar wütend sind. Aber ich kann doch nichts dafür!«

»Nun, das ist sehr bedauerlich, in der Tat.« Er lächelte mitfühlend. »Erinnern Sie sich daran, dass Sie sagten, Sie würden niemals für mich arbeiten, Fräulein Neumann?« Sein mitfühlendes Lächeln gefror zu einer kalten Grimasse.

Das war wohl eine rhetorische Frage, natürlich erinnerte sie sich. Das Schweigen zog sich hin.

»Nun, ich schätze, die Lage hat sich geändert.« Seine Augen waren schwarzes Eis.

Ihre Gedanken rasten. »Bitte, ich kann doch gar nichts dafür.«

»Nein, das können Sie nicht. Nennen Sie es einfach Pech oder Schicksal.«

»Sie können mich nicht zwingen, eine fremde Schuld zu begleichen.«

»Oh, und ob ich das kann!« Schwarz öffnete eine Schreibtischschublade und entnahm ihr ein einzelnes Blatt Papier. »Sehen Sie das?« Er drehte es zu ihr. Es war leer, bis auf eine Unterschrift am Fuß. Edwards Unterschrift. »Ein leeres Blatt.« Er hob es an sein Ohr und lauschte daran. »Ah, ist das nicht wunderbar? Ein leeres Blatt kann jede Geschichte erzählen. Zum Beispiel die, in der Sie das Geld gestohlen haben. Unterzeichnet von Ihrem ehemaligen Verlobten.«

»Wir waren niemals verlobt. Edward war bereits verheiratet.«

»Oh, wie pikant!« Er zwinkerte ihr verschwörerisch zu. »Meinen Sie nicht, die Polizei findet es komisch, dass er einen Unfall hatte, kurz, nachdem er seine Anschuldigungen zu Papier brachte? Oder wie wäre es damit: In dem Dokument könnte er Sie bezichtigen, der Prostitution nachzugehen. Oder des Mordes an einem Freier. Chaim, wie war noch gleich der Name des Mannes, der neulich verschwand?« Er warf Liebermann einen fragenden Blick zu, dann wandte er sich wieder an sie. »Sie sehen, Fräulein Neumann, die Möglichkeiten sind ausgesprochen vielfältig.«

»Das können Sie nicht tun!«, keuchte sie.

»Oh, und ob. Und um der Sache ein wenig Nachdruck zu verleihen, war Chaim so frei, mir Ihre Dokumente zu besorgen.« Ihre Papiere! Sie sprang nach vorn und schnappte danach, doch die Handschellen behinderten sie.

Schwarz zog sie weg und wedelte mit ihrer Geburtsurkunde, als fächere er ihr Luft zu. Dann wandte er sich um, schob ein Bild beiseite und brachte einen Tresor zum Vorschein, der in der Wand eingelassen war. Der Drehknauf surrte leise, als er die Zahlenkombination eingab. Die Tresortür schwang auf und er legte ihre Dokumente hinein.

»Nein, das dürfen Sie nicht!«

»Nur eine kleine Versicherung. Damit Sie hierbleiben, bis Sie Ihre Schulden beglichen haben.«

»Wie soll ich jemals so viel Geld zusammenbekommen? 75.000 Pesos, das wird Jahre dauern!«

Schwarz blätterte in seinen Unterlagen. »76.785, um genau zu sein.«

»Was? Wieso ist es plötzlich mehr?«

»Sie sind ein teures Mädchen, Fräulein Neumann. Kost und Logis, dazu der Verdienstausfall von Chaim, weil er auf Sie aufpassen musste, die Blumen ...«

»Die Blumen?«, fuhr sie ihn an. »Die haben Sie mir doch geschickt!«

»Frauen wollen es doch immer ein bisschen nett haben, oder etwa nicht?«

»Sie mieses Schwein!«

»Na, na. Wir wollen doch nicht ausfallend werden.« Schwarz lächelte bedauernd. »Aber ich verstehe Sie, Sie haben ja vollkommen recht. Es ist furchtbar ungerecht, Sie dafür büßen zu lassen, und es wird eine Weile dauern. Aber erstmal müssen wir schauen, in welcher Klasse Sie spielen.« Er wandte sich an Chaim. »Mach sie bereit.«

Schwarz betätigte einen verborgenen Hebel. In der Wand öffnete sich ein Spalt. Chaim zerrte Dora mit sich durch die Geheimtür und stieß sie in einen fensterlosen Raum, der vielleicht drei mal drei Meter maß. Er war leer bis auf einen Haken in der Wand und einen Schrank. Er öffnete ihn und brachte ein eisernes Halsband an einer Kette zum Vorschein, sie klirrte, als er damit auf sie zutrat. Er legte es um ihren Hals. Es knirschte vor Rost, als er es zuschnappen ließ. Chaim zerrte sie zu dem Wandhaken, sie stand mit dem Gesicht zur Wand. Er spannte die Kette und ließ eines der Glieder über den Haken gleiten. »Darauf habe ich so lange gewartet.« Es klang beinahe liebevoll. Ihre Nackenhaare stellten sich auf. »Ich mach jetzt die Handschellen ab«, verkündete er und zog sie aus. Seine Hände glitten um sie herum, öffneten die Knöpfe ihrer Bluse, krochen über ihre Schultern, lösten die Schnüre ihres Korsetts, zerrten an den Häkchen ihres Leibchens. Sie waren überall, wie Ratten, die über ihren Körper huschten. Es war schrecklich! Dora schlug nach ihnen, um sie abzuwehren.

»Oh, nicht doch«, murmelte Chaim. Er packte ihre Arme und bog sie ihr auf den Rücken. Er zwang ihre Handgelenke zurück in die

Handschellen. Sie versuchte, sich von ihm wegzudrehen, aber die Kette ließ ihr kaum Spiel. Chaim löste ihre Strumpfbänder in aller Seelenruhe und rollte die Strümpfe herunter, fein säuberlich, einen nach dem anderen. Seine Hände wanderten über ihre Waden, ihre Knie. Sie ekelte sich davor. Er streichelte ihre Schenkel, fast zärtlich, wie es ein Geliebter tut. Seine Finger krabbelten hinauf zu ihrer Unterhose. Mit einem Ruck riss er sie runter, und sie war nackt. Seine Hand fuhr von hinten zwischen ihre Beine, er rieb ihre Scham. »Na, gefällt dir das?«, raunte er in ihr Ohr.

Sie zitterte am ganzen Körper. »Nein.«

»Doch, das gefällt dir.« Er schob einen Finger in sie rein, sie schrie auf.

Von draußen erklang Schwarz' Stimme. »Ist sie bereit?«

»Ja, sie ist soweit!«, antwortete Chaim. Seine Hände ließen von ihr ab, er löste die Kette. »Jetzt will ich's auch wissen, bist du rot oder braun?« Er drehte sie zu sich herum, sein Blick glitt hinunter zu ihrer Scham. »Ah, braun. Ich hätte gewettet, rot.« Chaim zerrte sie zurück zu der Tür und schob sie hindurch. Er zwinkerte ihr fröhlich zu. »Wir sehen uns später, mein Täubchen.«

Schwarz saß auf einem Sessel und sah ihr erwartungsvoll entgegen. Dora senkte verlegen den Blick. »Na komm schon, nicht so schüchtern.« Er klang belustigt. »Na los, präsentiere dich ein bisschen!« Sie stand wie angewurzelt. »Wird's bald, oder muss ich dich holen?«

Sie tat einen unsicheren Schritt auf ihn zu, ihre Beine zitterten wie Espenlaub. Er stand auf. In seinen Augen lag ein gefährliches Glitzern. »Du hast gedacht, du kannst mich um den kleinen Finger wickeln, nicht wahr?« Er umkreiste sie, langsam. »Du hältst dich für was Besseres, nicht wahr?« Sein Atem strich über ihren Hals, seine Stimme klang lauernd. »Eine Schauspielerin willst du sein? Dass ich nicht lache!« Er war wieder vor ihr angekommen, in seinen Augen brannte kaltes Feuer. »Ich sage dir, was du bist. Eine kleine Hure, mehr nicht.«

»Ich bin keine Hure!«

»Halt den Mund!« Seine Faust flog so schnell heran, dass sie sie nicht einmal sah. Er schlug ihr mitten ins Gesicht. Sterne explodierten vor Doras Augen. Sie schwankte und er machte einen Schritt vor, fing sie auf, als wolle er mit ihr tanzen. Ihre Lippe fühlte sich seltsam taub an, sie schmeckte Blut, dann kam der Schmerz mit massiver Wucht. »Mit wie vielen Männern hast du es schon getrieben?« Er sah sie herausfordernd an. »Mit dem kleinen Schwulen und seinem Freund, der nun unser Geld hat …«, zählte er an seinen Fingern ab, »Mit wem noch?«

Dora war starr vor Angst, sie wagte kaum zu atmen.

»Los antworte mir!«, schrie er sie an.

»Mit niemandem!«

Er schlug wieder zu, und diesmal ging sie zu Boden. »Sollst du mich anlügen?« Er ragte über ihr auf, dunkel, bedrohlich. Sie rollte sich schützend zusammen, doch seine Worte erreichten sie auch so.

»Du hast gedacht, du kannst mich verführen. Aber ich sage dir was: Ich erkenne eine Hure, wenn ich sie sehe. Und mir würde eher der Schwanz abfaulen, bevor ich ihn dir in dein dreckiges Loch stecke. Aber glücklicherweise haben wir ja das hier bei deinen Sachen gefunden.« Er ging rüber zum Schreibtisch und nahm etwas aus der Schublade. Er streckte es ihr entgegen. Es war eines von Jacks Kondomen. »Sehr praktisch, wie ich finde.« Er zerrte sie hoch und warf sie über die Lehne des Sessels. »Dann mache ich mich nicht an dir schmutzig.«

»Nein, bitte nicht!«, keuchte Dora.

Er öffnete seine Hose und holte sein Ding raus. Es war riesig, er bekam das Kondom kaum darüber gezogen. »Ja, schau ihn dir gut an. Das wolltest du doch, oder etwa nicht?«

»Nein, bitte, Lazar!«

»Sag nicht nein! Du wolltest doch von mir gefickt werden. Du hast ja förmlich darum gebettelt. Und jetzt bekommst du, was du verdienst!«

Er fiel über sie her wie ein wildes Tier. Er drang brutal in sie ein, und sie fürchtete, er würde sie zerreißen. Sie schrie auf und versuchte, sich zu wehren. Doch ihre Fesseln ließen ihr keine Chance. Er boxte in ihre Nieren. Der Schmerz war atemberaubend. Die Angst sandte Wellen von Adrenalin durch ihre Adern. Seine Hände schlossen sich über dem Halsband um ihre Kehle. Er drückte zu. Ihr wurde schwarz vor Augen. Sie kämpfte dagegen an, sie durfte das Bewusstsein nicht verlieren. Andererseits hatte der Gedanke, es nicht miterleben zu müssen, etwas Tröstliches, und sie hieß die Schwärze willkommen. Gerade, als sie wegzusinken drohte, biss er zu. Er schlug seine Zähne in das weiche Fleisch unterhalb ihres Nackens und zerrte daran, als wolle er ein Stück herausreißen wie ein wildes Tier. Der Schmerz war glasklar und rein, er funkelte wie ein Kristall, sie bewunderte seine Struktur und hörte jemanden schreien. Sie wurde klarer, begriff, dass sie es war, die da schrie, und konnte dennoch nicht aufhören.

Er steigerte sich in wütende Raserei, sie dachte, er würde sie umbringen. Dann endlich ließ er von ihr ab und es war vorbei. Doch gerade, als sie glaubte, sie hätte das Schlimmste nun überstanden, öffnete sich die Tür erneut und Liebermann trat herein. Das Grinsen auf seinem Gesicht sandte einen Schauer über ihren geschundenen Körper. Lazar richtete seine Hose. »Ich bin fertig mit ihr, du kannst sie haben.«

»Palacio oder Barracas?« Chaim leckte sich über die Lippen.

»Palacio natürlich, also sei ein bisschen zärtlich zu ihr!« Lazar lachte. Er ließ sich auf den Sessel gegenüber fallen. Wollte er etwa zusehen, wie sich Chaim an ihr verging? Dora schloss die Augen und betete, es möge schnell vorbei sein. Und während die dreckige Ratte sie schändete, spielte in ihrem Kopf eine leise Melodie wie ein wehmütiger Tango. Ein trauriges Stück, es brach ihr das Herz, denn es erzählte von Stolz und Verrat. Sie verfluchte Chaim und sie verfluchte Lazar, mochten ihnen die Schwänze abfallen, für das, was sie ihr antaten. Sie verfluchte Edward und Antonio, sie verfluchte alle Männer, aber ganz besonders einen. Den, der ihr das eingebrockt hatte. Sie hatte ihn geliebt und alles ertragen, jede seiner Eskapaden hatte sie ihm verziehen. Und er? Er hatte sie verraten. Sie sitzen lassen, sie ausgeliefert und den Wölfen zum Fraß vorgeworfen, der ehrenwerte Herr! Und das alles aus Geldgier und purem Vergnügen. *Verflucht seist du, Jack Beauchamp Sutton!*

Chaim schleppte sie durch einen engen Gang, eine Treppe hinauf, noch einen Gang entlang durch die Dunkelheit und dann waren sie plötzlich in ihrem Zimmer. Wie durch ein Wunder trat er aus der Wand, die Perspektive schien ihr seltsam verschoben, wie sie so über seiner Schulter hing, ein wimmerndes Bündel aus Schmerz. Er warf sie aufs Bett und sie kroch von ihm weg.

Er grinste sie an. »Das hat Spaß gemacht, findest du nicht?« Sie spuckte ihn an. Er lachte nur. »Bis zum nächsten Mal, mein Täubchen!« Er winkte ihr zu, und dann war er weg, auf dem gleichen Weg, auf dem er gekommen war. Die Tür schloss sich und war wieder nur ein Stück Tapete neben dem Schrank. Dora starrte die Wand an und schluchzte hilflos auf. Sie kroch unter ihre Bettdecke und hielt ihren geschundenen Leib, jeder Knochen ihres Körpers schmerzte. Doch noch mehr als der körperliche Schmerz brannte die Demütigung in ihrer Seele. Ihr Innerstes stand in Flammen. Da öffnete sich die normale Tür zu ihrem Zimmer. Sofort war die Angst zurück. Dora fuhr auf und kauerte sich ans Kopfende ihres Bettes, die Decke schützend an ihren Körper gepresst. Doch es war Maria, die hereintrat. Ihre dunklen Locken umtanzten ihr Haupt, in ihren Händen trug sie ein Tablett, darauf eine dampfende Schüssel mit Wasser, Verbandszeug und eine Tube Salbe. Sie erschien ihr beinah wie ein Engel. Maria stellte das Tablett auf der Kommode ab, dann drehte sie sich um und starrte Dora an. Ihr Blick glitt abschätzig an ihr herab, voller Verachtung, doch da war noch etwas anderes. War das Hass? Die Tänzerin wandte sich zum Gehen. Dora streckte eine Hand nach ihr aus. »Maria, bitte, warte.« Doch sie war schon an der Tür. »Bitte, Rebekka ...«, versuchte Dora es noch einmal. Die Tänzerin fuhr herum, mit zwei Schritten war sie bei ihr. »Woher kennst du diesen Namen?«

»Du sprichst?« Dora war viel zu verblüfft, um die Frage zu beantworten.

»Sag, woher?« Sie sah sie eindringlich an.

»Von deiner Schwester, Rebekka. Sie war eine Freundin von mir.«

»Du lügst! Meine Schwester ist tot. Und Rebekka gibt es nicht mehr, sie starb in der Nacht, in der ihre Schwester starb.«

»Sie hat es überlebt.«

»Was sagst du, sie lebt?« Rebekkas Augen füllten sich mit Tränen. »Martha. Wo ist sie?«

»Nein, ich ... sie war in London, als ich sie das letzte Mal sah. Aber dieser Liebermann, er war hinter ihr her. Ich glaube, er hat sie auf dem Gewissen.«

»Chaim!«, zischte Rebekka und wich zurück. Ein harter Ausdruck trat in ihre Augen. »Was willst du von mir? Soll ich ein zweites Mal um meine Schwester trauern?«

»Ich dachte, du solltest es wissen.«

»Warum erzählst du es mir? Willst du Mitleid?«

»Ich will dir helfen.«

»Wie könntest du mir helfen? Sieh dich doch an!«

»Wir müssen hier raus, sie sind gefährlich. Sieh doch, was sie mir angetan haben, Lazar und dieser Chaim.«

»Lazar, sagst du?« Rebekkas Augen verengten sich zu schmalen Schlitzen. »Lazar hat das getan?«

»Er hat … es war schrecklich!« Doras Hand fuhr zu der Stelle in ihrem Nacken, an der er sie gebissen hatte. Ihre Finger fanden schmerzende Wunden. Sie zuckte zusammen und kehrte Rebekka den Rücken zu, damit sie es sah.

»Ich wusste es!«, zischte die Tänzerin. »Ich wusste, du bringst Ärger. Vom ersten Tag, an dem du mir nachgelaufen und in der Bar aufgekreuzt bist.«

Der feindselige Ton in ihrer Stimme schockierte Dora, sie hatte Mitleid erwartet. »Was?«

»Du hast ihm schöne Augen gemacht, und er hat einen Narren an dir gefressen!«, schleuderte ihr Rebekka entgegen.

»Er hat mich vergewaltigt! Willst du sagen, ich bin selbst schuld?«

»Lass gefälligst die Finger von ihm!«

»Bist du etwa eifersüchtig?«

»Auf wen denn? Eine kleine Hure etwa?« Der spöttische Ton in ihrer Stimme war unerträglich.

»Und was bist du?«, gab Dora schnippisch zurück.

»Ich bin seine Ehefrau.« Die Stimme der Tänzerin troff vor Stolz.

»Das sagt er doch bloß. Mach die Augen auf! Er ist ein Zuhälter und macht dich zu seiner Hure.«

»Das macht er schon mit dir. Lazar hat sofort erkannt, dass ich etwas Besonderes bin, er hat einen Blick dafür.« Rebekkas Worte waren wie ein Schlag in Doras Gesicht. »Ich war unberührt, als er mich traf«, fuhr sie fort. »Wir haben geheiratet, vor einem Rabbi, mit einer richtigen Zeremonie. Und ich bin ihm eine gute Ehefrau, ich habe ihm zwei Söhne geschenkt. Mein Mann ist der Einzige, mit dem ich es jemals getan habe, und er würde es niemals zulassen, dass ein anderer Mann es mit mir tut. Im Gegensatz zu dir«, setzte Rebekka mit einem schmalen Lächeln hinzu und wandte sich zum Gehen.

»Warte, Rebekka. Wenn du schon keine Hilfe willst, dann hilf wenigstens mir. Ich muss hier raus.«

»Mein Name ist Maria Dolores Léon. Und wenn du mich ansprichst, wirst du mich Doña Maria nennen.« An der Tür drehte sie sich noch einmal um. »Ach, und noch was. Wenn du Lazar verrätst, dass ich mit dir gesprochen habe, dann sorge ich eigenhändig dafür, dass Chaim dir einen Besuch abstattet!«

Dann war sie allein. Dora stand auf und schleppte sich zur Kommode. Sie betrachtete sich im Spiegel, die geschwollenen Augen, das zerschlagene Gesicht. Es kam ihr nicht mehr vor wie ihr eigenes. Der Schock der Erkenntnis durchfuhr sie in Wellen. Wie naiv sie doch gewesen war. Die Frau, von der sie gedacht hatte, sie sei Rebekka und sie könne sie retten, wollte gar nicht mehr Rebekka sein, sondern Maria. Und sie wollte auch gar nicht gerettet werden. Und der Mann, von dem Maria behauptete, er sei ein guter Ehemann, hatte Dora Dinge angetan, für deren Grausamkeit es keine Worte gab. Lazar hatte sie geschändet und gequält, mit Fäusten und Worten verletzt und sie danach seiner Ratte überlassen. Das Wasser in der Schüssel war längst kalt. Sie tauchte einen Lappen ein und führte ihn vorsichtig zwischen ihre Beine. Dora zuckte zurück, alles fühlte sich wund an, wo sie in ihr gewütet hatten. War sie wirklich selbst schuld, dass es so gekommen war? Marias Vorwurf nagte an ihrem Herzen. Irgendwie hatte die Tänzerin ja recht, sie hatte ihr nachspioniert und sich in die Dinge gemischt, die sie nichts angingen. Und ja, sie hatte sich zu Lazar hingezogen gefühlt und ihm schöne Augen gemacht. *Lazar.* Allein der Gedanke an ihn ließ sie schaudern. Sie fühlte noch immer seinen Schwanz da unten. Dora verstärkte den Griff auf den Lappen, rubbelte ihn zwischen ihren Beinen. Es tat weh, doch sie musste es abwaschen, dieses Gefühl. Hätte sie nicht Edward geschickt, hätte er Schwarz niemals kennengelernt und sich nicht auf krumme Geschäfte eingelassen. Dann wäre Edward noch am Leben und Jack hätte sie nicht sitzen lassen. Sie war an allem schuld! Der Gedanke hämmerte in ihrem Kopf. Dora scheuerte schneller, der Lappen brannte in ihrem Schritt. Schwarz hatte ja recht, sie war eine kleine Hure! Ohne Edward hätte sie sowieso nie den Sprung aus Bunnys Bar geschafft. Und dann hatte sie sich verkauft. Hatte sich von ihm benutzen lassen, weil er sie dafür bezahlte, mit Kleidern, Champagner und einem einfachen Leben. *Hätte ich doch bloß auf meinen Vater gehört und wäre Lehrerin geworden. Aber nein, ich hielt mich für was Besseres.* Deshalb hatte sie ihre Eltern enttäuscht und Alfreds Karriere zerstört. Und wofür das alles? Für einen albernen Traum. Eine Schauspielerin wollte sie sein, aber es langte für gar nichts. Nur weil sie so vermessen war und geglaubt hatte, die Welt drehe sich nur um sie! Schwarz hatte schon recht, sie alle hatten recht. Sie war nichts weiter als eine kleine Hure. Und jetzt war sie wieder da, wo sie hingehörte. In ihrem Kopf spielte erneut die leise Melodie, sie sang von Stolz und Verrat. Dora summte sie mit und wrang den Lappen aus. Das Wasser in der Schale färbte sich mit ihrem Blut zu einem rosigen Ton. Sie wiegte sich im Takt der Musik hin und her, ganz sanft. Sie hob die Arme, streckte den Rücken, und dann setzte sie den ersten Schritt. Die Tränen rollten ihre Wangen herab, und sie tanzte einen einsamen Tango. Es war ihr Tango, ihrer ganz allein, geboren aus Sehnsucht und Schmerz.

TEIL III

Die ganze Welt ist eine Bühne
und alle Frauen und Männer bloße Spieler.

Shakespeare, »Wie es Euch gefällt«

KAPITEL 43

Dora plumpste auf das weiche Polster des Diwans, ließ sich auf den Rücken fallen und stöhnte.

»Na Süße, schwere Nacht gehabt?« Nanette zwinkerte ihr verständnisvoll zu.

Unter allen Mädchen war Nanette ihr die Liebste. Dora setzte sich auf und sah zu ihr rüber. »Frag nicht! Mein vorletzter Kunde war dieses junge Bürschchen, aber der letzte, hast du ihn gesehen, dieses fette Schwein?«

»Ja ekelhaft.« Die zierliche Französin schüttelte sich. »Ich war froh, dass er mich nicht wollte.«

»Mein Gott, ich dachte, er wird überhaupt nie fertig!« Dora sah sich um. »Sind wir die Letzten?«

Nanette nickte. »Ja, Doña Maria hat die anderen schon abkassiert.«

Wie auf ein Stichwort erschien Maria, schön und stumm. Sie streckte die Hand aus. Dora reichte ihr ein Bündel Geldscheine, ihre Einnahmen der vergangenen Nacht. Maria quittierte es mit einem Nicken und schritt rüber an die Bar. Nanette gab ihren Stapel ab. Er war deutlich kleiner als der von Dora. Maria hob eine Augenbraue. »Morgen läuft's besser!«, beeilte sich Nanette zu versichern. Kein Mädchen wollte seinen Platz im Palacio verlieren und gegen einen in einer *Casita* tauschen, oder schlimmer noch im *Conventillo*. Maria verschwand nach oben. Dora sah ihr nach. Sie hatte recht, sie war keine Hure. Sie war seine Heilige, Maria war unantastbar. Der Tanz mit ihr diente einzig dazu, den Appetit der Männer zu entfachen. Wenn sie in Marias Armen entflammt waren, öffnete sie ihnen die Pforten zum *Palacio del Mundo,* sofern man die richtigen Worte kannte. Es funktionierte wie eine Art Club, nur auf Empfehlung kam man hinein, Lazar höchstpersönlich verlas die Gäste von Hand. Und nur, wer von ihm die Parole erfuhr, bekam Zutritt. Kein Wunder, dass Edward ihr damals suspekt erschien, und Maria ihn nicht hineinließ. Er wusste nicht, was er hätte sagen sollen, dabei reichten zwei einfache Worte aus: »Erlöse mich!« Für die Männer war es das Paradies, für die Mädchen die Vorstufe zur Hölle.

»Willst du einen Schlummertrunk?«, unterbrach Nanette ihre Gedanken.

»Unbedingt!«

Nanette nahm zwei Gläser, streute etwas Laudanum hinein und füllte sie mit Champagner auf. Es war die einzige Möglichkeit, müde zu werden bei den Mengen an Kokain, die sie jede Nacht schnupften. Dora wusste inzwischen, was Lazar ihr damals ins Glas getan hatte: das kolumbianische Wundermittel. Es hielt die Mädchen wach und bei Laune, wenn sie die ganze Nacht tanzten. Die Gäste saßen hier, genau, wo sie jetzt saß, und sahen zu ihnen rüber. Dora blickte zu der kleinen Bühne, auf der sie sich Nacht für Nacht räkelte, zusammen mit den anderen. Sie waren insgesamt fünfzehn Mädchen aus allen Teilen der Welt und eine schöner als die andere. Die Männer hatten die freie Wahl, eine, zwei, drei oder doch gleich alle? Wurde man erwählt, führte man den Gast aufs Zimmer und tat, was immer er verlangte und sein Geldbeutel hergab. Und dann ging das Spiel von vorne los, bis zum frühen Morgen. Das ertrug man nur, wenn man genug Kokain schnupfte, sonst hielt man nicht lange durch. Genau genommen war es sogar ganz schön, das Pulver gab einem ein gutes Gefühl, als hätte man alles unter Kontrolle. Und wenn man schlafen wollte, brauchte man halt etwas Laudanum, so war das nun mal. Dora seufzte und nippte an ihrem Glas. Es würde Jahre dauern, bis sie ihre Schuld begleichen konnte. Es müsste schon ein Wunder geschehen, damit sie hier wieder rauskam. Irgendein Weg, das Geld schneller zusammenzubekommen, so etwas wie …

»Wo willst du hin?«

»Zu Lazar, ich habe da eine Idee!«

Sie erläuterte ihm ihren Plan, und er hörte ihr zu, unterbrach sie, schüttelte den Kopf und widersprach. »Das geht nicht.«

»Aber warum denn nicht? Wenn ich mich nicht irre, stößt die Bühne des Palacio genau an die Rückwand des großen Saals. Du könntest sie einreißen lassen, einen Durchbruch schaffen und die Verhältnisse umdrehen.«

»Ich soll der ganzen Stadt das Allerheiligste offenbaren?«

»Nein, du sollst das Publikum vergrößern. Sieh mal, bisher kommen nur wenige Besucher am Abend, weil der Palacio wie ein Club funktioniert. Aber wenn nun viele kämen, die sich um die Gunst der Mädchen reißen würden, das würde die Preise ordentlich in die Höhe treiben, meinst du nicht?«

»Das mag schon sein«, knurrte Lazar unwirsch.

»Dem Varieté gehört die Zukunft, und wir haben hier doch die besten Mädchen beisammen. Ich meine, schau sie dir an.« Dora deutete rüber auf die Tanzfläche zu Nanette. »Sie, Maria, Makeda, ich, wir könnten eine Show auf die Beine stellen, wie sie die Stadt noch nie gesehen hat, das *Varieté Noir*.«

Lazar runzelte die Stirn. »Das klingt nicht schlecht.«

»Das klingt ganz hervorragend, ›très chic‹, sehr mondän. Das klingt nach dem Duft der großen weiten Welt und der weltbesten Tangoshow aller Zeiten. Die Männer werden Schlange stehen, um eine von uns auszuführen. Wir werden berühmt und du wirst reich.«

»Das bin ich schon«, wandte er ein.

»Dann denk an den Ruhm!«

»Den Ruhm?«

»Der ist noch besser als Geld, denn du kannst ihn nicht kaufen, du musst ihn dir erarbeiten. Aber wenn es sich erst herumspricht und wir bekannt werden, über die Grenzen der Stadt hinaus, dann bekommst du ihn endlich, den Respekt, nach dem du dich so verzehrst.«

Er sah sie an, und in seinen Augen lag ein gefährliches Glitzern. Sie fürchtete, sie sei zu weit gegangen mit dem, was sie gesagt hatte, aber Lazar schüttelte nur den Kopf. »Das ist komplett verrückt«, murmelte er. »Wer garantiert mir, dass es klappt?«

»Wenn ich eines gelernt habe, dann ist es, dass es im Leben keine Garantien gibt. Niemand kann wissen, ob es gelingt, wir können es nur versuchen. Aber wenn wir aufhören, es zu versuchen, wenn wir aufgeben, dann haben wir schon verloren.«

»Also schön, ich denke drüber nach.«

AM NÄCHSTEN TAG erschien Lazar im Palacio und klatschte in die Hände. »Kommt mal alle zusammen, ich habe euch etwas zu sagen. Mir kam heute Morgen eine ganz wundervolle Idee ...« Es hätte sie ärgern können, dass er ihren Plan als seinen verkaufte, aber es sollte ihr recht sein.

Die Umbauarbeiten im Palacio waren im vollen Gange, und sie nutzten die Zeit, um eine Show auf die Beine zu stellen.

Die Kostüme schneiderten sie selbst, um Geld zu sparen, und nicht zum ersten Mal dankte sie Martha im Stillen für alles, was sie von ihr gelernt hatte.

Dora war unterwegs, um Stoff zu kaufen, als sie in der Nähe des Abasto die Stimme eines Jungen hörte. Er sang ein Lied, mit einer Stimme, so klar, dass sie ihr Herz berührte. Dora blieb stehen. »Was singst du da?«, sprach sie den Jungen an.

»Einen Tango.«

»Woher stammt dieser Text?«

»Von mir, ich hab ihn mir ausgedacht. Es passiert einfach so, ich höre die Musik, und die Worte kommen von ganz allein, sie fliegen mir zu, und ich lasse sie einfach hinaus und schenke ihnen ihre Freiheit zurück.«

»Das ist wunderbar!« Sie war ganz verzaubert von seiner Art zu singen.

»Ja, ich weiß! Den Leuten gefällt's, wenn ich singe, sie mögen das.«

Den Leuten gefällt's ... Dora war wie elektrisiert, als sie zum Hotel zurückeilte. Es war, als hätte der Gesang des Jungen eine Tür in ihr geöffnet. Sie war überhaupt nicht auf die Idee gekommen, dass man einen Tango nicht nur spielen und tanzen, sondern auch singen konnte, und dann saß da dieser Junge und tat, als sei es das Normalste der Welt. Auf einmal stürzte alles auf sie ein, in ihrem Kopf wirbelten die Gedanken, alte Gefühle gebaren Worte und Zeilen. Sie stürmte die Treppe zu ihrem Zimmer hinauf, sie brauchte einen Stift und Papier, jetzt sofort, bevor sie auch nur eine Silbe davon wieder vergaß. Sie schrieb wie von Sinnen, summte dabei vor sich hin, dann hielt sie inne und betrachtete ihr Werk. Ja, das war gut!

DORA SPÄHTE durch den Schlitz im Vorhang. Der Saal war zum Brechen gefüllt, sie waren ausverkauft bis auf den letzten Platz. In der ersten Reihe entdeckte sie Lazar. Er wartete darauf, dass die Show begann, genau wie die anderen Zuschauer, doch er wirkte etwas angespannt. Schließlich stand sein Name auf dem Programm, und der Ruf des Hotels auf dem Spiel. Heute war Premiere, sie durften es nicht vergeigen. Bei der Generalprobe war es drunter und drüber gegangen, alles ging schief, was nur schiefgehen konnte. *Aber man sagt ja, das sei ein gutes Zeichen*, versuchte Dora sich selbst zu beruhigen. Es war wieder da, das Lampenfieber, wie ein alter Freund, der lange fortgewesen war. Sie war genau so aufgeregt wie damals, als sie zum allerersten Mal eine Bühne betrat, ihr Herz raste, ihre Hände fühlten sich klamm an, ihre Knie zitterten. Der Vorhang hob sich. Ein Rest Baustaub rieselte aus den Falten und glitzerte im blendenden Licht, es war genau wie damals in Bunnys Bar, wenn die Staubflocken im Gegenlicht tanzten. Und da war sie wieder, die alte Magie, der Zauber der Bühne. Dora atmete tief durch, dann trat sie hinaus ins Scheinwerferlicht, öffnete den Mund und sang. Das Lied war von ihr, sie hatte es selbst geschrieben und zusammen mit dem Orchester vertont. Der Titel des Stücks lautete »*La Andanza*«, was so viel bedeutete wie Abenteuer, Schicksal, aber auch Glück. Es war eins dieser Worte, denen mehr als eine Bedeutung anhaftete, wie es so typisch war für das Spanische. Das Deutsche kannte für jedes Ding, jedes Gefühl, jede Regung ein eigenes Wort. Ganz anders die spanischen Begriffe, sie beherbergten eine ganze Palette an Bedeutungen, enthielten immer eine gewisse Unsicherheit. Es mangelte den Wörtern an Verbindlichkeit, als wolle sich der Sprecher nicht festlegen. Als hielte man sich eine Hintertür offen, vielleicht war es ja doch ganz anders gemeint? Es beschrieb genau dieses Gefühl, das einen überkam, wenn man sich in die Fremde aufmachte, diese Mischung aus Abenteuergeist und Wagemut und die Ungewissheit, die einen befiel, wenn man ankam und zum ersten Mal den Fuß auf den Boden der neuen Welt setzte. Wie würde sie einen begrüßen? Wäre sie friedlich gesinnt oder würde sie sich abwenden wie eine enttäuschte

Geliebte? Im Grunde genommen erzählte das Lied nur Doras eigene Geschichte, doch sie hatte die Worte geschickt gewählt, sodass ein jeder im Saal seine eigene Bedeutung hineinlegen konnte. Ihr Plan ging auf, sie sah es in den Augen der Zuschauer, die zu ihr hinaufsahen. Selbst Lazar schien ganz ergriffen von ihrem Gesang. Sie hätte nur zu gern gewusst, was in seinem Kopf vor sich ging. Doch dafür war jetzt keine Zeit, das Stück näherte sich dem Ende, und sie schraubte ihre Stimme in die Höhe, gab den letzten Tönen einen wehmütigen, fragenden Klang, und sie schwebten durch den Saal und verklangen in atemloser Stille. Bevor das Publikum sich aus seiner Starre lösen konnte, ging das Orchester schon zum nächsten Stück über, Dora huschte von der Bühne und wechselte sich mit Nanette ab. Nanette sang ein Chanson, erzählte die Geschichte der Unschuld vom Lande, die in die weite Welt hinauszieht und an die falschen Männer gerät, die Musik wurde schneller, überschlug sich fast. Nanette hüpfte und warf die Beine in bester Cancan-Manier, ließ ihre Röcke fliegen. Die Augen der Zuschauer blitzten mit den Rüschen ihrer Unterhosen um die Wette. Doch wer nun enttäuscht sein wollte, als Nanettes Nummer endete, wurde eines Besseren belehrt, denn nun erschien Makeda. Sie trug nur ein winziges Röckchen aus Federn und Bast und dazu eine Art Leibchen aus Leopardenfell, es reichte bis knapp unter ihre Brüste. Ansonsten war sie nackt bis auf zwei Fächer aus Straußenfedern, mit denen sie ihre Blöße verdeckte und enthüllte, wie es ihr gefiel. Ihr Tanz hatte etwas Wildes, Animalisches, ihre nussbraune Haut glänzte und ihre Zähne leuchteten, weiß wie Perlen. Der schwere Reif um ihren Hals schimmerte grünlich im grellen Scheinwerferlicht, und auch wenn es nur Katzengold war, verlieh es ihr die Erhabenheit einer afrikanischen Königin. »Skandalös!«, klang es aus dem Saal, doch der Ruf verhallte im Rascheln der Straußenfedern und dem rhythmischen Stampfen von Makedas nackten Füßen.

Dora wechselte das Kostüm, schlüpfte in einen seidigen Hauch aus unschuldigem Weiß, bevor sie langsam über die Bühne schritt wie im Traum. Ihr Blick traf auf den von Lazar, sie betrachtete ihn, als sähe sie ihn zum ersten Mal. Er kam zu ihr hoch und tat hinreichend überrascht, dabei war die kleine Einlage genau einstudiert. Er zog sie an sich, und sie tanzten einen Tango. Ihre Schritte erzählten eine Geschichte, die alte Geschichte von Verführung und Eroberung, von zarter Liebe und zerbrechlichem Glück. Lazar hätte einen ausgezeichneten Schauspieler abgegeben. Seine Augen waren wie eine Leinwand für jede Art von Emotion, und als sie hineinblickte, meinte sie beinahe, das Gefühl darin sei echt. Für die Zuschauer sah es zumindest so aus, und sie selbst war sich nicht mehr sicher, ob es wirklich nur eine Illusion war? Am Rande ihres Blickfelds erschien Maria, Rebekka, oder wer auch immer sie war. Wie ein Zeichen, ein dunkles Omen aus Seide und Sünde. Lazar sah sie an und blieb stehen wie angewurzelt, hatte keinen Blick mehr für Dora und stieß sie von sich weg. Sie taumelte an den Bühnenrand und beobachtete ohnmächtig, wie Rebekka auf ihn zuging. Die beiden umkreisten sich wie lauernde Raubtiere, La Pantera und El Tigre. Dann fielen sie übereinander her. Dora hatte die beiden noch nie zusammen tanzen sehen, bis vorgestern bei der Probe. Und genau wie beim ersten Mal nahm sie der Anblick gefangen. Die beiden ergänzten einander auf eine nahezu unheimliche Art, ihre Körper bildeten eine Einheit, die Schritte absolut synchron, fast zu perfekt. Und wenn man es von außen betrachtete, musste man sie wirklich für das perfekte Paar halten, als ahnungsloser Zuschauer. Vielleicht wären sie das auch gewesen, unter anderen Umständen, in einem anderen Leben. Doch die Illusion, die sie schufen, war makellos. Er war nicht bloß der Zuhälter, der mit anderen schlief, und sie nicht das kleine Mädchen, das vor Kummer und Angst verstummte. Ein absurdes Paar, das nicht miteinander sprach, sondern nur über Blicke und Gesten miteinander kommunizierte, weil sie sich ihrem Mann entzog und ihm ihre Worte verschwieg. Doch in diesem Moment waren sie mehr, die Bühne gab ihnen einen Raum, etwas zu sein, was sie im wahren Leben niemals waren. Der Tango kam zu seinem Ende, das Publikum tobte. Morgen würde die ganze Stadt darüber reden. »Hast du sie gesehen? Den Hotelier Schwarz und seine Frau, die besten Tänzer am Rio de la Plata!«

Ich habe das Richtige getan, ihnen diese Nummer zu geben, dachte Dora, als die beiden unter dem tosenden Applaus des Publikums die Bühne verließen. Sie erkannte es an der Art, wie Maria ging, das Haupt hoch erhoben, mit einem Wippen in den Locken, das vorher nicht dagewesen war.

Dora sah ihnen nach, dann tat sie, als besinne sie sich wieder auf sich selbst. Die Musik setzte ein, der Violinist strich über die Saiten und entlockte ihnen einen traurigen, wimmernden Ton. Dora setzte einen zögernden ersten Schritt, dann einen zweiten. Sie tanzte, ganz allein. Nur ein einzelner Scheinwerfer richtete sich auf sie, zeichnete ihre Silhouette nach und warf ihren Schatten an die Wand. Sie streckte die Hände nach ihm aus, als wolle sie ihn berühren. Ein Raunen ging durch den Saal. Für die Zuschauer sah es so aus, als tanze sie mit jemandem, der gegangen war. Jemandem, der sie verlassen hatte, und von dem sie sich wünschte, er sei noch da. Sie versank in der Musik, gab sich ihr hin wie einem Geliebten, legte ihr ganzes Herz in ihre Schritte, und für einen Moment vergaß sie, wo sie war. Sie war allein mit ihrem Gefühl. Sie dachte an Jack, erinnerte sich an den Schmerz des Verlassenwerdens, an Edward und den jähen Verlust. Eine einzelne Träne rann an ihrer Wange hinab und sie ließ sie laufen. Über ihr Kinn, den Hals, bis hinab in ihr Dekolleté, wo der Tropfen auf ihrer Brust verstarb, genau an der Stelle, an der ihr Herz immer noch schlug.

KAPITEL 44

Sie hatte um ein Wunder gebetet und das Wunder geschah. Am nächsten Tag waren sie Stadtgespräch, ganz Buenos Aires redete von nichts anderem. Zwar hinter vorgehaltener Hand, aber wer etwas auf sich hielt, ging von nun an ins Varieté Noir. Es war wie zu ihren besten Zeiten in London, die Stage Door Johnnys standen Schlange, um eine von ihnen auszuführen, nur, dass man diese Art von Männern hier *Bacán* nannte, »reicher Geliebter«. Dora machte gutes Geld, manchmal bis zu hundert Dollar die Nacht. Nicht Pesos, nein, echte amerikanische Dollar von Touristen und Botschaftern, Industriellen und Großgrundbesitzern, Adligen und Präsidenten. Sie kamen alle zu ihnen und buhlten um ihre Gunst. Nur die Arbeiter nicht, die aus den Schlachthöfen und *Frigorificos,* keine Seeleute und kleine Handwerker, denn die konnten es sich nicht leisten, weder die fünf Pesos Eintritt zur Show noch den Champagner und das Vergnügen danach. Die Mädchen flatterten durch die Großstadtnacht wie tropische Vögel in seidenen Kleidern, immer am Arm eines anderen Galans enterten sie die Restaurants und Casinos und genossen ihren zweiten Auftritt nach der Show. Sie machten sich die Stadt zu eigen, Buenos Aires wurde ihr Spielfeld. Sicher, es gab viele Dancings, ihre Show war gewiss nicht die einzige. Aber sie war die beste und es gab keine Tanztruppe im ganzen Land, die ihnen nur annähernd das Wasser reichen konnte. Sie wurden so bekannt, dass man ihnen Spitznamen gab. Dora war nun nicht mehr das deutsche

Fräulein, sondern man nannte sie *La Reina,* mit einer gewissen Ehrfurcht in der Stimme. Sie war die ungekrönte Königin vom la Plata, und sie herrschte über diese Stadt, genau, wie sie es sich damals vorgenommen hatte, zumindest bei Nacht. Die Zimmerbuchungen im *Las Abundancias* stiegen sprunghaft an, manch einer mietete sich gleich für seinen gesamten Aufenthalt ein, nur, um in der Nähe der Showgirls zu bleiben. Wenn das so weiterging, gab es vielleicht wirklich eine Möglichkeit, die Schulden zu begleichen. Zumindest hatte sie nun Hoffnung.

Die letzte Nacht war sehr einträglich verlaufen, Dora zählte gerade ihr Geld. Das Klimpern dutzender Armreifen kündete von der Ankunft Makedas. Die Abessinin war ihr immer etwas unheimlich, unter Makedas Oberfläche brodelte etwas Ungezähmtes, Wildes. Man wusste nie so genau, woran man bei ihr war und was gerade in ihr vorging. Nanette schlenderte zu ihnen rüber und reichte ihnen ein Glas ihres berühmten Schlummertrunks. »Prost!«

Die Gläser klirrten, als sie aneinanderstießen. Dora nippte an ihrem Champagner. Ihr Magen drehte sich. Sie drückte der verdutzten Nanette ihr Glas in die Hand, sprintete durch die Bar, riss die Tür zum Hinterhof auf und übergab sich in einen Blumenkübel. In letzter Zeit war ihr ständig übel. *Vielleicht sollte ich kürzertreten,* schoss ihr durch den Kopf, *etwas weniger Kokain?* Sie spuckte aus, wischte sich mit der Hand über den Mund und ging wieder nach drinnen.

Nanette musterte sie argwöhnisch. »Was war das denn bitte?«

»Ach, ich weiß auch nicht, mir ist in den letzten Tagen immer so schlecht.«

Makeda fasste sie am Arm und sah sie eindringlich an. »Wann du hast geblutet zum letzten Mal?«

Nanette warf der Abessinin einen alarmierten Blick zu.

Dora dachte nach. »Ich weiß nicht … doch halt, ich weiß es!« Es war kurz, bevor sie nach San Pedro fuhr. Sie erinnerte sich, wie erleichtert sie war, dass ihr die Unannehmlichkeiten mit den gestrickten Binden während der Reise erspart blieben. »Vor etwa acht bis neun Wochen, schätze ich.« Der Gedanke an Edwards Tod versetzte ihr einen Stich.

»Oh, oh.« Nanette schlug sich die Hände vor den Mund.

»Was heißt da ›oh, oh‹?«, fuhr Dora sie an.

»Na, das gibt Ärger, wenn Lazar erfährt, dass du schwanger bist!«, plapperte Nanette.

Sie starrte die Französin an, ihre Worte hallten in ihren Ohren. »Schwanger?«, wiederholte sie ungläubig. Nein, das konnte nicht sein. Sie hatte dafür gesorgt, dass die Freier Jacks Kondome benutzten und sie hinterher immer sorgfältig ausgewaschen. Die meisten wollten sowieso nur Oralverkehr, und nach dem Genuss von zu viel Champagner und Kokain gab es mehr als einen, der überhaupt nichts mehr hinbekam. Und die anderen hatten eins benutzt, sie waren eigentlich ganz froh darüber, aus Angst vor der Syphilis und so. *Alle außer* … Dora stockte der Atem. Vor ihrem geistigen Auge erschien das Kondom unter dem Bett, wie es da hockte, neben der Staubflocke. »Jack!«, flüsterte sie. Dieser verdammte Bastard! Schwanger. Sie kostete den Gedanken, schob ihn ein bisschen hin und her, ertastete seinen Geschmack. »Verratet niemandem etwas davon, hört ihr?«

»Keine Angst, bei mir ist dein kleines Geheimnis sicher. Aber du wirst es nicht lange verstecken können, und wenn Lazar Wind von der Sache bekommt …« Nanette brach ab.

»Was dann?«

An Nanettes Stelle antwortete Makeda. »Sie werden wegmachen!« In ihrem Blick stand Bestimmtheit wie ein tiefes, uraltes Wissen über den Lauf der Natur.

Angst fraß sich in Doras Herz. Sie strich über ihren Bauch. Jacks Baby. Das durfte sie nicht zulassen! Sie musste hier raus. Einen Weg finden, um von hier zu verschwinden, irgendwie. Nur wie?

»Ah, da bist du ja!« Lazar blickte von seinem Schreibtisch auf, als sie sein Büro betrat. Er hatte sie herbestellt, eine halbe Stunde vor Beginn der Proben.

»Du wolltest mich sprechen?«

»Setz dich doch!« Er deutete mit einladender Geste auf die Sitzgarnitur. Sie folgte seiner Aufforderung und setzte sich, allerdings aufs Sofa. Der Gedanke, was sie auf diesem Sessel erlitten hatte, verursachte ihr Übelkeit. Der Samt des Polsters streichelte ihre nackten Schenkel, sie trug nur ein Negligé, einen Hauch von Nichts, die übliche Berufskleidung im Palast. »Gibt es Neuigkeiten von Jack?«

»Nein«, knurrte Lazar, »unsere Männer suchen noch nach ihm. Es scheint, als würde der dumme Junge tatsächlich in den Anden herumklettern. Wir werden ihm unser Geld wohl aus den steifgefrorenen Fingern ziehen müssen. Aber was ich eigentlich wollte ...« Er setzte sich zu ihr und legte vertraulich seinen Arm um ihre Schultern. Den Mädchen gegenüber gab Lazar sich beinahe väterlich. Dora hasste es, wenn er so war, doch sie wagte es nicht, zurückzuzucken.

»Nun«, setzte er an, »ich bin sehr zufrieden mit dir. Die Show läuft hervorragend, und du machst einen guten Schnitt pro Nacht. Ich wusste, du hast Talent!«

Was sollte das werden? Ein Kompliment?

»Nein, wirklich, der Polizeichef war sehr zufrieden mit dir. Er hat dich schon zwei Mal die ganze Nacht gebucht, oder?«

Sie dachte an den Polizeichef, wie er auf ihr lag, sich abmühte und grunzte. »Ja, das hat er.« Er war einer der Gründe, die eine Flucht aus dem Palacio so schwierig machten. Es war sinnlos, zur Polizei zu gehen, sie kam ja bereits zu ihnen.

»Das freut mich! Es ist immer besser, die Polizei zum Freund zu haben«, bemerkte Lazar heiter. Er stand auf und holte eine Schachtel vom Schreibtisch. »Ich habe was für dich!«

»Lazar, bitte, ich will das nicht!« Sie predigte den Mädchen ständig, sie sollten die Sachen nicht annehmen, es erhöhte doch nur ihre Schulden. Lazar überschüttete die Mädchen mit »Geschenken«, er liebte es, seine Mädchen herauszuputzen. Er hatte einen Ruf zu verteidigen. »Schließlich sind wir das beste Haus der ganzen Stadt!«, pflegte er immer zu sagen. Natürlich waren es keine richtigen Geschenke, er setzte sie ihnen auf »die Rechnung«. Lazar führte Buch über sämtliche Ausgaben, die anfielen, rechnete sie ihnen genau vor: das Ticket für die Überfahrt, Kost und Logis, die erste Ausstattung. Jedes Mädchen fing mit einem Betrag von 1.000 Pesos an, den sie ihm schuldete. Doch das war erst der Anfang. Lazar überhäufte sie mit Kleidern und sündhaft teuren Dessous aus feinster französischer Spitze. Und jedes Negligee, jeder Friseurbesuch wurde vermerkt und erhöhte die Schulden. Damit band er die Mädchen an sich. Der eine Teil war Angst, jede von ihnen wusste, dass hinter der Fassade des Mannes von Welt in Wahrheit der Teufel lauerte. Aber ein nicht zu verachtender Teil seiner Macht beruhte auf ihren Schulden. Man konnte sich abrackern, wie man wollte, es wurde einfach nicht weniger.

»Na los, mach schon auf!«, drängte er sie, seine Augen funkelten wie schwarze Diamanten.

Sie öffnete den Deckel, legte ihn beiseite und schlug das Seidenpapier im Innern der Schachtel zurück. Sie starrte das Korsett an. Es war wunderschön, schwarz, dicke Seide, der Ausschnitt bestickt mit schwarzen Perlen und brasilianischem Onyx. Die Steine funkelten wie seine Augen.

»Ich kann das nicht annehmen!«

»Du musst!«, insistierte er.

Dora seufzte. Ein weiterer Posten auf der Uhr. »Wie viel schulde ich dir noch?« Sie hatte mit dem 75-Fachen dessen begonnen, was die anderen Mädchen ihm schuldeten. Sie würde hier niemals wieder rauskommen.

»Ich kann nachsehen, wenn du willst. Aber es ist ein Geschenk, wirklich.« Er sah aus, als könne er kein Wässerchen trüben. »Na los, zieh es an!« Seine Stimme klang rau. »Ich helfe dir.«

Dora wandte ihm den Rücken zu und ließ das Negligé heruntergleiten. Sie konnte seine Blicke auf ihren Schultern spüren, sie glitten über ihre Haut wie eine Liebkosung. Sie stieg in das Korsett. Lazar trat an sie heran, sein Atem strich über ihren Nacken. Er griff nach den Kordeln und zog daran, schnürte sie stramm. Sie keuchte. Er drehte sie zu sich herum, sein Blick glitt verwundert über ihren Bauch. »Unser Essen schmeckt dir wohl?«

Dora stockte der Atem, ihr Herz setzte einen Schlag aus. Bisher hatte er die Schwangerschaft nicht bemerkt, doch langsam begann sich ihr Bauch zu runden. Sie würde es nicht mehr lange geheim halten können. Doch so sehr sie auch grübelte, sie hatte noch keine Möglichkeit gefunden, von hier zu entkommen. Ihr Blick glitt über das Bild, das den Tresor verbarg und mit ihm ihre Papiere. Anscheinend hatte Lazar nichts bemerkt, denn er fuhr fort: »Du solltest weniger essen, damit du nicht aus der Form gerätst.«

Dora atmete auf. »Das werde ich«, versicherte sie eilig.

»Du willst doch schön sein, wenn der österreichische Kulturattaché heute Abend unser Gast sein wird.«

»Sollte ich ihn kennen?«

»Er ist neu in der Stadt. Seine Wünsche sind von spezieller Natur, wenn du verstehst, was ich meine?«

»Speziell?«

»Ein Fall für das deutsche Fräulein. Er mag es ein bisschen strenger.«

»Oh«, hauchte Dora, »ich verstehe. Heute Abend sagst du?« Ihre Hand glitt hinunter zum Bauch, in ihrem Kopf wuchs ein Plan.

»Ja, du wirst dich um ihn kümmern nach der Show, verstanden?«

Sie nickte.

Lazar setzte sich in einen der Sessel. »Dreh dich mal!«

Sie drehte sich um ihre eigene Achse, und er bewunderte sein Werk. »Perfekt!« In seinen Augen glomm ein dunkles Feuer. »Willst du dich nicht bedanken?«

»Natürlich!« Sie sank vor ihm auf die Knie und öffnete seine Hose. Maria hatte in einem weiteren Punkt recht behalten: Lazar bevorzugte sie. Ständig rief er sie zu sich, damit sie ihm zu Diensten war. Nicht mehr lange, dann würde er bemerken, dass ihr Bauch stetig wuchs. Sie musste von hier weg, ob mit oder ohne ihre Papiere. Lazars Hand wanderte über ihren Nacken. Seine Finger fanden die Stelle, an der er sie gebissen hatte, streichelten die Narbe. Die Berührung verursachte ihr Gänsehaut. Er quittierte es mit einem zufriedenen Grunzen und drückte ihren Kopf tiefer in seinen Schritt. Sie würgte und schnappte nach Luft, doch er ließ nicht von ihr ab. Lazar hatte es eilig, es war Freitag. Bald würde die Dämmerung hereinbrechen und ihn zwingen, die Sabbatruhe einzuhalten. Von dem Moment an, in dem man einen blauen nicht mehr von einem grauen Wollfaden unterscheiden konnte, blieben ihr genau vierundzwanzig Stunden, um von hier zu entkommen.

Lazar verließ die Synagoge. Eigentlich wollte er sich mit dem Freitagsgebet auf den Sabbat einstimmen, stattdessen bebte er vor Wut. Der Rabbi hatte ihn rausgeworfen, gesagt, er sei unrein. »Mit einem Zwischenmenschen wie dir wollen wir nichts zu tun haben!« Wenn es nach dem Rabbi ging, hatte selbst der kleinste Krämer das Recht, auf Lazar herabzusehen. Dabei war er aufgestiegen zu einem der reichsten Männer der Stadt, unter den tausenden von Habenichtsen, die über das Meer gekommen waren. Er hatte es geschafft, durch harte Arbeit und Disziplin. Und trotzdem sahen sie auf ihn herab. Er knirschte mit den Zähnen und beschleunigte seinen Schritt. *Diese*

Heuchler! Etliche Mitglieder der Gemeinde zählten zu seinen treuesten Kunden. Er bot ihnen einen Ort, an dem ein Mann noch ein Mann sein durfte. Er verkaufte ihnen Träume, ein Mittel gegen die Einsamkeit und erlöste sie von ihren nörgelnden Ehefrauen. Und jeder, der den Palacio einmal betrat, wollte wiederkommen, einkehren in diesen Harem, sich einkuscheln in seinem sündigen Schoß. Er schenkte ihnen das Paradies auf Erden, aber sie dankten es ihm nicht, nein, sie verachteten ihn dafür. Sie hätten längst mit dem Bau einer eigenen Synagoge begonnen, wenn nur dieser verdammte Engländer nicht mit ihrem Geld abgehauen wäre! Lazar trat nach einer Taube, die vor seiner Haustür herumpickte. Er bewohnte mit seiner Familie die Etage über den Lagerräumen. Natürlich war seine Wohnung über einen Gang mit dem Hotel verbunden. Aber faktisch lag sie ein Haus weiter in einem ordentlichen jüdischen Gebäude, im dem der Sabbat geehrt wurde.

Sein Heim umfing ihn mit dem Duft von gefülltem Fisch und warmem Licht. Rebekka hatte die Kerzen bereits entzündet. Ob sie dabei wohl in Gedanken den Segen sprach? Er würde sie fragen, wenn sie später allein waren. Auch wenn sie stumm war, sie konnte ihm nichts verheimlichen. Er kannte alle ihre Geheimnisse; er konnte sie in Rebekkas Augen lesen, wie in einem offenen Buch. Seine Familie erwartete ihn bereits am gedeckten Tisch. Er küsste seine Söhne und führte sie zur Kommode, auf der eine Schüssel mit Wasser bereitstand. Lazar tauchte einen Becher hinein und übergoss seine Hände, jede Hand drei Mal. Er sprach den Segen und bedeutete seinen Söhnen, es ihm nachzutun. Er beobachtete, wie erst Aviel und dann Samuel vortraten, um die rituelle Waschung durchzuführen. Sie übergossen ihre Hände, genau, wie er es sie gelehrt hatte. Miniaturen seines Selbst, perfekte Abbilder. Noch waren sie klein, aber sie würden zu ihrer wahren Größe heranwachsen, junge Götter, denen die Welt zu Füßen lag. Lazar trat an den Tisch, nahm den Becher und füllte ihn mit Wein, bis er überlief. Dann übergab er ihn mit der linken in die rechte Hand, stellte ihn auf seine geöffnete Handfläche und sprach den Segen. »*Ve'jihi erev ve'jihi boker.*« Es war Abend, es war Morgen. Am sechsten Tag vollendete Gott sein Werk und am siebten ruhte er. Auch er würde ruhen, wie der Herr es ihm befahl, und sein Werk bewundern. Schließlich war der Palacio doch auch Teil SEINER großen Schöpfung. Er hatte es so weit gebracht, mit

SEINER Hilfe. Gelobt seist Du, Ewiger unser Gott! »*Baruch ata Ado-naj* …«

AM FREITAGABEND SPIELTEN sie ein verkürztes Programm, da Lazar und Maria Sabbatruhe hielten und nicht auftreten konnten. Nach der Show zog Dora sich um und hielt sich im Hintergrund, lungerte an der Bar und wartete auf den Kulturattaché. Hoffentlich kam er auch wirklich und machte ihr keinen Strich durch die Rechnung. Auch wenn ihre Papiere noch immer in Lazars Tresor lagen, konnte sie nicht länger warten.

Der Österreicher drängte sich durch die wartenden Verehrer. Sie erkannte ihn sofort. Seine Proportionen glichen denen einer wohlgenährten Ente, die Weste aus hellbrauner Seide spannte über seinem Bauch und er schob ihn vor sich her wie ein Erpel seine Brust.

»Also gut, ich muss dann mal!« Dora seufzte.

»Gönn ihm noch einen Moment.« Nanette grinste und nickte zu ihm rüber.

Er watschelte zwei Schritte nach vorn, ein seliges Leuchten glitt über sein Gesicht, als er der Schauspielerinnen gewahr wurde, die scheinbar nur darauf zu warten schienen, dass er sie ansprach. Es musste ihm so vorkommen, als habe er die freie Wahl. Nun, die hatte er natürlich nicht, Lazars Anweisungen waren unmissverständlich. Dora glitt von ihrem Hocker, straffte die Schultern, hob das Kinn und schritt auf ihn zu, als wäre es sonnenklar, dass er nur wegen ihr hier sein konnte. »Na, mein Hübscher!«, gurrte sie und kraulte sein fliehendes Kinn. »Lust auf ein kleines Spiel?«

Sie führte ihn nach oben. Im Gang trafen sie auf Makeda, die gerade einen anderen Gast rauswarf. »Was kommst du hierher?«, schrie sie ihn an. »Los, hau ab!« Der Mann sah krank aus, ein dünner Schweißfilm überzog seine eingefallenen Wangen. Als er an Dora vorbeikam, nieste er. Kleine Tröpfchen seiner Spucke prickelten auf ihrer Haut. Angewidert wischte sie sich durchs Gesicht und öffnete dem Kulturattaché die Tür zu ihrem Reich. Er warf einen verträumten Blick zu ihrem Bett. »Denk gar nicht dran!«, fuhr sie ihn an. Er zuckte zusammen. »Los, zieh dich aus!«

»Sehr wohl, gnä' Frau!« Seine Wangen färbten sich mit einem

rosigen Hauch. Er erinnerte sie wirklich an eine Ente, als er seine Kleidung ablegte, seine Figur hatte etwas Weibliches mit ausladenden Hüften, seine Männerbrüste wabbelten über seinem Rettungsring, als er seine Unterhosen herunterließ und seine hängenden Pobacken entblößte. Er hatte sogar Orangenhaut!

Es war absurd. Der Kulturattaché war bestimmt vierzig Jahre älter als sie, aber er kroch über den Boden, küsste ihre Schuhe, tat alles, was man ihm sagte und nannte sie »Gnä' Frau«.

»Los, setz dich da hin, die Hände nach hinten!«

»Ja, gnä' Frau!«

Sie zog einen Strumpf aus der Kommode und fesselte seine Handgelenke hinter seinem Rücken an den Pfosten ihres Bettes. Mit dem zweiten Strumpf verband sie ihm die Augen. Es schien ihm zu gefallen. Seine Schweinsbäckchen glühten vor Aufregung in der Vorfreude auf das, was ihn nun erwarten möge. »Sag, warst du auch artig?«, fragte sie ihn und ging rüber zum Schrank. Das Korsett drückte entsetzlich, aber zum Umziehen blieb ihr keine Zeit. Sie warf sich ein Kleid über und griff nach der Reisetasche. Sie hatte sie bereits am frühen Abend gepackt, und es passte nicht viel hinein. Das meiste würde sie hierlassen müssen, bis auf den Schmuck, Unterwäsche und zwei Kleider, ausgerechnet das verhasste Schwarzseidene durfte mit, aber bald würde sie sowieso in nichts anderes mehr hineinpassen. Dora wandte sich um, warf einen letzten Blick auf den Kulturattaché, wie er dahockte. Sein mickriges Würstchen lugte unter seinem Rettungsring hervor, als schnappe es nach Luft. Was, wenn er um Hilfe schrie? Sie nahm einen weiteren Strumpf und beugte sich zu ihm hinab. »Mach den Mund auf!«

Er gehorchte ihrem Befehl, bebte vor Erwartung, was seine Lippen wohl empfangen würden. Vielleicht hoffte er, sie hielte ihm ihre Brüste hin, einen Nippel, an dem er saugen konnte. Sie knebelte ihn, beugte sich ein letztes Mal zu ihm herab und raunte ihm ins Ohr: »Sei schön brav, ich bin gleich wieder da.« Seine Frustration war beinahe greifbar, er murrte kurz unter seinem Knebel, schwenkte jedoch sofort wieder um in eifrige Demut. Er hatte es immer noch nicht begriffen, der Narr. Sie griff ihre Tasche und huschte zur Tür.

Rebekka brachte die Kinder zu Bett und betrat zögerlich das Schlafzimmer. Lazar erwartete sie bereits. Er lag auf dem Bett und klopfte auf die Decke neben sich. »Los, komm her!«

Auf ihre eigentümliche, stille Art bedeutete sie ihm, dass sie unrein sei. Na großartig, ihre monatliche Blutung! Das hieß, dass sie ab dem Tag, an dem der letzte Tropfen Blut ihre Scham verließ, noch für weitere sieben Tage unrein war, bis sie in die Mikwe stieg und sich wieder reinwusch. Mindestens zwölf Tage also ohne Sex mit der eigenen Ehefrau. Und ausgerechnet am Sabbat! Sagte der Rabbi nicht immer, der Sabbat sei ein Freudentag? Und stand nicht geschrieben: *Seid fruchtbar und mehret Euch*? Lazar stand auf und zog sich wieder an. Rebekka fasste ihn am Arm, doch er schüttelte ihre Hand ab und stieß sie unwirsch zurück. In ihren Augen flackerte Zorn, sie sah beinahe aus, als wolle sie etwas sagen. *Das ist lächerlich, sie ist stumm,* schoss es ihm durch den Kopf, und er studierte die widerstrebenden Gefühle in ihrem Blick. Doch dann besann sich Rebekka, drängte ihre Emotionen zurück und wurde wieder die folgsame, stille Ehefrau, die sie immer war. So, wie er es mochte, wie er sie wollte. Er liebte sie genau deshalb, eben weil sie stumm war und niemals widersprach. Lazar nickte zufrieden und küsste ihr Haar. Sie wandte sich von ihm ab, und er ließ sie zurück und machte sich auf den Weg in den Palacio. *Mal sehen, welches der Mädchen gerade frei ist. Vielleicht sogar Dora?* Sie war ihm erst am Nachmittag zu Diensten gewesen, und es gab genug andere Mädchen, die es ihm genauso gut besorgten. Aber ihr Starrsinn und ihre Unnachgiebigkeit übten einen besonderen Reiz auf ihn aus, ihm zu widerstehen, war beinahe unmöglich. Es war einfach zu reizvoll, sie immer wieder zu unterwerfen und darauf zu warten, dass ihr Widerstand endlich brach.

Dora hastete durch den Flur. Sie hatte vor, den ganz normalen Ausgang des Hotels zu benutzen. Das Treppenhaus wurde nicht bewacht, nur die Tür. Der livrierte Portier besaß profunde Kenntnisse darin, jemandem die Knochen zu brechen. Die meisten Mädchen dachten sowieso nicht im Traum daran, dem Palacio zu entfliehen. Wozu auch? Sie hatten dort mehr, als sie sich in ihrem damaligen Leben in Europa jemals zu träumen gewagt hätten, hier waren sie

Stars. Und wohin sollten sie schon gehen? Dementsprechend lax waren die Sicherheitsvorkehrungen, Lazar vertraute auf die natürliche Bindung, erzeugt durch Schulden und Furcht. Denn was würde einen erwarten, wenn man den Palacio verließ?

Dora spähte durch die Lobby, alles war ruhig, nur vom Restaurant erklang das Stimmengewirr einer fröhlichen Abendgesellschaft, der Rezeptionist döste hinter seinem Tresen. Sie schlich an ihm vorbei und huschte zu einer der Sitzecken. Da, eine Zeitung! Das war genau, wonach sie gesucht hatte! Sie zerknüllte das Papier und zog ein paar Streichhölzer hervor. Eins strich sie an und zwang sich zur Ruhe, als sie die zitternde Flamme an den Rand einer Seite führte. Es fing sofort Feuer, die Flammen fraßen sich daran empor und leckten nach ihrer Hand. Sie warf das brennende Knäuel in ein Blumenarrangement und versteckte sich hinter einer Säule.

Es dauerte einen Moment, bis ein vorbeikommender Page den Rauch bemerkte und Alarm schlug. »Feuer!«

Der Rezeptionist schreckte hoch, der Portier kam herbeigelaufen. »Wasser! Holt einen Eimer, schnell!«

Im allgemeinen Durcheinander löste sie sich von der Säule und rannte Richtung Tür.

LAZAR SCHLENDERTE DURCH DEN PALACIO. Seine Lieblingsmädchen waren alle besetzt, anscheinend herrschte heute Betrieb. Dora war nirgends zu sehen. Dann war der Kulturattaché wohl doch schon da. Wie sie sich wohl anstellte? Er würde ihr zu gern dabei zuschauen, wie sie ihre kleine Show abzog. Nun, er könnte ja einfach nachsehen. Er stieg die Treppe empor. Aus den Zimmern tönten die eindeutigen Geräusche, die belegten, dass die Mädchen gut zu tun hatten und die Kasse klingeln ließen. Nur aus Doras Zimmer drang kein Laut, im Gegenteil, es war verdächtig still. Zu still. Lazar öffnete die Tür in der Wand einen Spalt breit und spähte in ihr Zimmer. Hier stimmte was nicht! Er versetzte der Tür einen Stoß. Sie krachte gegen die Stirnwand des Raumes und gab den Blick frei auf den Kulturattaché. Er saß vor ihrem Bett, mit verbundenen Augen und spähte blicklos in die Stille, lauschte auf ein Geräusch. Lazar stieß ein wütendes Knurren aus und stürmte auf ihn zu. Der Mann wich ängstlich zurück und presste sich an den Bettpfosten. Lazar riss ihm die Augenbinde herunter und den Knebel aus dem Mund. Der Österreicher blinzelte verwirrt.

»Wo ist sie?«

»Na bittschön, i weiß es ned!«

Lazar blickte auf ihn herab, wie er dasaß, eine unwürdige Kreatur. Dieser Kerl hatte richtige Tittchen, spitze Dinger wie bei einer Dreizehnjährigen, wenn sie gerade beginnen zu sprießen. »Was hat sie gesagt, bevor sie ging?«

»Nichts! I hab gedacht, es sei a Spiel. Sie hat mich gefesselt und geknebelt, seitdem hock i hier und wart.«

»Wie lange ist das her?« Lazar massierte seine Stirn, unter seinen Fingern klopfte die Ader in seiner Schläfe.

»I ... i woaß es doch ned!«, stammelte er. Seine Brüste bebten vor Angst.

Lazar seufzte. Angst war ein Anfang. Er stellte den linken Fuß auf die Bettkante. Der Österreicher glotzte ihm in den Schritt knapp vor seiner Nase. Man sah, was ihm gerade durch den Kopf ging. Zumindest diese Angst war unbegründet. Aber es war Zeit, seine Aufmerksamkeit in eine andere Richtung zu lenken. Lazar zog das Hosenbein hoch und entblößte das Holster mit dem Messer. Er trug es immer, jeden Tag. Es erinnerte ihn an Karol, daran, wo er herkam. Er strich darüber, beinahe andächtig und befreite das Messer. Fünfzehn Zentimeter Stahl senkten sich auf das linke Tittchen, genau über dem Herzen. Die Augen des Österreichers zuckten zur Klinge, schielten sie an, weiteten sich, als Lazar etwas drückte, und die Spitze seine Haut durchbohrte und in das weiche Fleisch stach. Ein Tropfen Blut quoll hervor. »Na, bittschön«, quiekte er. »i weiß doch nichts!«

So langsam ging ihm der Mann auf die Nerven. Lazar setzte ihm das Messer ans Kinn, dirigierte seinen Kopf zur Seite. »Siehst du das Holster an meinem Bein?« Der Mann nickte. Das zähe, hellbraune Leder schmiegte sich an seinen Unterschenkel, saß perfekt wie ... »Wie eine zweite Haut, nicht wahr?«

Wieder ein ängstliches Nicken.

»Weißt du, warum es so gut sitzt?«, flüsterte Lazar.

Der Kulturattaché schüttelte den Kopf.

»Es ist Haut!«, stellte Lazar trocken fest. Er zögerte es hinaus, weidete sich an dem Moment, als die Angst des Mannes in Furcht umschlug. Sich zu ängstigen, war das eine. Aber sich vor jemandem aus tiefster Seele zu fürchten, besaß eine ganz andere Qualität. Es verlieh seinen Worten eine viel überzeugendere Kraft. »Das war einmal das Bein eines Mannes«, ließ er den Österreicher wissen. »Sein Name war Karol.«

Die Information sackte bleischwer, er konnte sehen, wie es im Kopf des Botschafters arbeitete.

»Was ist mit ihm passiert?«, wisperte er, sein kleiner Schmollmund bebte.

Lazar lächelte. »Er stand mir im Weg!«

DORA RANNTE DIE RECONQUISTA HINAB. Im allgemeinen Durcheinander war sie aus der Tür gehuscht, und nun lief sie um ihr Leben. Zwei Leben, um genau zu sein. Ihre Absätze klapperten über das Pflaster, und sie wich einigen Passanten aus. Es war voll, um die Uhrzeit herrschte reger Betrieb, alle strebten dem Puerto Madero entgegen, bereit, sich zu amüsieren. Und sie war wieder einmal auf der Flucht. Wie es schien, war es das Thema ihres Lebens. Und sie hatte keine Ahnung, wohin sie lief. Die Févriers schieden aus, dort würde man als Erstes nach ihr suchen. Und Antonio? Sie wusste weder, ob er überhaupt in der Stadt war, noch ob er ihr helfen würde, angesichts ihrer Lage. Sie lief zwar in die richtige Richtung, aber verspürte nicht die leiseste Lust, sich wieder von seinem Diener so ansehen zu lassen. Immerhin hatte sie noch sein Geld. Die zehn Pesos von Antonio waren das Einzige, was sie hatte. Die anderen Mädchen behielten einen Teil der Einnahmen für sich, aber sie hatte immer alles abgegeben in der irrsinnigen Hoffnung, sich irgendwann freikaufen zu können von den Schulden, die auf ihr lasteten. Vielleicht sollte sie zu van Bremern gehen? Doch selbst, wenn er ihr helfen würde, wie lange sollte sie sich verstecken? Es dauerte noch Monate, bis das Baby kam. Nein, sie musste raus aus der Stadt, irgendwohin, an einen sicheren Ort. Doch sie begriff erst, als sie den Bahnhof in Retiro erreichte und in die müden Augen des Mannes am Fahrkartenschalter blickte, wo dieser Ort war.

»Wann geht der nächste Passagierzug nach Rosario?«

»In fünf Stunden.«

Fünf Stunden! Sie musste die Zeit irgendwie überbrücken.

»Ein Ticket für den *Ferrocarril,* dritte Klasse bitte«, sie kramte nach dem Geld, »bis San Pedro!«

Sie fand eine Abstellkammer und drückte der verdutzten Putzfrau einen Peso in die Hand. »*Cinco horas,* nur für fünf Stunden!« Dann war sie allein mit ihrer Tasche und ihren Ängsten. Sie tastete im Dunkel, stolperte über einen Eimer und fand eine freie Stelle am Boden. Sie ließ sich nieder und lehnte den Rücken an die Wand. Das Laufen hatte sie erschöpft, ihr Puls raste, und in ihr tobte die Angst vor seiner Reaktion. Wusste Lazar schon, dass sie abgehauen war? Hatte er Chaim schon ausgesandt, der nun hinter ihr her schnüffelte? Hatte er ihre Fährte schon aufgenommen?

Warum hatte sie nicht etwas Laudanum mitgenommen? Dann könnte sie jetzt wenigstens schlafen. So saß sie hier und ihre Gedanken drehten sich sinnlos im Kreis. Ihre Furcht dehnte die Stunden der Nacht, und selbst, als sie endlich im Zug saß, fiel die Anspannung nicht von ihr ab. Sie war nervös und schwitzte. Was würde Alfred sagen? Würde er sie überhaupt einlassen und anhören, oder würde er sie gleich wegschicken? Er hätte jedes Recht dazu. Und er hasste sie. Sie konnte sich noch gut an den Ausdruck in seinen Augen erinnern, mit dem er sie angesehen hatte. Wenn sie an die Möglichkeiten dachte, wie er reagieren könnte, wurde ihr heiß und kalt. Hätte sie doch nur etwas Kokain mitgenommen. Dann könnte sie vielleicht wieder klar denken und würde sich sicherer fühlen, wenn sie ihm gegenübertrat. Alfred war ihre letzte Hoffnung. Wenn er auch nur einen Funken Mitleid besaß, dann würde er ihr helfen. Er musste einfach!

KAPITEL 45

Als sie San Pedro erreichte, war sie sich sicher, dass die innere Hitze nicht von der Furcht allein rührte. Sie fühlte sich fiebrig, als brüte eine Krankheit in ihr. Dora befühlte ihre Stirn und erinnerte sich an den Gast, den Nanette rausgeworfen hatte, an das Prickeln seiner Spucke auf ihrem Gesicht. Er musste sie angesteckt haben. Sie schwankte, als sie den Zug verließ, und mühte sich mit ihrer Tasche, es schien, als wöge sie plötzlich zehn Pfund mehr. Sie schleppte sich in den Bahnhof zum Fahrkartenschalter. »Finde ich hier irgendwo eine Kutsche?«

»Nein, wohin wollen Sie denn?«

Sie zögerte. »Ach, schon gut, vergessen Sie's!« Es war besser, nichts zu sagen, keine Spuren zu hinterlassen, sollte jemand kommen und nach ihr suchen. Also zu Fuß. Wie weit mochte es bis zur *Estancia* wohl sein? Sie hatte keine Ahnung, beim letzten Mal war sie eingeschlafen. Nun, sie würde es herausfinden. Dora schulterte ihre Reisetasche und marschierte los.

Sie hatte die Strecke wohl unterschätzt. Es kam ihr vor, als würde sie seit Stunden laufen, und noch immer war die *Estancia* nicht in Sicht. Ihre Arme schmerzten, die Schultern brannten, denn die Tasche schien eine halbe Tonne zu wiegen. Ständig musste sie stehenbleiben und sie absetzen, kurz verschnaufen und Luft holen, bevor sie weitergehen konnte. In ihrem Körper tobte das Fieber, es stieg von Stunde zu Stunde, als wolle es sie von innen versengen, mit grimmiger Wut.

Sie stemmte sich dagegen, durfte nicht schlappmachen, nicht aufgeben, bald würde sie da sein. »Du wirst schon sehen, mein Baby«, murmelte sie vor sich hin. »Einen Schritt nach dem anderen. Und noch einen und noch einen.« Sie konnte sich kaum noch auf den Beinen halten, als sie endlich das Tor erreichte. Jetzt war es nicht mehr weit! Dora mobilisierte ihre letzten Energien, schleppte sich voran, stolperte mehr, als sie lief. Und endlich kam das Haupthaus in Sicht. Mit letzter Kraft wankte sie zur Tür und klopfte an. Don Armands Frau öffnete.

»Don Armand?«, stieß Dora hervor.

Doña Sophia schüttelte den Kopf. »Er ist in die Stadt gefahren, nach Buenos Aires, Sie haben ihn verpasst.«

»Egal, Alfred. Wo ist Alfred?«

»Draußen, in seinem Haus.«

»Wo ist das? Ich muss zu ihm!«

»Sie gehen nirgendwo hin, schauen Sie sich doch an! Sie sind krank und gehören ins Bett.«

»Ich muss zu ihm!«, beharrte Dora. »Bitte, ich muss ihn sehen!« Sie musste mit ihm sprechen, es ihm erklären. Ihr wurde schwindelig, und sie hielt sich am Türpfosten fest.

»Das ist viel zu weit. Ich schicke Pedro, er wird ihn holen.«

Eine Welle der Erleichterung durchfuhr sie, ihr wurde schwarz vor Augen, ihre Beine sackten weg. Dora brach zusammen und versank in der Schwärze.

ALFRED SAß auf der Bettkante und sah auf sie herab. Doras Körper kämpfte gegen den Fieberschub. Ihre Haut strahlte eine unnatürliche Hitze aus, obwohl Juanita den kalten Wickel um ihre Waden eben erst gewechselt hatte. Seit sechs Tagen ging das nun so, ohne dass sich ihr Zustand besserte. Juanita, die gute Seele der *Estancia,* kochte *Cimarrón,* das allgegenwärtige Gebräu aus heißem Wasser und Mate, das die Argentinier so liebten und an dessen Genuss selbst er sich mit der Zeit gewöhnte. Sie braute allerlei indianische Mittelchen und flößte sie ihr ein, aber keins davon war imstande, das Fieber zu senken, mit dem Dora rang. Alfred machte sich große Sorgen, auch wenn er es sich nicht eingestehen wollte, zu verletzt war sein Stolz.

Ein ganzes Jahr hatte er nach ihr gesucht, angefangen in Rio de Janeiro. Er arbeitete sich durch die Bordelle der Stadt, doch er fand sie in keinem. Dann weiter nach Montevideo, schließlich Buenos Aires. Seine Suche führte ihn überallhin, wo es zu viele einsame Männer gab und Frauen, die ihre Nähe feilboten. Er sah jeden Puff, jeden Hinterhof, jede Baracke und schließlich die *Conventillos*, diese heimlichen Schulen der Prostitution. Er gab vor, sich nur für Rothaarige zu interessieren, und meist verließ er den Laden so schnell, wie er gekommen war. Doch manchmal wurde er auch schwach und erlag den Reizen, ließ sich verführen durch die Illusion von Wärme und Nähe, die der Körper einer Frau versprach. Er war nicht stolz darauf. Es war mehr wie ein Ventil für den Druck, unter dem er stand. Denn das Schlimmste war, immer wieder Hoffnung zu schöpfen. Bei jedem roten Schopf, der vor ihm aufleuchtete, schlug sein Herz schneller. Nur, um wieder festzustellen, dass es eine andere war, als die, nach der er suchte, und ihr Haar nicht den richtigen Ton hatte.

Juanita hatte Doras Frisur gelöst und einen einfachen Zopf geflochten. Doch er war wirr, am Oberkopf quollen einzelne Strähnen daraus hervor wie brennendes Kupfer. Alfred widerstand dem Drang, sie zu berühren.

Irgendwann hatte er aufgegeben. Es war schwer, sich die Niederlage einzugestehen, doch es war zwecklos, er fand sie nicht. Sie war einfach weg, wie vom Erdboden verschluckt. Er fühlte sich wie ein Versager und war auf dem besten Weg, sein Leid dauerhaft in billigem Fusel zu ertränken, da erreichte ihn der Brief seiner Mutter und riss ihn aus seinem Nebel. Dora sei in London, schrieb sie, würde bald heiraten, einen Earl. In einem Lokal traf er Don Armand. Der erzählte, er verwalte eine *Estancia* und könnte einen weiteren Helfer brauchen, für die Pferde. So war er hier gelandet und hatte versucht, wieder Fuß zu fassen, weit draußen, fernab von Schmach und verlorener Ehre. Er hatte geglaubt, es sei ihm gelungen. Hier gab es nichts, das ihn an sein früheres Leben erinnerte. Bis sie plötzlich vor ihm stand, aus heiterem Himmel. In dem Moment, als er sie sah, wusste er, dass er sie gefunden hatte. Die Sonne war in ihren Haaren versunken, und als das Kupfer aufflammte, spürte er die Gewissheit in seinem Herzen, seine Suche hatte endlich ein Ende. Und dann war sie an das Totenbett geeilt, in dem der blasse Banker lag, trauerte um ihn wie um einen Geliebten. Am Tag der Beerdigung sah sie aus wie eine

Göttin, als sie die Kapelle betrat in ihrem vornehmen Kleid. Die Trauer überwältigte sie, ihre Schluchzer zerrissen sein Herz, ihre Schultern bebten unter der schwarzen Spitze. Er hätte am liebsten die Hand ausgestreckt, sie berührt und ihr Trost gespendet. Doch sie weinte an der Schulter dieses Idioten. Und dann waren sie davongebraust, zurück in die Stadt, in seinem teuren Automobil, sie und ihr Earl.

Alfreds Blick glitt über das Laken. Hinab zu der Stelle, an der sich ihr Bauch abzeichnete, eine verräterische Erhebung unter dem weißen Leinen. Er hatte ihr ein Kind gemacht, der vornehme Earl. Er hatte sie geschwängert, entehrt und sitzenlassen, ganz offensichtlich. Alfred ballte die Fäuste, seine Nägel gruben sich in seine Handflächen. Wenn er diesen Windhund in die Finger bekam, würde er ihm den Hals umdrehen.

Dora warf den Kopf hin und her und stöhnte, als plagten sie schreckliche Träume. Alfred nahm einen feuchten Lappen und tupfte ihr sanft über die Stirn. Was passiert war, nachdem der Earl sich aus dem Staub machte, konnte er nur mutmaßen. Doch allein die Unterwäsche, die Dora trug, sorgte für wilde Spekulationen. Juanita hatte sie entkleidet und in ein Nachthemd gesteckt, seitdem war das Korsett das Gesprächsthema Nummer eins hinter vorgehaltener Hand. Die Hausangestellten tuschelten über nichts anderes. Alfred stand auf und schlich zum Schrank. Er öffnete die Tür, sie quietschte leise in ihren Angeln, und er hielt den Atem an. Fast rechnete er damit, Dora könne ausgerechnet jetzt erwachen oder Doña Sophia hereinplatzen, um ihn zu fragen, was er da tat? Das Korsett war schwarze Sünde, und die Steine am Ausschnitt funkelten auf diese bestimmte Art, die jedem klarmachte, für welchen Zweck solche Unterwäsche bestimmt war. Alfred schluckte. Wie sie wohl aussah, wenn sie es trug? Ein Kribbeln lief seinen Nacken hinauf, kitzelte seine Ohren und brachte sie zum Glühen. Abrupt schloss er die Schranktür wieder, doch die Vorstellung von Dora in dem Korsett nistete sich bereits in seinen Gedanken ein.

Dann dieser Kerl, vor zwei Tagen war er aufgetaucht und hatte sich nach ihr erkundigt, ganz unauffällig natürlich. Er war ihm nicht geheuer, er gab vor, ein Freund des toten Bankers zu sein, doch er sah nicht aus, als sei er mit irgend jemandem befreundet. Alfred zeigte ihm das Grab des Engländers, aber der Mann interessierte sich nicht sonderlich dafür. »War er nicht verlobt, mit dieser Schauspielerin?«

»Ich dachte, mit diesem Earl?«

»Ach, mit dem anderen?« Der Mann schien erstaunt. »Haben Sie noch einmal was von ihr gehört?« Es war schon komisch, dass er sich so offensichtlich für Dora interessierte.

»Nein. Ich schätze, sie sind nach England zurückgegangen, oder?«

Der Fremde hatte es plötzlich sehr eilig, er schützte vor, er müsse den nächsten Zug erwischen, und verabschiedete sich hastig.

Wo war sie da nur reingeraten? Alfred schloss die Augen und fuhr sich mit der Hand übers Gesicht. Er wünschte, das alles sei niemals geschehen. Warum hatte er damals nicht besser aufgepasst? Er hätte es wissen müssen, dass sie nicht zu bremsen war im Leichtsinn ihrer Jugend. Er sah auf sie herab, wie sie dalag und mit dem Fieber rang. Wenn sie wieder zu sich kam, würde er ihr gehörig die Leviten lesen. Aber erstmal musste sie es schaffen.

DORA ÖFFNETE DIE AUGEN. Sie wusste nicht, wo sie war. Sie hob den Kopf nur ein paar Zentimeter, doch die Bewegung entkräftete sie, also ließ sie ihn zurück aufs Kissen fallen. Ihr Puls jagte.

»Sssht.« Eine braune, runzlige Hand erschien vor ihrem Gesicht, sie hielt einen Lappen und wischte ihre Stirn. Kühl, gut. Die Hand gehörte zu einer etwa fünfzigjährigen Mestizin, Dora musterte sie kurz, dann schloss sie die Augen und gab sich einen Moment der beruhigenden Kühle hin. Ihr Herzschlag verlangsamte sich wieder. Die Mestizin hielt ihr einen Becher an die Lippen. »Agua.« Das Wasser benetzte ihre Zunge, rann durch ihre Kehle, frisch und klar. Sie trank einen gierigen Schluck.

»Langsam.« Die Mestizin entzog ihr den Becher.

»Wie lange habe ich geschlafen?«

»*Duas semanas*.«

Zwei Wochen, Grundgütiger! Ihre Hand fuhr über das Laken, glitt zu ihrem Bauch, dem Baby. Was war mit ihm? Doch die Mestizin schüttelte den Kopf und lächelte. »*No se preocupe*.«

Mach dir keine Sorgen. Dora atmete auf. Das kurze Gespräch hatte sie vollkommen erschöpft. Sie schloss die Augen. *Alles wird gut,* dachte sie und glitt zurück in einen traumlosen Schlummer.

DORA WAR NOCH etwas wackelig auf den Beinen, aber heute fühlte sie sich soweit wiederhergestellt, dass sie zum Frühstück ihr Zimmer verließ. »Ich danke Ihnen für die Gastfreundschaft, Don Armand.«

Er winkte ab. »Nicht der Rede wert.«

»Wo finde ich Alfred?« Bisher hatte sie nicht ein Wort mit ihm gewechselt.

»In den Stallungen, vermute ich.«

Sie beschloss, ihn zu suchen. Der Tag war noch jung, ein milder Wind umspielte ihre Wangen, als sie über den Vorplatz ging. Er trug den charakteristischen Duft von Orangenblüten und Pferden. Sie betrat den Stall, das schwere Aroma der Tiere umfing sie, ihre warmen Körper atmeten noch den Dunst der vergangenen Nacht. Es roch nach Stroh und Pferdeäpfeln, ein Junge säuberte eine der Boxen und schaufelte Mist in eine Schubkarre. Alfred war bei ihm und begutachtete mit sorgenvoller Miene das Bein einer lackschwarzen Stute.

»Hier bist du!«

Er fuhr auf und wischte sich die Hände an den Hosenbeinen ab. »Geht es dir besser?«

»Ich fühle mich blendend, Juanita hat sich aufopferungsvoll um mich gekümmert.«

»Ich weiß.« Er senkte den Blick.

»Sind das alle Pferde?«

»Nein, nur die Problemfälle. Wir kümmern uns um sie, pflegen sie gesund.«

»Ich bin wohl auch so ein Problemfall.« Es sollte ein Scherz sein.

Alfreds Augen zuckten zu ihrem Bauch. »Wir haben uns ganz schön Sorgen gemacht«, murmelte er und wandte sich ab.

»Don Armands Frau sagt, du baust ein eigenes Haus?«, versuchte sie das Gespräch wieder in Gang zu bringen.

»Ach was, Haus.« Er winkte ab, eine leichte Röte überzog seine Wangen. »Es ist kaum mehr als eine Hütte.«

»Wieso?«

»Ich habe ein Stück Land gepachtet, ich will meine eigene Zucht aufbauen.«

»Zeigst du es mir?«

»Es liegt viel zu weit draußen, kein Weg führt dorthin, um mit einer Kutsche zu fahren. Man erreicht es nur zu Pferd.«

»Na dann reiten wir eben!«

»Das kannst du nicht.«

»Du wolltest es mir beibringen, erinnerst du dich?«

»Es geht nicht, verstehst du? In deinem ...«, es fiel ihm sichtlich schwer, es auszusprechen, »in deinem Zustand.«

Sie lachte verblüfft auf. »Ich bin schwanger, nicht krank!« Sie hatte weiß Gott größere Strapazen überstanden, um bis hierher zu kommen.

»Und außerdem ist es technisch nicht möglich.« Er deutete auf ihr Kleid. »Wir haben hier keinen Damensattel.« Damit war die Sache für ihn erledigt.

»Wenn es weiter nichts ist. Dann ziehe ich eben etwas anderes an, gib mir eine Hose.«

»Hose?«

»Du weißt doch, ich wollte schon immer mal in Hosen reiten.« Sie grinste ihn an und strich über ihren Bauch. »Oh, und am besten noch ein Hemd, ich passe langsam in nichts mehr rein.«

SEIN GESICHTSAUSDRUCK SPRACH BÄNDE, als sie schließlich vor ihn trat, bekleidet mit einem seiner Hemden und einem Paar *Bombachas,* brauner Arbeitshosen, wie sie die Rinderhirten trugen. »Gefalle ich dir nicht?«, neckte sie ihn.

»Du siehst aus wie ein *Gaucho*!« Alfred schüttelte den Kopf. Er nahm einen Falben am Zügel und führte ihn zwei Schritte näher. »Hier, der Wallach ist ruhig.«

»Und hässlich.« Das Fell des Tieres hatte den stumpfen Ton von feuchtem Sand. »Warum bekomme ich nicht so einen?« Sie deutete rüber zur Koppel auf einen Rappen. Er tänzelte über das Gras, als würde er schweben, seine Hufe berührten kaum den Boden, und sein Fell glänzte in der Sonne wie frischer Lack. Vermutlich gab Alfred ihr mit Absicht den letzten Gaul, um sich über sie lustig zu machen.

»Wir züchten hier Hackneys, erstklassige High-Stepper«, entgegnete er, als würde das bereits alles sagen.

»Und, hast du Angst, ich mache ihn kaputt, deinen erstklassigen High-Stepper?«

Alfred schüttelte den Kopf, als könne er so viel Dummheit nicht begreifen. »Das sind Kutschpferde, sie eignen sich nicht zum Reiten.« Er lächelte spöttisch. »Also wenn Madame die Güte besäße, mit einem gewöhnlichen Reittier vorliebzunehmen, könnte ich mir auch endlich eins holen.« Er drückte ihr die Zügel in die Hand und verschwand im Stall.

Das Pferd drehte den Kopf und sah sie an. Sie streckte die Hand aus, und es schnupperte daran, schnaubte, sein Atem strich warm über ihre Hand, die Haare an seinen Lippen kitzelten auf ihrer Haut. Sie tätschelte die weichen Nüstern und machte sich mit dem fremden Lebewesen bekannt. Alfred kehrte mit einem Braunen zurück und sah sie fragend an.

»Na, du musst mir schon helfen, allein komme ich da nicht rauf!«

Er seufzte. »Stell den Fuß da rein und jetzt zieh dich am Sattelknauf hoch!«

Sie tat, wie ihr geheißen, hatte zu wenig Schwung und hing zur Hälfte über dem Pferd wie ein nasser Sack. Alfred half kurzerhand nach, seine Hände legten sich unter ihren Hintern und schoben. Sie schwang das Bein rüber und saß endlich im Sattel. Eine flammende Röte überzog Alfreds Gesicht, und er wandte sich brüsk ab.

Dora hatte andere Sorgen. Jetzt, wo sie hier oben saß, bekam sie doch Respekt davor, das Pferd war ganz schön hoch. Von unten war es ihr viel kleiner vorgekommen, sie spähte hinunter zum Boden. Vielleicht hatte sie den Mund etwas zu voll genommen, doch für einen Rückzieher war es nun zu spät. Alfred saß auf, glitt in einer einzigen fließenden Bewegung aufs Pferd, es wirkte routiniert und vertraut.

Dora kicherte. Es sah ulkig aus, bei Alfreds Größe wirkte das Pferd fast zu klein. Sie erinnerte sich an Apollon, seinen prächtigen Fuchs. Ob er ihn wohl manchmal vermisste? Wie elegant Alfred ausgesehen hatte in seiner Uniform, als er an ihr vorbeiritt, damals, während der Parade. Jetzt unterschied ihn nichts von einem Hiesigen. Er sah selbst aus wie ein *Gaucho*, in seinen Arbeitshosen, mit dem langen Haar und seinem zotteligen Bart.

Alfred schlug einen Kurs in südöstlicher Richtung ein, der Sonne entgegen. Die Pferde gingen im Schritt, trotteten einträchtig nebeneinander her und schlugen mit dem Schweif nach den Fliegen, die sie umschwirrten. Es war warm, die pralle Luft trug schon das Versprechen des Sommers, den Geruch nach Erde und saftigem Gras.

Alfred sah zu ihr rüber. »Vor ein paar Tagen kam ein Fremder, er hat nach dir gefragt.«

Dora zuckte zusammen. »Wie sah er aus? Dunkler Typ, groß und kräftig.«

»Nein, eher schmal.« Alfred fuhr sich mit der Hand durchs Gesicht, als zeichne er die Konturen des anderen nach. »Wie eine Ratte.«

Chaim. Er suchte also nach ihr. »Und was hast du geantwortet?«

»Nichts. Er kam mir nicht ganz koscher vor. Er gab vor, ein Freund des Bankers zu sein. Also habe ich ihm das Grab gezeigt und ihn wieder weggeschickt.«

Dora atmete auf, doch der Ausdruck in Alfreds Augen machte sie stutzig. »Hat er sonst noch was gesagt?«

»Er ging davon aus, du seist mit dem anderen verlobt. Statt des Earls mit dem Banker, der jetzt hinter unserer Kapelle liegt.«

Dora seufzte. »Das ist eine lange Geschichte.«

»Nur zu, es ist noch weit. Wir haben alle Zeit der Welt.«

Also erzählte sie ihm, sprach von Wilhelm und den Fotos, die er zu Postkarten gemacht hatte. Von ihrer Flucht aus Halberstadt und der Begegnung mit Martha im Zug. Schilderte ihre Überfahrt nach London und die Verhältnisse im East End. Die Episode mit Bunny und der Bar ließ sie vorsorglich aus, er sollte kein falsches Bild von ihr bekommen. Sie erzählte von Edward, wie er sie erkannt hatte auf einer der Karten, und von Jack, seinem Freund, in den sie sich verliebte. Sie verschwieg die Zeit im Cottage, doch sie erinnerte sich daran, an Edward und Jack, an die drückende Schwüle des Sommers und die wispernde Kühle des Teichs. Stattdessen sprach sie vom Apollo Theatre und den Dairymaids, von ihrem Erfolg, dem Applaus und dem Toben im Saal. Sie erwähnte Edwards »Versetzung« nach Buenos Aires, und wie Jack und sie beschlossen, ihm zu folgen. Sie berichtete vom fehlenden Pass und dem Bluff mit der vermeintlichen Verlobung, vom Brief an ihren Vater und der Antwort ihrer Mutter.

»Es war nur geflunkert, verstehst du? Ich konnte dann nicht mehr zurück.«

Alfred hatte die ganze Zeit geschwiegen und ihr zugehört. Nun sah er sie an, und in seinen Augen lag ein seltsam dumpfer Ausdruck. Sie suchte in seinem Gesicht nach einem Zeichen von Verständnis, aber er nahm es hin, nur eine weitere Information in der Kette ihrer Schilderungen. Also erzählte sie ihm von der Überfahrt nach Buenos Aires und ihrem Leben in der Stadt, ihrem Neuanfang als Sängerin und der Rolle des deutschen Fräuleins. Sie übertrieb es mit Absicht, zeichnete alles etwas strahlender und glamouröser, als es je gewesen war, um sich irgendwie zu rechtfertigen.

»Du bist das deutsche Fräulein?« Er klang erstaunt.

»Ja, wieso?«

»Donnerwetter, da habe ich es ja wirklich mit einer kleinen Berühmtheit zu tun.«

Sie winkte geschmeichelt ab. »Ach was.«

»Fast wäre ich mal in eine deiner Vorstellungen gegangen.«

»Warum bist du es nicht?«

»Ich hatte keinen Anzug dabei. Und so«, er deutete an sich herab, »wollte ich nicht hineingehen.«

»Schade, dann hätten wir uns unter anderen Umständen wiedergetroffen, statt …« Sie brach ab und dachte an den Grund, aus dem sie zum ersten Mal nach *Los Naranjales* kam, und ihre Augen wurden feucht.

»Dieser Banker, sein Tod hat dich sehr mitgenommen, nicht wahr?«

»Er war mir ein guter Freund, und ich vermisse ihn jeden Tag. Ich blieb nicht nur wegen des Geldes bei Edward, verstehst du?«

»Und das Kind? Ist es von ihm oder dem Earl?«

»Es ist von Jack.«

»Ein feiner Herr, dein Earl. Macht dir ein Kind und dann lässt er dich sitzen.« Er schnaubte verächtlich. »Hat wohl kalte Füße bekommen, als du es ihm gesagt hast.«

»Er weiß nichts davon.«

Alfred sah sie an wie vom Donner gerührt. »Er weiß es nicht?«

»Es war an dem Abend, als wir aus San Pedro zurückkamen, in dieser Nacht muss es passiert sein. Und als ich am nächsten Morgen wach wurde, war Jack verschwunden.«

»Wann war das? Im Juni?«

Sie nickte.

»Er hat dich vor über fünf Monaten sitzen lassen?«

»Ja«, gab sie kleinlaut zurück. »Er war einfach weg, von einem Tag auf den anderen.«

Alfred nickte grimmig, als hätte er jetzt alles verstanden.

»Und du? Was hat dich hierher verschlagen?«

Er lächelte süffisant. »Du wirst es nicht glauben, aber ich wurde wach und du warst verschwunden.«

Alfred erzählte bestimmt eine halbe Stunde. Davon, wie sie ihm am Bahnhof entwischt war, und wie er auf ihrer Spur blieb. Er war ihr bis Hamburg gefolgt, und Dora begriff, wie knapp er sie am Hafen verfehlt haben musste. Er berichtete vom Anruf bei seinem Vater und dass er seinen Dienst vorübergehend quittierte, um das nächste Schiff nach Südamerika zu besteigen. Von seiner Suche in Rio de Janeiro und Uruguay, und wie er schließlich nach Buenos Aires kam. Sie war sicher, er verschwieg ihr etliche Details aus Rücksicht auf ihre Gefühle. Doch sie verstand auch so, was er auf sich genommen hatte, um sie zu suchen. Sie erinnerte sich, wie sie Chaim gefolgt war, durch die engen Gassen von Rio, auf der Suche nach Rebekka oder Martha. Und mit jedem Wort, das er sprach, kam sie sich schäbiger vor, wenn sie darüber nachdachte, was er für sie getan hatte. Es war keine Übertreibung gewesen, als er ihr vorwarf, sie hätte sein Leben zerstört. Alfred hatte wirklich alles geopfert, nur um sie zu finden.

»Aber eins verstehe ich nicht. Warum hast du mich hier gesucht? Warum ausgerechnet Argentinien?«

»In Hamburg am Hafen traf ich einen Schutzmann. Er hatte dich gesehen, dich und diese Martha, wie ihr mit einem Mann gestritten habt. Dieser Mann war der Polizei wohlbekannt, ein gewisser Liebermann, ein Menschenhändler aus Warschau. Der Polizist erinnerte sich, wie er ein Schiff nach Südamerika bestieg, zusammen mit zwei Mädchen. Ich dachte, das wart ihr.«

»Chaim«, murmelte Dora.

»Du kennst ihn?«

»Du auch. Das war der, der sich nach mir erkundigt hat.«

»Weshalb war er hier?«

Dora dachte an Lazar und den Palacio und zuckte die Achseln. Doch Alfred verstand es auch so, sie las es in seinem Blick.

»Bitte, Alfred, denk jetzt nichts Schlechtes von mir. Jack war verschwunden, und ich musste mich doch irgendwie über Wasser halten«, versuchte sie es ihm zu erklären.

In Alfreds Gesicht arbeitete es. »Wieso bist du nicht eher gekommen?«

»Ich wusste nicht, ob du mir helfen würdest. Nach allem, was zwischen uns geschehen ist.«

In seinen Augen flackerte Schmerz. »Bin ich es jetzt wieder schuld?«, stieß er hervor.

»Was?« Die Bitterkeit in seiner Stimme schockierte sie. Sie fasste es nicht, sie schüttete ihm ihr Herz aus, und er wollte sich mit ihr streiten?

»Na, wenn ich damals besser auf dich aufgepasst hätte, dann wäre das alles gar nicht passiert. Dann wärst du jetzt nicht schwanger mit einem Bastard von diesem Earl und hättest nicht …« Er brach ab.

Die Temperatur schien auf einmal schlagartig gesunken, sie wollte bloß noch weg von ihm, sie ertrug den Vorwurf in seinen Augen nicht mehr. Wo machte man hier schneller? Sie umklammerte die Zügel und trieb ihre Fersen in die Seiten des Wallachs. Er bäumte sich auf.

»Dora, nicht!«, hörte sie Alfred noch rufen und schon schoss sie davon.

Es war genau wie in ihrem Traum. Das Pferd sprengte über die Wiesen, in vollem Galopp, seine Hufe pflügten durch die sattgrünen Halme, stampften sie in den argentinischen Boden und brachten die Erde zum Zittern. Dora duckte sich eng an den Hals, krallte ihre Finger in die wehende Mähne, um nicht abgeworfen zu werden, spürte die Kraft der Muskeln, die unter ihren Händen arbeiteten. Sie versuchte, jede Regung des Tieres zu erahnen, passte sich seinen Bewegungen an, folgte seinem Rhythmus. Sie verschmolzen zu einer Einheit, flogen nur so dahin, schnell wie der Wind, immer dem Horizont entgegen. Dora fühlte sich frei und leicht, für einen Moment fielen alle Sorgen von ihr ab. Es gab in diesem Augenblick nichts außer ihr, dem Pferd und dem Pumpen seiner Beine. Sie löste das Band aus ihrem Zopf und schüttelte ihn aus, spürte den Wind in ihrem Haar, es wehte hinter ihr wie eine Fahne, ein kupfernes Banner der Freiheit. Ein unbeschreibliches Gefühl von Glück durchfuhr sie, und sie riss die Hände hoch und streckte sie jubelnd hinauf in das Blau des Himmels. Und dann sah sie ihn, den Rio Paraná. Er zerschnitt die argentinische Landschaft mit seinem glitzernden Band. Der Rio Paraná bildete eine natürliche Grenze, breit wie ein See zerteilte er das Land und spaltete es in Provinzen. Auf der anderen Seite des Ufers lag die Provinz *Entre Rios,* das Land zwischen den Flüssen. Und genau wie in ihrem Traum hielt das Pferd direkt darauf zu. Wäre dies ein Traum, dann würde es gleich abheben und schweben, leicht wie eine Feder, um dem Verlauf des silbernen Bandes zu folgen, bis es sich in der Weite des Horizonts verlor. Aber dies war kein Traum und das Ufer kam immer näher, selbst, wenn das Pferd springen würde, würden sie es niemals schaffen. Es waren bestimmt fünfhundert Meter bis zum anderen Ufer, wahrscheinlich sogar mehr. Er war gar nicht silbern, erkannte sie, die Fluten des Paraná waren braun, er wälzte sich durch sein Bett wie flüssiger Schlamm. Doras Gedanken überschlugen sich. Es musste doch irgendwo an einem Pferd eine Bremse geben? Und noch während sie darüber nachdachte, kam der Wallach zu einem abrupten Halt, während sie sich immer noch vorwärts zu bewegen schien. Das Pferd stemmte die Hufe in die Böschung des Ufers und senkte den Kopf. Plötzlich war da nichts mehr, das ihr Halt bot, Dora wurde vorwärts katapultiert und flog im hohen Bogen ins Wasser.

Es war kalt. Dora riss die Augen auf, doch sie sah nichts in der trüben Brühe, wusste nicht, wo oben und unten war. Ihre Hosen sogen sich voll und zogen sie hinab, erbarmungslos. Doras Füße trafen auf Grund, glitten aus, fanden im Schlick keinen Halt. Sie hatte die Wucht der Strömung unterschätzt. Der Fluss zog an ihr, riss an ihren Kleidern, wollte sie fortspülen. Ihr ging die Luft aus. Sie geriet in Panik, strampelte gegen die Wassermassen an, da wurde sie von kräftigen Armen gepackt. Sie schnappte vor Schreck nach Luft, schluckte Wasser und hustete.

Alfred fischte sie raus wie eine nasse Katze. »Das war knapp!«

»Ich hätte keine Hilfe gebraucht, ich kann schwimmen.«

»Das sah nicht so aus.«

»Ich war fast wieder oben, du hättest mich nicht retten brauchen.«

»Gut, dann nicht!« Er ließ sie ins hüfthohe Wasser zurückplumpsen und erklomm das Ufer.

Dora rappelte sich hoch, bevor sie wieder fortgespült wurde, und versuchte, es ihm gleichzutun. Doch die Böschung war zu steil, ihre

Füße fanden keinen Halt im Schlamm, glitten immer wieder weg. »Hilf mir gefälligst!«

»Ach, auf einmal doch?« Alfred ergriff ihre ausgestreckte Hand und zog sie mit Schwung nach oben. Sie flog ihm entgegen, ihr Bauch prallte gegen seinen, und er zuckte zurück, als hätte er sich daran verbrannt.

»Mit dir hat man nichts als Scherereien, da sieht man es wieder«, kommentierte er bissig.

»Ach ja? Wer hat denn damit angefangen?« Sie war patschnass, aus ihren Hosenbeinen troffen trübe Rinnsale und bildeten kleine Pfützen um ihre Füße.

»Würdest du nicht ständig vor mir davonlaufen, wären wir jetzt noch trocken.« Alfred sah zugegebenermaßen auch nicht viel besser aus. »Das war dumm von dir«, fuhr er sie an. »Wirklich sehr, sehr dumm!«

»Tut mir leid.«

»Du hättest vom Pferd fallen und dir das Genick brechen können!«

»Bin ich aber nicht.«

»Nein, stattdessen fällst du ins Wasser und säufst fast ab! Das war gefährlich, in …« Er unterbrach sich. Sie wusste, er hatte wieder »in deinem Zustand« sagen wollen, aber er winkte ab. »Ach, vergiss es.«

Sie saßen am Ufer, ließen die Pferde grasen und ihre Kleider in der Sonne trocknen. Die Wellen plätscherten. Auf ihrer Oberfläche brachen sich die Strahlen der Sonne zu Millionen glitzernden Hügeln und schwappenden Tälern.

Ein friedlicher Moment, Alfred lag neben ihr im Gras und stützte sich auf seine Ellbogen. Sie sah ihn von der Seite an und studierte sein Gesicht. »Du hast dich sehr verändert.«

»Findest du?« Er fuhr mit den Fingern durch seinen Bart. »Du hast dich aber auch ganz schön verändert.« Seine Blicke wanderten verstohlen über ihren Körper, nur um wieder am Bauch hängenzubleiben, bei der kleinen Kugel. Sie zeichnete sich deutlich ab unter dem feuchten Leinen des Hemds. Er schluckte und senkte den Blick.

»Danke, dass du mich nicht weggeschickt hast.«

»Was hat dich dazu gebracht, mich nun doch um Hilfe zu bitten?«

»Das Baby.« Sie strich mit der Hand über ihre Mitte und seufzte. »Ich wollte es nicht, und ich weiß auch immer noch nicht, ob ich es überhaupt will. Aber ich hatte Angst, dass jemand anderes die Entscheidung trifft, wenn ich nicht gehe. Ich wollte nicht, dass sie mich zwingen, es wegmachen zu lassen.«

Er nickte stumm, doch in seinem Blick lag wieder dieser Schmerz. Er wandte sich ab und zuckte zusammen. »Oh nein!«

»Was ist?«

»Das da!«

Ihr Blick folgte seinem ausgestreckten Zeigefinger in die Ferne. Am Himmel ballten sich Wolken, rund und schwer wie die Bäuche von bleigrauen Fischen. Die Front näherte sich der *Estancia* aus der gleichen Richtung, aus der sie gekommen waren. Sie kam genau auf sie zu.

Alfred ließ die Pferde etwas zügiger gehen, aber schneller als Schritttempo wagte er nicht.

»Und wenn wir galoppieren?«

»Vergiss es, das ist viel zu gefährlich.«

»Und das ist nicht gefährlich?« Sie deutete hinauf zum Himmel.

»Wir werden es nicht bis *Los Naranjales* schaffen, es ist zu weit.« Und wie auf sein Kommando fielen die ersten Topfen auf sie herab. Ein Blitz zuckte über den Himmel und kurz darauf grollte der Donner über die weite Ebene und brachte die Erde zum Zittern. Die Pferde tänzelten nervös.

»Wir müssen Unterschlupf suchen«, rief Alfred ihr durch den immer dichter werdenden Regen zu, »hier draußen auf freiem Feld bieten wir ein einfaches Ziel für die Blitze.«

»Und wo sollen wir hin?«

»Mein Haus. Es ist etwa einen Kilometer von hier, vielleicht anderthalb. Aber wir müssen traben. Meinst du, du schaffst das?«

»Na klar!«, schrie sie gegen das Prasseln der Tropfen an.

Er nickte ihr zu und gab seinem Hengst die Sporen.

Der Regen fiel herab wie Schnüre aus flüssigem Silber. Die Silhouette eines Baumes schälte sich daraus hervor, dann die Umrisse einer Hütte. Sie duckte sich unter die Krone des mächtigen *Ombu*, als suche sie selbst Schutz vor dem Tosen der Elemente.

»Ich sage ja, es ist nichts Großes«, murmelte Alfred verlegen und hielt ihr die Tür auf.

Im Innern war es dunkel, die Hütte umfing sie mit einer Melange aus abgestandener Luft, dem Duft von frischem Holz und erloschenem Feuer wie eine Umarmung. Der Geruch hatte etwas Archaisches, gleichzeitig erschien er ihr seltsam vertraut, als erinnere sich ein Teil von ihr seit Urzeiten daran. Alfred entzündete eine Petroleum-Lampe und hängte sie an einen Haken unter der Decke. Ihr gelber Schein erhellte den Raum und offenbarte eine Feuerstelle mit einem gemauerten Kamin, ein Regal, einen wackeligen Holztisch, zwei Schemel, einen Schrank und ein Bett.

»Hübsch hast du es hier«, sagte sie schnell, um seine Verlegenheit zu überspielen.

»Ich weiß, es ist nicht gerade das, was man von einem Adeligen erwartet. Aber für die Nacht wird es reichen.«

Sie warf einen Blick auf das Bett, gerade breit genug für einen von ihnen.

»Ich schlafe natürlich auf dem Boden!«, beeilte sich Alfred zu sagen. »Aber erstmal feuere ich den Ofen an, du bist ja ganz durchgefroren.«

Sie sah ihm zu, wie er Feuer machte, und klapperte mit den Zähnen. Obwohl es in der Hütte warm war, schlotterte sie am ganzen Leib. Kein Wunder, sie war zum zweiten Mal an diesem Tag komplett durchnässt.

»Ich habe bestimmt noch ein trockenes Hemd für Notfälle.« Alfred wühlte im Schrank. »Ah hier ist es!«, rief er aus, streckte es ihr entgegen und drehte sich um.

Sie schlüpfte in das Hemd, es hing ihr bis in die Kniekehlen und bedeckte ihren Körper hinreichend. Sie reichte ihm ihre nassen Sachen. Alfred hängte sie an einen Nagel neben dem Ofen und breitete die Hose über einen der Schemel.

Er griff nach der Lampe und löschte das Licht. Sie konnte hören, wie er sich auszog im Schutz der Dunkelheit. Dann legte er sich auf den Boden und rollte sich zusammen.

»Sei nicht albern, komm ins Bett. Wenn wir uns schmal machen, ist Platz für uns beide.« Sie rutschte zur Seite und er schlüpfte zu ihr, hielt den größten Abstand, der auf der kleinen Fläche nur möglich war, als fürchte er, sich an ihr zu verbrennen.

Der Sturm tobte mit unverminderter Kraft, die Böen rüttelten an der kleinen Hütte, die Fensterläden klapperten im Wind.

»Kannst du mich bitte in den Arm nehmen und festhalten? Ich fürchte mich vor dem Gewitter.« Das war zumindest nicht ganz gelogen. Er hielt die Luft an und legte steif den Arm um sie. Sie schmiegte sich an ihn, seine Unterwäsche war klamm, aber die Haut seiner Arme war warm und weich. Sie kuschelte sich ein. Alfred seufzte, tief und anhaltend. Ein Zittern durchlief seinen Körper, als entwiche ein Druck, der sich darin angestaut hatte wie in einem Dampfkessel.

KAPITEL 46

Er sah aus, als hätte er die ganze Nacht kein Auge zugetan, als sie am nächsten Morgen die Pferde bereitmachten.

»Ich habe nachgedacht«, eröffnete er ihr, während sie zurück nach Los Naranjales ritten.

»Worüber?«

Er zögerte, dann gab er sich einen Ruck. »Wir sagen einfach, das Kind sei von mir.«

»Was?« Sie sah ihn erstaunt an. »Ist dir klar, was das bedeutet?«

»Natürlich.« Er nickte. »Aber, wenn es stimmt, was du sagst, dann wurde es in der Nacht gezeugt, nach ...«, er unterbrach sich, »nachdem du hier warst.«

Sie wusste, er hatte ›nach der Beerdigung‹ sagen wollen. »Ich bin nicht deshalb hergekommen!«, sagte sie schnell. »Ich brauchte bloß einen Ort, an dem ich in Ruhe das Kind zur Welt bringen kann. Und ich dachte, vielleicht könntest du mir Geld leihen, für die Überfahrt ...«

»Und dann? Wohin willst du gehen? Als Frau, allein mit einem unehelichen Kind, was willst du dann anstellen?«

»Ich weiß nicht«, gab sie kleinlaut zu, denn darüber, was nach der Geburt werden würde, hatte sie sich noch keine Gedanken gemacht. »Aber wir können doch nicht einfach behaupten, das Kind sei von dir.«

»Das denkt doch sowieso schon jeder. Warum sonst solltest du nach fünf Monaten hier auftauchen, mit einem dicken Bauch?«

So hatte sie es noch gar nicht betrachtet. »Das hieße ja, während ich um Edward trauerte und mein Verlobter in der Stadt war, hätten wir es miteinander im Stall getrieben oder wie?«

»Ja, so in etwa.« Er grinste schief, wurde aber sofort wieder ernst. »Es ist die vernünftigste Lösung. Wir müssten in die Stadt fahren, solange es noch geht, hier draußen gibt es keine protestantischen Kirchen.«

Sie starrte ihn fassungslos an. »Fragst du mich gerade, ob ich deine Frau werden will?«

»Natürlich, wir müssten heiraten, was denn sonst?«

»Aber das geht doch nicht.« Dora rieb sich die Stirn, das Schaukeln des Pferdes bereitete ihr Kopfschmerzen.

»Glaub mir, es ist das Vernünftigste«, wiederholte Alfred mit Bestimmtheit. »Also, was sagst du?« In seinem Blick lag sowas wie Hoffnung.

»Das kommt jetzt ein bisschen plötzlich …« Sie brach ab, sie wusste, dass er es nur gut meinte und sie jetzt wohl etwas Passenderes sagen sollte. Aber die Situation überforderte sie komplett. »Ich brauche noch Zeit, ich … Ich muss darüber nachdenken!«

WÄHREND DER NÄCHSTEN Tage gab sich Alfred wortkarg und verschlossen, er ging ihr wieder aus dem Weg, sie bekam ihn kaum zu Gesicht. Dora versuchte, sich zumindest im Haushalt nützlich zu machen und ging bei den Vorbereitungen zum Weihnachtsfest zur Hand. Doña Sophia hatte sie mit dem Buttern betraut, also saß sie auf einem Schemel und drehte die Kurbel des Butterfasses. Das Klappern von Geschirr wehte durch die Küche, die Hausmädchen schnatterten beim Abwasch und tauschten den neusten Tratsch, aber Dora bekam davon nichts mit. Ihre Gedanken drehten sich wie die Rührschaufeln im Butterfass, kreisten nur um die eine Frage. Sie schuldete ihm immer noch eine Antwort. Wobei, im Grunde hatte Alfred ja gar nicht gefragt. Er hatte es auf seine nüchterne Art festgestellt, als ob es eine unvermeidliche Notwendigkeit wäre. »Wir müssten natürlich heiraten.« Weil es das Vernünftigste war. Doch war es das? Wie vernünftig war es denn, jemanden zu heiraten, der es nur aus Vernunft tat? Dora warf einen prüfenden Blick durch das Fensterchen im Fass und beobachtete, wie die Butter kam, langsam bildeten sich kleine Kügelchen im Rahm. Sie öffnete den Deckel, goss einen Schluck Wasser hinein und kurbelte weiter. Wieso tat er das? Aus Pflichtgefühl? Dora wusste, dass es Alfred nur gut meinte, es ehrte ihn, dass er sie beschützen wollte. Aber wie konnte sie seinen Antrag annehmen? Ihr Arm wurde lahm, die Kurbel ließ sich nur noch mit Kraft drehen, die Rührschaufeln pflügten mühsam durch die Klumpen. Dora zog einen Stöpsel aus der Seite des Fasses und schwenkte es, bis das Loch genau über dem irdenen Krug war. Die Buttermilch hatte sich von der Butter getrennt und ergoss sich nun in den Krug, ihr säuerlicher Duft erinnerte Dora an Zuhause, die Küche ihrer Mutter. Sie wusste, was ihre Mutter jetzt sagen würde. Sie sollte dankbar sein, dass er es ihr angeboten hatte, denn welcher Mann nahm schon eine Frau mit einem unehelichen Kind? Doch wie groß war ihre Dankbarkeit? Und wie weit würde sie reichen?

Sie wusch die Butter, presste den letzten Rest der Milch heraus und warf die Klumpen in den Buttertopf, dass es klatschte. Doña Sophia beobachtete ihr Treiben. »Stimmt etwas nicht?« Sie musterte Dora aus aufmerksamen Augen.

»Ach, nichts, es ist nur …« Sie seufzte. »Alfred hat um meine Hand angehalten.«

»Das ist doch wunderbar, warum ziehst du dann so ein Gesicht?«

»Es geht alles so schnell.«

»Tja, so ist das manchmal.« Sie schmunzelte. »Wir mussten damals auch heiraten, weil ein Kind unterwegs war.«

»Sie haben Kinder?«

»Wir hatten.« Ein Schatten zog über ihr Gesicht. »Einen Sohn, aber das ist lange her.«

»Was ist passiert?«

»Er war noch sehr klein, er hat es nicht geschafft. Er starb während der Überfahrt im Winter 1867.«

»Das tut mir leid.«

»Ich konnte danach keine Kinder mehr bekommen, Don Armand hat es nie richtig verkraftet, bis Ihr Alfred kam. Er ist ein guter Mann«, sagte Sophia sanft. »Er steht zu seinem Fehler.«

Nur dass es nicht sein Fehler war, zu dem er da stehen wollte.

»Aber wir kennen einander doch kaum«, warf Dora ein.

»Ich dachte, ihr kennt euch von früher.«

»Ja, schon«, gab Dora zu. »Aber halt nicht sehr gut.« Fünf Tage, mehr Zeit hatten sie damals nicht miteinander verbracht. Was waren schon fünf Tage, was sagten sie aus? Welchen Unterschied machten sie schon, wenn es um ein ganzes Leben ging?

Ein feines Lächeln umspielte Doña Sophias Lippen. »Dann nehmt euch doch die Zeit und lernt einander kennen!«

WÄHREND DER WEIHNACHTSMESSE saßen sie voneinander getrennt, sie auf der Seite der Frauen, Alfred auf der anderen Seite der Kapelle, bei den Männern. Ein Großteil der Pächter stammte aus Spanien von den balearischen Inseln, und ihr tiefgläubiger Katholizismus übertraf den Glauben ihrer Mutter bei Weitem, wie Dora manchmal dachte. Alfred war da mehr wie ihr Vater, in seiner protestantisch-sachlichen Art. Der Pfarrer las die Weihnachtsgeschichte, über die Geburt Jesu fernab der Heimat, in einem Stall. Dora strich über ihren Bauch. Auch Josef hatte damals einen Sohn bekommen, der nicht sein eigener war. Und trotzdem hatte er ihn großgezogen. Warum hatte er das getan? Warum wollte Alfred es tun? Sie warf ihm einen Blick von der Seite zu, studierte seine Züge, die preußische Nase über dem dichten Bart. Seine Augen blickten starr geradeaus, als verfolge er die Messe mit der gebotenen Ernsthaftigkeit. Doch sein rechter Daumen rieb unablässig den linken, als beschäftige ihn etwas ganz anderes, und nur Gott allein wusste, was gerade in seinem Kopf vorging.

Anlässlich des Feiertags gab es ein großes *Asado,* zu dem alle Bewohner und Pächter eingeladen waren. In der Luft lag der Duft von gebratenem Fleisch, eine ganze Rinderseite röstete über dem offenen Feuer. Alle brachten Brot und Kuchen, es gab Wein, und nach dem Essen wurden Tische gerückt, und einer der Pächter spielte auf seiner Fiedel zum Tanz, eine fröhliche *Milonga*. Die Nacht senkte sich über *Los Naranjales* wie ein Tuch aus samtener Schwärze. Dora zog Alfred mit sich, und sie tanzten im Schein des Feuers, bis ihr die Puste ausging.

»Ich brauche eine Pause!«

»Lass uns ein paar Schritte gehen.« Alfred reichte ihr den Arm. Die Dunkelheit verschluckte sie, nur der Mond wies ihnen den Weg. Sie waren allein, der Hain umfing sie mit dem Duft von Orangenblüten und dem Gesang der Nacht, dem Sirren der Zikaden und dem ledrigen Flattern der Fledermäuse, die zwischen den Bäumen nach Insekten jagten, darüber funkelten Millionen von Sternen. Alfred blieb stehen und deutete zum Himmel. »Da schau, das Kreuz des Südens!« Er beugte sich zu ihr herüber, um ihrem Blick die Richtung zu weisen, und plötzlich wünschte sie sich, er würde sie küssen. Er hatte es nur ein einziges Mal getan, sie erinnerte sich kaum daran.

»Weißt du noch damals, nach der Sedanfeier?«, fragte sie in die Dunkelheit hinein. Der Ball in Halberstadt erschien ihr Lichtjahre weit entfernt.

»Wie könnte ich das jemals vergessen?«

»Das war schön«, murmelte sie.

Und endlich küsste er sie. Im Licht der Sterne unter dem Kreuz des Südens, legte er seine Lippen auf ihre, erst zögerlich, dann immer leidenschaftlicher. Und in seinem Kuss offenbarte er ihr sein ganzes Herz, sie schmeckte seine Angst, seine Sehnsucht, kostete all die Wut und den Schmerz, die Hoffnung und die Verzweiflung der vergangenen vier Jahre. Und da wusste sie, er tat es aus Liebe.

SIE TRAFEN SICH HEIMLICH, begegneten einander wie zufällig im Stall oder stahlen sich davon, spazierten durch die Felder und hielten Händchen.

»Komm mit, ich muss dir etwas zeigen!« Alfred nahm sie bei der Hand und zog sie mit sich. »Unten am Fluss, ich habe es vorgestern erst entdeckt.«

Es war einer dieser Tage zwischen den Jahren, wie sie so typisch waren für diese Seite der Erdkugel. Das Land lag warm und prall unter einem Himmel, so weit, wie er nur hier sein konnte, so prächtig, dass die Argentinier ihn verewigt hatten, diesen Himmel, in ihrer Flagge. Eine Kuppel aus reinstem Coelin, durchzogen von Schwalben, ihr Gesang verkündete die Ankunft des Sommers. Sie flogen hoch über den Feldern, getragen von der milden Luft. Heute würde das Wetter halten.

»Ist es noch weit?« Ihr war warm und der Rücken tat weh.

»Nein, gleich da vorn hinter dem Wäldchen!«

Sie umrundeten das Gebüsch und vor ihr tat sich der Fluss auf. Der Paraná führte niedriges Wasser und mäanderte träge um ein paar

Inseln, die in Ufernähe herausgetreten waren. Dazwischen bildeten sich Sandbänke, schufen flache Lagunen, im seichten Wasser fischte ein Reiher.

»Oh wie wunderschön!« Sie klatschte vor Begeisterung in die Hände.

»Spätestens im Februar ist das alles wieder verschwunden. Wenn das Wasser steigt, gegen Ende des Sommers, wird es alles fortspülen.«

»Lass uns baden gehen!«

»Baden?«, echote Alfred. »Ich wollte es dir nur zeigen.«

Doch sie zog schon die Hosen runter, bis sie nur noch das Hemd trug. »Wir schwimmen rüber zu der Insel!«, rief sie ihm zu und lief ins Wasser. Der Grund griff nach ihren Zehen, glitschiger Schlamm umschloss ihre Füße und kühlte ihre geschwollenen Gelenke. Es war herrlich! Sie mochte jetzt wohl die halbe Strecke bis zur Insel zurückgelegt haben, das Wasser reichte ihr gerade mal bis knapp über den Bauch. Sie drehte sich zu Alfred um, doch der stand immer noch am Ufer und wirkte unentschlossen. Konnte er nicht einmal spontan sein?

»Na los, sei kein Frosch!«

Endlich bückte er sich und schlüpfte aus den Schuhen. Sie beobachtete ihn verstohlen, wie er aus der Hose stieg und sein Hemd abstreifte. Er kam ihr kräftiger vor, das Landleben und die Arbeit hatten seinen Körper gestählt. Er legte seine Sachen zu einem ordentlichen Haufen, nur in Unterhosen stakste er auf sie zu und watete ins Wasser.

»Huh, ist das kalt!«

»Ach Quatsch, es ist wunderbar!« Sie ließ sich komplett hineingleiten, trieb auf der Stelle, genoss die ungewohnte Leichtigkeit des Auftriebs, die ihr die Last von den Gelenken nahm. Mit ein paar Zügen seiner kräftigen Arme schloss er zu ihr auf, tauchte unter und direkt neben ihr auf, Wassertropfen perlten aus seinem zotteligen Bart. Hatte er damals auch schon so gut ausgesehen? Neben ihm kam sie sich vor wie ein Wal, so aufgedunsen und schwerfällig. Ob sie ihm überhaupt gefiel? Sie ließ sich sinken, ihre Füße fanden Grund, und sie richtete sich auf. Das Hemd legte sich um sie wie eine nasse Haut. Sein Blick streifte über ihre Brüste, auch sie waren gewachsen, schmiegten sich prall an den dünnen Stoff, zeichneten sich ab. Er schluckte. Da war es, dieses Funkeln der Begierde. Für einen winzigen Moment glitzerte es in seinen Augen, doch er kämpfte dagegen an und drängte es zurück. Er bemerkte, dass sie es sah, wurde rot und senkte den Blick. »Entschuldige bitte.«

Warum konnte er nicht loslassen? Wie sollte sie jemanden heiraten, der sich sämtliche Begierden verbat? Einem Impuls folgend nahm sie seine Hand und führte sie an ihre Brust. Er wagte kaum, sie zu berühren. Ständig behandelte er sie wie ein rohes Ei. »Fester!«, verlangte sie.

Er griff zu. Seine Berührung sandte ein Kribbeln durch ihren Körper, seit Monaten hatte kein Mann sie so berührt, sie seufzte wohlig. Doña Sophia hatte recht, sie mussten sich besser kennenlernen. Sie nestelte an seiner Unterhose, doch Alfred hielt sie zurück. »Was tust du denn da?«

»Na, was wohl?« Sie ließ nicht von ihm ab. »Wenn sowieso alle denken, wir hätten es getan, sollten wir es einfach mal tun!«

Sie schob ihn zur Insel, drängte ihn zurück, bis sein Rücken den warmen Sand des Ufers berührte. Sein Widerstand schrumpfte in dem Maß, in dem seine Erregung unter ihren Händen wuchs. Er war gut gebaut da unten, nicht zu groß und nicht zu klein, genau richtig. Sie schob sich rittlings auf seinen Schoß, ließ sich auf ihn hinabgleiten. Seine Augen weiteten sich vor Schreck. »Dora, nicht!«, protestierte er schwach, doch sie lachte seine Bedenken fort.

Sie vereinte sich mit ihm, nahm ihn in sich auf, als könne sie den Funken des Lebens ein zweites Mal empfangen, doch er hielt sie zurück. »Warte!«

»Ich bin doch schon schwanger, noch schwangerer kann ich nicht werden.«

»Das ist es nicht.«

»Was dann?«

»Dein Haar.« Seine Stimme klang rau. »Mach es auf!«

Sie richtete sich auf, löste die Nadeln aus ihrem Haar und schüttelte es aus. Ein Wasserfall aus Kupfer floss über ihre Schultern, bedeckte ihre Brüste mit seinem seidenen Feuer. Er seufzte, in seinen Augen blitzte wieder dieses Funkeln. Sie bewegte sich vor und zurück, und er ließ es geschehen, überließ ihr die Führung, unterwarf sich ihrem Tempo. Sie ritt ihn, wie sie das Pferd geritten hatte, immer schneller, bis sie in seinen Armen erschauerte. Sie beugte sich zu ihm hinunter, versteckte ihre Gesichter hinter einem Vorhang aus Haar und bedeckte seine Lippen mit Küssen. »Ich will dich«, flüsterte sie an seinem Ohr. »Ich will dich so sehr.«

Er fasste sie an den Armen, schob sie ein Stück zurück und studierte ihr Gesicht. »Ist das deine Antwort?«

Sie nickte, und endlich ließ er den letzten Rest seiner Kontrolle fallen und übereignete sich ganz dem Gefühl. Die Muskeln in seinem Gesicht spannten sich, als müsse er einen Kraftakt vollbringen, er stöhnte auf, dann wurden seine Züge sanft, während er seinen Samen in ihr verströmte. Sie nahm ihn in sich auf, lag an seiner wild klopfenden Brust und wünschte sich, sie könne ihn empfangen, und das Kind wäre wirklich von ihm.

»Was werden deine Eltern sagen?«

»Schau dich um, siehst du hier irgendwo meine Eltern?« Sein Arm beschrieb eine ausholende Geste, die alles zu umfassen schien, den Fluss, das Land, den Himmel. »Und nebenbei bemerkt: Ich bin ein erwachsener Mann und kann heiraten, wen ich will.«

»Aber willst du denn niemals nach Hause zurück? Was würden sie sagen, wenn du einfach eine Frau mitbringst, noch dazu ohne Stand.« Er war schließlich immer noch ein Adliger, auch wenn er gerade nicht so aussah.

»Was glaubst du, warum ich hier ein Haus baue? Sicher nicht, weil ich mich nach Deutschland sehne.«

»Also willst du wirklich hierbleiben, für immer?«

»Wieso nicht? Dies ist das Paradies!« Er griff nach einer Hand voll Erde und zerbröselte sie vor ihren Augen. »Siehst du das? Das ist gute Erde, fruchtbarer Boden. Das Klima ermöglicht zwei Ernten pro Jahr, und der Fluss sichert die Versorgung mit ausreichend Wasser. Den, der bereit ist, hart zu arbeiten, ernährt dieses Land, und es beschenkt ihn reichlich. Der Fluss ist voller Fisch, das Rindfleisch ist saftig, weil die Tiere genug Gras finden, und Südfrüchte wachsen hier das ganze Jahr, man braucht sie nur pflücken!« Er reichte ihr eine mitgebrachte Orange. Wo sonst konnte man vor die Tür gehen und sich aus dem Hain ein paar frische Orangen holen? Es kam ihr immer noch wie ein kleines Wunder vor. Alfred hatte ja recht, dies war wirklich ein gutes Fleckchen Erde, es gab schlechtere Orte. Dies war jetzt ihre neue Heimat, und sie würden hier glücklich sein.

KAPITEL 47

Knapp zwei Wochen später machten sie sich bereit. Alfred frisierte sich und stutzte seinen Bart. Dora lieh sich von Doña Sophia eine Schürze und stieg in das schwarzseidene Kleid, das einzige, das noch passte, wenn sie nur regelmäßig die Einsätze erneuerte und gegen weitere ersetzte, Marthas Nähkünsten sei Dank. Dann nahmen sie den Zug und fuhren in die Stadt. Es berührte etwas in ihr, ihr war, als hätte die Stadt auf sie gewartet. Als Schauspielerin war sie gekommen, als Hure gegangen und nun kehrte sie als Braut zurück.

Es war Montag, der 10. Januar 1910, und die Stadt empfing sie mit strahlendem Sonnenschein. Die Trauung war für vierzehn Uhr anberaumt, damit ihnen vorher noch Zeit blieb, ihre Heiratsurkunde auf dem Amt beglaubigen zu lassen. Sie hatte Carolina geschrieben und sie gebeten, mit ihrem Bruder zur Kirche zu kommen. Sie und Alfred brauchten Trauzeugen, und sonst kannte sie niemanden, den sie hätte fragen können. Umso überraschter war Dora, als sie neben Carolina und Vidal ein weiteres vertrautes Gesicht erblickte.

»Antonio, was machst du denn hier?«

»Nun, weißt du, ich habe mir Sorgen gemacht, nachdem ich nichts mehr von dir hörte. Also ging ich zu den Févriers, um mich nach deinem Verbleib zu erkundigen und traf dabei auf diese zauberhafte Blume.« Poetisch, wie eh und je. Antonio führte Carolinas Hand an seine Lippen und küsste sie. »Ihr Liebreiz betörte mich, ich erlag ihrem Zauber sofort.«

»Er hat um meine Hand angehalten!«, platzte Carolina heraus, ihre Wangen glühten vor Aufregung. »Und mein Vater hat eingewilligt. Ich hoffe, du bist mir nicht böse?«

»Warum sollte ich? Wie du siehst, ich heirate heute und es freut mich, wenn ihr einander gefunden habt.«

»Wo die Liebe hinfällt.« Carolina kicherte. »Wann ist es denn soweit?«, setzte sie mit Blick auf Doras Bauch hinzu.

»Im Herbst«, antwortete sie ausweichend, das konnte vieles bedeuten.

»Du meine Güte, werden es Zwillinge? Ich habe ja keine Ahnung davon, aber es sieht aus, als ob du bald platzt!«

Sie hatte sich immer ausgemalt, wie es wäre, wenn Jack sich doch am Ende dazu durchringen würde, sie zu heiraten. Dann würde es etwas richtig Großes, sie, die bekannte Schauspielerin und er, der Sohn des Earls. Nun kam sie sich schäbig vor, als sie vor den Altar trat, mit dem dicken Bauch, in ihrem alten Kleid und der geliehenen Schürze. Es fühlte sich an, als hätte ihre Mutter am Ende doch noch gewonnen. Aber was blieb ihr schon übrig?

Das Geschehen zog an ihr vorbei, sie bekam es gar nicht richtig mit, bis der Pfarrer das Wort an sie richtete. »Wollen Sie den hier anwesenden Alfred von Nathusius zum Mann nehmen?« Er sah sie erwartungsvoll an. Wollte sie das? Wollte sie ihn lieben und ehren, ihm die Treue halten und stets zur Seite stehen, in guten wie in schlechten Tagen? Bis ans Ende ihres Lebens, bis dass der Tod sie schied? Alle warteten auf ihre Antwort. Sie sah Alfred an. Seine Augen waren nicht so blau wie die von Jack, aber es gab auch keine Untiefen, keine Ungeheuer verbargen sich darin. Er war einfach nur Alfred, und in seinem himmelblauen Blick schwammen Liebe und Hoffnung. Auch ein wenig Angst, so langsam wurde er nervös, weil sie immer noch nichts sagte.

Sie gab sich einen Ruck. »Ja!« Ihre Stimme klang etwas zu schrill, aber das änderte nichts. Und aus dem deutschen Fräulein Dora Neumann, auch bekannt als Dorothy Newman, wurde Dorothea von Nathusius in einer Zeremonie, genauso schmucklos wie die Kirche. Sie dauerte nicht einmal zwanzig Minuten.

»Das muss gefeiert werden!«, rief Antonio aus. »Ich lade euch ein!«

»Kommt gar nicht in Frage!«, protestierte Alfred. »Ich werde mir wohl noch meine eigene Hochzeit leisten können. Aber Sie können uns ein gutes Restaurant empfehlen.«

SIE SPEISTEN in einem Restaurant auf der Corrientes, nur ein paar Häuserblocks vom Palacio entfernt, und Dora befürchtete, jeden Moment könne die Tür aufgehen und Lazar hineinspazieren. Sie konnte es gar nicht richtig genießen, obwohl das Essen vorzüglich war. Und mit Sicherheit teurer, als Alfred sich leisten konnte, aber das mochte er nicht zugeben, sondern schützte Müdigkeit vor und drängte zum baldigen Aufbruch. Ihr sollte es recht sein.

»Hier, du hast Post, bevor ich es vergesse.« Carolina streckte ihr eine Karte entgegen. »Von Jack«, fügte sie leise hinzu. Dora nahm die Karte und ließ sie in ihrer Tasche verschwinden.

Sie zog sie erst wieder hervor, als sie auf dem Bett ihres Zimmers saß, das sie für die Nacht genommen hatten, in einem billigen kleinen Hotel auf der Lavalle, wo die Hausnummern höher werden und die Preise niedriger. Alfred war gerade auf der Suche nach dem Abort im Hof, also hatte sie einen Moment für sich. Sie betrachtete die Karte. Sie stammte von einem Kreuzfahrtschiff, das Motiv auf der Vorderseite zeigte fröhliche Menschen beim Kartoffellauf, einem Zeitvertreib für die Passagiere an Bord. Darunter eine einsame Zeile. *Bin auf dem Weg nach Indien, Love Jack.*

Das war alles, mehr nicht, nur diese mickrige eine Zeile. Nicht ein Wort der Sorge, ob es ihr gutginge, kein Nachfragen, ob sie zurechtkam? *Love, Jack*? Liebe, pah, das war für ihn doch nur ein Wort, nicht mehr als eine Floskel!

»Viel Spaß in Indien«, murmelte Dora, stopfte die Karte in ihre Tasche und hielt ihre Tränen zurück. Es interessierte ihn gar nicht, dass sie hier auf dem Bett saß, mit seinem Kind unter dem Herzen und jetzt die Frau eines anderen war. Sie hasste ihn dafür, und es war wohl besser so, dass er nichts von dem Kind wusste. Sie strich über ihren Bauch. Er würde es nie erfahren. Sie war jetzt Alfreds Frau und es würde Alfreds Kind sein und niemand musste wissen, dass es anders war. Sie wischte sich über die Augen. Alfred kam von der Toilette zurück. Er sah, dass sie geweint hatte, sagte aber nichts.

»Au!« Sie fuhr zusammen.

»Was ist?« Alfred warf ihr einen besorgten Blick zu, schon war er an ihrer Seite. »Stimmt etwas nicht?«

»Nein, alles gut.« Sie nahm seine Hand und führte sie zu ihrem Bauch. »Spürst du das? Das Baby, es tritt!«

Sein Gesichtsausdruck wechselte von Sorge zu ungläubigem Staunen über das Wunder in ihrem Bauch und schlug um in wilde Freude. »Ein richtiger kleiner Boxer! Wenn es ein Junge wird, dann nennen wir ihn …« Er unterbrach sich. Der amtierende Weltmeister im Boxen war Jack Johnson, ein Farbiger aus den Vereinigten Staaten. »Ach, ist ja auch egal.«

Und dann lag sie in ihrem Bett, spürte jede einzelne der durchgelegenen Sprungfedern in ihrem Kreuz und konnte nicht schlafen. Sie lauschte Alfreds gleichmäßigen Atemzügen und den Geräuschen huschender Schaben und fragte sich, nach wem das Kind wohl kam? Würde es niemandem auffallen, oder würde es jeder gleich bemerken, dass Alfreds Sohn nicht von ihm sein konnte, weil er ihm so gar nicht ähnlich sah?

Je näher die Geburt rückte, umso mehr trieb sie diese Frage um. Ihr Bauch blähte sich auf wie ein absurder Ballon, als hätte sie einen Kürbis verschluckt, bis sie meinte, er müsse platzen, die Bauchdecke einfach reißen unter der Schwere seiner Last. Sie war ihn so leid, diesen Bauch, er behinderte sie, störte bei jeder Bewegung, selbst nachts wusste sie nicht mehr, wie sie noch liegen sollte. Dazu diese unerträgliche Hitze, sie ließ Doras Füße anschwellen, bis die Knöchel verschwanden und ihre Beine denen eines Elefanten glichen. Und ihr Rücken brachte sie noch um! Sie wollte einfach nur, dass es vorbei war. Gleichzeitig versetzte sie der Gedanke an die bevorstehende Geburt in Panik. Wie sollte dieser Kürbis jemals wieder aus ihr herauskommen? Dabei müsste es längst so weit sein. Doña Sophia hatte sie nach draußen geschickt, sie solle sich bewegen, ein bisschen spazieren, damit das Kind in Stimmung kam und endlich hinauswollte. Wenn Juanitas Berechnungen stimmten, dann war sie schon mindestens anderthalb Wochen überfällig, genau wie der Regen.

Dora warf einen Blick zum Himmel. Die Wolken ballten sich zu Haufen, schmutziggelb wie die frischgeschorene Wolle von Schafen. Noch hielten sie dicht, doch es konnte nicht mehr lange dauern. Juanita schlich seit Tagen um sie herum und beäugte sie misstrauisch, ein paar Mal hörte Dora sie mit Doña Sophia tuscheln, aber die beiden fuhren auseinander, sobald sie sich ihnen näherte. Sie wusste, die Frauen waren beunruhigt, weil sich bei ihr noch nichts tat. Auch Alfred machte sich Sorgen. Er gab vor, im Stall beschäftigt zu sein, aber in Wahrheit wollte er einfach in der Nähe bleiben und da sein, wenn das Kind kam.

Ein Schmerz durchfuhr sie, stechend heiß. Ihr Unterleib krampfte sich zusammen, der Krampf schüttelte ihren ganzen Körper, und sie musste sich abstützen, an einem Zaunpfahl festhalten. Warum war sie auch vor die Tür gegangen? Der Schmerz ebbte ab, und sie schnappte nach Luft. Sie tat einen wackeligen Schritt nach vorn, es ging wieder. Jetzt ganz langsam rüber zum Haus. Die nächste Wehe riss sie fast von den Beinen, sie keuchte und schwankte, doch sie fiel nicht. Der Himmel öffnete seine Schleusen, die ersten Tropfen fielen, groß und schwer pladderten sie herunter und rissen kleine Krater in den roten Staub. Sie hatte es fast geschafft, nur noch ein paar Schritte, die Treppen hoch. Juanita eilte ihr entgegen. Es fühlte sich an, als ob etwas in ihr nachgab, in ihrem Schritt wurde es heiß und feucht, strömte an ihren Beinen herab auf die steinernen Stufen.

»Es geht los!« keuchte Dora.

Juanita half ihr die Treppen hinauf und schaffte sie in das Gästezimmer, Doña Sophia schickte die Hausmädchen. »Holt warmes Wasser und saubere Tücher, schnell!«

Alfred stürmte herein, doch Doña Sophie hielt ihn zurück. »Das ist nichts für Männer.«

Dora sah den Ausdruck in seinen Augen, Sorge und Angst. Noch mehr Angst als sie konnte er eigentlich nicht haben. Doch die nächste Wehe rollte schon heran, packte sie mit grimmigem Griff und schüttelte sie durch. Noch nie im Leben hatte sie solche Schmerzen verspürt, es war kaum zu ertragen und raubte ihr schier den Verstand, sie wollte einfach nur, dass es vorbei war. Doch es hörte nicht auf. Stunde um Stunde verging und es wurde immer schlimmer, während Sophia sie anschrie, sie solle pressen. Und sie presste und schrie und schrie und presste, während der Regen auf die Dächer der *Estancia* prasselte. Doch das Kind wollte einfach nicht kommen.

ALFRED HIELT es nicht mehr aus. Seit Stunden tigerte er auf dem Flur vor dem Zimmer auf und ab. Er wusste, es machte keinen Sinn, er sollte sich hinlegen, sich eine Mütze Schlaf gönnen. Sich zumindest setzen und im Salon warten, statt hier hin und her zu laufen wie ein Irrer. Geburten konnten dauern, zumal beim ersten Kind. Aber er konnte nicht stillsitzen und abwarten, zu viel stand auf dem Spiel. Er warf einen Blick auf die Uhr, halb drei, mitten in der Nacht. Seit acht Stunden war sie nun da drin und kämpfte, seit acht Stunden war er hier draußen und lauschte ihren Schreien. Er hatte noch nie eine Frau so fluchen gehört. Aber was ihm Sorge bereitete, war nicht ihre Ausdrucksweise, sondern die Kraft ihrer Schreie. Sie hatte nachgelassen innerhalb der letzten Stunden, ihr Toben war abgeebbt zu einem Jammern, es klang nur noch schwach durch das Holz der Tür. Sie öffnete sich und eines der Mädchen huschte heraus. Alfred kannte ihren Namen nicht, die Tochter irgendeines Pächters, ein junges Ding. Aber sie war grau um die Nase, ihre Haut wirkte fahl wie die einer alten Frau. Sie sah ihn aus schreckgeweiteten Augen an und rannte die Treppen hinunter. Kurz darauf kehrte sie zurück, mit einem ganzen Arm voll Tücher.

»Was ist los?«

Doch sie antwortete nicht, schüttelte nur stumm den Kopf und verschwand wieder im Zimmer. Alfred erhaschte einen Blick auf einen Haufen besudelter Laken auf dem Boden, bevor die Tür sich vor seiner Nase schloss, sie waren rot vor Blut. Er starrte das Türblatt an und hörte Dora stöhnen, dazwischen bellte Doña Sophia ihre Kommandos, und noch immer stürzte der Regen herab, als wolle er die *Estancia* und ihre Bewohner vom Erdboden waschen. Keine Chance, Hilfe zu holen, die Hebamme aus San Pedro. Auf *Los Naranjales* war es die Aufgabe von Juanita und Doña Sophia, die Kinder zu holen, und sie machten ihre Sache gut, soweit er wusste. Normalerweise bekam er davon nichts mit, es fand in den Häusern der Pächter statt. Die einzigen Geburten, die er erlebt hatte, waren die von Fohlen und Kälbern, damit kannte er sich aus. Daher wusste er, was alles schiefgehen konnte. Alfred war kein gläubiger Mensch, aber jetzt faltete er die Hände und betete. »Lieber Gott, lass es wenigstens Dora schaffen. Wenn es dein Wille ist, dann nimm das Kind, aber lass sie leben.« Ein schrecklicher Gedanke und er schämte sich seiner Worte, sobald er sie sprach. Aber sie waren wahr, es stimmte, er liebte sie so sehr. Manchmal dachte er, sie verstand gar nicht so recht, wie sehr er sie liebte. Er war nicht gut darin, seine Gefühle zu zeigen, aber er würde alles für sie tun, alles. Nur dass er jetzt überhaupt nichts tun konnte, er war zum Abwarten verdammt. Er war sich noch nie so hilflos vorgekommen.

IM ZIMMER WAR es warm und stickig, die Luft war verbraucht. Es stank nach Schweiß, Kot, Urin und Blut, ihrem Blut.

»Es liegt immer noch falsch rum. Juanita, du musst es drehen!« Doña Sophia klang gereizt, doch es war die Angst, die aus ihr sprach. Juanita legte sich über Doras Bauch, sie drückte und schob, als versuche sie, einen Mühlstein in einer Kissenhülle zu drehen. Dora bekam es kaum noch mit, sie war wie von Sinnen, ihr Verstand ein führerloses Boot in einem Meer aus Schmerz und Blut. Eine weitere Wehe rollte heran, riss sie aus ihrer Lethargie.

»Pressen!«, schrie Doña Sophia. Aber sie schaffte es nicht, hatte keine Kraft mehr. Am liebsten wollte sie die Augen schließen und nur noch schlafen. Oder einfach sterben, ganz egal, Hauptsache, es war vorbei.

»Ich kann den Kopf sehen!«, sagte Juanita zwischen ihren Beinen.

»Los, komm schon, press! Reiß dich zusammen, bald hast du es geschafft!«

Sie bot ihre letzte Kraft auf. Sie presste, keuchte, presste wieder, schrie und endlich, ein Gefühl wie ein Korken, der einem viel zu engen Flaschenhals entwich. Er zerriss sie auf seinem Weg nach draußen, sie schrie auf, aber es war egal. Juanita hielt das Kind in die Luft, an den Füßen, mit dem Kopf nach unten. Es war voller Blut und Schmiere, ein runzliges, faltiges Etwas. Sie gab ihm einen Klaps auf den Po und es tat seinen ersten Schrei, begrüßte die Welt mit einem erbosten Krähen, als protestiere es gegen die unwirsche Behandlung und wolle sich darüber beschweren. Dora schloss die Augen, einfach einen Moment ruhen.

Als sie sie wieder aufschlug, brachte Juanita ihr das Kind. Sie hatte es gewaschen und in ein sauberes Tuch gewickelt, es war immer noch faltig, ein faltiges Bündel, das ihr in den Arm gedrückt wurde. Dora starrte das winzige Gesicht an, suchte darin nach Anzeichen einer Ähnlichkeit zu seinem Erzeuger und wusste nicht, was sie fühlen sollte.

Die Tür ging auf und Alfred eilte herein, er wirkte erleichtert, als er zu ihr ans Bett trat.

»Ein Mädchen«, ließ sie ihn wissen und hoffte, er sei nicht allzu enttäuscht, dass es kein Junge war. Aber sie brauchte sich nicht zu sorgen. Bei ihm war es Liebe auf den ersten Blick, sie sah es in seinen Augen, mit denen er das Kind ansah, und an der Art, wie er zärtlich mit dem Finger über das Köpfchen strich. Durch den rotblonden Flaum, der es bedeckte, er schimmerte wie Bernstein, zart wie ein Hauch.

»Was hältst du davon, wenn wir sie Lilly nennen?«

Er nickte stumm, unfähig, etwas zu sagen, vollkommen überwältigt von seinen Gefühlen, doch in seinem Gesicht stand das pure Glück.

»Du wirst sehen«, brachte er hervor. »Jetzt wird alles gut.«

KAPITEL 48

Lilly kam ihnen entgegen, stapfte auf ihren pummeligen Beinchen durch das hohe Gras, Ekel verzerrte ihr kleines Gesichtchen zu einer Fratze des Entsetzens. Sie baute sich vor ihnen auf und spuckte aus, kleine Tropfen Kinderspucke regneten in den roten Staub. Alfred rollte die Augen und ging vor Lilly in die Hocke. »Was ist es diesmal, mein Engelchen?«

»Käfer schmeckt nicht!«, antwortete Lilly kategorisch und schüttelte sich wie ein kleiner Hund mit wippenden Löckchen.

Alfred lachte so sehr, dass er auf den Hintern fiel. Er hielt sich den Bauch vor Lachen.

Dora seufzte. Dieses Kind war schwerer zu hüten, als ein Sack Flöhe! An ihr war ein Junge verloren gegangen, ständig heckte sie etwas aus und erlebte neue Abenteuer. Mal fand sie heraus, welch lustige Dinge man mit einer Dose schwarzer Schuhwichse und einer Bürste anstellen konnte, dann wieder erklomm sie den Misthaufen, erklärte ihn fortan zu ihrer Burg und bewarf jeden mit Pferdeäpfeln, der sich ihr näherte. Sie war weit für ihr Alter und eroberte ihre Welt im Sturm, die kleine Prinzessin vom Mist. Alle waren ganz vernarrt in sie, konnten gar nicht genug von Lilly bekommen. Alfred nannte sie »das hübscheste kleine Mädchen der Welt« und Don Armand wurde zu Wachs in ihren Händchen. Sie war genau wie er, Everybody's Darling, sie kam ganz nach Jack. Es lag an ihren Meeresaugen, warum ihr jeder sofort verfiel. Genau, wie sie ihm damals verfallen war, auf den ersten Blick. Doch im Gegensatz zu ihm erwiderte Lilly ihre Liebe. Es gab nichts, das vergleichbar war mit dieser aufrichtigen, unschuldigen Liebe ihres Kindes. Doch trotzdem blieb ein Teil von Dora auf der Hut. Sie war sicher, irgendwann würde der Tag kommen, an dem Lilly ihr das Herz brach, mit einem Lächeln in ihren meerblauen Augen.

»So, ihr zwei.« Alfred stand auf und klopfte sich den Staub aus den Hosen. »Ich muss los.«

»Will mit!«, krähte Lilly.

»Nein, mein Schatz, das geht nicht, es ist zu weit. Ich wollte auf der hinteren Weide nach dem Rechten sehen«, ergänzte er an Dora gewandt. »Wenn ich zum Abendessen wieder da sein will, muss ich mich sputen.«

»Wenn du unterwegs Pedro triffst, frag ihn, ob er einen Fisch für uns hat? Ein Bonito wäre gut.«

»Zu Befehl, Majestät! Wird erledigt.« Alfred salutierte, gab ihr einen Kuss und verschwand um die Hausecke.

Sie sah ihm nach, wie er davonritt, auf seinem schmutzigbraunen Pferd. Er hatte sie immer geliebt, schon damals, nur war sie zu jung gewesen, um zu begreifen, wie kostbar eine solche Liebe war, sonst wäre sie ihm nicht davongelaufen. Und trotzdem hatte das Schicksal sie wieder zusammengeführt, am Ende der Welt, in einem ganz neuen Leben, unter dem Kreuz des Südens. Die Sterne standen gut für sie. *Es ist schon verrückt*, dachte sie manchmal, *welch unverschämtes Glück ich doch habe.*

Sie ging nach drinnen und holte den Eimer mit trockenem Brot. Neben den Pferden hielten sie Hühner, Schafe, zwei Ziegen und ein Schwein. Alfred entdeckte immer mehr den Nathusius in sich, neben den Tieren experimentierte er mit dem Anbau unterschiedlichster Gemüse und exotischer Früchte. Seine neueste Errungenschaft war der Anbau von Ananas unter Glas. Er liebte dieses Leben, blühte ganz darin auf. Und sie? Nun, manchmal vermisste sie die Stadt. Die blinkenden Lichter, das Geplauder der feinen Damen beim Tee, die Kleider nach neuestem Pariser Schnitt, den Geruch von frischen Churros, der auf den Gehsteig weht. Hier roch es nur nach Mist. Sie warf das Brot in den Koben und sah dem Schwein beim Fressen zu. Im Grunde hatte sie doch alles erreicht, wovon sie immer träumte. Sie hatte ihr Leben selbst in die Hand genommen und war losgezogen, um die Bühnen der Welt zu erobern. Und war es ihr nicht gelungen? Sie dachte an das Apollo und die Dairymaids, ja, das war schon was. Und auch wenn es das »falsche Amerika« war, auch hier feierte sie Erfolge, wurde bekannt als deutsches Fräulein und schließlich zur Königin. Die Leute kannten zwar nie ihren richtigen Namen, aber man sprach noch von ihr. Ja, sie war beinahe so etwas wie eine Legende, die beste Tänzerin der Stadt, die *Reina de la Plata*. Und nun stand sie hier und fütterte das Schwein. Es schlang die Brocken hinunter, grunzte sie auffordernd an, gierte nach mehr. Sie war genau wie dieses Schwein gewesen damals, gierig und unersättlich. Alles war ihr so zugefallen, und sie hatte es verschlungen, alles für selbstverständlich genommen. Aber um welchen Preis? Sie war nie wirklich frei gewesen, immer abhängig vom Geld der Männer. Und wofür? Für seidene Kleidchen und ein bisschen Chi-Chi.

Das Leben hier draußen war wie ein zu enger Schuh. Man konnte laufen, aber es war nicht gerade komfortabel. Es drückte und zwackte, man bekam Schrunden davon und Hühneraugen, manchmal war man es schlicht und einfach leid. Aber man wusste, wofür man es tat. Für die grenzenlose Freiheit unter diesem weiten Himmel, für ein selbstbestimmtes Leben. Und um nichts in der Welt wollte sie tauschen. Sie hatte ihr Glück immer im Äußeren gesucht. Im Ansehen der Leute, der Bewunderung der Zuschauer, dem Tosen im Saal. Dabei lag das Glück hier, in einem kleinen Haus im Schatten des Ombú-Baums und in der unverfälschten Liebe ihres Kindes. Und wer wusste schon, was in ein paar Jahren sein würde? Vielleicht würde sie eines Tages auf die Bühne zurückkehren, irgendwann, wenn ihre Tochter größer war.

Lillys Stimme riss sie aus ihren Gedanken. Vielleicht war Alfred nochmal zurückgekehrt. Er hatte bestimmt wieder etwas vergessen, wie immer. Oder Pedro brachte den Fisch. Sie streute den Hühnern die Krümel hin, bog um die Hausecke und erstarrte.

Er hockte im Staub, sein geckenhafter Anzug wirkte hier draußen seltsam deplatziert. Lilly saß auf seinem Knie und plapperte fröhlich, als ob sie alte Freunde wären.

Chaim hob den Blick und sah zu ihr auf. »Hallo Dora!«

Es war windstill, aber plötzlich schien ein kalter Hauch zu wehen. Ihre Nackenhaare stellten sich auf. »Was machst du hier?«

»Oh, ich war zufällig in der Gegend und dachte, ich steige mal aus dem Zug und schaue, wie es dir so geht«, plauderte er drauflos, als sei es das Normalste der Welt.

»Wie hast du mich gefunden?«

»Instinkt.« Er tippte sich an die Nase. »Ich dachte mir schon, dass ihr mir damals einen Bären aufgebunden habt.«

»Was willst du?«

»Na, was wohl? Dich holen.«

»Mein Platz ist jetzt hier!«, antwortete sie entschieden.

»Hier?« Chaim hob die Hände. »Schau dich doch um. Du gehörst nicht hierhin und das weißt du. Dein Platz ist die Bühne, es ist immer noch deine Show. Vermisst du sie nicht manchmal?« Seine Stimme hatte einen lockenden Klang. »Die Bühne, die Zuschauer, die Musik, hm?«

Dora schüttelte den Kopf. »Du irrst dich! All das bedeutet mir nichts!«

»Wie dem auch sei«, Chaim schlug einen geschäftsmäßigen Tonfall an, »du schuldest dem Boss noch eine Menge Geld.« Er legte den Kopf schief und grinste. »Hast du wirklich geglaubt, du kommst damit durch, und wir lassen dich einfach so ziehen?«

»Ich schulde ihm gar nichts!«, entgegnete sie heftig.

»Das sieht er anders.«

Sie lachte spöttisch. »Sieh dich um, wir haben kein Geld. Oder sieht es hier so aus, als ob wir 75.000 Pesos hätten?«

»Nein, das nicht.« Er strich durch Lillys Haar. »So ein hübsches Mädele, wird mal eine echte Schönheit.«

»Nimm deine Finger von ihr!«, zischte sie. »Lilly, komm sofort her!«

Lilly sah sie aus großen Augen an, nickte aber gehorsam und wollte von seinem Schoß klettern. Chaim hielt sie fest. »Sie wäre ein gutes Pfand, bis du es dir anders überlegst. Es gibt Männer, die zahlen eine Menge Geld für so ein hübsches, kleines Ding. Sie riechen in dem Alter noch so unschuldig.« Er schnupperte an Lillys Haar und leckte über ihre Wange.

»Mama!« Lilly wand sich in seinem Griff und weinte.

»Lass sie los!« Dora bebte vor Wut. »Wenn du nicht sofort deine schmutzigen Finger von ihr nimmst, dann …«

»Was dann?«

»Dann reiße ich dir das Herz raus, falls du eins hast. Mit meinen eigenen Händen, das schwöre ich dir!«

Chaim strich an seinem Bein entlang wie bei einem Zaubertrick, kaltes Metall schimmerte in seiner Hand, ein Messer. Er hielt es Lilly an die Kehle und grinste. In Doras Kopf rasten die Gedanken. Alfreds Säbel, er stand im Schrank. Doch dazu müsste sie reingehen, ihn holen. Aber sie wagte nicht, auch nur einen Schritt zu machen, ihn aus den Augen zu lassen. Sie starrte wie gebannt auf das Messer an Lillys Hals.

»Ich habe meinen Hammer vergessen. Hast du ihn irgendwo gesehen?« Alfred bog um die Ecke, erfasste die Szene mit einem Blick, seine Frau, den Fremden, seine weinende Tochter. »Was geht hier vor?«

»Pass auf, er hat ein Messer!«, rief Dora ihm zu, ihre Stimme klang schrill.

Der Mann wirbelte herum. »Bleib zurück!«

Er hatte ihn schon mal gesehen, natürlich, das war der, der sich damals nach Dora erkundigt hatte. Alfred zog seinen Revolver. »Lassen Sie meine Tochter los, oder …«

»Oder was? Willst' mich erschießen?« Der Kerl grinste ihn an, zog aber Lilly dichter zu sich heran. Sie war noch so klein, reichte ihm kaum bis zum Oberschenkel. Die Klinge an ihrer Kehle schimmerte gefährlich.

»Wenn es sein muss.« Alfred spannte den Hahn. *Klick.*

»Sei nicht albern.«

»Es ist mein voller Ernst.« Er zielte genau auf das Herz, seine Hand zitterte leicht. Lilly war viel kleiner als er, es war ein sicherer Schuss. Aber was, wenn er abrutschte und sie traf anstelle des Fremden?

Er grinste immer noch. »Willst' dir etwa die Hände schmutzig machen? Wofür denn? Das Kind ist nicht mal von dir!«

»Woher wollen Sie das wissen?«

»Ich kannte den Engländer.« Er lachte meckernd. »Und ich kenne deine Frau. Kennst du sie auch? Weißt du, wer sie ist, oder *war*? Ach nein, kannst nich' wissen. Sie fickt gut, deine Frau, ich hab's ihr besorgt und es hat ihr gefallen, denn sie ist …«

Alfred wollte es nicht hören. Nichts wollte er hören von den Lügen, die der Kerl ihm auftischen würde. Sicher war bloß eins: *Er bedroht meine Tochter und das werde ich nicht länger zulassen!* Er spürte die kalte Wut in seinem Magen und das Zittern in seiner Hand. *Ruhig*, ermahnte er sich, *ruhig* … Alfred drückte ab.

Der Knall zerriss die himmelweite Stille und scheuchte die Vögel aus dem Geäst. Ein hektisches Flattern erfüllte die Luft, dann senkte sich eine tödliche Ruhe über das Land. Der Schuss klingelte noch in ihren Ohren.

Chaim ließ Lilly los, das Messer glitt aus seinen Fingern und fiel in den roten Staub. Er griff sich an die Brust, zog seine Hand zurück, starrte ungläubig auf das Blut an seinen Fingerkuppen. Er sah Alfred an, dann Dora, blickte ihr genau in die Augen. Es sah aus, als ob er noch etwas sagen wollte, sein Mund öffnete sich, doch hervor kam nur ein Röcheln. Rote Blasen zerplatzten auf seinen Lippen, gefolgt von einem Schwall Blut, dann brach er zusammen.

Alfred trat an ihn heran. »Das ist meine Familie. Und ich lasse sie mir von niemandem nehmen.«

Doch Chaim hörte ihn schon nicht mehr, sein Blick wurde glasig und brach.

Sie wickelten seine Leiche in Tücher, verschnürten sie mit Seilen, luden sie auf ein Pferd und schafften sie hinunter zum Fluss.

»Wer war er?«, fragte Alfred, als sie zusahen, wie das Bündel von der Strömung erfasst wurde und langsam in den Fluten des Rio Paraná versank.

»Chaim?« Sie dachte an all die Mädchen, die er vergewaltigt hatte. »Der Gehilfe des Teufels«, antwortete sie. »Er soll zur Hölle fahren!«

Alfred legte den Arm um sie und hauchte einen Kuss auf ihr Haar. »Es ist vorbei.«

Sie lehnte den Kopf an seine Schulter. »Irgendwann wird es das sein«, murmelte sie und strich über die Narbe in ihrem Nacken.

EPILOG

SAN PEDRO, JULI 1912

Zeitungsmeldung im Argentinischen Tageblatt vom 13.07.1912:

Die vor einigen Wochen im Schwemmland bei Tigre angespülte Leiche konnte immer noch nicht identifiziert werden. Angaben der Behörden zufolge handelt es sich vermutlich um eine männliche Person mittleren Alters. Auch die genaue Todesursache ließ sich bislang nicht ermitteln. Die Polizei steht weiterhin vor einem Rätsel und bittet die Bevölkerung um Mithilfe in Form von Zeugenaussagen.

Dora stieß die Luft aus. Erst jetzt fiel ihr auf, dass sie sie angehalten hatte, solange sie die Meldung las. Die Zeit verging anders hier draußen am Fluss. Sie floss träge dahin wie der Rio Paraná, ein ewiger, gleichmütiger Strom. Manches wusch sie fort, manches schliff sie glatt, einiges versank in den Tiefen und anderes tauchte wieder auf. Sie sprachen einfach nie wieder davon, was an diesem Tag im Herbst wirklich geschehen war. Doch die versunkenen Erinnerungen lauerten unter der Oberfläche, und manchmal kamen sie hoch. Nachts, wenn Dora aus einem schlechten Traum schreckte und im fahlen Mondlicht in die Dunkelheit lauschte. Dann sah sie es wieder vor sich: Chaims spöttischen Blick, seine Finger im Haar ihrer Tochter, seine Lippen auf ihrer Wange, seine Leiche am Boden.

Manchmal fragte sie sich, ob sich Lazar auch so leicht mit Chaims Verschwinden zufriedengeben würde wie die örtliche Polizei? Und manchmal wünschte sie sich, es sei Lazar gewesen, dessen Leiche an Chaims Stelle in den braunen Fluten versunken wäre. Aber sei es drum, sie waren quitt, es war vorbei. Sie hatte ihren Frieden mit der Vergangenheit geschlossen, alles was zählte, war das Hier und Jetzt, ihre kleine Familie und die Farm. *Am Ende hat meine Mutter also doch recht behalten,* dachte Dora und lächelte in sich hinein. Keine Show dieser Welt war vergleichbar mit dem Schauspiel, das die Natur ihr bot, Abend für Abend. Wenn Lilly in ihrem Bettchen schlief, und sie, so wie jetzt, mit ihrem Ehemann auf der Terrasse saß und dabei zusah, wie die Sonne im Fluss versank, als wolle sie sich darin ertränken, dann ergab plötzlich alles einen Sinn. Dora fröstelte. Alfred legte seinen Arm um ihre Schulter und zog sie an sich, um sie zu wärmen. Sie schmiegte sich eng an seine Brust, atmete den vertrauten Geruch nach Pferden und Holz und blickte auf den Fluss. Wenn sie manchmal doch melancholisch wurde, dann hatte sie immer noch ihr Album mit den Karten, die sie daran erinnerten, wer sie einst gewesen war. Dann wusste sie, dass jeder Schritt auf ihrem Weg nur der Teil einer Reise war, einer Reise zu sich selbst. Und alles vorher nur die Probe für die wahre Rolle ihres Lebens. Und wer wusste schon, was das Leben noch für sie bereithielt? Sie war immer noch jung, vielleicht würde sie ja wirklich auf die Bühne zurückkehren, eines Tages. Aber bis dahin war sie einfach glücklich. Mit ihm, ihrem preußischen Ritter auf seinem schmutzigbraunen Pferd, in ihrem kleinen Haus im Schatten des Ombú-Baums. Hier draußen, am Ende der Welt, im »falschen« Amerika«, unter dem Kreuz des Südens.

ÜBER DIESES BUCH

Ich war ein ganz normaler Mensch (BWL-Studium, Bürojob, Burnout), bis ich Dora traf. Sie hat mein Leben komplett auf den Kopf gestellt und das kam so: Im November 2013 wollte ich ein paar Weihnachtskarten basteln und erinnerte mich, in einem Album mit alten Postkarten beim Durchblättern Weihnachtsmotive gesehen zu haben. Mein Vater hatte es vor etwa fünfzehn Jahren nach dem Tod des Lebensgefährten meiner ebenfalls verstorbenen Großtante geerbt, wie man in Thüringen halt so erbt. Meine Tante gab ihm eine Kiste mit alten Büchern, darin unter anderem ein fast leeres Fotoalbum und das Album mit den Postkarten. Nach einem kurzen Durchblättern landete es im Keller, und als meine Eltern auszogen, blieb es einfach dort liegen. Ich habe es also quasi auch »geerbt«, irgendwie … Nun erinnerte ich mich also daran und ging in den Keller, um danach zu suchen. Ich fand es auf einem Schrank neben einem alten Tennisschläger, klopfte den Staub ab und nahm es mit ins Arbeitszimmer. Schon beim ersten Durchblättern nach Jahren war ich hingerissen von der Schönheit der alten Postkarten und den aufwändigen Motiven, manche waren handkoloriert, andere mit Glitzer verziert und sie alle erzählten von einer längst vergangenen Zeit. Schnell waren auch ein paar Weihnachts- und Neujahrsmotive gefunden und ich zog die Karten heraus, um sie einzuscannen. Dabei fiel mir auf, dass zwei von den drei Karten an die gleiche Person adressiert waren: Dora Neumann, Reconquista 322, Buenos Aires,

Argentinien. Ich zog noch mehr Postkarten hervor, wobei ich nicht gerade sehr zimperlich mit ihnen umging, denn ich ahnte noch nicht, welchen »Schatz« ich da entdeckt hatte. Bisher hatte ich immer geglaubt, es handele sich einfach um ein Konvolut, das der Lebensgefährte meiner Großtante zusammengetragen hatte, aber nun entpuppte es sich als die Sammlung eben jener Dora Neumann. Ich war fasziniert und begann, die Karten zu lesen. »Entziffern« trifft es wohl eher, denn die Texte waren handschriftlich verfasst, mal mit Tinte, dann mit Bleistift und vornehmlich in der damaligen Handschrift, die von vielen fälschlicherweise als »Sütterlin« bezeichnet wird (von mir übrigens auch, bis ich herausfand, dass es sich in Wahrheit um Deutsche Kurrent handelt). Wie dem auch sei, auch diesmal kam mir meine Großtante zu Hilfe, denn sie und meine Urgroßmutter schrieben genauso. Die Geburtstagskarten, die ich als Kind von ihnen bekam, waren eng mit ihrer altmodischen, krakeligen Schrift beschrieben und meine Mutter musste sie mir größtenteils vorlesen. Aber wenn man einmal wusste, was dort stand, war es nachvollziehbar und so lernte ich, ganz nebenbei, Kurrent zu lesen. Trotzdem gibt es bis heute Karten, die ich einfach nicht entziffern kann, aber dazu später mehr. Die Postkarten datieren auf einen Zeitraum zwischen 1905 bis 1913, die frühesten an verschiedene Adressen in London, ab 1907 schließlich an die Adresse in Buenos Aires. Manche lasen sich seltsam altertümlich, teilweise hat es Wochen gedauert, ein Wort herauszubekommen, einfach, weil es heutzutage nicht mehr gebräuchlich ist. Wer kauft schon noch ein »Fensterbillet«, wenn er im ICE von Hamburg nach München reist? Andere Karten lasen sich erfrischend modern und in einigen Texten wurde es sogar ein wenig schlüpfrig. Die gute Dora erhielt Post von diversen Männern, die ihr mit glühenden Worten ihre Zuneigung und Verehrung versicherten. Zudem enthielt das Album einige Karten mit Motiven, die für damalige Zeit recht freizügig waren. Die meisten davon ungelaufen, einige jedoch zu meiner großen Erheiterung per Post versandt. Es kristallisierte sich langsam heraus: Dora muss ein richtiger Feger gewesen sein! Meine Neugier war entfacht, ach was, brannte lichterloh. Wer war diese Frau und warum war sie in die Welt hinaus gezogen, damals, zu der Zeit? Sicher, die Verbreitung der Dampfschifffahrt sorgte dafür, dass man auch die entferntesten Winkel der Erde innerhalb einiger Wochen erreichen konnte, aber es war immer noch eine weite Reise und vor allem eine sehr kostspielige. Ihre Familie schrieb ihr weiterhin aus Schleusingen im Thüringer Wald, aber Dora hatte sie zurückgelassen und war erst nach London und schließlich nach Argentinien ausgewandert. Warum? Ich habe monatelang im Internet recherchiert, nach allen Namen und Adressen, die auf den Karten genannt wurden, aber ich fand wenig bis nichts. Eindeutig ergiebiger erwies sich bei der Recherche übrigens der Name Nathusius, denn wenn man ihn um ein »von« ergänzt, stößt man bei Wikipedia auf eine ganze Fülle von Artikeln, die sich als unerwartete Inspirationsquelle für die Figur des Alfreds entpuppten. Ich hoffe, die Familie derer von Nathusius wird es mir verzeihen, aber es war einfach zu verlockend. Im Original heißt Alfred übrigens schlicht Adolf Nathusius, aber aus sicher nachvollziehbaren Gründen wollte ich nicht, dass meine Heldin irgendwann mal »Oh, Adolf …« seufzt.

Zurück zu Dora: Ich fuhr nach Thüringen, aber im Archiv des Schleusinger Rathauses konnte man mir nicht helfen, sondern verwies mich an das Kreisarchiv in Hildburghausen. Doch zum einen kannte ich weder Doras Geburtsdatum, noch den Ort, an dem sie geboren wurde. Zum anderen hatten zwei Kriege und die DDR-Zeit dafür gesorgt, alle Spuren gründlich zu verwischen. Und irgendwann begriff ich: Ich kann gar nichts im Außen finden, denn ihren Nachlass besitze ja *ich*. Trotzdem ging mir Dora nicht mehr aus dem Kopf, ich dachte den ganzen Tag an sie, träumte von ihr, stellte mir vor, wie sie wohl war … Ich war regelrecht verliebt in diese fremde Frau, die vor über hundert Jahren nach Argentinien ausgewandert war. Irgendwann keimte der Wunsch in mir, ein Buch über sie zu schreiben. Aber wie sollte das gehen? Ich wusste noch viel zu wenig von ihr, kannte ihre Geschichte doch gar nicht … bis ich von einem weisen, alten Mann darauf hingewiesen wurde: »Auch wenn du ihre Geschichte nicht kennst, darfst du dir trotzdem eine ausdenken!« Ich war wie elektrisiert und begann sofort zu schreiben, zweihundert Seiten von Hand, wie im Rausch. Und dann hielt ich inne. Was tat ich denn da? Ich konnte doch gar nicht schreiben. Also schon, sicher, was man halt so in der Schule lernt. Aber schreiben, so richtig, ein echtes Buch? *Ich???* Also tat ich das, was man so tut, wenn man nicht weiß, was man tun soll: Ich kaufte mir einen Ratgeber und las ihn bis zum Ende. Gott sei Dank auch die Werbung auf den letzten Seiten, denn so stieß ich auf meinen wunderbaren Schreibtrainer und Coach Rainer

Wekwerth. Das war im Frühjahr 2014 und damit ging die Arbeit erst richtig los. Eine Geschichte wollte entwickelt und erzählt, vor allem jedoch recherchiert werden, denn leider betrafen Doras Postkarten genau den Zeitraum meiner größten geschichtlichen Lücke. Ich hatte schlichtweg keine Ahnung und begann, mir ein Gefühl für die Zeit nach der Jahrhundertwende zu erarbeiten. Plötzlich hatte ich »Alt-Herren-Hobbies«, verbrachte meine Freizeit über historische Landkarten und Zugfahrpläne gebeugt, auf meinem Schreibtisch stapelten sich Bildbände über Dampfschiffe und alte Reiseführer. Auch von Pferden, den Verhältnissen beim Militär und Waffentypen (Wo lag noch gleich der Unterschied zwischen einem Säbel und einem Degen?) hatte ich bis dahin nicht den blassesten Schimmer. Wir kennen das damalige Leben hauptsächlich aus dem Fernsehen und meist in Schwarz-Weiß, deshalb erscheint es uns aus heutiger Sicht so grau und trist. Aber Doras Karten erzählten eine ganz andere Geschichte, daraus sprach die Liebe zu einem eigenständigen, freien, ungezügelten Leben, der Aufbruch in die Moderne, eine Zeit voller Erfindungen und täglich neuer Wunder und ich begriff: Es muss eine herrliche Zeit gewesen sein, damals, bevor zwei Kriege die Welt für immer veränderten. Das Leben war hart, aber es hatte auch seine lustigen Seiten, man wusste sich zu amüsieren. Und es war schlichtweg aufregend. Die Welt war plötzlich groß und bunt und weit geworden, und wer genug Geld besaß, kaufte sich ein Ticket für einen Schnelldampfer und überzeugte sich selbst davon. Man brauchte keinen Pass, um zu reisen, in Europa herrschte seit vierzig Jahren Frieden. Die Bindung an den Goldstandard sorgte für Währungsstabilität, die fortschreitende Industrialisierung schaffte neue Arbeitsplätze, Landflucht setzte ein. Die Menschen gingen in die Städte, wie Motten, angezogen vom Schein des elektrischen Lichts, das die Nacht zum Tag machte. Es entstanden Jobs für Frauen, man brauchte Sekretärinnen für die Büros und Verkäuferinnen für die Tempel des Konsums, die überall wie Pilze aus dem Boden schossen. Auf dem Land herrschten bittere Armut und Hunger, deshalb packten viele ihre Siebensachen und wanderten aus, oft auch, wie zum Beispiel die osteuropäischen Juden, auf der Flucht vor repressiven Regierungen. Man siedelte über in die neue Welt, nach Amerika, in den Norden oder gleich tief hinunter in den Süden, wo es immer noch Land gab, das urbar gemacht werden wollte. Nur leider hat Argentinien seine Einwanderer oft bitter enttäuscht: Das Land war unter wenigen Großgrundbesitzern aufgeteilt, die riesige Flächen bewirtschafteten. Deshalb sahen sich die meisten Einwanderer gezwungen, sich in der Stadt, sprich: Buenos Aires anzusiedeln und dem einst in Europa erlernten Handwerk nachzugehen oder sich als Arbeiter in einer der Fleischfabriken zu verdingen. Wer im Internet die Worte »Buenos Aires« und irgendeine Jahreszahl um die Jahrhundertwende eingibt, landet unweigerlich auch auf Seiten, die sich mit den Themen »Weiße Sklaverei«, Prostitution und der Zuhälterorganisation »Zwi Migdal« beschäftigen. In Buenos Aires herrschte damals Männerüberschuss, genau wie in allen anderen Orten auf der Welt, die Glücksritter magisch anzogen und auch heute noch anziehen. Überall, wo nach Gold, Diamanten oder Öl gesucht wird, sind mehr Männer als Frauen anwesend. Dieser Mangel sorgte für eine Lücke und die käufliche Liebe schloss sie, so einfach war das und so wird es immer sein. Zur damaligen Zeit galten die Worte »sich auf den Weg nach Buenos Aires machen« in Europa als Synonym dafür, sich in die Fänge der Prostitution zu begeben. Plakate am Hafen warnten junge Mädchen, fremden Männern zu vertrauen, die ihnen Arbeit in Übersee anboten. Denn oft genug fanden sich die Frauen im »falschen« Amerika wieder, wo keine Stelle als Näherin auf sie wartete, sondern der Platz in einem der unzähligen Bordelle von Rio, Montevideo oder Buenos Aires. Doch auch den Schauspielerinnen oder Tänzerinnen erging es nicht besser; auch ihr Beruf war gleichbedeutend mit käuflicher Liebe, denn von ihrer spärlichen Gage konnten selbst die Stars und Sternchen nicht leben. Also heiratete man einen vermögenden Mann, und bis es so weit war, hielt man sich über Wasser, indem man sich von Verehrern aushalten ließ oder gleich seine Gunst feilbot, körperlich und gegen Bares, versteht sich. Die Verknüpfung zum Theater ergab sich einerseits aus Doras Adresse in London; die Shaftesbury Avenue ist bekannt für ihre Theaterbauten aus der Zeit und in ihrer Karte sagt Doras Freundin Lydia Harrison, wie lange sie in Peru bleibe, hinge »von den dortigen Theaterverhältnissen ab«. Außerdem enthielt Doras Sammlung eine ganze Reihe von Postkarten, die bekannte Schauspielerinnen der damaligen Zeit zeigen. Vieles in diesem Roman bezieht sich auf echte Details, das Stück, in dem Dora einspringt, gab es wirklich und im Internet können Sie sogar die dazugehörigen Songtexte und Melodien finden.

Wenn Sie sich für so etwas interessieren, googeln Sie mal, es ist spannend, über was man sich alles informieren kann: alte Bahnstrecken und Fahrpläne, edwardianische Theaterstücke und Schauspielerinnen, Neuigkeiten und Meldungen, ja selbst das Wetter von 1905 kann man nachlesen, dank der akribischen Datensammelwut der Deutschen und Briten. Wobei die Briten die unangefochtenen Könige der Archivierung sind. London wurde im Zweiten Weltkrieg größtenteils in Schutt und Asche gelegt, Halberstadt ebenso, deshalb nützt einem ein moderner Stadtplan gar nichts, wenn man sich für die alten Straßen interessiert. Aber dank einiger herausragender britischer Online-Archive kann man nicht nur die genauen Straßenverläufe nachvollziehen, sondern auch die Bebauung inklusive Dekor der Fassaden und Aufteilung der Innenräume! Es ist wirklich ganz erstaunlich. Und dann gibt es noch die Blogger, für die ich jetzt mal eine Lanze brechen möchte: Es gibt ganz fantastische Blogs da draußen, von denen sich einige als wahre Schätze bei der Entwicklung meiner Geschichte entpuppten, weil es Menschen gibt, die das Internet Tag für Tag mit neuen Informationen füttern, zu den kuriosesten Dingen, die ihnen am Herzen liegen. Und nun gibt es einen weiteren Blog über ein paar ganz spezielle historische Ansichtskarten: Auf der Website www.doras-postkarten.de werde ich nach und nach alle 192 Karten aus Doras Sammlung veröffentlichen. Viele habe ich bereits abgeschrieben und übersetzt, bei einigen fehlen aber Teile oder ganze Texte. Deshalb nun meine Bitte an Sie, liebe LeserInnen: Wenn Sie etwas davon entziffern können, kommentieren Sie, schreiben Sie, helfen Sie mir. Ich bin für jede Hilfe dankbar, und vielleicht gelingt es uns ja eines Tages gemeinsam, das Rätsel »Dora Neumann« zu lösen.

Ich hoffe, dieses Buch hat Sie gut unterhalten. Mir haben die Recherche und die Arbeit daran unglaublichen Spaß gemacht, es war wie eine wilde Reise durch Raum und Zeit. Und nun, dreieinhalb Jahre später, stehe ich wieder hier, wo alles begann, in der Burgstraße in Schleusingen und blicke an der Fassade des Hauses Nummer 9 empor. Ein hübsches kleines Fachwerkhaus, hinter dessen Mauern Dora einst lebte. Ich weiß immer noch nicht, wer sie war. Ich weiß nur eines: Vor über hundert Jahren gab es eine Frau, die ihre Postkarten so sehr liebte, dass sie sie in ein Album steckte, um sie aufzuheben. Es waren ihre Erinnerungen an ein gelebtes Leben, an Freundinnen, Verwandte und verflossene Liebhaber und sie hütete sie wie einen

Schatz. Ich kann nicht ermessen, was die Karten Dora bedeuteten, aber es war ein Akt der Liebe, sie zu bewahren, und dieser Funke war es, der nach mehr als einem Jahrhundert auf mich übersprang und mein Herz berührte. Eines Nachts, ganz am Anfang meiner Recherchen, wurde ich wach. Ich hatte von Dora geträumt und der Traum erschien mir so real; sie sprach zu mir und bat mich, ihre Geschichte zu schreiben. Ich lag da, mit klopfendem Herzen, starrte in die Dunkelheit und gab ihr mein Wort: »Das werde ich, versprochen!«

Ich habe mein Versprechen gehalten und das Buch geschrieben. Doch ich habe mich in den vergangenen dreieinhalb Jahren oft gefragt, ob ich wach bin, oder ob ich noch träume? Denn das Schreiben fühlte sich an wie Träumen mit offenen Augen, und ich wünschte, ich müsste aus diesem Traum nie wieder erwachen. Daher freue ich mich schon jetzt auf die Fortsetzung dieses Romans und die Möglichkeit, einfach weiter zu träumen. Bitte weckt mich nicht auf!

Schleusingen, im März 2017

DANKSAGUNGEN

Allen voran danke ich meinem großartigen Lehrer, Coach und Mentor Rainer Wekwerth: Ohne Dich wäre alles Nichts, denn ohne Dich würde es dieses Buch nicht geben. Du hast mir mit Rat und Tat zur Seite gestanden und warst da, wenn ich nicht weiter wusste. Wenn mich der Mut verließ und ich an meinen Selbstzweifeln zu ersticken drohte, hast Du mich aufgefangen und an mich geglaubt. Ich habe einen Lehrer gesucht und einen Freund gefunden und dafür bin ich Dir unendlich dankbar. Danke, dass es Dich gibt!

Meiner wunderbaren Lektorin Claudia Pietschmann ein riesengroßes Dankeschön für die ordnende Hand in meiner chaotischen Zeichensetzung und die wertvollen Denkanstöße hinsichtlich der Fortsetzung dieses Romans. Du hast recht (klein geschrieben …), Dora ist noch viel zu jung, um endgültig von der Bühne abzutreten! Deshalb Danke für die langen Telefonate, denen hoffentlich noch ganz viele folgen werden.

Dank gebührt auch der ganzen Heerschar von Trainern, denen ich auf meinem Weg begegnen durfte und deren Worte so vieles verändert haben. Danke Gereon Jörn für das Gespräch an der Bar über brotlose Kunst. (»Genau, frag mal Stephen King und Ken Follet, total brotlos!«) Gut, zum Ruhm von Follet oder King ist es noch ein seeeeehr langer Weg, aber das heißt ja nicht, dass man nicht versuchen kann, ihn zu gehen, oder?

Apropos langer Weg: danke Slatco Sterzenbach für die Lektion in

Sachen Durchhaltevermögen. Wenn es einen gibt, der die Extra-Meile geht, dann ihn!

Aber dank Frank Wilde weiß ich ja, dass ALLES möglich ist, denn: »Gewonnen und verloren wird zwischen den Ohren!« Danke Frank, für die Stimmen in meinem Kopf. Ja, ich höre Stimmen, und nein, ich bin nicht verrückt! Der Mann hat mir nur beigebracht, wozu so ein Hirn fähig ist und das ist bedeutend mehr, als man vorher ahnt.

Danke an den Glückscoach Elmar Rassi, der mich an der Bar aufgegabelt und in sein Seminar geschleppt hat (»Was liest Du da?« »Der Junge, der das Glück brachte«, »Na, jetzt isser ja da!«). Ein größeres Schweineglück, als Dich zu treffen, konnte ich gar nicht haben, lieber Elmar.

Wer jetzt denkt, ich hocke ständig an Bars rum, hat irgendwie recht, ich sitze da halt gern und quatsche mit Fremden. Aber ich muss zu meiner Verteidigung sagen: Ich trinke dabei eine Maracuja-Schorle! Meistens jedenfalls … Denn eine Bar ist für mich ein guter Ort, um meine Kenntnisse über Körpersprache, Charakterkunde und Numerologie zu testen, die ich von Bernhard P. Wirth erlernen durfte. Ich habe mich immer gefragt, wozu man sowas braucht? - Seitdem ich schreibe, weiß ich es!

Dank Hermann Scherer weiß ich außerdem, dass es ein Leben vor dem Tod gibt und die Worte von Anja Förster und Peter Kreuz gaben mir den Mut, auch mal »Nein« zu sagen und endlich das zu tun, was ich von Herzen liebe.

Und schließlich möchte ich mich bei einigen sehr besonderen Menschen bedanken, die mich auf meinem Weg begleiten. Meinen Kingkongz-Mädels Elvira, Beate, Bettina, Sandra, Micha, Yvonne, Johanna, Tutti, Conny, Melli und Tamara: Danke, dass es Euch gibt, ihr seid die beste Affenbande der Welt!

To Daniel: thank you for being a friend! Some nights live on forever. To my «Worldfamily", my sisters and brothers from other mothers (Edi, Karin, Rico, Ralf, Thaylane, Rodrigo, Sir Ritchel, my little rebel David, Genesis & Mr. Marley Fernandes): You touched my soul and taught me lessons I will never forget. Thank you for being part of the journey, obrigada!

Ich danke meinen Eltern, dass ihr immer für mich da wart und an mich glaubt.

Und last but not least danke ich meinem wunderbaren Mann, der mich auch schreibend erträgt, in diesem seltsamen, entrückten Zustand, in dem ich alles um mich herum vergesse. Er hat es klaglos hingenommen, wenn ich geistig abwesend war und auf seinen fragenden Blick nur mit einem flüchtig gemurmelten »Neunzehnhundertneun!« antwortete. Dann wusste er: Meine Frau ist gerade im Kopf ganz weit weg und es ist sinnlos, jetzt nach so etwas Profanem wie z.B. Nahrungsaufnahme zu fragen. –Hätte er nicht selbst angefangen zu kochen, wären wir vermutlich über kurz oder lang verhungert. Danke, dass du uns am Leben gehalten hast! Ich liebe Dich mit meinem ganzen Herzen.

Und allen da draußen, die ein Projekt haben, das ihnen am Herzen liegt, möchte ich sagen: geh Deinen Weg und mach's einfach! Der Weg mag lang sein und nicht immer leicht, aber eines weiß ich: Du musst ihn nicht alleine gehen! Es gibt da draußen so viele Lehrer, Coaches und Trainer, die nur darauf warten, Dir helfen zu dürfen und Dich zu dem Menschen zu machen, der wirklich in Dir steckt. Deshalb: Folge deinem Herzen und gehe Deinen Weg! Das Leben ist zu kurz, um es nicht zu tun.

ANHANG

Eines von vier Motiven einer Reihe, die einer anderen Postkarte mit dem Bild einer Nymphe nachempfunden sind. Diese Karten waren das Vorbild für »meine Dora« und die Szene im Prolog.

Ansichtskarte aus Schleusingen vom Schloss Bertholdsburg mit Grüßen der Eltern, daher der Bezug auf Doras Herkunft.

»What else could be my sweetest Dreams? Affectionately yours, E.J.« Die Frau auf dem Bild trägt ein leichtes »Morning Dress« und offene Haare; für die damalige Zeit höchst unsittlich, so zeigte man sich nicht. Umso erstaunlicher, dass diese Karte über die Post gelaufen ist. Ob der Briefträger und die Empfängerin wohl rote Ohren hatten?

Uganda Railway Terminus, Mombasa »11 th. November very hot here, have got two splendid cats for you, hope to … get safe to London, sailing 5 o' clock to Aden … … … kept by a German we knew back in London. Jack« Hier stellt sich die Frage: Sind »cats« wirklich Katzen, oder benutzt er einen Slangausdruck für »Mädchen« und befördert frische Ware?

Karte vom 11.November Hafen/ Mombasa »4 p.m. off to Aden, Jack«

Postkarte vom 06.10.1906 aus Beira/ Mozambique »Leaving this afternoon for Zanzibar, having good … Jack«

»Suez Canal, February 11th. Going to India, hope you are well & happy. Jack«
Eine meiner Lieblingskarten, den das Motiv zeigt die Gäste an Deck eines P&O Schiffes beim Kartoffellauf, zum Zeitvertreib während der langen Überfahrt.